小说卷

中国当代著名女作家大系

空山·草马

葛水平 作品

陕西新华出版传媒集团

太白文艺出版社

图书在版编目（CIP）数据

空山·草马 / 葛水平著. — 西安：太白文艺出版
社，2018.1（2022.1月重印）
（中国当代著名女作家大系 / 何向阳，张莉主编.
小说卷）
ISBN 978-7-5513-1281-3

Ⅰ. ①空… Ⅱ. ①葛… Ⅲ. ①小说集—中国—当代
Ⅳ. ①I247

中国版本图书馆CIP数据核字（2017）第276076号

空山·草马
KONGSHAN CAOMA

作　者	葛水平
责任编辑	耿　英　卢虹竹
装帧设计	焚香图文
内文设计	前程设计
出版发行	陕西新华出版传媒集团
	太白文艺出版社（西安北大街147号 710003）
	太白文艺出版社发行：029-87277748
经　销	新华书店
印　刷	三河市华东印刷有限公司
开　本	787mm×1092mm　1/16
字　数	398千字
印　张	25.25
插　页	4
版　次	2022年1月第1版 第3次印刷
书　号	ISBN 978-7-5513-1281-3
定　价	50.80元

社会变革中的女性声音

何向阳

　　进入 21 世纪以来，中国社会发生了巨大变化，作为目睹社会进步的中国作家，未曾缺席于社会变革的记录，而在中国社会前进历程的忠实的录记者中，当代中国女作家已成为一种不容忽视的力量。于新时期蹒跚起步、于新世纪日臻成熟的当代女作家，无论其社会观察的视野，人性探索的深度，还是对人类文化的传承与借鉴，对艺术风格与艺术手法的积淀和历练，就整体风貌而言，都较 20 世纪初、中期女作家写作有极大的进步。文学史将会对这一代，甚或几代女作家的写作成就做出高分值的评估。作为中国改革开放受益者的当代女作家，正以她们敏锐的洞察和细腻的书写，投入中国突飞猛进的现代化进程中，并为后人提供着观照和研究这一时代变化的精神档案。

　　20 世纪末，我曾以《夏娃备案：1999》为题，对 1999 年的由女作家写作、以女性作为主人公的十二部小说加以梳理。20 世纪、21 世纪的世纪更替之年，中国女作家经由写作提出的一些与自身、与人类相关的问题，给出了寻勘身心发展的道路，其对于性别心理与社会发展的深入思考，不仅丰富了文学的承载量，更提供了人类认知自我的新经验，比如铁凝《永远有多远》传递给我们母性教育的传统乃至本能；王安忆《剃度》展示了特立独行的时代女性的决绝个性；而方方《在我的开始是我的结束》让我们看到的是女性在亲密关系中寻求自我的渴望或是在他者身上印证自我的失败。分歧的，共生的，冲突的，裂变的，未成型的，已板结的，需解冻的，身体的，心灵的，灵魂的，我们从她们的文学中得到的东西根植于一个国度一个时代却终将超越对一个国度一个时代的了解。

哲人曾言，"女性的进步是社会进步的一面镜子"，足见女性在社会中的重要地位。文化亦然。女性的文化进步是社会文化进步的投影，其实两者更是深层互动的，女性对于文化、身份、性别、社会的思考，已成为推动整体社会向前运动的力量。

这种力量的成因源于中国女性在 20 世纪经历的三次解放。1919 年，新文化运动，使中国妇女从封建性的三从四德中解放出来。这次的解放，思想解放意义大于经济独立意义，男女平等平权的思想深入人心，于此，如丁玲、冰心、林徽因、萧红等女作家写出了她们年轻时期的代表作。其中，《莎菲女士的日记》《生死场》影响深远。1949 年，新中国成立，宪法规定男女平等，中国妇女的地位与作用发生了巨大变化，经济上的独立使其摆脱了对男性的依附，而在各领域取得进步与成就。女作家得益于这一社会风气之先，丁玲、杨沫、茹志鹃等均有佳作推出，中国女作家的写作开始受到国外研究者的重视。1978 年，中国实行改革开放，思想上的解放使作家焕发出极大的创造力，女作家作为思想活跃、敏感的一个群体，在思考社会问题的同时，更注重对性别文化的勘探。张洁《爱，是不能忘记的》、宗璞《三生石》等作品代表了这一时期的探索。三次思想文化上的洗礼和社会发展的互动，使得中国文学在 1978 年之后迎来了迅速发展的黄金时代。

中国自 20 世纪 70 年代末改革开放以来，这一时期的文学被称为新时期文学，新时期文学近四十年来，女作家写作发展迅速，可以说，就是从这个新时期开始，中国女作家集体发声，并以其强劲的写作，呈现出时代女性对于社会发展的文化"干预"。巾帼不让须眉，这种独有的文化现象引人瞩目，以致在新世纪成熟壮大，被一些文化研究者们称为她世纪。20 世纪 80 年代，女作家的性别觉醒与文化自觉开始较早，她们在关注外部世界变革的同时，开始关注内心，关注精神。张洁《爱，是不能忘记的》、张抗抗《隐形伴侣》写社会问题，但却是女性立场上对于情感的深度审视与叩问。张辛欣《在同一地平线上》，关注精神上的两性平等与女性自我价值的实现，以及知识分子女性在爱情与自我之间试图寻找到一个两全存在空间的努力。刘索拉《你别无选择》，反思男性文化传统，也对传统女性化写作提出了颠覆性的质疑。刘西鸿《你不可改变我》《花儿为什么这样红，为什么这样红》的女性书写，将"我"与"你"即女性与男性的一系列性别问题提出来，并均做出了来自女性个人的答案——你别无选择！你不可改变我！其勇敢的姿态更是对历史框定的女性顺从与懦弱的文化性格的诘问与反叛。

20世纪八九十年代，叶文玲、池莉、赵玫、范小青、裴山山等佳作频仍，其在多个文体间的跨越更打磨了小说的锋芒；90年代始，林白、陈染、海男等期望通过身体而将视点拉回到性别关注上来。这种写作在历史、个人、身体、社会、情感间跳跃，呈现出女性写作的犹豫和艰难的自我调整。而从20世纪80年代《对一个精神病患者的调查》、90年代《羽蛇》，到21世纪《炼狱之花》《天鹅》，三十年跨度始终坚守女性精神自我深度写作的徐小斌引人瞩目。新一代女作家，注重隐藏在身体性后面的社会文化，不那么尖锐，更倾向温暖、幽默、智性的表达，但她们心底仍然保留着一个完整的女性空间，如徐坤《厨房》、迟子建《世界上所有的夜晚》、潘向黎《白水青菜》、魏微《大老郑的女人》、盛可以《手术》、叶弥《小男人》等，都体现了以女性文化视角介入历史现实的丰富性追求。

新世纪伊始，女作家写作成果斐然，杨绛等老一代作家也有新作推出。张抗抗《把灯光调亮》在坚守其新时期开端之作《北极光》的浪漫主义理想底色的同时，强化了传统知性写作的典雅；叶广芩《梦也何曾到谢桥》《黄金台》为代表的我称之为"后视镜"式的写作，在对传统文化与现代化的可持续性发展的探索方面可谓独树一帜；方方的《水随天去》等探讨经济不平衡发展对于纯真爱情的挤压；蒋韵《心爱的树》《完美的旅行》《行走的年代》试图在对"已逝"岁月的追踪中确立传统价值的独立性；林白《长江为何如此远》和《妇女闲聊录》提供给了我们回溯历史与观察现实的与众不同的角度；孙惠芬《歇马山庄的两个女人》等系列作品将观察点定位于出走与还乡两大母题，使其作品在现实性的叙事之上平添了哲学的意蕴；葛水平《喊山》《地气》承续了中华山川地气中深藏的诗意之美，其利落的行文中苍凉的味道耐人寻味；邵丽《明惠的圣诞》聚焦纷繁复杂的社会环境中日常生活的个人体验与情感微澜；金仁顺《云雀》《桃花》等根植饮食男女，其心思缜密又声色不动的叙事兼具温润与冷凛两种魅力；乔叶《走到开封去》等承续了她个人创作中对"慢"的探求，审视的目光于小事情间不经意扫过，却如探照灯一般揭示出最深处的幽怨和最原始的黑暗；鲁敏的写作确如"取景器"，隐秘的、细微的、节制的，带有缠绕感甚或是残缺的生活，成就了她小说的"气象与光泽"，《思无邪》《饥饿的怀抱》均写日常生活的不如意处，却在极简主义式的写作中透出干净与温暖；付秀莹《爱情到处流传》《六月半》篇篇出手不凡，以感伤与坚忍并存的从容气度体认着中华美学的精髓，并使诗化小说通过个人的写作向前推进了一步；滕肖澜《美丽的日子》等笔触在沪上弄堂里小人物的日常生活间腾挪有致，有柴米油盐的实在，也有细碎世俗中的温情；阿袁《长门赋》《鱼肠剑》等让我们看到了人性的丰富驳杂，其小说的精神分析与反讽意味承接了现代写作的传统。

以上列举的只是活跃于文坛的当代女作家群体的一小部分。无论是社会发展还是写作环境，当代女作家们都身处一个创造力得以充分发挥的时代。1977年以来，作为中国文学长篇小说最高奖的茅盾文学奖，评出九届，有四十余部长篇小说正式获奖，女作家占八部，所占比例五分之一。1995年以来，作为除长篇小说以外的其他门类文学作品的最高奖鲁迅文学奖，已评六届，共有二百多人获奖，女作家超过四十人次，所占比例五分之一。1980年以来，全国优秀儿童文学奖，评出十届，获奖者中，女作家在小说、童话、幼儿文学（绘本）等均有收获。20世纪70年代始评的全国少数民族文学创作骏马奖，获奖者中多次见到女作家的身影。而由中国当代文学研究会下属的中国女性文学研究会设立的中国女性文学奖，有效推动了女性文学的创作与理论探索。获奖只是专业荣誉，更广泛的社会承认，还包括作家文学作品的读者拥有度、文学作品的文化艺术衍生品以及国外研究与译介，在此不一一列举。总之，女作家无论创作还是思想，都表现出不让须眉的强劲实力，她们通过文学所表达的对于社会人生诸多问题的思考，在整体上已然超越了文学史上她们前辈的书写。

这就是我们今天编选《中国当代著名女作家大系》的原因。当今世界正发生着日新月异的变化，置身于这样一个时代是作家们的幸运，作为中国社会变革的见证者，同时也是人类社会发展的一个重要组成部分的女作家，她们的录记、思考与贡献，我们不能忘记。

2017年10月12日　北京

（何向阳，女，中国作家协会创作研究部主任，研究员。出版诗文集《思远道》《自巴颜喀拉》、理论集《夏娃备案》、专著《人格论》等，获鲁迅文学奖，作品译成英、俄、西班牙文）

目 录

喊 山

一

太行大峡谷走到这里开始瘦了，瘦得只剩下一道细细的梁。从远处望去，赤条条的青石头悬壁上下，绕着几丝云，像一头抽干了力气的骡子，瘦得肋骨一条条挂出来，挂了几户人家。

这梁上的几户人家，平常说话面对不上面，要喊，喊比走要快。一个在对面喊，一个在这边答，隔着一条几十米直陡上下的深沟，声音倒传得很远。

韩冲一大早起来，端了碗吸溜了一口汤，咬了一嘴黄米窝头，冲着对面口齿不清地喊："琴花，对面甲寨上的琴花，问问发兴割了麦，是不是要混插豆？"

对面发兴家里的琴花坐在崖边上端了碗喝汤，听到是岸山坪的韩冲喊，知道韩冲想过来在自己的身上欢快欢快。斜下碗给鸡们泼过去碗底的米渣子，站起来冲着这边喊："发兴不在家，出山去矿上了。恐怕是要混插豆。"

这边厢韩冲一激动，又咬了一嘴黄米窝头，喊："你没有让发兴回来给咱弄几个雷管？獾把玉茭糟害得比人掰的还干净，得炸炸了。"

对面发兴家里的喊："矿上的雷管看得比鸡屁眼还紧，休想抠出个蛋来。上一次给你的雷管你用没了？"韩冲咽下了黄米窝头口齿清爽地喊："收了套就没有下的了。"

对面发兴家里的喊："收了套，给我多拿几斤獾肉来啊！"

韩冲仰头喝了碗里的汤站起来敲了碗喊："不给你拿，给谁？你是獾的丈母娘呀。"

韩冲听得对面有笑声浪过来，心里就有了一阵紧一阵的高兴。哼着秧歌调往粉房的院子里走，刚一转身，迎面碰上了岸山坪外地来落户的腊宏。腊宏捎了担子，担子上绕了一团麻绳，麻绳上绑了一把斧子，像是要进后山圪梁上砍柴。韩冲说："砍柴？"腊宏说："呵呵，砍柴。"两个人错过身体，韩冲回到屋子里驾了驴准备磨粉。

腊宏是从四川到岸山坪来落住的。到了这里，听人说山上有空房子就拖儿带女地上来了。岸山坪的空房子多，主要是山上的人迁走留下来的。以往开山，煤矿拉坑木包了山上的树，砍树的人就发愁没有空房子住，现在有空房子住了，山上的树倒没有了。獾和人一样，在山脊上挂不住了就迁到了深沟里，人寻了平坦地去，獾寻了人不落脚踪的地藏。腊宏来山上时领了哑巴老婆，还有一个闺女、一个男孩。腊宏上山时肩上挑着落户的家当，哑巴老婆跟在后面，手里牵着一个，怀里抱着一个。哑巴的脸蛋因攀山通红透亮，平常的蓝衣，干净、平展，走了远路却看不出旅途的尘迹来。山上不见有生人来，惹得岸山坪的人们稀罕得看了好一阵子。腊宏指着老婆告诉岸山坪看热闹的人，说："哑巴。你们不要逗她，她有羊角疯病，疯起来咬人。"岸山坪的人们想，这个哑巴看上去干净利索的，要不是有病，要不是哑巴，她肯定不嫁给腊宏这样的人。话说回来，腊宏是个什么样的人——瓦刀脸，干巴精瘦，豆豆眼，干黄的脸皮上有害水痘留下来的窝窝。韩冲领着腊宏转一圈子也没有找下一个合适的屋，转来转去就转到韩冲喂驴的石板屋子前，腊宏停下了。

腊宏说："这个屋子好。"韩冲说："这个屋子怎么好？"腊宏说："发家快致富，人下猪上来。"韩冲看到腊宏指着墙上的标语笑着说。标语是撤乡并镇村干部搞口号让岸山坪人写的。当初是韩冲磨粉的粉房。磨坊主要收入是养猪致富。韩冲说："就写个养猪致富的口号。"写字的人想了这句话。字写好了，韩冲从嘴里念出来，越念越觉得不对劲。这句话不能细琢磨，细琢磨就想笑。韩冲不在这里磨粉了，反正空房子多，就换了一个空房子磨粉。韩冲说："我喂着驴呢，你看上了，我就牵走驴，你来住。"韩冲可怜腊宏大老远的来岸山坪，山上的条件不好，有这么个条件还能说不满足人家？腊宏其实不是看中了那标语，他主要是看中了房子，石头房子离庄上远，他不愿意抬头低头地碰见人。

住下来了，岸山坪的人们才知道腊宏人懒，腿脚也不勤快。其实靠山吃山的庄稼人，只要不懒，哪有山能让人吃尽？但腊宏常常顾不住嘴，要出去讨饭。出去大都是腊月天、正月天，或七月十五、八月十五，赶节不隔夜，大早出去，一到天黑就回来。腊宏每天回来都背一蛇皮袋从山下讨来的白馍和米团子。山里人实诚，常常顾不上想自己的难老想别人的难，同情眼前事，恓惶落难人。哑巴老婆把白馍切成片，把米团子挖了里边的豆馅，摆放在有阳光的石板上晒。雪白的馍、金黄的米团子晒在石板地上，走过去的人都要回过头咧开嘴笑，笑哑巴聪明，知道米团子是豆馅，容易早坏。

腊宏的闺女没有个正经名字，叫大。腊月天和正月天，岸山坪的人会看到，腊宏闺女大端了豆馅吃，紫红色的豆馅上放着两片酸萝卜。韩冲说："大，甜馅就着个酸萝卜吃是个什么味道？"大以为韩冲笑话她，就翻他一眼，说："龟儿子。"韩冲也不计较她骂了个啥，就往她碗里夹了两张粉浆饼子，大快步扭回身搂了碗，进了自己的屋里，一会拽着哑巴出来指着韩冲看，哑巴乖巧的脸蛋冲韩冲点点头，咧开的嘴里露出了豁牙，吹风露气地笑，有一点感谢的意思。

韩冲说："没啥，就两张粉浆饼子。"

韩冲给岸山坪的人解释说："哑巴不会说话，心眼多，你要不给她说清楚，她还以为害她闺女呢。"

挖了豆馅的米团子晒干了，煮在锅里，米团子的味道就出来了。哑巴出门的时候很少，岸山坪的人觉得哑巴要比腊宏小好多岁，看上去比腊宏的闺女大不了几岁，也拿不准到底小多少岁。哑巴要出门也是在自己的家门口，怀里抱着儿，门墩上坐着闺女，身上衣服不新却看上去很干净，清清爽爽的小样还真让青壮汉们回头想多看几眼。两年下来，靠门墩的墙被磨得亮汪汪的，太阳一照，还反光，打老远看了就知道是坐门墩的人磨出来的。

岸山坪的人不去腊宏家串门，腊宏也不去岸山坪的人家里串门。有时候人们听见腊宏打老婆，打得很狠，边打还边叫着："你敢从嘴里蹦一个字出来，老子就要你的命！"岸山坪的人说："一个哑巴你倒想让她从嘴里往出蹦一个字？"

有一次韩冲听到了走进去，就看到腊宏指着哆嗦在一边的哑巴喊着"龟儿子，瓜婆娘"，看韩冲进来了，反手攥了两个拳头对着他喊起来："谁敢来管我们家的事情？我们家的事情谁敢来管？"腊宏平常见了人总是笑脸，现在一下黑了脸，看上去一双豆豆眼聚在鼻中央怪凶的。韩冲扭头就走，边走边大气不出地回头看，怕走不利索身上沾了什么晦气。

现在韩冲驾了驴准备磨粉。他先牵了驴走到院子一角让驴吧嗒两粒驴粪，然后又给驴套上嘴护、捂了眼罩驾到石磨上，用漏勺从水缸里捞出泡软的玉茭填到磨眼里。韩冲拍了一下驴屁股，驴很自觉地绕着磨道转开了。

韩冲因为家境穷，三十岁了还没有说上媳妇。想出去当上门女婿，出去几次也没有找到合适的家户，反复几年下来就这么耽搁了。也不是说韩冲长得不好，总体看上去比例还算匀称，主要问题还是山上穷，山下的哪个闺女愿意上来？次要问题是他和发兴老婆的事情，天下没有不漏风的墙，这种事情张扬出去就不是落到了尘土深处，而是落入了人嘴里，人嘴里能飞出什么好鸟吗？

头一道粉顺着磨缝挤下来流到槽下的桶里。韩冲提起来倒进浆缸，从墙上摘下罗，舀了粉，一边罗，一边擦着溅在脸上的粉浆，白糊糊的粉浆像梨花开满了衣裳。韩冲想，都说我身上有股老浆气，女人不喜欢挨，我就闻着这个味道好，琴花也闻着这味道好。一想到琴花，想到黑里的欢快，他就鸟儿一样吹了两声口哨。他罗下来的粉叫第二道粉，也是细粉，要装到一个四方白布上，四角用吊带拎起来吊到半空往外淋水。等水淋干了，一块一块掰下来，用专用的荆条筐子架到火炉上烤。烤干了打碎就成了粉面，和白面、豆面搭配着吃，比老吃白面好，也比老吃玉茭面细，可以调换一下口味。

甲寨和沟口附近的村子，都拿玉茭来换粉面。韩冲用剩下来的粉渣喂猪，一窝七八头猪，单纯用粮食喂是喂不起的，韩冲磨粉就是为了赚个喂猪的粉渣。做完这些活，韩冲打了个哈欠给驴卸了眼罩和护嘴，牵了出来拴到院子里的苹果树上，眯了眼睛望了望对面，想找一个人。没想到他想找的人现在也在崖边上往这边看，他赶紧三步并两步，用手抠着衣服上的白粉浆往崖头上走，远远地就看见了他现在最想要找的人——发兴的老婆琴花。

"韩冲，傍黑里记着给我舀过一盆粉浆来。"

琴花让韩冲舀粉浆过去，韩冲最明白是咋回事了，心里欢快地跳了一下，他知道这是叫他晚上过去的暗号。还没等得韩冲回话，就听得后山圪梁的深沟里下的套子轰地响了一下，韩冲一下子就高兴起来，对着对面崖头上的琴花喊："日他娘，前晌等不得后晌，崩了，吃什么粉浆，你就等着吃獾肉吧！"

韩冲扭头往后山跑。后山的山脊越发地瘦，也越发地险，就听得自己家的驴应着那一声爆炸，惊得哥哦哥、哥哦哥地叫。

韩冲抓着荆条往下溜，溜一下屁股还要往下坐一下。韩冲当时下套的时候，就是冲着山沟里人一般不进去，而獾喜欢走一条道，从哪里来到哪里去，一点弯道都不绕。獾拱土豆，拱过去的你找不到一个土豆，拱得干干净净，獾和人一样就喜欢认死理。韩冲溜下沟走到了下套的地方，发现下套的地方有些不对劲，两边有两捆散开了的柴，有一个人在那里躺着哼哼。韩冲的头霎时就大了，满目金星出溜出溜地往出冒。

炸獾炸了人了！炸了谁了？

韩冲腿软了下来，问："是谁？"

"韩冲，你个龟儿子，你害死我了。"

听出来了，是腊宏。

韩冲奔过去，看到套子的铁夹子夹着腊宏的脚丢在一边，腊宏的双腿没有了。人歪在那里，两只眼睛瞪着，比血还红。韩冲说："你到这里干啥来了？"腊宏抬起手指了指前面。前面灌木丛生，有一棵野毛桃树，树上挂了十来个野毛桃，有一个小松鼠鬼鬼祟祟朝这边瞅。韩冲回过头，看到腊宏歪了头不说话了，他忙把腊宏背起来往山上走。腊宏的手里抓了把斧头，死死地抓着，在韩冲的胸前晃，有几次灌木丛挂住了也没有把它拽落。

韩冲背了腊宏回到村里，山上的男女老少都迎过来，看背上的腊宏黄锈的脸上没有一丝血色。把他背进了家放到炕上，他的哑巴老婆看了一眼，紧紧地抱了怀中的孩子扭过头去，弯下腰呕吐了一地。听得腊宏轻轻地咳嗽了一声，哑巴抬起身迎了过来，韩冲要哑巴倒一碗水，哑巴端过来水，突然腊宏的斧头照着哑巴砍了过去。腊宏用了很大的劲，嘴里还叫着："龟儿子你敢！"韩冲看到哑巴一点也没有想躲，腊宏的劲看着猛，实际上斧头的重量比他的劲要冲，斧头哐当垂直落地了，哑巴手里的一碗水也落地了。腊宏的劲也确实是用猛了，背过一口气，半天那气丝没有拽直，张着个嘴歪过了脑袋。

韩冲没敢多想，跑出去紧着招呼人绑担架，要抬着腊宏下山去镇医院。岸山坪的人围了一院子伸着脖子看，对面甲寨崖边上也站了人看，琴花喊过话来问："炸了谁了？"

这边上有人喊："炸了讨吃了！"

他们管腊宏叫讨吃。

琴花喊："炸没人了，还是有口气？"

这边上的说："怕已经走到奈何桥上了。"

韩冲他爹扒开众人走进屋子里看，看到满地满炕的血，捏了捏腊宏的手还有几分柔软，拿手背探到鼻子下试了试，半天说了声："怕是没人了。"

"没人了。"话从屋子里传出来。

外面张罗着的韩冲听了里面传出来的话，一下坐在了地上，驴一样哥哦哥、哥哦哥地号起来。

二

炸獾会炸死了腊宏？韩冲成了岸山坪第二个惹出命案的人。

这两三年来，岸山坪这么一块小地方已经出过一桩人命案了。两年前，岸山坪的韩老五出外打工回来，买了本村未出五服的一个汉们的驴。牵回来没几天，那驴就病死了。两人为这事麻缠了几天，一天韩老五跟这汉们终于打了起来。那韩老五性子烈，三句话不对，手里的镰刀就朝那汉们的身子去了，只几下，就要了人家的命。山里人出了这样的事，都是私下找中间人解决，不报案。山里人知道报案太麻缠，把人抓进去，就是毙了脑瓜，就是两家有了仇恨，最终顶个屁用！山里的人最讲个实际，人都死了，还是以赔为重。村里出了任何事，过去是找长辈们出面，说和说和，找个都能接受的方案，从此息事宁人。现在有了事，是干部们出面，即使是出了命案，也是如法炮制。韩老五不是最终赔了两万块钱就拉倒了事？

如今腊宏死了，他老婆是哑巴，孩子又小，这事咋弄？岸山坪的人说，人死如灯灭，活着的大小人以后日子长着呢，出俩钱买条阳关道，他一个讨吃又是外来户，价码能高到哪儿去？

这天韩冲把山下住的村干部一一都请上来，干部们随韩冲上了岸山坪，一路上听事情的来龙去脉，等走上岸山坪时，已了解得八九不离十了。

看了现场，出门找了一个僻静的地方站下来，商量了一阵子，认为最好的办法是按这里的规矩来办。他们责成会计王胖孩来当这件事情处理的主唱：一来他腿脚勤；二来这种事情不是什么好事，一把手二把手不便出面；三来这王胖孩的嘴比脑子翻转得快。

返进屋里坐下，王胖孩用手托着下巴颏对哑巴说："你们住的这房是韩冲原来的吧？韩冲对你家腊宏应该是不错吧？他俩没仇没恨吧？腊宏因为砍柴误踩了韩冲的套子，这种事谁也没有料到吧？"咳嗽了一声，旁边的一个突然想起了什么，有些摸不着深浅地问："你是哑巴？都说哑巴是十哑九聋，不知道你是听得见还是听不见？要是听见了就点一下头，要是听不见说也白说。"村干部和韩冲的眼光集体投向哑巴，就看到那哑巴居然慌慌地点了一下头。

干部们惊讶得抬直身体哦了一声，王胖孩舔了舔发干的嘴片子，尽量摆正态度把话说普通了："这么说吧，你男人的确是死了……不容置疑。"

说到这里就看到腊宏老婆打了个激灵。王胖孩长叹一声继续说："真是生死由命，富贵在天啊。你说骂韩冲炸獾炸了人吧，他已经炸了；你说骂腊宏福薄命贱吧，他都没命了。这事情的不好办就是活的人活着，死的人他到底死了；活的人咱要活，死的人咱要埋，是吧？这事情好办的是，你不是一个不讲道理的妇女，你心明眼亮可惜就是不会说话。我们上山来的目的，就是要活的人更好地活着，死的人还得体面地埋掉。你一个哑巴妇女，带了两个孩子，不容易啊。现在男人走了，难！咱首先解决这个难中之难的问题。你相信我这个村干部，就让韩冲埋人；不相信我这个村干部，你就找人写状子，告。但是，你要是告下来，韩冲不一定会给腊宏抵命。我们这些村干部嘛，因为你不是岸山坪的，想管，到时候怕也不好插手，说来你娘母们还是个黑户嘛！"

腊宏的哑巴老婆惊讶地抬起头瞪了眼睛看。王胖孩故意不看哑巴扭头和韩冲说："看见这孤儿寡母了吗？你好好的炸尿什么獾？炸死人啦！好歹我们干部是遵纪守法爱护百姓一家人的，看你凿头凿脑咋回事似的，还敢炸獾？赶快把卖猪的钱从信用社提出来，先埋了人咱再商量后一步的赔偿问题！"

哑巴像是丢了魂似的听着，回头望望炕上的人，再看看屋外屋内的人，哑巴有一个间歇似的默想，少顷，抽回眼睛看着王胖孩笑了一下。

这一笑，让有一种强烈表现欲望的王胖孩沉默了。哑巴的神情很不合常理，让干部们面面相觑不知道她到底笑个啥。

干部们做主让韩冲把他爹的棺材抬出来装了腊宏。事关重大，他爹也没有说啥。韩冲又和他爹商量用他爹的送老衣装殓腊宏。韩冲爹这下子说话了："你要是下套子炸死我倒好了，现成的东西都有。你炸了人家，你用你爹的东西埋人家，都说是你爹的东西，但埋的不是你爹，这比埋你爹的代价还要大。我操！"

韩冲的脸埋在胸前不敢答话。他爹说："找人挖了坟地埋腊宏吧，村干部给你一个台阶还不赶快就着下，等什么？你和甲寨上的娘们混吧，混得出了人命了吧？还搭进黄土淹没脖子的你爹。你咋不把脑袋埋进裤裆里！"说完，韩冲爹从木板箱里拽出大闺女给他做好的送老衣，摔在了炕上。

把腊宏装殓好，棺材准备起了，四个后生喊："一二，起！"抬棺材的铁链子突然断了。抬棺材的人说："日怪，半大个人能把铁链子拉断，是不是家里不见个哭声？"

哑巴是因为哭不出声，女儿儿子是因为太小，还不知道哭。王胖孩说："锣鼓点一敲，大幕一拉，弄啥就得像啥！死了人，不见哭声叫死了人吗？这还是咱们的工作没有做好。这样吧，去甲寨上找几个女人来，村里花钱。"

马上就差遣人去甲寨上找人，哭妇不是想找就能找得到，往常有人不在了，论辈分往下排，哭的人不能比死的人辈分大。现在是哭一个外来的讨吃，算啥？

女人们就不想来，韩冲一看只好一溜小跑到了甲寨上找琴花。进了琴花家的门，琴花正在做饭。听了韩冲的来意后，琴花坐在炕上说："我哭是替你韩冲哭，看你韩冲的面，不要把事情颠倒了，我领的是你韩冲的情，不是冲村干部的面子。"

韩冲说："还是你琴花好。"

看到门外有人影晃，琴花说："这种事给一头猪不见得有人哭。这不是喜丧，是凶丧。也就是你韩冲，要是旁人我的泪布袋还真不想解口绳呢！"

门外站着的人就听清了——琴花要韩冲出一头猪，这可是天大的价码。

琴花见韩冲哭丧个脸，一笑，从箱子里拽了一块枕巾往头上一蒙，就出了门。

走到岸山坪的坡顶上看了一眼黑压压的人群，就扯开了喉咙："你死得冤来死得苦，讨吃送死在了后梁沟——"

村干部一听她这么样的哭，就要人过去叫她停下来——这叫哭吗？硬邦邦的没有一点情感。

琴花马上就变了一个腔："水流千里归大海，人走万里归土埋，活归活啊死归死，阳世咋就拽不住个你？呀喂——呵呵呵——"

琴花这么一哭把岸山坪的空气都抽拽得麻悚起来，有人试着想拽了琴花头上的枕巾看她是假哭还是真哭，琴花手里拄着一根干柴棍抡过去敲在那人的屁股蛋上，就有人捂了嘴笑。琴花干哭着走近了哑巴，看到哑巴不仅没有泪蛋子在眼睛里滚，眼睛还望着两边的青山。琴花哭了两声不哭了："你的汉们你都不哭，我替你哭你好歹也应该装出一副丧夫的样子吧？"

埋了腊宏，王胖孩叫来几个年长的坐下商量后事，一干人围着石磨开始议事。比如，这哑巴和孩子谁来照顾，怎么个照顾法，都得立个字据。韩冲说："最好一次说断了，该出多少钱我一次性出够。要连带着这么个事，我以后还怎么讨媳妇？"大伙研究下来觉得是个事，明摆着青皮后生的紧急需要，事是不能拖泥带水，得抽刀斩水。

一个说："事情既出由不得人，也是大事，人命关天，红嘴白牙说出来的就得有个道理！"

一个说："哑巴虽然哑巴，但哑巴也是人。韩冲炸了人家的男人，毕竟不是他有意想炸；既然炸了，要咱来当这个家，咱就不能理偏了哑巴，但也不能亏了韩冲。"

一个说："毕竟和韩老五打架的事情不是一个年头了，怕不怕老公家怪罪下来？"

一个说："现在的大事小事不就是俩钱嘛！从光绪年到现在哪一件不是私了？有直道不走，偏走弯道。老公家也是人来主持嘛，要说活人的经验不一定比咱多懂多少，舌头没脊梁来回打波浪，他们主持得了这个公道么？"

王胖孩说："话不能这么说，咱还是老公家管辖下的良民嘛！"

王胖孩要韩冲把哑巴找来，因为哑巴不说话，和她说话就比较困难。想来想去想了个写字，却也不知道她是否识字。王胖孩找了一本小学生的写字本和一根铅笔，在纸上工工整整写了一行字，递给哑巴看。

哑巴看了看，取过笔来，也写了一行字递过去。韩冲因为心里着急伸过去脖子看，年长的因为稀罕也伸过脖子，发现上面的第一行是村干部写的："我是村干部，王胖孩，你叫啥？"后一行的字歪歪扭扭写了："知道，我叫红霞。"

所有的人对视了一下，稀罕这个哑巴不简单，居然识得俩字。

"红霞，死的人死了，你计划怎么办？要多少钱？"

"不要。"

"红霞，不能不要钱。社会是出钱的社会，眼下农村里的狗都不吃屎了，为什么？就因为日子过好了啊。钱是啥？是个胆，胆气不壮，怕米团子过几天你娘母们也吃不上了。"

"不要。"

"红霞妇女，这钱说啥也得要，只说是要多少钱？你说个数，要高了韩冲压，要少了我们给你抬，叫人来就是为了两头取中间主持这个公道。"

"不要。"

小学生写字本上几行字歪歪扭扭看上去很醒目。大伙觉得这个红霞是气糊涂了，哪有男人被人搞死了不要钱的道理？要知道这样的结果还叫人来干啥？写好的字条递给韩冲，要他看了拿主意，使了一下眼色，两个人站起来走了出去。收住脚步，王胖孩说："她不是个简单的妇女，不敢小看了，她想把你弄进去。"韩冲吓了一跳，脚尖踢着地面张开嘴看王胖孩。王胖孩歪了一下头很慎重地思忖了一下说："哪有给钱不要的道理？你说，她不是想把你弄进去是什么？"韩冲越发不知道该说什么了。王胖孩指着韩冲的脸说："要暖化她的心，打消她送你进去的念头，不然你一辈子都得背着个污点，有这么个污点你就甭想说上媳妇。"韩冲闭上嘴，咽下了一口唾沫，唾沫有些划伤了喉咙，火辣辣的疼。

"这几天，你只管给哑巴送米送面。你知道，我也是为你好，让老公家知道了，弄个警车来把你带走了，你前途毁了，以后出来怎么做人？趁着对方是个哑巴，咱把这事情就哑巴着办了，省了官办，民办了有民办的好处。明白不？"韩冲点了点头说："我相信领导干部！"

两个人商量了一个暂时的结果，由韩冲来照顾他们娘母仨。返进屋子里，王胖孩撕下一张纸来，边念边写：

"合同。甲方韩冲，乙方红霞。韩冲下套炸獾炸了腊宏，鉴于目前腊宏媳妇神志不清的情况，不能够决定赔偿问题，暂时由韩冲来负责养活他们母子仨。一日三餐，吃喝拉撒，不得有半点不耐烦，直到红霞决定了最后的赔偿，由村干部主持，岸山坪年长的有身份的人最后得出结果才能终止合同。合同一方韩冲首先不能毁约，如红霞对韩冲的照顾有不满意之处，红霞有权告状，并加倍罚款。"

合同一式两份，韩冲一份，哑巴一份。立据人互相签了字，本来想着要有一番争吵的事情，就这么说断了，岸山坪人的心里有一点盼太阳出来却阴了天的感觉，心里结了个疙瘩，莫名地觉得哑巴真的是傻，互相看着都不再想说话了。

送走王胖孩，韩冲折好条子装进上衣口袋，哑巴前脚走，韩冲后脚卸了炉上的粉走进了哑巴家。

进了哑巴家，韩冲看到哑巴的房梁上吊下来两个箩筐，箩筐下有细小的丝线拉拽着一条一条的小虫，韩冲知道那箩筐里放的是讨来的晒干了的米团子和白馍。哑巴没有停下手里的活，她手里正拿了一捧米团子放在锅台边，一块一块往下磕上面生的小虫，磕一块往锅里煮一块。锅台上的小虫伸展了身子四下跑，哑巴端下锅，拿了笤帚，两下子就把小虫子扫进了火里，坐上锅，听得噗噗的响。

韩冲眯缝着眼睛歪着脖子说："这哪是人吃的东西？"卸下了箩筐走出去倒进了自己的猪圈里。猪好久没有换口味了，呷巴着干巴硬的米团子，吐出来吞进去，嘴片子错得吧唧吧唧响。韩冲给哑巴提过来面和米，哑巴拉了闺女和孩子笑着站在墙角看他一头汗水地进进出出。韩冲想，你这个哑巴笑什么？我把你汉们炸了你还和我笑？但他不敢多说话，只顾埋头干他的活。

这时候就有人陆续走上岸山坪来看哑巴的孩子，有的想收留哑巴的孩子，有的干脆就想收留哑巴。韩冲装作没看见，他想要是真有人把哑巴收留了才好，她一走自己就啥也不用赔了。但哑巴这时候面对来人却很决绝地把门关上了。

王胖孩又来到了岸山坪，要韩冲叫了年长的和有些身份的人走进了哑巴的家。王胖孩坐下来看着哑巴说："今天我来是给你做主的，有啥你就说。"

韩冲坐到门墩上琢磨着这个事情该怎么开头，说什么好。就听得王胖孩说："咱打开天窗说亮话，不绕弯子了，这理说到桌面上是欠了人家一条命，等于盖屋你把人家的大梁抽了，屋塌了。现在，你一个孤寡妇女，又是哑巴，带着俩孩子，容易吗？要我说就一个字——难。红霞，老话重提，你说出个数字来，要多少？"

哑巴抬起头拿过一根点火的麻秆来在石板地上写了两个黑字——不要。村干部接过麻秆来，大大的在地上写了两个字——两万。韩冲低下头看，请来的也低下头看，抬起头互相点了点头，大意是有了韩老五的事情在前面做样板，这样的处理结果也是说得过去的。韩冲说话了："胖孩哥，两万块暂时拿不出，能不能分期付？如果不行，就得给我政策，让我贷。"

王胖孩想了半天说："上头的政策主要是鼓励农民贷款致富，哪有让你贷款用来买命的？这事要说也没个啥，摆到桌面上就是个事。你到对面的甲寨上找一找发兴，他儿在矿上，煤炭现如今效益不错，他家里想来是有货的，借一借嘛。琴花虽然是出了名的铁公鸡，毕竟是喝过你的粉浆，吃过你的獾肉，还是你的相好，你炸死的这个人用的雷管还是她提供的，咱嘴上不说，她是脱不了干系的。"

韩冲不好意思地低下了头。

事情说到这里，王胖孩对哑巴红霞说："按我的意思来，你不要，不等于我们不懂，我们不懂就是欺负你了，这不符合山里人的作风。等韩冲凑够了钱，我再到这山上来亲手递给你，咱这事情就算结束，你也好准备你的退路。一个妇道人家没有汉们帮衬，哪能行啊！韩冲，话说回来大家是为了你办事，光跑腿我就跑了几趟，你小子懂个眼色不懂？"

韩冲大眼套小眼看着王胖孩，王胖孩举起手里的麻秆说："这，缩小了像个啥？"韩冲想，像个啥？哑巴从王胖孩手里拿过麻秆来掰下前面点黑了的一小截，叼在嘴上咂巴了两口。韩冲明白了，他是想要烟哩。稀罕得岸山坪的长辈们放下手中的旱烟锅子看哑巴，哑巴被看得不好意思低下了头。

韩冲赶紧出去到代销点上买了两条烟递给了王胖孩。王胖孩说："这是啥意思？乡里乡亲的弄这？"说罢，掰开一条烟给坐着的长辈一人发了一包，自己把剩下的夹在腋窝下起身走了。

长辈们看着手里的烟，咧开嘴笑着，心里却不是个滋味，啥态也没表走了两步路就赚了一包烟，很是有点不好意思。韩冲说："算个啥嘛，都是德高望重的人，就是没事我韩冲也应该孝敬你们！"

三

借钱的事情很简单，也很复杂，简单得就像天上的一轮太阳，无际蓝天，没有鸟儿飞翔，看上去空旷；复杂得突然就乱云飞渡，飞渡的云不是瓦片和挠钩状，是黑云压山，兜头浇得韩冲凉飕飕的。

韩冲去对面的甲寨上，要下了沟，绕出山，再转回来上对面，大约要一个半钟点。

这地方的人把吃亏不叫吃亏，叫吃家死，韩冲这一回借钱就吃了大家死。

走上甲寨人们就说："韩冲，还敢不敢下套子了？胆子大啊，那讨吃下那深沟做啥去了？活该要他的命。"韩冲挠了挠头，呵呵笑了一下，很不舒展。不断有人问，韩冲就不断很不舒展地呵呵。

走进发兴的院子里，看到发兴坐在小马扎上抽旱烟，烟锅子在地上磕了一下子，说："你来了，稀客。有啥事不喊要过沟来说？我可是头一回见你大白天来。也是的，炸獾咋就炸了人了？"

韩冲说："话不能这样说，大白天不来搭黑来干啥？老哥你就不要瞎猜了，人倒霉了放个屁都砸脚后跟。我也思谋着他下那沟做甚哩，两捆柴好好的摔在一边，手里握着一把斧头不丢，看见我眼睛瞪得快要出血，恨不能把我吃掉，我操。不过话说回来，咱是断了人家哑巴的疼了。"

琴花撩开碎布头拼成的好看的门帘出来，说："韩冲，以后不要下套子了，那獾又不是光吃你的玉茭。你把人炸了，亏得他是外来的，要是本地的，不让你抵命才怪。"

韩冲低下头看着自己的脚尖，鞋是一双解放球鞋，因为旧了，剪了前边和后边，当凉鞋穿。韩冲看着看着就想把过来的意思挑明。韩冲说："我过来是有个事情求你们两口帮忙。"

琴花返进去从屋子里端出一罐头瓶水来递给他说："帮啥忙？跑腿找人的事，发兴帮得上就一定帮。这两天架驴磨粉了？你不要因为这事把猪饿了，该做啥还做啥，腊月里我大儿要订婚，还想借你一头猪下酒席呢。你要赶不上喂，赶过来我喂，秋口上卖了咱二一添作五分。"

韩冲抬起头看琴花，琴花脸上挂着笑，嘴角上的一颗黑土眼（痣）翘起来顶在鼻子边。韩冲想，琴花脸上的这个黑土眼坏了她好几分人才。

发兴说："事情最后怎么处理了？说了个甚解决办法？听说有人上来说哑巴，女人要是没了男人，小腰就断了，就拖不动腿了，也怪可怜的。"

琴花说："傻哑巴不知道哭，看来是真有病。山下有人要她，收拾走算了，省了你来照顾。"

韩冲鼓了鼓勇气说："不瞒你们两口说，我今儿过来这甲寨上就是想和你们打凑俩钱给哑巴。救个急，误不了你娶媳妇，我韩冲是说话算话的。"

一听说是借钱，琴花就示意发兴闭嘴。琴花走到韩冲的面前看着他说："说起来是应该帮忙，出了这么大的事情。啊呀，我当时就不敢过去看那死鬼，听人说，下半截整个都没了？吓死了。事情是出了，有事说事，按道理是得赔人家，是不是？按道理谁能帮上就帮，乡里乡亲的，抬头不见低头见，谁家不出个事？古话说了，有啥别有事，没啥别没钱，两件事都让你摊上了。可有些事情摊上了，还真是帮不上你这个忙。我给你说吧，腊月里要给大儿订婚，正月里不娶，明年秋口上也得娶。如今说个媳妇容易吗？屁股后捧着人家还要脱落，敢松口气？我要是真有钱我还真舍得借给你，不怕你不还，可就是没有钱，活了个人带了个穷命，难啊！"

韩冲看着琴花的嘴一张一合的，想自己还亲过这张嘴，嘴里的舌头滑溜溜，有时候也咬一下韩冲的下嘴片子，到韩冲的忘情处会说："人家都穿七分裤了，你也给我买一条穿穿，我是二尺四的腰，要小方格子的面料。"韩冲会说："穿那干啥？不好看，憋得屁股和两瓣瓣蒜一样。"琴花说："你不买，你就给我下来，我看你哪头难受！"韩冲在她身上正忙着，只好忙说："买买。"

韩冲你给我买一盒舒肤佳香胰子；韩冲你给我看看我的肚皮是不是松得厉害了，我也想买条裹腹裤；韩冲，我除了不和你住一个屋子，住一个屋子里干的事，咱都干了，也就等于是一家人了，你赚了钱就给我花，我从心里疼你……

韩冲看着琴花心想，你身上穿的从里到外哪一样不是我买的？你琴花疼我了？疼我什么了？关键的时候，说到钱的时候，你就不和我一心了。

发兴说："这不是帮不帮忙的事情，是帮不了这忙，是人命关天。小老弟，都怪你炸屎什么獾嘛！"

—— 14 ——

韩冲想，也就是啊，炸屎什么獾嘛！

琴花的短腿直着一条，斜着一条，直着的硬邦邦地站着，斜着的抖抖地闪，闪得人心中想生气。韩冲说："看在以往的面子上，你们就帮我一回吧。我炸死人，要不是你给我雷管，我拿什么炸他？"

琴花一下把斜着的那条腿收了回来，指着韩冲说："以往怎么啦？以往就吃了你几次粉浆，当是什么好东西啊？给猪吃的东西，从崖下吊给我吃，讨你什么便宜了？韩冲，不是说不借给你钱，是没有东西借给你，你当是清明上坟拓鬼洋，八月十五打月饼，找个模子就现成？我是给你雷管了，我叫你韩冲炸人了？你炸死人怨我的雷管，笑话！既然说到这个份儿上了，我哭讨吃的那头猪不要了，落得送你个人情。"

韩冲说："我多会说要送你一头猪了？"

发兴说："装傻，谁都知道你要给一头猪！要说讨便宜，你是讨了大便宜了，别说是一头猪，十头猪你也不吃家死。别人不知道，我是心知肚明。"

琴花打断了发兴的话："你心知个啥？肚明个啥？不会说不要抢着说。"

韩冲端起罐头瓶一口喝了瓶里的水说："我也就是到了困难的时候才找你们来张嘴，张一回嘴容易吗？张开了难合住，给个面子，没多总有个少吧？这沟里就你们还有俩钱，我也是屎憋到屁股门上了，我要有二指头奈何也不会张嘴求人，琴花，求你了！"

琴花说："韩冲，我是真想帮你这个忙，可就是心有余而力不足。十块八块的又不顶个事情办，三千两千的我还真没见过，要有就借你了。丑话说到头了，你走吧，甲寨上的人在大门外看咱的笑话哩。"

韩冲站了起来要走，琴花又说话了："你欠我多少，不是一头猪能还得了的。走归你走，但你得记清楚了。"这一句话说得不是时候，琴花的本意是想说，要是还想着我，你就来，来就得带零花来。可说这话不是个地方，韩冲都快急得火烧眉毛了他哪里能绕过这个弯。

韩冲一下站住了说："两清了。这钱我不借了，你有本事继续要你的本事，隔着崖，你是甲寨上的，我是岸山坪的，井水不犯河水。发兴，你老婆本事大啊。"

琴花的脸霎时就青了，这叫人话吗？得了便宜卖乖，不借你钱，舌头就长刺了，这就让琴花难咽这口气。

琴花说："站住，韩冲！"一下就扑过去跳起来照着韩冲的脸掴了一个巴掌。韩冲没有防备，一下就怔住了。

韩冲说："不借钱就算了，你还打我！我打你吧，我不君子；不打你吧，你太张狂了！跳起来打，不够三尺高的人就是毒。我拿雷管炸了人，那雷管我有吗？还不是你给的！"

发兴站起来拖住了琴花，琴花兜头给了发兴一巴掌，跳着脚跑出院外。甲寨上看热闹的人自动让了个场地看琴花表演："你个缺德鬼，你害了死人害活人，你炸獾咋就不炸了你？讨吃哪天说不定就来勾你命了，你等着吧，不在崖下在崖上，不在明天在后天，你死了也要狼拖狗拽了你，五黄六月蛆轰了你！"

韩冲听着身后的叫骂声，踢着地上的石头蛋走，脑子里轰轰响，石头蛋掀了脚指甲盖，也不觉得疼，自己说得好好的，这个傻×就翻了脸，真是人小鬼大难招架。我操！

四

这是哑巴第一次出门。她把孩子放到院子里，要大看着，她走上了山坡。熏风温软地吹着，她走到埋着腊宏的地垄头上，坟堆堆有半人多高，她一屁股坐到坟堆堆上。坟堆堆下埋着腊宏，她从心里想知道腊宏到底是不是真的去了？一直以来她觉得腊宏还活着。腊宏不要她出门，她就不敢出门。今儿，她是大着胆子出门了，出了门，她就听到了鸟雀清脆的叫声从山上的树林子里传过来。

哑巴绕着坟堆堆走了好几圈，用脚踢着坟上的土，嘴里喃喃着一串话，是谁也听不见的话。然后坐到地垄上哭。岸山坪的人都以为哑巴在哭腊宏，只有哑巴自己知道她到底是在哭啥。哑巴哭够了对着坟堆堆喊，一开始是细腔，像唱戏的练声，从喉管里挤出一声"啊"，慢慢就放开了，唢呐的冲天调，把坟堆堆都能撕烂，撕得四下里走动的小生灵像无头的苍蝇一样往草丛里乱钻。哑巴边喊边大把抓了土和石块砸坟头，她要砸出坟头下的人问问他，是谁让她这么无声无息地活着？

远远地看到哑巴喊够了像风吹着的不倒翁回到了自己的院子里，人们的心才放到了肚子里。哑巴取出从不舍得用的香胰子，好好洗了洗头，洗了洗脸，找了一件干净的衣服换上出了屋门。哑巴走到粉房的门口，没有急着要进去，而是把头探进去看。看到韩冲用棍搅着缸里的粉浆，搅完了，把袖子挽到臂上，拿起一张大罗开始罗浆。手在罗里来回搅拌着，落到缸里的水声哗啦啦、哗啦啦地响，哑巴就觉得很温暖。哑巴大着胆子走了进去，地上的驴转着磨道，磨眼上的玉茭塌下去了，哑巴用手把周围的玉茭填到磨眼里。她跟着驴转着磨道填，转了一圈才填好了磨顶上的玉茭。哑巴停下来抬起手闻了闻手上的粉浆味，是很好闻的味，又伸出舌头来舔了舔，是很甜的味道，哑巴咧开嘴笑了。

这时候韩冲才发现身后不对劲，扭回头看，看到了哑巴的笑，水光亮的头发，白净的脸蛋，她还是个很年轻的女人嘛，大大的眼睛，鼓鼓的腮帮，翘翘的嘴巴。韩冲把地里看见的哑巴和现在的哑巴做了比较，觉得自己是在梦里，他用围裙擦着手上的粉浆说："你到底是不是个傻哑巴？"哑巴吃惊地抬起头看。驴转着磨道过来用嘴顶了她一下，她的腰身呛了一下驴的鼻子，驴打了个喷嚏，她闪了一下腰。哑巴突然就又笑了一下，韩冲不明白这个哑巴的笑到底是羊角疯病的前兆，还是她就是一个爱笑的女人。

大搂着弟弟在门上看粉房里的事情，看着看着也笑了。

哑巴走过去一下抱起来儿子，用布在身后一绕把儿子裹到了背上，走出了粉房。

岸山坪的人来看哑巴，觉得这哑巴倒比腊宏活着时更鲜亮了。韩冲罗粉，哑巴看磨，孩子在背上看着驴转磨咯咯咯笑。来看她的人发现她并没有发病的迹象，慢慢走近了互相说话，说话的声音由小到大。谁也不知道哑巴心里想着的事，其实她心里想的事很简单，就是想走近他们，听听他们说话。

哑巴的儿子哼叽叽地要撩她的上衣，哑巴不好意思，抱着孩子走了。边走孩子边撩，哑巴打了一下孩子的手，这一下有些重了，孩子哇的一声哭了起来。孩子的哭声挡住了外面的吵闹声音，就有一个人跟了她进了她的屋子，哑巴没有看见，也没有听见。孩子抓着她的头发一拽一拽地要吃奶，哑巴让他拽，"你的小手才有多重，你能拽妈妈多疼？"哑巴把头抬起来时看到了韩冲，韩冲端着摊好的粉浆饼子走过来放到了哑巴面前的桌子上，说："吃吧，断不得营养，断了营养，孩子长得黄寡。"

哑巴指了一下碗，又指了一下嘴，要韩冲吃。韩冲拿着铁勺子**嘟嘟磕**了两下子鏊盖，指着哑巴说："你过来看看怎么样摊，日子不能像腊宏过去那样，要来啥吃啥，要学着做饭。面有好几种做法，也不能说学会了摊饼子就老摊饼子。你将来嫁给谁，谁也不会要你坐吃，妇女有妇女的事情。汉们种地，妇女做饭，天经地义。"

哑巴站起来咬了一口，夹在筷子上吹了吹，又在嘴唇上试了试烫不烫，然后送到了孩子的嘴里。哑巴咬一口喂一口孩子，眼睛里的泪水就不争气地开始往下掉。韩冲把熟了的粉浆饼子铲过来捂到哑巴碗里，就看到梁上有虫子拽着丝拖下来，落在哑巴的头发上，一条两条，虫子在她乌黑的头发上一耸一耸地走。孩子抬起手从她的头上拽下一条虫子来，噗的一下捏死了它，一股黄浓的汁液涂满了孩子的指头肚，孩子呵呵笑了一下抹在了她的脸上。哑巴抹了一下自己的脸，搂紧孩子捏着嗓子哭起来。

哑巴一哭，韩冲就没骨头了，眼睛里的泪水打着转说："我把粮食给你划过一些来，你不要怕，如今这山里头缺啥也不缺粮食。我就是炸獾炸死了腊宏，我也不是故意的，我给你种地、收秋，在咱的事情没有了结之前，我还管你们。你就是想要老公家弄走我，我思谋着，也不怪你，人得学会反正想，长短是欠了你一条命啊！你怕什么，我们是通过村干部签了条子的。"哑巴摇着头像拨浪鼓，嘴居然还一张一合的，很像两个字："不要！"

岸山坪的人哑巴不认识几个，自打来到这里，她就很少出门。她来到山上第一眼看到的是韩冲，韩冲给他们房子住，给他们地种，给大粉浆饼子吃，腊宏打她韩冲进屋子里来劝，韩冲说："冲着女人抬手算什么男人！"女人活在世上就怕找不到一个好男人，韩冲这样的好男人，哑巴还没有见过。哑巴不要韩冲钱的另一层意思就是想要他管他们母子仨。

韩冲背转身出去了，哑巴站起来在门口望。门口望不到影子了，就抱了儿子出来。她这时看到了韩冲的粉房门前站了好多人，手里拿着布袋，看到韩冲走过去就一下围住了他。韩冲粉房前乱哄哄的，先进去的人扛了粉面急匆匆地出来，后边的人嚷嚷着也要挤进去。一个女人穿着小格子裤也拿着一个布袋从崖下走上来，女人走起路来一摆一摆的，布袋在手里晃着像舞台上的水袖。哑巴看清楚是甲寨上的琴花，琴花替她哭过腊宏，她应该感谢这个女人。

琴花上来了，韩冲他爹在家门口也看见了。昨天韩冲去借钱受了她的羞辱，今日里她倒舞了个布袋还好意思过来，这个不要脸的娘们。一个韩冲怎么能对付得了她？好好的三门亲事都黄了，为了啥，还不是为了她？人家一听说韩冲跟甲寨上的琴花明里暗里地好着，这女人对他还不贴心，只是哄着想花俩钱，谁还愿意跟韩冲？名声都搭进去了，韩冲还不明白就里。我就这么一个儿，难道要我韩家绝了户？韩冲爹一想到这，火就起来了。他从粉房里把韩冲叫出来，问他："你欠不欠你小娘的粉面？"韩冲说："不欠。"韩冲爹说："那你就别管了，我来对付这娘们。"

琴花过来一看有这么多人等着取粉面，她才不管这些，侧着身子挤了进去。琴花看着韩冲爹说："老叔，韩冲还欠我一百五十斤玉茭的粉面，时间长了，想着不紧着吃，就没有来取。现在他出事了，来取粉面的人多了，总有个前后吧，他是去年就拿了我的玉茭的，一年了，是不是该还了？"

韩冲爹抬头看了一眼琴花就不想再抬头看第二眼了，这个女人嘴上的黑土眼跳跃得欢，欢得让韩冲爹讨厌。韩冲爹头也不抬地说："人家来拿粉面是韩冲打了条子的，有收条有欠条，你拿出来，不要说是去年的，前年的大前年的欠了你了照样还。"

琴花一听愣了，韩冲确实是拿了她一百五十斤玉茭，琴花说不要粉面了，要钱。韩冲给了琴花钱。琴花说："给了钱不算，还得给粉面。"韩冲说："发兴在矿上，你一个人在家能吃多少？有我韩冲开粉房的一天，就有你吃的一天。"琴花隔三岔五取粉面，取走的粉面在琴花心里从来不是那一百五十斤里的数，一百五十斤是永远的一百五十斤。孩子马上要订婚了，不存上些粉面到时候吃啥？说不定哪天他要真进去了，她和谁去要？

琴花说："韩冲和我的事情说不清楚，我大他小，往常我总担待着他，一百五十斤玉茭还想到要打条子？不就是百把斤玉茭，还能说不给就不给了？老叔，你也是奔六十的人了，韩冲他现在在哪儿，叫他来，他心里清楚。他要是真有个三长两短，你说这粉面还真想要昧了我的呢？"

韩冲爹说："我是奔六十的人了。奔六十的人，不等于没有七十八十了，我活呢，还要活呢，粉房开呢，还要开呢！"

看着他们俩的话赶得紧了，等着拿粉面的人就说："不紧着用，老叔，缓缓再说，下好的粉面给紧着用的人拿。"说话的人从粉房里退出来，觉得自己在这个时候来拿也没个啥，让这女人一点透似乎真有些不大合适，不就是几斗玉茭的粉面嘛。

琴花觉得自己有些丢了面子，她在东西两道梁上，甚时有人敢欺负她，给她个难看？没有！她来要这粉面，是因为她觉得韩冲欠她的，不给粉面罢了，还折丑人哩？

琴花说："没听说还有活千年的蛤蟆万年鳖的，要是真那样，咱这圪梁上真要出妖精了。"

韩冲爹说："现在就出妖精了还用得等！哭一回腊宏要一头猪，旁人想都不敢想，你却说得出口，你是他啥人呢？"

琴花说："我不和你说。古话说，好人怕遇上个难缠的，你叫韩冲来，我倒要看他这粉面是给啊不给？"

韩冲爹说："叫韩冲没用，没有条子，不给。"

琴花想，和他爹说不清楚，还不如出去找一找韩冲。

琴花用手掴了一下磨顶上放着粉面的筛子，筛子哗啦一下就掉了下来。琴花没想到那筛子会掉下来，她原本只是想吓唬一下老汉，给他个重音听听，谁知道那筛子就掉了下来。粉面白雪雪地淌了一地，琴花就台阶下坡说："我吃不上，你也休想吃！"

韩冲爹从缸里提起搅粉浆的棍子叫了一声："反了你了！"

琴花此时已经走到院子里，回头一看韩冲爹要打她，马上就坐在地上喊了起来："打人啦，打人啦，儿子炸死讨吃了，老子要打妇女啦！打人啦，打人啦！岸山坪的人快来看啦，量了人家的玉茭不给粉面还要打人啦，这是共产党的天下吗?！"

韩冲爹一边往出扑一边说："共产党的天下就是打下来的，要不怎么叫打江山，今儿我就打定你了！"

哑巴不明白发生了什么事。刚才她回家为琴花做了张粉浆饼子，端了碗站在院边上看，碗里的粉浆饼子散发出葱香味，有几丝热气缭绕得哑巴的脸蛋水灵灵的。看着他们俩吵架，哑巴兴奋了。她爱看吵架，也想吵架，管他谁是谁非，如果两个人吵架能互相对骂、互相对打才好。平日里牙齿碰嘴唇的事肯定不少，怎么说也碰不出响呀？日子跑掉了多少，又有多少次想和腊宏痛痛快快吵一架，吵过吗？没有，长着嘴却连吵架都不能。哑巴笑了笑，回头看每个人的脸，每个人看他们吵架的表情都不同，有看笑话的，有看稀罕的，有什么也不看就是想听热闹的，只有哑巴知道自己的表情是快乐的。

琴花还在韩冲的粉房门前号，看的人就是没有上前去拉她的。琴花不可能一个人站起来走，她想总有一个人要来拉她，谁来拉她，她就让谁来给她说理，给她证明韩冲该她粉面，该粉面还粉面，天经地义。可是现在没有一个人来拉，她眯着眼睛哭，瞅着周围的人，看谁来伸出一只手。她终于看到一个人过来了，这一下她就很踏实地闭上了眼睛——过来的人是哑巴。哑巴端了碗，碗里的粉浆饼子不冒热气了。哑巴走到琴花的面前坐下来，两手捧着碗递到埋着头的琴花脸前，哑巴说："吃。"

这一个字谁也没有听见，有点跑风漏气，但是，琴花听见了。

琴花吓了一跳，止住了哭。琴花抬起头来看周围的人，看谁还发现哑巴会说话了。周围的人看着琴花，不知道这个女人为什么突然噤了声！

琴花木然地接过哑巴手里的碗，碗里的粉浆饼子在阳光下透着亮，葱花绿绿的，饼子白白的，琴花的眼睛逐渐瞪大了，像是什么烫了她的手一下，她叫了一声"妈呀"，端碗的手很决绝地撒开了。地上有几只闲散的走动觅食的鸡，吓得扑棱了几下翅膀跑开了，扭头看了看发现了地上的粉浆饼子，又很小心地走过来，快速叼到了嘴里，展开翅膀跑了。琴花站起身，看着哑巴，哑巴咧开嘴笑，用手比画着要琴花到她的屋里去。琴花又抬起头看周围的人群，人们发现这琴花就是不怎么样，连哑巴都懂得情分，可她琴花却不领情，连哑巴的碗都摔了。

琴花弯下腰捡起自己的面口袋想，是不是自己听错了？却觉得自己没有听错，她突然有点害怕了，一溜小跑下了山。岸山坪的人想，这个女人从来不见怕过什么，今儿个怕了，怕的还是一个哑巴。真的没明白。看着琴花那屁股上的土灰，随着摆动的屁股蛋子，一荡一荡地在阳光下泛着土黄色的亮光，弯弯绕绕地去了。

五

炕上的孩子翻了一下身蹬开了盖着的被子，哑巴伸手给孩子盖好。就听得大从外面蹦蹦跳跳地进来了。大说："我有名了，韩冲叔起的，叫小书。他还说要我念书，说人要是不念书，就没有出息，就一辈子被人打，和娘一样。"哑巴抬起头望了望窗外，幽黑的天光吊挂下来，她看到大手里拿着一包

— 21 —

蜡烛，她知道是韩冲给的。

哑巴用麻秆点燃了蜡烛，找来一个空酒瓶子，把蜡烛套进去，有些松。她想找一张纸，大给她拿过来一张纸，她卷蜡烛往里塞时，发现那张纸是王胖孩给她打的条子，上面有她的签字。她抬起手打了大一下，大扯开嗓子哭，把炕上的孩子也吓醒了。哑巴不管，把卷在蜡烛上的纸小心剥下来，又找了一张纸卷好蜡烛塞进酒瓶里，放到炕头上。拿起那张条子看了半天抚展了，走到破旧的木板箱前，打开，找出一个几年前的红色塑料皮笔记本，很慎重地夹进去。哑巴就指望这条子要韩冲养活她娘母仨呢，哑巴什么也不要！哑巴反过来摸了大的头一下，抱起了炕上的孩子。这时候就听得院子里走进来一个人，是韩冲。韩冲用篮子提着秋天的玉茭棒子放到屋子里的地上，说："地里的嫩玉茭煮熟了好吃，给孩子们解个心焦。"

韩冲说完从怀里又掏出半张纸的蚕种放到哑巴的炕上，说："这是蚕种，等出了蚕，你就到埋腊宏的地垄上把桑叶摘下来，用剪刀剪成细丝喂。"

蚕种是韩冲给琴花订下的。琴花说："韩冲，给我定半张秋蚕，听说蚕茧贵了，我心里痒，发兴不在家，你给我订了吧。"韩冲因为和琴花有那码子事情，韩冲就不敢说不订。琴花就是想讨韩冲的便宜，人说讨小便宜吃大亏，琴花不管，讨一个算一个，哪一天韩冲讨了媳妇了，一个子儿也讨不上了，韩冲你还能想到我琴花？现在秋蚕下来了，韩冲想，给你琴花订的秋蚕，你琴花是怎么对我的？还不如哑巴，我炸了腊宏，哑巴都不要赔偿，你琴花心眼小到想要我猪啦、粉面啦，猪见了我，猪都知道哼两哼，你琴花见了我咋就说翻脸就翻脸了呢？

韩冲说："一半天蚕就出来了，你没有见过，半张蚕能养一屋子，到时候还得搭架子，蚕见不得一点脏东西。哑巴，你爱干净，蚕更爱干净，好生伺候着这小东西。"

哑巴想，我哪里还知道什么叫干净呀，我这日子叫爱干净吗？

夜暗下来了，把两个孩子打发睡下，哑巴开始洗涮自己。木盆里的水汽冒上来，哑巴脱干净坐了进去，坐进木盆里的哑巴像个仙女。标标致致的哑巴躬身往自己的身上撩水，蜡烛的光晕在哑巴身体上放出柔辉。哑巴透过窗玻璃看屋外的星星，风踩着星星的肩膀吹下来，天空中白色的月亮照射在玻璃上，和蜡烛融在一起，哑巴就想起了童年的歌谣：

天上落雨又打雷
一日望郎多少回
山山岭岭望成路
路边石头望成灰

蜡烛的灯捻哔剥爆响，哑巴洗净穿好衣服，找出来一把剪刀剪掉了蜡烛捻上的岔头，灯捻不响了。摇曳的灯光黄黄的铺满了屋子，倒出去木盆里的脏水，看到户外夜色深浓，月亮像一弯眉毛挂在中天上，半明半暗的光影加上阒寂的氛围，让哑巴有点嗒然，潜沉于被时间流走的世界里，哑巴就打了个战，觉得腊宏是死了，又觉得腊宏还活着，惊惊地四下里看了一遍，她的思维在清明和混沌中半醒半梦着。走回来脱了衣裳，重新看自己的皮肤，发现乌青的色淡了，有的地方白起来，在灯光下还泛着亮，就觉得过去的日子是真的过去了。哑巴心头亮了一下，有一种新鲜的震惊，像一枚石头蛋子落入了一潭久沤的水池子，泛了一点水纹，水纹不大，却也总算击破了一点平静。

现在的季节是秋天，刚入秋，天到晚上有点凉，白天还是闷热的。摸索着从窗台上找到一块手掌大的镜子，举起来看，看不清楚，镜子上全部是灰。下地找了块湿布子抹了两下，越发看不清楚了。一着急就用自己的衣裳抹，抹到举起来看能看到眉眼了，走过去举到灯影下仰了看。慢慢地举了镜子往上提，看到了自己的脸，好久了不知道自己长了个啥样，好久了自己长了个啥样并不重要，重要的是挨了上顿打，想着下顿打，眼睛盯着个地方就不敢到处看，哪还敢看镜子呀。

突然听得对面的甲寨上有人筛了铜锣喊山，边敲边喊："呜叱叱叱——呜叱叱叱——"

山脊上的人家因为山中有兽，秋天的时候要下山来糟蹋粮食兼或糟蹋牲畜，古时传下来一个喊山。喊山，一来吓唬山中野兽，二来静夜里给游门的人壮胆气。当然了，现在的山上兽已经很少了，他们喊山是在吓唬獾，防备獾趁了夜色的掩护偷吃玉茭。

哑巴听着就也想喊了。拿了一双筷子敲着锅沿，迎着对面的锣声敲，像唱戏的倚着架子敲鼓板，有板有眼的，却敲得心情慢慢就真的骚动起来了，

— 23 —

有些不大过瘾。她起身穿好衣服，觉得自己真该狂喊了，冲着那重重叠叠的大山喊！找了半天找不到能敲响的家什，找出一个新洋瓷脸盆。这个脸盆是从四川挑过来的，一直不舍得用。脸盆的底上画着红鲤鱼戏水，两条鱼在脸盆底上快活地等待着水。哑巴就给它们倒进了水，灯晕下水里的红鲤鱼扭着腰身开始晃，哑巴弯下腰手伸进去搅啊搅，搅够了掬起一捧来抹了一把脸，把水泼到了门外。哑巴找来一根棍，想了想觉得棍敲出来的声音闷，提了火台边上的铁疙瘩火棍出了门。

山间的小路上走着想喊山的哑巴，滚在路面上的石头蛋子偶尔磕她的脚一下；偶尔，会有一个地老鼠从草丛中窜过去；偶尔，恓惶中的疲惫与挣扎，让哑巴想惬意一下，哑巴仰着脸笑了。天上的星星眨巴了一下眼睛，天上的一钩弯月穿过了一片云彩，天上的风落下来撩了她的头发一下，这么着哑巴就站在了山圪梁上了。对面的铜锣还在敲，哑巴举起了脸盆，举起了火棍，张开了嘴，她敲响了：

当！

新脸盆上的瓷裂了，哑巴的嘴张着却没有喊出来。当！裂了的碎瓷被火棍敲得溅起来，溅到了哑巴的脸上，哑巴嘴里发出了一个字："啊！"接着是一连串的当当当——"啊啊啊——"从山圪梁上送出去。哑巴在喊叫中竭力记忆着她的失语，没有一个人清楚她的伤感是抵达心脏的。她的喊叫撕裂了浓黑的夜空，月亮失措地走着，颤着，跌落到云团里，她的喊叫爬上太行大峡谷的山脊，使山上的植被毛骨悚然起来。直到脸盆被敲出了一个洞，敲出洞的脸盆暗哑下来，一切才暗哑下来。

哑巴往回走，一段一段地走，回到屋子里把门关上，哑巴才安静了下来。哑巴知道了什么叫轻松，轻松是幸福，幸福来自内心快乐的芽头正顶着哑巴的心尖尖。

六

韩冲赶了驴帮哑巴收秋地里的粮食。驴脊上搭了麻绳和布袋，韩冲穿了一件红色球衣牵了驴往岸山坪的后山走。这一块地是韩冲不种了送给腊宏的，地在庄后的孔雀尾上，腊宏在地里种了谷。齐腰深的黄绿中韩冲一纵一隐地挥舞着镰刀，远远看去风骚得很。看韩冲的也没有别的人，一个是哑巴，一个是对面甲寨上的琴花。琴花自打那天听了哑巴说话，回来几天都没有张嘴。琴花想，哑巴到底是不是哑巴？不是哑巴她为啥不说话？琴花和发兴说。发兴说："你不说没有人说你是哑巴，哑巴要是会说话，她就不叫哑巴了。人最怕说自己的短处，有短处由着人喊，要么她就是个傻子，要么就像我一样，由了人睡我自己的老婆，我还不敢吭个声。"

琴花从床上坐起来一下搂了发兴的被子，说："说得好听，谁睡我了？我还不是为了这个家，你少啥了？倒有你张嘴的份了！你下，你下！"琴花的小短腿小胖脚三脚两脚就把发兴蹬下了床。发兴光着身子坐在地上说："我在这家里连个带软刺的话都不敢说，旁人还知道我是你琴花的汉们，你倒不知道心疼，我多会管你了？啥时候不是你说啥就是啥，我就是放个屁，屁眼都只敢裂开个小缝，眼睛看着还怕吓了你。你要是心里还认我是你男人你就拽我起来，现在没有别人，就咱俩，我给你胳臂你拽我？"

琴花伸出脚踢了发兴的胳臂一下，发兴赶紧站了起来往床上爬，琴花反倒赌气搂了被子下了床到地上的沙发上去睡。琴花憋屈得慌就想见韩冲，想和韩冲说哑巴的事情。

琴花有琴花的性格，不记仇。琴花找韩冲说话，一来是想告诉他哑巴会说话，她装着不说话，说不定心里怄着事情呢，要韩冲防着点；二来是秋蚕下来了，该领的都领了，怎么就不见给她订的那半张？站在崖头上看韩冲粉房一趟，哑巴家一趟，就是不见韩冲下山。现在好不容易看到韩冲牵了驴往后山走，就盯了看他，看他走进了谷地，想他一时半会也割不完，进了院子挎了个篮子，从甲寨上绕着山脊往对面的凤凰尾上走。

韩冲割了五个谷捆子了，坐下来点了根烟看着五个谷捆子抽了一口。韩冲看谷捆子的时候眼睛里其实根本就看不见谷捆子，看见的是腊宏。腊宏手里的斧子、黄寡样、哑巴、大和他们的小儿子。这些很明确的影像转化成了一沓两沓子钱。韩冲想不清楚自己该到哪里去借。村干部王胖孩说："收了秋，铁板上钉钉。"韩冲盘算着爹的送老衣和棺材也搭里了，给不了人家两万，还不给一万？哑巴夜里的喊山和狼一样，一声声叫坐在韩冲心间，韩冲心里就想着两个字：亏欠。哑巴不哭还笑，她不是不想哭，是憋得没有缝，昨天夜里她就喊了，就哭了。她真是不会说话，要是会，她就不喊"啊啊啊"，喊啥？喊琴花那句话："炸獾咋不炸了你韩冲！"咱欠人家的，这个

"欠"字不是简单的一个欠，是一条命，一辈子还不清，还一辈子也造不出一个腊宏来。韩冲狠狠掐灭烟头站起来开始准备割谷子。站起来的韩冲听到身后有沙沙声传过来，这山上的动物都绝种了，还有人会来给我韩冲帮忙？韩冲挽了挽袖管，不管那些个，往手心里吐了一口唾沫弯下腰开始割谷子。

韩冲割得正欢，琴花坐下来看，风送过来韩冲身上的汗臭味。琴花说："韩冲，真是个好劳力啊。"韩冲吓了一跳抬起身看地垄上坐着的琴花。琴花说："隔了天就认不得我了？"韩冲弯下腰继续割谷子，倒伏在两边的谷子上有蚂蚱蹿起蹿落。琴花揪了几把身边长着的猪草不看韩冲，看着身边五个谷捆子说："哑巴她不是哑巴，她会说话。"韩冲又吓了一跳，一镰没有割透，用了劲拽，拽得猛了一屁股闪在了地上。韩冲问："谁说的？"琴花说："我说的。"韩冲抬起屁股来不割谷子了，开始往驴脊上放谷捆。韩冲说："你怎么知道的？"琴花说："你给我订的半张蚕种呢？你给了我，我就告诉你。"韩冲说："胡屎日鬼我，你不要再扯淡！咱俩现在是两不欠了。"

韩冲捆好谷子，牵了驴往岸山坪走。琴花坐下来等韩冲，五个谷捆子在驴脊上耸得和小山一样，琴花看不见韩冲，看见的是谷捆子和驴屁股。琴花看到地里掉下的谷穗子，捡起来丢进了篮子里；想了想站起来走到韩冲割下的谷穗前，用手折下一些谷穗来放进篮子里；篮子满了，看上去不好看，四下里拔了些猪草盖上。琴花想，谷穗够自己的六只母鸡吃几天，现在的土鸡蛋比洋鸡蛋值钱，自己两个儿，比不得一儿一女的，两个儿子一说媳妇，不是个小数目，得一分一厘省。

韩冲牵了驴来到哑巴的院子里，哑巴看着韩冲进来了，赶快从屋子里端出了一碗水，递上来一块湿手巾。韩冲抹了一把脸接过碗来放到窗台上，往下卸驴脊上的谷捆。这么着韩冲就想起了琴花说的话：哑巴会说话。韩冲想试一试哑巴到底会不会说话。韩冲说："我还得去割谷穗，你到院子里用剪刀把谷穗剪下来，你会不会剪？"半天身后没有动静。韩冲扭头看，哑巴拿着剪刀比画着要韩冲看是不是这样剪。韩冲说："你穿的这件月白方格秋衣真好看，是从哪里买来的？"哑巴不好意思地低下头，抬起来时看到韩冲还看着她，脸蛋上就挂上了红晕，低着头进了屋子里半天不见出来。韩冲喝了窗台上的水，牵了驴往凤凰尾上走。韩冲胡乱想着，满脑子就一个人，嘴里小声叫着："哑巴——红霞。"就听得对面有人问："看上哑巴啦？"

一下子坏了韩冲的心情。韩冲说："你咋没走？"琴花说："等你给我蚕种。"韩冲说："你要不害怕丢人败兴，我在这凤凰尾上压你一回，对着驴压你。你敢让我压你，我就敢把猪都给你琴花赶到甲寨上去，管她哑巴不哑巴，半张蚕种又算个啥？"

琴花一下子脸就红了，弯腰提起放猪草的篮子，狠狠看了韩冲一眼，扭身走了。

韩冲一走，哑巴盘腿裸脚坐在地上剪谷穗，谷穗一嘟噜一嘟噜脱落在她的腿上、脚上，哑巴笑着，孩子坐在谷穗上也笑着。哑巴不时用手刮孩子的鼻子一下，她想让孩子叫她妈。首先哑巴得喊"妈"，哑巴张了嘴喊时，怎么也喊不出来这个"妈"。

哑巴小的时候，因为家里孩子多，上到五年级，她就辍学了。她记得故乡是在山腰上，村头上有家糕团店，她背着弟弟常常到糕团店的门口看。糕团子刚出蒸笼时的热气罩着掀笼盖的女人，蒸笼里的糕团子因刚出笼，正冒着泡泡，小小的，圆圆的，尖尖的。泡泡从糕团子中间噗地放出来，慢吞吞地鼓圆，正欲朝上满溢时，掀笼盖的女人用竹铲子拍了两下，糕团子一个一个就收紧了，等了人来买。弟弟伸出小手说要吃，她往下咽了一口唾沫，店铺里的女人就用竹铲子铲过一块来给她。糕团子放在她的手掌心，金黄透亮的糕团子被弟弟一把抓进了嘴里，烫得他哇哇喊叫，她舔着手掌心甜甜的香味看着卖糕团子的女人笑。女人说："想不想吃糕团子？"她点了一下头。女人说："想吃糕团子，就送弟弟回去，自己过来，我管保你吃个够。"她真的就送回了弟弟，背着娘跑到了桥头上。

桥头上停着一辆红色的小面包车，女人笑着说："想不想上去看一看？"她点了一下头。女人拿了糕团子递给她，领她上了面包车。面包车上已经坐了三个男人。女人说："想不想让车开起来，你坐坐？"她点了一下头。车开起来了，疯一样开，她高兴地笑了。当发现车开下山，开出沟，还继续往前开时，她脸上的笑凝住了，害怕了，她哭，她喊叫。

她被卖到了一个她到现在也不清楚的大山里。月亮升起来时一个男人领着她走进了一座房子里，门上挂着布门帘，门槛很高，一只脚迈进去就像陷进了坑里。一进门，眼前黑乎乎的，拉亮了灯，红霞看着电灯泡，想尽快叫那少有的光线将她带进透亮和舒畅之中，但是，不能。她看到幽暗的墙壁上有她和那个男人拉长又缩短的影子。她寻找窗户，想逃跑，她被那个男人推着倒退，退到一个低洼处，才看到几件家具从幽暗处突现出来。这时，火炉上的水壶响了，她被吓了一跳，同时看到了那个男人把幽暗都推到两边去的微笑，那个男人的眼睛抽在一起看着她笑。她哆嗦地抱着双肘缩在墙角，那个男人拽过了她，她不从，那个男人就开始动手打她——红霞后来才知道腊宏的老婆死了，留下来一个女孩——大。大生下来半年了，小脑袋不及男人的拳头大，红霞看着大想起了自己的弟弟。在这个被禁锢了的屋子里她百般呵护着大，大是她最温暖的落脚地，大唤醒了她的母性。红霞知道了人是不能按自己的想象来活的，命运把你拽成个啥就只能是个啥。她一脚踏进这座老房子，就出不来了，成了比自己大二十岁的腊宏的老婆。

一个秋天的晚上，她晃悠悠地出来上厕所，看到北屋的窗户亮着，北屋里住着腊宏妈和腊宏的两个弟弟。北屋里传出来哭声，是腊宏妈的哭声，她看不见里面，听得见有说话声音传出来。

腊宏妈说："你不要打她了，一个媳妇已经被你打死了，也就是咱这地方女娃不值钱。她给咱看着大，再养下一个儿子来，日子不能过坏了。下边还有两个弟弟，你要还打她，就把她让给你大弟弟算了，娘求你，娘跪下来磕头求你。"果真就听见跪下来的声音。

红霞害怕了，哆嗦着往屋子里返，慌乱中碰翻了什么，北屋的房门就开了，腊宏走出来一下揪住了她的头发拖进了屋子里。

腊宏说："龟儿子，你听见什么了？"

红霞说："听见你娘说你打死人了，打死了大的娘。"

腊宏说："你再说一遍！"

红霞说："你打死人了，你打死人了！"

腊宏转身想找一件手里要拿的家伙，却什么也没有找到，看到柜子上放着一把老虎钳，顺手够了过来扳倒红霞，用手捏开她的嘴揪下了两颗牙。红霞杀猪似的叫着，腊宏说："你还敢叫？我问你听见什么了？"红霞满嘴里吐着血沫子说不出话来。

还没等牙床的肿消下去，腊宏又犯事了。日子穷，他合伙和人用洛阳铲盗墓，因为抢一件瓷瓶子，他用洛阳铲铲了人家。怕人逮他，他连夜收拾家当带着红霞跑了。卖了瓷瓶子得了钱，他开始领着她们打一枪换一个地方。腊宏说："你要敢说一个字，我要你满口不见白牙。"

从此，她就寡言少语，日子一长，索性便再也不说话了。

哑巴听到院子外面有驴鼻子的响声，知道是韩冲割谷穗回来了。她站起身把睡熟了的孩子放回炕上，返出来帮韩冲往下卸谷捆。韩冲说："我裤口袋里有一把桑树叶子，你掏出来剪细了喂蚕。"哑巴才想起那半张蚕种怕孩子乱动，放进了筛子里没顾上看。她掏出叶子返进屋子里端了筛子出来，把剪碎的桑叶撒到上面，看到密密的蚕子，心里就又产生了一种难以割舍的心痒。游走在外，什么时候才觉得自己是活在地上的一个人呢？现在才觉得自己是活在地上的一个人！心里深处汩汩奔着一股热流，与天地相倾、相诉、相容，她想起小时候娘说过的话：天不知道哪块云彩下雨，人不知道走到哪里才能落脚，地不知道哪一季会甜活人呀，人不知道遇了什么事情才能懂得热爱。

哑巴看着韩冲心里有了热爱他的感觉。

七

蚕脱了黑，变成棕黄，变成青白，蚕吃桑叶的声音——沙沙、沙沙，像下雨一样，席子上是一层排泄物，像是黑的雪。

日子因蚕的变化而变化。眼看着肉乎乎蠕动的蚕真的发展起来，就不是筛子能放得下了。韩冲拿来了苇席，搭了架子，韩冲有时候会拿起一只身子翻转过来的蚕吓唬哑巴，哑巴看着无数条乱动的腿，心里就麻抓而慌乱，绕着苇席轻巧快乐地跑，笑出来的那个豁着牙的咯咯声一点都不像一个哑巴。韩冲就想起琴花说过的话："哑巴她不是哑巴。"哑巴要不是哑巴多好，可是她现在却不会说话，不是哑巴她是啥？

韩冲端了一锅粉浆给哑巴送。送到哑巴屋子里，哑巴正好露了个奶要孩子吃。孩子吃着一个，用手拽着一个，看到韩冲进来了，斜着眼睛看，不肯丢掉奶头，那奶头就拽了多长。哑巴看着韩冲看自己的奶头不好意思地背了一下身子。韩冲想，我小时候吃奶也是这个样子。韩冲告诉哑巴："大不能叫大，一个女娃家要有个好听的名字，不能像我们这一代的名字一样土气。我琢磨着要起个好听的名字，就和庄上的小学老师商量了一下，想了个名字叫小书，你看这个名字咋样？那天我也和大说了，要她到小学念书，小孩子家不能不念书。我爹也说了，饿了能当讨吃，没文化了，算是你哭爹叫娘讨不来知识。呵呵，我就是小时候不想念书，看见字稠的书就想起了夏天一团一蛋的蚊子。"

韩冲说："给你的钱，我尽快给你凑够，凑不够也给你凑个半数。不要怕，我说话算数。你以后也要出去和人说说话，哦，我忘了你是不会说话的。琴花说你会说话，其实你不会说话。"

哑巴就想告诉韩冲她会说话，她不要赔偿，她就想保存着那个条子，就想要你韩冲。韩冲已经走出了门，看到凌乱的谷草堆了满院，找了耙子来回搂了几下说："谷草要收拾好了，等几天蚕上架织茧时还要用。"

说完出了大门，韩冲看到大趴在村中央的碾盘上和一个叫涛的孩子下"鸡毛算批"。这种游戏是在石头上画一个十字，像红十字会的会标，一个人四个子，各摆在自己的长方形横竖线交叉点上。先走的人拿起子，嘴里叫着鸡毛算批，那个"批"字正好压在对方的子上，对方的子就批掉了。鸡毛算批完一局，大说："给！"涛说："再来，不来不给。"大说："给！"涛说："没有，你不下了，不下就不给。"大说："给！"涛学着大把眼睛珠子抽在一起说："给！"说完一溜烟跑了。韩冲走过去问大："他欠你什么了？我去给你要。"大翻了一眼韩冲说："野毛桃。"韩冲说："不要了，想要我去给你摘。"大一下哭了起来说："你去摘！"韩冲想，我管着你娘母仨的吃喝拉撒，你没有爹了我就是你的临时爹，难道我不应该去摘？韩冲返回粉房揪了个提兜溜达着走进了庄后的一片野桃树林。野桃树上啥也没有，树枝被害得躺了满地。韩冲往回走的路上，脑子里突然就有一棵野毛桃树闪了一下，韩冲不走了，侧了身往后山走。拽了荆条溜下去，溜到下套子的地方，用脚来回量了一下，发现正前方正好是那棵野毛桃树。韩冲坐下来抽了一根烟，明白了腊宏到这深沟里干啥来了。

腊宏来给他闺女摘野毛桃来了。韩冲想，是咱把人家对闺女的疼断送了，咱还想着要山下的人上来收拾走他们娘母仨。韩冲照脸给了自己一巴掌，两万块钱赔得起吗？搭上自己一生都不多！韩冲抽了有半包烟，最后想出了一个结果：拼我一生的努力来养你母子仨！就有些兴奋，就想现在就见到哑巴和她说，他不仅要赔偿她两万，甚至十万、二十万，他要她活得比任何女人都快活。

天快黑的时候，从山下上来了几个警察，他们直奔韩冲的粉房。韩冲正忙着，抬头看了一眼，从对方眼睛里觉出不对。韩冲下意识地就抬起了腿，两个警察像鹰一样地扑过来掀倒了他，他听到自己胳臂的关节咔吧吧响，然后就倒栽葱一样被提了起来。一个警察很利索地抽了他的裤带，韩冲一只手抓了要掉的裤子，一只手就已经被戴上了手铐。完了完了，一切都他妈的完蛋了。

审问在韩冲的院子里，韩冲的两只手被铐在苹果树上，裤子一下子就要掉下来，警察提起来要他肚皮和树挨紧了，韩冲就挨紧了，不挨紧也不行，裤子要往下掉。一个男人要是掉了裤子，这一辈子很可能和媳妇无缘了。苹果树旁还拴了磨粉的驴，驴扭头看着韩冲，驴不知道因为什么主人会和自己拴在一起。驴嘴里嚼着地上的草，嘴片不时还打着很有些意味的响声。

警察问了："你叫腊宏?"

韩冲说："我叫韩冲，不叫腊宏。我炸獾炸死了腊宏。"

警察说："这么说真有个叫腊宏的? 他是从四川过来的?"

韩冲说："是四川过来的。"

警察说："你只要说是，或者不是。你炸獾炸死了人?"

韩冲说："是。"

警察说："为什么不报案?"

韩冲看着警察说："是或者不是，我该怎么说?"

警察说："如实说。"

韩冲说："獾害粮食，我才下套子炸獾。炸獾和网兔不一样，獾有些分量，不下炸药不行，我下到了深沟里。那天我听到沟里有响声泛上来，以为炸了獾，下去才知道炸了人，把他背上来他就死了。人死了就想着埋，埋了人就想着活人，没想那么多。况且说了，山里的事情大事小事没有一件见官的，都是私了。"

警察说："这是刑事案件，懂不懂? 要是当初报了案，现在也许已经结了案；就因为你没报案，我们得把你带走。你这愚蠢的家伙!"

韩冲傻瞪了眼睛看，看到岸山坪的几位长辈和警察在理论。

韩冲斜眼看到岸山坪的人围了一圈，看到他爹拄了拐棍走过来，韩冲爹看到韩冲，脸上霎时就挂下了泪水。韩冲一看到他爹哭，他也哭了，泪水掉在溅满粉浆的衣裳上。韩冲说："爹，我对不住你，用你的棺材埋了人，用你的送老衣送了葬，临了，还要让老公家带走。我对你尽不了孝了，爹呀，你就当没有我这个儿子算了。"

韩冲爹用拐杖敲着地说："我养了你三十年，看着你长了三十年，你娘死了十年，我眼看着养着个儿，说没养就没养，说没长就没长了？你个畜生东西！"

韩冲看到王胖孩大步走小步跑地迎过来，边走边大声问："哪个是刑警队长同志，哪个是？"

王胖孩看到韩冲旁边站着的警察，赶快走过来一人递了一根烟，哈了哈腰说："屋里说，屋里说。"一干人就进了韩冲的粉房。

韩冲搂着苹果树，看身边的驴，耳朵却听着屋子里。屋门口围了好多大人小孩，屋外的警察走过来把他们驱散开。韩冲不敢扭头看，怕一下子扭不对了裤子会掉下来。就听得屋子里的人说："我们是来抓腊宏的，你把腊宏的具体情况说一下。"村干部说："这个腊宏我不大清楚，毕竟他不是我的村民，我给你们找一个人进来说。"村干部王胖孩走出来，踮着脚瞅了一圈岸山坪的人，指着韩冲爹很是神秘地说："你，过来。"韩冲爹就走了过来。王胖孩小声说："不是抓韩冲，误会了，是抓腊宏。逃亡在外的大杀人犯，炸死了，韩冲说不定还要立功。你进去反映一下腊宏的情况，如实的基础上不妨带点色。"重重拍了拍韩冲爹的脊背。

两人走了进去，接下来的话就有些听不大清楚了。隔了一会又听得有话传出来："真要是说上边查下来，你这个代表一级政府的村干部也得玩完。""是是是！"外面的人吵得乱哄哄的，有说腊宏是在逃犯，有说韩冲炸他炸对了，就把屋里的说话声压了下去。听不见说话声，韩冲就看驴，驴也看他，相看两不厌。

韩冲想，驴就是安分，人就不如驴安分，驴每天就想着转磨道，太阳落了太阳升，太阳拖着时间从窗户上扔进来，驴傻傻地转着磨道想太阳闪过磨眼了，落下磨盘了，驴蹄踩着太阳了，摘了捂眼就能到苹果树下吃料了，青草儿青，青草儿嫩啊。驴也想韩冲，别看他平日里吆喝我，现在和我一样拴在树上了，我的四个蹄子还可以动一动，他连动都不敢动，他一动旁边的那个人就用他的裤带抽他。哈哈，人和驴就是不一样，驴不整治驴，人却整治人，以前你韩冲吁唬我，可算是有人要吁唬你了，替我出了恶气。驴这么想着就想叫，就想喊了。

哥哦哥，哥哦哥，哥哦哥——

驴不管不顾不看眼色地喊叫，带动着万山回应，此起彼伏，把人的说话声压了下去，良久方歇。

不大一会，粉房里的人都出来了。警察递给村干部韩冲的裤带，村干部王胖孩走过去给韩冲塞到裤襻里，紧了裤，韩冲才离开了紧靠着的苹果树。一个警察过来打开了韩冲的手铐，并没有放韩冲，而是让他从树上脱下手来，又铐上了，要韩冲走。韩冲知道自己是非走不行了。走到爹面前停下来，腿不由自主地跪了下来，安顿了几句粉房的事情，最后说："哑巴的蚕眼看要上架了，上不去的要人帮助往上捡，她一个妇女家，平常清理蚕屎都害怕，爹，就代替我帮她一把。咱不管他腊宏是个啥东西，咱炸了人家了，咱就有过。"

韩冲爹说："和爹一样，嘴硬骨头软，一辈子脖子根上就缺个东西。啥东西？硬骨头。"

韩冲抬了脚要下岸山坪的第一个石板圪台的时候，身后传来一声喊："不要！"

岸山坪的人齐刷刷地把小脑袋瓜扭了过来，看到哑巴抱着孩子、牵着小书往人跟前跑。

警察不管那个女人是谁，只管带了人走。韩冲任由推着，脑海里就想着一句琴花的话：哑巴她会说话！哑巴她真会说话！

八

哑巴手里拿着那张条子，走过去拽住村干部王胖孩。

哑巴比画着的意思是：你打了条子的，怎么说把人带走就带走了，要你这村干部做啥？

王胖孩说："说，说！你明明会说话，要我拐着弯子办事。你要是早说话，咱还用打条子？"

哑巴半天憋得脸通红了才憋出一个字："不。"

王胖孩说:"那你现在是哪里在发声?"

哑巴哭了,低着头看着自己的脚尖尖。十年了,失语十年了,很难面对一张嘴巴迎出一句话来,她的话被切断了。十年来,过的日子可以用两个词来概括:疼痛和绝望。韩冲爹走过去拉了小书的手和王胖孩说:"要她跟着个杀人犯逃命,还要说话? 绝了话好!"

外面传说哑巴会说话,但哑巴还是不说话。

韩冲爹找来村上的一个人要他来看一天粉房,他想进城里去看看韩冲。

韩冲爹说:"你只用把火看好,不要让火灭了,火好粉才好干透,下来的粉面才不怕老浆臭,老浆臭的粉面不出货,还不够筋道,谁也不想要。午后喂一次猪,七八头猪要吃三桶粉渣。你做好这两项就好了,我搭黑就会回来。"

韩冲爹第二天就进了城里。在看守所里见到了韩冲,知道还在调查中。韩冲的雷管从哪里来的? 琴花给的。琴花的雷管从哪里来的? 发兴从矿上取回来的。发兴从矿上哪里拿的? 从他的保管儿子的仓库里找的。这样下来一件事情就拉长了战线。现如今才调查到了矿上,发兴的儿也被看守起来了。

韩冲问他爹粉房的事情,他爹说:"好好,都好。那哑巴是真会说话。"

韩冲说:"会说话就好。"

韩冲爹瞅了韩冲一眼没吭声。

韩冲觉得有一句话憋在嘴里想说,却又不知道该怎么说,就说了:"回去安顿哑巴,就说我要她说话!"

韩冲爹啥话也没说,点了一下头扭身走了。

回到岸山坪,看到家户都黑了灯,唯有粉房亮着灯,村人正把火上烤的粉往下卸,一块一块地打碎。村人的身影映在墙上像个小山包。一伸一缩的,在黑黢黢的山梁上看着这么点光亮,这么点晃动的影子,心里酸酸的,那个人就是我啊,我在替我儿子还债哩。

韩冲爹掏出两盒烟走进门放到磨顶上,说:"小老弟,舀一锅浆拿两包烟,我搭黑了,你也辛苦了。"村人说:"谁家里不遇个难事,说啥客气话嘛!"

韩冲爹觉得门外有个东西晃,反身走出去,看到是哑巴。韩冲爹看着哑巴半天说了一句:"韩冲要你说话。"

月光下,哑巴的嘴唇翕动着,她感到了一种前所未有的东西撞击着她的喉管，她做了一个噩梦，突然被一个人叫醒了，那种生死两茫茫的无情的隔离随即就相通了。

秋天的尾声是悄无声息的。蚕全部上了架，蚕在谷草上织茧，哑巴看蚕吐丝看累了想到外面走走。因为长年闭门在家，很少到山间野地晃荡，深秋是个什么样子她还真是不怎么知道。山头上的阳光由赤红褪成了淡黄。哑巴抱了孩子站在崖头上望，看到所有在地里劳作的农民脸上挂了喜悦的色彩。哑巴想，在地里劳动真好啊。四处看去，但见天穹明净高远，少许白云似有若无，望过去显得开阔而清爽。之后，山风涌动，凉意渐生。她在粉房里看着驴磨着泡软的玉茭从磨眼里碎成浆落下来，就是看不到韩冲。看到岸山坪的人们一挑一挑地往家挑粮食，就是没有韩冲。哑巴的心里颤颤地有说不出来的东西哽在喉头。哑巴回头教孩子说话。

哑巴说："爷爷。"

孩子说："爷爷。"

秋雨开始下了，绵绵密密地下个不停，泥脚、墙根、屋子里淤满霉味和潮气。天晴的时候，屋外有阳光照进来，哑巴不叫哑巴了叫红霞。红霞看到屋子外的阳光是金色的。

发表于《人民文学》2004 年第 11 期

转载于《小说选刊》2005 年第 1 期

《小说月报》2005 年第 1 期

《名作欣赏》2005 年第 3 期

《作品与争鸣》2005 年第 6 期

入选《文艺报》作品推荐榜

获 2005 年《人民文学》奖

2005 年《小说选刊》奖

第四届鲁迅文学奖

空山·草马

一

进山的路只有一条。早些年铺了水泥路，也只几年光景，水泥路就爆皮了，它缠绕着悬挂在半天云里。顺着山路爬上去，一个窄窄的山口拐弯处，看见了村庄。村庄四面环山，原始老林把肥沃的腐质土经年累月地积向村庄，村庄四周的土地就呈现出了黑色，花儿和草都长得格外肥硕。早些年村庄拥着乡下人真实的笑脸，几乎村庄里的人都牵扯着亲戚关系，走哪儿都是吆五喝六的。不知什么时候村庄里的人就走失了，留下的一些石头房已经少了屋顶，少了屋顶的房子等于是张口要喊魂了。没有人能够听得懂它喊什么，它的声音遭逢着时日磨洗，已经浑然不清。村庄因为黑色土质，叫了黑山背。

黑山背还住着一户人家。进山的路停滞在此，可看到石头垒墙的屋，石板铺地的院，一个黑衣黑裤的老人坐在院边的条石上，手里端着搪瓷茶缸，茶缸上模糊着一行红字"为人民服务"。一双黑皮粗糙的手捧着茶缸，水汽缭绕着他的鼻尖，一双浑浊的眼睛眯着，不时抬头望一眼进村的路。一条黑狗感觉到了什么，突然出溜蹿上了对面屋顶，狂吠着，有一股狠气在吠声中弥漫。

常年雨水零落，进村的路杂草茂密地滋生，细细的路藏在此中。有什么晃动了一下，似乎停下了脚步也望着这边，有几分不舍和无奈。老人的耳朵已经聋了，浑浊的眼睛可望远，但也望不见远处的进村路。黑狗嘴里一呼一呼地，耳朵随着呼出的气息一激灵一激灵地扇动，脑袋越发昂扬起来，随时准备射出自己的身子。在老人看来黑狗从事着既神秘又缺乏意义的工作，它根本就不知道它的来自与去往之间的因缘。

老人叫郭腊替。

家中还有一条黑白相间的花狗，是黑狗的娘，郭腊替叫它花妞。只见它懒散地走出屋，张目望着狗儿子叫声响起的地方，然后淡然卧在院子里，脑袋贴地。似乎依然不怎么舒服，脑袋蜷进自己的胸口，胸口上的毛柔软地护住了它的嘴，一只耳朵上落着几只苍蝇，耳朵扑啦扑啦扇动了几下，苍蝇飞起又落下。

老人无话，没有多余的人可说话，除非和狗。阳光停留在黑山背上空，沟沟岔岔铺满了绿。山是庞大的，大地是宏阔的，黑山背让两种伟大之物相互融合与依托，老人是它们之间填充的卑微的物。真是一个毫无瑕疵的世界，自然，美好。偶尔的狗叫声是时间些许的松动，高远处渐渐洇开的浅灰里有一群鸟飞过来，老人喉结上下滚动了一下，一口口水咽下去，鸟从头顶而过。日子庸常得很。老人是黑山背的螺钉，紧拧着黑厚的泥土，他知道泥土中暗藏着凶器，凶器时不时走近他，他偶尔被刺到被伤到，可最怕凶器的，不是皮肉，是比皮肉更柔软的东西——心。心一痛，周身痛彻。

黑山背风水很好，容易出干部。

早些年有懂得阴阳的人说。

郭腊替在黑山背住了七十一年，一直到现在，黑山背没有出过干部。原来的黑山背有十几户人，大小人口六十多个，一天的时间不够忙乱，鸡飞狗跳，人声嘈杂。黑山背依山而建的石头房参差不齐，屋后人很可能把前屋的屋顶当作自己家的院子，热闹起来。屋顶上是黑山背人的饭场地，屋下的人坐到自家院边仰起头来聊天，话头像长流水似的，在高高矮矮的房子和院落中来来回回穿梭，谁家的屋顶上没有过几回凌乱的笑声。因了土质黑，黑山背村前山沟里流过一条河也叫乌嘴河。不知什么时候，乌嘴河卷走了黑山背那些笑声，那些笑声仿佛还在枝头上坠着，做着一个跟黑狗一样的关于笑声浪起来的梦。

黑山背没有出过干部，连村一级小干部都没有出过。唯一一条母狗，也就是郭腊替家的花妞叫隔山村主任宝福家的公狗贝儿睡了，生了和爹一个模子的黑狗儿子，郭腊替叫它"龟孙"，也算沾了干部家的光，不知道算不算是黑山背的好风水。

每每想起来，郭腊替就会看着黑狗龟孙笑。觉察到笑时龟孙从院头上走到郭腊替身边，郭腊替抬手抚摸了它一下。龟孙满足地离开，再一次走到院边上，身子卧下时脑袋耷在院边的石头上，头冲着村口。

乌嘴河流出哗哗的声音，阳光明晃晃照着，那些青草在能生长的地方冒出绿来，可以闻到草香。草香是黑山背唯一的香。

所有的黑山背塌落的和没有塌落的屋门上都贴着红红的对联，对联上没有写字。这些对联都是郭腊替贴上去的。只要村庄有一个人在，黑山背就得有个村庄样子。郭腊替起身泼掉茶缸里的水，走到柴火堆前抽出一根柴，要生火做饭。斑驳的石头墙上生出了一大片苔藓，苔藓衬出他苍老的影子，他长叹了一声说："我吃饭是为了好生出力气来死啊。"

龟孙突然跃上一户屋顶，犹不解气，冲着进村的窄路狂奔而去。黑山背进村路上一条老黑狗在徘徊，它是村主任家的贝儿，说明宝福又回山里来护林防火了。龟孙雄健地飞奔而去时，那条有可能不知道自己是龟孙爹的老黑狗迅疾不见了身影。

二

黑山背的天空不是黑下来的，是蓝、深蓝、黑蓝，然后蓝黑了。天空布满了星星，一个半圆的月亮吊在那里，石头砌出的房子在月明下幽暗闪亮，仿佛不是普通石头，是花岗岩，是汉白玉。一只白色的猫在一所石头屋前看着什么叫着。郭腊替走近它，从口袋里掏出一块红薯放在屋前的粗瓷老碗里。白猫眼睛深情地望着他。郭腊替蹲下身子，他突然感觉到了冷。他和白猫说：

"星星和月明都在天空呢。"

"你看看我满是皱纹的脸。"

"这黑夜啊，干净得像一碗水，让人心难过呢。"

"你不离开这黑屋，总是思摸着回来看看，你还想着她能回来，是不？回不来了。"

"月明月明光光，它和星星都在咱们的头顶，我和她阴阳相隔。我和你之间更是隔着难过，我也是畜生啊，可惜我们不通言语。"

白猫喵喵叫两声，它最喜欢的食物就是红薯。

郭腊替起身打着手电往别的屋子里去，塌落了的屋子能望见天。走进去和走出来，郭腊替都熟络得很。一院一院走，黑粘在墙壁上，他抚摸着黑，回想着，这屋子的顶是一场雨淋塌的。一场雨下了一星期，他一直在屋子里没有出门，出门时发现黑山背的屋子塌了好几户。一点响声都没有。那场雨过后，他就坐在自己家的院边上流泪。身体中似乎还有血性在涌动，他走近那些塌落的屋前，毫无例外地感受到了伤害。他想吵架，大张着嘴，一股干涩的沙土吸进来，他开始往出咳土，连咳带吐仍然不清爽。塌落了的石头把一截梁砸断了，碴口上挂着墙皮，掺和了麦秸的墙皮，他抓起一把来不及细想就塞进了嘴里。满嘴土，他憋着气咀嚼着，尽量不让喉咙里的痒发作。

"死呀，死呀。我也要死呀！叫土噎死我吧！"

少了许多瞪眼、跺脚的年轻人后，郭腊替就想听到他们没办法活下去又回到了黑山背来的消息。可是黑漆漆的夜里那消息走绝了似的，那些笼罩着童真的顽皮和胡闹的"恶作剧"，再也听不见骨关节落在他们头上的梆梆声了。

人这一辈子发愤图强就是为了个背井离乡呀。

郭腊替串一圈门下来，心里好受一些，回屋里倒头，一觉就天亮了。

连片的秋野簇拥着早晨的日头，视觉是真实的，感觉却是恍惚的，可能是空了的黑山背对人心理的巨大阴影吧，活着还得活，还有欲望在。日头正顶，收回来的玉米棒子将院子涂抹成一片金黄，四下里静悄悄的，黑山背呈现出令人揪心的荒芜，只有玉米的金黄给这荒芜涂抹了最后一丝温暖。

人这一辈子不敢想。谁能想到黑山背最后会是这个样子？

郭腊替坐在凳子上剥玉米，猫在玉米皮上跳起来，伏下去，顾自玩耍。他俯下身和猫说："中午吃啥呢？两个老鼠一锅煮，三个蚊子一盘菜，行不行？"猫仰躺着伸出爪子希望和他逗闹一会。他近距离看见了自己的手臂，褐色的手背上暴着蚯蚓般的血管。地上青苔、墙边野草、屋角蛛丝，尽在眼底。黑山背似乎总有些东西牵扯着他，那东西也许就是黑山背吧，抑或是手里的玉米皮，过去的岁月一片一片在复活。

有一天黑山背走得只剩下了最后两个老人：郭腊替和王翠平。

和王翠平住在一起的是她的白猫。王翠平比郭腊替大一岁，七十二岁。她走起路来脚底生风，满口好牙一颗不掉，石头院子里坐着剥玉米，矮小孤单的样子。早年间黑山背的男人和女人多话，村小人口少，稍有一些不注意都要叫人传闲话，因为男女之间的闲话，日常吵架和打架是常有的事。谁家都有可能残缺不全，就是没有想到会剩下两户人。曾经两家人各自都兴盛时就闹过不愉快。郭腊替大儿子郭怀和王翠平家小女儿韩云谈恋爱，最后没有弄成是一个芥蒂。后来王翠平男人韩路平死前，知道自己命不久了，自己走后黑山背就剩两个人了，孤男寡女的日子，他嫉妒哇。他叫他们死都不要说话。他死了，上天已经不公平，他无端恨活着的人。因为郭腊替是两个儿子，儿子的脸面都搁在正统家庭和社会上呢，又何况人老了就得有个老样子，孤男寡女一个村庄就够山外人议论成一景了，一把年纪的人再说话，想象空间就大了。其实，韩路平活着时郭腊替就已经不和王翠平说话了，不说话就不会有胡作非为的以后。

土里刨食是黑山背人的命。王翠平的丈夫韩路平死于夏天，活着时患有肺气肿病。黑山背石头垒砌的石径高低起伏，韩路平走在上面气喘如牛，汗如雨下，背上衣裳湿了一片，兴致却高。王翠平生了两男一女，儿女们虽然没有大出息，但是也都出山到了大村落户，这也是他敢在人前抬头说话的理由。那时黑山背就剩下他们仨了。对一个普通的生命而言，要证明自己的存在无非是日常好恶。仨人也有闹别扭的时候。老实说，郭腊替不喜欢王翠平的丈夫韩路平，总是寻找他认为得体而又不失理智的方式，顶撞对他的看不惯。两个人闹完别扭又走到一起说话，一说话就开始抬杠。从来都是韩路平找郭腊替，就算是走到郭腊替家要多走几个台阶，多出几身汗，韩路平也要走。韩路平不让郭腊替去他家，因为黑山背就一个女人了，他害怕郭腊替多看王翠平一眼，多一眼，悲凉都会穿透后背。这些心事，郭腊替也看得出，尽量避免见王翠平，见了也不多看她，更是不主动搭话。

王翠平坐在槐荫下做女红，偶尔也下地，在河边上洗衣裳、洗菜。韩路平病重时，地里活就全靠王翠平。下地的人都得过河，郭腊替只要看见王翠平在河边上走就一定要扭转身抽一袋烟再下地。韩路平的眼睛天生就刁，他不通文墨，可他有一双看护自己东西的眼。每看到这样的情形，他就站得远远的猜他们的心事。郭腊替在地里边干活边往这边张望，他是张望王翠平是否离开地给了他一条回家的路。可韩路平认为他在张望王翠平。有几次韩路平为了试探郭腊替就叫王翠平和自己端了碗，到郭腊替家院子里吃饭。

王翠平仰脸听他们说话。苍白温润的脸上，一双细细的杏核眼，鼻梁小巧挺拔，肩膀瘦削溜窄，一副杨柳腰，手里端着碗，低头抬头之间和面对韩路平时不一样。坐到郭腊替家的院子里时，韩路平就看郭腊替的表情。郭腊替坐在厚实的四条腿的板凳上，板凳没有靠背，没有颜色，是一整块木头，他既不起身让座也没有表情显现，顾自吃饭。眼神望着黑山背的绵绵青山，青山上移动着一片浮云。

韩路平说："听说你儿叫你出山，你没有走的意思？"

郭腊替说："这年岁还走啥？走哪儿都没有经济基础。不挪窝了。"

王翠平搭话："是呀是呀，闭着眼在黑山背都能摸到家，出了山睁眼找着的不是你家。"

郭腊替不搭话。

韩路平说："养儿是养祖宗。受吧，受死才算福尽了。"

王翠平说："活着哪里享过福？都是梦里吃糖呢，想着甜，想着有福。"

郭腊替不搭话。

韩路平说："听说过去请客七碟子八大碗的宴席现在不让吃了，就只能吃大烩菜了，山外抓了好多吃席的公家干部，要我看还是抓得少。"

王翠平说："是呀是呀，抓的都是要横的人。咱黑山背吃席没有人管，就怕摆下一桌坐不满人。"

韩路平像看贼似的盯了王翠平一眼。

一股风刮过来，风把王翠平的头发吹得遮眉挡眼，乱蓬蓬的。王翠平站起身要过韩路平的空碗往家走，她举起袖口撩了一下头发，眼睛翻了一下闪出了一丝光亮，嘴角似乎还为刚才他们的对话高兴，不自觉地翘起了幸福喜色。

韩路平又贼一样盯着郭腊替看。

郭腊替只给了他一个背影。他走进做饭屋子盛饭。自己动手，丰衣足食。

王翠平端着碗走来时，没等走上台阶话先来了。

王翠平说："腊替呀，你老是不和我说话，哪股筋抽着了？扭转掉转就仁人，有一天剩下你一个人的时候，我看你和谁说话？"

韩路平的心绪一下从沸点被拖拽到了冰点，他觉得王翠平就是一个贱胚子，就愿意犯病，心里督乱得一下站了起来跟谁怄气似的说："腊替，我要送你一条母狗。"

郭腊替看到灶间还有一些明火，他用火筷夹出燃烧的柴用水浇灭，然后拿起几个土豆埋进火灰里。他妻子活着时喜欢吃烤土豆，每天他都要烤两个土豆，等熟透了取出放在她的灵位前。她走时没有留下什么遗言，只说："剩下你一个人了。"

一个农村妇女，目不识丁，但她知道留下一个人不好活。

王翠平递过碗去说："你去哪儿给他弄条狗？狗就狗，还弄母狗。"

韩路平说："山外狗成群了，咱大儿说狗生了，一窝四个，我打电话叫他逮回黑山背一条狗来。"一狗，一猫，一女，二男，这就是黑山背的人口，咋说都不能叫郭腊替闲了。

王翠平白了他一眼说："神经！"

韩路平夺过碗翻了一眼郭腊替晃动的影子说："我神经？神经人不说话都在肚子里秘事呢。"

王翠平从碗里夹出一块红薯扔到了院下，自己的猫在院子里就等这一口呢。她伸出脑袋看了一眼，不小心把筷子掉在了地上，捡起来伸出筷子在条石上梆梆磕了几下，磕得有些重，虎口上有几点麻星蹦。王翠平"哎哟"了一声。

郭腊替出门时看了一眼自己家的磨道，现在谁还喜欢这笨重的手艺？磨盘有一扇掉在了地上，地上的草长得有一尺高。磨道后有一棵干死的香椿树，树干突兀，曾经遮天蔽日。香椿过了能吃的季节。院里宛如一座亭子，有月光的晚上，香椿的影子就像墨一样泼在地上。都说香椿显着灵气，因此也有着传说。香椿下的磨道里印着灰白的路径，自己的女人在上面走过，磨道里还能听到她赶着驴吆喝两个娃娃快去上学的声音。山环水绕，充满了离奇，过了一辈子，过成一家人，苗条的身段被日子过臃肿了，玲珑的骨架被日子过松塌了，曾经那水葱般的、瓷白细腻、软绵无骨的一双巧手，最后被日子过得粗糙得骨关节裸露，指头肚上裂着厚厚的口子。她倒在磨道里是春天，没有一点声音，驴停下了行走，他看见她喘着气，跑过去扶她起来，她嘴里只轻声说了句："剩下你一个人可怎么活呀？"

　　女人走了，走一个人如此容易。他掀下最上面的磨扇，废了它，它累死了他的女人，从来没有娇滴滴说过一句话的女人。

　　越过王翠平的"哎哟"声，郭腊替站在了磨道前，他不看任何女人，任何女人都没有自己的女人好。一个小东西在草丛中动了一下，地上的动静似乎韩路平也看见了，紧着走过去，发现地上是一只走惊慌了的小松鼠。可就在抬头那一瞬间，郭腊替发现韩路平眼眶周围布满了浓浓的黑晕，嘴唇泛紫。韩路平咳嗽了一下，似乎止不住了，骨关节似乎要被咳声震裂了，一口痰咳出去，痰里团着殷殷的血丝。郭腊替轻轻捶着韩路平的背，他有一种可怕的预感，韩路平的生命火花濒临熄灭了。

　　郭腊替叫了一声："快去屋里倒一碗开水给路平压痰。"

　　王翠平的喉头蠕动了一下急急起身。韩路平坐在磨石上，听见他们俩说话时，眼角咳出一滴凄凉的泪。

　　韩路平一字一句说："我走了，你们不要来往，不要说话。你们活着就赚大了，我死了也要看着你们。你们就是想我早死是不是？我知道，我早知道。"

　　郭腊替知道，是死亡叫韩路平恐惧了。

　　韩路平没有等到入伏就走了。他的儿子们回黑山背打发老人，也带着一条狗回来。五个月大的狗活蹦乱跳。王翠平坐在灯影里，她木木的身影，木木地沉浸于灯光里，窗外有细微的风吹过，坐得太久了，她就勾着头看前来吊孝的侄儿外甥们，他们和自己的儿子们一起有说有笑，死鬼韩路平在地上，没有人能够惊扰了他，他的死亡对所有进山来吊孝的人都是一个任务，没有悲伤和难过。

　　那些人不时地大笑，笑狗在棺材前叼走那些祭奠用的食物。

　　韩路平的死亡对郭腊替是一个打击，他好像看到了自己的那天的到来。一直到出殡，几日里似睡非睡，人也变得很惶惑。

　　山里的天气热也热不到哪里，可棺材里的人第二天就臭了。一开始阴阳说要停殓一周，韩路平的儿子们觉得自己山外的事情等着，哪里有一周的时间等？要破旧立新，就三天。守灵的人不好好守灵，都野在河道边摘香椿。香椿树脆，手一揪枝条就断了，摘过香椿的树下和日本人扫荡了一样。

出殡了韩路平，黑山背一下就静了。

郭腊替总算是睡了个好觉，早早睡下，早早就醒了。透过窗玻璃望黑漆漆的远山，眉似的下弦月，远了，淡了，一丝云笼着月，先是透出亮白，慢慢地就沉出了灰，月和云几乎变成了一个颜色。这时的天，被无边森冷的烟青笼罩着，天底下是黑魅魅的山形，手掌一样伸出的树木，山头上透出了青白，慢慢地隐现出了晓色，一层深褐，一层浅橘，渐渐地能看出近山的绿了。郭腊替坐起来揉了揉眼窝，想着韩路平的名字，要不了多久，这仨字没有人会记得了。黑山背庄户人家的名字里有：张国宝、张青山、张林润、张林书、韩宽有、韩世忠、韩秋凤、韩路平、郭怀庆、郭怀仁、王秋爱、王女虹、王万英，这些人都走了。他们的后代都出山了。眼下的黑山背就只剩下了两个人：王翠平、郭腊替。两个动物：一条狗，一只猫。

郭腊替决定从现在开始不和王翠平说话，本来孤男寡女住一个村就容易叫人猜想，不说话也是好事呢。说下了，就不能反悔，黑山背还有人笑话？郭腊替认为猫狗也会笑话人。他一边穿衣裳一边趿拉鞋准备去河道边看看那些人摘香椿是不是糟蹋了自己的麦地。打开门时叫他惊讶了一下，王翠平抱着狗坐在门前的廊石上。这哪里还是王翠平，几日工夫，人就脱了形，嘴唇单薄灰白，两只眼睛凹在眼眶里黑骷骷的。看见开门的郭腊替，王翠平迎上去把怀里的狗递给他。

郭腊替诧异地接住狗。人嘴里有刀，一开口，乱事就割毛了。王翠平扭身往自己屋里走，没有回头也没有说话。郭腊替不看她的背影，一时间还想着韩路平在。

郭腊替抱着狗往乌嘴河道里走。狗在怀里叽叽歪歪叫，放下狗，狗跟着郭腊替的脚疾行。河边的麦地里，麦子一片一片熟黄，地垄边上有伏倒的麦子，郭腊替走近了一株一株扶起来。麦子由绿变黄，由软变硬，由秕变饱，由湿变干，该磨镰刀了。他开始想王翠平的麦子地，想了想觉得黑山背只有自己家有麦子地，死鬼韩路平把自家的地都种成了玉米。一时无事，抱起狗来，看了看果然是母狗，气一下来了，带着气就想笑死鬼韩路平心事重。想叫风捎话给他，如今黑山背剩下两个老人了，我肯定不和你女人说话。我没有女人了，你拿一条母狗寒碜我，我不怕你寒碜，就因为我活着你死了才不计较你。

郭腊替回到屋子里找出镰刀，收拾出粮袋来，老鼠在粮袋上咬了个洞，他担心屋子里的粮囤太小装不下今年的麦子，麦子看上去是要丰收了。找出碎布头开始补补丁，一根针穿线怎么都穿不进去。院边上闪出王翠平吆喝猫的声音，他听她在自己家门口吆鸡骂猫的声调，就知道她在宣泄心里的不高兴呢。他觉得不用缝补了，打电话叫孩子们回家收麦时多带几个蛇皮口袋。

几天时光麦子就黄熟了。一个月后该割麦子了。儿子们打电话说回不来，事忙着，叫他一个人慢慢收。放下电话他好一阵子失落，种地真的不重要了。重不重要自己都得收割。日头红了几天他决定割麦，拿了镰刀戴了草帽进了麦田。他觉得有个地方在腾挪呢，晃动着，一小片麦子已经倒在了地上。仔细看是一个人在忙活，是王翠平。难道王翠平是想自己吃新麦？他不言语，装了看不见，揪着麦子割，唰唰倒下一大片。为了不影响那个割麦人，他当天不往回挑，想叫她多往回拿几把新麦。

第二天一早郭腊替去看麦地，他希望有奇迹发生，比如少了好多麦子，也许能够安慰他不和她说话的小心思，毕竟村子里只剩下了一个女人，比不得男人，就算大声吼两声也能把黑吼出个洞来。奇迹果然发生了，原来割倒的一小片麦子扩大了。罢罢罢，轮起臂膀开割，一上午河边麦地里的麦子全部伏倒。郭腊替依旧不往回挑，留足够的空当叫对方拿，你那小身板能拿多少？放了胆子叫你往回拿。郭腊替哼着小调，身后跟着那只花狗，一会前一会后。郭腊替说："干脆叫你花妞吧。"

"花妞妞！"

花狗"旺旺旺"。

郭腊替顾自笑了，笑对青山。多少年都不见笑了。那些年打麦时，黑山背人脸上像天空似的灿烂。迎面见着了总想开个啥玩笑，麦场上光屁股的娃娃们吵闹得就像捅了一扁担马蜂窝，呜，跑那边了，呜，跑这边了，都不想下河逮蚂蚱、捞螃蟹，就想在麦场上翻筋斗。割得早的人先把碌碡拽进场，有小孩早早从家里拿了笊篱站在旁边，牛拖拽着碌碡小快步在场上转，不知谁大声喊一句："牛屙下了。"一群孩子拿着笊篱一起往牛屁股下伸。打麦场上的日子要红火好久，一场接一场打，女人们一簸箕一簸箕把麦粒簸出来，再一簸箕一簸箕装进粮袋里。收完麦子种豆、锄地、搂草，罢了就开始收秋粮了，热闹是一场接一场啊。

麦子在河边地里倒放了一星期，郭腊替打远就能看清楚，麦地没有人动，她只是想帮自己割麦。不过这个女人自己不能去心疼，就算是心疼也只能是心里疼一下了事。郭腊替把麦子挑回自己的院子，院子就是场，以前的场早就荒草丛生了。

他用镰柄打麦，打好的麦就铺在自家的院子里晒。上下两院人躲避着碰面，碰面了不能不说话，不说话肯定要笑场。窗户和门缝成了两个人互相监督的洞，一个瞅着一个下河滩地了，一个就往山上走；一个走着正路往村走，一个就绕远走小路，避免相遇。无数次不经意间就要相遇了，这时候一个就停下脚步拐往别处。两个人多熟络啊，可就是不说话。

三

离黑山背不远有一个村庄叫牙门村。原来是有寺庙的，叫牙门寺。都是从前了，现在，寺庙连庙基都没有了。后来的县衙叫衙门，有人考证说应该叫"牙门"，牙管着肚子里的事情呢。牙门村没有人了，死的死，迁走的迁走，每年秋天牙门村支书黄宝福都要领着他的黑狗回村来住几天。一是应付护林防火检查，另是他种了几分秋地正好回来收粮食。其实人家早就在县城里买了房，儿女也都落户在县城了。宝福的狗叫贝儿，贝儿跟着宝福坐车回到牙门村，打开车门的瞬间它就闻到了狗的味道，一边好奇这山里的草木，一边开始狂躁不安。

刚好是雨后，石台阶上长满了青苔，带着雨珠的青苔肥硕得很，贝儿蹽蹄子上去时滑了一下，忍不住呼了一声。宝福开了自家屋门，第一件事是带上护林防火的袖套，然后换上雨靴下地去看自己的玉米。下过雨，地里泥稀得无法下脚，于是就领了狗往黑山背走。道路两边开着一摊一摊米粒大的黄雏菊，朝阳的地方开得放肆，从山的南坡漫过来，覆盖了北坡和西坡。宝福觉得离开这地方真是个错误，可是不离开似乎也不对，这地方到底还是太寂寞。太寂寞的地方人没有出路。这地方真应该开发旅游，石头屋、石头路、满山黄花，这地方要放到城市里哪轮得上老百姓去住。

时间已经到了傍晚，雨后出现了夕阳，夕阳在对面的山顶上一闪就落到山背后去了。还好，宝福站在山脊盘山道上，独享了这如血残阳，也够幸福的了。他叫了一声贝儿。贝儿兴奋地看着宝福，脸上洋溢着激动，它知道宝福是一个能人，落在宝福手里那是它的幸福。黑山背母狗的味道直冲鼻子而来，它希望宝福领着它去见母狗。

下了一道坡，拐了一道弯，上了一个坡，再拐一道弯，宝福看见了远处弥漫着暮霭的黑山背。今晚宝福就住在郭腊替的屋子，宝福害怕寂寞，正好屋子也潮湿住不得人，这几天宝福决定也吃在腊替的屋子里。宝福不想做饭，当了村支书的人怎么好自己动手做饭。

一条狗和一条狗的相遇居然没有声音，村口上它们俩互相嗅着对方转圈圈。花妞好久都没有见过同类了。宝福冲着贝儿说："耍去吧！"

两条狗转眼就跑得没有了踪迹。

宝福看见了挎着篮子从河道里走上来的王翠平。篮子里有南瓜、豆角、葱，还有一把老香椿。

宝福说："你怎的没有跟着娃娃们过？我听说韩路平走了。你一个人在黑山背咋过呢？"

王翠平说："你这是回来收秋了是不？"

宝福说："哪里！是回来护林防火。"

王翠平说："秋天山里的湿气重，没有人的山里防啥火？"

宝福突然悟到了什么说："人心里的火也得防。这黑山背就你和郭腊替了，我倒觉得你和郭腊替打了伙计，两个人一起合灶也是一件好事。"

王翠平低头黑了一下脸说："快不要乱说了，传出山外叫人笑话。我是守着地给儿女们种些蔬菜。我们俩话都不说。"

宝福稀罕了，两个人在一个村庄住着不说话，这叫什么事情？想来是王翠平故意给两个人的生活打掩护。宝福决定晚饭在王翠平家吃，叫王翠平多做些饭，说自己也是下乡干部吃派饭，就想吃王翠平的饭。其实宝福刚五十出头，可是人一旦身上有了职务，什么叔了婶了，那都不叫称呼，就叫王翠平，就叫郭腊替，开他们俩的玩笑那是干部给他们待遇呢。

郭腊替坐在门当中看落日下山，听见宝福叫："郭腊替，你还活着呢吧？"

郭腊替知道是宝福回来护林防火了，就直起身站在院边上笑着说："龟孙子，我还活着呢，一时半会死不了。"

郭腊替好久没有说话了。除了和狗说话。遇见宝福了竟然还能骂出来。

宝福拍了拍郭腊替的肩膀，肩膀还有抗力。宝福说："你为啥不和院下的合了灶？两个人柴火都省下少烧一膛。你还能做啥呢？两个人一起能省下力气活长些。"

宝福很暧昧地接着又说："不过不好说，拍上去你挺结实，老骨头吃重，说不好啥都能行。"

郭腊替吓得大气不敢出，拽着宝福就往屋里走。

郭腊替说："我和人家快两年了没有说过一句话。死鬼韩路平临走时说下了，叫她死都不和我说话。"

宝福瞪着眼说："为啥？"

郭腊替要宝福坐到床上听他说。

"活着时黑山背就剩下了两户人家，人家屋里有女人，我屋里没女人，人家以为我稀罕呢，他哪里知道我压根就不稀罕，黄土埋脖子了稀罕她做啥呢？"

宝福说："他是瞎扯淡，你也是瞎扯淡，死了死了，能管了活人？"

郭腊替一摆手说："不扯淡。我也还有一口气，也知道羞耻呢。"

宝福知道晚饭一起吃是不可能了，想着还有些日子呢，就想着这些个日子里不信叫他们说不成话。两个人简单聊了一些山里的事情，宝福就去王翠平的屋里了。他有些嘴馋，急着就想吃山里人的饭。

宝福走到王翠平院子里，看见院子收拾得干干净净，一只猫在院边的柴火上弓着腰准备抓捕什么，宝福的到来惊吓了它，"喵"一声避开了生人。

宝福掏出烟，拿到鼻子前闻了闻，又仔细看来看去，不时瞭一眼进进出出的王翠平。她穿着红毛衣，秋天清凉的微风里，这红毛衣穿在一个老年女人身上，让他感觉到了山里的好。他低头点烟的那一瞬间，一只白猫走过来，拖长了腰，冲着他"喵喵喵"叫。落山的日头和月亮都在天空呢。也许，他惊奇于自己的发现，看看太阳，又看看月亮，似乎在用眼睛估量它们之间的距离。突然想起了什么，从地上抱起猫直戳戳看着忙乱和面的王翠平，这个女人满身是岁月的痕迹，他想不出来用什么口气和她说那件事情，他们俩就像天空的日头和月明互相照得见，互相又不说话。同时他看见王翠平在一个人笑，她的笑容，纯净得像一杯水，干净得如秋雨落在了山菊花上。

"要说住在城市里真没有黑山背好，你看那日头和月明都在咱的头顶，多么好的日子。在月明和日头下说说话，哎，我这想法好哩，要不咱叫上屋顶上的郭腊替一起吃顿黑来饭?"宝福说。

王翠平伸出和面手来害怕什么似的摆摆,怯生生说:"你吃你的,快不要招惹多余的人来。"

宝福笑了:"这黑山背要说有多余的人,那也应该是我。"

王翠平说:"敢说宝福是多余的人?你是折我寿呢。"

宝福有些惊讶地说:"哎,你说这人的一生有多短,从前的黑山背和牙门村,大人小孩苍蝇似的,乱得走哪儿都不清净。现在,你看看,我要是走了,这山上就你们俩,你们俩还不说话,一个人迎面走来招呼都不打,恐慌不?"

王翠平说:"人是活的,不是死的,想不碰面,就能躲得开。"

宝福说:"我不信,我要在走之前给你们开个会,护林防火人人有责。对国家的政策不能没有意见,有意见要提出来,我们完善意见把护林防火工作进一步搞好。我一旦回城,黑山背的工作都压在你们肩上,你们俩就是我留在黑山背的工作监督人。你们不说话,我的工作就没有办法开展。"

王翠平紧抿着嘴角很认真地听,火膛里的火烧得欢,铁锅里的水开了,就等下面。王翠平一边想着宝福的话,一边煮面,活到这把岁数了还有工作责任?猫突然在宝福的怀里跳下去,恶恶地叫了一声喵嗷,阴气十足。他们同时看见两条狗走进院子来,宝福的狗看见猫呼了一声想扑过来,猫低吟着做出随时逃跑随时出击的样子。郭腊替的狗叫了两声,宝福的狗就松垮了。

宝福说:"腊替的狗都知道呵护你的猫,你和人家不说话,我看就是你的不对。"

王翠平不接话。天黑了,像平常一样开始黑了。人世间哪里有那么多不对?这个年龄的人依旧要坚持着,不对的事情也对了,习惯就是对,接下来的天,怕是夜要长了。

吃罢饭宝福回郭腊替屋睡觉,看见床上的被褥都换了新的。简单洗漱了一下两个人就躺了。黑了灯,两个人开始说话。说白了是宝福说宝福的话,郭腊替说郭腊替的话,两个人好像不是一个社会的人,要说的话互相都不理解。两条狗卧在脚地,许是玩累了各自没有任何动静闹出,只是不时支棱起耳朵听屋外的动静。

宝福说:"你这样下去不是一个事情,迟早得出山跟娃娃们住。"

郭腊替告诉宝福，自己就是舍不得那地，多好的地，长庄稼长得好呢。

宝福说："长庄稼再好的地也发不了财，发财的人都不是种地打粮食的人。和你说你也不知道，你这种人，咋说你呢？我就是不明白，放着能讨便宜的事情不做，一个人偏偏要黑活。你太固执了。活人被死人看着，说出来都是笑话。你和韩路平有隔阂，你和王翠平又没有隔阂；你和死有隔阂，你和活也没有隔阂吧？"

郭腊替和宝福讲不说话的道理，宝福根本就没有听进去。

黑漆漆的夜，心里笼罩着一层童贞的顽皮和胡闹的"恶作剧"，宝福显然是激动了，一下从床上坐起来，地上的狗们呼一下站在了门口，狗眼睛晃过来，晃得宝福心里一热，他很清醒，也觉得很有意思，比打着旗号护林防火贪国家那几个钱还有意思。他伸出手在空中比画，许久才说出话："我想不通，难道日子把你们过傻了？就说人老了做不动啥事了，你们互不来往也正常，可问题来了，要知道，黑山背就你俩，说出去都是传奇，表面强装啥大雅呢？就算做了见不得人的事情，问题又来了，见啥人？黑山背没有多余的人啊。"

郭腊替清醒着听宝福说话，脑子一片空白，甚至不知道该如何应他。黑，沉得有了质感和分量，他听到宝福的出气声，那气息中有一股怨冲着他靠近来。宝福说："你好好想想，活人不能长了死脑筋。"

这句话让他有了惶恐不安的感觉，脑筋似乎活泛了，身子却不敢动，怕宝福看透他有想法，两条胳膊在胸口上别样的酸麻，短暂失去的记忆突然被什么东西叫醒了。

去年秋天，山洪把黑山背两岸的玉米地淹了。山洪过后，玉米地里疯长出许多苦苦菜和三菱草，洪水落了，地稀得叫人落不下脚，稀泥掩住了倒伏的玉米。王翠平心疼粮食，顾不得稀泥黏脚，挽着裤腿下地扶玉米。哪知稀泥里的钻脚虫啃住了她的腿，虫子钻进了肉里一半还多。被钻脚虫钻着了，不能往出拽，用劲拽它就拼命往肉里钻，都说钻进去就会顺着血管进入心脏要人命。一旦被钻上了要用手用劲拍它钻进去的头叫它往外退。王翠平就坐在石头上用力拍腿，响声弥漫在河道里。拍着拍着，王翠平就哭了，嘤嘤的，哭声不大，气息也短，但是很揪人心。郭腊替在地里弯腰整理红薯秧子，隐约听见了那哭声。张着嘴支着耳朵听了半天，听见拍打声和哭声是从一个地方传来，就知道是钻脚虫叮着了腿，正准备迈开步走，又觉得女人的哭声是一个信号，心被什么轻轻抽了一鞭，一群麻雀起起落落，他突然觉得自己应该躲开这逼人的事情。他忙乱得不敢停下手里的活计，怕向前走一步乱了分寸。毕竟那嘤嘤的哭声揪人心呢，那哭声和着拍击声乱得郭腊替心里毛毛的。想着人家给自己割过麦子，忍不住停下手里的活计往河边走，人走得慢，也走得胆怯。

突然的，拍击声和嘤嘤的哭声停止了，郭腊替反倒惊慌了一下，来自一种从未有过的陌生感，一种与世隔绝的难过。他眼睁睁看见王翠平赌气似的站起来，挎起篮子跺了一下脚，扭身往玉米地深处走了，这个动作弄得郭腊替很没意思。

那时间他站着不动，远处蓝天高远，近处青草恣肆，万物都蓄着一腔生命的朝气呀，只有他的胸腔里固执地告诉他，老了。这年龄的人，黄土埋到脖子，不生事了，心早该锈死。喉结上下滚动了一下，准备反身走，可又觉得自己不是个汉子。走近那些倒伏在稀泥里的玉米，能扶的扶起来，扶不起来的一穗一穗掰下嫩玉米扔到干黄的草地上。做完这件事后，他心里反倒坦然了，也算是回报了一次。

郭腊替想和宝福再说会话，听见躺在对面床上的宝福早开始打呼噜了。地上的狗安静地睡过去，屋外什么动静也没有。睡如小死，睡。

四

半上午的阳光那么暖，站在乌嘴河低洼的河道里，高高的与白晃晃的晴空相接的两岸挡住了视线也挡住了风，四周静极了。宝福要郭腊替和王翠平帮助自己收秋，就为了黏合他们。宝福左勾搭一句话，右勾搭一句话，各答应各自的，秋天的风，松软的阳光下，两个人自顾自挎着篮子掰玉米，只有宝福不下力气，心里设计着这两个没意思人的有意思事。

快正午时宝福说："歇息一会，日子长着呢，今天开始我们仨互相收秋，今儿是我，明儿是王翠平，后日是郭腊替。反正秋粮食也没有多少，就当是打发时光。"

王翠平说："我的不用，我娃明天回来收，妇道人家的力气不能和你比，那样子你吃亏。我去地尾掰了，能掰多少掰多少，掰少了你不要嫌弃就行。"

一转眼王翠平就走入了玉米地深处，感觉明显是要拉开距离。郭腊替没有表情，很认真地掰完一篮往公路上送一篮，宝福的车就停在那里。

宝福一下就笑了，是一种无法控制的笑，他蹲在玉米地，笑得眼泪都出来了。宝福拉着郭腊替也坐下来，他觉得这两人都倔，倔得要死。郭腊替说："快快干完活，天气不给人晴天，你是干部你坐着歇息。"

宝福一定要郭腊替坐下来，递过去一根纸烟。郭腊替抹了一下嘴看河水闪烁着，属于黑山背的鸟们，无忧无虑起起伏伏在青草地上逗耍。他们的脚下开着一大捧山菊花，黄灿灿的，宝福拽了一把在鼻子前闻。宝福说："城市里的茶楼卖菊花茶，叫什么来着？噢，叫米菊，就这东西，能卖钱。咱这山上你看看，漫山遍野地开。不过人家那是没有开了的苞，开了的不算茶。"

郭腊替也抓了一撮放进嘴里嚼，干涩，药味道，沾满了舌尖，不自觉地吐了出来。

宝福说："想想也难喝。放糖好喝，现在城市里糖尿病人多，没人敢吃糖。也有说这东西喝多了伤肾。伤了肾那还了得。腊替，我问你，你还行不？"

郭腊替疑惑地："啥行不？"

宝福说："啥，夜里在床上行动的事么。"

郭腊替看着宝福说："你嘴里咋就没有正经话呢？"起身提了篮子走进玉米地。

日头晒得醉人，宝福走到半山腰上想看看自己离开后，掰玉米时两个人有什么交接，先给他们创造一个在一起的时间。电话此时就响了，是镇政府通知，电话里说要来黑山背检查护林防火，午饭就在黑山背吃，一行来五个人。宝福叫王翠平赶快回家做饭，说："县里来人了，一年时间也就来这一回，你就做香椿烙饼、鸡蛋汤。"王翠平说："哪里有香椿，早叫驴友们摘完了。"

宝福说："你没有告诉他们这是镇政府的香椿树？"

王翠平笑着说："哪个告诉我这是镇政府的香椿树了？打小里黑山背的香椿树就长这样，在谁的地边上就是谁家的，人走没了，留下来的人谁下手快就是谁的。"

宝福一脸认真："我现在就安顿你，黑山背周边的香椿树都是镇政府的，谁敢乱摘，那就是以身试法。什么驴友？一群野山野岭的没王蜂！什么驴友？我瞅见他们男女一个架势就不舒服。你赶紧回去做饭，金银面切疙瘩（一种白面和玉米面和在一起擀好切出来的面条）。回头我也给你和腊替弄个红袖套箍在胳膊上，他们一来你俩就戴了坐在香椿树下。看香椿树也是护林防火！"

王翠平一边走一边问："也是护林防火？那就要拿补助的。"

宝福不可能叫她护林防火拿补助，做这件事是撮合他们以后合作过日子。宝福不搭话，只要涉及实际问题，宝福的话永远都是半句。

午后两三点钟了也不见人来，一案板、一簸箕的切疙瘩艺术在那里。王翠平催促宝福打电话。山里信号不好，电话一直是无法接通。

郭腊替在屋子想着还要不要下午去帮忙掰玉米，知道宝福在王翠平家吃饭，因为不说话也就不好问，一个人在院子里抽烟。突然的，他看见山那边有一股团烟冒起来，第一感觉是失火了，第二感觉首先想到的就是驴友们野炊。顾不得距离急忙跑到王翠平院边上高声吼叫着："宝福，西山背失火了。"

宝福和王翠平一起跑出来看，一团团黑烟涌往山头。宝福二话不说，拾起外套就往起烟的地方跑。郭腊替也跟了去，只有王翠平留下看家，不是从前了，她做不了急生活了。

两个人气喘吁吁跑往起火的地方，才发现是几个检查护林防火的人学古人野外煮茶，用火不当点了山。好在火势不大，折腾了近两个钟点，明火算是灭了，一些怄烟的地方还有暗火蓄势。宝福看见五个人中间有两个女人，煮水喝茶应该是女人的主意。女人在这个世界上，有如草本植物，一旦挣脱了泥土束缚，就会野疯。再看她们，黑头土脸，衣衫不整，如同硝烟中撤出，一脸的惊慌失措。宝福不认识这两个女人，拽过副镇长鲁希望问："这两位领导你没有介绍，我不敢轻易和人家搭话。"

鲁希望喝了几口山泉水骂骂咧咧说："想着这季节，又刚下过雨，山里潮湿，哪想到欢乐的事情弄得他妈的这么被动。一旦上边有个啥风吹草动，这火是你们黑山背人点的，都他妈是烧秸秆引起的山火。"

宝福看了一眼郭腊替。

郭腊替的脸蜡黄蜡黄，像黄杨木的雕件，像色调深重的油画中那个父亲。郭腊替双唇翕动，却似言又无，扭转身去山上检查那些暗火去了。

宝福说："好说，好说，领导安排的事情都好说。"

鲁希望指着两个女人说："市领导的朋友，弄茶的。本来想到你们黑山背闲情一下，不小心碰上了你们黑山背人烧秸秆，要不是我们帮助你们灭火，山火都可能酿成大祸。"

宝福马上答："是是是，黑山背两个人，两个人日常不说话，烧秸秆各自烧各自的，一个燃了一个不帮，任由燃，火大了，要不是碰见了鲁镇长一行来检查护林防火工作，后果那是真不能想。"

鲁希望补充："是不堪设想。因为，那边就是国家林场。"

两个女人看着听着，一起笑了。一个说："工作这么做有意思。"另一个说："原来工作都这么做呀！"

鲁希望说："工作就是即兴应景。遇事说事，遇桥过桥。"

宝福问他们吃了饭没有，黑山背有饭呢，土饭，金银面切疙瘩。

他们都说不吃了，要往回返，吓都吓饱肚子了。鲁希望说："明天一早县里开会要汇报下乡结果，饭就不吃了，刚垫补了茶点，都他妈叫这事情吓饱了。收拾，赶紧收拾，估计山外也看到燃烟了，山上没有信号，领导联系不上，主要是咱们都在救火一线，电话无法联系也在情理中。宝福，你是护林防火员，话不可讲乱了。"

宝福问："我就想知道明天的会鲁镇长咋汇报呀？"

鲁希望大手一挥说："所见所做如实汇报，这时代哪个敢弄虚作假？"

宝福说："鲁镇长，我去不去？那我可是有不能推卸的责任在里面啊！你知道，我这几天就在黑山背看护呢，睁眼看着叫林木失火了，我的责任重大呢！"

鲁希望指着郭腊替说："那个人叫啥？"

宝福看了看郭腊替远处的身影说："农民郭腊替。"

鲁希望说："明天汇报就他了。他不往山外走，住在山里不看电视不看报，还以为是从前呢。现在都雾霾了，他还一厢情愿烧秸秆，那要产生多少啊儿屁二五。"

两个女人越发笑得弯下了腰。

宝福想了想说："我看还是汇报一个叫王翠平的女人比较好。黑山背就他俩，怕外人笑话孤男寡女二人世界，他们就克制自己不和对方说话。事情往往是小事情弄大，郭腊替知道失火的来龙去脉，让他顶，他肯定不干，让王翠平顶，他肯定不会去说，他说了就等于承认了他和王翠平有关系，他俩山外的孩子们肯定会闹不和。为了不让孩子们笑话一把老骨头了搞风流，他们就决定到死都不说话。再说了，咱们弄一个女人点火，火燃大了，女人都胆子小，只会哭。这节骨眼上正好碰见了进山检查的你们，之前就我和农民郭腊替在救火，眼看火势太大，天降神兵的你们来了，你们是及时雨啊。咱们要说像了，要说圆了，更要说得拿出去普通人能信能服气才好，对不？"

鲁希望一边招呼大家上车，一边要其中的两个跟随者记下了王翠平的名字。关上车门摇下玻璃拍拍宝福伸过来的手说："还是基层有经验，这事情弄不好还能上上报纸，没有后台背景靠宣传走上层路线也是一个正道。明天我就叫人找报社的人来写。宝福，弄好了我一提拔，就把我现在的角色给你干干，你也是有政治前途的人呀！"

宝福看着绝尘而去的车，一时进入了情景，以前从来没有想过，现在也能想想哦，假如有一天自己当了副镇长，农村工作那是太好做了，自己就是农村生农村长，一旦当了副镇长，就有希望当镇长、副县长，政治前途可以说是步步台阶，人生也就最满意了。曾经有算卦的说老黄家要出一个副县级干部，难道就验证在未来他的身上？宝福很兴奋，就地拽了一把野菊花塞进嘴里，嚼那一口涩，让自己脑子清醒一些，或者说是更清醒地设计一下自己的命运。首先自己的命运是和鲁希望绑在一起；其次，自己的命运靠自己努力；最后，这一场火烧得好；再最后，黑山背两个人不说话好，最好让他们永远不说话。

天要叫一个人成事了，那是步步都为他在设计。他突然看见山坡上自己的狗，它好像恋爱了，一点也不绅士，追着郭腊替家的土狗，趔趔趄趄追逐着、嬉戏着，情绪酝酿足了，跳到塄坎下，两条狗开始欢爱了。

郭腊替似乎也看见了，撂过来一句话："日你妈，狗东西！"

宝福站起来看烧毁的灌木，估摸有两亩地大，这么大的面积是要上报县里的；因为潮湿火不旺，不然大面积燃烧那是要惊动市里的。不大的火灾也是灾，火烧官运开。宝福的脑子变得格外聪明，不大一会，脑海装进去许多日常不想的东西。山是铁青色的，满山的黄菊花，山泉水顺着村庄流过，所有的暗示都是快乐的。宝福进一步想，我就从这里开始吧，原来我的福气就一直搁置在破败的山里，自己是多么看不起这穷山恶水啊，那些看不起的情绪和焦虑都顺着一场火烟消云散了。宝福要和郭腊替谈谈话，也算有个交代，叫他配合工作不要乱讲。因为自己也要出山，明天到县上汇报少不了自己呢。自己走后，黑山背不能有事发生。

宝福喊："腊替哎，你下来，我走咧，要交代你几件事。"

郭腊替往山下走，一边走一边踢一下有青烟的草坨子，抬脚跺跺，跺灭那残余的烟气。

看着走近的郭腊替，宝福说："这场火不大不小是场火，估计山外也看见了。现在社会上告状的多，生怕所有人的关系不乱，见不得人有一点好。其实这火并不大，才烧了两亩乱草，乱草该烧，野火烧不尽，春风吹又生，老祖宗文学下的话。假如有人拿黑山背这火说事，说污染了空气，这火不能往干部头上放，你应该是明白的。凡是有了事，对老百姓都好说，这无知，一切可带过去。更不能说是下乡检查防火点了火，说出去根本就不会有人信。咋说放到农民头上都比较自然。我觉得这把火放到王翠平头上那就更自然了。你以为？"

郭腊替想不到宝福的脑子转得如此快，更想不到的是说王翠平点了火，她现在明明是在家等着他们吃饭呢，这里的人倒开始算计她的名声了。他无法表态，因为和事实不符。对或者不对都要给对方一个理由。他只能不言语。

宝福斜睨着眼睛看着一个地方说："也不是什么大事，又不罚款。假如我顶替了，我是知法犯法，不能开脱自己是护林防火责任人的罪名。你肯定不能顶替，这黑山背没有其他人了，反正你也不和王翠平说话，正好，你也不可能告诉她。不过有一天她要知道了，那就是你告诉的，表面不说话，你们暗地互动。"

郭腊替开口了："胡屌扯淡。"

宝福一下笑了："我就知道你不会和她说话。等我哪天当镇长了，我给你弄贫困户，找一个富裕单位承包你，你呀，就不用种地打粮食了。这事就这样了，也不用放心里，过不了几天啥事情都没有了。我出山呀，明天去县里汇报护林防火呢，罢了会再回来收秋。"

宝福走到自己的车跟前，招呼了一下贝儿，狗从一个地方蹿过来，跳上车。宝福冲着狗吼了一句："回山里偷情还愉快？！"

郭腊替的狗站在郭腊替腿前看着这边，张望着，有几分不舍。郭腊替说：

"回！"

一股热涌上了花妞的脊梁，它冲着天呜呜呜叫了几声。

一高一矮两个活物，花妞抚着腿肚子。遥远的过去，尽管覆上了时间的尘衣，但并不能让郭腊替回避，王翠平嫁给韩路平，那是受了一辈子呀，她如今知道了，心里的委屈真叫难以形容。本来她就是一个人躲在自己的角落，睁着戒备的眼，以防一不小心就遭到伤害，可如今，好好的人叫无来由伤害了。

五

王翠平站在院边上张望村口，心里有不能言说的焦虑，切疙瘩被风吹得干皮了，湿布盖着，可也挡不住时间往长走。山背面没有烟气了，火是扑灭了呀，可不见人来。灶火里的柴添了又添，锅里的水加了又加，进进出出的间隙始终不忘看着中堂方桌上的菩萨。正襟危坐的菩萨，年复一年，迎受着虔诚的目光。沐手焚香后，她很认真地磕了仨头，她对着菩萨默念："火不敢点了庄稼地，不敢烧了人，要救火的人都平安。"

这念头一冒，就想到了郭腊替。事实是明摆着的，她的祈求里也包括对他的护佑。不管如何，就算一份乡情她也应该求菩萨叫他平安。

黄昏被晚霞铺满，扑鼻而来的牲畜体味和谐地裹挟了黑山背，由于降低了目力的敏锐，使得王翠平的瞭望多了几分谨慎。渐渐地，她看见草丛在晃动，一条狗露出了身子，是郭腊替的狗，咋不见了宝福的狗？她的瞭望越发混沌一团，难以辨析事情到底怎么样了。起因和结果，无从追究的困惑，在心里七上八下。她想多走一段路，不知道为啥，腿软得迈不开步，一种被遗弃的难过。她看见郭腊替走了过来，她尽量躲开他的眼光。听脚步郭腊替是走回了他自己的屋里，没有人声，没有畜叫。她缓缓移到自己的门口，听见屋子里火着得欢快，锅中的水噗噗噗开得欢快，等还是不等呢？黄昏助长了她的疑虑，她想去问问郭腊替。对，去问问他。人是活脸呀，问啥呢？问他，他要是不言语呢？从前也和他说过话，他从来都不言语，这次他还不言语呢？骂他？对，骂他！不能骂呀，恐怕剩下的日子连互相不说话的帮助也没有了。

黄昏让她饥肠辘辘，想起来自己还没有吃午饭呢。她干脆啥也不想了，返回屋子抓了两把切疙瘩扔进锅里。逍遥浪漫的切疙瘩在锅里滚得欢，自己已经被宝福忘了，谁还记得她活着呢？这年龄谁和自己不是擦面而过？人家说一句话，不花销二两力气，自己就当真了。人家举手投足间偏偏就不看你、不理你，可见人家小看你到了什么地步。她又想到了郭腊替。更可恶的是宝福，好赖有个话捎回来，做了这么多切疙瘩叫谁吃？她一边用笊篱往碗里捞一边怨气十足地拿笊篱磕着锅沿，猫喵喵喵喵跳上火台冲着她叫。她弯腰拾起地上的猫食碗，也不管人和畜生的距离有多远，把锅里的切疙瘩细细捞出来扣在了猫碗里。

王翠平看着门外，对面的幽暗处就是自己一辈子仰望过的山，杂树杂草一辈子没有认全，秋风祸乱得它们死了生，生了死，谁记得它们呀？犹如没有人会记得黑山背走了的人。黑山背最里面住着的人，早先是谁来呢？想起来了，那家人姓王，早出山了。自己还种着他的地，这些年地荒得可惜，草长得比人高，没有人愿意把力气下到地里了。早些年郭腊替的女人改娥活着时，黑山背的人还多。那时的黑山背已经显出了败象，有些房子已经塌了部分，已经没有人养猪了，家家还喂养着狗，还有人喂着驴和牛，不知道什么时候旧家什和老的劳动工具，比如磨、碾都不用了。那时候，改娥来家里串门，说一些心里话，总算不用推磨推碾了，两个人兴致勃勃地说好日子来了呢。哪知，说着说着，黑山背就没有人了。改娥在磨道得病的那一年，她还去郭腊替家看她，改娥的脸仰着，眼睛望着屋棚，皱着眉头，她已经不会说话了，谁也不敢打扰她，她拉着改娥的手，那手冰凉冰凉的。那是最后一次进郭腊替的屋，改娥走后，郭腊替就不和她说话了。人情是凉薄的，命也是自然给你规划好的，有一天都要走，走到奈何桥上碰见了不知道说话不？王翠平想到这里突然就笑了，好你郭腊替，今天的事咋说你都应该告诉我一声，你闷驴一个，不声不响，我是要记仇的，我倒要看着你有一天躺在床上，没人给你做饭，你儿也不在，那时呀，你爬着出门喊我，我都不理你，我就和你怄气，怄到死，孤独死你！

王翠平想着明天孩子们回黑山背收秋，也就不再埋怨宝福了，脸上就挂出了释然的笑容。灭火、刷锅、洗碗，再想郭腊替，心中就涌起了难以言说的悲悔和自责。都不容易，往事如昨，细细数来，他也不是坏人。都怨自己的死鬼丈夫韩路平心眼小，走了的人不善也叫你活着的人不安生。可死的人死了呀，活的人怎么就不能活泛一些呢？王翠平反反复复想着，天就黑透了。

郭腊替也是无法入睡，今天的事情叫他难忘。拖着疲倦的身体回到屋里时，他两眼望着虚空，事情怎么逆转成这个样子呢？狗在院子里卧着，看着他一副疑惑不解的神情，似乎也不像往常那样要走近他给他安抚。恋爱一场，狗很累，沉沉地闭上了眼睛。

郭腊替想着要不要去说一声，说啥呢？说这火是你王翠平点的。难道没有出门的人，手长得能伸到了山背面去，那是神仙啊。王翠平不是神仙。人常说，善有善报，天道公正。这话没有本事的人都相信。和公家人比呢，人家说把事情弄成啥样子，就能弄成啥样子。但愿这事不是事情，没有人认真追责，走了过场，当了笑话了事。反正，他是不能去见王翠平，自己的清名不能叫宝福拿住，农民不能在干部面前丢了尊严。

胡乱吃了一口饭，人就蜷曲着躺下了。拉灭灯，有几个秋蚊子找过来，在耳朵边上嘤嘤飞。他照着蚊子要落的脸上呱唧一下，又后悔打自己的脸。一辈子因为这小东西打了多少回自己的脸，从入夏打到秋末。别看这蚊子，有本事的人也怕蚊子呀。蚊子扰得睡不着，要是平常早累得倒头就睡，哪能听见蚊子的声音？没办法，他起身找了一截子端阳节晒下的艾草，点燃了吊在门闩上。这样子越发叫他清醒了。他索性披了衣裳开了门走出去，看到一钩月明在天空挂着，四面环山的黑山背是一个世外桃源的地方，庄稼丰收，六畜兴旺，温饱无忧。这日子说散就散了。郭腊替尽量不让自己去想这些，不去比较，年轻人的活法，不能叫自己拉后腿。无来由又想起了自己的大儿子郭怀想娶王翠平女儿韩云的事情。那年，韩路平在河对面逮着了两人在一起谈恋爱，韩路平抓着韩云就是一顿饱打。一边打一边骂："你愿意一辈子不出山你就嫁给这个穷鬼。"

这句话叫郭腊替很堵。郭腊替拉着郭怀往地里走，深一脚浅一脚，父子俩不说话。走上窄窄的田埂，走进地里，他当时正在地里锄草。蹲下去时他又抬头看着郭怀说："你要知道，你是一个穷鬼。"

郭怀说："在黑山背我就是个穷鬼。我穷死也要死到山外，爸，你找人山外去给我落户。"

郭腊替拿着钩锄的手微微颤抖，他知道这是一个绕不过的话题。谁家姑娘愿意嫁到黑山背来？黑山背有的人已经去山外落户了。出了黑山背，后生都是好后生。如果不是韩路平也是个穷鬼，韩云没有见过世面，她怎么会喜欢上郭怀？谁愿意一辈子住在山沟里？人心都野。年轻人成了黑山背最有牢骚的一群，那些庄稼地里找不见后生的影子了，山外的闺女没有愿意嫁到黑山背来的。一直以来郭腊替都不愿面对，这下是得认真想了。一想到这些，他就有无限的惶恐。郭腊替说："落户山外，你就得和韩云断了，我受不了穷鬼骂穷鬼的样子。"

郭腊替出山去找嫁到山外西庄的妹妹，他直接就说想叫儿子来这里落户，不知道好不好落，妹妹说好落。郭腊替没有想到没本事的妹夫，居然能说通西庄的村干部叫郭怀落户西庄，从前可是天大的事呢。后来郭腊替才知道，西庄也是空村了。两千户的大村只剩下了不足三十户。一旦进了城，人就都不想回乡下了，从前来钱路都是庄稼的长势，现在地里的东西不值钱了。看着西庄大面积闲置的土地，青草长了老高，好像它们年年就是这样占着开好的地长着，那青草不长瓜，不长豆，这岁月是越来越见恐慌越见老了。

两个年轻娃最后没成，两家到底是芥蒂结下了，谁知道越结越拧巴，到最后韩路平都不叫王翠平和他说话，世道叫死人都恐慌了。

有蛐蛐叫，在没有屋顶的房子里，脚地上长了草，它们立在草叶上，姿态端庄，翅膀潮湿。过不了多久黑山背就要被这些虫子和植物包围了。没有人的黑山背留下两个人来回忆，两个人死后，谁还会想起黑山背呢？既然睡不着就绕黑山背走一圈，串串门，看看那些下了死力气垒上去的墙，是什么力量把它们掀翻了，去看看那些月明下的草丛和塌落了的屋子，那是花了大价钱盖下的屋子，如今成了虫子的家。

走下石台阶，有一处暗，暗中长了一丛西番莲花，花色是那种纯正如血的红色，月明下黑墨一样。突然有什么响，动了一下，似乎是一个人绊了一下，匆忙地想要走开。

郭腊替吼了一声："谁？"

暗处听到动静的王翠平直戳戳说："我。"

郭腊替调转身子就往回返。心里责怪自己，明明知道是王翠平，黑山背没有多余的人，自己糊涂得居然吼了一声。他快速进了家门，闩上门，倒头躺到了床上，什么也不想，就想努力装睡。

暗夜中王翠平在骂猫："你死呀，半夜不睡叫我到处找你，你找下啥了？连老鼠都没有见你找下。叫你跑，叫你躲着我，看叫狐狸吃了你！"

"回哦，回哦——"

那声音透足了人间温情，也叫装睡的郭腊替流出了眼泪。

六

郭腊替在梦中听到狗压抑着嗓子呼呼地叫。狗叫声似蚊子在他耳边蜻蜓点水，扰乱了他的安宁。他有些气恼，抡着胳膊想制止狗叫，绵软无力的胳膊抡起来软塌塌跌落在床沿上。脑子沉沉的，有些场景似乎是黑山背的现在，又似乎是黑山背的从前。有个女人盯着他，五官是雾样的模糊，想和他说什么事，他不说话，加重了对方的局促，她想制造一些轻松，她笑了，秋天的风，一阵阵地吹拂，刚好背对着秋风，凌乱的头发遮挡了她的脸，她的眼睛若隐若现地看着他。他咳嗽了一下，不知道为什么，她就不见了。他开始伸出手呼唤："改娥，过来呀，你往哪里去呢?"伸出的手臂在床沿上落空了。狗过来舔他黑黢粗糙的手，他嘴里含含糊糊说着什么，一下就醒了。

郭腊替看了一下墙上的钟，已经是上午 11 点了。他想着刚才的梦，极力回忆，却是什么也没有了。多少年都没有做过梦了。郭腊替坐起来看窗外，看到远处有人影晃动，贴近玻璃看，好像是王翠平的儿子和女婿回来收秋了。临近早晨才睡着，没有睡醒，脑袋嗡嗡响。他趿拉着鞋打开门让狗出去，狗箭一样地蹿了出去。狗在远处冲着晃动的人影叫，虚张声势的样子。

郭腊替洗了一把脸，往地锅里添了水，走到房后取了柴火开始烧水做饭。他一边烧火一边想着早上的梦，想那个女人是谁呀，是郭怀妈改娥? 好像也不是。也许就是郭怀妈呢，看来自己的日子不会太长了，她来喊了。两个儿子因了今年外出打工，都不回来收秋，说往返路费都比收下的粮食贵。看看这世道成啥了，钱占了上风，人间就要没有亲情了。晌午饭后他也要下地去收自己的玉米，今年种下的粮食少，越往后越种不动地了，贪几亩地荒着，费力气种下收不回来，看着难过哇。

狗回到院子里，沉着脸，在自己的地盘上很傲气地抛出一长串叫声。

吃罢饭，郭腊替提了篮子拿了蛇皮袋子往自己家的玉米地走。他看到王翠平的儿子和女婿开了两辆三轮车，满满当当的秋粮堆在上面。他很好奇，王翠平没有见怎么动弹居然种下了这么多粮食。这女人过日子的心劲还很贪呢，受罪命啊。

午后的黑山背被日头罩着，那些开着的花朵发出耀眼的光芒，当风吹过来的时候，别致的花仿佛要呼之欲出，真的是楚楚动人，郭腊替有点不舍得去看。

宝福午后也进了黑山背，相跟着来的还有两个县报社的记者，说是来实地采访和拍照，要写一篇报道，树立一个典型。宝福叫记者采访郭腊替，他去做王翠平的工作。火并没有造成火势，她能答应下火是她烧秸秆造成的，这典型人物就树立成了。要树立的典型人物不是宝福，是副镇长鲁希望，宝福有自己的念想在里面。

宝福的狗大远处就把郭腊替的花妞勾走了。

先说郭腊替这个头，如好剃，事情也能成一半。宝福叫记者采访前他单独又安顿了郭腊替几句，叫他配合记者采访，多余话不说。郭腊替没有言语。宝福走后两个记者来到了地边上。

两个记者娃蹲在田埂上说："歇息一会吧大爷。"

郭腊替抬起头看了一眼，低头继续掰玉米。无语。

两个人面面相觑，一个示意另一个要打开他的嘴巴。

一个记者娃蹲在田埂上说："大爷，黑山背没有人了，待不住了，庄稼不值钱，种地还开销大，你这么大岁数了还辛苦呢，你是最可爱的人。"

郭腊替面色如土，手臂和挽起袖管的胳膊暴起很粗的青筋。一行玉米一篮子，看似七零八落倒在地里，实际是有规矩的。

一个记者娃跳下田埂说："我来帮你掰。"

郭腊替知道这不是面对一般人讲话，是面对记者。事情从开始他就没有答应过，他不能说真话，也不能说假话，这俩娃娃是在撬他的嘴巴，一旦撬开就不好绕开他们预设的话题。说王翠平烧秸秆点了火，良心不容许，两个黄土都埋到脖子跟前的人了更不能互相伤害。说宝福说谎，也不能，和宝福没有深仇大恨，每年镇上有救济什么的人家想着自己呢。

蹲在田埂上的记者娃说："大爷，每年收罢了秋，秸秆不还田，都点火燃，是不？"

郭腊替这回说话了："地边上都是去年的秸秆倾在那里。"

记者说："啥呀！去年的都在，那昨天山那边的火是咋起的？"

郭腊替知道自己进了他们的话语圈套，不能再说了，便弯腰把地上的玉米捡到蛇皮袋子里，扎住口袋撂到肩头，头也不回地走了。田埂上的两个记者大眼瞪小眼。一个说："这老头倔着呢。"一个说："警惕性挺高。"

之所以一定要叫他们下乡采访，是因为如今的假新闻多，都是一方面提供，新闻听不到来自民间的声音。鲁希望给新上任的总编讲了他的救火事例，总编就一定要叫记者实地采访，现在和以前不一样了，新闻监督回到了新常态。两个人看着郭腊替的背影商量，用什么样的聊天方式才好叫他讲真话呢？

再说王翠平这里。

宝福没有进院时就叫了一声："老姐姐，昨天的事情太不好意思了。临时有事情就直接回县里了。我还安顿郭腊替告诉你呢，他可能昨天累得没有顾上，把事情给忘记了。老姐姐哎，你先不要答话，我知道是我错了，来来来，这就补偿。这是一百元，不多，都是按下乡标准给你，你拿着。"

王翠平想，宝福可是从来没有叫过自己老姐姐。王翠平就笑眯眯安慰说："也就是一顿饭，山里不缺粮食，我也不缺工夫，用不着拿一张大钱来贿赂我呀。"

宝福说："这就是你王翠平的胸怀，心里藏着一颗仁厚的心呢。这得拿着，你若不拿我就得落下个贪污罪名。"

一百元扔到了屋里床上，宝福觉得有什么问题，又掀起褥子压在下面，无事一样坐在上面。

王翠平说："不缺粮食呀，看你，快拿走，叫人知道了笑话我，我家又不是开饭店的。"

宝福坐在床上，王翠平也不好过来争抢，只好叹口气给宝福倒水。

宝福说："老姐姐年轻时候也是个美人啊。可惜活在了黑山背，活在城市里哪里轮得上韩路平。韩路平讨了多大的便宜，真是便宜他了。"

王翠平捂着嘴笑，笑宝福会说话，当了干部的人就是不一样。笑到激动处，被皱纹挤住的眼睛还露出一丝亮光。门口的天光打在她身上，她禁不住放下捂嘴的手，很高兴地说："韩路平年轻的时候也是好后生呢，人长得直撸撸高，老了，抽了，看不见年轻时候的好了。"

宝福根本就听不进王翠平的话，只想着接下来的事。掏出纸烟想摸火，只见王翠平从床头另一端的被子下摸出一盒火柴，划亮了颤巍巍点给宝福。

抽了一口烟，宝福说："我活得不如你好，我身上有使命，当了干部就由不得自己了，官帽就是紧箍咒哇。这不，昨天没来吃饭，都是山火惹下了事。上面知道了，要追查责任，我说是山火，他们硬要说是烧秸秆引起的。你知道的，咱们什么时候烧过秸秆？从前吧，我还见过你点火烧秸秆，昨天是真没有。上边一定要说是烧秸秆，我也只好说是我点火了，可上面的领导说，一个护林防火的人怎么可能自己拿着防火工资一定要点火烧钱？没有办法，我不能说是郭腊替烧秸秆，你知道，他倔得要死。可我也不能说是你老姐姐点火烧秸秆呀。"

王翠平问："火烧了多大面积？"

宝福说："一两亩地大。差一点就烧了国家林区。"

王翠平说："又不打雷，咋就起了山火？日怪呢。"

宝福说："日怪的事多着呢。前些日子镇上一个干部嫌弃自己腿中间夹着的那东西小，花了五千元网上购买了一个增大器，寄来了是个放大镜。在咱这商店买总共不要五块钱。放大镜照着，果然就增大了么。"

王翠平又捂住嘴笑："宝福，你尽拿稀奇古怪的事说笑话。活该活该，他活该。"

宝福看到王翠平彻底放松了警惕，就说："要不我和上边汇报就说是你老姐姐烧秸秆点了火？一个妇道人家，他们不能咋你。这个年龄你也不怕背黑锅。我这笑话你都能接受，说明你是明理人，和那些啥话都听不得、啥事都当大事看的乡下人不能比，你就是比他们有水平。"

王翠平止住笑说："宝福，说正经事，昨天那火我可不能顶头上，我是多少年都不点火烧秸秆了，孩子们怕我乱点火，都是他们回来把秸秆搂到地垄下，几场雨几场雪，来年那秸秆就沤烂了。"

宝福不说话，很认真地看着王翠平。尽管这个女人的脸上布满皱纹，可她心里明白得很。他是有点低估了她，白费了半天口舌。宝福不甘心，站起来在脚地走了两圈，想着，不知道郭腊替那边采访结束没有，假如郭腊替也承认是王翠平点了火，那么，昨天的事就必须放到她身上。宝福盯着王翠平说："我是护林防火员，我有权力说是你点火了，你不是烧秸秆点的火，你是给韩路平烧纸钱点的火。为什么呢？因为韩路平的坟就在山背面，就那地方着火了，这事不是我说了算，有郭腊替证明你呢。"

王翠平的脸一下就拉下了："他郭腊替敢说是我点了火，我还敢说是他点了火呢。"

这句话叫宝福开悟了，赶忙拿出手机点开录音，顺着一句气话往下问："郭腊替点秸秆了？"

"点了。时常见他点。大地大火，小地小火。那火我看就不是山火，就是他郭腊替点了。他恨韩路平，就因为韩路平活着时叫他穷鬼，他就想把韩路平的坟地烧了。他不和我说话，把我当了死鬼韩路平留在黑山背的那口仇恨，他记恨我，他不是人呀！"

王翠平一边哭一边数落。宝福觉得事情总是在他需要的时候就会有反转，什么叫命好，好命人总是有一只无形的手罩着。心里一阵子窃喜，觉得录多了露怯，有她这几句话就够。他关了录音走近抚着王翠平的肩膀说："老姐姐，有我宝福在，咱把那一口仇恨扔给他郭腊替，你不要伤心了。老话说了，鸡不和狗逗，男不和女斗，他郭腊替是气量小的人，你怕他我不怕他。这事说到此处就好，日子是咱自己过，咱把咱自己的日子过好，叫他生气去。"

刻薄的、伤心的、冤屈的，越想就越难过，人心不能做比较，不管那些了，所有苦日子中的记忆都起来了。感觉郭腊替坏呀，不说人情也说地理呢，咋就坏到这种地步呢？她闭紧了嘴看着宝福，半天后说："你给我报仇。他谁都不怕，就怕村干部。"

宝福正要安顿她，两个记者走进院子里，宝福急忙走出去拦下两个人说："你们采访了个啥？"

一个记者说："啥话都没有说。我们这就是来找当事人采访呢。"

宝福小声说："采访不成，她正生气呢，我这儿有她的录音，事情有反转，不会叫你们白跑一趟。"

两个记者娃说："那现在做啥，黄主任？我们还等着明天的新闻呢。"

宝福说："回去写稿子呗，我说了不会叫你们白跑。有事实有依据，我宝福办事没有不靠谱过。"

来不及回去道别，宝福拉着两个记者招呼自己的狗贝儿走出了黑山背。

黑山背一下就又静了。静得和没事发生一样。

七

人间无声，也就不知道发生了什么样的变异和曲解。

王翠平黑坐在炕上对着黑下来的黑山背蓄满了一腔怨气，无声化解得她没有丁点力气。想叫自己当下生出力气，就算是借着骂猫也要野着骂两嗓子，可这腿脚酸软得一点也不听使唤。她想不明白为啥郭腊替要害她，是郭腊替对她生出了啥意思，自己没有迎合他，他就变着法想害自己？白猫嫌冷跳到她的怀窝里，她发狠似的把猫扔出去。白猫惨叫一声再跳往她的怀窝，她很坚决地又把它扔出去多远。白猫很无奈也很难过地喵喵叫着看着黑影王翠平。屋里的空气无端就黏稠了，满是一个人过日子的委屈，那过往的委屈挂着数不清的疼，这些疼像风吹着沙子一样荡来荡去，敲打着她的皮肉。她跌跌撞撞站起来想冲出门外，冲往郭腊替的屋子前，想把自己撞到他的门上。一把老骨头了，我就拿命撞你，看看你想做啥？到底想啥？是不是就是想着合灶叫我伺候你呢？

想着自己一生都在争斗中度过，生活是越老越无序了，这一生啊，真是领略了多少体验，难过得想流泪，但是她也决不怕这最后一回。

早年间自己从山外嫁到黑山背，那时黑山背的后生一个赛一个，看见哪个都怦然心动呢。有了这样的心情，人就打扮得清爽。也不是要招蜂惹蝶，想来是那份过日子的心劲，就想和村庄里嫁过来的女人攀比。比穿、比戴、比家务、比生娃。想起来真是要笑死人，自己还真是看中过郭腊替。觉得他比韩路平知道疼媳妇，时时处处疼。有几次就想叫韩路平知道郭腊替是咋样疼媳妇的，韩路平问咋样疼？还记得她说了，有一次见郭腊替背着媳妇过乌嘴河，两只手不是捏着耷拉在胸前的手，是两只手托着改娥的屁股，迈一步拍一下改娥的屁股，改娥那老实的人在郭腊替的脊背上笑得能岔了气。韩路平一下就捂过来一巴掌，那眼光变得冷冷的，又有很深的怀疑，仿佛在说，你是不是心里也想叫郭腊替拍你屁股？王翠平还想说什么，一口唾沫吞食了到喉咙的话，退了回去。一辈子就嫁了一个这么多疑的人，稀里糊涂生下一大堆娃，除没有成活的四个，活下来两个闺女一个儿，好端端的日子过得叫人沉闷，越活越没有比头。说心里话，这一辈子真要有人背着她过乌嘴河，走一步拍一下她的屁股，那也是一种好呀。

再后来黑山背的人急慌慌都往山外走，过日子的心劲就成了比看谁有能耐把子孙后代送往远方。那能耐是自家男人的能耐，那比就成了心里苦和世上的病，一辈子治不好了。

一股风贴在窗棂上，垂挂在屋檐下的旧谷穗被吹拂得纷纷扬扬地抖动和飘落着，藏在胸口上这颗脆弱的心，也禁不住瑟缩地颤抖起来，于是浑身都觉得像浸透在凉水里一样寒冷。赶紧绕着炕头底下凹凸不平的地急急走了几步，扶紧了门，望着被烟火熏染得漆黑的屋顶，觉得一个人活到现在到底活着是为了什么？是为了一口气！一时又觉得那口气憋满了她的胸脯，她踉跄着用力把门打开，冲出院子，乌嘴河在凛冽的风声里哗哗哗震响，挂在山尖上的半个月明冰凉得如一个人的心肠。她狠闭了一下眼，拽着能拽着的藤蔓往郭腊替的屋子前走。爬上台阶时，她看见了亮着灯的窗户，窗户上郭腊替坐在床上的影子，那影子摇来摇去。她还不想撞他的门，就想知道他摇来摇去摇晃什么呢。她闭住气贴着窗户听，听见他在打电话。风声越来越大了，伴随了雨点，她不怕下雨，她就想知道他和谁说话。她听见了郭腊替说："是韩云妈点了。"

这句话叫她是彻底心死了。心里顿时感到了一阵说不出的悲凉，这穷乡僻壤里的多少人、多少事都经历过了，从来就没有想过要经历伸黑手害她的人，她要撞上去了，禁不住仰起头颅。把命撞向这个人值得么？那是要叫村外的人笑话呀，叫宝福笑话呀，宝福会说，黑山背两个不中用的人临梢末了，活得不知道要脸了。王翠平踉跄着，迎着呼啸的夜风，回到自己的屋里，在幽暗和凄惨的光亮中，铺开了厚厚的棉被，悄悄地钻了进去。聆听着窗外凛冽的风，她实在是想不通郭腊替为什么要害她。

天黑时下了一场雨，细雨沙沙敲打着屋外的树叶。家里的每件物什，都有一定的搁置地方。下雨，明天一早不能下地了。郭腊替取了抹布擦洗农具，用一种欣赏的表情拾掇着，擦洗干净；再看，灯光下闪着亮光；末了，疼爱地端详着摆放好。铁家伙不能有一点锈斑，锈是要传染的。脱了鞋，郭腊替不急不慌地坐在床头，拿出压在枕头下的手机看，看见有好几个未接电话，是大儿子郭怀打进来的。急忙拨过去，电话那头郭怀焦急地问：

"爸，你是不是叫人弄起来了？"

郭腊替说："弄啥？"

电话里说："老家微信群里说你点火烧了山，要不是下乡检查，火势不可估量。你没有事情吧？早和你说过了，种庄稼不赚钱，死守着几亩地，不出门，不见世面，更不能点火烧秸秆，捅下娄子还得回去替你处理。人老了，不能叫脑子也糊涂了。"

郭腊替说："你说谁点火烧了山？我一天都好好在黑山背，现在下雨，我盘腿坐床上给你打电话，没有人把我弄起来。"

电话里说："黑山背失火了没有？"

郭腊替说："失了。面积不大。扑灭了。"

电话里说："是你点了？"

郭腊替说："是韩云妈点了。不对，我说错了。是护林防火的人点了。"

电话里说："韩云妈说是见你点了。"

郭腊替说："你远在天边，你知道是韩云妈说了？乱说啥？我不知道你说啥。我没有点，世上还有比住在黑山背更稳当的日子？你好好在外，不要管我，有事我会打电话给你。"

电话里说："那就是假新闻，吓死我了，以后电话就装口袋里，别老一天都放在枕头下，有个三长两短都找不见你。"

郭腊替怕浪费电话费，提前把电话挂了。挂了电话反倒心慌了，难道宝福把我弄成了那个点火烧山的人？他越想越不自在，决定再打一次电话问问郭怀。

电话那头说："咋了爸？"

郭腊替说："你说那烧山的事情是咋的写了？"

电话里说："大概意思是说郭腊替年老糊涂不小心点了山，自己还不知道，多亏了山里还有人住，正好撞见进山检查组领导鲁希望，大火才扑灭了，不然就可能烧了国家林场。说你糊涂得啥都不清楚，还是王翠平老人指认了你，才知道火是从一处坟地烧起。"

郭腊替越听越像是说书，编着故事吸引人。心里的气就来了，是对王翠平的气。

电话里说："咋不说话了爸？你别闹事啊！"

郭腊替似乎又清醒了，说："闹啥事？我的骨头还不想散架，山里活久了，真傻了，任意叫山外人糟蹋，坏我名声。我没有点过火，都是龟孙子宝福编的故事，拣软柿子捏。"

电话里说："没事就算了，都这么大岁数了，有啥名声？老家新闻里也没有把火说多大，只是突出了干部下乡的重要性。这种新闻，过三五天就换别的了。我挂了爸。"

怎么能没有名声？人活着到底是为了啥？就是为了一世的名声啊。和王翠平不说话是为了啥？也是为了自己的名声啊。活着事小，名声事大。不能临死背着个烧山犯的罪名！郭腊替穿好鞋，他是要毫不犹豫地去和王翠平对证。

推开门，夜是寂静的，是温和的。细雨下过，云彩躲开了，月明在天上，石头应对着月明泛出亮光指引了他脚下的路。他要为自己的名声去斗争，也从来没煞费苦心去自我防卫过，自我辩解过。可他从来都不怕为自己的名声辩解。他走得急也走得脚步重。

呱嗒呱嗒，呱嗒呱嗒。

一片清新的空气袭来，他的鞋一寸寸洇湿，他的呼吸像风箱吹足火焰时发出的声音。走着走着，他回了一下头，黑山背就他一户亮着灯光。黑山背的人呢？叫日子黑走了。

呱嗒呱嗒，呱嗒呱嗒。

他看见王翠平的花布门帘了，帘子的花式都是彩色布块拼出来的五瓣瓣花朵，他要张开手撕下她的门帘子，她的日子凭什么一定是花朵一样开放？有什么拖长的声音传过来，突然他感觉到了不安，好像要发生什么事情，头发奇怪地干蓬着，里面藏着一大团静电。

起风了，风裹着哨声掠过村庄，那声音如他的脚步。呱嗒一声，有谁家的屋顶子又被风吹塌了，那声闷响传过来，撞击得他不由自主地激灵了一下，急忙扭头往回返。在雨后，在月明的清辉里只走了几步就走完了他的力气。他爬着坐定在那座新塌落的房子前。月影下豁豁溜溜的墙壁碴口处，这户人家搬走之前用谷草编结的送灶王爷上天的坐骑——一匹草马被大梁挑了出来。马头还在，身子已经散架了。马脖子上的红布还在，如少年脖子上系着的红领巾。草马脖子上的铜铃铛响了，顺风扑面而过，只是一丝丝响。他看到没有带走的镰刀，单薄地插在屋子的墙角，犁、耙都散架了，房梁塌落下来砸烂了一口水缸，那些年他是看中过这口水缸的呀，他曾经也想买这样一口水

— 69 —

缸腌浆水菜，到处打听才知道已经没有人烧缸了。坐在这里如同面对一场激战后的战场，孤寂、悲凉、单调、杂陈，他看不到锋芒、棱角、生动。时间一如既往地往深里黑，赤裸裸的黑叫他无助成一团，他被伤害了，不是宝福，也不是王翠平，是黑山背的黑夜，是一处处塌落的屋子，那屋子让他承受了精神的折磨。从前，每一个黑夜他都能预感到明天，现在，他连黑夜也无法预感了。

花妞来到他身边，看着他。他像狗一样四肢爬着，青筋暴跳的手，弯弯曲曲抓紧土地。花妞不知道他张扬的内心，只是用它柔软的舌头舔他湿漉漉的手臂，舔他湿漉漉的头发。

王翠平第二天被韩云女婿开着三轮车接走了。走之前王翠平叫韩云女婿进郭腊替的屋子里安顿他一些话。韩云女婿走进郭腊替的屋子时，郭腊替的额头上搭了一块湿毛巾。韩云女婿看见了说："腊替叔，你这是咋了？"

郭腊替有些难过地说："感冒了。昨天遭了雨，淋感冒了。你又进黑山背拉秋粮来了？"

韩云女婿说："不是，叔。接我妈出去检查一下身体，昨天我们回来拉秋粮时，她说她心口疼。正好我借了别人一辆三轮车，能用几天，就想今天拉她去县医院检查一下。一辈子没有进过医院，不想去，这回她是难受得厉害了才叫我拉她去检查。我来是安顿你，猫在黑山背，你养它几天，几天光景就回来了。"

郭腊替说："好说好说，快去县医院给你妈好好检查一下。到年龄了，一辈子没有享过福，叫她好好看看外面的花花世界。"

韩云女婿说："多喝水，叔。其实猫不管它也饿不死它，黑山背的地老鼠多，它找得到吃食。我妈怕饿死它，叫我来安顿你管它几天。几天后她就回来了。"

郭腊替没有想到王翠平能叫女婿来传话，一时就想多说几句话，又不知道该说什么，只是一个劲说："我能照顾好猫，我能照顾好猫。"

韩云女婿笑着就走了。

听见村口三轮车发动时，郭腊替急忙趿拉了鞋往出走，草长得一人高遮挡得却是什么也看不见，三轮车的声音就远了。

清凉的空气中突然出现了一团白，他皱着眉惶惑了一下，看清楚是王翠平的白猫蹭着他的裤脚。花妞蹿出来唬了两下，白猫弓着脊叫着想躲开又不忍心。郭腊替弯腰捉住猫抱在了怀里，抚着它的脑袋说："没娘喽，没娘喽。"

花妞躁乱得在院子里走来走去，它不希望郭腊替抱白猫，多少年都没有见他抱过自己，他轻抚白猫的样子真叫花妞好生嫉妒。

王翠平走了半个月，没见回来。

郭腊替每天都去王翠平院子里看看，有时候风吹得院子里的柴四散跌落，他捡起来重新搁置好。秋天的风吹得满院子落叶，一些潮湿的石头地缝长出了野草，他拔掉那些野草，扫干净院子，做完这些时就坐在王翠平家的门墩上抽两口旱烟。他向周围左顾右盼，耳朵却警觉地探听进出的路口，他盼望听到三轮车声，或者狗冲着生人狂叫的声音。秋天嘈杂的树叶落尽了，风在不停地旋转，吹来一些塌落了的屋子里的旧纸片、旧草屑、碎布头，还有各种各样没有用的东西，树枝、鸟的羽毛。他的脑袋里飞快地掠过许多忧伤的想法，童年、少年，许多无益的、已经无用的记忆中的事情都出现了。自己的生活，以及黑山背人的生活，越来越清晰。他甚至想要强行打开王翠平家的门，日头好时，他想晒晒她的屋子，长久没有开门，屋子里潮气一定把锅碗瓢盆都潮烂了。

冬天来了，下了一场雪，一股卷着雪沫的风打碎了王翠平家窗户上的一格玻璃，他找了一块石头挡住了那格窗户。他看到了屋子里收拾得干干净净的床铺，墙上的年画、锅边的碗筷，都在等着王翠平回来。

花妞在冬天的一个夜晚生下了两只小狗。猫惊讶地看着那些蠕动的小东西，时不时地想去动它一下，花妞就狂叫。郭腊替觉得屋子里有了生气，说不清楚的过日子的生气。有些时候就看白猫轻手轻脚走近它们，伸出它的爪子去撩逗它们，花妞怒吼着扑过来，猫选择了撤退，花妞的警戒心并没有放松，叼着它的狗儿子到处跑。这样子有一只小狗就被它叼来叼去病死了。剩下一只小公狗，它居然表情丰富地摇动着前爪向猫示威。郭腊替想到许久没有见到宝福了，这小公狗还是宝福家贝儿的后代龟孙呢。想着宝福弄下的事，一肚子恨，就想着叫这小公狗龟孙吧。一山不能容二害，龟孙长大了一定要拦下宝福的贝儿，不叫宝福进黑山背，宝福一进黑山背呀那是猫狗不宁。

进入腊月时郭腊替听到三轮车响了，是王翠平回来了。

躺在三轮车上的王翠平已经昏迷不醒。这是一个不好的兆头，王翠平得了食管癌，做了手术。人在化疗期间，因为县城里冬天的雾霾重，体质弱的她又感染了肺部，恐怕连年都无法过去。

果不其然，回黑山背的第二天，王翠平就走了。迟早的事，有生就躲不开死。郭腊替无法控制自己的眼泪，他哭着收拾出箱子里去年清明上祖坟多余下的金箔纸，认认真真叠着金元宝，叠好后摆放在篮子里，一层层摞起来。他用谷草编了一匹草马，找出一只铃铛拴在草马的脖子下，草马的身子披了红布，它的尾巴用了几缕麻扎紧，披散开。

郭腊替走进王翠平的院子里，挽着他准备好的东西，没有人和他打招呼。他看见回黑山背奔丧的人，这些人脸上没有悲伤，他们嬉笑着说着山外的事情，山外真是一个巨大的诱惑啊，那诱惑让黑山背奔丧人忘记了哭声。地上的棺材只是一个摆设，王翠平躺在里面，永远都不会和他说话了。郭腊替弯下腰，取出他叠好的金元宝，一个一个点燃。他生怕没有燃透，没有燃透的金元宝到那边成色不好。燃烧完金元宝，他告诉王翠平儿子说："你们离开黑山背时把草马烧了，屋子里没有人了，灶王爷要离开了，不能不给他老人家一个坐骑。"

那些人看着郭腊替笑，郭腊替在他们的笑声中哭着离开。

八

因为死亡，黑山背回归了那片土地。

山脊上走满了日头的光芒，日头照不到的地方枳满了雪。化妞之困地卧在雪地里，它的儿子龟孙跟着它在远处扑动着四个爪，雪下的那些荒草随着它的扑动大片大片地撩起。明年春天草还会绿，会疯长，只有黑山背的人没有再生能力了。

年关将至，儿子们打电话说不回来过年了，过年值班在企业里是双份工资。郭腊替叫他们不要操心自己，过年也就是一个日子，过了这个日子就过年了，这把年纪都害怕过年，过了年谁知道会是什么样子呢，他们不回来正好。罢了又安顿他们好好过年，过年是年轻人的事情，还能多赚钱，有热闹，就不要担心他了。

放下电话，郭腊替有些难过，其实他是渴望孩子们回来过年的，毕竟是年，一年时间经历了春夏秋冬，经历了那么多的事，他想和他们说说话。可是现在的人谁愿意听他说这些车轱辘话呢？床头的墙壁上，有一个斑驳的紫红色相框，里面都是从前的照片。他看到郭怀妈改娥坐在凳子上，双手放在膝盖上，茫然地看着什么，头发弯弯地卷在耳朵后，眼角微微地挑着，因为照片有些发黄，她的眼神迷离着。郭腊替拿干净毛巾轻轻拂去玻璃上的浮灰，有些地方灰尘积厚了，他吹了一口热气用劲擦了一下，眼前就浮现出从前的景象来。

从前的年腊月里，炊烟袅袅，灶火间缭绕着年香，掀开蒸笼时，白面馍馍花朵一样散发出面香。两个儿子跑进来急慌慌要吃馍馍，郭怀妈说："还没有祭灶家爷呢，馋嘴东西们快走远远的。"坐在灶火前添柴的郭腊替就把试碱的小馍馍拿给孩子们吃。郭怀妈看见了就吆喝："那也要先给火神吃。"赶紧揪一团生面扔进灶膛。

年影子似的跟在庄稼人的身后，庄稼人怕过年。只有娃娃们盼过年，恨不得一个跟头翻到大年初一早晨，去吃那守岁夜包好的饺子。长年累月在灶间，郭怀妈的脸膛红红的，啥时候望见了都觉得是一脸喜悦。照片上看不出那一抹红来，那红入了从前的记忆。

如今的社会啊，钱把人的手脚绊住了。

一个人的黑山背也要过年，过年不能没有热闹，不能没有红对子。郭腊替找出红纸来，一条条剪出对联，扳着指头数，看有几户人家的屋子还立着，门还在。有六户的门还挂着锁，那就要贴六户人家的对联。王翠平走了，她的屋子应该贴黄对联。找出黄纸来同样裁出两副对联，因为王翠平还有一间灶房。郭腊替拿着对联和糨糊往村子里走。对联上无字，字在黑山背没用了。他贴一户打扫一户院子。没有人的院子里还有生灵，不能叫它们小看人，除非黑山背没有人了。最后贴王翠平的屋子，他看到好久没有打扫的院子里到处是鸟粪。过年了，年把你搁置在这厢了，回家来过个年吧。打扫干净院子，贴上黄纸对联。他坐在门墩上歇息了一下，突然想说话。

"那边没有冷暖是吧？没有冷暖也就没有年。过年了，你是离我最近的人，活着时没说话，想想都好笑，活人怕死人，怕个屎毛。我现在就跟你说话，你活着时的样子我还记得，我心里惦记着你，有一天我见了你啊，我一定想办法把咱黑山背的人集中起来，还住在黑山背，那时就没有死亡了。我养着你的猫，它胖了，你离开黑山背的那几个月里它叫过一次春。不怕你笑话，黑山背所有人家的屋顶它跳着叫来叫去，小孩叫一样，哇哇叫得人难过。我想明年叫山外的人逮一只公猫来黑山背，可我就是不敢说，怕人家笑话，传出去都是黑山背人的笑料。就算黑山背留我一个人了，也不能叫山外的人说黑山背还有一个活死人，还在制造笑话。明年开了春我就自己出山，找一只公猫回来，没有什么理由，就是不想委屈了你的猫。我知道韩路平和你在一起呢，但是，我就是不屌鸟你韩路平。你叫我把活人的日子过成了死人的日子。我现在就要把死人的日子过成活人的日子，天天来和你说话。哎哎，总算和你说话了，我知道你脸红得不好意思开腔，明年你闲置的地想种啥？我帮你种，明年就不用偷偷摸摸了。"

年腊月二十三，郭腊替找出今年的新谷草来编了草马，灶王爷要回天庭汇报工作，要把灶王爷的坐骑打扮好。走前还要给灶王爷吃甜点，糊住灶王爷的嘴，好让他在玉皇大帝面前多说几句人间的好听话，来年多给人间一些风调雨顺的日子。郭腊替一早就开始烧柴慢火熬甜饭，下了黏米后又煮了枣、红豆、柿饼、花生、黑软枣，盛饭时还加了红糖。甜饭摆放在了灶王爷牌位前。吃罢饭，灶王爷就要骑草马上天了。

天空星星出全时郭腊替放了一个炮，点了一把火烧了草马，口里念念："上天言好事，回宫降吉祥。"

从前大人们说有灵性的小娃娃还能听到灶王爷叮叮当当的出行声。黑山背怕是再都见不到有灵性的小娃娃了。

过了小年就是大年，郭腊替丝毫不敢轻薄了年，穿了干净衣服，打扫了屋子，擦洗了玻璃。年三十夜包了素饺子，接回来祖宗，敬奉了菩萨，破天荒歪歪扭扭写了一个斗方"开门见喜"，贴在了进出门上。先煮了饺子给猫狗，然后自己吃，一边吃一边安顿猫狗，告诉它们新年了，长岁了。

平静的黑山背响了一串长鞭，两只狗冲着鞭声叫了很久。假如没有这一串长鞭，黑山背该有多寂寞啊。郭腊替不想和年做简单的无奈的话别，他用他一个人的仪式过年，年揪着疼和他一起黑了亮了。

　　年就过了。

发表于《花城》2017 年第 2 期

转载于《中华文学选刊》2017 年第 5 期

空山·草马

天 下

一

谷堆坪在歪脑山的北面，进山只有五里路，山下一条眉河，秋阳下眉河水光潋滟，迷人眼目。

一天黄昏，阳光暖人，谷堆坪村妇软琴在眉河岸边柳荫下捣衣。偶一抬头，瞅见不远处的河面上，浮着锅盖大一块黑乎乎的毛帕帕。软琴想，八成是漂浮着的枯树枝。又低头捣衣，没料想，当她又瞅了一眼时，那个毛帕帕浮出水老高，竟是个活物。冲着软琴而来，一忽水下，一忽又戳了出来，直到挺挺地立在软琴面前，软琴才看明白了，是个男人。

晚夕在天空烧着，一河的红，像是画师拖着狼毫的泼彩。软琴立起身死盯着那个男人。男人也傻头傻脑，一动不动。瞅来瞅往，终于使软琴厌了，"你想做啥？"那个男人扑通一声倒在了软琴脚前。软琴心里发慌，捡起一块河卵石朝着近水砸过去，水花溅出老高，溅了那个男人一身，他依旧不动。死了，软琴想，这个人死了。

死人不可怕，这年月死人多，战争、饥荒，一天不见死人还叫人稀罕哩。软琴扶起男人的头，还有一丝气息，软琴想，指不定能缓过来。抬了头望对岸，对岸上泊村有一座古塔，以前古塔下有座庙叫法兴寺，寺没了留下了塔。塔有些歪斜，两河岸边的人传说，塔倒时定要砸死一个戴帽人。人们互相等着看那个戴帽人出现。软琴从闺女时代活到做了人媳，除了当兵的后生戴帽，老百姓都捂着羊肚子手巾，她要自己的丈夫霍长驴头上羊肚子手巾都不捂，软琴说："千千万万不能从那塔下走，你走过，我就成了寡妇。"

软琴想着就笑了。怀里的那个脑袋动了一下，缓缓睁开了眼。活了。他看到了软琴的笑。

男人忧心忡忡，脸色焦黄，眼神迷茫。软琴的笑渐渐地在他心里聚成一团温暖的东西膨胀开来，他支着肘想起身，软琴说："你站得起来么？"他往起站时小声说道："带我回家。"流动着的傍晚时节的空气里，因为他的这句话仿佛叫醒了软琴的母性。软琴搀扶着他走，似乎他的腿也受了伤。这时节晚霞褪了，满世界水流一样温情并且宁静。

走了一截子路，男人恢复了一些力气，软琴要他站下，她匆忙返回岸边取了木盆，跑回来继续搀扶着男人走。山口上玉茭地里的红缨须渐次变黑，穿过弥漫的庄稼的馨气，软琴气喘吁吁，因了裹脚，走得吃力。

软琴家的院子里，霍长驴拿着锤子敲铁，打击声空阔地撂出院墙。软琴大声喊道："霍长驴你快出来。"霍长驴出了院子，破旧的黑夹袄腰间束了根布带，他跺了跺脚，伸出粗糙的大手接住软琴的木盆。男人歪斜了一下，脸一时扯得走形了。突然切入生活中的这个男人叫霍长驴的心隐约慌张了一下，他和软琴挽紧男人的胳膊，左摇右晃地进了屋。接着霍长驴出了院门，看谷堆坪的街道，一群麻雀起起落落，在黄土道上希望渺茫地搜寻粮食。霍长驴听得见自己变得急促的呼吸，他有些害怕人的眼睛此时出现。如果忘掉刚才和记住刚才一样容易多好。毕竟是一个陌生人进入了家门。世道乱了，是福是祸他不知道，更不清楚要承载什么样的恩仇。

这个男人清瘦，个子不高，颧骨明显，眼睛眍在眉骨下，闭着眼睛。软琴倒了一碗水，霍长驴搬起他的身子灌了几口，男人咳嗽了一下。天暗下来，暗让什么东西蹲踞在屋子里。霍长驴说："你能说话吧？"男人咬着牙关点点头。"你从哪里来？要到哪里去？"男人压着气说："河对岸来，到河这边。"这等于没说。

男人咧开嘴，什么地方又扯疼了他。软琴看他那一条僵硬的腿，解开裹腿时，软琴看到腿上烂了巴掌大一片，紫痂下拳头样鼓起了黄脓。从河对岸过来，拖着一条烂腿。软琴没来得及想什么，跳下炕捅开火，往锅里下了一把花椒。软琴从肚兜里掏出针线包，取了针在男人化脓的地方扎了几下，脓像癞蛤蟆的皮一样鼓出来。等脓清理干净时软琴用净布蘸着花椒水洗，男人被洗得睡了过去，睡得踏实。

霍长驴看软琴，麻纸窗户透进来的光移动得快，软琴的脸被黑白替换着，直到黄昏最后的那缕弱光穿过云层诚实地射到软琴身边这个男人的脸上，他才开始怀疑这个人的到来是不祥的。再看软琴，河水的清凉都从幻象中来，似乎还在梦里，梦醒来，一下被霍长驴的眼神射过来的刨根问底扼住了。心里叹口气，心情竟然也茫然了。"河对岸来，游到这边。"河对岸有枪声，他是哪一派的人？这个男人头枕着胳膊，脸朝着他们，呼吸平缓。软琴使了个眼色，跳下炕出了门。

两口子站在院子里，头罩着黑暗交头接耳。河对岸，八路军和日本人在交战，子弹像发情的蜜蜂，似乎并不都是依附在树叶上，可是河对岸的树光秃秃的，全都叫子弹咬走了。软琴说："反正他是个人，咱得把他当了人养。"软琴掉了一下头，眼睛里有妖人的媚态。霍长驴知道说服不下软琴，想着，算了，明儿一早睁开眼这个人就会消失。

二

云朵移动得快，月明的清凉从屋外照进来，男人平缓的呼吸激得霍长驴后脑发凉。门外不敢有风吹草动，他睡得不实，坐起来取了烟袋一锅一锅抽。蚊子嘤嘤飞过，软琴也睡不着，门脑上拽下一截艾草燃了，艾草的烟气熏得两口子的眼睛半睁半合，眼前就不再和以前一样了，黑暗旋涡似的旋出无数个阴影，突然听得夜风使树枝、树杈发出尖叫，两个人皮肤收紧，不约而同看炕上的人。那个人睡得踏实。艾草的烟气集成一团别扭的影块，罩着他，不肯散去。

男人在软琴的炕上睡了五天，软琴每日都给他用花椒水洗伤口。男人醒来时一下坐了起来，抬首望屋子，渐渐地有了无助感。炕上只有一床破被子，屋子里空得不见一个装粮食的缸。他使软琴如鸟惊起，张皇扑翼地躲了一下他的眼睛。男人迅疾爬到窗户前看屋外，天空明净得像一个漆过的蔚蓝罩子，漆色明亮生辉。他转头看地上的软琴，因为躲避，软琴的两个奶子不停地摇晃，让他感觉到了人间热气。软琴从地灶里掏出一个土豆递过来，黑漆漆的土豆，吃起来有连着骨头带着筋肉的感觉。

— 78 —

他说："天气好。"

软琴说："天气好。"

他说："我没死，活着。"

软琴说："好好地坐在炕上呀。"

他说："我睡了几天？"

软琴说："你不知道啊？"

他说："都不记得了。"

软琴说："巴巴地睡了一巴掌。"

他说："误事了。"

软琴笑了。

软琴说："多事磨难，只要天不塌，人活着就不误事。"

他该怎么来和这个女人解释呢？

"你家一年四季吃啥喝啥？"

软琴说："吃屁屙风。"

软琴说话天高气爽的样子。

"我问的是你家粮食可多？"

"可多？你看秋阳高照的山坡，该是男女老少立地根的时节，打仗，延续到啥年月呢？是人都乌龟样缩着，种那几分地粮食不够老皇（鬼子）来扫荡。以前秋禾多，糜谷、荞麦、玉茭、高粱，战争一来缺口粮，土豆耐旱高产，人顾不得伺候也长。土豆成了百姓养家糊口的首选。土豆耐得住天红日晒，切片晾晒在河滩上黑雀雀的，也不怕地鼠飞鸟啄咬，一年四季玩花样吃，干土豆片可磨粉，粉可蒸馍、擀面、轧饸饹，面糊煮菜糊脑也糊肚。粮食在家户里有个小名叫：金贵。这金贵吃多了屁多，你可听得见霍长驴夜里的响屁声？"软琴边说话边在火上坐锅做土豆面糊，滑溜溜的面糊喝起来如北风呜咽。战乱使得山庄小户都沦为饥汉，软琴秋叶似的叙述，让炕上的男人默声了。

天黑下来时，男人知道了这谷堆坪有个富户姓黄，不仅有几十亩山地，还是大院家宅，骡马车辆，长工短工，还开了油坊。只是黄财主舍命不舍财，每日鸡叫起床，吆上牛驴，跟长工一起下地劳作，不歇晌。不过，给他当长工能吃上蒸馍米汤。软琴知道炕上的男人叫李满堂，对面武工队的人，过河来要做一件事，这件事，软琴不能满足。夜黑的时候霍长驴回来了，他到对岸给日本人送柴，说武工队的人稀松扯淡，拿着土枪抢日本人的粮库，没等来得及装铁砂和火药，叫日本兵一阵子乱枪打散了，还丢下了几具尸体。软琴看罢霍长驴看李满堂。霍长驴看李满堂又看软琴，想着，不会一天不在他们就弄下事吧？

李满堂挣扎着下炕，心像被什么呛着了，有一种渗透到骨髓里的阴冷。风从门外倒灌进来，盘旋在脚地，盘旋着屋子里的热气。李满堂拐着腿往门外走，软琴使了个眼子，霍长驴扶着李满堂出了院。树叶间漏下斑驳的月光碎块，李满堂靠着土墙，浴着微凉的月光，一切敌人和仇人，吸血蚊子和风，担惊受怕，都暂时不能使他动弹。突然他抓紧了霍长驴的手，一瞬间话都开启了，像潮水一样地涌来，不可阻挡。

李满堂从河对岸冒着敌人的盘查来到河这边，武工队缺粮，他出门借粮，走到河边没躲过盘查被认出了。发现后他决定赌命跳河，落水刹那中了老皇的枪子，他坚持做一条鱼，上岸前他有使命。没有粮食战争不能继续。跳河时裤裆里绑着一袋子光洋，游到河心都散了。一颗勇敢的心和强健的体魄，他不希望挑战水时牺牲，牺牲在水里如同死在女人的身体上一样不够体面，他的死应该有更重要的意义出现。夜更加安静，树梢头似有生命一般，在身子下起伏，为了粮食，那些和老皇换命的人全依赖他还活着。敢和老皇换命，那是联系着无数人的苦乐。李满堂讲得断断续续，嗓子里像堵着一把柴草。听的人一时委顿如泥，一时又像受了花粉的工蜂一般，瞪大双眼，透出怪异。打仗是要死人的，霍长驴稀罕他不怕死，不怕死的人和普通人有啥两样？战争是一个大窟窿，把活人填满。光阴转机，最后站在窟窿前笑的那个人就是胜利者，胜利者的脚下有敌人养着，只有胜利了，战友的骨头才会发芽。普通人和不普通人的区别就是死决定一个人的价值时，不普通人什么都不怕。霍长驴一下神圣了，就是说人不能像死猪一样活着，死猪一样囫囵无知地活着的人，固然离开了死神的魔爪，可活着时骨头都不会发芽。

霍长驴知道，黄财主家有粮，可黄财主最喜光洋。软琴要霍长驴去黄财主家试试，看有没有活口借得到粮食。软琴给了霍长驴一个眼神，霍长驴没回话，他就像软琴眼神里射出的箭，起身就走。

风如杀猪刀，刀刀挑着霍长驴的后脑勺。他缩着身子走到前村黄财主家的大门口，黄财主的木门有肉案子那么厚，上面还包着铁叶子，两边是高大的风火墙，望一眼脖子都酸疼。他举起手拍了几下铁门环。半天，黄财主挑着灯笼，穿着油渍渍的青布裤褂开了个门缝，瞄见是霍长驴，也不大开门，只问，夜黑得对面不见脸，来做啥？霍长驴希望他把门开得大一些。黄财主抖着几根杂毛须，光亮照着他龇开嘴时镶了金的两颗门牙，人倔强地挤着身子不往大处开门。霍长驴说："想找黄财主你张个嘴，借一些口粮。"黄财主上下打量着霍长驴，浑身不值一块光洋。"这年月大风吹不来粮食，没有多余的粮食往外借。你可有光洋？光洋是粮食的爹。""我是来借，借是不用光洋的。"黄财主说："你是素菜落肚图个一脸舒爽是不是？"不等霍长驴再回话，门重重闭上了。闭门时拍疼了黄财主的手，"哎哟!"之后，安静得没有了下文。

霍长驴噘嘴吊脸往回走，泥路上四面透风，一地泥尘。走出老远后，黄财主家的狗蹿出来冲着他带走的影子吠了几下。霍长驴弯腰捡起一块石头蛋子朝着狗扔过去，嘴里喊了一声："日你祖宗!"狗站着不动，黄财主家的狗都敢站着不动，比他妈人还有定力。霍长驴的肚鼓得和猪尿脬似的，边走边抠手心里的老茧，抠不动时拿嘴撕咬一下，也没感觉。手心里的老茧是岁月积厚的，那狗要敢近前来能一掌拍死它。路过黄财主的打谷场，场中央堆着隔年的谷草，经了一年风雨，黑污着。霍长驴怎么看都觉得那一堆谷草叫他难过，竖着耳朵听那风吹谷草的声音，单薄苦寒的日子，听那声音都觉得富贵。可那揪肠挂肚的黑影不是他霍长驴的，同村人拥肩靠膀，他黄财主就发了。他黄财主有的霍长驴都有，穿衣比黄财主费布，穿鞋比黄财主费鞋，个子比黄财主大，身子比黄财主宽，人不少黄财主的稳重。四外的风热了他也知道脱衣，也知道和鸡了狗了的去树下纳凉，可为啥钱财偏不爱戴他呢？话没说完，粮没借上，两扇门一合严丝合缝，孤零零把他竖在了门外。回家软琴又要数落自己，世事难料定，这能说算个结局？那谷草开始扎眼，扎得霍长驴眼睛生疼，想流泪。立住后，心里就生出了一个坏主意，那主意支棱棱在眼前吊着，已经叫他身不由己了。

软琴在院墙上看街道，其实看什么都是黑，应该说是静听脚步声。院墙边立得久了腿有些酸软，扭身走进了茅厕。黑暗中软琴提了尿桶走出来，再看村街那条路，总是听不见伸过来的脚步响。李满堂说："他可借得上粮食？"软琴说："借不上。"李满堂奇怪了，既然借不上叫他去做啥？李满堂不解。软琴说："光知道下力气的人得空就该叫他动动脑子去。"这事不经意间就把李满堂绊得打了个趔趄，都说庄稼人简单，可他摸不住简单的脉。他有些失落地坐在屋檐下，风刮得屋檐往下掉土，不知道是喜悦还是悲苦。他拖着一条病腿心态无比复杂地看着软琴，对这家，希望的苛刻程度早已超过了失望。

突然地听到了脚步声，那声音争先恐后而来，他希望失望不要来得太快。虽然失望怎的拦也拦不住，可那脚步声让他手忙脚乱了。他立起来逃避，与迎面进来的霍长驴撞了个满怀。跑进院子里霍长驴抱住较小的李满堂像猫儿假寐一样眯着眼看。霍长驴小声说："粮没有借上可我烧了他的场。"

身后不远处红光一片，谷草抓住了风的势头，冲天而起。热闹声一时糊了软琴的脑子，半天忽然清醒，手里的尿桶递给霍长驴，叫他赶快往场上跑，去黄财主跟前，叫黄财主看见你脸上的急迫，还有你手里的尿桶。

霍长驴挤在往前涌动的人群里，许多人紧赶慢赶走，听不清周围的人在说什么话。走到场上，看到被火映红脸的黄财主，黑罩衣深锁着的冷峻让霍长驴一直以来望而生畏。周围的人都在吵，他不吵，一脸黑。霍长驴在心里攒着劲装着蒜，没事一样立到黄财主的对面，尿桶很显眼地放在明亮处的脚下。谷草燃爆的草灰蜜蜂一样乱飞。黄财主不看霍长驴，扭转身挑着灯笼走了。霍长驴突然觉得自己的胆量很有限，如果没有软琴指点，单独做事一定要和体力挂钩。黄财主一走，他手心里的茧子开始痒，想去提几桶水扑灭这火，他天生是来世间受苦累，心肠生不得半点疑病，一生疑病就想被人奴役。霍长驴中魔障了，他摸黑到河里提水。站在河边长长的条石上，脚旁河水中突显出一轮月明，桶探进去时，月明碎了，碎成无数条小鱼，鱼像黄财主白他的眼睛，更像软琴埋怨的眼神。踏着月光提水泼在场上，水泛滥得满地流淌，淹没了谷草最后的火苗。黑了。白日也黑了。村里的人觉得霍长驴怪好心眼的，有人就去给黄财主报信，霍长驴在黄财主的心里生了几分温暖。最后的青烟缭绕着霍长驴的状态、情绪和行动，更为难过的是，一切难过都走在他的脸前头了，难的是山重水复的绵绵无期。

霍长驴回屋后，看着软琴笑，看着李满堂笑，觉得自己不是霍长驴了，是个真我。

已经到了后半夜，他夫妻俩睡在李满堂对面的炕上。清醒过来的李满堂突然叫霍长驴不舒服，落空空的屋子里，留下个陌生人，好端端地打破了往常的日子，长久不得啊。

对面炕的李满堂说："给你们添事了，可这事非添不可。"

李满堂怕这一睡，接下来的一天里霍长驴又会弄下啥事情来，人昏迷着万事皆安，眼一睁，事就要来了。

软琴说："上门你是客。"

霍长驴："是哩，上门不欺客。"

被窝里软琴踹了霍长驴一下，霍长驴拽住软琴的脚在她脚心里挖抓了一把。

李满堂脸冲着深蓝暗影的窗户，窗外有什么东西爬行抓挠。

"除了黄财主之外，村上还有财主？"

霍长驴说："村小庙小没那么多老爷。"

软琴说："就是。就黄家有粮。"

这下轮到霍长驴下手了，脚长到软琴的奶子上，就那么揉扒了一下，软琴在黑暗中神怡气舒地笑了。

李满堂脑海里过度激烈的矛盾斗争被这笑吓着了，不知道接下来的一天如何招架那扑面而来的光阴。

李满堂说："可以给他光洋，可惜的是我手边没有，我来打借条，一担谷子两个光洋。"

霍长驴被激得坐起来，这下子软琴重重地踹了他一下。

软琴说："要是有光洋哪用和人说好话？"

李满堂说："我可以打借条，我总归是要来还的。"

霍长驴说："横七竖八写几个字，就能借到粮？黄财主是人可不是蚊子。"

啪，软琴给了霍长驴一个巴掌："总算把你打死了，再叫你在我耳根前嗡嗡。"

霍长驴躺下了，接着就进入了死猪的混沌无知中。

三

最先起床的是霍长驴，他端了碗水在院子里磨镰。刺刺刺，声音啃噬李满堂的情绪。磨镰的霍长驴，脊背上耸起了力的隆包，他用拇指刮了刮刃，肘下一夹准备出门了。

黄财主家长工根宝推开柴门说："霍长驴，黄财主喊你去。"

这个时辰最活跃的是狗，黄财主家的狗在大门直着爪脚，分明闻着了生人味道，嘴里呼着声，霍长驴立下不动了。黄财主打开门，一股气势就出来了，狗的后腿一夹尾巴，整个身子都摇摆开了。

黄财主一条腿把着门，手里捧着一只比头还大的碗，碗里盛着玉面黄疙瘩，碗上横担着一根腌萝卜，喝一口汤，吃一口疙瘩，咬一口萝卜："你一身力，闲着可惜了，夜黑的事我看出你长了一副软心肠。隔岸皇军修碉堡，少劳力，你去，现在就去，管三餐饭，一天一个光洋。"

霍长驴惊得张开嘴。

黄财主说："现在就跟了根宝走哇。"

霍长驴说："我得回家和软琴道别一声，好事，老爷，这是天大的好事。"

黄财主一边合门一边说："天生贱骨头，穷日子也没能熬败你贪老婆的性子。"

霍长驴还想说话，瞅见黄家的狗脑瓜上聚起一个疙瘩，耳朵直着，眼睛里要往出喷火，他把多余的话咽下走开了。

霍长驴拽了软琴飞速进了茅厕，他和软琴干骑在茅梁上，他俩说道开了。软琴听了霍长驴说下的事，不打底稿说："买卖要做成生意了。拿光洋低价买黄财主的粮食，高价卖给李满堂。这中间弄好了赚一半，空手套狼，从现在起每天喝稀，省下钱咱就能置地了。"

霍长驴简直忍受不住软琴，在他眼里软琴没有毛病。热爱和喜欢一下孪生于胸，下嘴片扯起来吹了一声口哨，立起身出了茅厕拽着根宝就走。软琴呼地蹿出来，跑过去跳起来拽走了霍长驴头上的手巾："你可不敢在那歪塔下走啊！"

日本人修炮楼，炮楼修得像绣花枕头一样，把石块砌得四棱见线。台阶有一百个上下，修炮楼的民工从平地上搬石头、背泥包。霍长驴不怕出力，只要有一口饭吃，一步迈出来能踩一百斤重的力。

日本人脸上笑眯眯看民工们上下穿梭，有时候也打瞌睡，民工们大气都不敢出。天黑得晚，日本人在账桌前算账，中指别着一支水笔，每个人背几趟他清楚得很。要发光洋了，突然又来了个日本人，看着民工们笑了，那笑喜兴也冒着坏坏的意思。两个日本兵开始为什么事打赌，两个人掏口袋，光洋扑哧扑哧掉在地上。接着一个日本人从第十个台阶往上放光洋，一个台阶一个，放到最顶端，光洋不亮，眼睛不好使唤的有些距离还看不见。霍长驴看得见，眼睛好使唤，眼下他正缺光洋呢。民工们都不动，霍长驴急急上前了一步，俗话说，急着挨刀子投胎呢。本来个子就高，往前一步，例外地高出民工们半截。日本兵穿着马靴嗒嗒嗒地走下来，不看旁的人就盯着霍长驴看。霍长驴被看得不好受了，脸别过看远处。这地方看法兴寺的歪塔，从半天空传递下来天明，把歪塔的琉璃、瓦脊、托塔武士和直竖的避雷铁针都覆盖了。那个塔立了多少年，该是什么都经历了，为啥最后倒时还要捎带一个戴帽的？捎带一个日本人好了。

"你！"

两根指头夹着一个光洋的手指着霍长驴。

"我！"

"你背着二百斤重的泥往上走，第十阶上有光洋，捡一个是你的，捡两个是你的，捡到最后都是你的。"

喜上眉梢的大幸福来了。一天干下来人累得骨软腿酸，一说光洋，三个不怕一个揍的蛮劲就来了。

那边厢伙夫抬着一口铁锅走来，民工们眼睛齐刷刷看那口锅，表情简直算得上肃穆。伙夫吹了一声哨子，民工们的喉结吃力而兴奋地跳动不止，付出了一下午的劳动，下午时长，肚子都饥过了。

"你的，要肚子，还是要光洋？"

霍长驴思想斗争开了。吃饭后生力气，但是，吃饱饭力气也容易发懒。他决定一鼓作气。

所有人都看霍长驴，给他空开一个圈，使他更加突出。有民工牵来一头二百斤重的驴，有人把驴蹄捆结实了，搁在霍长驴背上，也不算重，他的腰还上下闪了几闪。一双粗大毛糙的手越过肩膀拽着驴蹄。第十个台阶上，霍长驴弯腰捡起一个光洋装进了口袋，手抖了一下，是下意识激动。他想起黄

— 85 —

财主说过的话：任何一种高兴都应该有所节制，否则就会叫人瞧不起，叫世间多生仇恨。二十个台阶上去后，他觉得口袋沉了，他停留一下喘了口气，他想着，一百个台阶少了，再要多出一百该多好。有一只鸟从头顶上飞过，鸟把黑扯了过来，鸟屎吧嗒掉在了驴头上。驴扭捏了一下，鸟也来凑热闹。鸟飞过地面上阴了几分。他想到，我每捡一块光洋，那些人心里都难过一回，可惜你们没那力气，也没我往前走一步的胆量！走上四十个台阶了，分明是光洋的诱惑在聚拢，他抬不直头，那蜿蜒而来的坡度一直排列在他脚前，胯骨头开始酸痛，胸口发闷，嘘一口气，鸟的声音传入他的耳孔时显得尖锐。什么都不敢想，什么都不能想了，想是要消耗力气的。走！第六十个台阶了，他出力太多，身子乏软，四肢僵硬，汗流如雨。他想到了软琴，捡一个光洋，眼皮翻一下白，软琴，你骂我一声我再捡一块。台阶下的人听见霍长驴喘得惊心动魄，身体不再是上下起伏了，还夹杂着瑟瑟发抖。走到第七十个台阶时，有人喊："霍长驴，你妈的该收手了，你布袋里装了六十块光洋！"眼红首先是从中国人开始的。这时他想到了李满堂，不赚李满堂的钱，交代不了布袋里的光洋。憋足劲上，再上一个！哪知抬脚时血往上涌，弯腰时努力喊了一声"软琴"，一口血喷了出来，人趴下了，一只手不忘举过头顶挖抓那块光洋，哪知两只眼睛啥都看不清楚了。霍长驴感到了无助和绝望，会死去吗？胃开始一拱一拱往上涌，眩晕使他很难立起来，他睁开眼睛时什么也看不见，身体开始萎了，这一横生的变故不是他想要的，他的力气可以证明他能扛起一头驴。

民工们没有蜂拥而上，他们觉得霍长驴发痛了，谁给了他本事拿走这么多光洋？有人迫切希望日本人搜走他布袋里的光洋才好。看两个日本兵，两张脸上不怀好意的笑，同时也怵住了那些想上去的人。血顺着台阶流下来，空旷的台阶上，阴暗处血是黑色的。

"吆西，赶快抬走！"

根宝喊了两个人跑上去，三个人抬下霍长驴，不知哪个找来一块拆下来的门板，四个人压腰叠肚把霍长驴抬回了谷堆坪。

软琴吓得心都要跳出来，眼巴巴看着七窍流血的霍长驴，战栗、喘息，然后是眼泪大把大把地落下来。俯身望着夜以继日相伴的男人，她的手在他脸上一遍遍抚摸，想把心里生动的温存刻进他的骨头里。霍长驴的脸上没有一点血色，出气微弱。血水吐了一脸盆，红哇哇的血。看着那血伤心一来就没法控制了，软琴的哭声几欲气绝。为躲避来人藏在柴棚下的李满堂，也被这悲痛击倒了。等人都走光了，他走进屋子看着炕上的霍长驴，他是一点奈何都没有了。软琴脱霍长驴的衣服时，布袋里六十个光洋出溜到了炕上。她已经从来人的嘴里知道了一切，面对这么多光洋时她还是像叫人打蒙了一样，不堪重负地摇晃了一下，跌坐在了脚地。

李满堂面对炕上的光洋，不知道该看还是不该看，它是用一个人一生的力气换来的。这个人昏死在炕上。他对自己的未来不可预测，生存之路，万里迢迢，走下去才是尽头，他不能留到这个家里了，他欠下的债不能用光洋来兑换。如果不走会给这个无辜的家带来更大的灾难。他走之前抚摸着霍长驴的头，有些激动，这一辈子，这个家救了他的命，命只能有一次。门开时夜晚的月明把一层微弱的白光涂在他脚前，苍蝇过来过去飞，腿脚的影子折在脚地和炕墙处，如身后日子的断垣残壁。软琴的哭声穿过微弱的夜幕，撞在霍长驴的耳孔里，那声音撞得他几近死亡。

软琴拽住李满堂说："你往哪儿去？"

朦胧的夜色中，李满堂说："假如我活在世上，我会来谷堆坪看你们。我走之后，你赶快去请郎中，他的身体不能拖延，他是这个家的顶梁柱。"

软琴说："你把光洋拿走吧，钱是开路先锋。眼下路死野地的人到处都是，你腿脚不利落，伤口一直不好，出门也难活下来。"软琴对外面的世界不知，她记事起世道就不安稳。她出生在山后叫枣岭的坡地上，不被外人知道，从岭头上嫁到谷堆坪，村子不大三十来户人，可比枣岭大，她认为这一生享大福了。一个女人的福气就是嫁了一个长满力气的男人。李满堂这几天给她讲外面的世界，她虽然不明白，但是肯定有个道理在里边藏着。风刮起来，西天边上有半个月牙照着。软琴想，不拿光洋就不拿吧，他去哪里都能活下来，他是有本事的人。

炕上的霍长驴差一时就要说话了："啊——拿——"话说完眼睛睁开了，像两个枣子一样血红。软琴俯过来："你醒了，我说不叫你从那歪塔下走，你不听，我就怕你活不过来，丢下我在霍家守寡。寡妇门前是非多，我还能活成个人？你可看得见对面的人？"霍长驴使着劲摇摇头。想抬手指什么，他是连二两力气都没有了，再问默声了。软琴喂了他两口水，他的脸像烟熏了一样蜡黄。

软琴从灶火旁的柴堆里掏出那六十一块光洋，用烂布包好，麻绳缠了又缠，沉得坠手。软琴很慎重地立到李满堂跟前："他方才想说话，就是叫你拿走，眼下秋粮下来了，黄财主家有粮食，你拿光洋去买。我原想着一担谷子两个光洋，想赚下你的钱买地，人不能有歪心，老天爷要报应，这就是现世报啊。你拿着去买粮食，河那边的兄弟们嘴多，用你的话说，嘴不多养不成队伍。我长这么大没见过光洋是个啥东西，见着了满足了焦渴，够了。咱不走夜路，天亮前出门，黄财主五更天就要下地。出门往南走，见人打听着，管保你能找着他。"

李满堂说："大哥都这样了，我再拿走他用命换来的光洋，我还是人？我不拿，出门总归有活路。拿钱给大哥治病，钱是好东西啊，买得来世上的一切。"

软琴不高兴了："霍家的命不够重量，见钱，人就败落了。你要记着这家人的好，你就拿着！"

看软琴的意思不拿是不可能了，一定要拿就得打个借条。空口无凭，见字为证。软琴找来一张糊窗纸，用刀裁下书页大，满屋找不到墨，软琴想到了锅黑，拿刀刮下一些添了水，凑合着拿筷子削了一支笔要李满堂写。

李满堂在纸上写下：

今有武工队队长李满堂借下谷堆坪村村民霍长驴光洋六十个，用于给武工队队员买及时口粮，今后只要是武工队队员路过此地见此字条一定要善待霍长驴一家人。三个月后一定送还光洋。

立此借据人：武工队长　李满堂
民国二十六年农历八月初一

李满堂咬破手指按下血印，说："我现在就叫你嫂子吧。嫂子，你和大哥的好李满堂记下了，今生无以为报，容留日后报答大哥恩情！夜黑好行事，兄弟我连夜告辞了！"

没入夜色中的李满堂给软琴空留一屋子梦想。风吹着院子外面的杨树，杨叶飘扬在整个村子的上空，风把不能继续向前的一切推拥着，该生长的生长，该败落的败落。风让自家的日子无辜被挤出了一件事，她不明白为什么这件事放在了自己身上，好好的一个汉子像一个土堆一样叫这件事给削平了。一张她读不出字的字条，三个月后他来时已是冬天，冬天买下地正是施肥的季节。冬天他会来还钱吗？这张字条莫名其妙地换走了她的光洋，可村子里的人谁会知道背后的交易呢？

四

三个月的等待于软琴是长夜难眠。霍长驴拄着拐杖能下地了，腰脊处弓得像马鞍，他的眼睛什么也看不见，手摸索着门走到院子里。他很不适应当下的黑。第一场雪下时，他坐在门墩上看天空，风灌满了他的裤管。霍长驴明显感觉到身体在变化，形体日渐变得空洞，身体出现了颤抖，眼睛什么都看不见时，心难受了也会流泪。耳力也不如从前了。回忆使他感觉到自己短暂的俯拾充满了荣耀，偶尔笑一下，很短促但看上去很狼狈。

他和软琴说："李满堂说过了三个月后来还债？"

"谁说不是。"

"三个月过了呀。"

软琴说："等等吧，出门人会碰上坎坷，总归要来。"

夜静的时候，霍长驴困倦袭来，抽一袋旱烟，想用这种方式提神，抽着抽着觉得夜太静了，该有后代了，就想把夜弄出一些动静来，可他发现家伙不能使唤了。他搂着软琴绵软的身体说："我怕不能给你施肥了，我要是一辈子不能施肥，你不能生养咱老来咋办？"软琴说："你瞎扯，你是把力气用尽了，等还回咱的光洋我买精米细面养你。那不是啥好事，我能一辈子都不想叫你施肥，要不是为了生个娃。""你不是瞎说哩么，哪有不想的道理，是个人都长了个想要的窟窿。"两个人不再说话，夜越发静了，窗棂上有月光射进来，一只蝙蝠笨拙地吊在窗楣上，偶尔轻轻地晃动一下，或许是因为冷。软琴也看到了蝙蝠，小时候娘说，蝙蝠是由老鼠变成的，因为老鼠偷吃了盐，它的身体里便生出了一对翅膀。夜行夜归，无来由地想到了李满堂，他和蝙蝠一样，会在某个夜晚回到这里，她坚信他活着。身体中逝去的时光略略沉重，这一夜，软琴梦见自己长了一对蝙蝠的翅膀，借助飞翔的特殊功能，她飞呀飞，飞到对岸，看见歪塔下走过一个戴帽的人，她急忙俯冲而下伸出手去，她喊了一声"李满堂"，一下子那个身影碎了，惊得她出了一身汗，醒来时看窗楣上，那只蝙蝠还吊着。不可名状的难过一下袭来，她伸手抚摸了一下霍长驴，人睡得实，由不得又摸了一下他的裆，软塌塌的。

村里的人知道霍长驴发了，却不见他的日子有啥起色。走过路过，人眼睛里就长了无数根针。软琴心里难过得想哭，有话说不得。走上山垴，草丛静悄悄的，没有烈日下的聒噪。几只体格很大的蚂蚱跳过草尖，一只麻雀无声地飞进了微亮的晨光。河对岸的那座歪塔依然耸立着，谁是那个戴帽的人呢？李满堂的脸似乎已经模糊了。她想哭，哭就哭吧。泪哗哗下来了。联想到从今以后残缺不全的日子，她的哭嘹亮了起来。哭到痛处，心抖着能把肠子抖散了。山坡下一个人影走上来，软琴突然悟得了，任何一种感情都得有所节制，否则就会叫人耻笑，叫人瞧不起。那个上山的人是软琴爹，翻山来和软琴借光洋来了，她弟弟要娶妻，想置二亩地。软琴不能平静，说不得的苦。软琴告诉爹，世上的事跟穷人是有距离的，不该得的东西转手就失了。这句话竟然惹怒了爹，随手就拍过来一巴掌。软琴跌坐在地里，爹的眼睛不依不饶地盯着软琴，那眼睛里没有一丝做爹的仁慈和疼爱。爹说："我的耳朵听到你说出这样的话我感到害臊，你和你弟弟一奶养大，抓屎抓尿指望你长大了有个帮衬，哪想光洋糊了你的心，老天爷是睁了眼啊，活该叫霍长驴得了光洋瞎了眼！"

"爹说的话和仇家说的话一样。霍长驴是赶庙会押宝，中了红彩了，可他福薄，福薄之人命穷，得了便宜守不住叫人取走了，说啥话你也不信，饱一天饿一天日子还不如从前。"

啪一声，一个巴掌又甩过来："胳膊肘往外拐的东西，早知道你长了一颗武艺人的心肠，打小就不该叫你活成人！"

爹抬腿，呱嗒呱嗒走了，灰尘从脚后跟扬起来，悬浮着糊了软琴的眼，软琴僵着脸像封冻的泥，俯身在地里，抓一把土在手心里搓，把土搓碎了，放进嘴里嚼。地长出了粮食，长出了双亲，长出了身体，长出的欲望刀子一样割人。爹走后，太阳升高了，昆虫开始聒噪，一浪一浪跌宕起伏。软琴不哭了，满嘴嚼那泥腥臭。

根宝拦在软琴下地回家的路口："你家的玉茭给我几个吧，有那么多的光洋下不出儿，不会花给我？"

不等秋下来，借米借面的开始上门了。软琴说："是不是做了一个梦？"霍长驴在寒凉的秋风里，流着稀稀的鼻涕，神情木然，努力睁开眼想照见什么，却是什么也照不见。接着抄起门前的扁担抢下呼呼的风声，跌落在地上的响干瘪而实闷。软琴抱住霍长驴的后腰："你也是想好来呀，想好不得好，还得往下走啊，好死不如赖活，睁着眼总还有个盼头。"

软琴哥哥来找软琴借钱，也是为了弟弟娶亲。软琴在炕头上转着纺锤，好像把有过光洋的事忘了。软琴说："我要有光洋，我舍得叫霍长驴瞎在世上不给他看病？我得了光洋的事，是霍长驴一生里一个笑话。我欠下弟弟情分，就当我是娘家的一个白眼狼。"得光洋的事，软琴永都不敢往深里想。哥哥指着软琴的鼻子开始骂："你哪是吃奶水长大的？我看你是吃屎尿长大的！人都有心肠，你的心肠叫狼挖了，你一肚坏水。怪不得你不生养，老天爷活该叫你霍家断子绝孙！"

霍长驴看不见来人，抢着杨木拐杖，循着人声打过去。软琴不生气，跳下炕往灶间里填把柴草，烟雾一团一团从她身边飘过，她连风都不去扇一下。烟雾锁住了屋子，锁住了远方。她要给娘家哥哥做碗面吃，哪有上门不吃饭的亲人？哥哥摔下门留下一口唾沫走了。

霍长驴立在地上说："软琴，我死了你嫁人，趁着能生养你也做回娘。"

软琴头也不抬地说："如果你死了，这个世上能叫我活下去的，也就剩那张借据了。我对那借据不抱希望，那个走夜的人生死未卜。我想好了，人活在世上不能怨天也不能怨地，咱命不该见财，不是你的，得了就是场灾难，天生是瞎子的人都知道在世上要活得出人头地，你是睁眼瞎，你想好了，也去跟人学说书，学拉胡胡二把，只要能活下来咱不去怨那从前。"

霍长驴嘤嘤地开始哭。面对岁月怎能不出点声，发泄丧失的痛苦呢？软琴舀出一马瓢开水倒在旁边的脸盆里，那里面放着榆树皮渣，她往锅里下了面糊，用木勺搅动，等火候小下来时，面糊筋道得搅起来都显吃力。软琴用面糊和榆树皮和在一起，罩住脸盆的底子一下一下轻轻捶打，捶打瓷实了晒到日头下。软琴望着远处，旷野上的风，山岭上的云，不见那个她熟悉的身影。世上的好事总是跟人有一段距离。一个人会老，而一个不如人的东西却不会老，就算是老了也要比一个人衰老得慢得多。她回屋里从炕上的席片下取出那张借据，因了冬天烧炕，纸张有些发黄了，可不是么，身子调调转转就三年了。

干透的榆树皮做下的针线笸箩轻轻磕了下来。软琴从街上捡来一些宣传解放的传单糊住针线笸箩上那些发红的榆树皮。糊好的针线笸箩花花绿绿的煞是好看。软琴迟疑了一下，掀起席片取出那张借据糊了面糊贴进了针线笸箩中央。做这些的时候，软琴的心情就像岁月流过对面的缓坡，从容而满含柔情。

1946年冬天，谷堆坪村遭了响马打劫。响马来时，黄财主家的狗叫得满街道人心恐慌。黑漆漆的夜，一些穷人家的小孩子早早地把头钻到破被下不敢出声。有些胆大的后生躲在茅厕偷着等看响马的样子。知道响马要来，目标肯定是黄财主家。只见提了鬼头大刀的响马，刀抄在手中直奔黄财主家的院子而去。不到半个时辰，有人看见响马从黄财主家的院子里牵着一头大黑驴出来了，驴脊一左一右有一个褡裢，沉沉的，走起路来偶尔颠一下，能听到响，有人猜是光洋。响马来谷堆坪，看似来抢劫，走时倒像是和黄财主联上了亲戚。不知为什么，响马走到村口又返了回来。走到霍长驴的屋子跟前停下了。往常，响马是不抢老百姓的，穷人的日子，耗子的尾巴，能有多少血水？田无一垄地无一顷，可偏偏听说霍长驴和日本人打赌赚了光洋，他们来也是想见识一下霍长驴这个人。英雄见英雄嘛，算是路过拜个兄弟。哪知见了霍长驴才发现是个瞎子。软琴吓得躲在墙脚下不敢吭声，霍长驴装大，愤怒地呵斥响马，说自己有武工队的人做后盾。不听这话还罢了，听下这话，其中一个响马吹了声口哨，翻箱倒柜抖搂了个底朝天，半个光洋都没有找见。审问了半天，折腾到天亮才知道光洋叫武工队的人借走了。响马很纳闷，穷成这样子还把到手的东西借走？又纳闷了一会，再吹一声口哨，响马风一样旋走了。

响马走后，软琴立在大门口恶声恶语地骂了几天。谷堆坪人想着，软琴骂响马，是霍长驴赢下的光洋叫响马裹走了。这样好哇，对他的嫉恨似乎又淡了些，甚至多了几分同情。

霍长驴开始学拉胡胡二把，学得吃力，他天生是下力气的人，岁月抽走了他的力气，他学得难过而悲伤。一段时间后也有点意思了，脚面上拴着一副鼓板，一边拉一边敲，睁着一双失明的眼睛，疙瘩布衣掩不住嶙峋的瘦骨。弦走声起，软琴听着好听。听着听着软琴笑了。霍长驴问："你笑什么哩么？"软琴说："你要不是落了难哪里会学这等细活？人呐，不说天生是一块什么料，丢了的总会给你补偿。"霍长驴停下胡胡二把说："人穷志短。活不下去了才能逼出一条路来。"

一个"逼"字让软琴流泪了。她再都不去想那张借据了，天下热闹而多情，那情字无端走来一回，就让自家日子出现了变故。世上的事毫无道理可讲的很多。软琴要霍长驴给自己说段书，她想听听书里故事是怎么往后延续的。

霍长驴坐在板凳上，举着胡胡二把先是来回扯了一下，试了一下弦，那沉重、苦涩、哀婉、悲恸的乐声就袭来了。过门有些长了，软琴不忍心打断。那可是自己嫁他时的霍长驴，那时候的日子清贫不绝望啊。他那一翻一翻的眼睛，无神了，身子抽得弯下来和他的瞎子师傅越来越像了。软琴的心胸任由那曲调揉着，有什么触手可及的东西，又有些陌生却又似曾相识的底色铺排着。

> 老少爷们、大娘、嫂子、姐
>
> 国正天心顺
>
> 官清民自安
>
> 妻和夫祸少
>
> 子孝父心宽
>
> 听我给你说一段，说一段二十四节气不简单
>
> 正月里当然得过年
>
> 二月里是惊蛰
>
> 三月小满是春耕
>
> 四月立夏是大满
>
> 五月初六是芒种
>
> 六月里小麦上场

> 七月白露躲大暑
>
> 八月寒露是中秋
>
> 九月霜降缝棉袄
>
> 十月立冬送寒衣
>
> 寒冬腊月扫旧气
>
> 做人就得懂节气
>
> 不懂节气坟地选不来好脉气啊

一个恍如隔世的人。一阵小风从南墙根上吹过来，月光明晃晃地吊在门框上，漫天的星光正在自家的窗户上闪烁。软琴拉起霍长驴的手轻轻放在自己的心口上，那手重重的热热的，很是厚实。软琴看到霍长驴仰着个脸傻傻地笑，软琴心里酸酸的。你学得了这一手，咱就算出门讨饭也不发愁了。软琴脸上也绽开了像开花馍馍一样的笑，霍长驴放下家伙，抱起软琴走到炕前，两个人倒在炕上说话，说啥说到兴头上两个人团成了蛋笑，笑得烂席片都刺刺地难过了。

五

似乎是一夜之间的事情，贫穷翻了身，黄财主叫人斗争了，田地和家产也叫人都分走了。

该划分成分时，有人提出霍长驴是富农。一般家庭哪个见过光洋，霍长驴拿过日本人的光洋，六十块光洋，那时可买得六十担米，那是五亩地的收成，民工亲眼见霍长驴装回了自己的家，现在活着的人里能够证明霍长驴的人是根宝。根宝说："我长这么大，见过最大一堆光洋就装在霍长驴的布袋里。"

软琴想，自己咋也不该成分高。听说要给自己定富农成分，先是一怔，定定神说，苍天对我真是太好了。她搬了长凳子坐到农会，也就是黄财主的院子里不走，讨说法。院子里坐着黄财主的老婆们，一排排仁，八个子女，等待分配。霍长驴就软琴，无子女。家有三斗粮不忘填妻房，六十块光洋走世界去了，霍长驴房无一间地无一垄。软琴不惧，坐得实实在在。她是第一次见黄财主家的女眷，也都长得慈眉善目。只见那手白白胖胖，无辜地搭在膝盖上，还照得见指窝窝。日头把她们的脸照得桃红花色，她们偶尔地四下张望一下，那睁大的眼睛仿佛被梦惊醒似的，急急地又都低下了头。软琴看到自己的手背麻刺刺的，手指也发糙。没有粗活细活长期磨炼，断然成不了这个样子。人家汉子是地主，分配个高成分还说得过去，有来历也长了那本事。霍长驴一个瞎子，不说那往事还罢，说那往事，眼睛一闭死的心都有。

软琴开始讨说法。亮瓦晴天，没墙没盖，她扯开了嗓子喊："你们心肠热啊，给霍长驴弄个富农帽子，不说那光洋还好，说起来从前你们可知霍长驴肩膀压了千斤担？都知道他得了光洋，瞎了眼，富得流油了，惹得娘家人不上门了。可知那光洋旋风一样没有了啊。你们可记得那时的霍长驴，身板直溜，额高面长，悬胆鼻子，就因为那光洋，你们可知那挑事的人叫李满堂，他是打河里从对岸游过来的，他身上有股天不怕地不怕的狠劲。古语说，狼里头最狠的是绵狼，剑里头最快的是舌剑。马靠笼头拴，人靠武力管，他满嘴大道理，活活是靠一张嘴买走了我家那口子的心。信不信由你们，反正和日本人打赌赢下的钱，都给了他，一夜之间那光洋长了腿脚叫他牵走了，我落下一张借条。他说不几天要来还，不几年都过来了，风一样不见消息。我等他还光洋来呀，等得来一个富农帽子，一辈子没有寸亩田地，你们好心肠地要给戴一顶富农帽子！你们可看得见霍长驴的模样，当年的壮汉落得说书人的下场？我不怨你们，可这帽子霍长驴脖子没那功劳戴不动哇！"

那个叫李满堂的人，可是省上那个大领导？农会的人不信她的话，说书人家喜欢编故事，可他们忽略了霍长驴为啥要学说书。当年的软琴也生得桃红花色弯眉杏眼，这日子熬得她黄皮寡瘦青筋暴突，除了长得一张满嘴跑舌头的好嘴，这日子过得要啥没啥。如果真是家里藏有光洋，他们家现在还住着半间黑湿的土屋？除过最简陋的日用家具，整个屋内别无长物。干部们怕有啥闪失一定要软琴拿那借条来。

软琴取来针线笸箩要所有人看，周正地贴在针线笸箩中央的借条，于花花绿绿的宣传标语中间显得肃穆。谁也不能确定那个借条是真是假，最后"李满堂"仨字镇住了他们。这事比较棘手，不好落实，自上而下好说，自下而上是要犯规矩的。理智告诉谷堆坪的农会，软琴没有胆量编造如此惊人的假新闻，借条的可靠来源一定是一个和省上那个大领导一样名字的人写下的，不敢认可为事实，也不敢不认可为事实。毕竟武工队是共产党领导的队伍，这也是共产党的天下。农会要求把针线笸箩留下，人可以离开，等所有的都落实清楚了再返还针线笸箩。软琴脑子反应快，拿走的光洋都没有见还回来，再把借条拿走，曾经有过的不就是一场梦么？要人出人，人在针线笸箩在，软琴坚持。

初冬日头照着黄财主院子里的假山和石阶，这些霸占去了黄财主家半个院子，黄财主的家眷们曾经在这样的院子里嬉笑逗耍，花红柳绿的季节，喧笑与穿梭的倩影该是多么魅人。如今，软琴和她们站在一个队伍里，消受不起这般富贵。软琴心有几分寒凉，以往最怕冬天来临，眼下，冬天来得好，冬天利索有劲，北风碰上山的肌肤就卷刃了。好哇，穷人该扬眉吐气了。看那些财主们的家眷过冬，分了他们的家产，分了他们的浮财，人就失了鲜活，那从头到脚嫩生生的人怎么往下活人？世道给勤快的下苦人好生生掉下了大馅饼。有人嚷嚷着说黄财主的小老婆要叫根宝娶走了，世道唤醒了根宝身体里的安分，也唤醒了他心里的那个甜头。根宝翻身了。听说根宝在自家的箱盖上敬供了一张共产党的牌位，初一十五燃着供香。根宝命好，就怕经悲和欢喜不经耐活，根宝要好好守着了。

农会商量结果决定霍长驴拿着针线笸箩和他们一起进县城，霍长驴是当事人。因霍长驴是瞎子，软琴是女人不可抛头露面，也不放心霍长驴自己带了针线笸箩进城，思来想去由了根宝陪着霍长驴。软琴回过头，看了一眼黄财主家的院子，一棵槐树，一棵柳树，干黄的叶子落下来，地上的蔓草卷曲了，见根宝蹽跷着腿走近黄财主的小老婆，往她怀里扔了个什么东西，旁边的很不屑地掉转了一下屁股，黄财主的小老婆也扭捏了一下。往日，根宝见人弯腰哈头的样子突然地生愣硬倔了，居然梗着脖子训斥了黄财主家里人几句。根宝如今是鸟枪换炮了。软琴想，选根宝是选对了。黄财主一家人拢在一起的缘分就这样散了。三十年河东，三十年河西。钱财不是啥好东西，看到的这些都显现了财富最后的败象。

根宝唤霍长驴走时，软琴发现根宝走路的样子都变了，以前走路脚尖吃劲，人往前倾，现在是脚后跟吃劲了，肚子都有些挺。软琴安顿霍长驴，一定不能离开针线笸箩，那是穷人家的富贵命。

西北风裹着黄沙卷着干黄的树叶，两个人一路上走不快，三天后才进了县城。县里的领导见着针线笸箩也说不清楚白面馍还是米面馍，总归涉及领导的名字得谨慎行事。既然这个名字和上边领导的名字是一样的，意思再清楚不过了，谷堆坪再选一个富农了结了这桩事。霍长驴听说李满堂还活着："好啊，把我闪下，忘到脑门后，讨吃要饭我也要找他理论去。"

根宝拉开架势说："世上叫根宝的人多不多？"

霍长驴翻着白眼应道："多。"

根宝挥着手说："知道叫根宝的人多，不是所有叫根宝的人都能讨上地主家的小老婆，对不？"

霍长驴疑惑了："这和讨财主家的小老婆有啥关系？"

根宝两手在空中挥舞着："叫根宝的人命并不都一样，我是命好之人，你那个李满堂不一定是省上那个李领导，人家说了姑且背后有这么一回事，定你高成分的事就算了。你还不赶紧见好就收？"

长驴想不好，定成分的事算是一个了结，那借条的事呢？软琴没来，软琴能应下根宝的话？这事本来就不应该，什么叫"算了"？

两个人往回走。黄风从天尽头刮过来，把天地刮得浑浑噩噩，走到天黑时不见黄昏，刮得耳朵眼、鼻孔、头发楂都是细如粉末的尘土，走路时眼皮都抬不动。走进一个村子里两人决定住下。恰好这村子里也有一个说书人，同行相见分外亲。霍长驴拿过人家的胡胡二把嘴就开始痒了。以前说过的老书不能说，新社会说新书。村里人听说来了个说书人，都来看热闹，屋里屋外里三层外三层，娃娃吱哇乱叫在人腿下挤进挤出。不知谁搬来两个八仙椅要两个说书人一起坐，两个人一人一段开场了。

霍长驴拍打干净身上的土灰，净面净手，坐下时拉了一段胡胡二把，清了清嗓子先说一段帽儿。

> 马有催缰义狗有恋主情
> 众人是杆秤斤两自分明
> 节气不等苗岁月不饶人
> 香花引蜂来臭味招苍蝇
> 铁生锈则烂人生妒则败
> 自重人才重人轻是己轻

哪呀咳呼咳

天不言气高地不言土厚啊

吃掉你世间多少人咿呀咳咳咳，多少人

这家瞎子接过胡胡二把东西一扯也开始了应帽儿。

人间事都是生前约好的啊

生死和苦喜都不经耐活啊

能赠给人的是福气千万不敢小家气

言归正传我说一段，说说世间不平歌

受苦种地的家中无斗粮

纺花织布的穿着破衣裳

修房盖屋的住的土坯房

深山刨药的得病不起床

百姓千般苦富豪把福享

世间千百年哪有公平讲

来了共产党天地变了样

瓜儿离不开秧孩儿离不开娘

过上好时光感谢共产党

书说到静夜，风住了，苍白的月儿在天空浮动着，一个是半路瞎，一个是生来瞎，两个人睡不着躺在炕上说话。说到月儿偏西，两个人的心都开始犯潮，眼睛发湿，听得对面炕上的根宝说梦话，高兴得笑一下哭一下。霍长驴说："没有共产党根宝去哪里娶老婆？他笑兔子吃了窝边草哩。时候不早了，闭眼睡吧。"

听得脚头的人说："哪里还有眼？黑墨黑墨的，天地罩着，就一口黑锅啊！"

六

1969 年的十月份，虽然远未到生炉子的时候，但早晨的驴粪蛋已经挂满一层寒霜。没等上冻，霍长驴就开始咳嗽了，整夜地咳嗽，软琴披衣起床给霍长驴捣背，捣得夜躁了，什么鸟在屋檐下扑棱棱飞落。霍长驴粗重地扯着喉咙说："我快成一个没用的人了。"软琴不搭话，躺进被窝里，想一些过去的事情。过去的日子就像收割后遗留在土地里的茬和沙粒，都是土地不要了的东西，风把那些不要了的东西扬在了空中，随即不见了影踪。风真是个好东西，风不刮春不生，风把水吹成天上的云，把天上的云聚成一疙瘩雨。风把青苗梳理成秋收，让该生长的生长，该败落的败落。软琴说："人在这个世上是最没用的东西。"黎明前的黑静悄悄的。这个世道最大的事情是什么？每天都有大事，可每天就这样活过来了。根宝当了小队队长，脾气见长，拿谁都敢骂。软琴想着这些开始起床做早饭。她从墙角那个闷了一冬的咸菜罐子里，用筷子挑出几根咸菜放进一个断了耳的瓷杯里，霍长驴用铁丝拧了个圈在杯子的口沿上绾了拇指粗一个环，一老碗玉茭面疙瘩端给起床后坐在门墩上的霍长驴，那个瓷杯的铁丝环套在霍长驴的小拇指上，他吃一口就一口腌菜，虽然看不见，筷子往嘴里送时却是很熟练。

根宝从村街上吹着铁皮哨子走过，他叫醒社员们下地。软琴提了镰刀循着哨声领着霍长驴去了。

有人说："夜天（昨天）割的那谷子地不是割完了吗？"

根宝说："你挣工分，分粮食，夜天割的是谷子，今天割豆。农活有干完的时候？不想挣工分你就不要出工。"

霍长驴说："队长，我会好好看场。"

根宝说："霍瞎子，对头。"

原先叫"瞎子"还刺人心目，眼下习惯得冲着说话的声音能笑。那声音随着脚步声已经消失了。

霍长驴自言自语地说："村里缺谁都是不行的，包括我这个瞎子。"

软琴说："就像前方那堆土一样，弄走了是个坑，说不好就叫人摔上一跤，那人就会变成个瘸子。"

日子把软琴的心过得不好了。

软琴把霍长驴领到场上，她跟着一干老婆们下地割豆了。场是曾经黄财主的场，黄财主土改时被镇压了，黄家的福气都散了。鸟们在场上飞起飞落，霍长驴抡着探路棍子"呜叱"吆喝一声，鸟们扑棱棱飞走了。霍长驴循着鸟的翅膀笑，他觉得鸟和人真是不一样，鸟长翅膀，始终没有顺着一条什么路走，村子里留出来的路都是叫人走的。人这一辈子有走不完的路。"呜叱"，这些鸟不知道是不是去年看场时见过的鸟？巴掌大的村子，你说不上会在什么地方碰见去年的东西，似乎都赶着劲在找你。那个叫李满堂的人是不是也在找自己呢？可谷堆坪这个村子没有动，木楔子一样定在大地上。鸟在霍长驴的吆喝中扬起落下，先是三五只，慢慢地聚集多了，一群鸟，它们似乎知道霍长驴是个瞎子，眼睛滴溜溜转着，它们不害怕这个人了，蹦蹦跳跳地啄食场上的豆子。

根宝挑着两捆豆荚回到场上时看见一大群鸟落在堆积的豆荚上，根宝吼了一嗓子："霍瞎子，我叫你看场来不是叫你来放鸟，今儿个五分工，你一分也别想挣到。"

霍长驴看不到根宝的脸，但那语气深深刺伤了他。

"我是为中国革命做过贡献的人，按道理我该吃劳保！"

根宝扔下肩上的担子走近霍长驴："我叫你这一辈子吃风厕屁！"

霍长驴不说话了，好像有什么短处，知道自己弱生在世上是一件非常无奈的事。他是人他也有抗拒，小声嘟囔了一句："你娶了地主小老婆，你也不是根红苗正。"说完这句话他站起来想躲开当下的情景。哪知根宝很恼火地冲着他走过来，把他推倒在场上的豆荚堆里。

根宝走后霍长驴挣扎着起身，深秋的日头把一层红涂在他的身上，又把他的影子拉长在豆荚之外的空地上。这些他都看不见，他嘿嘿嘿地干笑，笑声透过秋收，撞在那些回到豆荚堆前的鸟们耳朵里，鸟们啄一下抬一下头，跳一下。霍长驴说："啄吧啄吧，把根宝的心肝都啄了去。"

再一次挑着豆荚走来的根宝看豆荚堆上的霍长驴，仿佛卧在棉花被子里一样享受，鸟们围着他，他很舒坦。根宝气不打一处来，两捆豆荚扑通扑通照着霍长驴扔了过来。根宝开始骂："你还是以前的霍长驴吗？以前你敢跟日本人较劲，敢赢日本人的钱，就算瞎了眼，你也没失了性子。你看你现在，日子快熬死你了！"

霍长驴挣扎着爬起来努力摸索着走到场边上，以前的霍长驴能把根宝提起来像扔一捆谷穗一样扔出去多远，以前的根宝哪见有过性子，在黄财主跟前实在像是一头没有性子的驴。日子淘汰了人的性子，也长出了人的性子，什么东西长了人的胆子？人世间的道理如书中的历史故事一样，人都是跟着奈何走，奈何也实在是一个不能叫人活着就明白的东西，它似一根线牵着人的魂，不见多大重量，人的魂就悠悠荡荡跟着走了。霍长驴歪着脑袋看，大概是日到中天的缘故，歪着的脸看上去很滑稽。一些社员挑着豆荚沙沙沙走来，那是豆荚欢快地跳动的声音，也是嘲笑霍长驴的声音。霍长驴挺起身子，用他那双瞎眼搜索了一遍场，然后明明白白冲着根宝的方向吼：

"根宝，我认你是队长你就是队长，我不认你是队长，你就是黄财主家的长工。我霍长驴眼是瞎了，可我的老婆是原配，你食地富坏的牙花，你给谁使性子哩？我告诉你，就凭那张六十块光洋的借条我能去公社告你，只要那个叫李满堂的人在上头做官，你在我跟前什么也不是，要不要扯住耳朵告诉你？我根本就不鸟你！"

根宝听到滚雷在云彩深处炸响，身体都抖了一下，用劲挤了挤眼睛，睁开时发现日头明晃晃的。他走过去拽住霍长驴的领口喊道："记住了，你不挣工分，一个工分都不给你，你拿那个叫李满堂的人说事，你知道不，他早就被打成右派了，死活不知。慢不说不是那个人，就算是那个人，他认识你是谁？你这样子，就是一头骡子。人家的地都长的是庄稼，你的地里长的是蒿草。好地都叫你废了！"

社员们在场上四下里站着笑。仿佛突然走在长期生活的羊窑里而遭遇炫目光芒照射，霍长驴一下被摊晒在公众的目光下，他的眼睛一下一下翻着豆腐样的眼白，这是难以启齿的事。人声开始唏嘘，认为霍长驴要爆发了。只见霍长驴扔下探路棍，伸出旱地一样宽大粗裂的手，他笑起来，扭曲了脸，接着两只手抡开照着自己的脸，啪啪啪啪啪啪打，空气中弥漫着血腥气，鼻子里、嘴里，鼻涕和血长长地挂在胸前。有人跑过来搂住霍长驴，有人看到根宝的脸，恐惧僵在脸上。霍长驴号了一声，一口血喷了出来，洇在场上泥地里黑墨一样。

根宝说："你这样作践自己还不如打我两下，你这做派把咱谷堆坪生产队的团结都糟蹋了。"

霍长驴喊："我不服你！我还了你了！"

根宝说："你不说话我还害怕你，你一说话，我也不鸟你。告诉你，我心中无冷病，大胆吃西瓜，都看见了，他是自己作践他自己呢！"

霍长驴挣扎着还要打自己："我还够你，还你足足的！"

都想着软琴要和根宝闹事，软琴偏没有闹。听说了场上发生的一切，软琴像听旁人发生的事情一样，软琴说："人和牲口没有两样，肚里装了知恩的心，才有灵性！"

软琴不出工了，在屋子里伺候打肿脸的霍长驴。根宝反倒不能叫他们出工了，那哨声隔过软琴的屋子去吹。几日之后躺在炕上的霍长驴能下炕了，偶尔也在自家院门前晒晒日头，谷堆坪的人发现霍长驴的脸白得瘆人，白得像糊窗纸一样。走过的人嚷嚷着，霍长驴怕是活不成人了。

忽有一日，软琴拿包袱皮包着针线笸箩去上泊村找大队。这一辈子她没有走过长路，大队在河对岸。河对岸歪塔还立着，那下面是否走过戴帽子的人？反正那塔也没有倒下来。世间的事奇怪了，不能按人的预测行事。她最远就走到过眉河边上，这回她过了河走往对岸，一双解放了的小脚走了大半天时间。这大半天的走给了她底气，再长的路都能走，也不怕把路走长了。见着大队的人她掀开针线笸箩要干部们看，她说："霍长驴是对国家有贡献的人，怎么说也得给个五保户。霍长驴一辈子命搭在这张借条上，国家不能不管对她有过贡献的人吧？国家要是真不管他，我就去公社打离婚，你们给我开证明，以后就叫小队养他，我也好找一个有力气的人把日月过下去。"

谁也不能说那个借条的存在就是对国家有贡献的证明。软琴这辈子都在拿这借条说事，河两岸的人提起谷堆坪软琴两口子，有说不完的故事。软琴的事挂在别人的嘴上是一件不体面的事。一年四季和泥土摸爬滚打，话说回来，有多少体面的事叫人议论？屋漏遇雨，聚合在一起的人都长了嘴，活该叫人家议。她勇敢地仰着脸和大队干部说，如果大队干部不解决这事她就往公社去，公社不解决她就往县上去，县上不解决她就往市里走。再要是解决不了，她就托人给毛主席写信。

干部们听软琴这一说想笑，毛主席在哪儿你都不知道，还写信？这明摆着胡搅蛮缠嘛。这事不合情理可也不敢含糊，女人认真了，仰仗着是个女人啥事都能做下。好歪叫她回去算了，虽然现在不盛行说书了，可以叫霍长驴到田间地头给社员们说快板，每天给他五分工。

大队队长说："你回吧，这也算是照顾你了，人该知足。古话说了，不怕儿晚，就怕寿短，为了那几个光洋，看看霍长驴失了多少零件。要不是你存留的这个借条，我实话和你讲，给日本人修碉堡，打赌拿日本人的光洋，合并在一起，土改都能镇压了你。你还因祸得福了呢。你不能得了便宜还卖乖。回吧，就这么个决定。"

寻来的决定有些沮丧。一丝想笑又想哭的表情僵在软琴脸上，很难看。软琴说："霍家的香火在我这里断了，娘家人不上门了，抬头低头都是村里人的唾沫星子，我没什么怕的了。你们要不给霍长驴弄个五保户我就上访。破罐子破摔，事情已经把我推到了一条不知归途的路上，把脸丢在这个世上，叫人记住也是我前世修来的福分呢！"

大队干部面面相觑。两难之下告诉软琴，要她先回，五保户也不是大队说了算，往上报，得一些时日。软琴说："这像是干部说的话。我等，等不得时我自有办法！"

软琴走过歪塔，一阵风游走在她身后，她仰起脸看塔上的那些琉璃，都是当年信佛之人许愿定做下由匠人烧造贴上去的。软琴故意走过歪塔，她就想叫世人知道要是做下昧良心的事，走过塔倒下来好做自己的坟墓。风把一些残叶吹落在她头发上，抖落掉身上的叶片，她长长地出了口气，这样，似乎心里好受一些。回过头时塔歪着纹丝不动。过了桥，走到眉河边上，她疑惑当年那个人是从哪里上岸的，眉河变化大，以前没有桥，学大寨修桥垫坝河岸都变样了。努力寻找着，一只手无意地按住了胸口，一天没有进水米，胃开始泛潮，同时她又觉得自己是一个可恶的人。当年的事她也是有过欲望的啊，如没有自己那些欲望，也就帮不下李满堂的忙。都是这欲望啊，让活的生路颠簸过来，没有个终点。站在河岸上，水里有她的倒影，斑驳、散淡、布满灰尘，身后的庄稼地，身后的山，记忆中发生过的事正在远去，什么都没有留下，假如再见到那个叫李满堂的人，她都不记得他的模样了。人是回不到从前的，那时候自己也不是水中这个样子啊。一生日子里居然还当了这世上的债主，一辈子不见人来还债。

又走了一程路，她想到了爹娘，爹娘走时娘家人没有告诉她。她披麻戴孝走回娘家去吊孝，爹把她打出门外，她跪求爹见娘最后一面，爹无情地赶走了她。爹死时她去吊孝，打岭头上看见她下山，哥在村口挡住她，连村都不让进。世上的情义都是钱买来的啊，钱财彻底把自己扔到娘家门外了。从未见过神灵的存在，但是因为爹娘，能来到这个世上该是早早约好了的事情呀，爹娘啊，想来这世间是有神灵的啊，怎么偏偏叫我来世上惹你们不高兴呢？要怎样才好叫你们知道，闺女的发财梦原本就是一场梦啊！软琴长长、轻声叫了一声："娘——"生和死都来了，你死了，闺女我活着，我延续的可是你的命？我死了再没有人延续我的命了。这日子得一天天过，时节是大规律，我活在世上没有留下叫人称道的东西，娘死时都不愿见闺女一面，娘啊，活成人难啊！再难活我也得知足，我咋敢不知足呢？你看这秋风醒得多欢，娘活着时说，哭着来到这世上的，走时一定不哭，因了早一天离开早一天能去享福。娘还说，钱财这匹马，驾驭得了，它就载你上天入地；驾驭不了，一蹶子把你从马背上尥下来，命大的捡一条命，可终究日子不是日子，人不是人。

软琴回到家门口，听得霍长驴在拉胡胡二把。软琴抹了一把脸，试图要抹走尘世的悲伤，她大声说："我回来了，这世上的事啊，你要厉害他们就怕你，这回我就是要把'死难缠'的名声扬出去，咱的命不能是核桃，不能叫他们干部砸着吃。"

霍长驴的琴声断了一下，再起时完全就没有曲调了。

七

这一年年底，霍长驴成了五保户。

日子和以前一样往前走。

接下来是一个接一个的运动，家里的针线筐箩反倒成了软琴的护身符。时光如水，一去多年，那段记忆仍然清晰而又迷离，可是，好像许多人已经忘记了，有些时候甚至来不及想，日月就把人过陈旧了。

根宝越来越像农民干部了，披着外衣，走路背转手，别人都吃旱烟，根宝吸纸烟。两天不到就往公社去一趟，常常领了精神回来。一会说"深挖洞，广积粮"，一会又"卫星上天"。不管啥精神，根宝都能落实到家不走板。根宝从小队干部眼看要变成大队干部了，关键时候总有人提出根宝娶了个地主婆。根宝认为自己的运势不好，都赖这个女人。从一开始能娶上这样老婆的喜形于色到后来进进出出翻白眼，日子过得就显凌乱了。根宝的女人早早白了头发，水灵灵的一个人，一头杂毛，看上去似乎落了一层永远掸不掉的灰尘。软琴从她身边走过，搭讪几句话，对方的情绪总是显得惶惑。软琴想，也不过和天底下的妇女一样，平凡无奇。再想想，软琴还是觉得自己不如人家，人家给根宝生了一对儿女，自己呢？一对大奶子在胸前晃悠，却永远不能把奶穗放进一个娃娃的嘴里。

　　一个初春新雨初晴的午后，软琴领着霍长驴扛着锄头往山上的地里去。这是一个和过去完全不一样的时代。过去划成分划出的地主、富农，现在土地下放，人人都是地主了。过去的人那些思想就知道围着干部打转转，现在对干部都有抵触情绪。根宝从队长变成村主任后，自己认为，对村干部有情绪就是对国家有情绪。村干部是国家最小一级政府，也是最低国家领导人，直接管底层农民，是国家利益顶端最基层的一环。村里人假如对村干部还有好感，那是眼馋过去的集体生活。农业学大寨上劲的年月，大学大干促大变，喇叭在河滩的柳树上挂着，每天大伙听喇叭一拧一起上工，挖沟垒堰、挑土推车，一起吃饭，一起下工，心里从不想以后怎么往下活，每天都信心满怀。你看现在的人，一副老大不鸟老二的样子，村干部不光主动和人家说话还得递烟，村干部没有一点自豪感。土地下户后根宝心里一直不痛快，终生务农，生死都在那几亩田垄之间，指挥惯社员了，自己站在自己的地里一下寂寞得还有些不适应。根宝想，我为啥不能像霍长驴那样对世人喊一嗓子？我根宝是对土地做过贡献的。想到这里根宝就想笑，生活挺有戏的，就像现在的电视一样，坐在家里，一小时就能享受城里人一生挣工资的故事。

　　软琴两口子和根宝打了个照面，都老了，一辈子卑微得如蝼蚁一般。

　　"下地？"

　　"下地。"

　　搭话的是软琴。霍长驴耳背了，听什么东西都是蜜蜂乱飞声。

　　走过后根宝突然想到五保户都发放了电视，不知软琴安装了没有。反转身说："你那电视可装好了？"

　　软琴停下脚步再一次回头看根宝："装好了。都是新时代新社会好啊。"

　　根宝一辈子认为自己是个政治人物，喜欢听政治腔调的话，这句话由软琴这么个人说出来让根宝兴奋了。

　　"是国家发达了，你看，就那么个铁壳壳，装下了农作物啥时播种、啥时施肥、啥时有病虫害。中央有啥富民政策了，外国都乱得天天打仗了，我们的国家还给我们的五保户发电视。你想看啥拧啥台，时代好就好在能坐着旅游看世界。"

软琴不听根宝的话，走了。根宝有点失落，话兴才起，现在的农民都不听干部的话，把干部说的话当耳旁风。转头一想，电视不是什么好东西，迟早要把农民教坏了。

软琴在地里摘北瓜，把那些长出来的谎花摘掉，把地里的杂草拔净，用小钩锄在瓜秧下伏起土堆确保足够的养分。霍长驴在地外的石头上打瞌睡，一开始打呼噜，打着打着就断了，伸一下脖子抬高了打一声战，勾下头停半天不见声。这年纪的人就剩下吃睡了，吃不进肚里睡不好觉，人就没了。软琴在地头坐下来，摘了两个北瓜，把摘下的那些嫩瓜秧也放进篮子里，午饭好炒菜。现在的日子好呀，舍得下苦力想啥能吃啥。天不会为谁白一次，也不会为谁黑一次，一个人来到世上过一辈子，黑天白日说长可是真长，说短也是真短。该好活了，人却老了。人老了真不好。日月虽然从中夺走了很多东西，但也从生活中得来很多东西。老百姓的日子图啥？就图好好活着不重复过去。不管怎么说能见到现在的世道该知足了。软琴歇好后扶着地边的小树往起站，腿歇得酸软麻困，她"哎哟哎哟"叫了两声，看见霍长驴还在睡，一觉睡了一上午。用树枝挡好菜地，怕鸡们寻进去糟蹋了菜。软琴叫霍长驴起身走，霍长驴不动。软琴发现不对劲，急忙去摸霍长驴的手，那手冰凉冰凉的。再摸鼻下，没一丝气息。

软琴抬手狠命照霍长驴的脸打了一个巴掌："你不言语一声就走了！"

中午阳光正烈的时候，霍长驴的尸体抬回了院子里。软琴没有泪，霍长驴和她的缘分尽了。他的死让软琴看到了自己，软琴一个人躲在屋子里哭时是哭自己，不久的将来软琴也会躺在院子的地上，四周都是说笑的人，谁会为一个死人去悲伤？她不哭的原因还有，在该哭的时候她得强装坚强。世上的人都是笑贫不笑强。村干部都来了，人由村里打发。软琴在屋子里准备一些铜钱大的鬼饼，死鬼走往投生的路上要遇到许多野鬼冤魂拦路，软琴多和了面，鬼饼路上发放得多。霍长驴在院子里静静躺着，四下没有哭声。一些苍蝇飞着，有几只麻雀落在茅厕墙上探头探脑。地上摆放着几个馍馍、几个面包，三炷长香缭绕着青烟。软琴把打好的鬼饼用线绳穿成项链，叫阴阳套套在霍长驴脖子上。软琴看到院子里堆着可怕的静，静得像一堵墙。这个屋子里是死了人了啊，死的人是这屋里的汉子，这院子里听不见哭声，能说是屋子里死了人？软琴拍了一下身上的土灰去找村委会。

谷堆坪旧俗，若是死者无人哭送上路，则会化作厉鬼叨扰全村没成人的小辈。霍长驴没有后人，软琴不能哭，总得有人哭吧？根宝说："没人哭不怕，河对岸上泊村有靠哭丧赚钱的人。"

上泊村经营这项营生的有三个女人：王排常、郭润香、韩秀枝。因为守寡或家境窘迫不得已而为之的营生，做到现在县里都挂上名了。三个人的嗓子好，哭起来有和声效果，她们在上泊村展露出来的才干，使得一些做儿女的都不得不在她们的出现中偃旗息鼓。

三个女人一身素服，神情肃穆庄重地来到霍长驴家。软琴在屋子里收拾霍长驴活着时的穿戴，继而收拾生前的日常用品，被褥、衣裤、鞋袜和用过的不再有人稀罕的物件，都要在霍长驴往生的路上烧掉。她收拾完生前穿过的，开始收拾生前用过的。一件一件扔到了门外。软琴拿过那个针线笸箩来，这一生就因为针线笸箩里的那张条子，人活得失了面子。本来一生都是两手空空的人，从来不想也不敢借债，有了它一辈子还啊还的，直到把肉身还给了它，要它还有什么用处呢！软琴把针线笸箩扔出了门外的地上，它滚到了人群里。

哭妇们坐在葬棚子下有说有笑，这时候来了很多人，大都是来看稀罕听她们哭的。与往日不一样的是她们都带了麦克风，像在舞台上呵腔一样，嗓子一亮人鬼同悲。

> 啊呀哩，老汉呀，说走就走不回头。天下的心再都没有你哪哪硬哩
>
> 啊呀哩，老汉呀，谷堆坪的好人都叫你占哩，你这一走咋舍得把我丢下哩
>
> 啊呀哩，老汉呀，天生百姓地生虫。忘川桥一过还记得我软琴是谁哩

三个人的哭声呼天抢地、声嘶力竭。霍长驴在哭声中开始装棺，软琴哭了一声，更像是肚子里拧了一疙瘩气冒了出来，没有哭透，憋得久了不哭那

一声人都要憋过去似的。软琴喊：

"老汉呀！忘情水喝下两难想！"

这一声喊撕心裂肺，抽丝剥茧，能把霍长驴从棺材里拽起来。棺材盖钉进子孙钉后，所有人明白霍长驴到底是走了。

看客里多了一拨来考察对岸歪塔的文化人，他们寻着这边有人下葬，又听说有哭妇送丧，稀罕得寻了来看。有一个叫李宏伟的看客随手从地上捡起了那个针线笸箩，他好奇地看解放时贴上的传单，同时看到了那张借条。字迹有些模糊了，唯那个在名字上按下的血手印在阳光下显得醒目。李宏伟看软琴，软琴的脸颊浮肿着，曾经也许有过几分姿色，如今她的脸被愁容锁着，升起的烟气缭绕着她整个身体，孤零零的一个老态龙钟的女人。

李宏伟得着空隙走近软琴，他说想买走她这个针线笸箩。软琴说："喜欢它就拿走，我还怕难烧，想着要掰烂了烧，你拿走吧。"李宏伟还想放钱。软琴生气了，夺了回来说："不叫你拿了。"李宏伟说："好好好，大娘，我不提钱的事还不行？"软琴笑着递给了他。那笑容永远定格在李宏伟心里了。他认为软琴的笑是天底下最美丽的笑。

生不穿一件衣，死不含一口饭，能挑二百不挑一百八，站着活人不难缠，坐着人死不怨天。掉转身子没有你，两脚蹬空不挨你，两眼一睁不见你，你走我活罪过哩，我跟你一起去啊，黄泉路上歇歇脚，稍稍等等你的妻！

哭声中四条汉子抬起棺材闷喝一声："起！"

软琴巴巴地看着棺材装了霍长驴走出了她的视野。

空了。风声、树叶声、鸟鸣声，就是没有脚步声。

软琴竖着耳朵听村庄上空的喧闹，要说一辈子软琴也是一个老辣世故、胆大心硬的人，院子里空了的时候心里的那个软偏偏就来了。是不是我一辈子心硬，老天看不惯规整我呀？软琴洒水扫院子，院边上开着南瓜花，她把谎花摘掉，叫了两声"咕咕咕"，扔给了朝她走来的鸡们。掉了一下身，软琴冲着屋子里喊："出来晒晒太阳呀！"马上，软琴就明白霍长驴走了。人老了记性真不好。

八

黑了。

夜黑下来了。

软琴早早就上了炕。躺下闭上眼睛，忽又睁开了。一些声音潜伏在窗外稍稍远一些的暗处，软琴坐起身拍了拍窗户，想和那些声音打个招呼。躺下后来自身体深处闷闷的隐痛来了。她咳嗽了两声，什么也没咳出来，比较白天，夜里要难活些。屋子里、炕上的空肆无忌惮地威力起来，眼睁睁看着月明亮汪汪地照着窗户纸，一会云彩走过挡住了月明，暗铺过来。软琴的泪来了，和自己睡炕的人走了。摸摸炕边上那块空着的地方冷灰灰的。

霍长驴呀，你去了一个什么地方？那个地方你可见着我爹我娘了？一个女婿半个儿，见着我爹娘了你得给他们个好脸，先磕头，礼多人不怪。这一世的苦你带不走，连着你活着时的长相，你还和从前一样是个全人。你一路上缺啥少啥了，托梦给我，我买了纸钱烧给你。你不是人了，是鬼，鬼在世上无所不能。人看不见你，你看得见人，看着我下地跌倒了扶我一下；那些小块块地里长下的蔬菜，你不能和我搭伴了，闲下时，你记着替我去吓唬吓唬那些鸡。撞见我在时你化了风在我跟前打个旋子，我好和你说说话。霍长驴呀，我说这些你可听得见？四下八方你朝哪里走了？咱俩一辈子，也只有你知道，我是一个心气过盛的女人，世上没有能把我难住的事，你这一走我难下了。你招呼不打，绝情无义走了。屈辱悲愤跟着你都受过了，该有的不该有的都来了。说这些有什么用啊？你现在正往投生的路上去，咋说我都得安顿你几句。一路上过山搭岭，野山野岭的山沟沟里穷人家多，瞅见那屋顶上冒青烟的人家，那可都是穷苦人家，路过人家门前，千万不要撞落了门口竖着的镬头，搭在院子里半空上的绳子你小心，别扯下了人家晒上去的衣裳，千万不可因小失大惊扰了贫家女人肚子里的胎气，人家出世的娃没来得及续上前世的生灵，急急慌慌半路拽了你的鬼魂，你投错胎呀，转生还是活在穷人家。一世你还没有活够么？翻了山越了岭，照见明晃晃的灯光你快快飞过去，那是富贵人家呀。贴着人家的窗户你要闭住气，不能起风带尘，要知道那些往生路上的孤魂野鬼都在富贵人家的窗户前贴着呢，你守着的东西它们也守着，无数个鬼魂等候着投生富贵人家，你的响动会惊扰它们的耳朵，你的气息粗重，这时候你得闭着。只有让其他东西听不到你一丝声息，你才能听到它们说的话知道它们想的事。遇见那些个畜生们，你远远躲开，它们的命薄得像一张纸，遇见它们你把心跳声都得捂住，捂死在心口，转世成它们，一辈子受死都不会说一句话，不会说话怎么能逃脱了人的手心？

慢慢地，软琴说不动了，疲惫了，对着炕的上空说了几夜的话，她像落在炕上的一块破抹布，有气无力。

外面开始有人畜的走动声，苍蝇拍翅、蚊子蹬腿她也懒得分辨。一些湿气轻轻地漂浮在软琴的枕头周围，迷迷糊糊中似乎是霍长驴来了，又似乎梦把自己割开了一个口子，在另外一个世界走着她自己。窈窕年少的身段，她走过歪塔下，心开始通明。她顺着台阶，从下到上，一层层不厌其烦地走，方寸之间，造设无数，四下里她看得眼花缭乱。她伸出手，有人在她手心里写下两个字，软琴不识字，由青丝到银霜，心里什么都清楚，可就是不识字。有人说是"天下"二字。她走到塔顶，凉风四来，爽气灌顶，天下？从塔顶上看眉河两岸，两岸的田里，那些一起一伏的人们，没休止，一代又一代，春种秋收，都是土里刨食，自己要活着，也不让家里老小饿着冻着，天生百物，本来就是给众生备晚饭的。她看到有挑货郎走过。那时一个光洋一担米，后来光洋不值钱了，一个光洋可以换一条洗脸手巾。现在光洋都叫文物小贩收走了，听人说贵了。还看到有弹棉花的两口子，他们用绷子弹得棉花漫天飞舞。眉河边上有家醋坊，庄稼人喝醋却不买醋，一般人家都酿醋，用小米酿出的醋，味淡淡的，色黄黄的，伏天从地里回来怕中暑气，一勺醋兑一碗水仰脖灌下暑热全消。后来人们都不做醋了，吃醋厂的醋，醋水泛黑，闻上去酸里带腥，喝一口，味辛辣嘴，不知都加了什么东西。她看到河岸的马路上有车跑，奇奇怪怪的样子，车跑过扬起一股尘，没等土落下，又扬起一股尘。尘土在眉河岸上团着不散。几个上小学的娃娃在河岸大块的平坦的石头上练习写字，那些字斜斜歪歪的，一笔一画费了很大的劲，有几个字你推我搡地挤在一块，那都是些什么字呀？粗看胳膊腿都很强壮，细看道道画得细毛鬼筋，识字比干庄稼活累人。这世上什么事能难死人？软琴想，识字能难死人。从古到今天下就这么活过来了，想到天下，便低头去看手心里的两个字，再看，手心里开着两朵花，艳丽得刺目。

"醒了，醒了。"

谁醒了？软琴发现四下都是人，他们包围着自己。软琴看到根宝，旁边站着一个面熟的人，想不起来是谁。那个人笑着说："大娘呀，我是拿走你针线笸箩的那个人。"

"噢。"软琴想起来了。

李宏伟说："大娘，我帮你找到借条上的人了。李满堂，他还活着，离休了，还记得欠你的债。他还想着要来看你，无奈他走不动了，脑梗死，他想请你去见他，他有话要和你说。"

软琴一下来精神了，坐起来说："他还活着？活着就好。天不薄欠债人啊！嗨，债不债吧，多少年了，都老皇历了。"

当年的李满堂还活着，活着好，给了软琴一个希望。对软琴来说，只要他活着，就是一个温暖的依靠。曾经催人落泪的故事，已经在时间流逝中消失了，那些伤感的故事，再去回忆有什么意义呢？软琴抹着眼泪说："贫苦人弄天下不容易啊，不管咋说，江山总归是叫共产党打下了。好嘛，霍长驴也受到了国家抚恤金和救济粮的照顾，我一个入土之人还有什么不知足呢？"

李宏伟说："大娘，天下事都会有一个交代。你安心几天，我落实有结果后来乡下接你。"

软琴说："娃娃家，你咋就找着李满堂了？不是和你一个姓，也是你的什么人吧？"

这话说得有几分挨着边。李宏伟告诉软琴，取了针线笸箩回到县城，和父亲说起他从乡下收来的针线笸箩里有一张欠条，父亲曾经和一个叫李满堂的人是朋友。父亲看后说，李满堂当年是武工队队长，因借粮落过难，应该是他没有错。李宏伟把针线笸箩里的借条照了相片用特快寄给调往南方工作并离休在南方的李满堂。不日后电话打了过来，要李宏伟去一趟，李宏伟带着针线笸箩去见李满堂。李满堂见到针线笸箩的刹那间，一种期望和失望相交织的情绪溢满了全身。

软琴听得泪流满面，关键处问了一句："李满堂看罢借条说啥了？"

李宏伟一脸正经说："借钱长利天经地义。"

这句话于软琴不重要，于村干部很重要。

重要吗？与当下的日子究竟有多大的关系？

时节是大规律，人按天明天黑打理生活。软琴越发精神了，打村庄里走过，见着邻里乡亲脸上就多了笑意。别人问她事情有啥结果了，她不答，啥结果都不重要了。节气提醒人们该做什么，要是错过了时机，一年中什么事情都会迟缓半拍。软琴把地里的萝卜、地瓜、雪里蕻、红薯刨回家，共有四五篮子。摊在院子里晒，见了日头失失水能放长。地里的收拾完了，她收拾手边活，像是要出远门走长路似的。

一个早上，李宏伟又来了。这回是叫软琴去外面的世界看看，看看天下都生出了什么稀罕的东西，捎带去见见李满堂，商量一下赔偿的事宜。那个年代的光洋到现在折算人民币不好说一个准确的数字，李满堂说要按软琴的要求来偿还。

软琴看那天空，透过渺渺的薄云能清晰地看到蓝天上的天脉，看什么像什么，变化万端。软琴说："当年的李满堂是个俊汉子，深眼窝、水泡眼、高鼻梁、宽下巴，不知现在老成啥样子了，就怕见着我这马瘦鬃乱、人穷相老的吓着人家当官的。"

决定去时发现没有合体的衣裳，老土，上不得桌面。李宏伟叫她只管走人，大城市里的商店想穿啥都有。他负责买。

准备好日子要上路了，哪想事情发生了变化。乡里的听说此事后决定不让软琴去城里见李满堂。软琴是一辈子没出过山的农妇，她真要见了外面的世界，见李满堂住高楼，吃喝拉撒都有警卫，软琴这一辈子老说霍长驴是对新中国有过贡献的人，她出门真见了有过贡献人的特殊待遇，那还不把一辈子积压的泼劲都使出来？狮子口大开，那是要给乡里丢人的呀。这么一议论，决定软琴不能出门。软琴一辈子的性子，生愣硬，不闹出事不罢休，虽然软琴老了。因为这件事激活了软琴身上潜藏的东西，唤醒了身体里曾经的性子，生出啥无中生有的事来都有可能。不仅乡里抹黑，县里都要抹黑。说服软琴的事落实到了村干部根宝头上。根宝一开始不答应，可不答应又找不到一个合适人选。

乡干部说："这是硬指标。蚊子不尿尿，你有你的曲曲道。"

根宝也尥蹶子了一句："我这一辈子就只能当个村干部！"

乡干部说："你现在就尿高了，行使的是乡领导的权利。"

根宝老了。眉弓光秃看不到眉毛，烟黄色脸膛，背上也耸起了锅。可根宝的做派不变，倒背着手，以前披着中山装，现在披着西装，瞅着软琴在屋里时弯腰走了进来。

根宝坐在椅子上抽了支纸烟，仔仔细细打量了一遍屋子，啥值钱没有啥。又掏出一支纸烟接续上，照着门弹出了烟头。

"人这一辈子，肚里不放个墨水瓶，真要出门去和人说话是很费劲的。"

"只要有人的心肠，说话就不费劲。"

"独柴难烧，独人难活。你瞅你哪里还是年轻时候的软琴？年轻时候的软琴那是弯眉杏眼、光皮嫩腮，你看你现在……人哪，到了什么年纪就得要什么。"

"那你说，我现在的时候还能要什么？"

"能要的多啦，就要你这个老树桩，不挪窝。你一辈子被光洋要得还不够难活？临梢末了，一个妇道人家不去抛那头，露那面啦！"

软琴在午后搂了一卷纸钱去往囚放霍长驴的窑洞处。站在窑口前，她看到窑里已经放了三口棺材，都是先死的人等活着的人百年后一起下葬。人死不能复生，在人世活过一回，活着时期待的愿望就要实现了。纸钱烧完后，软琴破例跪下磕了仨头。起身时她说："你懂啊，咱该知足，不讨便宜便是最实在的安宁。"

一股风绕着那纸钱飞了，最后的风尾巴挠了一下软琴的衣角。

九

从二十来岁算起，五十多年，这中间有难以言说的伤痛。当年，李满堂从软琴家走时怀揣着六十块光洋，他摸黑敲开黄财主的大门，黄财主脸上笼罩着一抹茫然。李满堂说："我来借粮，不是白借，这是光洋。"光洋扔在黄财主的台阶上，夜幕下的李满堂霸气逼人。就这样，连夜六十担米从黄财主家运走。李满堂一直记着光洋的事，无奈战争让部队入不敷出，一推再推。错过还钱的日子后，他和部队已经走离故乡。20 世纪 50 年代李满堂回到省城，尘封的记忆开始复苏，一些往事的片段零星地浮现，他决定还债。哪知有人这时候揭露他当年过河时裤裆里绑着一袋子光洋，那些光洋哪儿去了？李满堂在百般辩解中迎来了"文革"。"文革"中他被下放到北大荒。拨乱反正后恢复工作，他反复和所有的人说一件事，借钱还债。这相当于很强烈地表达自己的愿望，他希望人们能够重视，然而没有人认为他说的话是真的。这个世上李满堂欠了债，他同自己讲，这辈子无论如何得还了这个债。可社会发生的一切总是叫他一错再错。人在生存中对某些坚持分明是一种对信仰的砥砺，时空可以超越，现实总是让他无奈。不说也罢，人生的事就像是先前约好的，该来的总归是要来。知道软琴不想出门，怕年龄大了有啥闪失，李满堂通过上边的领导协调决定赔偿十万元给软琴。

与人的一生相比，钱算什么呢？软琴是五保户，算是国家人了。她花不动钱了。钱是有重量的呀！

她给市里的李宏伟打了电话，要他来。

软琴说："这些天我把那些往事又活了一遍，我不能沿着来时的路再慢慢走回去，走回去让我痛楚难言。听说上边要给的钱数目怪大，我思忖了几日，喊你来，是叫你替我写几句话，把那钱捐给村里。电视上常见有富人捐钱建学校，我也捐了，在谷堆坪建个小学，走过时我也好知道那是霍长驴捐下的。"

李宏伟说："是不是该叫个霍长驴小学？"

软琴笑了："叫人笑话哩么，快不要叫人笑话了，一辈子名字没有叫顺溜，都是土里刨食的人，糟蹋人家学文化的娃了。不管叫啥，反正不能拿霍长驴的名字说事。"

春天，软琴下地，走过村中央，看到黄财主的场上建起了一座小学，一扑十间平房。软琴问过往上学的娃娃，学校叫了啥名？娃娃说："李满堂小学。"

软琴怔了一下站着看了半天。

"好哇，叫那个在天下走丢的人再都不离开谷堆坪了！"

发表于《时代文学》2013 年第 11 期

转载于《北京文学·中篇小说月报》2014 年第 1 期

《小说月报》2014 年第 1 期

守望

一

米秋水生下来三个月上被她娘送了人。理由是家里的闺女多，娘想生个男孩，上边两个姐姐，家里没有男孩子，女人在婆家抬不起头，进进出出要看婆家人的脸色行事。

七岁上，米秋水被养她的娘许配了娃娃亲，理由是男方家的姐夫是小队会计。养她的娘，是小学民办教师，农村的民办教师是流动的，在这个村教书就由这个村负责一年的口粮。那时候农村除生产作业之外，体现的是"平均"分配，比如，秋天，粮食下来了，喇叭里就喊上了，要各家都到场上领取自己家的一份粮食。平均分配之后，剩余的一部分粮食作为公粮上缴到指定的粮仓，剩下自备粮，这些自备的粮食里才给教师分配。要是和队里的会计搞好关系，就能多调剂点细粮，无非是豆子啦、麦子啦、红麻籽啦。为了多调剂细粮和人家定亲，客观点说，也是那个年代里不得已的下下策。

十五岁上，娘调离工作，人走茶凉很自然就解除了婚约，那个和米秋水订婚的男孩已经长到二十岁了，身体发育得正是时候，知道自己打小定下的亲吹了，心里不忿，瞅着她放学要路过的一片麻田，拽了她说："我要把你办了！"米秋水对一些事情还不懂，不知道他说的话是什么意思。那男孩说："七月十五蒸羊羔馍上坟，上坟回来的羊羔馍都送给你吃了，你吃了羊羔馍，把你吃成人了，吃得你丧良心了。"

农历七月十五是农村人的中元节，人常说："立了秋，挂锄钩。"这时候麦地大都耕过，秋天只等收割，正是农忙中的小农闲季节。为了给祖先汇报一年里农牧业的收成情况，家家都要蒸好多馍来祭祀祖先，中元节蒸的馍多偏重于羊。养羊既省人工，又无种子，而且繁殖得快，"母见母，三年五"，养一只羊，三年可以繁殖成五只。因为羊的利益，家家中元节都蒸羊羔馍，给地下的祖先汇报一年收成。米秋水说："吃了就吃了，吃了吐不出来，以后种了田打了麦加倍还你羊羔馍。"那男孩不说话了，开始脱裤子。米秋水趁他不注意，扭头跑出了麻田。那男孩提了裤撵出了麻田，照着米秋水的后身扔过去一坨麻根，喊着："跑了初一，跑不过十五！"

十九岁，米秋水又定了亲，定的是公社一家铁匠铺的儿子，因为爹喜欢打猎，常到铁匠铺敲打装火药和铁砂的铁皮药罐子，闲说的时候说到兴处，一跺脚，咳嗽一声，一口顽痰吐出去，就把闺女许给了人家。铁匠的儿子后来当了兵，当兵人三年不回家，回家一次，去看米秋水，大早上吃小米饭，瞅着院子里有卖东西的进来，人都出了屋，那当兵的饿虎扑食样地扑过去亲了一下米秋水，弄了她满嘴米粒，恶心得她跑到大门外呕吐了半天。当兵的后来当了志愿兵，觉得长了农民的志气就甩了米秋水。那一年她二十二岁，在农村属于大龄姑娘了。

又扯皮了一段日子，眼看着人往大长，要耽搁米秋水了，小学民办教师的娘到处托了人打听，打听到了暴庄的贺贵喜。贺贵喜家穷，人老实，长得丑，憨胆大。古话说，丑男人是宝。娘说："不能等了，再等下去，前路是黑的，好的吃不上，歪的怕也没得吃了。"米秋水就和暴庄的贺贵喜定了亲。娘就一个闺女，也赶上了好时候，下了狠心把多年的积蓄拿出来要女婿发家致富。贺贵喜果然有头脑，很争气，和亲戚借了一部分开始养猪，不几年猪就卖成钱了。

米秋水三十岁上生了儿子贺小虎，这时候男人养猪赔了。

二

米秋水记得，出事的时候是夏天，突然村上来了一队人，有穿制服的：工商、税务、公安，也有不穿制服的，大都是县政府的小官员们，五六十号人，小车、大车有十几辆，还有大卡车拉了生石灰开进来。

那时候的暴庄，因为养猪成了县里的养猪典型大村，村口上因为猪，开了两长溜饭店。饭店不卖主食，专卖猪汤，说白了就是猪下水。县城里的人，包括市里的人一到周末开了车来这里喝猪汤，这里的猪汤是出了名的。民间曾经流行过一种说法，说这里的猪汤下了大烟套子，那东西有瘾，下到锅里出味道，撩人吃了还想吃。实际上是没有的，吃顺嘴跑顺腿，人都讲一窝蜂。暴庄的猪汤因为集中，家家都想比出好来，就拼了本事往里下料。贺贵喜的猪走得快，猪肉卖到了城市里，猪肚留下来在暴庄做了猪汤。进村一条街道的两边，大铝盆、大铁盆、大塑料盆全都放着粉白的猪五脏，一走近，就能闻见街道两边有两溜怪味出来，是盐水泡出来的猪下水味，也有猪下水放进锅里跟着下了香料冒出来的香气。

米秋水和贺贵喜的养猪场在暴庄的后尾巴上。暴庄东西长五里，是一个长条形的村庄，一条二级路贯穿村中央。由这条路往东，沿干枯的河套走，拐一个大弯往南一溜深沟往下，就走到了河南的林县；从西而来的车大都是从河北邯郸上来拉煤、拉焦炭的，走过暴庄的时候，因为有猪汤引诱，是车总要停下来，尝尝鲜，歇个脚。一来二往，暴庄的猪汤，不仅县市有名，还跨越了省界。

米秋水的养猪场占了自家的地，有一亩大，修了猪棚子，雇了自己家的侄子，买了三轮车跑猪饲料，也算是有了小规模。猪棚子养了五十头公猪、八头母猪、三十头小猪娃，还有几头母猪的肚子里正怀着，妈妈穗拖在地上，哼哼叽叽，懒洋洋等着下猪崽。按当时米秋水的估价，她的猪要卖个好价了，就这样好价卖下去，她就真能成万元户了。偏偏是刮风遇着连阴雨，全国的形势突然不利于养猪了，还来不及细想，所有的猪一下子就不见了踪迹。

在此之前有县上的领导想树立一个典型，暴庄就往上报了贺贵喜，报社的记者写新闻稿子喜欢夸大事实，站在他的猪圈旁估了估价，觉得怎么算也有六千到七千块，觉得以一万来往出宣传，更有力度，那个年代万元户是新贵，出一个万元户更说明农民的生活蓬勃日上。两天后市报头条上了新闻：暴庄屠夫贺贵喜，养猪万元专业户。其实贺贵喜哪有一万元？信用社有贷款，亲戚手里也借的有。拔高了的贺贵喜知道家底是啥样，为了赚钱，他改变往出送毛猪，开始自己杀猪。每天杀一头猪。家中院子里垒了锅灶，灶膛里烧柴和添水的事由米秋水来做。猪被赶回来拴了四蹄，脚踩着猪脖子，一刀下去，猪嗷嗷两声，血从刀口涌到地上的铝盆里，人拿了竹筒插进猪腿吹得猪肚子鼓起来，一锅水往上一浇，人开始下刀了，这时候等着拿猪肉的、拿猪肚的，拿了秤吊了斤两，付钱走人。一天的收入不算太多，但是，也还算稳妥，也还有个盼头。

米秋水记得是前晌饭刚过。

有人看到有车进村了。二级路上过的车多，谁也没有想到要出事情。街道两边洗猪肚的坐了小板凳，趿了木拖鞋，猪肠子披披挂挂提起来，洗的人和隔壁的说："听说城里闹五号病了。"

隔壁的把洗好的猪肚子挂到自行车把上，抬起屁股端了水往屋后的厕所倒，憋着气不说话。等倒了脏水返出来问："五号病是啥东西？"

提猪肠子的人蹲下往肠子里灌了水又提起来说："烂脚指头。"

马路对面的听见了说："不是人烂，是猪烂，是烂猪蹄。"

提猪肠子的人，像捋皮筋一样把肠子捋下去，肠子里的水挤干净了，同时挤出两坨子肠油来。他弯腰拣出来放到了地上的碗里，扭回头和屋子里的说："出来，端了肠油先把它炼了，别闲了火。"

隔壁的说："那就是说，猪生脚气了？"

对面马路上的回话过来说："那玩意是不是脚气不好说，反正咱没有见过猪烂蹄。"

对面另一个店里走出来的人迎合着说："人吃了，人烂。"

有一个孩子跑过来说："大卡车上有人往咱村口倒石灰，把路封了。"

店铺两边的人听了都稀罕地走出店铺，望着进村路口，望见有人戴了白口罩往这边走。走的人手里拿了半个砖头大的黑机器，一边走一边讲话，跟着的人排了队，统一戴了口罩往两边分散，听得叮当二五，各家的店铺都被关上了，还贴上了封条。有的人想冲上前理论，一边的人早取了电警棍捅上去了，被捅的人屁股发麻，"哎呀"一声，人就立马得了软骨病，瘫了下去。看的人不闹事了，脸憋了通红，眼睛瞪得和牛卵一样，大想要发作，看着地上叫喊的人就是发作不出来。接着有穿白褂子的、戴口罩的、戴手套的把地上的猪肠子用铁耙子钩到了一起，有专门运送的人，收起猪肠子往暴庄的村后走，像是踩好了点，看的人也跟了往村后走。

有一个人拿了喇叭边走边喊："暴庄村的父老乡亲们：我们——今天——

由县委——县政府——组织的——这一班人马——来你们——暴庄——突击行动，希望大家配合这一次行动，认清五号病给人带来的危害，谁阻止这一次行动，后果由他自己来负。各自清点自己的家猪，等于是政府收购，政府按家猪斤两给大家赔偿。我们今天来的主要任务呢，就是：扑灭牲畜五号病，坚决贯彻上边'预防为主'的方针，采取行政、技术、经济手段相结合的综合性防治措施，搞好防疫、消毒、灭源工作。暴庄是全县养猪大村，五号病全国蔓延，一旦进入我县，你们暴庄首先被危害的不是猪、不是牛、不是驴、不是马，是人！以人为本，人要是没命了，大家自己去想，人真要是没命了连想也没有了，我不是吓唬大家……"

一干人由村干部领着直接走到了贺贵喜的猪棚子。

这期间有散户养猪的，早被来的人把猪赶走了，马路上猪不听人使唤到处乱窜，但是，还是被人强制到了猪棚子。贺贵喜不在猪棚子，在家里烧了水杀猪，街上发生的事情他还顾不上听，杀猪不像杀羊，羊不叫，猪叫，这个要杀的猪比往日叫得狠，拴了四蹄，还扭动着想站起来跑，嘴张了有半尺大，贺贵喜是反转掉转摁不住它的脖子。贺贵喜嘴里叫喊着："我日他妈妈，还日怪了，我就不信我搞不死你！"

米秋水看着觉得猪可怜了，抬了屁股进家舀了一马瓢猪食出来，要猪临走吃两口。猪看了看，歪着嘴，把舌头伸出来撩了一下马瓢里的食，当空儿，贺贵喜一脚就把猪脑袋踩歪了，紧接着杀猪刀捅了进去，往出拔刀的时候喊了一声，要米秋水取过铝盆来，他要放血了。

他不知道有人要来放他的血了。

暴庄的小村干部们走进来说："贺贵喜，县里的王副县长带着人下来严查五号病了，你私自屠杀，没有检验合格证，按道理应该罚没你，但是，县里还是考虑到你的状况要适当赔偿，但是，你也要明白你的猪必须销毁。"

贺贵喜抬了一下头，看到所有进了他院子里的人都戴了口罩，有些稀罕他们大热天戴口罩，笑了一下，说："等我煺了猪毛，很快的，三下五除二，你让领导等等，我好领他们去看我猪棚子的规模。不过我正想找领导呢，看能不能帮助我到信用社贷三五千的，先不说五号病，我想把猪事业干大！"

有人走过来，很远地看着他，他手里举着杀猪刀也看着对方，那个看着的人说："你把手里的刀放下。"

　　贺贵喜看着对方说："你做不了这营生,这是粗人干的,你站到一边看去。"

　　那个人马上就认真了,说："你放下,你不放下,我就动警棍了。"

　　贺贵喜说："你动警棍了我也不放下,我的猪还没有吹起来肚,等我吹起来浇了水,看罢煺毛的手艺,我的杀猪刀才要亮相呢。"

　　那个人看了王副县长一眼,王副县长点了一点头,那人举了警棍要瞅机会过去,米秋水拿了吹猪的竹气筒过来,很轻松地接过贺贵喜手里的杀猪刀放在了地上,那人使了一个眼色,有两个人扑过去把贺贵喜摁在了地上,和猪一样,贺贵喜喊着说："我操你妈妈们,我还以为是来看我猪棚子的规模,想让我登报呢,结果是来放我的血!我操你妈妈们,我是养猪万元户,我上过报纸!"

　　二百多头猪被赶到了贺贵喜的猪棚子,猪身上浇了汽油,王副县长点了火把扔进去,火苗蹿起来,猪们开始叫了,扯着嗓子叫,猪互相叫着往墙上撞,一团一团的火苗。不到一个小时,猪棚子里的猪剩下了一堆黑乎乎的肉,推土机过来,轰了两下,一个土包起来了。看的人受了刺激,同时也受了伤害,有几个后生不服气想和来的人干仗,贺贵喜的叫骂声远远传过来,早有卡车把整个村庄铺满了生石灰,王副县长才开始要来的人把暴庄村的人召集到戏台院,说是要给村民一个合法、合理、合情的解释,并当下给暴庄村养猪户现场发放补贴。

　　王副县长站在暴庄村的戏台上拿了喇叭,对着咳嗽了几下,想知道它出不出音,结果话筒里的咳嗽声越过暴庄村人的脑袋浪了过去,有人就跳起来喊："咳嗽啥呢,是不是想让暴庄人放你的血!"喊的人就被带走了,人群骚动了一阵子。王副县长开始很严肃地喊话了:

　　"五号病是猪、牛、羊等偶蹄动物烂嘴、烂脚的病,文件上明确写着'口蹄疫',它在危害牲畜的同时也危害人的健康。暴庄村,是养猪大村,扑灭五号病、口蹄疫,是我县当下要抓的大事,我们会给大家适当的补贴,会后我们有专门统计人员和大家核对进行补偿。总之我希望暴庄的父老乡亲积极配合县委县政府的工作,把这次工作做好。"

　　王副县长觉得还应该给老百姓讲清楚怎样来预防和应对五号病,就把话筒递给了畜牧局的人,要他来讲。那人接了话筒清了清嗓子说："当然,五号病也是可以预防的，大家可以买一些来苏水，也可以给饲料里拌一些土霉素，如果出现了疫情，大家也不要惊慌，买一些青霉素软膏和木焦油凡士林抹，还是能治愈的……"

戏台上的喇叭传出的震荡的声浪渐渐成了热闹的炸药，台下的人开始涌动了，一个个脸上倏然扩展开了刚才的那种恼怒，听得有的人喊了一句："日你妈妈的，能用来苏水和土霉素解决了的问题，为什么要把猪烧了？"人群就大动了，有人跳上了戏台想抓住王副县长，哪里能走近了？上去的人都被警棍点得从戏台上滚了下来，暴庄整个戏台院煮成了一锅饺子，后来平息了，还抓了几个人。

从此，暴庄的猪汤就绝了。

男人赔了钱，欠了债，心气不好，决定领着她娘母们到城市里躲债，打拼过日子，看看有什么稀罕的活计想东山再起。男人买了一辆三轮车，蹬三轮车送人，出苦力。一晃过了三年。也就是贺小虎五岁那一年的秋天，米秋水一早出门倒尿盆的时候看见街对面的灰渣堆上围了很多人，有婴儿啼哭声传过来，她走过去看是一个刚生下不久的女婴，放在一个纸盒子里，仔细看，嘴上有一道豁口。有人抱起来看，看了又放下了。女婴哭得嘴上起了泡，天凉皮肤都变成青紫色了，看的人还是没有抱走她。想到自己的身世，米秋水把她抱回了家。男人不要，要她抱走，在哪里取了还放到哪里。米秋水不干，说："不是猪是人，抱回来了就抱回来了，抱回来的猪，有人领，抱回来的闺女，是人家嫌弃了才扔掉了，没人来认！你贺贵喜不养我养，要不咱就离婚！"男人没办法，由着她的性子走，闺女就住了下来。

男人蹬三轮车赚的钱养活不了一家四口人的嘴，而米秋水还想给闺女趁小做了嘴上的豁口，男人就骂骂咧咧骂米秋水，骂急了米秋水回顶他一句，男人就探过身来打她一下，米秋水还犟嘴，男人就正经八百卷了袖管开始抽米秋水耳光。米秋水人长得白，不经抽，脸上常常挂了黑青。米秋水却不记恨男人，觉得男人想动手，是家里负担重，是心累！

米秋水想，我不能让我男人一个人劳心。

三

米秋水租住地马路对过胡同口有卖菜的，每天的午饭前和晚饭前还是很热闹的，上下班的人群走过去总要停下来，看看有没有自己需要的。这时候米秋水会站着看，她等拥挤的人走开了，才过去买菜，不能很早，总是等买菜的人走了，她才买剩下的分了堆的、不太好的菜。卖菜的喊："收摊了，不称斤两，估堆了啊，一块钱一堆，想要的来拿了！"米秋水快速地抱了闺女走过去，掏出一块两块的收拾回来。有时候，卖菜的觉得她收留被别人扔下的孩子，也可怜她，就多给她一些。她就想自己也得做点事情了，不能老受人接济，时间长了要被人笑话。古话说，笑贫不笑娼。也想着自己去菜市场批发些菜来卖。

和贺贵喜商量，贺贵喜说："都是你弄的那个货，想卖菜，哪个给你看她？抱了孩子怕是秤都提不起来，把你卖了也赚不来钱。"

米秋水就给贺贵喜端洗脚水，给贺贵喜捶腿。做这些的时候要儿子贺小虎看着妹妹。米秋水教闺女叫贺贵喜"爸爸"，闺女就学叫"爸爸"。虽然吐字不清楚，但是，迎合着的那个口型是喊爸爸，有时候还不停地叫，看着贺贵喜"爸爸爸爸爸爸"地叫。贺贵喜弄得一头雾水，回到家也抱抱闺女，就想着该给孩子起个名字，都快一岁了。叫什么好呢？米秋水想起当初抱着她回来的时候，身上的皮肤是青紫的，在她的怀窝里吸着她的奶穗，暖了半天才缓过来，小身子才泛了红。

米秋水说："我想给她起个名字叫米小青。"

贺贵喜想了想说："再怎么说，她也是叫我爸，我能让她叫了米小青？叫贺小青吧。"

米秋水就让贺小青叫"爸爸"。

贺小青拍着小手叫："爸爸爸爸。"

贺贵喜翻身转过来抱起贺小青说："我的豁嘴闺女哎，我的亲疙瘩蛋蛋闺女哎。"

米秋水就乘机又把自己想卖菜的想法提了出来，想得到贺贵喜的同意。贺贵喜就说："想卖啥就卖啥吧，等有了钱给我的闺女把那小嘴嘴缝上，我的闺女将来嫁了大款，咱还用蹬他妈妈的三轮车？坐四个轮子车，回咱暴庄去显摆显摆，我贺贵喜也算是衣锦回了一趟乡。"

米秋水就拽过男人的脚来捏，捏得贺贵喜头歪在床上，开头还笑着，想着，后来就觉得真坐上四轮车了，迷迷糊糊睡过去，嘴咧开打着呼噜，长一声短一声，打到酣畅处，还绕了一个弯子，像戏台上的演员，"嗯嗯嗯"地来了一串长调。

米秋水领着儿子贺小虎、抱着闺女贺小青在马路对过支了一个摊位，一大早贺贵喜帮她进回来菜，她整理出来，把葱白洗干净，把萝卜洗干净，把菜一把一把摆好，等了人来买。一天卖下来，算了账，发现没有赚了钱，只赚了剩下的几根菜，还搭了工夫。她疑惑地问贺贵喜，怎么就赚不了钱呢？人家买菜的看着咱的菜干净，也都过来买了，怎么就没有赚了钱呢？

贺贵喜说："你不会在秤上鼓捣，卖菜的不在秤上鼓捣能赚了钱？你好好看看人家怎么卖，好好看看多长个记性。"

第二天，米秋水就看人家的秤，看不出毛病来，旁边一个年岁大一点卖菜的就看米秋水，看米秋水细白的皮肤。米秋水看人家的秤提起来，秤砣子快速往下坠，她嘴里就自言自语说："日怪了。"旁边年岁大一些的男人就招手说："你过来。"

米秋水过去，俯下身来，年岁大一些的男人就把嘴贴在她的耳朵上说："那秤砣底上铆了吸铁石，一斤要差到二两。"说完话后，一只手在米秋水的屁股上摸了一把，还翻了一下小眼睛说："你屁股肯定比脸蛋还要白。"

米秋水浑身的麻星子就被摸出来了，想这个人，看着年岁大了，长着个实诚的样子，怎么就摸了她的屁股？以前看他还想着尊重他来着，现在看他眉眉眼眼，都长得流里流气。不看他了，卖自己的菜，不赚钱就不赚钱，赚个良心正也行。

半年以后，米秋水决定不卖菜了，但是，一直下不了决心。她和贺贵喜说："卖菜卖到猴年马月才能赚了钱不说，每天工商、税务、卫生还来要钱，小本生意做不大，倒做得心惊肉跳的。"

贺贵喜说："你以为生意好做？我每天蹬三轮车，不敢过岗楼，怕交警查；溜墙根走，怕人家说妨碍交通。昨个本来赚大钱了，被人家查住，罚了款，差一点把三轮车也扣了。日他妈妈，还想着东山再起，往哪里起？"

米秋水拣了几根青豆角给贺贵喜做了一碗揪片汤，端上来的时候发现贺贵喜的头上长出了白头发，放下碗伸手翻了翻，发现不是一根，是很多，瞅着一根揪了下来。贺贵喜"哎哟喂"叫了一声，"揪它干什么？这日子过得没有办法，他妈妈的能不长白头发？"

米秋水心酸了，眼里的泪打着滚流了下来。背转身说："咱儿也该上学前班了，人不能和人比，但孩子上学的事，人家五岁上，咱就得五岁上，不能耽搁了。"

贺贵喜往嘴里送了两口饭，看了一眼儿子贺小虎，儿子坐在凳子上，碗里荷包了一个鸡蛋，不舍得一口吃下去，咬一下把它藏到碗底。看着看着，贺贵喜伸了筷子夹了自己碗里的给了儿子。贺小青端了塑料碗自己抓了吃。米秋水说："等儿子上了学前班，我就把闺女送给我妈照看，我想做一件赚钱的事。"

贺贵喜说："你觉得什么是赚钱的事?"

米秋水一下想不起来什么是赚钱的事，下了力气不赚钱的事多了，自己卖菜是下了力气想赚的，却赚不了。想不出什么更赚钱，就不说话了，看着门外，门外什么也没有，红红的阳光，照着几只绿肚子苍蝇，来来回回舞舞绕绕飞。

米秋水把菜摊子摆起来，还没有到晚上下班的时候，她怕阳光把菜晒蔫了，菜摊上还搭了一块塑料布。贺小青在她的怀中睡了，陆陆续续出来摆摊的人都支起了摊位。有人说："米秋水，你干什么老洗菜上的泥，泥多了长斤两，你发憨了。"

米秋水说："洗了干净，看的人想买。我不发憨。"

有人过来买菜了，互相都顾不上说话，各自打理自己的摊位。米秋水看到一个穿制服的人过来，要每个摊位交钱，有几个摊位和穿制服的很熟，人家打着哈哈，不见收钱，直接走到了米秋水的摊位前。米秋水说："上午才收了，又收?"

那人说："上午给城市增加垃圾，下午当然也给城市增加垃圾，拿零钱来，我没有那小票票找你。"

米秋水说："那为什么都没有交，偏要收我的?"

那人说："敢和大爸爸还嘴?"

米秋水说："你的嘴别不干净，论年龄不见得比我大，你大爸爸给谁听?反正都不交我也不交!"

那个人不说二话了，抬了抬胳膊把米秋水的摊位掀了，掀了摊位还接了旁边一个人递过来的烟，看着地上的菜说："看你哪头值得。"有人伸过来打火机给他点上，他深吸了一口，朝天吐了几个圈圈隔过米秋水和旁边的一个卖鸡蛋的要钱。卖鸡蛋的说："我是刚才过来卖，还没有卖回来钱，等卖了蛋给你。"

那人说："没有钱有蛋，你是死脑筋。"

卖鸡蛋的还就是死脑筋，不说话，也不往出掏钱。

挨着卖东西的人里，有人想帮一下卖鸡蛋的，就从她的篮子里往出拣鸡蛋，一边拣一边说："给他鸡蛋一样的。"

卖鸡蛋的不想给鸡蛋，她的蛋是土鸡蛋，市场上卖七块，他收三块卫生费，不划算，她口袋里是真没有钱。一把抓了拣鸡蛋人的手说："他没有理由要我的鸡蛋，要蛋就称了看，多了给我，不够了加蛋。"

那个人被弄得没有意思了，把嘴上叼着的烟照着前方扔过去，提起她的篮子来，问她："交不交钱？"

卖鸡蛋的说："等卖了蛋交钱。"

那个人松了手，篮子掉在了地上，篮子缝隙处就有蛋白蛋黄流出来。卖鸡蛋的女人一下子被吓傻了，想着糟蹋了的蛋不知道该怎么收拾，急忙脱下外衣来兜住篮底。她还真没有想到有这么无赖的人，不知道该说什么，抬头含怒看着对方，就这么看着对方。那人扭转身哼着小调走了，她盯着他的后脊梁看。有人说："倒好，让你给他拣一斤鸡蛋，你不给，你给了他，他下次就不收你的卫生费了。乡下人来了城市，一点也不懂得拉关系。"

卖鸡蛋的女人坐在地上开始哭，边哭边数落："都说是城市里的地痞多，怎么就没有想到公家人里也有地痞？光天化日下就这么无赖！我找谁说句公道话啊，天底下人的良心坏了啊，连公家人也坏了良心啊！"

米秋水也跟着哭，她的菜被掀翻了捡起来还是菜，那鸡蛋摔烂了，捡起来啥都不是了。看着鸡蛋在衣裳兜着的篮子里，衣裳慢慢也渗透了。有几个下班的人走过来停下车拣了她篮面上的好蛋买走了，她把剩下的蛋给了米秋水。米秋水说："我好歹给你俩钱，补不住窟窿，弥个眼吧。"

这件事情发生后，米秋水下了狠心不卖菜了，卖菜不赚钱搭时间还受人的气。人一辈子不是哪样作物都能弄好，有一两样事情能做好就算不错了，天生百物就是给人备饭碗的。不卖菜了，我再想其他事情做，就不信没有自己做的事情。做事情不会拉关系，会拉关系才是顶顶重要的啊。

她开始跑学校，秋季一到孩子就该上学了，耽搁了啥也不能耽搁孩子上学前班，等孩子上了学前班一切再打算。

四

贺小虎就近上了学前班，学校要择校费，因为不是本地人，收费标准和本地的不一样，比城市里其他街道的要高。她报名的时候求老师少交点钱，哪怕和城市街道的一样也行，老师看都不看她说："不交择校费孩子就不要上学了，在农村待得好好的跑到城里来，上不起学别养，就你们农村人，一养一大串，躲到城市里来生孩子，还不想交择校费。"

哪能不让孩子上学？回家取了钱还是交给学校了。

米秋水觉得贺小虎上了学，自己还得做事，不做事哪里能养了孩子，他们是越大越花钱，还是得想想看看该做什么。

米秋水提了换洗的衣裳去澡堂子里洗澡。南关就这么一个澡堂子，南关因为在城市的南边，有一座新华娱乐城，澡堂就在新华娱乐城的隔壁。午后，天阴得重，起风了，风不是朝着一个方向刮，是把地上的垃圾都揪了起来朝上刮。报纸、塑料袋子什么的也闹起来，发出哗——哗——的声音，周围飘浮着灰尘，空气里的灰尘堵得人出不上气来。她抱着闺女跑进澡堂子，售票的看见她说："天要刮死了。"

米秋水她怕闺女的嘴不严实刮进不干净的东西来。放下贺小青把手里捏着的钱递过去说："天真要刮死了，刮得人耳朵眼里都藏进了黑灰。"

澡堂子里白雾弥漫，热气腾得屋顶上往下滴水，湿漉漉中晃着白雾样的人影。米秋水先给贺小青洗，洗干净了给自己洗，想找一个人和自己互相搓搓背，看了看都不是乡下人，自己又不舍得花钱让搓澡的人来搓。有一个新华娱乐城的小姐看着地上塑料盆里坐着玩水的贺小青，看了很久和米秋水说："大姐，我给你搓背吧。"

米秋水有点受了宠似的说："我先给你搓。"

小姐说："我搓好了。"

米秋水傻憨地笑着说："你搓了，咋好给我搓，你手嫩经不起我脊背上的厚肉，还是不要搓了。"

这时候地上的贺小青拍打着水盆里的水，水溅湿了眼睛，小手揉着眼大声哭起来。米秋水抱起来要她含了自己的奶穗，孩子含着奶穗拽了很长，拽得米秋水龇牙咧嘴叫道："你要拽得妈死啊，你要再拽妈就打你了！"

小姐说："你给她吃，她为啥还拽你？"

米秋水说："她呀，是嫌我没有妈妈汤。"

小姐抱过贺小青放到水盆里，扔进了自己的香皂盒要她玩，贺小青不哭了，坐在那里玩上了。

小姐说："我给你搓，掉转过来吧。"

不由米秋水解释，小姐拿了澡巾擦干净她背上的水珠，开始搓了。小姐问："你的闺女？"

米秋水说："我的闺女。"

小姐说："你的闺女，你没有奶水？"

米秋水说："我抱来的，从马路上抱来的，生她的人坏了良心狠下心扔了她。"

小姐搓背的手停顿了一下说："我不是一个好人。"

米秋水说："谁说不是好人？我看你是好人，这社会上都是好人，是事赶得一些人做不成好人了。"

小姐搓了背又要她掉过来，给她搓前面，她有点难为情地说："不敢要你搓了，你和我啥也不是，咋好前前后后来搓我，我自己搓，谢谢你啊。"

小姐不说话了，给她搓了上身搓下身，搓完后把澡巾递给她，冲着水龙头洗了手，提着自己的家什不看她走到外间去。

米秋水有些莫名其妙，生打生人家给自己搓澡，人家那手是捏巴男人的手，哪里是捏咱的？赶快冲洗了一下抱了贺小青往出走，想看清楚小姐长什么样子，要是人家不嫌弃，穿了衣服叫人家回对面自己的家里喝口水。走出去看到小姐的后身，看见像穿了裤衩，却怎么不见包了屁股？稀罕得冲着人家的脊背喊了一声："哎，你穿的那是啥东西？"

小姐回过头笑了笑说："丁字裤。"

米秋水不好意思了，想着三尺花布对折剪两个大花裤衩，穿着宽松舒服，小姐穿那，一根线勒得一定不舒服，不舒服就容易得妇科病，就说："我回去三尺花布给你剪两个裤衩，穿就要穿棉布的。"

小姐已经穿好了衣裳，手里捏着一百元票子放到了贺小青手里，说："孩子可怜，给她买零食。"

米秋水眼睛瞪了好大，说："你给钱，你咋的了要给钱？洗澡咋就遇见财神了呢？不敢要你的钱，你一天辛苦才赚几个钱？"

想要从贺小青手里拽出来还给人家，看到人家已经出了门，追到门口发现自己还没有穿衣裳，只好停下来，有些不解地看着手里的钱。搓澡的中年妇女看着她说："她怎么看走眼了要给你钱？"

米秋水说："我哪里清楚？小姐里也有好小姐。"

搓澡的说："要就要了，她一天赚得多，不稀罕一张票子。"

米秋水说："她一天能赚多少？"

搓澡的说："还不赚四五百，卖屁股赚钱，不然她穿那样的裤衩！"

米秋水想，人家也是出来赚钱，自己也是出来赚钱，人家赚那样多，自己赚不来钱还遭人骂，人和人真是不能比。人家赚了是人家的本事，人家送钱不留名，世上还是好人多，善人多。

米秋水不知道她养的贺小青就是人家的闺女，人家知道是谁的闺女，但是，那个谁不认账，人家就把豁嘴闺女放大街上了。

米秋水下午去接贺小虎，在学校门口听见有一个耳熟的声音传过来："说好了四块，怎么才给了三块？"

"只有三块零钱了，少一块就少一块嘛，这么计较！"

"那怎么行？就是整钱我也能找得开。"

"一个蹬三轮的，你够烦人了，一块钱是你的命？"

米秋水抱了贺小青拉了贺小虎，看见了用两个夹子夹着裤腿的贺贵喜，夹着裤腿是图蹬车的时候蹬得利索。贺贵喜看着坐车的人不出那一块钱走了，同时也看见了她们娘仨，推着三轮车过来说："上车，我送你们。"

米秋水说："不拉客人了？"

贺贵喜说："他妈妈的，越有钱了越抠屁眼！"

米秋水还没有坐过贺贵喜的三轮车，想坐坐，又觉得吧，要靠三轮车养家赚钱，想了想还是不坐了。说："不远，我们走着回，省下力气赚钱。"

贺贵喜说："瞧你吧，让你当一回太太你不当，天生的丫鬟命。上吧！"

贺小虎先爬了上去坐好，叫喊着要米秋水也上，米秋水抱着贺小青握着贺贵喜的手也上去了。坐好后贺贵喜说："开蹬了？"

米秋水看贺小虎坐稳当了，说："开蹬吧。"

贺贵喜在人群中钻着人旮旯扭来扭去往前走，走过学校门口，人少了，车也蹬得稳当了，米秋水提着的心放了下来，看两边种植的树。当年他们来的时候，这里还是土路，如今被瓦白的水泥覆盖了。斜斜的阳光从密叶间泻下，栖在道旁的草地上像金黄透亮的花蝴蝶，路边上有黄泥墙的房子，外墙脱落，房瓦凹陷，窗框破落，门板朽化。米秋水记得，刚来的时候就住在这里，现在这里要拆了，墙上红圈圈里写了一个"拆"字。城市的变化就是快，不像暴庄，听来城里看她的娘说，暴庄不如当初卖猪汤时候热闹了，高速路修通了，不通暴庄，二级路长年不修都塌落了，倒是路两边的饭店还开着，不卖猪汤了，饭店里养了小姐，拉客。也有人发财了，隔三岔五公安上来抓一回，小姐抓了还笑。人不如以前的人了，脸皮都变厚了。

米秋水看到路边有一块麻田，觉得不是回家的路，问贺贵喜是走哪里了？

贺贵喜说："拉你们到南关口看看，你一直说没有见过高速公路，我拉你们看看什么叫高速公路。"

看到麻田米秋水就想起了小时候麻田里的事，那个和自己从小定娃娃亲后来长成大后生的人。有一次见到米秋水，米秋水想和他说话，他还假装看不见，米秋水再见了他也不和他说话了，觉得一个男人活人活得这么小气。扭回头看麻田，有些青黄，远远地坐着一个人，支着什么东西画，米秋水想，夏麻早收了，秋麻在大秋前头割，也该割了。夏麻不长麻籽，秋麻长麻籽，火上炒了吃，吃得唇齿留香。

不能再走近，怕交警查三轮车，下了车远远看了高速公路是什么样子，一时没有看好，贺小虎早跑到麻田边上那个人那里去，米秋水把闺女递给贺贵喜，自己跑下坡叫贺小虎上来。贺小虎看什么看得正带劲呢，哪里能听见米秋水喊他。米秋水走近了看，看到画板上画了一个孤悬在大树丫杈上的鸟巢，有一块麻田，浓绿间夹杂着干黄。米秋水看了看远处，哪里有大树丫杈，凭空想着画上去的，怪像呢。那个画画的抬起头看着他们母子俩说："听见鸟叫了没有？"

母子俩大眼瞪小眼闭了气听，周遭的风刮得麻田闪带着金光的叶片，前波漫过，后波涌来，有汽车喇叭声传来，却怎么也听不来鸟叫声。贺小虎说：

"听不见，妈，是吧？听不见。"

米秋水笑着看着那人俯身作画，看到又一根麻秆立在了上面，这一根麻秆从中间断了下来，那人几笔就画了一个鸟上去。米秋水看着说："这样的鸟我还真没有见过，脖子上围了一圈血红的毛，像是戴上了脖串，就是乡下的山里怕也缺了，你说这鸟都飞往哪里了？怕是都飞进你的画里了？"

画画的抬起头来看着米秋水笑了，说："在乡下还能看到麻田吗？"

米秋水想了想，觉得在乡下看不到麻田了，小时候麻在河里沤熟了，娘用麻绳纳鞋底，一边教学，一边做鞋，娘说："穿布鞋不生脚气。"现在的人都穿皮鞋，哪里是皮鞋，自己脚上穿的就是纸皮鞋，人日哄人，连绳子都不用麻来做，都成了塑料的了，猪都烂蹄了。米秋水说："就是不见麻了。"

公路上的贺贵喜朝着这边喊："怎么就都不上来了，下边卖蜜糖呢？"

米秋水拉了贺小虎和画画的道了别朝公路上喊："比卖蜜糖还黏脚呢。"

看着坡底画画的人，他们又上了三轮车往回走。贺小虎说："妈，我长大了，不和爸一样蹬三轮车，要当画家。"米秋水说："我的儿志气大！"

走过新华娱乐城门口，贺贵喜突然笑了两声。米秋水说："大白天傻笑甚呢？"

贺贵喜又笑了两声，这一次笑得头都抬不起来了，人走过去了还笑。

米秋水说："你是咋了？闻了鸽子屁了，笑成这样子。什么事情让你好笑了？"

贺贵喜说："我今儿听了一副对联，说穷山沟里的人在外打工，娶不上媳妇娶了个小姐回来了，想找一个有文化的人写个喜联，文化人想了想就写了。"

米秋水说："咋写了，要笑成这样子？"

贺贵喜说："右半门写了，'扳指头数天气等到今日'。"

米秋水说："左半门呢？"

贺贵喜说："从决定到结婚真不容易。"

米秋水说："那有什么好笑的？"

贺贵喜说："最主要的是门头上的，因为是结婚夜里嘛，人家文化人就写了：美死我了。后来那男人果然就被小姐艾滋死了。走到这里就想起来了，这地方的女人都有病，一般人还真要不起。"

贺贵喜笑得喘不上气来，米秋水觉得一点也不好笑，想到那个给自己钱的小姐，就觉得小姐也是人，是那个文化人嘴里长毒牙了。下了车和贺贵喜说："赚钱去吧，当爸的不像爸样，流里流气，小姐长小姐短把孩子都要教坏了。"拉了贺小虎、抱了贺小青过了马路，不理身后的贺贵喜。

有人要坐三轮车，贺贵喜让那人坐上去说："坐好啦，开蹬咧！"

回过头看了一眼米秋水，失笑了一下，风就送着他一溜下坡不见影了。

五

米秋水一早出门想到早市给贺贵喜买一双球鞋，蹬三轮车费鞋费裤口。出门碰见了也去早市的邻居金平平。

金平平看见了米秋水，欢喜地叫了一声："哎呀呀，怎么不见你卖菜了，米秋水？"

米秋水说："不卖了，不赚钱，儿子上学，该做饭了却在街上摆着摊子，两头顾不全。我不会在秤上耍鬼，所以也不赚钱。"

金平平说："那就和我一起卖手套吧。"

米秋水说："卖手套？在哪儿卖？"

金平平说："晚上，路灯下。白天买了毛线织出来，晚上卖，天眼看就凉了，一两线一双手套，买腈纶线，手背上织出花花来，一两线两块钱，弄好了一双手套卖十块。"

米秋水眼睛亮了一下："是真的？"

金平平大眼睛眨了眨说："是真的，我哄你做啥呢！"又告诉米秋水到早市上买个包，看着是包，展开是个摊位，有人来查提起来就跑，里边呢都是别针别着手套，方便站起身快跑。米秋水想不起来那是一种什么样的包。金平平说："走，我也去早市，你定下了和我一起卖手套，就买了线织，一路上想好了，没定下就不要买了。"

两个人去了早市，还真看见了那种包，米秋水掏钱买了，还在金平平的指导下买了二斤杂色毛线，又买了四根四号毛衣棒针，一起相跟着回了家。半路上想起没有给贺贵喜买球鞋，看着手上提着的毛线，想着没有买鞋就算了。有些兴奋，开始顾不得收拾屋子就织开了，织到天黑织了两双手套，怎么好拿了两双出去卖？晚上加了班又织了一双，第二天到天黑织了两双，觉得够一晚上了，要是晚上出去都能卖了，也赚几十块钱呢。

米秋水和金平平相跟着往市中心的路灯下走，走到那里的时候发现有很多人都在卖东西，有卖钥匙扣和钱夹子的；也有卖袜子和鞋垫的；还有布娃娃和孩子们玩的泡泡球。正路灯下有人占满了，她们俩各自找了不同地方，金平平说："咱俩不能在一起，因为卖的货一样，必须分开来。"

一个钟头后有人出八块钱买了米秋水一双手套，之后就没有人了。天还不是太凉，有人还穿着裙子。路灯黄黄的，米秋水觉得身后暗影里有很多人围着一个卖光盘的讨价还价。米秋水想，看人家，不在灯影下卖，在黑暗中，要的人还那样多，不知道人家卖的是什么光盘。站起来过去看了一眼，心马上就跳了起来，脸马上就烫了起来，有人问她手套卖什么价都不会说了，人家给她扔了十块钱拿了一双走了。

那光盘上的女人不要脸，啥东西都没有穿。

暗影中有一个人走过来，走过来的人看见了米秋水凑近了看卖光盘的，心里想着这女人胆子大呢，就走近了米秋水，蹲下来靠着米秋水说："卖手套呢？"

米秋水看了对方一眼，年岁不大，和自己差不了几岁，说不定还比自己要小。

那男人说："也是农村出来打工的吧？"

米秋水说："谁说不是。"

那男人说："俺也是，那边，建筑队的。"

米秋水听他说话像河南人，就问："林县的？"

那男人说："是，林县的。"

米秋水不说话了，有人过来买手套，开始搞价了，从十块，两毛、两毛往下压，压到八块的时候，米秋水再也不往下落价了。买手套的站起来要走，米秋水说："我给你再压两毛，七块八。"

买手套的掏出七块五毛钱扔下说："就这了，一双手套没多大意思，两毛两毛和我搞价，不就一双手套嘛。"

林县男人翻了一下眼睛说："不在乎两毛钱，扔十块出来就是了，省得找零。"等那人走了，他说："好辛苦的是不是？俺叫张相征。认识一下。"

米秋水说："米秋水。暴庄出来的。"

张相征说："想不想做大生意？"

米秋水说："一个女人做得了什么大生意，捎带顾家赚俩就可以了。"

张相征说："俺看你站起来看那光盘了，俺让你看看。"说完从怀中掏出来要米秋水看。

米秋水说："快拿开！"

米秋水不想理张相征了，觉得这个人不正经，来了城市里不好好赚钱，赚了钱买那，那东西不顶吃不顶喝。想着自己真不该站起来去看了，倒叫人疑心自己不是正经女人。半天两个人都不说话，米秋水看街面上的行人，想着做苦力的还不如小姐心肠好，她以前对小姐印象不好，用身体掏人家做体力活的腰包，可是，自从那次洗澡后，她觉得小姐的心也是肉长的，还知道心疼她的豁嘴闺女。这个人呢，赚了钱不知道顾家，还想着自己美。

张相征低下头叹了口气说："你是不是把俺想得很坏？"

米秋水心里说："你自己都知道坏了，还要我说。"

张相征说："真是的，你不是一个男人，你要是男人你就知道男人想那事情比饿了肚子找吃食还可怕，不然大街上咋开歌厅养小姐，不养男人呢？要养，俺准报名。"

米秋水还是不理他，觉得说那话少盐没醋，不叫人话。

张相征说："俺也买你一双手套吧。"

从口袋里掏出十块钱来给了米秋水。

米秋水问："你在建筑队一个月赚多少钱？"

张相征说："俺是大工，一个工六十块，一个月如果出满勤，也就不到两千。"

米秋水笑着说："够多了。都快两千块了。"

张相征说："多啥？"

米秋水说："我要一个月能赚两千块，我就给我闺女做手术，她嘴上有毛病。"

张相征说："你到底看见光盘上的图了没有？"

米秋水一下子耳热心跳了，不说话，假装没听见，看马路上的行人。走过的人手牵着手，很消停地散步。她从来没有过这种机会，也从来没有想过日子会有这种闲散，城市里的人脸上挂着不经意露出来的笑，城市里的太阳明明也是早晨升起晚上落下，怎么看人家过的日子就比农村人自足快活呢？一辈子和土打交道，种粮、种菜，都是土里刨食，无非自己要活着，也不让老婆孩子饿着冻着，可人家城市里人的本事不靠土地照样吃穿，自家当初要是不发生那个"五号病"，自己赚了钱也能来城市里享受，现在，却要来城市里赚钱！多吃亏少张扬未必就能赚了钱，心里就有凉凉的感觉，就如一双手放进了冷水盆里，哆嗦了一下。

张相征看着米秋水，看米秋水不回他话，路灯下她脸上有一层雾，他觉得这个女人不像农村人，皮肤白。皮肤白的女人有资本，她不知道利用自己的资本换钱，傻傻地守在路灯下卖手套。

这时候金平平走了过来说："我卖完了，该回家了。"

米秋水匆匆提起包，跟了金平平往回走。路上金平平问她卖了几双，她想起来五双都卖了，可包里怎么还有一双呢？想来想去，想起来是刚才那个叫张相征的没有拿走，想着往回返，金平平说："傻呀你，放着便宜不讨，还回去给人家送！你要送就送我好了，怎么也应该送我这个老师傅一双吧？吃水不忘挖井人，你得谢我！"

米秋水急了，觉得也不应该送她这双手套，就答应说给她重新织一双。金平平说："你做人倒老实，我要你那手套做啥？和你开玩笑呢，我不要，也别谢，咱姐姐妹妹搭个伴。"

米秋水想着，金平平人真好。

米秋水又织了两天，织够五双了她才要去卖。她用第一次卖的钱给贺贵喜买了一双球鞋。贺贵喜说："我老婆从会赚菜到会赚钱，上大台阶了，老婆也给我织一双毛手套。"

米秋水给贺贵喜剪脚上的指甲，听了他说的话，想，是该给他、贺小虎、贺小青都织一双毛手套了，天凉的时候自己也要织一双，织一双露手指头的，这样做起事情来方便又灵活。剪着剪着贺贵喜就睡着了，呼噜如拉锯一样响起来，米秋水听着就想笑，自己的男人是一个没有心肝的男人。养猪的那些日子吧，人也这样，光知道干活，现在的日子吧，人还这样，也是光知道干活。刚来城里还想东山再起，心情不好的时候，老打自己，现在，他是什么也不想了，就想着拉客别让交警逮着了。日子过得不咸不淡，也不想闺女的嘴怎么办，越长豁口越大，大了做手术留下的疤痕也大，早做呢，慢慢地那疤就长平了。闺女家没有一个好面容，长大了找不上好婆家，说到大面子上，五官上长了个嘴，还口齿不清，人家是要嫌弃的。看着贺贵喜又想，男人长得再老也是一个孩子，打归打，打了，不上心，现在抽他耳光，指不定他摸着还嫌不够痒痒呢。米秋水抬起手真就照着他的脸打了一下，那呼噜被吓得打了半截停下了，嘴里咬嚼着什么，抬了头说："你弄我做甚呢？"

米秋水说："哎，我问你，你要有钱了想不想进对面的新华娱乐城？"

贺贵喜挠着半边脸说："你咋弄我了？痒死我了，有钱了男人啥都想干，没钱都想进，别说有钱了。"米秋水照脸又给了他一下，想起那个河南人来，说："中，只可以让你没钱！"贺贵喜掉了一下头，嘴里的呼噜又开始拉开了锯。米秋水站起身抖搂出毛线来准备给贺贵喜织手套，比比等等，觉得不急给他织，还是先织了卖钱。闺女的事是大事，他的手套简单，手背上不要花，现在的天气也还戴不着手套。绕着毛线起了个头，把床上睡着的老少叫起来，一个一个要他们脱了衣裳睡，自己把他们换下的衣裳洗了一遍晾到院子里，收拾了一下也挨着闺女睡下了。

金平平专门雇了人织手套，每天都要出去。米秋水不行，要等贺小青睡了才能出去。米秋水想着自己将来要是发展大了，也像金平平一样回暴庄雇人来做。想归想，日子是一天一天过的，脚步是一步一步迈的，明天再织两双，凑够一个幸福数六，夜里好早一点出去占摊位，当然，别忘了张相征的手套，要是见不着人家，就送到对面的工地去。

六

夜晚的时候有雾，路灯打远处看过去像一团一团的黄云，因为有雾街道上的人就少了，摆摊的还和往常那样多。金平平说："咱分开卖，凑在一起抢生意，时间长了容易伤了咱俩的和气。"

米秋水找了一个地方，把提包像两页书一样翻开，一双双手套就展现出来了。把小马扎往屁股下一放等着人过来。半天不见过来的人问，雾大人少，心里就开始着急了，眼睛东张西望想看看哪个是往这边看，往这边看的人是想买，只有想买了他才看。有的人不经意看一眼停下来，也不问价又笑了笑走开了。米秋水很失落，想哭，鼻头酸酸的没有挤出泪来。想着大好的时光里没有人买她的手套，没有人买她的手套就赚不了钱，赚不了钱闺女贺小青的嘴就做不了手术。想着，觉得身后有人蹭了她一下，扭回头看是张相征，自己看见人家笑了，有些激动，好像阴天里出了日头似的，想要站起来，张相征说："不要动，俺要你看个东西。"

米秋水高兴地说："你买了我的手套，给了钱没有拿货，我还想着你要是不出来逛街，我就去工地给你送手套呢。"

张相征说："俺等你三天了，怎么三天打鱼两天晒网的，一天赚不了几个钱，这样卖下去会赔干的。哎，俺买了一副扑克，花了俺二十块，你看看。"

米秋水接过来看，发现扑克牌的背面和普通的没有两样，正面是男男女女在一起鬼混，和正常的鬼混还不一样。她只看了一眼就把牌递了过去。心热得脸都红了，亏了是雾大，有湿雾罩着脸，眉眉眼眼，羞得全都像菊花一样吊挂下来，再不好意思看对方了。

张相征说："都是过来人，俺一年不回家，你想想俺心里都想啥了？就想着扑克牌上的事情。"

米秋水说："你拿了手套走吧，我要不是想给我闺女做嘴上的手术，我也不出来卖手套。我不和你说了，我还要卖手套呢。"

张相征看了看手里的手套说："俺要这手套有什么用，工地用的线手套，俺戴着个毛手套，手背上还有花，像什么样子！俺是砌墙的，俺不稀罕你的手套，稀罕你的人。"

有一个大婶模样的人过来买手套，问了价，说："贵了，便宜点，不就是腈纶线嘛，成本不到两块。"

米秋水说："说得比唱得好听，我的工夫呢？我也不是闲人，要是成本不到两块我白送你戴。十块，低了一毛不卖。"

买的人说："低点，两好加一好，五块，互相走开。"

米秋水说："你不在乎那五块钱，对我是大事情，我闺女是豁子，我想打小给她做了手术。我赚钱不容易，大姐，你就行行好吧！"

买的人说："你养了闺女是豁子，又不是我养的，我行什么好！要都像我这样行好，你大发了，现在的骗子多了，你说的话谁信是真是假！买你手套就说买手套，我说我家里穷得揭不开锅了，你行行好送我一双吧，你愿意不？"

米秋水急了，站了起来，看着旁边的张相征。张相征蹲了下去，把自己那双手套放到蹲着的买手套的人手里说："俺刚买的，十块买的，五块卖给你，掏钱吧。"

买的人说："当真五块卖给我？"

张相征说："掏钱，要是五块钱也不想掏，俺就送给你。"

买的人掏出五块钱来扔到了地上，拿了手套说："你送给我，凭啥子好心肠了要送给我？我不白拿的，就你说的价，我看你们是两口子，一唱一和的。拿了啊，谁的钱也不是土疙瘩换来的。你长得白胖胖的样，说自己养了一个豁嘴闺女，谁信！"

看着人走远了，米秋水坐下来，坐下来又站起来回头和张相征说："我真有一个豁嘴闺女，我抱了来你看，我就是想赚钱给她看病，我不想让她一直就那样豁着。我为了我闺女啥都干，就是不想让人说我是骗子。"

张相征说："把那五块钱收起，和那傻✕没话说，权当赔钱卖开张。"

米秋水坐下来，坐下后又把屁股下的马扎抽出来要张相征坐。他不坐，把马扎支开要米秋水坐，说："俺砌墙蹲惯了，蹲着就好。"

米秋水坐下后不说话了。因为紧张，因为雾，头上的头发汗涔涔的，人看上去越发好看了。这时候过来的人开始密集起来，她紧张地忙活着。好像总忘不了一个人，一个她疑心想偷偷摸摸占她便宜的人。手套卖得差不多了，一拨人过去后又出现了一段空隙，她站起身伸了一个懒腰，张相征在她身边一张张翻阅着扑克牌，脸上挂着说不出的内容，不是笑，也不是难受，是心跳得从脸上要鼓出来，偶尔腮帮上的肉还激动得抖动两下子。她想问问这个人，为什么总想要她看那东西？可她张不开口。自己有什么便宜好占呢？她一阵子有了想出虚汗的烦恼。

这时候张相征说话了："人家看咱们像两口子，实际上咱们不是两口子。"

米秋水见过的搞副业的人多了，永远脏兮兮的。好像乡下人与城里人的脏全混合在他身上了。而乡下人的脏其实不是脏是土，来到城市里满脸满身荡了城市里的黑灰，人看上去就脏得难看了。这个人不脏，风把他身上的香皂味吹过来一点点，她还不自觉地多吸了两口。

张相征说："你不是想赚钱吗？俺能让你赚了钱，但你得舍得自己。舍得，舍得，不舍哪里能得？街上这么多人里俺就看中了你，俺去歌城也不是说不中，俺觉得俺就是有钱也想把钱给了和俺一样出来打工的乡下人。俺一次给你三十块，不误你卖手套，就一会工夫，你就赚了。"

米秋水一下不能够明白，看着对面的人越围越多，像是有人要吵架了，突然想到歌城里的小姐，人家一天赚四五百块，赚了钱怎么花呢？每天数一数也得个时候。回了他一句话："你把我想成什么人了！"

张相征说："你不是说为了闺女什么都干吗？又不少你啥，出来赚钱都不容易，有人愿意赚这钱，但那地方不干净，染病。都是人，俺给你说吧，男人和女人不一样，时间长了俺们住工地的人干完活累了，俺都不好意思说，越累越睡不着。"

米秋水说："还是不累，我男人蹬三轮车，一天下来等不到脱衣裳，人瘫哪儿睡哪儿。"

张相征说："那是你男人知道有你在身边，有依靠。出门在外的人没有依靠，扭身掉身不见女人，心里就烦，就闷。俺给你说吧，夜里睡不着都出来逛，看见了吧，对面那些看热闹的人都是外地出来打工的，还有对面那一溜卖东西的，都兼做皮肉生意，你以为呢？哪像你这样傻！你看，那些人遇热闹了就高兴，这街上晚上逛的都是女人，看看女人，过过眼瘾也中。"

米秋水说："你不说，我还真没发现街上是女人多男人少。还就是了。"

张相征看着街面上的女人说："晚上出来碰上卖黄色光盘的，不管谁都要买几盘，回去就着工地的影碟机和电视看。俺说的还是俺们做大工的，都和工头沾点亲，工头高兴了搬两台机器来要俺们看。那些小工看不上啥，日子过得像闷葫芦，想啥啥不中！看完了，都看得嘴干舌焦的，看的人多，不敢有大动作，回到住房，就和小工们聊电视上的话题，聊到激动处控制不好，人就钻到被子里自己龌龊，完事了睡觉。睡觉了有人还在被窝里蒙了头哭，哭啥呢？人活得累，活得苦，男人身下没有女人养着，不中啊，就像鱼儿不见水一样，男人要干死了。"

米秋水看了看身边的男人，他埋下了头不说话，手里洗着牌，上上下下洗得很认真。对面围着的人更多了，吵架声高起来，好像是买什么东西的，搞价搞得语不投机了，一个先破口骂了一句，另一个也不示弱地跟着骂上了，接下来就是拳脚相向。周围的人喊着："打啊，怎么不动手打？"所有的人都这样期待。可其中的一个在举起拳头的一瞬间突然觉得自己是卖东西的，外地来的怕吃眼前亏，后果不敢想，对方打了他一拳头，他握着的拳头没有回，接下来就被人拉开了，许多人表示失望。渐渐地骂声低了，人跟着也走散了，不知道谁喊了一声："快跑啊，有大盖帽过来了！"

所有的人把地上的包叠起来，没事似的往路灯的暗处躲。米秋水第一次遇事还没有反应过来，看到真有大盖帽过来了，张相征提起地上的包起身就跑。过来的人看了米秋水一眼，弯下腰拿了地上的马扎问："你的？"

米秋水点了点头，后又觉得不对头，又看着对方摇了摇头。戴大盖帽的不说话了，照着电线杆子把马扎摔过去，马扎就断了，麻绳子连着断的木头散在地上。戴大盖帽的说："再见你影响城市的市容，把你关起来。"他弯下腰捡起马扎划了一个弧线很准确地扔到了远处的垃圾堆上。

米秋水站着，人傻了似的看着对方就是不会解释，她想说这不是自己的摊位，是跑了那个人的摊位。但是，把那个人的马扎摔了更是应该的，自己还有什么话要说？有一些民工围过来看她，她快步走到电线杆后面。离开了路灯的光，人影就黑了下来。不知道什么地方又传过来了声音，那些看的人抬头张望，相互指着，循了声往前走了。她看到张相征提了包过来，他看上去人不高，很瘦，没有贺贵喜胖。贺贵喜人粗，有当年的猪汤养着，三十岁上胖起来就有了福相，肥头大耳。她接过包来说："多亏了你，要不就把我的包收了，我看到那边的那个人被收了摊位，她都急得给人家跪下了。"

张相征说："脑筋要灵活，做生意不灵活不中。俺得回了，那边有人等着俺呢，都是工友。明晚你出来吧，俺还在这里等你，就算是不做那事，说说话也中。你要可怜俺了，想赚钱了，你就回去躺床上想想，想想俺说的话也不过头。"

米秋水看着他走了，前面等他的人吹着口哨，很刺耳地传过来，米秋水快速地提了包往他们相反方向走，她想找一找金平平。金平平在小广场的中心，金平平的包比她的大，上面不光有手套，还有毛线织的帽子、袜子、手机包。金平平也看见了她，笑着招呼她过来。

米秋水说："你的货比我的多，我的单调。"

金平平说："今黑里不行，雾大，出来的人少，都是对面工地的民工，买主不多。刚才那个傻鸟逮着你了？"

米秋水说："把我的马扎摔烂了，回头走的时候我捡了回家修修，我看了，钉个马钉还能坐。"

金平平乘机说："你明晚也来卖吧，没有货，取我的货，我批发给你。看看，人越来越少了，怕卖不了东西了，收摊回家吧。"

米秋水说："你那手套多少钱批发给我？"

金平平提起包来说："五块一双，我还不搭三块手工费？"

走到灰堆上米秋水捡起马扎看，上下都断了，恼火得又把它扔了回去说："还不如打我一下，疼过了也就不疼了。糟蹋了马扎，摔坏了修都没法修，这人一点也不厚道。"

金平平骂了一句："你和一个小姐养的说厚道！"

七

米秋水第二天批发了金平平十双手套，回家哄睡闺女，要贺小虎看着妹妹，把做好的饭放到炉后，准备出门叫金平平走，却看到贺贵喜回来了。不是蹬了三轮车，是空着手，还拿着一瓶高粱白，黑着脸，进了屋不说话，用牙把瓶盖咬开坐到凳子上咕噜下了一口。

米秋水说："咋了，都灌上猫尿了？三轮车呢？"

贺贵喜冲着她说："扔了！"

米秋水说："扔了车？你吃啥喝啥？"

贺贵喜不耐烦地说："我愿意？我要是不扔，把你卖了也不够赔！"

米秋水放下提包，坐到贺贵喜面前，她觉得自己的男人是出事了，不出事，他蹬着三轮车好好的扔啥子车嘛？想了想站起来从锅里舀了饭端给他说："接着。到底出啥事了？"

贺贵喜又咕噜喝了一口，酒味就出来了。屋子本来就不大，弥漫得满屋子酒气。随大流过日子，过着过着就不如意了，咋隔三年两年的就要出一回事情呢？米秋水说："你说说到底是咋了？车不是交警扣了吧？要不就是你撞了人了？"

她果然看到贺贵喜的左脸蛋上有黑印子。他人黑，不像自己，打他两下不显，打重了才能看出比平常的颜色深。

果然，贺贵喜就是被人打了。

贺贵喜拉了人不敢走大马路，怕交警查，转小胡同走。小胡同里常常有摆小摊的卖菜卖水果，走过去的时候，尽量小心了走，还是把一个老头撞了一下。准确说，不是撞，是从他身边走过的时候捎带了他一下，人家说："你这个蹬三轮的咋不长眼睛？"

贺贵喜赶紧下了车问人家有没有擦了哪里？车上坐的人看一时半会走不了，跳下车不说话走了。贺贵喜发现拉的人要走，就顾不上这个人了，想上去追那个坐车的人要钱，旁边的人看了以为他想跑，就有人拽了他的三轮车不让走；他不能丢下三轮车不管，推着三轮车睁眼看着那人走了，回头的时候说话有点重，有一个青皮后生上来照着他的脸就是一下子。他被打蒙了，他说："你打人？"

那后生说："就打你！怎么的，不服气？"

贺贵喜说："撞了哪儿看哪儿，你打我？"

那后生说："好啊，去医院检查一下，检查出毛病来，你一个三轮车屁钱不值！"

贺贵喜觉得要去医院检查，那是玩的吗？好人没病都能检查出病来，这么大岁数的人，真要有个毛病，他还真担待不起。但也想据理争一争，就说："不过是擦了一下，人又没有倒下去，还能动不动就去医院检查？"

那个人又打了他一下。贺贵喜养过猪，杀过猪，他真想把那人撂倒，把他像猪一样大卸了，可这是人家城里人的地盘，能卸了一头猪不见得能卸了人，他忍着不说话，一副死猪不怕开水烫的样子。那青皮后生要老人坐到三轮车上，老人还有点过意不去，但是，架不住三下两下往上推他。贺贵喜突然明白，真要推了老人去医院，那不是俩钱的问题，弄不好把家底取出来还不够。就推着说："我把三轮车留下，我回去取钱，看病总得要钱吧？"

那人就让他回家取钱，不放心要跟了他走，他走出胡同拐进另一个胡同，撒了腿就开始跑了。跑到大南关，看看身后没有人了，从大南关绕了回到家。一路上想着这事挺难过的，窝着火发泄不出来，从袜筒里藏着的钱中拿出五块买了一瓶高粱白，晕晕乎乎回到了家。

米秋水觉得人跑了不妥，要是人不跑呢？肯定也不妥。想着就觉得在城里活着也不好，还不如回暴庄，有两亩地种着，能填饱了肚子啥气都不用受他们的。

贺贵喜瞪了眼说："回暴庄？该着别人那钱咋办？当初我进城的时候给人家撂下话，人不算天算，我就不信天不让我贺贵喜赚钱，三五年回来就还上。

141

结果呢？你看见了，你不也是急哄哄想赚钱吗？你要不弄床上那货，咱手头也不会这么紧张，每月的奶粉吃多少？还想缝上那豁子！明天就给了人，家里都成了吃闲饭的，谁来养？"

贺贵喜咕嘟、咕嘟、咕嘟，连喝了三大口，酒下了大半。米秋水觉得贺贵喜是一个没有良心的人，哪有养了快一年的闺女舍得给了人？言下之意是自己吃闲饭了，自己不也开始赚钱了吗？丢了三轮车再买一个重新开始，回家来发酒疯，算个男人吗？

米秋水不说话了，听见外面的金平平叫她，她应了一声，看看贺贵喜却不知道该不该出去，就说："你喝吧，能喝来钱你就尽管喝，没有钱我卖了身也养你喝！"

贺贵喜抬起手来叫她过来，她走过去，贺贵喜照着她的脸打了过去，她没有躲，迎着那巴掌上，她觉得不疼，一点也不疼，嘴里叫着："再来一下子，只要打得你的手不麻，能解了你的气！"

贺小虎走过来挡在了他们俩中间，指着贺贵喜说："爸，你算屎什么男子汉，打老婆！"

米秋水提了包跑出了门，迎着风望了一会天，天上有云，有星星，还有月亮，风吹过来吹到她脸上，不声不响。自己处处与人为善，并不打算、也没有招谁惹谁的行为，整个一个与世无争的好人，总想着消灾避祸，相反，祸倒跟着自己了！她咬着牙关挤出一句话来："贺贵喜我还真想卖了自己养你！"

米秋水和金平平相跟着往街上走，金平平看了她半天，问："我听见你男人打你了？"

米秋水说："没有，他哪舍得打我？他在外边喝了酒，借了酒劲耍酒疯呢。他要真打我，我还能出得了门？"

金平平说："我男人要敢动我一个手指头，我闹翻他天。"

米秋水说："我男人赚钱养了四口人，他有时候不高兴也是正常的，也就是骂几句，手还是抬不起来的。"

两个人不说话了，各自分头找了地方坐下。坐下了米秋水心里却不静，想贺贵喜在家不知道喝成啥样了？想着贺贵喜脑海里突然就出现了张相征，两个人的影子重叠交替着，她的一半脸还有些发热，她想让风冷得像冬天里的风一样吹她，风却是温和的。她又想起了小时候唱过的一首儿歌：

> 一颗星
> 格擂儿呛
> 两颗星
> 嫁男人
> 三颗星
> 格擂儿呛，
> 男人搂着亲

小时候屋子里梁上有燕子窝。娘说："你听燕子在说什么？"她说："燕子说，不借你的谷，不借你的面，只借你家屋梁住。"她觉得自己就是燕子，借着城里住。农村人说，燕子来了谁家，谁家就会百事兴旺，燕子的呢喃声音呢，是这家人的旺气、喜气。她来城市里，城市里的人却不容她生存，人人见了都用一双讨厌的眼神说：都是你们这群乡下人！

她看着一个男人向她走过来，她知道那个人是张相征。她很想见到他，心里的那个想，一直藏着，她一直没有往出抖搂，她现在知道了，她真的很想，从夜里出门的刹那，她就想着，我不是去卖手套的，是去见一个人的，这个人就像前方的一缕火苗一样。她想见这个人，她想这个人就是她闺女的希望，也是她家庭的希望。但她又不敢想，想那事，就等于作践自己！自己又不能控制不想，人活着本来就是给别人凑热闹的，就算是不为自己想，也该为闺女想，一条命来到这世界上不容易，养了她就得给她好。想到澡堂子搓澡的女人，斜着眼看那些小姐和自己说过的话："看她们瘦得和鸡骨头一样，哪有你好，人白，要胸脯有胸脯，要腰身有腰身。你是不做那生意，要做没她们的饭吃。"

女人把自己卖出去也叫做生意？她下意识地笑了一下。张相征走过来蹲到了她的对面轻声说："哎，俺过来了。"

米秋水的脸一下红了，灯影下看不出红来，光看到她不自然地来回抬了抬身子。

张相征说："你要是愿意，现在咱就走，不用你多长时间，人都还没有出来，在家看新闻联播呢。"

米秋水看了看他，看到他看自己的眼睛，滑溜得出水，说话的时候身体都有些颤抖。她的心一下热了，她有点可怜这个人，从昨天说了那话后，她就可怜了。再可怜也不能拿那可怜。可他要的可怜就是那。

张相征说："俺保证你打开市场后天天能赚了钱，俺在这里搞工程好多年了，俺知道民工苦，最最苦的是啥——活多活累都不叫苦，苦的是没地方泄苦。做这事没有人笑话你，过来人都知道是咋回事。出门在外，人苦心也苦，有那事做做，活人就有个奔头。"

米秋水说："我赚钱是想给我闺女做手术，你不要下看我，我也不是不本分人，我娘是老师，也算文化家庭出来的。"

张相征说："文化家庭出来的更应该懂道理。你放着自己好条件不利用，下死力气。你早赚了钱，早给闺女看了病，啥都误不了。你说，做一回，你少啥了？"

米秋水心动了，昨晚上她就想了很多，前想后想，左想右想，想自己靠身体赚几个钱补贴家，也不能说不是好事。外债欠了五年了还不了，见人家的面，人家说，当初借钱的时候吹得大，赚了给利，就不说利了，本都不见还，本乡本土的就好意思？话重得比打自己两下还难受。还有闺女的嘴，儿子的学费，想到难过处蒙着被子哭了两下。又想到贺贵喜，他要不是因为钱，他闲着力气打老婆？没钱了能让一个好男人去偷、去抢，没钱了能让一个好女人去卖身、去养汉！自己暗着做几次，做得顺了，做；做得不顺了，也能不做。就说眼下，就算是为了这个家吧。

米秋水看着张相征咬了一下嘴，像把一个决定咽下去了，有些下了狠心的意思。

张相征不说话了，把地上的包收起来，拉了拉链，提了要米秋水跟他走。走到对面的工地张相征要她在外面等一会，不多时张相征推着一辆自行车出来，自己先上去，支着腿要米秋水上。

米秋水说："你蹬开，我会跳上去的。"

张相征说："你先上去坐好搂了俺的腰。"

米秋水上去坐好，一只手提了包放到大腿上，一只手拽了他的衣裳，他说："坐好了？"

米秋水说："坐好了。"

张相征往前探了一下身体，把脚镫提了提用劲蹬了一下车就走开了。

米秋水不知道他要把自己带往哪里，也不好意思问，看着街道是往南走。秋天的风凉爽，风从耳边灌进来，灌得耳朵眼像塞了棉花套子，什么也听不清楚。因为是郊外，路灯变得昏暗，再往前就没有路灯了，有车迎面驶过来，自行车摇晃了几下继续往前。米秋水想起刚结婚的时候，贺贵喜也这样用自行车带了自己去娘家回门，自己的胳臂上挽了篮子，篮子里放了回门的白馍，贺贵喜骑开了，要她往上跳，因了篮子，她跳了几次也没有跳上去。贺贵喜说："你比猪还笨。"

那次是贺贵喜提了篮子，自己才跳上去的。怎么就没有想到先让我上去，他好往前蹬呢？

米秋水又开始想贺贵喜不知道在家喝成啥了，没有吃饭，空肚喝了酒，人不醉死了才怪。现在自己又背着他去做那事，他要知道了，还不剥了她的皮？

米秋水看到街两旁的灯光稀少了，这个人要把她带到哪里呢？她心里有点害怕，觉得胸口上有一只兔子抓挠得慌，忍不住问了一句："这是去哪儿？"

张相征喘着气说："咱这种人，住不起店，只能找个野地。"

米秋水突然想到了小时候的麻田，那个男人说："我要把你办了！"

米秋水打了个激灵，车停下了。张相征要米秋水往坡下走，她下了车往坡下走时看到月光下有一片黑幽幽的地，觉得很熟，闻着有一股麻香味，她想，一定是那块麻田。张相征把自行车推下坡，把车子扔到半坡上，要米秋水往麻田走。手里的提包限制了她的行动，张相征抓过来扔在了地外面，月光下两个人的身影一转眼就钻进了麻田。

密密麻麻的麻田，两个人的心跳声擦着麻秆，手心的汗往出涌。走到麻田深处，张相征说："就在这里吧。"

米秋水停下喘气声，抬了头望，望不见四周，天空有月光照着脸，月是明亮且流动的。幽暗为米秋水的心添了一层花影，闪闪烁烁的暗影中张相征从口袋里掏出一卷钱放到了米秋水的手里，米秋水退一步，麻田的麻把她轻轻托住了。

米秋水装好了钱，自言自语说："我不是人了，我马上就要不是人了。"

张相征在激动中，在颤抖的顾盼中，他的身体就要贴近一个有血有肉的人了，他想过多少次、多少回的一个活生生的人。他目光模糊，鼻腔酸热，心差不多蹦到了嗓子眼。他从春口上出来到秋口上，没有见过真正的女人，他要渴死了，大张着嘴往出哈气，走近的一刹那他喊了一声："不中呀！"人就蹲了下去。他知道他在走近幸福的一瞬间一切就结束了。

风拂动着麻田，米秋水有些眩晕的头清醒了很多，她觉得麻田有些冷。白天看麻田是绿的，夜晚看麻田是黑的，像墨一样黑。冷冷的，她突然的鼻子发酸想要哭，一切都还没有开始就完结了。她手里还握着人家的钱呢，她开始可怜这个跪在脚下的人，他在哭，没有声音，能听见泪掉在麻田的响。米秋水说："要不咱这次不算了，明晚上吧？我把钱退了你。"

张相征低着头发狠地说："不中！明晚还来麻田。"

两个人往回走，一前一后，上了土坡，还是那样支了腿要米秋水坐好，一路上不说话，是找不见话头。自行车像散了架一样吱哇吱哇响，来时也没有觉得是秋天，回时身上的热气就全跑了。

走到街面上，发现路灯下原来的地方有人占了，张相征在暗处停下车要她下了车自己过去，怕撞了熟人，告诉她说，明天晚上他找她。说此话时他的头没有抬，歪在一边看着别处。米秋水手里握着那三十块钱，握得钱像水洗了一样软，总觉得没办事就拿了人家的钱，又觉得是他自己不行了，也怨不得自己。拉开包卖了一会手套，心事不在手套上，看到金平平过来了，不想卖了，二人相跟着很恍惚地回家了。

八

米秋水回到家看到贺贵喜吐了一地，屋门开着，两个孩子睡在床上，贺贵喜喝高了，自己都顾不上自己了还能顾得了孩子？想是房东夜里下班回来给盖上的。米秋水换了煤球，夹出烧透的煤灰垫了地上的呕吐物，用了吃奶力气把贺贵喜拖到了床上；干呕了几下拿笤帚收拾干净了，自己才解衣躺下；躺下后烦恼事就来了，都在眼前晃，翻转了一下身，一点睡意也没有，索性坐起来。想到了什么，又下了床，从米缸里掏出一个存折，就着窗户上的月光看了看，是五百元，其实自己是知道的，都看好多遍了。这五百元她是瞒着贺贵喜存下的，是要给闺女做手术用的。她到医院问了，说做那样一个手术，越小钱越少，越小效果越好，小时候做长大了疤痕浅，长大做疤痕大，一个闺女说什么都不能坏了人才，脸是女人的门面呢。有两千块差不多够了。她的实际存款有五千块，儿子上学择校费花了三千五，买学习用具什么的又花了小五百块，还落了一千块，还想着快要攒够闺女的手术费用了，却出了事情。

出了事情，日子往前走倒不回来，过日子就得有个过日子的样子，她想，明天去银行拿了钱要贺贵喜再买一辆三轮车，到街上的电焊店焊一个座，她用红毛线织个座套，上面再织两个喜字，她不信红红的毛线织不回过日子的喜气来。如果新车贵呢就买一辆便宜的旧车。自己又那样了，有钱了日子就过好了，什么事情也都是暂时的，怕啥？活人哪能被尿憋死？不怕！

找出红毛线来开始起头，夜里要是不瞌睡，天明就能织好。想到喜字不好织，找了一张街上捡回来的宣传单，用剪子剪了一个喜字。夜静了出活，一会一个喜字就织出来了。一个喜字不叫喜，要并排织两个才好。天快亮的时候，米秋水织好了座套，和衣躺了一会，还是没有瞌睡的意思，起床打开煤炉的风门，把火燃旺，开始做早饭了。

贺贵喜睁开迷糊眼望着米秋水说："我日他妈妈的，坐着坐不来钱，咱还得买个三轮车。"

米秋水笑着指给他看凳子上展开的座套说："我把座套都织好了，起床吃了饭就去买。"

贺贵喜发现米秋水半边脸有点青，知道是自己昨晚喝高了打的，不知道该怎样安慰媳妇，就看着床上的闺女说："我亲疙蛋蛋闺女哎，等爸赚了钱给你把那嘴嘴缝上，爸等着坐你的四轮车呢，爸坐了你的四轮车就不是现在这个样子，要唱了。"

说着自己就翻身站在了地上，嘴里看着米秋水摇摆着唱上了："依儿呀，呀儿哟，依儿依呀，呀儿哟！"

米秋水就把饭端到了他的面前，开始叫儿子贺小虎起床，抱闺女贺小青撒尿。鲜腾腾的过日子的热气就冒出来了。

本来说上午要去银行取钱买三轮车的，贺贵喜觉得还是买个旧的划算，旧车便宜，回来自己收拾一下比新车还要出路。米秋水问："旧车要多少钱？"

贺贵喜想了想说："要看几成旧，差不多也得百把块。"

米秋水从口袋里掏出张相征那三十块，又从床底下翻出一百块，贺贵喜抬起腿从袜筒里翻出昨天赚的钱数了数，有近五十块，说："够了，那存款能不动就不动，动开口，就没有底，都花了，吃啥喝啥？"

突然想起什么，稀罕地问了一句米秋水："你卖手套赚了？"

米秋水心里被问得慌了一下，假装提了火上的壶看了看火，说："赚了。"

贺贵喜不说什么了，扭身出去买三轮车。望着贺贵喜走远的背影，她突然觉得很不自在，如芒在背，很失落地站了一会，有些失态地笑了笑。

儿子贺小虎看见了问："妈，你笑甚呢？"

她说："笑妈吧，活得不像妈了。"

儿子说："妈，你好笑？"

她说："妈不好笑。"

儿子说："不好笑你笑甚呢？"

她回答不上来，就像踢出的皮球又弹了回来，看着床上咿咿呀呀说话的闺女，她心里充满了一股说不出的希望，照着贺小虎的头轻轻打了一下说："多嘴，打破砂锅问（璺）到底！快吃了饭上学去。"

贺贵喜上午买好了三轮车，收拾好焊了座，套了双喜字坐垫，吃了午饭准备出门了。看着红色的坐垫，脸上也挂了喜气，情不自禁地在米秋水屁股上摸了一把，说："娶个大屁股人有福气，走咧！"

他脸朝着院门口站着的米秋水，倒着蹬了往街上走，米秋水说："不操心，下午赚了，夜里给你吃饺子。"

贺贵喜松了车把，两只手在嘴上吧吧亲了两下送给米秋水，掉转屁股骑了车正经八百走了。

米秋水下午把饺子馅剁好，和了面开始包，包好的饺子一个一个码整齐放到高粱箅子上。接回儿子来，煮了要儿子和闺女吃饱，自己吃了一口中午的剩饭，拍着闺女等她睡实了，安顿儿子在家做作业等爸爸回来，自己提了包出门了。之前金平平来叫过她，看她还没有拾掇完，闺女也没有睡，就说："不等你，我先走，回来的时候再厮跟。"

天气很好，星星出全了，月亮也比往常大，她找了一个空地坐下来，马上就有人围过来了。昨晚卖了两双手套，还剩八双。只一会八双手套就卖光了。她没有按十块卖，一双都按八块卖，赚三块，一会就赚了二十四块。她脸上挂了笑，要是每天晚上都这样赚钱，她觉得给闺女做手术，年底肯定没有问题。

早卖完了，她却不能走，要等一个人，这个人该来了，因了什么事比往常晚了呢？她站起来想找一找金平平，想看一看金平平卖得咋样。有一个人骑了自行车停在了她面前，说："上车。"

香皂味跑过来，这么浓的味是刚洗过脸的味，刚洗过了，还来不及被风吹散。她上了车，张相征往前探了一下，把脚镫转过来，转到一定的高度，用了一下劲，车驮着她走开了。

张相征说："加班赶活，晚了，还想着你不在，结果看见你还在等。"

张相征蹬着车，一只手扶着把，一只手伸到后面来，说："给。"

米秋水说："啥？"

张相征说："钱。"

米秋水说："不算数，你昨晚上没有成事。"

张相征说："俺的事，哪能怨了你，提起来我的脸都要红。"

米秋水说："干活累，长久没那个，容易那样。"

张相征说："拿着。你是好人，就当看你闺女的面。"

米秋水接下了。

张相征突然唱了起来，是想自己放松一下，昨天的事弄得他一天心情都不好，他就想放松了好做事。"刘大哥讲话理太偏，谁说女子不如男。男子打仗到边关，女子纺织在家园"。

米秋水听着他唱完了笑着想这个人爱好真广，不光是会赚钱，还懂文艺，自己就也想唱，咳嗽了好几下也没利索地唱出来。就找了一个话来问："你几个娃？"

张相征说："一个男娃，还想生个女娃。河南罚得厉害，搞计划生育的说了，你都不要国家了，国家还要你做啥？不敢生，想生也种不下，一年才回一次。"

米秋水说："把你媳妇带过来，这边好多你们河南人，都来躲计划生育。"

张相征说："明年吧，说不定你们能成好姐妹呢。"

眼看着麻田到了。米秋水从心里不想看到麻田，就这样说话就好，可是，麻田真的到了。

下了坡，很熟地就走进了麻田，人就紧张了，就不如一路上聊天放松。张相征很想拉了米秋水的手，几次都不好意思拉，人有点着急，一着急，还不如昨天晚上，像软柿子一样，他有些烦躁。

米秋水说："你怎么了？"

张相征说："不知道，又不中了。"

米秋水说："慢慢地，不要想事，不要想题外的事，不急，路上的行人还多。"

马路上有车灯闪过，时间走到这里突然不想走了，青色布衣布裤的张相征弯着腰，头一冲一冲的，像一头打瞌睡的羊。

月照在麻梢头，有嘈杂的声音潜伏在远一些的亮处，张相征发出闷闷的隐隐的低吼声，丝丝凉风悄没声息地从麻田间流过，同时也流过几丝斜斜的墨色的夜。麻田里的空间太逼迫了，米秋水想。常听人说万有的缘分都是偶然凑成的，想了想说："我给你讲个故事吧，我男人讲的，讲了你就放松了。"

张相征在暗影里可怜地瞪大眼睛等米秋水讲。

米秋水就讲开了，她说："你们河南人聪明呢。"

张相征说："聪明的人不出来干体力活。"

米秋水说："不能那样说，世界大了，干啥的都得有。要是都当工头，没有人给他劳动，他吃啥喝啥赚啥，不说这些，要是都当了国家主席，谁当他的人民？人都是互相的。"

张相征说："你挺理解人的，要都像你这样理解人，社会就不乱了。"

米秋水不好意思地低下头，脸被夜的昏黑和暗淡充满了，扑面而来的麻田和谐地包围了她的感官，她仰起头迎着月光长出了口气，有一些湿气般的东西在她脸上轻轻漂浮，像是她刚才说的话语的影子。她想，接下来我要给他讲一个故事，这个故事也是听来的，是关于文艺的，还说的就是林县人。米秋水说："我说得不好，说你们河南林县人聪明，说话都说得是谱，我说不好，说你们林县人问午饭吃啥，对话就有意思了，就开始文艺了，说：54？34。534？134。5134？7134。午饭吃的是稀大米饭，对不对？"

张相征笑了，不说话，觉得这个女人和别的女人不一样，和自己家里的女人也不一样，想伸过手来拽她一下，伸出来的手上落了两滴雨，雨滴很小，不自觉地就抬了头，有一滴两滴落到了脸上。张相征说："刚才还见有月亮，好好的就下雨了？"

米秋水听见雨点细细地打在麻田，像一群细脚伶仃的小蚊虫，突然想到院子里晾着闺女的尿布，就说："我闺女的尿布还在院子里晾着。"

张相征有些着急地说："俺给了你钱，要是你觉得不够，不中，俺再加码。"

米秋水说："我不是那意思，我等你，不能让你两个晚上都做不成。"

张相征说："是在工地累了，你得帮帮，你这么好的人在俺面前都不中，恐怕没有你帮肯定还是不成事。我怕是时间长了出毛病了？"

米秋水说："我就这么一个人，在你面前站着就是帮你，你还要我怎么帮你？"

张相征说："就像让你看的扑克牌上那样帮，你就说你肯做不肯做吧？"

米秋水想了想说："那是糟践女人，不肯做！"

张相征说："俺就要你做，光盘上的男人女人都那样做。"

米秋水说："要那样我不，退你钱！我闺女要是知道她娘是这样赚钱给她看病，她肯定不同意，哪怕就让她那样豁着。你不要歪想了，我在麻田外等你。"

米秋水不说话，掏出钱来给了张相征要走出麻田，张相征反手抓住了她说："求求你了，来帮帮俺，体谅体谅出门在外人的不容易。"

米秋水说："就那样我不做，你见谁做了找谁去。你和我们山西人不一样，我男人从来没有那样。我到麻田外等你，要那样，穷死我，我也不做！"

张相征拽了她不让走，米秋水就往后躲。张相征说："你做不做？"

米秋水说："不做，你是不把我当人了。"

张相征说："再问你一句，做不做？"

米秋水说："你是不把我当人了！"

张相征觉得男人的面子丢尽了，在这个女人面前树不起一点威风来，以前不是这样的，想着，就把手伸到了米秋水的脖子上，两手掐了想吓唬她，说："你帮俺做！"

米秋水咳嗽了一声说："你是真不把我当人了！"

张相征掐着米秋水的脖子脸上挂着笑说："你要不做，我让你出不上气来。"

米秋水觉得自己要死了，想站起来和他打架，一个男人要打她也是不容易打得过的，出不上气，没有气，一切想打架的能力就被限制死了。她想掰开他的手跑，手是掰开了，嘴里也喊了一声："救命啊！"

张相征一把拽了她，这下是真掐住了，低了头说："俺和你玩的，你倒叫上了，你要俺死啊？"

她越想站起来，手就掐得越紧。她不想动了，没力动。她突然看到闺女醒了，醒了就要吃东西，小嘴豁着兜不住奶，吃一半，流一半，叫妈叫不清楚，叫"哇哇哇"，可怜的闺女。又看见闺女的尿水把床上的小褥子浸得和地图似的，阴天里，返潮出了一片一片尿碱来，她想，该给闺女拆洗了。明明这几天是晴天嘛，怎么天又阴了？阴得要下雨，阴得像黑包公脸，闺女垫尿的小褥子还晾在外面的铁丝上呀！

张相征说："你要是不喊，我就放了你。你不要喊，俺不做了，送你回去卖手套。俺是吓唬你。"

米秋水没有声音，手在张相征的脸上抓了一下，这一抓让他下手又狠了。她这一抓是想把尿褥子拽下来的，她闻到了雨味，雨打在她的脸上，就像小鸟啄她的脸。她甚至听见了鸟落在麻梢上的叫声，她要闭住气听，有很多鸟，那个画画的要她听鸟叫，她现在听到了，鸟叫得空气中满是烟尘霞气，她觉得自己也是鸟了，心在往上飞升，远远地离开地，两只手无声地扇动着，她听有一头猪叫起来，是暴庄的猪，另外有好几头猪叫起来，听上去有好多头张着大嘴的猪叫，有一亩地厚的猪叫声，好日子在猪叫声中要开始了。

张相征说："俺丢开你了，你要喊就喊吧，俺想了，俺不是人，俺做的事真是够下流龌龊了！"

雨停了，是夜晚的过云雨，风吹着麻田干黄的叶子沙沙响。

张相征有些清醒了，看着软在地上的米秋水，他害怕了，他不是故意的。真的不是故意的，他抱了她走出麻田，放到地边上。他想，不知道该不该叫了马路上的车把她送到医院去，他想，还是不能往医院送，他不知道该怎么说，说自己想那事了，成不了事把人掐了，不能啊！他跳起来说："要是有命，就等风把你吹醒过来，俺明晚上到街摊上找你。俺真是没有用啊，在家的时候可不是这样，要不俺也种不下儿子，俺明晚给你赔罪。"

他把身上的三百块钱放进了她的口袋，又掏了掏还有三十块也放进了她的口袋，他想，要是醒来看见口袋的钱她就不告发了，她是一个善良的女人，和他老婆一样善良的女人。

他推了车走上土坡，月亮过了山那边，一切暗了下来，万物就显得静了。

九

麻田是这个城市一个叫武明远的画家种下的，这一块地是他买了想盖一院农家房子的。因为是下高速路的路口，这里规划要修花园，城建局不允许人随便盖房子，连路边的房子都拆迁了。他心血来潮种了麻，从春天出苗时他就支了画板画麻，很青翠的带了点鹅黄，但是，不是他理想的色彩。他想画出春到深处的景致。他昨天来看过，觉得是时候了，有几只鸟在麻田上空翅膀坚硬地飞过。他站到几步之外看麻田，他看到了麻田给他提供出的那种视觉上的逍遥和干黄。麻田很小，不是他想象中的麻田，想象中的是扩大的，可惜他只能在有限的范围里让麻田扩大了。

清晨太阳出来前收起了早雾，武明远走到麻田的时候，看到地边上靠着一个睡熟的女人。那个女人把整个麻田扩大了，她给春到深处的景致一种长流水般的本真，那红色的上衣撑得麻田的干黄生动起来。阳光一点一点升起，阳光移到麻田的光线正好温暖了这个女人的半边脸。他有些激动，很少看见过这样的女人，这样的风景，她的睡姿是那样的羞涩、腼腆，女人是这个麻田最美好的成分，他不便打扰她，他害怕她醒来，他想用秋水来形容这个女人，她平淡安宁。

阳光不是照在她身上的，简直就是一束光柱投在她身上。

他画得很完整，很幸福，也很觉得种这块麻田有价值。他有的是钱，卖几幅画就赚回来他付出的成本了。画好了，他想着她做了自己的模特，总得付她一些钱吧，他一边掏钱一边想，这女人在温暖的阳光下睡得好踏实。

发表于《中国作家》2006 年第 3 期

转载于《中篇小说选刊》2006 年第 3 期

收入《小说月报·原创版精品丛书》

天殇

一

清光绪二十六年六月初六，沁河西岸豆庄，上官家的小女儿上官芳和东岸下里村王书田家的独生儿子王安绪订婚。媒人送过上官芳的生辰八字，四十岁的王书田从中堂上的香炉下，取过来一张红纸，很慎重地包好。到上屋和七十岁的母亲请了安，要了自己儿子的生辰八字过来，也用红纸包好放在两只青花瓷碗中。两只青花瓷碗被放进了柴房的水缸里。这一切，让王安绪大伯家的女儿春香看在了眼里。

夜里，两只碗有轻微的碰撞声传出来，春香瞪着一双惊惧的眼睛看着，瞅四下里无人，掀开缸盖，她看到两只青花瓷碗不即不离地随着水纹游荡，春香的心一下被什么揪了起来。春香不希望两只碗靠得太近，靠得太近就有点变化人的性情，春香不怎么高兴。一个从小和王安绪结伴长大的人，知道对方要和另一个与自己一样的人在一起了，给谁谁会高兴！春香用勺子磕了一下其中的一只碗，这只碗就打着旋沉了底。春香吓了一跳，没想到它这么不经磕，心慌地取了凳子踩了扑进缸里去捞。缸是八斗缸，和春香的个一样高。双手划动，把水中另一只碗搅拌得在缸沿上叮当作响，缸里不断有水溢出来，脱落的碗里漂起来的红纸悠悠地紧贴了另一只碗的碗沿。她把红纸捞出来放进水面上的碗中，碗中就盈了红红的一汪水。春香看到那水不是水，是血，油灯下泛着血光。真的是害怕了，那怕不是一般的怕。

既然捞不起那只碗，干脆就不捞了，一屁股坐到地上，有一股寒凉上涌，人也就抖了起来，渐渐地抖出一个字："死！"

当一个人决定要死的时候，一定是遇上了比死更可怕的事。春香就遇着了。按光绪年间民间的规矩，男女双方订婚了，男方家里就要取两个人的八字一起放在祖宗牌位下，或水缸里。祖宗牌位下要放三天，三天家里不出事情说明合婚，要选日子迎娶。放水缸里的要看两只碗是不是紧挨一起，在一起，说明合，不在一起，那肯定是不合了。一切由男方家看结果来决定。要说这样大的事情怎么能让黄毛丫头看见，可偏偏就让她看见了。春香平日里一般不到小叔王书田家住，可今儿因为奶奶轮到小叔家了，就跟了过来；又因为哥哥王安绪喜欢吃软糕，她从家里带了些过来要哥哥吃，她和哥哥青梅竹马。她就看到了不该看到的一切。看到了心里不怎么高兴就决定住下来。夜里，偷偷从奶奶的炕上溜下来，想要鼓捣出个事情来。事情不是想鼓捣出个什么样来就能鼓捣出个什么样来，事情一鼓捣就走样了，让一个小女孩的心放不下，就想了那个字。那个字想了，还没有想到要去做，等到要做了却又忘了那个字。

既然不能恢复水缸里的原有景貌，那么就赶快溜走。春香溜不走了，迎头遇见了婶娘高秀英。

高秀英说："春儿啊，黑灯瞎火的来柴房做甚？"

春香扭了一下腰想要闪过去，可天上有月亮，月亮下春香的脸煞白，被缸里的水打湿了的衣服紧贴在身上，滑溜的地让她无法闪过去，重重摔倒了。有些蹊跷，高秀英走进柴房举了灯笼照，不得了，石头地面不吃水，灯影下看水汪汪地能照出人影。一只碗放在地上盈盈地映出半碗血光来。她扭头反身出了门，看都不看拖了地上的春香找婆婆去说。说什么呢？说自己独生儿子一辈子的福气就这么被这个丫头冲撞了。

春香此时是个木人，什么也不怕了。

见了婆婆说了柴房的事，婆婆取了长烟袋抬胳膊就敲，一敲，两敲，春香不说话。婆婆说："说话呀，小贱骨头。"春香仍旧不说话。

高秀英发现有什么地方不对劲，是春香不对劲，闪猛了终于没有过去，傻了。

二

　　光绪二十七年九月十六，豆庄上官家的小女儿由十二抬陪嫁和一顶花轿抬着，从沁河西岸上船划向东岸的下里村。上官家的十二抬中有一抬很让沁河两岸的人眼热，这一抬不是别的，是用红布包着的一条毛瑟枪。说明上官家陪嫁小女儿，是陪了看家护院的家伙。上官芳坐在花轿里，外面是一把红木花梨嵌大理石的椅子，即将做丈夫的王安绪十字披红坐在上边，此时，他正不停地打着哈欠，一个接一个，有眼泪往下掉，双手来回揪扯着手皮，手被揪得泛红，秋日的阳光下像两头紫皮大蒜。十八岁的上官芳还不清楚她的丈夫是鸦片烟瘾上来了。从东岸到西岸，沿河村多，两岸看热闹的人也多，十三艘小船绑着红布绾成的花，像一条长龙划到下里村。下里村古渡口上岸处，八音会正闹得欢，新郎下了船，上了马，由八音会的人引着往王家圪洞走。要到青乡里就要先进入王家圪洞。王家圪洞是一个统称，也是一条胡同。一进胡同口的三槐里，是王安绪大伯家的院子，也就是春香的家。大伯家大门外的条石小路上用石头垒了半人高的障碍，八音会的人马停了下来开始吹打，一曲罢了又一曲起，不见有人出来搬开路障。上官芳不清楚遇上了啥事，想撩开盖头看，送客嫂嫂伸进手捏了她的肩膀一下，她停下了手。

　　八音会里吹唢呐的一位后生有些不耐烦了，抬脚踢了一下石头，三槐里大门呼的一下蹿出了一条狗，只见那狗一口咬住了吹唢呐人的裤管，来回甩了几甩，听得哧一声半条裤腿撕了下来。后生说了声："我日！"就听得大门里的人说话了："咋了？日谁了？日子长着呢！黄毛，让狗日的过！"狗叼了半条裤腿扭头钻进三槐里虚掩的大门。后生叫道："我的裤……"

　　闹得欢的八音会的人们像被打了脸，有些麻瑟瑟。吹打乐器因后生的喊叫往下滑。骑在马上的王安绪似有所悟：都是一个祖先，日谁和谁呀！这一句话他说不出来，鸦片烟瘾让他的嘴有点哆嗦，也抽得厉害。娶客家姐此时正扶着他。

　　早有人报了青乡里的王书田，他在大门口张望着，听到乐器的响了就是不见人影。那个急有些上攻，迎面的风吹得他不住地往下咽唾沫，想按住火，那喉咙就干得冒起了烟来，嘴里说着："靠，靠，靠。"

　　终于听见了乱糟糟的说话声，王书田狠狠地往地上吐了一口唾沫，扭身回了上屋去招待来宾。

上官芳下了花轿，所有的人都在看，那眼睛却不是盯了她，是她身后的那条毛瑟枪，想见识的人们小心议论着。突然，王安绪一头栽下马来，幸好马旁有人做了垫背。看到儿子两只手抽成了鸡爪，王书田走过去捆了他一个巴掌，叫人架进了书房。也就是一袋烟的工夫吧，王安绪像换了一个人似的，桃花满面走了出来，接下来是婚礼正题。

下里镇是沁河明代八景之一的"沁渡秋风"。它沿河修筑，靠山面水，古老的堤坝把下里置于高高的土丘台地之上，山上的村落很自然地以山为屏形成规模，院落和院落成台阶上升，随山势挂壁。居高临下背靠白虎"山"，平地青龙面绕喧闹"水"。以景补脉，真个是：秀水青山连天碧，千仞堡垒万般固。从村头古渡上岸处一块金石碑记中，可以看到北宋元丰八年，该镇西有一位武举人叫王向岩，曾官至中尚，他回乡在古渡下里不足十户人的村落建了一座关帝庙。因关帝庙的建造，后有张姓李姓迁来扩大为镇。王姓家族所住的三槐里和青乡里统称王家圪洞，小街两行是院落门头，为两层四合小院，由王书农的院落拐一个坡是青乡里，要拾阶而上。据说，王家先祖因为犯事，他的后人才返乡落脚。此武举人也可延伸为王姓家族的先祖。王姓家族先后出过几个秀才，始终没有弄武的人再出现。有算命先生说，王姓家族在未来要有一个习武人独霸一方，此人给王姓家族带来的灾难是灭顶的。王书田是在爹临终时听说的，当时有哥哥王书农在，哥俩关系还没有弄僵，也没有太在意。就是到现在也还是不在意，不在意的原因是王姓家族延伸到现在，后人有些稀少，能提拿得起来的人不多，大都在吃老本，出租土地。人要是有半点活下去的东西垫底谁想出去闯荡！

上官芳走进青乡里时，她就不再是一个女孩子了，一个不是女孩的少妇，往昔已成为幻影。她透过门楣望：一个陌生的世界，一个陌生的男人，某一种开端从此就开始了。上官芳从随身带来的包袱中取出那支枪，枪是当时人们叫的毛瑟枪。因为在红布包里裹着，也因为女人家沾不得阳气，上官芳就没有多看。王安绪看到她把它提起来时有些吃力，可还是提起它迈出了门槛，他想上前帮她，她笑了一下躲开了，她要把它亲自交给公公王书田。

上屋，王书田和高秀英坐在中堂前的太师椅上等儿媳前来拜见。

上官芳迈动一双小脚颠颠地向前走，头也不敢抬。这是四合院，由外走来，木底鞋踏上上屋的砖地，发出清脆的嘎嘎声。迈出门槛迈进门槛，一些事情来不及考虑双膝就跪在了蒲团上。上官芳放下手中的重物说："母亲爹爹在上，受儿媳叩头。"

高秀英递下收头钱说："来了下里，比不得豆庄。你家是大户，王家也是大户，门当户对，我把你当我的女儿待，安绪有什么不体面的事你要学会担待他，毕竟是你的丈夫，来时想必娘家母亲有过交代了？"

上官芳说："儿媳清楚。娘家母亲是有过交代，要儿媳学得一个忍字，一要少说话，说就说得要体面；二要懂温顺；三要以婆家的名利为重。娘家爹爹说了，要儿媳在处理生活的得体上谨记：良贾深藏若虚。"

王书田望着长身玉立、皮面白净、眼睛细长的上官芳，想，真是一个深沉而不瑟缩、温顺而不失稳重的好媳妇。又看了看自己的儿子，那一副落魄吃打的样子心就哀怨起来，怕好媳妇也要因自己不争气的儿子，性高于天、命薄如纸了。

上官芳说："爹爹在上，容儿媳把娘家陪来的东西交给爹爹。来时娘家爹爹说了，现在时局混乱，陪嫁来的也就是图个安稳，家里仗着个家伙，外人也就不敢来欺了。"

上官芳拿起红布包递给公公王书田，王书田弯腰接起，透着窗户射下来的光看着说："秀才人家哪懂得这个？怕也只是个样样，造了个声势。那就收起来啦。你们退下去吧。"

上官芳和王安绪告退出来，就看到自己的丈夫嘴巴扯了很大在打哈欠，上官芳感觉很好玩，想想自己以后日日要与这样一个人厮守在一起，就免不了有些好奇。

回到住屋，王安绪说："快给我取过烟泡来，我困得厉害。"

上官芳说："这东西就这样解困？"

王安绪抽了几口，静静地闭了一会眼睛，睁开的时候脸上就有两朵桃花落下来。

"看到了吗？我脸上写了舒坦了。"王安绪回答。

上官芳望着自己的丈夫想起了从前的日子。她是上官家的小女儿也是唯一的女儿，掌上明珠。是母亲的胳膊环绕着她长大的，哪有和人这样低眉顺眼说过话？现在到了一个从不曾想到的环境，眼前的景，景中的人，那人上嘴唇刚出芽的小胡须，上官芳就不想以前了，想上去摸一摸。她移动着手指，抚摸着王安绪的脸颊，他的脸长长的，皮肤黑黑，颧骨很高，双眉像两条寸长的扫帚平放着，平平的鼻子上有三五粒雀斑。上官芳想把那几粒雀斑抠下来，大概是痛了，王安绪一下翻起了身抱住她。

十七八岁的小男女像夏天的热风，把世界就堵在了门外。

秋天，是雨、太阳、风和四季的轮回。雨过后，青乡里的院子里出现了水坑，王书田拄了拐杖站在水坑旁，他的心事很重，他看到水中的自己，那哪里是个人嘛！他叫儿子出来到上屋一趟。

高秀英挽着他，王安绪过来也挽着他，走进上屋他示意关上门。

王书田说："安绪儿，爹怕是熬不过今冬了，我得了啥病我是明白的，是你结婚时种下的祸。你大伯是你祖母改嫁带来的孩子，你早先的祖母不会生养，你祖父就决定要找一个生过孩子的女人，就找了丈夫去世的你祖母，也就是说我和你大伯是一个娘两个父亲。你订婚的那天，你大伯的女儿春香搅了柴房的水缸，被你妈撞见了，春香怕训斥摔倒在柴房里，摔重了，变傻了。那夜叫了郎中，也把你大伯和大伯母叫了过来，我把真实情形说了，你大伯母立马站起来在我脸上掴了两巴掌。"王书田有些气喘，安绪端过来一盅水要父亲喝。

"我不生气。这时候你大伯说话了，说是欺生，王家人欺常姓人，你大伯原来的祖姓。咱们王家圪洞的两院房，青乡里和三槐里，青乡里是祖屋，要大一些，按长幼该你大伯住青乡里，可他不是王家的血脉只能住三槐里了。我知道他从心里一直记恨，一直堵着，我也知道他肚子里搁着这事呢。你祖母听了他说的话，叫喊着扑过去要撕你大伯的脸，你大伯挡住了她，越说越激动，话有些火，你娘听得不中听就插了话，你大伯站起来掴了你娘两巴掌，你大伯诅咒王家从此在下里断子绝孙。你祖母喊了一声：造孽！一头碰在了放粮的石仓上，你祖母用手指着你大伯咽了气。"王书田咳嗽了一阵，吐出一口血痰。

"你知道我为啥要告诉你吗？因为你大伯心里有气恼着。我知道那气很冲。你现在顶天立地是个男人了，可你不争气染上了鸦片烟瘾，你那大伯是披着王姓的狼，他从来就不念我和他是一奶同胞。你要争气啊，要给咱王姓后代争气，改掉烟瘾和上官芳过日子，生出几个健壮的后人来，爹死也瞑目了。"

王书田又取出几本账本来要王安绪过目，并一一做了交代。王书田说："我们王姓祖上曾出过进士，走到现在你爹也就是念了个秀才，你还不如你爹，眼看家业难守啊！再难守也不可做败家子，要戒掉鸦片烟瘾，记住了！"王安绪塌鼻梁上就有眼泪往下滑，几粒雀斑变得深黑。高秀英想起了那一碗血光，一下拽住了儿子的胳臂哭着说："儿，娘就指望你和你媳妇的肚子了。"

这一年冬天，上官芳和王安绪拱在棉被里打造儿女时，四十岁的王书田走了。凉意袭上了上官芳的双腿，她不知道一连串的灾难就要到来了。

三

第二年夏，上官芳生下儿子王丙东。

第三年秋，上官芳生下儿子王丙南。

第七年冬，王安绪去世。临死前的王安绪两只眼睛凹得像两只干缩的倭瓜，裹在被子里，看不见鼻梁上那几粒雀斑，他透明的身体躺在上官芳的臂弯里，一动不动西天而去。

两个寡妇支撑起两个男孩的教育和四十亩出租的农田。

租种沁河河滩三十亩沙滩地的是郭壁村的李栓，王姓家族走到现在家存的积攒因不断地减增人口已经空空，而且债台高筑。高秀英和上官芳商量想卖了河滩地。这时候有人就站出来想要买下这三十亩地。买地的人是租地人李栓。

下里村的人不相信李栓能买得起地，但是，李栓就是买了。

李栓放出话来说："河滩地是我日弄出来的，就像养活了一个人一样和它有了感情。现在比不得从前，要卖地就得先卖给我，我种王家的地是迟早的。"

这叫什么话？婆媳俩商量来商量去，觉得有人从中间作梗，想不起是什么人，就哀叹家里没有了顶梁柱外人就要下看。上官芳说："这么些年了，大伯和咱家老不上门，现在有人要找咱的碴儿，是不是也应该和他商量商量了？"

高秀英因丧夫丧子的打击，身体极度衰弱，用手指了指胸口又指了指嘴，摆了摆手。上官芳说："咋说也是大伯，我去找一找看看。"

上官芳抱了小儿子牵了大儿子走下大门外的台阶，走近三槐里的大门。上官芳要怀中的小儿子拿起门环拍拍门，就听得有下人叫了声："谁呀？"

"是我，青乡里安绪家里的，大伯在吗？我给他老人家问安来了，烦你通报一声。"

有一会工夫门开了，上官芳随了下人走进了正屋。她看到王书农坐在太师椅上，头戴毛织贡瓜皮帽，身穿青哗叽夹袍，手里取了水烟袋咕噜噜抽着。上官芳说："大伯在上，受侄子媳妇给您老人家的头。"一边招呼两个孩子也叩头。

王书农没有想让他们母子起来的意思，放下水烟袋说："我怎么就没有见安绪娶过媳妇？"这时候，有一个女子披了头发从门外走进来，看着地上跪着的人咧了嘴笑，笑声由小而大，上官芳身边的两个孩子就哭了起来。上官芳呵斥孩子不要哭，然后说："是光绪二十七年九月十六进的门。"

王书农说："是光绪年间的事啊。光绪年已是老皇历了，我不记得了。你还知道我是你大伯！"

上官芳说："知道。只是因为家里一直有事没有过来拜见，又因为过去的旧事，侄子媳妇现在提起，肯定还伤大伯的心。青乡里的日子不好过，活到现在我们守业都难了。不来拜见是小辈的错，还希望长者不记小辈错。"

王书农把水烟袋端在左手上，用烟嘴指了指依旧在一旁傻笑的春香说："她吓哭了你的两个儿子，你知道她是谁？"

上官芳说："想是妹妹春香了？"

王书农说："还算好记性，有些事情因你而起，想必你也该记得了。你来是和我说李栓买地的事吧？"

上官芳说："大伯真是明白人，真要有劳大伯了。李栓是郭壁人，一直租种河滩那块沙地，现在一下提出想买那块地。不是不卖，家里已经借了不少外债，债台高筑，讨债人年底来讨拿什么去还？地是要卖，只是不想卖给李栓。"

王书农把盘在太师椅上的腿伸展了，用手将了将头发看着春香说："噢，不想卖给李栓，那么想卖给谁？"

上官芳说："说心里话，谁也不想卖，希望大伯看在祖母的面上能给周转一下，大恩永记，容我儿到能知觉、懂情怀时当报不忘。"

王书农皱了一下眉头看着春香说："你不觉得太久了吗？可惜我这女儿连个废话都不会说。"马上又调转了话题说，"很好，能想到大伯就好。你看，不管你是不是安绪的媳妇，不管往日有过什么纠葛，难中能想到你的大伯就好。有八年了吧？八年了，我无时无刻不在想你们，这日子越往前走就越觉得重，就越觉得痛，能想到大伯就好，就好！河滩地那就不卖了，不过……"

上官芳听到王书农似有什么迟疑的事，抬起头来看着说："大伯还有什么不好说的事？自家人就说出来，侄子媳妇也不是不懂大理，以往的事情我也隐隐知道一些，要是我的公公和丈夫做错了什么，八年了也请求大伯看开些，咋说王家圪洞也就剩咱这一脉血亲了。"

王书农换转了手上端的水烟袋，说："是啊，只怕这一脉也要断了。哦，不说这些了，刚才说什么来着？是李栓买地的事吧，只是怕引起郭壁李姓家族的猜忌闹出笑话来。既然决定不卖了那就这样吧，你把租种地的契文取过来，和李栓说，地要租种给大伯，现在王家还有长辈在，要他来和我商量，租种地的年租金是多少还是多少。你现在就回去取来地契，我也好给你打点一下。你看如何？"

上官芳弯腰抱着小儿子磕了头说："有大伯做主，侄子媳妇还怕什么，只是不知道该怎么感谢大伯。"想了一下想说什么又没有说出来，说了声："那侄子媳妇告辞了。"

上官芳站起身，腿有些麻，打了个趔趄，春香就大笑着说："好哇，好哇。"上官芳看着春香想，她要是不傻，真是一个俊秀的人。牵了儿子走出三槐里，从心里想着大伯的好处：没想到借钱就借了，紧要的时候还是自己的亲人帮忙。说大伯记仇那都是从前了，大伯还是咱大伯。

回家和婆婆说了去三槐里的收获，高秀英说："也许你那大伯真的回心了？！"

取了租地契书又一次走进了三槐里，看到大门洞站着一个人，是春香。春香的脑袋里好像有笑不完的事，春香的胸前挂着一粒饭渣子，上官芳掏出手帕想帮她弄下来，春香一把抓住那手帕不放，上官芳笑了笑丢开手走进了堂屋。发现太师椅上多了一个人，是本村的地保张五爷。跪到地上给大伯和张五爷请了安，因为有外人在不大好说话，等大伯叫起。听得王书农说："东西拿来了？拿来就递上来吧，张五爷也好做个证。"上官芳把东西递上去说："大伯请过目，一切由大伯来做主。"

王书农起身，从竖柜里取出一小包银钱递给上官芳："这是你河滩地的，你取了去，有张五爷在，我王书农怎么能不管不顾呢？起身去吧，有什么事过不去就来找大伯。"

上官芳告辞出来，手里的银钱变作了希望和温暖，心里一热就有泪掉下来。

纳闷的是，李栓没有再来找上官芳说买地，李栓不来上官芳心里反倒不怎么踏实了。不踏实归不踏实，日子推拥着挤得满满的，心里就把这事搁在了一边。因为日子过得紧使唤人都已经辞去，空空的一个大院里什么也听不到，就听到孩子的哭声。两个孩子中间只隔了一岁，你争我吵，你欺我霸，整日里，清鼻涕和着眼泪不断头地流，不时听得上官芳的呵斥声。忽一日听得有唢呐和笙音传来，像是大伯家办喜事了，想不起是谁，大伯家的女儿春香傻在家，是谁呢？怎么也不通告青乡里？以前因为结仇互不上门，现在不是已经说和了吗，怎么也不说一声？上官芳抱了孩子迈动小脚走下了石台阶，迎面碰上村中一个熟人。熟人说："李栓招了你大伯家的老姑娘春香，陪嫁是李栓要买的三十亩河滩地。"

上官芳觉得距离喉咙五寸的地方有些闷，咬着自己的下嘴唇竭力装出想笑的样子，没有笑出来扭头上了石台阶进了青乡里。王丙南哼哼叽叽用小手撩她的大襟衣服，想吃奶了。就听得一巴掌下去，王丙南脸蛋显出了五个红印子，半天没有哭出来，又一巴掌下去哭出了声，红印子变成了血印子。高秀英急忙走出屋叫道："什么事憋了这大的气打孩子？"要过王丙南搂在怀里哄。

上官芳说："王书农招李栓上门，陪嫁是咱河滩地。"

高秀英一把拉住上官芳的小袖："你说什么啊？那地不是租出去的，怎么成了陪嫁？"

上官芳说："我也不晓得，要去问问！"

三槐里的鞭炮响得震耳，周围看热闹的人远远站开了，上官芳迎着炸下来的鞭炮声走进大门。王书农站在院子里迎送来人，上官芳走上去正视着他说："大伯家办喜事怎么也不通告一声？我想问问，李栓陪嫁的那三十亩地是咋回事？"

王书农把小辫子从前胸甩过后背，立马表现出感到意外："那三十亩地不是你要我做主卖给李栓的？张五爷在场，红嘴白牙定了的事，你也拿了银子的，怎么现在倒咬一口了？"

这时候主持婚礼的张五爷走过来说："是啊，媳妇，我是亲眼见的。大喜的日子里，舌头没长脊梁你可不能胡说。"

上官芳感觉自己掉到了悬崖边上，手里抓着的一根绳子也脱落了，气流冲击着她的胸口，心没着没落的，一下就号啕大哭了起来："你可是我王家的大伯呀，一年的租金买了三十亩地？你怎么配做王家的大伯？你让我和我婆婆说什么？"

王书农说："我这是办喜事，不是要你来叫丧，你扯了嘴号什么？你和你的婆婆说什么，这事也要我来管？卖地的时候你找我，要我来帮你卖，现在地卖了反倒落了这么个话！"

上官芳说："事情哪是你说的这个样子？你说的这个样子，要是别人还说得过去，你是王家的大伯怎么也敢做这样的绝事？"

王书农拿了旱烟袋锅子在手掌心磕了一下，抬头笑了起来："做绝事？下里村人谁见过我做绝事？谁不知道我是看着人的眼色长大的。人还不到山穷水尽的时候就想着卖地，那是败家子！王家出了不肖子孙啦，大伙来看看，这就是我王家的妖精，克死我母张金花，克死我弟王书田，克死我侄子王安绪，克傻我闺女王春香，现在又想要来搅我傻闺女的婚事。只要我活一天就要守住这份家业不败，就不能让贱人得逞。你怎么就连一个被害得半傻的人也放不过，妖精！"王书农背转手弯腰冲着上官芳说。

看热闹的人都拥过来看她，她张着个嘴说不出话来。眼泪掉到前胸落到膝盖滑到地上，人们指指点点说着什么。上官芳掩面跌跌撞撞出了三槐里，爬着上了石台阶看到婆婆高秀英抱着王丙南站在门墩旁，上官芳抱住高秀英的双腿叫了一声："娘——"气绝在了大门口。

有腿快嘴快的，早把这边的情形告知了婆婆高秀英。像春风刮过草地，悠悠缓过来一小口气，看到婆婆高秀英吐了一地血，无常的命运毫无表情地就这样来了。她急忙上前扶稳婆婆。高秀英指了指天，指了指地，指了指她，从嘴里蹦出两个字来："祸水！"上官芳惊讶地瞪大了眼睛，呼吸减得很慢很慢，然后，长长吐了口气，眼泪在眼眶里打转，到底没有掉下来。

"娘啊，我不是祸水。怎么你也这样来骂我了？我是为了王家，我养了儿在王家，你也是女人，你要是这样以为，我还说什么？说给谁来听、谁来信？"

高秀英捂着自己的胸口说："要我怎么信你？你来到王家，王家出了多少事？自己干不了事还想逞能，心强命不强，倒好，我王家咋就娶了你这么一个祸水？你去给我把地要回来啊！"

地收不回来了。

上官芳被不断降临的灾难攫住了，这一年高秀英带着满腹的仇恨去了。上官芳借了高利贷葬了婆婆，为了还贷，她卖了娘家的陪嫁。上官芳买了猪、牛，她不相信日子是一潭死水，她要它活水长流。

母子们守着剩余的十亩地过活。她的心里支撑着一重希望：两个后生的成人。此时，他们正在院子里打架，她喊了一声："你们什么时候才能知道娘的苦啊？"上官芳哭了起来，为自己哭，也是一个母亲为抚养孩子哭，她的哭暗含着她的仇恨。以前没有做母亲的时候她做上官家的女儿，她渴望一种有别于上官家的生活，从来没有想到要发生坏事情，现在，当孩子们一一从自己的身体中出来了，自己也经受了地狱般的苦。娘家因为遭了水患年景一年不如一年，娘家不给自己添乱，自己怎么能去求娘家人？哥哥不说什么，嫂子那双眼睛她就不愿意看。指望不上娘家，指望谁？自己在哭声中只能指望另一个祝福，其实，那根本就不是祝福，更像是一个诅咒，因为，灾难阻止了她想象中的未来。长大、长大、长大，长大的孩子们可以为自己做主，长大的孩子是未来的指望也是黑暗和光明的分界。

真的有指望了。这一年王丙东十三岁，王丙南十二岁，那头牛犊长成牛了，在租种地的同时她决定也出租牛。可事情说来就来了，它毫不含糊，因牛而起。李栓敲开了青乡里的门。李栓说："听说你家添了牛，春天了借牛耕耕地。"上官芳说："不借！"说完就恶气顿生，用力把门关上。李栓撂下一句话扭头走了。

"王家屹洞的牛，我日，怎么也不长个记性。"

隔了几天，下里村东张姓人张亮来借牛耙地。牵了牛路过三槐里，牛脖子上的铃铛叮当叮当响得脆耳。大门吱呀一声开了，王书农走了出来，嘴里咬了旱烟袋锅子，跷起腿在鞋帮上磕了一下说："借王家的牛耙地？"

张亮说："耙地。"

王书农望着高天上的流云说："自己要是有牛了是不是就不用借别人的了？"

张亮说："那是。"

王书农低下头往烟袋锅子里按了一撮烟丝说："那就牵了不用往回送了。"

张亮吓了一跳，拽了缰绳扭回头看，看到王家圪洞还是王家圪洞，王书农也还是王书农，石头是石头，门头是门头，是自己听错了？

王书农拿烟袋锅子指着张亮说："是真的。害怕什么？我们王家的牛，王家的长辈说话了你害怕什么？"

张亮说："要我买，我是买不起。要送我一头牛那不是天上掉饼子了，哪有这等好事？老叔真会开玩笑。"

王书农说："我是开玩笑了吗？没有，这样大的岁数和你开玩笑？笑话。"

张亮狠劲捏了自己的大腿一下，不像是梦。

王书农说："进来说话吧！"

张亮牵了牛走进了三槐里，出来时上官芳的牛就不是上官芳的了，它一下就变成张亮的了。

王书农和张亮说："你只要想要这头牛，这头牛就是你的了。参与买卖的事要有证人，我就是你的证人。我是看见你日子过得苦，古话说，马不吃夜草不肥，你想想看，我也不想讨你什么便宜，就想争口气，她搞傻了我女儿，我搞她一头牛，说到桌面上吃亏的还是我。"

张亮说："你直接搞她的牛就是了，怎么要我来讨这个便宜？我没有恩给过你呀，我授受不起。"

王书农说："我小时候被王家打，你爹给过我一个糠团子，人不能知恩不报吧？你牵了她的牛，你获利我顺气有什么不好？"

张亮回头再看院子里槐树上拴的牛，觉得那就是他张亮的牛嘛！

上官芳不见往回送牛就差了王丙东去问。儿子回来告诉她："张亮说了，是你忘了，还是他忘了，牛不是已经卖给他了？"

上官芳说："张亮说的？"

天殇

— 167 —

王丙东说："是啊，是张亮说的。"

上官芳说："你是不是没有操心听，听得说走嘴了？"

王丙东说："不信，那你去问嘛！"

外面下着小雨，上官芳戴了顶草帽出了青乡里往张亮家走。沁河水有些看涨，泥泞的村路有些滑，沁河两岸有人在等上游发大水，水也许能冲下来一些有用的东西，有小孩子举了石头等着砸洪头。上官芳顾不上看这些，她的胸腔里也涨着一个洪头，脚高脚低地走进了张亮家的茅草屋。

一进门就看到了她的牛，牛和人住在一起，张亮的穷酸是她始料不及的。她说："张亮，我与你无冤无仇你因何想要赖我？我一个寡妇人家拉扯着两个孩子你怎么忍心赖我？就算你家里穷见不得眼前利益你说给我听，我白借你牛用也行。常话说富人容易残忍，穷人常常怜悯，你怎么也学了富人那一套套？"

张亮的脸红一阵子，白一阵子，说不出话来。张亮老婆说话了："你王家圪洞是大户，不在乎这一头牛是不是？牵回来的牛是送不去了，不是我们不想送，是人家不让送。"

上官芳看着自己的牛说："谁不让送了？借是你张亮去敲了青乡里的门借的，你张亮借了牛不见还回青乡里是吧？借了人的不还人，想赖，赖一头牛，你张亮就富了？"

张亮瞪了他老婆一眼。张亮想这事不大好解释，不能直说，可也不好把弯子绕得太大，就说："我是从青乡里牵了牛，我还走了王家圪洞，我还路过了三槐里。我一路过三槐里，我说你卖给我了你就肯定卖给我了。"

上官芳："你路过王家圪洞怎么啦？路过三槐里又怎么啦？你不路过能牵了牛走到地里，走到你家？"

张亮说："我是不该路过，我路过不是我想让牛是我的，是有人想让牛是我的，我不想让牛是我的也不行，因为我就想有一头牛。"

上官芳哼了一声说："知道了。张亮，一头牛富不起来，人要是丢了良心就志短了。牛我不要了，就算我王家上辈欠了你，就算我王家这辈子不该养这个畜生！别忘了，我王家是不想闹事的，真把事情闹大了，我娘家陪过来的东西想必你是听说过的。"

上官芳说完抓起草帽，外面的雨落得很大，打在草帽顶上发出乱响。上官芳抓住草帽下的布条，提了心跑，一路小跑回了王家圪洞，路过三槐里，她站在门口狠狠跺了一脚，泥水溅到了她的脸上，她捡起一块石头想对准王书农的门扔过去，她想理论，终究还是压下了火，脑子里飞出了一段不大连贯的想法：儿子还小，不能让他下了毒手，忍字头上一把刀，能忍住就能化解一切。为等待活着，活出血也要等待。她倒要看看一头牛能把人养肥到哪儿，就当是沁河发大水冲走了。

隔了一天张亮把牛送回了三槐里。张亮说："这牛不能要。人家是有陪嫁的，娘家的毛瑟枪那可不是吃素的。老叔，咱命中无牛，牵了睡不稳当。"王书农说："一个人要想成大事就得做绝事，也就是一头牛，怎么就不敢要？那毛瑟枪又怎么啦？她一个女人敢把你撂过去？想你也成不了大气候。这样吧，你不要我也不会亏待你，你扛了那半袋麦子走吧，也算你帮我出了恶气的报酬。"

张亮扛了麦子出来，脚有些打飘，一打飘就上了石台阶走到了青乡里。他把麦子放到石门墩上，喘了口气想叫门，抬起了手又放下了，想到什么，脱下布衫把两个袖口挽住，打开布袋掬出些麦子放进袖中，绑好布袋口绳，双手捏了肘窝处搭在双肩上往回走，走了几步觉得自己真是背了个祸害，再回头看门墩上的布袋还在，有些不舍，放下布衫搂在怀里含了两颗泪珠走下石台阶，一路吊了心回了自己的茅草屋。

上官芳到院外挑水时看到了门墩上的麦子，布袋口上写了一个王字，是王家的布袋，那么是谁送来的呢？是王书农？她厌恶自己怎么能想到他。她想也许是祖上有人借过，现在连布袋一起还回来了，便扭身叫了王丙东要他拿回去。

王丙东说："娘，是谁送的麦子？"

上官芳说："不管是谁送的，往后要是有人提起来，记着欠了人家一份人情。"

四

上官芳守着自己的儿子，计算着家产，日子过得紧紧缩缩，剩余的十亩地，因为两个后生的不断长高越来越顾不嘴了。上官芳决定还应该租一些地来种。两个后生就像两口锅，每天往里填的水米不是以前的勺子了，是瓢，要几瓢。年景不好，收成也随着下落，租种土地的佃户刘三交不起租银悄然失踪了。有说刘三出去参加了土匪，因为被疑为匪，刘三种过的十亩土地没有人敢种，再说，刘三也没有退耕。上官芳找到刘三的老婆问话，刘三的老婆说："来年春上交满租银就是了。"

收不回租银，再租其他人家的地，因无力付租就有些磕绊。这时候听说王书农要租佃，王丙东背了母亲想前去试试。

王丙东长这么大第一次走进三槐里。王书农已经六十多岁了，鬓角上的白发像断丝一样飞起来，后脑勺上挂着一条猪尾巴，背着手，不看来人。王丙东发现他手上的烟袋锅子，铜烟嘴换成了翡翠。走进堂屋王丙东跪下来叫了声"大爷爷好"，磕了头。王书农扭转头看着地上的王丙东说："你是谁家的儿，叫我大爷爷？"

王丙东说："来人是王安绪的大儿，也是您老的侄孙子王丙东。"

王书农明显皱了一下眉，猛吸了一口旱烟说："如此说来真是大了，想必是你娘让你叫板来了？"

王丙东说："我不明白大爷爷的话，我是听说大爷爷要租佃，想问一问能不能租给侄孙子种？"

王书农说："你的娘知道你来了三槐里？"

王丙东说："我娘不知道。"

王书农"哼"了一声。一口接一口抽着烟，一锅烟完了在手掌上磕一下，磕下来的烟灰顺着阳光的亮飘到王丙东的眼睛里，有些干涩，有些辣。

王书农说："听说你的娘把陪嫁都典当了？那么有一杆毛瑟枪不知道在不在了？"

王丙东没有想到大爷爷会问这种话，好像阁楼的条桌上有红布包着个长东西，娘不让动，也不让上阁楼，想来问的一定是那东西了。"好像在阁楼上。"

王书农想说什么没说出来，示意地上的人起来。

"你的娘是个败家女人，不懂得守业，不懂得什么是安身立命的根本，她命带祸由。自从她嫁到王家，已经有多人因她失血折命，敬奉着那杆毛瑟枪怕是王家将来要因它遭到大的血报。"

王丙东打了冷战，望着烟雾中王书农的脸，那张老脸白得毫无血色，扁平的鼻子下说话的嘴巴咧开很大。他不知道到底王书农长了个啥样子，也忘记了自己到底是到三槐里干啥来了，呆呆地站着有些抖。

王书农一看这样子就知道王家的后代要绝了，也就是试探试探罢了，小崽子就这样了。

王书农棋艺不高，可也不是看一步棋的人物，在他整个的人生规则中，一切将要发生的事情都应该按着他的预计来。换个比方说，就像在上好的田里开了个口子，有水来了要流走，必然要经过口子，田是干渠，口子是支渠，再从口子上挖口子叫斗渠，依次为农渠、毛渠。水流走了地脉不完能行吗？他要把王姓家的田挖开让水流到他的田里来。

王书农说："你的娘不懂得道理，你应该懂得是不？说明你是懂得的。你刚才说想租种我的地，好啊，回去先把那杆毛瑟枪拿来，我要那杆毛瑟枪也就是想把它毁掉，来化解你娘身上自带的祸由。想得出来你是懂得疼人的孩子，想帮助你的娘打口粮了，那就去吧。"

王丙东轻飘飘走出了三槐里，爬坡走上石台阶，看到自己的娘正担了水桶要拐过大门，到屋后的井中挑水。他说："娘，我来。"

上官芳说："十六岁的肩膀骨嫩，回家去吧。"

王丙东想起了那条毛瑟枪，三步两步进了屋，看到弟弟在柴房烧火，抽身上了堂屋的阁楼。一眼看到了有些泛青的红布包袱，顾不上看是不是毛瑟枪，兜在怀里下了阁楼。下了楼想不起该往哪里藏，看到炕洞就胡乱塞了进去，抬起头来看到娘挑水走进大门，水桶晃悠，有水洒下来，阳光照着那水不是水，像血。

王丙东怀里揣了毛瑟枪走进了三槐里。这时候他看到王书农迎了出来，王书农说："取出来吧，我要当着你的面毁掉它，毁掉它就毁掉了你娘命里带的祸由。"

王丙东从怀里掏出来递给大爷爷看，大爷爷不看，说："有些东西是不能看的，祸由这东西是有障眼法的，常能迷惑你的性儿。"就在这当口那只毛瑟枪从王书农的手里脱落了下来，那哪里是什么毛瑟枪，它就是一个像枪一样的树疙瘩嘛，王丙东想到真是遇上障眼法了。听得王书农说："我日，小婢子敢诈我！"拂袖而去。

站了很久，王丙东跌跌撞撞回到了青乡里，进了家门看着母亲有些发怔。

上官芳问："你怎么了，儿？"

王丙东说："我遇上障眼法了，看到好端端的毛瑟枪成了一截树疙瘩。"

上官芳一把揪住儿的手说："哪里见着毛瑟枪了？"

王丙东脸煞白看着娘，恐惧地说："在三槐里，大、大爷爷家。"

上官芳放了手往阁楼上爬，只一会工夫就下来了，她下楼梯时是坐着下来的，木梯子擦着她的衣服，焦虑带来的不安是出奇的静。她站稳了脚，落定了神，伸出胳膊狠狠抡出了一个圆，啪地甩出了响。

上官芳原本陪嫁来的就不是杆毛瑟枪，上官芳是清楚的。出嫁的前一天，爹把她叫到书房说："女儿，爹给你的陪嫁中有一杆毛瑟枪，不是真的，爹眼看家道中落，能为你撑腰的也就是这个虚设了。现如今世风日下，你婆家因为婚事出了一些麻烦，我与你未来的公公见过面，我们一起共同商量过此事，也知道不可能陪你真家伙，可你要记清了，它曾经是清祖征服天下的庇护，在它的庇护下，破碎山河重新形成清祖辽阔完整的疆土。有生命的东西只要想活命就怕它，你只要藏着掩着它，外人想动你王家的家产胆子就壮不起来。"

上官芳把这段话讲给两个儿子听，上官芳说："你们都大了，娘熬到现在给你们交的也只能是一把枯骨。娘要告诉你们，你们的那个大爷爷是披着羊皮的狼，不要希望从他身上得到关照，不要想着去找他，你们见过发善心的狐狸吗？丙东儿，告诉娘你找他干什么去了？"

王丙东看着娘发抖的身体，从心里就不想把真实情形告诉娘了，就说："我路过他家门口看到门开着就进去了，大爷爷说想看看咱家的毛瑟枪要我取来，我背了娘从阁楼上取下来要大爷爷看，发现那不是毛瑟枪是树疙瘩。"

上官芳说："王书农说什么了？"

王丙东说："他笑了几下，扭头撇下我回屋了。"

上官芳摸了摸王丙东的脸，搂过来两个儿子哭了起来："告诉娘，疼吗？娘出手重了。"

王丙东哽咽着说："娘打得不疼。"

隔了两日，王丙东看到大爷爷家的地里有人在烧荒，由不得又拐进了三槐里。见了王书农也没有下跪，单刀直入说："大爷爷，那地是我先说好的，你怎么租给了别人？怎么说我也是王姓家的后代。"

王书农捋着胡须说："哪见过这样和长辈说话的！来人，把这恶少给我赶出三槐里。"

王丙东觉得有一股气在胸腔鼓着，这股气有着不可估量的载力要冲出来，他的身体一点点地弯曲，两只眼睛像獾露出狰狞的光来，他吼了一声："为啥这样对我？"

王书农站住了，扭回头，脸上挂了笑："穷富都是命里注定的，常言说，'救急不救穷'，这个穷坑我是填不满的。"

一下没有明白过来，当到底明白时，一个孩子心中的愤怒就像一头驴子徒劳地怒吼："为啥？"

王书农大笑起来："还问？因为你住了不该住的地方，因为你的娘命带祸由，因为……"他看到王丙东正承受着两种重力，和自己当初走进王家时一样，让他一辈子都无法忘怀，只能低矮地站着。有一丝怜悯从心头掠过，马上就又系死了，"因为我想把你们王家的小叫驴都熬成驴膏！"

王丙东冲上去狠命拽了一下那条猪尾巴辫子，然后撒腿跑掉了。听得有喊叫声传出来："狗，让我逮着就不要想活命！"

隔天，王丙东背着上官芳把挂在偏房屋檐下的玉米摘下几穗来，他要弟弟帮他揉搓下种子，背了种子他走进了河滩地。看到张亮在点土豆，这是他料定了的，来就是为了滋事出气。他冲过去说："这是我租种的地，你没有理由种土豆。"

张亮说："种不种不是我说了算，也不是你说了算，是主家说了算。"张亮在双手上唾了一下，举起镢头用劲刨下去，土里咕噜出来一块料姜石，他在弯腰捡拾时，王丙东想到他一定是在捡拾武器，来不及张亮抬头，王丙东肩上的玉米袋子就飞了过去，把张亮砸了个狗啃屎。

两个人从地垄上滚到河沿边，眼看滚到沁河里了，站在岸边的看客大声叫道："滚啊，滚啊……"这时候王书农从吊桥上放下话来："我的地想租给谁就租给谁，嘴上连乳毛还没有褪净就如此横霸，给我打。以为你真有毛瑟枪，拿了个树疙瘩来日哄人，这等少调失教的东西，打死了有我。"

张亮本来是不想动手，听王书农这么一喊，心中似有了几分胆气，一下站了起来说："老子本来不想动手，是你逼我要两岸人来看笑话，你看老子不整死你！"说罢此话张亮一把揪起了王丙东，伸出手左右开弓，霎时鼻血糊满了王丙东乳毛还没有褪净的小脸。

王丙南扒开古渡口上看热闹的人群跳下河，游到对岸，看到哥哥瘫在地上，自己反倒吓得不会说话了。王丙东说："扶我，扶我。"王丙南顾不上联手决斗，架起哥哥上了吊桥，王丙东嘴里叫着："打狗日的，打狗日的!"王丙南哆嗦着不敢打。路过王书农的身边王丙东抬起头吐出一口血痰，王书农下意识看了一下自己的裤脚，雪白的裹腿上有一个红印子，阳光下刺痛了他的眼睛。他两手牢牢抓住了吊桥旁的铁绳，他害怕掉下去，吊桥下是滚滚的沁河水。

上官芳看到儿子被打成这样子，气得跺了脚说："谁叫你去？饿死也不去求他。"说着拿了手巾小心翼翼擦着儿子脸上的血迹，手巾上的血水在铜脸盆里，晃着窗户上的方格子一涌一涌。上官芳努力让自己平静下来，把过去不曾对孩子说的话说了一遍："人穷骨头不能软，宁可去抢，不能去求!"

夜里，租种地的佃户刘三来送缴租。看到炕上王丙东小脸肿得像个发面窝头，坐在炕沿上磕巴了两口旱烟说："东家，出身书香，家道中落，只是命里不顺，路途不熟啊!"

上官芳惊讶地抬起头看，真想不到刘三出去两年不到讲起话来咬文嚼字。就说："刘三，你真是面善心长的人，没想到出去学了见识，你在外面做什么营生?"

刘三迟疑了有半袋烟的工夫说："做什么营生？给人家当跑堂，探探口信什么的，小差。"

上官芳说："你要是出外缺个人手，能不能带了我家东儿出去，一来赚个零花，二来也练一练身骨和胆略?"

刘三一下有些惶悚，不敢抬头看上官芳。刘三说："东家，我不能带兄弟出去，我今年不知明年的事，我来也就是想和你说一声，明年的今天我刘三不来缴租，就不是你的佃户了，不是我刘三不守信义，实在是穷命不保。"

上官芳看着刘三，不明白刘三的话是什么意思。王丙东说话了："娘，这真是把咱逼得走投无路，我再在屋里蹲下去，憋不死也要脱层皮。刘三哥你就不要推了，带我出去吧!"

刘三摸了一把脸，手卷成筒状在嘴巴上停留了很久，用烟锅嘴敲了一下炕沿说："你们要我怎么说？我实在是说不出口啊，我要能说出口早说清楚了。我也就是看着东家善良才说，我在外做了刀客，也就是下里人常提起的恶蚊子，靠的就是打家劫舍。我把兄弟带出去，这不是害他是什么？咳！"

王丙东有些激动了，撑着支起半个身子说："娘，这么一说我真得跟刘三哥出去了，我要出去闯，闯不出个人样来我就不回来。娘，三槐里的老杂毛不是想谋算枪吗？我要带一杆真枪回来，我要灭了他和张亮，我要报仇！"

上官芳说："儿，不能这样想，张亮和咱一样，有些地方还不如咱，他到底是穷苦人家出身。"沉默了一会又说，"你走我不拦，就要看刘三带不带你出去。刘三要带你，你出去了要学出息点，不要忘了是谁逼你出去的，给咱穷人争口气。"

上官芳说完此话望着刘三。

刘三说："这不是什么债背在身上，是命，一条人命，我怕背不动啊！"

王丙东挣扎着想起来，想下地给刘三跪下。刘三扶住他不让他起来。

上官芳说："现在世风日下，乡下抢滩霸地，百姓无处讲理，哪里还有活命的地方？人善被犬欺，你只要带他走，一切后果自有天定，哪里黄土不埋人？"

刘三抬起头，看着这个白面细眉的女人，慎重地点了点头说："有我刘三在，就有兄弟在；刘三灭，恩情灭！"

伤好了，刘三也给地下了种，他们商量好了走的日程。

上官芳又嘱咐了儿子一些话：出门在外要懂得"义"，结交朋友要赤胆忠心，要懂舍利取义，不要轻易动手杀人，对待和自己一样的人更要学得"给"。上官芳俯下身拉展了孩子的黑布裤脚，帮他背起干粮布包，要弟弟去送哥哥，她说："娘不送你了，送不送你都在娘心里。"

月黑风高的静夜，王丙东随了刘三，划了小船逆流而上。他离家时除了胸腔里一颗复仇的心以外，手无寸铁，他对送他的弟弟说："你在家要好生照顾咱的娘，天底下其他可以再有，娘就一个。哥走后防备着三槐里那老贼，不要闹事，等哥回来报仇！"

古渡口岸上两只举起来的手臂像两根竖起来的旗杆，王丙东看见上面风扬着猎猎涌动的希望。

五

人走得饥肠辘辘时终于进了山。一路上刘三和不断出现的人打招呼。刘三说："都是弟兄，春忙完前后脚赶回来，也有新入伙的。"

到了山头，刘三指着茅草房门口站着的一个黑脸汉子说："大驾杆子，黄皮子，兄弟们也叫黄哥。对了，大驾杆就是这里的老大。"刘三要他停下来，自己走过去说了一通什么，就听得黄皮子说："既然是自家来人，就请取烟问饭。"刘三示意他过去，刘三说："我这位兄弟出身寒微，外圆内方，还望老驾杆多方关照。"黄皮子说："来到山上就是一条汉子，夜里把他们新入伙的孤装（结拜）到一块，日后就情同骨肉了。"

"孤装"不是一件容易事，保人具保，头回说了，二回要有个字据，交由"字匠"保管。他们讲究"行低人不低"这个绺规，这个"保"也就算个人决定的"绺子"手续。上面要写明你的来意，是不是自愿"走马飞尘，不计生死"。

首先是"过堂"。刘三把一个酒壶放到王丙东的头上，在他耳朵边说了一句："是汉子就不要尿裤。"这时候大驾杆走过百步之外抬起了枪，听得啪一声，头上的东西碎了。大驾杆叫人去摸他的裤裆，摸回来的人叫了一声："顶硬！"（挺得住的汉子）

接下来是"拜香"，就是插香盟誓。插香要插十九根，其中十八根表示十八罗汉，当中一根是大驾杆的。除了陈设的香烛表馔外，桌上还摆着压上瓢子（子弹）的勃朗宁、自来得手枪。烧香磕头时念的咒语是："我今来入伙，就和弟兄们一条心，从此往后，互相扶持，对待众家兄弟，不准有三心二意，如果有三心二意，上前线炮打穿心而过，五狗分尸，肝脑涂地。我如违反了规矩，叫大驾杆插了我。"孤装时选烧一炷香，然后燃着表，端端正正地跪在香坛面前，口里即念此咒，念毕，磕三个头，仍站在原位。王丙东发誓的时候，与众不同，他将应该说的话说完后，将桌子上摆的手枪拿起，向着自己的胸口，猛地甩了几下，加念了两句咒语："我如有三心二意，现在枪发了我也算。"大驾杆黄皮子想，真他妈是条汉子。"都是一家人了，起来吧，去认认众哥们。"

刘三领他走到"炮头"那儿，炮头说："你还不会使唤枪吧，每天早起别踏被窝，到你的卡子时精灵点，生命都在这里。"拿了枪和子弹给了他。刘三又领他到"粮台"那儿，粮台说："我们在外追风走尘的，不容易啊！啃富（吃饭）时别挑肥拣瘦。听说过孔融让梨的典故吗？要好生学着点。"取了衣服、被子、手巾给了他。拜完了绺子里的四梁八柱，热腾腾的酒筵早就陈设齐全，循年龄大小依次坐下，让菜斟酒。酒过三巡喝得有些晕乎了，刘三将王丙东拉到石床前一块躺下。床上摆有楠木大烟盘子、象牙洋烟枪、宜兴烟斗翠玉嘴、犀牛角烟盒子、烧蓝太谷灯等，刘三一一介绍完后说："咱过的是当官老爷的生活，要是在家种地哪能享受得到这种甜头？"然后极其熟练地吸了几口，让过来要王丙东吸，王丙东想起了父亲，把烟推开了。半夜听得外面有人吵，起身摸了摸刘三不见了，推了门出来看见有人就问了话："人都哪里去了？"那人说："下山摸吃儿了（抢粮食去了）。"他听不懂匪话又问："那他们吵什么？"那人说："家里有两个赛角（土匪掳来的妇女，被奸淫过），争抢。"

就这么到了一个陌生的环境，王丙东想不出这是一个什么样的环境，心里怀着仇恨，想我什么时候才能报仇？却又想起了来时母亲的嘱托："仇是要报的，君子报仇三年，小人报仇眼前，有些祸要学会避而不惹，根稳固的时候再回来。"

在流逝的日子里沉淀下来，王丙东学会了刀客的黑话。比如行动时只要听到大驾杆传下话来，拉地硬些就是要求快走，拉地软些就是慢走。土匪行里吃饭也是有一定的黑语和规矩，如果说错了，不挨打也得挨骂。吃饭叫填瓢子，筷子叫挑篾，碗叫瓢子，吃饭时筷子不兴放在碗上，碗不许弄碎，碗破碎是最大的忌讳，可能会因此送命。

有一段时间了，大驾杆黄皮子想从他的下面人中间选一个驾杆头，和自己搭伴打天下。"炮头"想当二驾杆，炮头来"碰杆"时拉了有十几个弟兄，"粮台"也想当，也拉了弟兄，整天闹嚷嚷。更可怕的是有人在拿着一个猪脑削片，这意味着有人想起事了。黄皮子把他们叫到一起，摆了八碗十盘说："既然落草为寇了，就是一棵树上的柿子，要么不熟，熟了风一吹就得一起落地，谁要想挂在树上晾，别怪我黄皮子不讲义字。"说完扔起个酒瓶子，手起枪落，瓶子爆出了花。

"我给你们放一天假，都他妈下山给老子提了仇人的脑袋来，哪个剁得狠，我用他当我的杆头，'炉子亮'（月亮）回架子（山上），最迟不能等'轮子发'（日出），想当杆头的给你放胆的机会，可要让我查清楚你杀的不是仇人，别怪我的瓢子不长眼睛。"

这是一个机会，王丙东和刘三商量想下山杀人，杀谁，王书农。杀王书农不是说想杀就能杀得了。王丙东说："他们起局的时候都有资本，我没有，现在有机会让我回下里杀我的仇人，我杀了他，就有可能当驾杆头，当了驾杆头就有时间带人回去报仇，杀王书农也好，杀张亮也好，杀一个算天照顾。"

刘三说："你和我不一样，你是要杀回去报仇的。同是下里村人，常语说，兔子不吃窝边草，在行不懂行，我不能坏了规矩。哥祝你此行一路顺畅，恕我不能与你前往了，我在家恭候你归来。"

马上壮士绝尘而去。弃了马，划了船，王丙东尽量克制着自己的情绪，还是显出了张扬的个性，来自上官芳身上的节制和涵养在他本性中转化成了残忍和极端的仇恨。

顺流而下，先是到了他被打的河滩地。他看到张亮在扬谷子，一把一把的谷种按一个角度扬下去，在傍晚的落日下，像扬下去一波沁河水。扬下的谷子"雨涝不误挖渠子，天晒不误锄苗子"，锄过三遍，谷子绿的时候满河滩一片绿，谷子黄的时候满河滩一片黄，河风吹过，一波一漾，这时候谷子地里会竖起用谷秆做的草人，草人的手里拿了一些碎布，头上戴了破草帽，草人在吓唬鸟，却吓唬不开人。王丙东想这些的时候是在等待天黑，天一黑他就要下手。他眼看着张亮扬完了谷子，他本来不打算先拿他下手，可是在这里遇见了，他要是不下手好像道理说不过去。

也就是一眨眼的工夫，他走了过去。王丙东说："认识我不，鸟？"

张亮抬起了头，看看是王家小子。张亮说："怎么不认识，上一回打得落了水的，不就是你吗？"

王丙东低头闻着满地的青草香气："是啊，上一次是打得我落了水，可这一次呢，鸟？"

张亮傻笑了一下说："你是来找我报仇的？好啊，咱单挑。"放下扬谷的斗站起身拍了拍手准备出击。

王丙东也傻笑了一下说："我是来取命的。"一下从怀里掏出了一个黑家伙，"鸟，抬起头放出亮子看清楚了。"

张亮一看，叫了声："妈呀，你从哪儿弄了个真家伙？你大爷爷说你娘陪嫁来的是个檀木疙瘩，这么说你真是做了恶蚊子？"

王丙东说："我大爷爷卖了你，他要我来取你的项上葫芦，你把头挺起来，不要学得乌龟样。"

张亮霎时瘫在了地上："我给你们家送过麦子。我也是穷怕了，我没有什么给你，我也不欠你的命，我还有老娘有小孩，你要我什么也不能绝了我的命。"边说边趴在地上磕头。

王丙东听说送过麦子，想起了娘叮嘱的话，扣动扳机的手松了下来，却又想到满河滩黑压压的人群看他打自己，实在难解心头之恨，不由抽出刀来，走上前手起刀落张亮的下嘴唇掉了下来。

"看在你给我家送过麦子的分上，饶你一命。我要你冬天吸雪，夏天兜雨！"

张亮"啊"了半声，血就像夜色下扬出的谷子随风而起，河水淹没了他的叫声，一切依旧是哗哗的空音。

他丢下张亮往村里走，当他走进王家圪洞时，他看到三槐里的大门敞开着。照壁后站着一个穿月白衣裤的女人，披着头发傻笑着，吓了王丙东一跳。王丙东举着火把晃了晃她，火苗一下燎了她的头发，一股子燎毛臭，她拍了掌大笑起来。王丙东手执刀枪，杀气腾腾，从王书农的正院、偏院，跑进跑出，发现没有一个人在，狠命捣毁了一些家什一路扬长而去。王丙东本来是想回去看娘和弟弟的，现在，大仇未报无颜回家，朝着青乡里磕了三个头，弯腰走过吊桥，想把气撒往张亮身上，发现他人已经不见。在刚才下手处找到了一块下嘴片揣在怀里，王丙东长叹一声大叫了一句："天不疼我！"

王书农在王丙东进村时已经得信跑了，是刘三报的信。刘三怕日后扳不倒三槐里，自己家人受罪，再一个怕，是怕遇有事变不能落脚老家，人要是落叶不归根，人就不是人是木头了，到哪儿也得任人宰割。

王丙东一路上想着报仇的事，怎么出师就这么不利呢？老贼，我还要回来。

上了山看到陆续有人提了包袱往回走，王丙东见了黄皮子时，黄皮子说："小不点子，剁了仇人的脑袋了？"

王丙东说："我只割下了仇人的下嘴片子。"

黄皮子感了兴趣："怎么仅割了嘴片子？"

王丙东说："因为他不是我真正的仇人，他仅仅是骂了我，辱没了我的祖宗，我割了他的嘴片子，我要他冬天吸雪，夏天兜雨。我的仇人我没有找见。"

黄皮子笑着拍了拍他的肩说："在道，你比剁脑袋的人想得绝。"

回来的人把包袱扔在院子里，院子里起了响声，咚，咚，咚，落下来又浮起，干涩生硬。黄皮子把他们叫到一起，问了各自的情况，黄皮子笑了，露出了一口黄板牙。黄皮子说："你们中间有不少人说了鬼话。要你们单枪独马去杀人，以你们的性格来判断，你们的仇人想来也和你们一样残忍，怎么说杀就杀了呢？我要没有这一点判断能力你们就不会和我来碰杆了，日哄谁也日哄不了我呀！我也就是当下才决定了，我想让丙东做我们的杆头。"

亮子下刀客们抬起头看看黄皮子，看看王丙东，王丙东一下没有明白过来，扁平的鼻子上，细长的眼睛眯起来，有些不大胆壮地说："说的是我吗？"

黄皮子说："就是你，从现在开始你就是二杆头了，下边的人要听你来指挥，哪个不听，你只管插了他。可你也必须给他们做个榜样，不赌不嫖不抽不私。"

黄皮子说："做刀客的人都是没钱的人，没钱的人最讲骨气，也最讲义气。人要是有了这两气，那可就不得了，上可以顶天，下可以立地。古来多少英雄豪杰，起事前都他妈是穷光蛋。我们现在有枪了，别丢掉了做穷人时的良心，为了做二杆头滥杀无辜。只有丙东说了实话，这二驾杆就非他莫属。"

王丙东开始领了人下山行事，绑票回山时，他们走进寨门，听得有哗哗啦啦往枪里装瓢子声。王丙东怀疑了一下，心中一惊喊道："你要行死我吗？"

"我为什么要行你？"

王丙东说："那就压着腕！"

"闭着火！"

等他走近时，只一枪过去，王丙东的双眉中心就长出了一只血眼睛，仰面朝天倒了下去。

王丙东的死，是因为有人看不惯他年轻轻就当了"二驾杆"。

刘三听得枪响，从屋里奔出来，一看再看，心里的火苗霎时蹿了起来，手起刀落那人的胸口就喷出了血泉。

这一年王丙东十八岁，在阳世活了十八年，做刀客做了一年半。

刘三的脑袋像装满了一锅麻油，憋闷得没有一丝缝隙，才十八岁，连女人都没有啃过，就这样完蛋了。黄皮子走过来看了一眼，叫刘三进了屋。

黄皮子说："人是死了，出了事情他妈心歪，你回去叫一下他的当家人。"

六

上官芳乍一听说此事有些傻，有些惊呆，上苍给自己降下来的不是幸福，不是欢乐，是灾难。她大叫了一声："天杀！"女人泼辣的东西一下吊在了她的胸腔，两行长泪挂下来。以往，一些忍耐的情绪都在脑海里藏着，等待着一个契机被激活、被唤醒，现在它发芽了，它冒出个嫩头来。她一把抓了刘三的领口，就这么流着泪看着，好久她用自己的头猛撞了刘三的脸一下，刘三的鼻血就被撞出来了。她说："你不是给我发过誓吗？你发过的誓怎么就化泥了？你还我的儿啊！"

刘三想，她要捆自己的腮帮子就让她捆，可就是没有想到她用头撞自己的鼻子，好一阵子酸痛，捂了鼻子有些眩晕地说："只要心里痛快，你就撞，我要吭一声我就不是人。"

上官芳说："你不吭声就是个人了？人在情在，人走情就灭了。这是你说的人话！"

刘三从青乡里出来叹了口气，一路想着这事回了家。坐到炕沿上闷了心事不说话。老婆说："以往回来猴急似的要办那事，今儿咋了？"刘三说："我要再过几天没有音讯，你就带了闺女嫁人。"老婆说："好好的嫁什么人？"刘三说："你嫁你的人就对了，不该问的不要问，老子有人了想换个嫩的。"刘三老婆瞪了眼睛看刘三，以为他在说笑话。

刘三天不亮就要走，老婆拽了他的胳臂不放，刘三说："你这样拽着我，你是要我早把你扔掉啊，还不放手。"他老婆就放了手，低下头咬了下嘴唇不敢哭。

为避嫌刘三在五里以外等着接应上官芳母子。

黄杨木大门先于下里村醒来，上官芳拉着丙南迈出门。外面的雾大，两步之外什么都看不见，鸡还在叫，叫声被雾胶住了。她是今早第一个起床的人，路上积着雾，她走得不急，甚至有些太过从容。裤子上扎着绑腿，细脚伶仃的，走路像踩高跷。丙南急忙上前去扶，她不要他扶，她有棘木拐杖。有人赶了牲口走过来说："安绪家的，起了，这么早要上哪儿？"她说："回娘家。"脸上还露出了笑。

下了古渡口上了小船脸上的笑就挂不住了，风吹着脸，雾湿了头发，船家要她进舱坐，她说："不！"一副斩钉截铁的模样。

船往前顶着，蔓延百里的沁河两岸千树万树，宛若条条利箭要戳穿什么。什么也没有戳穿，只戳穿了她的心。想自己女人柔弱的情怀是什么时候生出了一颗男子刚硬的心，想起来要儿子去当刀客？刀客是做什么营生的？是杀人放火，是浑水摸鱼的土匪！做人的不能正当做人，成事不足，扰民有余，自以为省力，却丢了性命。那么，是谁不让过好好的生活？是谁逼得走了这条路？是仇人王书农。

下了船有大驾杆派来的轿夫，一路护送上了山。山里的绿色已经褪尽，一概是枯草的黄色，是一种漫漶的苦涩。

上官芳落轿的第一步看到了一口血红的棺材，棺材前放着一个失尽血的人头，两旁是系了白布的占山刀客，山风猎猎，香烟袅袅。上官芳踉跄着走过去坐下来，真的坐下来的时候，她倒惊异了，十八年的苦真该哭一回，可是她突然没有了悲伤。她的哭哪里去了呢？天地间灰蒙蒙一片，她看不见的太阳已经落尽，她的苦在这山风猎猎中溃掉了。山上起风了，黄草叶在地上转圈子，转来转去都堆到了她的面前，她突然就说话了："是不是你呀，我的儿？要是真的是你来缠着娘，你就来娘的怀窝里吧，娘的怀窝里暖暖的，冷的时候不凉，热的时候不烫。日月无形，你的羽毛还没有丰满，你来娘的怀窝里是要娘来抚摸你吗？娘的心肝，娘的肉啊！"上官芳手里捏了地上打旋的草叶，有一会，身子骨挺挺地站了起来说："做一个刀客，被人吃了黑枪是没有脸面的，也就是说他一定是什么地方得罪了众家兄弟，才落得如此下场。我以前见他的时候，他活蹦乱跳，现在再见他人已经没有了，就当还在外糊口，不想了，一上这山上来我就不想了，一看这景我就不想了。既是在山上没的命，就把他埋到这山上，让他呼吸着这山上透爽的风睡去吧。没有命的儿啊，随了风去吧——"

大驾杆黄皮子有些顶不住自己的情绪了，有眼泪往下掉，手捧着一张字据走近前来说："是丙东的娘，也就是我的娘。我们出门在外，打小里就不知道什么是伤心，今儿我学得了。这张字据是我与您老立下的，以后我就像照顾亲娘一样来照顾您。"

上官芳说："我养他一回，却没有看好他，让他受了罪，让他临去也见不着娘，他往昔的一件件、一桩桩事情，缠着我呢，我只能做他的娘，怎么好做你的娘？"

黄皮子把上官芳让进屋，他觉得这个娘和一般的女人不一样。黄皮子留上官芳住下后，出门第一件事就是要粮台做一碗热汤面，第二件事是要把那个喽啰的脑袋煮了做尿罐子。

丙东埋到了寨外的一块坡地上。白花花的人群号着从上官芳面前经过，光秃秃的山岭上风吹得起哨，于情于人于景，人生如梦瞬间半生，上官芳体验到了什么是真正的大痛！就在这时候谁也想不到的事情发生了，刘三手中的枪响了，刀客们大乱，想不清楚谁他妈又要开黑枪，却看到刘三倒在了王丙东的坟堆旁。

刘三讲了一个义。

上官芳跑过去抱起刘三的头，刘三叫了声："你能给我做娘吗？"上官芳来不及答应，刘三说："我对不住你……"一歪脑袋断了气。

黄皮子叫道："他妈的，一双落了草，都他妈是真汉子。"

半坡上堆起了两个山包，黄皮子望着墓堆说："今儿送一人，睡去一双；如今二当家的娘来了，我们要留她在山上住几天，各位要好生相待。我现在当着众家兄弟的面拜娘，也是要大家见个证，有我黄皮子的一天就有娘的一天。"说完跪在了上官芳面前叫了声："娘，收了孩儿的一片孝心！"

这时候上官芳的眼泪往下掉了："我大儿子没有学好吃了黑枪，我还有二儿子，我把他留到山上，你们要好生调教。今儿我收了头，我就得尽娘的义务。"她从长衫下取出一块桃木符递给黄皮子，说："也算是我给你的见面礼了。"

这时有几个小点的刀客嘀咕在一起，黄皮子看着不大顺眼大喊了一声："造反不成！"吓得他们出溜一下跪在了硬土地上，大胆一点的说："我们商量，不知道二驾杆的娘能不能让我们也叫一声？大伙都来做刀客，二驾杆活着和弟兄们好似一人，他的娘也就是我们的娘，今天不知道明天事，有娘疼也算今生大幸。"

黄皮子用喊山的嗓门大叫道："谁想认娘就跪下！"

呼啦啦，跪倒一片。

这让上官芳有些措手不及，这场面她哪里经见过？

想了有一阵，上官芳才说："我不懂佛理，可也有解佛之意。依我看，我做你们的娘，就应该让你们持守戒律，去恶之非，这样才能过上平稳的日子，绝不应该用强抢来完成个人的想望。可是，这世道黑暗，难分清浊啊，就是勤扒苦做，有碗饭吃的简单想法也让人行不通。现在，你们走了这一步，说明天不遂人意，既然天都没有仁爱了，人总得找个活路吧？迟早是个走，走也走个饱人，就一条道走到黑吧，孩子们，我今儿在丙东坟前答应做你们的娘了！"

黄皮子叫道："鸣枪！"

百十条枪朝天放响，山林中的鸟扑啦啦飞了起来。

刀客们齐声高喊："娘——"

那个"娘"缭绕了很远。

七

秋天的早晨总是阴沉沉的，所有的早晨都像要下雨。树叶还在堆积，一片两片地落下来。王书农坐在小马扎上，坐得不太稳当，风吹得他的手和脸有些干，摸上去沙沙响，是皴皮子在响。他的心开始一跳一跳，他招手叫过一个丫鬟，想站起来，因为心慌怎么站都站不直，只好弓着腰把双手背在腰后，他要丫鬟叫两个家丁拿了枪过来。家丁领了他，丫鬟提了马扎往大门外走，他的腰慢慢挺了起来。整个王家圪洞静悄悄的，巷子窄窄，雨天留下的车辙和牲口的蹄脚把路面切成了条条和窝窝，窝窝里积满了碎草和小石头蛋。一路都有树叶贴着地走，王书农磕磕绊绊提了心走到巷子口，看到王家圪洞的门脑顶上，有家丁坐着打瞌睡。他从丫鬟手里夺过马扎来狠狠地甩了过去，他骂道："我日，等刀客来了把你的脑袋剁了，就不打瞌睡了。"家丁一激灵站了起来看远处，沁河水面上有船划来，悠悠地划过了下里，有风吹过打不起浪。

自从上一次接了刘三的信，王书农心里就一直不是个事了。怎么能是个事呢？这世上什么最怕，俗话说：好人怕赖人，赖人怕二愣瞪人，二愣瞪人怕不要命的人。王丙东看来是不想要命了。王书农也害怕死。打那次走后，他就开始要李栓给他往家里买枪，雇家丁。他不是存心想和王家的人斗，按道理他也是王家的人。记得母亲当时领他来到王家，看到大户人家的排场，他和母亲的眼都很热。可继父不喜欢他，动不动就抬手打他。有一次家里的炕洞里跑出了蛇，继父要他上前抓，他不敢，继父说："抓！"他上前闭了眼睛抓住了那条蛇，蛇缠了他的胳臂，他的手臂由红变紫，他好害怕，松了手，蛇反口咬了他，那一次要不是娘，差点要了他的命。他发誓要把王家的人灭掉。可惜他这一辈子缺儿，生了一个闺女，也被青乡里害疯了。现如今，招了李姓家族的李栓上门，可惜生的又是一个闺女，他盼孙儿啊，他要光耀"常门"祖宗。他这样想着就往前走了一截，走到了青乡里的石台阶下。

青乡里的黄杨木大门上，上了铁葫芦锁，他迟疑着不知道该上去，还是不该上去，也是正犹豫间，有一个家丁说话了："听说，刘三把安绪家里和他二儿丙南接走了。说是丙东遭了黑枪，这青乡里眼看着就一个一个完了。"

王书农眼睛一亮，扭转头看着家丁说："你这话可是真的？"

家丁说："听船老大说的。说是一天早上，安绪家里和她二儿坐了船在五里外要刘三接应。"

王书农一下来了兴致，要丫鬟回去再取一个马扎来，他要上去坐坐。青乡里的高台上面，原来是有看河楼的，不知道什么时候塌了。小时候在看河楼上看沁河发大水，后生们驾了船捞大水冲下来的衣物，实在是好看。后来看不上了，因为，青乡里不属于自己的了，现在看来自己的想法就要实现了，他想上去，不是一般的想，很急迫。

气喘吁吁走上去，丫鬟给他放到屁股下一个马扎，王书农摸了摸又摇了摇看看稳当不。定神坐下来，拄了棍看着远处，发现眼睛看那远处更清楚。他说："你去给我打听一下，看是不是丙东已死，要是真的，那小婢子就该回她娘家了，我要在看河楼上搭台唱戏。"

王书农的想法大，他把闺女嫁给李栓，是要和李族大结亲。他把牛送给张亮也是想贿赂张姓，现在张亮的下嘴唇没有了，张姓人记仇就记在了青乡里，明里没有说什么，暗里是叫了劲。这样好，真好。

家丁出了王家圪洞，下了古渡口，就看到安绪家的回来了。抽头上岸往三槐里跑，他要告诉王书农上官芳回来了。

王书农听了家丁禀报，提了心站起来看了看古渡口上有人下船，下船的是一个女人。王书农还是不放心，要家丁告诉门头上的人加强戒备。下了石台阶，由于心慌，一脚踩住了一个小石头蛋子，嘴里叫了声："我日。"倒了下去。摆手要家丁抬了他往三槐里走，刚进大门，听得有小脚嚓嚓声走过，王书农想她那个儿怎么不见了，他咒她那个儿也死掉。听不见再有动静，才想起腿，用手一摸，肿了。老婆大叫道："你这是怎么了啊？"他一把捂住了她的嘴。

上官芳等三七纸烧完才回了下里村。有人问她这几天去哪里了，她说回娘家看家兄了。有人问她，丙东去哪里了？她说到城里做事去了。有人问她，丙南去哪里了？她说和他哥哥搭伴在城里。她一一应对，谁也不知道她心里疼得在滴血。天一黑，她颠了小脚走过王家圪洞，她才看到门洞上有家丁，她不怕，拄了棍照路摸索着往前走。进了刘三的家，看到刘三老婆抱了一岁的女儿在炕上喂奶，只一刹那，她就不想告诉刘三老婆了。她把大驾杆黄皮子给的钱放到炕上，说："好生照顾闺女，刘三捎回来的，要计划着用。租地刘三已经买断了，你好生找人来种下去，以后，刘三有个三长两短你就指望地来活命了。"刘三老婆低着头，想刘三走时说过的话，突然听到自己买了地，抬了头咧了嘴看着上官芳问："刘三找了小了？我也就生孩子不几天，他就要讨小，给我买了地，也算有良心。"上官芳的心一下感觉有针挑了肉一样，急急告辞出来。

过三槐里看到春香靠了门笑，手里拿着她曾经用过的那块手帕，她想走近再送她一块手帕，她往前走的时候，有人一把拽回了春香。她看门旁有两个拿了枪的家丁守着，她的后脊梁紧抽了两下，装了看不见拐上了青乡里。

台阶上歇了口气，看着远处古渡口来往的船只，迷蒙的天光下，她觉得有些记忆是无法从生命中抽去的。从小女儿时代的怕走夜路，怕听鬼故事，怕独自陷入绝境，到现在把自己放逐到了一个令人绝望的苍凉之境，到底是什么啊？河风依然像若干年前一样徐徐、一样依依、一样凉凉，但吹到脸上，她倒怀疑自己是否活过以前了？为什么守着这样一条欢快的河，却过着最痛苦、最受欺凌的日子？

上官芳决定不亏待自己短暂的生命，生命的这一头是望不到那一头的，她觉得报仇和活命都一样神圣。

上官芳坐了小船离开了下里，小船戳破暗夜的沉寂，飞卷的河水卷起了她的仇恨，她复仇的心火是冲天的。

生活的巨变，让上官芳不知道该怎样处理和应对这种刀客生涯。她想到的是要小儿丙南加入刀客。

她和黄皮子商量孤装要举行的仪式，要丙南来做，练练胆量。黄皮子说："兄弟长得人高马大，练不练吧，有兄弟丙东做榜样，想他也是一条汉子。"

黄皮子叫了炮头、粮台（管吃喝的）、水香（管站岗和放哨的）和翻垛的（刀客中的军师）。他要炮头拿根草棒点燃栽在墙头上，离百步远黄皮子放了一枪，草棒上的亮没了，还有一小截黑在。黄皮子拿给丙南看，他说："不怕的，兄弟，哥不会吓着你。"丙南有些哆嗦。黄皮子进屋取了一炷香过来，他把香点燃栽到丙南的脑袋上，百步远他放了一枪，丙南吓得尖叫了一声，人也就软了下来。人一软不说，上官芳看到他头上的香头不是像草棒上的亮飞到远处，而是掉了下来。她让炮头过去看看。黄皮子说："我去看看。"三步并了两步走过去摸了一下丙南的裤裆，是湿的。黄皮子犹豫了一下，却故作镇静地高声喊道："顶硬！"大家听到了高兴得喊叫起来，八盘十碗就端了上来。

上官芳的心事有点重了。她坐着一动不动，没有言说，没有任何举动，黄皮子走过来在她背后站下，把手放在她的头上，黄皮子说："娘，你是不是有心事？心里是不是想起了仇人？我明天就带了人下山去灭了他，替娘出气。"

上官芳摇了摇头说："娘的仇只能娘来报，娘的仇人是娘这一生的心痛，要亲自手刃他。"

黄皮子说："娘，你是不是也想打香头了？"

上官芳说："不是娘想打香头，你把那炷香做了手脚，你摸着他的裤子是湿的，我养的儿我知道，他和他爹一样，也是他爹抽鸦片最凶的时候有他的，他弱，胆小。有些事真让我不省心啊。"

上官芳决定自练枪法。黄皮子给她从乡下驮来十几马背萝卜，秋天的萝卜水大，黄皮子说："娘，给你定个任务，你就用萝卜来当靶眼吧！你打中的萝卜，晚上就是我们的菜。"

枪在上官芳手中举起来，一枪放过去，手臂晃了一下，瓢子飞到了天上，萝卜还是萝卜。

上官芳说："真是十年学得一个举子，十年难学得一个江湖。我要打不中萝卜，你们晚上就没有菜吃了，娘得好好练。"

这是匪风炽盛的年代，山头上的刀客们不时在发生一些变化，常常是夜里走时好模好样，黎明回来，生命的活蹦乱跳就隐在了世界的另一头。上官芳穿着从山下抢夺来的鲜亮的裙袍，走过来，她的身影在众刀客群中显得高大，她俯下身亲吻他们的脸，看到他们用力地呼出最后一口气，然后所有痛苦紧张的表情都趋于舒展和平缓了，她把他们送到山坡上。她的伤痛，深如黑洞一般孤独无助，她的仇恨在一点点加深。山坡上的土堆逐渐多起来，她想山坡上的奇迹是许多梦的破灭，许多梦在黑夜开出了花，到黎明就凋零了，她因花的凋零而颤抖，而大喊大叫，她的喊叫撕裂了整个山包。

上官芳的萝卜从秋天打到春天，练得百步、千步之外瞄准萝卜的缨子也能打飞，不仅如此，树上的叶子打过去一准一个洞。上官芳想，我的这个名字已经是从前了，叫什么好呢？命运无常，就叫"无常"吧！她叫过儿子黄皮子来，她说："你不是早就想叫我的牌吗？现在可以了，以后出去叫牌就叫无常，娘也跟着去，你给娘做一个抬斗，娘要看那些个富户怎么把我的儿们打睡。娘要那些个富户听了我的叫牌就打战。"

黄皮子说："娘，那你就做总驾杆吧。"

她说："既然叫了牌子，那就按你的意思来。"她把刀客叫到一起训话。她说："孩子们，以前我只会拿针拿线，现在叫拿刀拿枪，没办法呀，这是人家逼的，要从头学，跟你们学，大家抬举我当总驾杆，推不掉就一块干吧。不过我有几句话要说在前头：第一，眼前咱要抢富户、拉肥票，购买枪支、子弹，招兵买马，扩大势力；第二，拉票不伤人，女票不能欺凌，快结婚、还没有出嫁的快票，谁也不准近身；第三，只拉成人不拉小孩，外出弟兄如有出事的无论如何要抬回来；第四，江湖有理，朝廷有法，三刀六眼，自绑自杀。帮规积威，日久成形。孩子们，好生记清，不要怪娘的瓢子不长眼睛。"

八

冬日午后，上官芳从山下掳来一个快票。快票是离山上有七十里地的马家营老财马保的女儿马小红。马保因为吝啬，家里富得流油却不想借给穷人一个子儿，又因为马保的势力大，远近的刀客没有一个敢动，虎嘴里拔牙，上官芳不信这个邪。

当时马小红正和娘生气，娘要她穿那件水红裙子，她不，她要穿那件杏黄镶嵌绲边绣梅花小袄。娘偏是不让穿，说："还没有过门就不听娘的话了，还了得了你。"马小红一扭身出了门。娘说："你出去吧，叫刀客抢了你。"

外面下着雪花，她用脚踢着下个不停的雪，雪在她蒜瓣瓣脚尖尖上响着一种声音，她走得急，不是往前走，是来来回回转悠，坠着霜雪的刘海衬出了她那张秀丽的脸。雪真是下得太大了，悄无声息的雪地上就走过来一顶红轿子，轿子里的女人撩起了小窗问话："知道马保家怎么走？"马小红说："我就是马保的闺女，我给你领路，不远，那座房。"她掉转头指给她看，就这么掉转了头，她就被捂了嘴蒙了眼装进了轿子，抬轿子的轿夫跺跺脚，抖落身上的雪花一溜小跑走了。断后的黄皮子要插千贴了一张纸在马保的门上，上面写着叫牌人"沁河无常"。

快票抬到山上已是傍晚，有人引她走进一座土房子，解开了她的蒙眼布。她看到轿子里那个面善的女人，她不知道这是什么地方，吓得哭起来。上官芳说："不要哭，你的家人说不定夜里就来赎你了，我们也就是想拿俩零钱花，对你们家人来说也就是破财消灾，你们家的银钱堆得成金山银山了，我们只要很小一份，是很小的意思嘛。"

刀客们走进走出看到这个马保的女儿真水。也就是多看了几眼，有帮规谁敢下手？问题就出在王丙南看见了。十七岁的他记载了小男人成长的渴望，像一棵挺拔的树，到春天了就一定要长叶子，纵然有飓风吹来，也吹不落他的嫩头儿。于是乎这样的夜晚就不平静了，就不安逸了。山上风大天寒，云彩被吹得走远了，露出月光来。王丙南看着月光，心里不觉得冷，反倒像生了一个小火炉。他实在是想采撷那朵夜色深处的花。他和人要了鸦片抽，他背了他娘抽，娘要知道了是要掴他嘴巴的。一抽再抽胆气渐生。他知道那个女票就和娘住在一块，她在里间，娘守在外间。要想进去，不能从门进，一拨门就会有响动，一有响动娘就听见了，那还了得?! 要想进去，得从里间那扇窗户进，窗户是活的，夜静的时候风大，风有时候会吹哨子，只要轻轻摘下它跳进去拿刀子架在她的脖子上，就办了事情了。

上官芳等赎票，等不来。山下捎了话来说，一下筹不够那么多大洋，要明天来，也要闺女守个洁身。婆家说得更绝，如果不能落个干净身子，宁愿让撕票。上官芳和来人说："有我看守谁敢来偷花?"要来人告诉马保放心筹银子。

夜已经很静了，天空中，一点点地聚集到一起的星星伏向窗棂。在这不平静的夜里，王丙南听到了自己心的跳动。窗户里的人因为害怕一直就没有闭眼，她听到有气喘声飘过来，在窗户下闭了很久，开始拨弄窗框。因为有风吹过，有哨响，一切就淹没了人为的拨弄声音。马小红不敢叫，小心下了炕走到外间，推醒了上官芳。上官芳揉了揉眼睛坐起来，以为是闺女不敢一个人睡，挪出地方来要她躺下。马小红拿起上官芳的手指了指窗户，上官芳从枕头下摸出了枪光着脚走到里间，就看到冷风从空洞洞的窗口吹进来，一个黑影轻轻跳上了窗台。上官芳手起枪落，砰一声那个黑影倒头掉了出去，吓得马小红尖叫一声，山上的刀客就乱了起来。

黄皮子第一个跑到了上官芳的门口，隔了门扇问："娘，谁吃了瓢子?"

上官芳说："点了亮子看看里间的外窗下，娘就不开门了。"

黄皮子叫人点了亮子来，看到窗户下趴着一个人，后脑门上有个洞，流出了白色的脑浆。用脚踢反过来，立马吓得叫出了声："我的娘啊，是丙南弟啊!"

上官芳从炕上跳下来，小步跑到窗前，用手抓了胸口，等吊起来的心下了半截，才从里间探出了头望着窗下，有一会说了话："定了规矩都是一样的，抬了去，给娘上了窗户，风大。"

上官芳一夜无眠，马小红一夜无眠。

这是上官芳练习枪法以来对着人发出去的第一粒"瓢子"。

这一夜两个女人坐在炕上拉着手，互相抓得都很紧，长长的指甲似要嵌进肉里。风敲着门扇，马小红看到上官芳那两只细长的眼睛里透着亮。那亮慢慢变红，吓得马小红把脸埋下来闭上眼睛。天光透亮时，上官芳说："他是我亲生儿子，年头年尾我丢了两个儿。"

马小红哇地哭出了声。上官芳说："我想了一夜，都是我不好，我要不把你抬到山上来，也就不会失去我的儿；我的儿要不对你产生念想，也就不会吃他娘的瓢子；他的娘要是不被人逼，就不会上这山上来。逼他娘的人是祸头的根源，我要不灭了他，我下辈子不做人。"

门外山风呼呼，马小红看到上官芳一夜间长出了白发。

早上山下的来赎人，马小红骑在驴背上蒙了眼睛，赶驴的叫了声："嘚。"马小红却挣扎着要往下跳，赶驴的叫了声："吁——"从驴背上扶下了她。她摸着走到上官芳面前跪下磕了三个头，扭转身上了驴背，赶驴人叫了声："走。"小黑驴撒开四蹄欢欢下了山。

身后传来上官芳的话："闺女，不是我心黑，这也是一个行当，你好生去吧。"

这一年冬天，刀客大都下山猫冬，上官芳也打点了行装，想回下里一趟。回下里有两件事情要办，一件是给刘三家里送一些吃喝，二是想当插千，探一探三槐里的情况。

沁河水冻得有些不大实，她坐在轿里沿着沁河岸走，沁河岸两边的树上光秃秃的，不如山上的树白花花的霜裹在上面好看。太阳就要落山了，西天上有三两絮晚霞镶了黑边挂着。轿抬到沁河岸边的一座小桥上，忽听得有人喊了一声："站住，带私货没有？"上官芳明白自己是遇上响马贼了。她示意轿夫停下来不要吭声。在轿子里问："冰天雪地的，想来你们也是穷苦人，那就赏你们几个过年吧。"轿子窗户上的布帘子掀了起来，一只手伸出来，噗、噗、噗掉下几块大洋。

响马贼跑过来捡起，相互看了一眼，这一眼是有内容的：你能噗噗扔下来白花花的仁仁俩俩，你的口袋里一定还多。听得其中一个人说："要丢就丢给够，要不就留下命来！"上官芳闭上了眼睛想，人心不足啊！也就在其中一个要掀开轿帘的时候，上官芳说："走开吧！"那人他不走，上官芳发现那人的下嘴唇露着牙床。上官芳说："你是张亮吧，我已经认出了你。"嘴唇露着牙床的张亮就越发地不能走开了。他立时从怀中掏出了一把菜刀，对着轿中的人砍过去。两个轿夫喊了声："找死！"也就在两个轿夫出手时，轿中的枪响了，张亮倒在了地上，另一个吓得就跑。张亮想到自己是死了，好一会，

天殇

睁开眼睛看，周围漆黑一片，摸了自己的下嘴唇，凉飕飕地兜着几个大洋。张亮吓坏了，想自己遭遇了一场梦，不知道是真梦还是假梦，不知道自己是真死还是假死，嘴里含着的是真钱还是鬼钱。

上官芳留了他一条命。

轿子从吊桥上过了河，上了古渡口，听得有锣敲响，有狗叫，她看到人影晃动，不知道出了什么事情，她要轿夫抬了往刘三家走。其中一个说："娘，过不去了，有拿枪的活动，莫不是窑变了（出事了）？"上官芳说："想是那个溜掉的小子告发了，这样说来怕是两件事一件也办不了了。"她要他们停留在暗处，自己想回青乡里看看。王家圪洞上架了炮台，从暗处出来两个人走上前拦住说："这是王家圪洞，要王老爷说话才能进。"上官芳说："我找的不是三槐里，是要找青乡里，想进青乡里打问个事。"黑暗中的人说："青乡里的人全死完了，要找人就去鬼府找吧！"上官芳心里的火一下蹿了起来，想从袖管里扣动扳机，还是忍住了，要轿夫抬了往豆庄走，她说："我的宅，我回不去，这叫什么世道？我一定要回来报仇！"

九

上官芳决定报仇。

难报这个仇，是自己那三寸金莲作怪，走，走不稳，跑，跑不快。她要孩子们协助她来报仇。

王家圪洞里火把冲天，黄皮子从三槐里出来迎接抬斗上的上官芳，上官芳说："王书农那老贼抓住了？"

黄皮子说："抓住了，全家大小二十六口都被我们圈住了。"

上官芳说："这是我与他的恩怨，你们就不要插手了，扶我下去。"

下了抬斗，走进三槐里，火把围着的上屋中堂，一圈人中上官芳首先看到了王书农。她看到他老了，原来还有几根断丝样的头发飞起来，现在，竟然秃头秃脑了。"把他们放了，没有他们的事情。"上官芳指着用人们说。

此时屋子里只剩下了三槐里的住户。上官芳说："现在就剩下咱们王家人了，是也罢不是也罢，真也罢假也罢，我就是不知道，你也是吃了王家饭长大的人，怎么就不懂个里外？你说也罢不说也罢，现在我的枪不长眼睛，压根就不想饶你的老命。你不是一辈子都在想算我王家的财产吗？都给你了。

你不是早就想住进青乡里的祖屋吗？现在也归你了。可惜王家的财产做了常家后人的坟墓，从此王家要绝了人烟了。"

上官芳举起了枪，也就是在这一刹那春香用身体挡住了王书农。春香手里缠着一方手帕，丝质的手帕在火把下泛着亮影。上官芳看到春香的眼睛里滚下了两滴泪珠，有黄豆粒那么大，从她的腮帮上滚到前胸，落到了地上。上官芳听得春香笑着弯下了腰，倒在了血泊中。

那一块手帕飘落到上官芳的脚下。

这一枪不是上官芳打的，是李栓打的。李栓站在春香身后，王书农从八仙桌下摸出来一把藏着的枪递给李栓，李栓发枪时没有想到春香会动，本来是想借了春香的肘窝发枪的，她这么一动一笑，枪横着发了。李栓的手在上官芳抬手落手间炸开了一朵血花。就听得屋外黄皮子喊道："娘，要不要我帮忙？"上官芳说："娘不想杀他了，留他一条老命，要他给闺女送葬。"上官芳走近春香把那块手帕盖到她的脸上，她看到她依旧笑容满面。

上官芳说："人要是傻了就好了。"说完扭头上了抬斗，她的脸上有泪掉下来，一滴一滴被风刮落在了王家圪洞的地上。

1929 年冬，土皇帝阎锡山在山西大搞扩军。沁河无常的人马已经扩充到一千多人，想报仇已经不是一个问题了。这时，阎锡山感到了威胁，他派第十五军第三旅王辅旅长，到沁河诱沁河无常接受收抚。来人先把黄皮子说动，才征求上官芳的意见。她一开始表示不同意。她对来游说的人说："我拉杆是为了生存，不是想当官。再说，一个小脚女人，也不可能带兵当官，前无古人呀。"

来人说："你不能用妇人的眼光来看。历来玩枪杆子，一部分是为了养家糊口，一部分以为英雄可以造时势，不思谋自己的后路也该思谋给孩子们创立一个正式前程嘛。做了官还怕没有生存的活路？可是刀客你总不能当一辈子吧？况且你也得替他们年轻人想想，你不要前程，也不能耽搁他们一辈子呀。"上官芳说："容我思量思量吧。"

上官芳和黄皮子商量，黄皮子说："收编后，有军饷，不怕围剿。人不能老当刀客。"

上官芳想了一会说："是啊，娘要不是被逼，怎么能想到要当刀客？游侠非终身之事，梁山岂久居之地？一经招安，不仅出人头地，亦且耀祖荣家。只是娘怕是个套子。"

黄皮子说："行武人讲的就是一个义字，想他不敢把事做绝。只是娘的大仇没报，孩儿今夜就领弟兄下山灭了他。"

上官芳摇了摇头说："只怕我是妇人之见。仇是迟早要报的，眼下最紧要的是你们的落脚，愿走的走，不愿走的留下来。如今天下大乱，谋个出路，等将来太平了各回故土落脚，享受天伦之乐，想来真是个好事。我看你去意已定，娘就不多说什么了，娘得给他们提一个条件。"

上官芳提出的条件是：一、按实有人数改编；二、原班人马不能遣散；三、收编后，所有军官，都由她亲自指派。

王辅回去禀报之后很快达成协议。1930年初春，沁河无常上官芳坐在抬斗上，带着一千多人马，浩浩荡荡开到潞安城，按实有人数，编了一个团，上官芳指派黄皮子当团长。她亲自将人马、枪支点验交给阎锡山部队。黄皮子要她留下来，到潞安城找一处住下，不要再回沁河，一生的伤就此封口，也该由孩子们给她养老了。她说："不，我还没有报仇。山上还留有人马，娘的心愿未了，一旦了了心愿，娘想回沁河岸上的下里种几亩地，收养几个孩子养老。到时候天下太平你也立了战功就来下里找娘，娘给你看儿子，守着一条河不怕日子不富裕。"黄皮子抹了眼泪，弯下腰要上官芳踩了他的背上马，上官芳敲了一下马屁股，匹马单枪回了沁河。

打马前行。

未来美好的渴望和复仇的激情，一波一波击打着她的心灵。从出嫁到现在，从一个人嫁到王家到一个人走出王家，中间有一段过程，这一段过程布满了血腥。她渴望的生命无限延续，爱情无限甜蜜，欢乐无限充溢，被阴冷的不时登门的死神切割丢了，没有爱，没有生活，没有自由，没有幸福。外部的无限压抑创造着内心的无限积累，从一个小姑娘到一个小妇人，到一个含辛茹苦的娘，再到一个刀客，生命的形式就像一条河，在等待一场雨或一场雪，一场壮观骇人的爆发。

这时候，黄皮子正被押解着往一个乱山冈上走。他的嘴被狗皮膏药糊死了，说不出话来。准备枪决时，给他撕开一条小缝，他用尽力气喊道："都是行武人，怎么就不讲个义？我当初怎么不听我娘的话？我日你们的妈，日你们的爸，我日死你们全家！"

一枪过去，黄皮子的脑袋开了花。

天道无情，人心无常，无纲无常，小鬼索命。

打马前行。

上官芳的眼睛一直没有离开沁河，她生命的河。沁河有一条小船划过，后边拖着长长的水纹。如果不发大水，这条河是美丽的，美丽得让人心颤。河水缓缓，她长舒一口气，也就在这长舒一口气的空隙，枪声在她马前一百米处放响。山中四下有人喊道："沁河无常，你被截断了退路！把枪缴出来吧，要不打你一个马蜂窝！"

上官芳知道，自己是死路一条。

在马上把两支三八盖子往地上一扔，跳下马来说："现身吧！"

沁河无常被擒！

这是沁河西岸一处枪决人的去处，因为怕扩散消息引起骚乱，枪杀时两岸的村庄静悄悄的。

正午的天空没有一丝云彩。

上官芳看着天空，想这山这水，山水要少了人家少了人，倒更见秀丽了，有了人就有了污浊气，有了仇恨，心上就长出了毒芽。她看到有一只黑乌鸦从远处飞来，如黑色火焰升起，紧接着有数百只、上千只，如大团的乌云在沁河上空聚集、翻腾。正午的天空迅速暗下来，鸟粪如天空掉下的雨粒。啊，啊，啊，嘶哑的叫声响彻山谷，所有的人从屋子里走出来用手遮挡着它粪便的袭击，看它们振动双翅飞翔，却不明白是怎么回事。

上官芳抬起头望着，黑色的奔放，黑色的狂欢。听得啪一声枪响，撕裂了灰暗的天幕，上官芳看到尖硬的石头在柔软的水中泛着红光，红是红日一般的亮丽和刺激。她在倒下去的时候想着春事已浓了，想起一双绕膝的小儿，她教他们念两句小时候爹爹教过的古诗：乌鸦月昏比绕树，游子日久定思归。

霎时天空晴朗，乌鸦散尽时，上官芳的头发上沾着几根乌鸦的羽毛，风吹过，羽毛扬起来落入河水中，河水浪涌波飞，羽毛于无羁绊中自由张弛，悠悠远去。

十

若干年后，王家圪洞三槐里的中堂后供奉着一个小牌位，上写着：供奉混钱十八尊弟子沁河无常之灵位。牌位下的一个小几上放着一杆用红布包着的树疙瘩——毛瑟枪。

这时候的王书农已经八十岁了，他没有儿子，李栓给他抱养了一个孙子。孙子不是常家的血脉，也不是王家的血脉，在王家圪洞落生，孙子的后人就是王家的后人了。这天，王书农拄了拐杖拿了马扎，坐在青乡里河楼旧址上看河。河水不旺，和人一样流着流着就断了。孙子趴在他的膝盖上问："爷爷，中堂后敬了什么神？"

王书农说："胡子神。"

孙子说："什么叫胡子神？"

王书农说："打家劫舍的贼。"

孙子说："说是贼，怎么又叫十八尊？"

王书农看着沁河水说："十八尊是十八罗汉中的达摩多罗，也就是布袋和尚。传说啊他小的时候家穷，他娘说，出去谋生吧，看你能学会什么道理。他走了一年回来了。他和娘说，天下不公平。娘说，何以见得？他说，富人太富，穷人太穷，富人宁愿吃喝嫖赌也不愿意接济穷人。娘说，你想怎么办？他说，世上什么行业都有了，就缺一个杀富济贫的行业。娘说，你要去打家劫舍，人家不就认出是我的儿子？他说，我戴上面具，面具上插些毛，就认不出是娘的儿了。于是他化装成长了满脸胡子的样子就去杀富济贫了。因为他脸上尽是胡子，有人见了就喊，胡子来了。"

孙子说："为什么敬她？"

王书农说："因为她是咱王家的人，她是被人逼着去当胡子的。"

孙子说："谁逼她了，爷爷？"

王书农擦了擦昏花老眼，说："不问了，不要打破砂锅问（璺）到底，记住了，她是咱王家的人，应该像王家的先人一样接受后人的香火。"

孙子指着远处说："那里有个山叫胡子山。"

王书农看着远处，他的眼睛看得越来越远了，看着，看着，有泪流下来，泪水把眼睛洗得越发亮了，他看到远处的山顶上什么也没有，只长满了一些杂树。

发表于《黄河》2005 年第 3 期
转载于《中篇小说选刊》2005 年第 5 期
《小说月报》2005 年第 5 期
入选《文艺报》作品推荐榜

天殇

黑口

一

农历三月桃花顶出花苞时，下了一场雪。山里的人说，这场桃花雪后，天要暖和了。

不等得雪晴，太阳就从山脊上挂出来了。山脊上的人穿着疙瘩袄，脖子上伸出来的后脑勺被太阳映出一大片红。山脊上的人，望着山的半腰子，山的半腰子曲了一个弯，像个马瓢，马瓢里站着好多人，人群里混着当兵的。

乡下人分不清楚穿制服的各行什么职务，统称穿制服的人"当兵的"，发胖语气冲的人是当领导的。山下也站着当地人，有几个后生手里拿了家伙叫喊着要往里扑，有当兵的毫不含糊地朝天放了两枪，往里扑的人劲头就松了下来。有人在马瓢中间的洞口上布置炸药，有点胆子的往近处走，当兵的人拿了枪往两边厢推。疏散开人群，哨一响，看见有人举了小红旗上下甩了一下，洞口闷响了一声合住了。塌落的洞口像大地上的一个芝麻点。山脊上看稀罕的人，总想着有好看的事要发生，结果很平常的就结束了。合上嘴皱了眉骨，回头看看雪后的太阳，咽下喉咙里吊上来的一口冷唾沫，笼了袖管往山下走。

山上的一棵松树下坐着五牛，五牛嘴里嚼了一根干草，两嘴岔上嚼出了白色的沫子，嚼烂的草皮子塞进了牙缝，他不时往远处呸呸吐舌头从牙缝里舔出来的草皮子。五牛一只眼望着山上看稀罕的人，一只眼扫视着马瓢里的一举一动。五牛想，这么一个往出生钱的金洞洞政府说炸就炸了！政府也管得太宽了！

马瓢里的洞口是大凹底村的小煤矿，这地方煤层浅，有时候打井还能打出煤来。前一段时间，地下的小煤矿没有合理开采，互相打通了，影响了各自作业，打起来造成了人员伤亡。事情弄大了，引起了政府重视，才有了这么一次拉网式排查。五牛在这个小煤矿干过，知道煤层离地面仅有六十多米，如果从山脊后面自己靠山的地角上打个斜井进去，不到三十米就能和原来的古空区续接上。五牛想，我这是鬼迷心窍了不是？

五牛站起来拍了拍屁股上的残雪，歪着头看炸塌落的麻点子，往山下走。五牛从山上走来的样子松松垮垮的，两腿肚跳跃着像拉风箱。

这时候，五牛的老婆提了料桶给村口上草棚里的驴去上料，看着五牛从对面的山上走下来，打多远放下了料桶喊："给你的驴上料去！"

陆续往回走的人中间，有人说："他的驴，不是你的驴，你把他和驴捏合到一起了？"

五牛老婆笑着说："男人家哪个不是一头驴！"笑着拍打着前襟的灰尘扭了身往回走。

后面就传过话来："哪个女人不喜欢男人有个驴身子？"

有女人打情骂俏地说："要死呀，你这个小畜生！"

五牛老婆闪着腰回转了一下头，把额前的一绺头发挑起来甩过，跟着甩过身后去一个白眼。这几天她正和五牛恼气呢，五牛在大凹底村是一个不下力气的男人。

太行山沟子深，地块小，石头多，种地费工，下了力气不见得就能长出好庄稼来。有肯卖苦力的，砍秆莠穗，穗子落地，茎儿不摇，口粮却常不足。哪见得拉粪起圈、收收种种、累得半死的庄稼人能腰缠万贯？

五牛提了料桶往村口上的小平房走。给驴拌了料，等驴吃得差不多了，牵驴出了门。缰绳在手上绾了好几圈，走几步，缰绳脱落了下来，驴嗒嗒嗒借了松开的缰绳，扯出一段距离啃路边被雪濡湿的干草。五牛圪脑里想着事，不自觉地又把缰绳绾几圈，驴把脖子伸出很长，长长地用嘴唇卷拨一点干草过来，像个书童跟了五牛嚼了草走。五牛牵了驴往自己山脊下的地里走。五牛的地离大凹底村有二里路，靠公路。地是沙坡地，不适宜种五谷。五牛在地里种了苹果树，树下种了地瓜。苹果树长出了嫩叶子，有雪沾在上面，煞是好看。看惯了风景的五牛根本就感觉不到它是一道风景。把驴拴到苹果树下，坐在地里放着的玉茭秆上琢磨着地后的山脊。这山在五牛心里才真正是一道风景。地后有早先人住时弃置的窑洞。谁也没有觉得这个窑洞有什么不一样处，五牛看到这窑洞突然高兴得就想跳几下子。

这是农历三月，正是青黄不接之日，马上就是人和土地较量奋争的时候。五牛的脸上像驴卸了挽具似的浮上了一层浅笑。

五牛从地上拽起来一根干草放进嘴里嚼了起来。五牛和驴一样喜欢嚼干草，喜欢干草的青涩味道。五牛嚼着干草，耳朵竖直了听，听到钱在地下走动、翻身的声音，五牛的脸上就渗出了笑。政府的事情常常是松一阵紧一阵，像拉皮筋一样，紧过了，接下来肯定要松。小煤矿的开采就像当年的游击战，你进我退，你退我守，你守我攻，战争中那一套套太适合当前的形势了。五牛有些兴奋，解下缰绳绾在手里想着心事往回走。

五牛拴好驴，噘了嘴在驴的脑门上亲了一口，失眉带笑地说："亲亲你这头狗日的驴！"

回到屋子里，看见火台上温着一壶大叶子茶水，端起来就着茶壶嘴咕咕饮了几口，仰起湿淋淋的嘴，换了一口气。看见老婆压腰伸手取地上的什么，走过去拍了一下她的屁股蛋子，老婆抬起身子打了一下他的手说："满身子骚味。"五牛掏出一根烟来点上，向往着什么说："就是这骚味才弄得你舒服，没了这，你浑身都不自在。"五牛老婆抬手要打，五牛闪过了身子说："给取俩钱呗，我要下山一趟。"

老婆说："山下那些女人像猫爪挠着你呢？三天不见见，心就不着家了不是？哪天我就和咱三爸说了！"

五牛说："不要疑神疑鬼的嘛，我是办正经事，给你赚大钱的，动不动就拿三爸吓人。三爸也是男人，你以为三爸就愿意看你三娘那张脸？"

老婆把脸探到五牛的下巴颏下说："我三娘的脸怎么啦？"

五牛说："你三娘的脸小嫩苹果似的，皮薄得还是个闺女脸哩！"

老婆不理五牛了，反身要往门外走，五牛一把拽了她的衣裳涎着脸说："拿几个钱出来，我真得下山走一趟。我哪有那花肠子？山下的女人一身寒碜病，都是中看不中用的。我是真办大事，不信去找咱三爸问问！"

五牛拿了钱上路，有班车不坐，有摩托不骑，穿了黄胶鞋走。山里这个季节想找活干的外地人大都在山口上转。正月十五过后到正月二十几，那时，陕西、四川上来找活干的农民多了，哪像现在，秃头上找虱子，半天不见个主。这山里的小煤矿多，没有拉网排查小煤窑时，大山里的哪个夹缝不藏着一个洞洞？煤价上涨，煤的利润是太大了。农民的希望是面对土地的希望，土地一旦有了丰厚的蕴藏，连带着的那一头的感情也就丰厚了。看见钱，谁的眼睛不是绿毛贼一样？不贼才叫个日怪哩！

五牛看到前边过来一个背铺盖卷的乡下人，背有点驼，年龄不算大，有四十来岁。五牛想，这个人一定是家里有什么事情没有及时过山西来，现在才来，又不清楚小煤窑炸了口子，单人独马地往山里闯。看上去不是四川人，四川人长得一副扁方脸，脸白，皱纹少，个矮。这个人看样子像是陕西人，皮肤黄黑，中等个儿，走路前倾。五牛喜欢看人。下煤窑时，那四川人喜欢吃，抱团，也想得开，每一次休息都聚堆，要二两白酒说着川话喝，喝得差不多了，下山到镇上找小姐，很会享受。陕西人就不，煤矿灶上的馒头，个大，内里包了糖，一个人吃三个算大饭量，陕西人吃四个，坑下上来吃了馒头倒头就睡，睡到接下一次班，一顿顶两顿甚至三顿吃。出事了，四川人会群起而攻之，陕西人则默不出声，一副甘愿受欺的样子。五牛走过去问："老乡，找活干是不是？"

那个人说："是噢。我怎么看见山里的小煤矿都不见喽？"

五牛听那口音就听出来了："煤矿出事故了，被公家炸了。"

五牛想：自己也有看走眼的时候。

五牛准备走，嘴里却不自觉地撂出了一句："打坑道，你干不？"

那人说："干。我已经两顿没得吃饭喽。"

五牛停下打量这个人，看外表也还老实。这样的季节不好找人，而这种事情也不能找当地人，当地人口不严，出了事情容易弄大。五牛这么一想就不考虑四川不四川陕西不陕西了，便领他走到路旁的一家饭店，点了菜叫了饭要他吃。五牛说："你在这里等我，我到五寨煤矿找个人返回来接了你走。"那个人说："晓得。"

五牛走到五寨煤矿时，天已经过午。五牛要找的人叫李强。李强是陕西人。李强刚倒班下来，整个人黑煤糊了一样。李强要五牛等他一会。李强以前和五牛一起在五寨矿下坑，长期处下来两个人就成了朋友。李强洗了澡，换了工作服出来和坐在大门口等他的五牛搭上了话。两个人找了一家饭店要了菜和酒一边吃一边聊。五牛告诉李强想开煤矿，打巷道，问李强干不干。一天五十块，出了煤，见了效益再提价。李强心动了一下，这个价钱比煤矿给的多。李强红着个脸低下头说："不怕你笑话，我这人看见钱多就想干，就头大。"

干了最后一盅酒，五牛要李强和矿上算一下工钱，两天后到大凹底干活。

五牛往回返，路途上又遇见了一个人，是个后生劳力，也是出来找活干的，甘肃兰州人。这个人长得五大三粗，很像干活舍得下力气的那种。唯一的缺陷是嘴上有个豁子。五牛说："跟了我干，你肯定不吃亏。"那个年轻人说："好啊，我第一次来山西，就遇上了你，一看你就像个好人。"

五牛心里说：好孬人，表面上哪个能分得清？

五牛出门溜达了不到一天就弄到了三个人，五牛觉得，干什么事情都讲个开头顺。北郭村的算命老头说，五牛三十四上心动，要大发，看来是真应验了。还以为算命老头是说笑话，回去怎么也让老婆拎二斤饼干去看看。想到老婆，五牛想，自己将来要是真发了，第一件要做的事情就是换老婆。她整天捏得自己死死的，握着那俩钱，恨不得要一分给半厘，自己花钱花手大了，给那十块八块的毛票根本就不叫个钱。

天近黄昏，大凹底村的人没有看清五牛领回了谁。安顿他们在自己的小西屋住下，五牛老婆给他们做了机器压面。兰州小伙子端着碗里的面看着五牛老婆说："大婶，我还没有吃过这么好的面。"

五牛老婆说："我又不是太大的人，叫我大婶多难听！"

兰州小伙子咧开嘴笑着说："那应该叫什么？"

五牛老婆说："姐。"

兰州小伙子走过去站在火台前说："姐，再给我放点臊子，淡。"

五牛老婆高兴地舀了一勺子菜，添到了他的碗里。

兰州小伙子盯着五牛老婆说："姐。"

五牛老婆高兴得在前襟上擦了擦面手，捂了半个嘴不好意思笑着把脸扭到了一边。

五牛当晚又下了一趟山。到山下李铁匠的铺子买了三把镐头、三把钎、三副帆布手套，又买了钻头、雨鞋、肩垫等干活用品，连夜返回到了山上。五牛看到老婆躺在炕上的那个睡相，觉得有什么东西跳跃了一下，五牛猴急地掀了被子把手伸了进去，老婆扔出了他的手，抬了身子把被筒裹得严丝合缝。五牛弄了个没意思，打着哈欠，收拢自己冒出来酝酿了好久的情绪坐到床上想，想了半夜，前后理不出个头绪来，自己失笑了一下，抖开自己的被子躺在了老婆的脚头。想着自己将来要是有钱了要换什么不换什么的问题，五牛就有些兴奋了：换什么不换什么都得换老婆。看那电视里播放的那些个富人的生活，想着那些个黑油光亮的车，水光滑溜的女人，五牛的手不由得动作了起来，幻觉的动静大了，惊得床上的人动了一下，有一条腿重重地伸了过来，伸到了五牛的肚子上。五牛吓得不敢动了，小心地把伸展的胳膊合过来，搂了那条腿。现实毕竟是现实，自己还是得搂着老婆的粗腿睡。很快五牛就什么也不想了进入了梦乡。

二

开工了。

五牛就从他地后的窑洞往里打。窑洞平时不张扬，远看它就是一眼废弃的窑洞，谁看了也不会想到它正通往大山的心脏。打出来的土填平了通往公路的沟，自然地就填出了一条路。打洞这几天的伙食由五牛老婆送，每天半上午半下午挽了篮子来送蒸馍烩菜。兰州来的后生总要找借口和五牛老婆拉呱几句。五牛老婆说："你千好万好就嘴上那个豁子不好，以后赚了钱做手术。脸是人的门面，门面上有了缺口，闺女家不跟你。"

兰州小伙子捂了豁嘴笑，心里想着：有钱了，我一定要去做了它。

送了没有几天饭，五牛就不让老婆送了，要他们自己做。老这么送饭不叫个事情，虽然是多出了活，但容易引起别人的注意。再一个是，女人老往洞口上走，容易冲撞煤神老君爷。冲撞了老君爷那可不得了，发怒的老君爷会要人的小命的。

雇来的三个人抡圆了膀子干，整整打了半个月才和里面的古空区接上了。四个人往里走，穿过古空区，看到了老洞采空区里安静的煤层。煤墙黝黑黝黑的，很宁静很安详，真是一片和平温馨的世界啊！五牛不自觉地笑了一下，又笑了一下，一屁股坐在了地上，眉心骨抽了抽，酸了一下，有一股清水鼻涕滴了下来。五牛兴奋得想哭，又哭不出来，干脆就跪在地上给煤开始磕头。五牛心里的那个激动像看见了千树万树梨花开，心尖尖上的那个最柔软的部位狠狠地疼了一下子，疼得真是比灌了毒药还解渴还过瘾。五牛喊了一嗓子："日他妈，我五牛要赚大钱了！"

五牛的新洞其实和老洞吃的是同一个煤体。清理了一下斜井的坑道，看看天色已晚，五牛拍着三个人的肩膀说："今天是初一，按规矩初一不出煤，放你们一天假，明天出煤。"

放假了，三个男人在山里闲逛不敢进村，五牛不让进村。山上的风景望远了灰秃秃的，能望到沟沟岔岔的村庄，望不见人。坐在山上抽了两包烟，钻进灌木丛撒了三泡尿，三个人相跟着下了山。兰州小伙子在公路上溜达，捡了几个易拉罐，回到窑洞里睡不着，取了剪刀把易拉罐剪了细条，三绕两绕编出了一个烟灰缸。李强看着想，这人，看着马虎，心眼巧哩。

五牛很想敲打一下弄点音乐庆祝一下，但是，五牛不敢。这种事情收还收不住，哪敢张扬！也就是五牛敢打井，村上的人借他胆，他也不敢。胆大的现在进去了，接下来的就算五牛了。五牛二十啷当岁就把名声闯出去了，出了名的大干家，一般人不惹他。乡下人是苦虫，知道自己惹事没好处。大凹底村的人更是睁一只眼闭一只眼。睁着的那只眼盯着穷日子过，闭着的那只眼想着保平安。

五牛驾了毛驴，毛驴拉了平车，前后铁皮挡了口，一路上泥石路晃得车上的铁皮咣当当响。碰上了村里的人，问五牛赶车做啥，五牛说："拉烧土。"

村里的人说："拉烧土还用得着给驴备这样好的行头？怕不是拉烧土吧？"

五牛才看见，自己的老婆给驴的笼嘴上绾了一条一尺长的红布。

五牛说："你说拉啥？绾了条红布就不是拉烧土了？我看你扛着个镢把不是下地，是去刨自家的祖坟呢！"

那个人就不言语了。

坑道没有电，从村里往这里架电不是那么容易，又抢眼，全靠头上的矿灯。毛驴识路，打老远就听得里面有煤往下掉的声音，那声音听起来就像是金币往下掉，五牛的心一蹿一蹿想往出跳，喉咙像活塞一样怕心跳出来收紧了口。五牛要兰州小伙子往出送煤，另两个人采煤，五牛看坑口。"矿工的危险来自坑内，矿主的危险来自坑外"。五牛不怕大凹底的人，村主任是自己老婆的三爸，这两句话就是三爸教导的。五牛怕的是政府来个突袭。采矿区的工作面很宽敞，往出走时一个人站不直腰，恰好过一辆毛驴车的宽度。就那四川人往出走时能站直身子。五牛要兰州小伙子往出送，五牛有五牛的想法。坑口是斜坡，往出走时是上坡，路面不平，驴拉不动的时候需要年轻力气大的人帮一把，事实证明五牛是对的。五牛要兰州小伙子往出拉二十八毛驴车，拉够二十八毛驴车五牛就不让拉了。二十八毛驴车十四吨，正好装满东风汽车，再多，汽车拉不走，只能堆在坑口上。公路边上，白天容易被人发现。

白天睡觉，李强决定和五牛谈谈工资。打洞是打洞的钱，现在马上要见效益了，总得有个交代吧。那两个人知道李强和五牛的关系，就让李强去谈。李强和五牛谈工资的问题，五牛有些想要赖，还是想按原来的那个意思办，不想多出，毕竟刚见效益，也还不到一个月嘛。李强拉了脸说："这半个月是怎么受的，你五牛又不是不知道，都是干苦力活的人，拿了命给你受，你把弟兄们的命当儿戏，以后谁还出力往下继续给你干？不加钱，他们走了人，这事情要是传出去了，怕是对你五牛也不好。"

谈判到最后定成了出一吨煤三十块，一晚上出十四吨，对他们来说是一笔不小的收入。李强想，可以了。但是，五牛认为拉不够十四吨，装满车也就十三吨，五牛想扣他们一吨钱。李强打着哈欠让了步，等于是少了一吨的收入。

五牛老婆掐指算了一下，他们一天就要从五牛的煤款中抽走三百九十元。一个人一天要给他工人这么多，五牛能赚多少？他老婆大屁股往火台上一坐，就等李强走了后和五牛谈谈。

李强回坑洞里去了，他们仨就住在坑洞里，坑洞里又延伸到别处挖了一个窑洞，窑洞里搭了铺，三个人并排睡，吃饭轮流做。

看着李强走了，五牛老婆说："说！"

五牛说："说啥？"

五牛老婆翻了一下眼睛说："说钱！"

五牛看着他老婆一副恼人的样子，五牛反倒高兴了，想逗一逗她。挨近老婆很神秘地从西服里面的插袋里变戏法地掏出了一沓子钱，那钱硬刷刷地在五牛的大拇指刮拉下，唰——啪啪啪，闪了过去，有一股钱香窜过来。"哪来的？"他老婆问。

五牛说："大风刮来的。"

他老婆说："你让大风再刮一沓子过来。"

五牛说："大风以后每天都要刮这么一沓子，信不？"

他老婆胖嘟嘟的脸上有了笑，笑起来腮帮上还有一个酒窝窝，五牛从结婚到现在都没有发现过，这么着侧了身看就看出来了。五牛想，老婆那银盆大脸，看上去还不算难看，就是黑了点。自己操着的那个小心事有点对不起她，她捏我也是为我好，山下的那些个女人捏了我的钱是有去无还，老婆拿了就不一样了，还想着留一个小金库？不啦不啦。他老婆说："有多少？"

五牛绿豆眼珠子一转就说了："一吨四百，十四吨，你算！"

五牛老婆文化不高，仅念了初中，但数学精，这么着在脑海里划拉了两下子，出来一个阿拉伯数：5600。

五牛说："还应该刨了你三爸的障眼钱，麻里麻渣，五千，净赚。"

多长时间了，他老婆脸上布满了那种看山不是山的样子，濡染得五牛很不畅快。现在他老婆的眉眼是看山是山，微风不起，艳阳高照了。当初他们俩也算是自由恋爱。大凹底村有五六十户人家，他老婆娘家姓汪，在乡下，不是大姓，但是，在大凹底，占了整村三十多户。五牛老婆叫汪国花，家中独女，上有三个兄长，下有两个弟弟。年轻时是大凹底数得着的闺女，走哪儿都显得新潮。眼睛望人不怵，眼内闪着明丽的光，这光投到哪里，哪里干活的人就把要说的话吊在了喉咙，变成没有内容的干咳。她一过去，干活的人就开了口："这闺女大凹底是放不下了。"

最终大凹底还是放下了她。因为她做了五牛的媳妇，五牛喜欢她。五牛喜欢的东西没有得不到的。五牛的制胜诀窍是胆大泼皮，有一股世无羁绊的霸道样子。情窦初开的女孩常常被这种现象所迷惑，由不得要心旌飘摇。汪国花家不同意这门亲，不陪嫁妆，当没有这个闺女，不动响不贴红，黑灯瞎火过了门。

当地有句民谣："山药蛋子是主粮，鸡屁眼里藏银行。"时间长了，汪国花受不了鸡屁眼是农民"金融命脉"这一说，她天生认为自己就不是下地干农活的料。农村人看一个人过得怎么样，就看他家的六畜旺不旺。一般人家即使不见大的家畜，但也能看到几只杂毛鸡支着瘦腿溜来溜去。汪国花不养，不稀罕养，五牛也不要她养。五牛说："养那?"一副不是乡下人的德行。

汪国花和自己家里的人后来关系缓和了一些，她母亲告诉她，五牛这种人张扬的就是俩钱，把五牛那几个钱算计得死死的，捏死了钱就等于捏死了五牛。男人往回拿钱，女人脸上自然有笑容。女人的笑是化解矛盾的中药，那汤头就是钱。五牛最明白不过了。汪国花取了水碗来，大拇指蘸了水一张一张点。

五牛说："麻烦不，一口唾沫全部就划拉完了。"

汪国花笑着说："电视上说，钱上都是细菌，寒碜呢。"

五牛抹了一把脸躺到了床上："我恨不得全身都长了钱的细……"一句话没有说完早打起了呼噜。

三

李强走进坑口时，看到那两位还没有睡，等他的消息。李强说了最后的结果，三个人合计了一下，感觉很是不错了。半个多月了他们互相不知道名只知道姓，叫四川的称呼"王四川"，兰州的称呼"兰州李"。王四川不怎么多说话，干活的时候干活，不干活了睡觉。王四川长着一副盆盆脸，高颧骨，塌腮帮，凸眉骨，眼睛细长。兰州李还年轻，十七八的样子，人长得壮，就是有时候话不清楚，听上去有点跑风漏气。李强问过他多大了，他含糊地说："快二十了。"这么一说，李强就知道他还不到二十，是农村那种不好好念书的学生。兰州李人年轻，思想活跃，喜欢说话，曾经问过李强："这地方的女人好不好找?"李强说："啥不能想，小小的想女人。告诉你，有钱就好找。"因为干活干得太累了，让他们正常的日子少了话。

兰州李说："出去走走吧?"

李强说："累!"

兰州李说："出去走走嘛，我昨天看到有一群蚂蚁往窝里搬粮食，不知道今天搬进去了没有。"

李强说："没那闲心。"

王四川说："你们要不睡就出去，影响了我!"

兰州李弄了个没意思，重重地出了一口气，满腹心事地睡去了。

时间就这么悠悠着往前走。

兰州李常常在白天去洞外转一圈，透透气，回来的时候脸上挂了兴奋，拉着李强的手叫老本家，说："春暖了，春暖了，老本家，苹果树开花了，我看到对面山坳里的村庄，有几个穿红衣服的人晃。"李强说："穿红衣服的不见得就是女人，乡下男人也穿红夹克，你是在坑洞里住着想花眼了。"兰州李笑了，迎着洞口的那一缕光线，眼睛笑得弯成了月牙形，很可爱的样子。

兰州李说："整天不是干活就是睡觉，生活一点意思也没有，我们坐到洞口上说说话。"一双眼睛望着李强。李强能感觉到兰州李眼睛里恳求的亮光。李强没有理由不答应，李强也渴望光明。走出洞外，早晨的阳光没有收走草叶上的露珠，灯笼一样挑在草叶上发着酥软的光。兰州李窝了手轻轻摇晃着把露珠接到自己的手心里，送到了自己的嘴中。两人就着朝阳的地方靠山坐了下来，李强没有那青春浪漫的心情，打了个哈欠，眼睛里涌上了两泡泪水，含着泪水看周围，看什么都觉得瞌睡。地上被阳光晒得腾起了雾，远处的村庄干灰灰的，不见个人影，倒是村庄中的红石板屋顶子很有个味道。李强说："这地方的女人好啊，深山旮旯里出俊鸟。"

李强皱着额头看脚下的一窝蚂蚁，蚂蚁穿梭着一本正经地往前走，李强拿了个草棒子扒拉了一下，蚂蚁丢了嘴里的东西盲目地乱跑了起来，扒拉了半天李强觉得没有意思，歪了头靠在晒暖的一块石板上想睡。兰州李推了他一把说："说说话。睡一下午足够了，你这么老睡，把人都要睡傻了。老本家，问你一个问题？"

李强闭了眼睛说："听着呢，问！"

兰州李伸长了脖子望着远处的村庄说："我这个豁子是不是很难看？"

李强说："像兔子嘴。"

兰州李说："我赚了钱一定要去做了它。"

李强说："做不做的，有钱女人就愿意和你睡。"

兰州李不好意思地笑了，说："你睡过女人没？"

李强一下睁开了眼睛看着兰州李说："睡过。"

兰州李整个身体转了过来拿眼睛看着李强说："我没有。"

李强说："你还小，不到时候。拿手动过老二吧？"

兰州李瞪了眼睛说："没有。谁要是拿手动过谁就是这个。"他举起小拇指。

李强看到那小拇指甲里藏着黑黑的垢，闭上了眼睛，想山下的那些个女人。山下的那些女人浪，只要一走进发廊或歌房，那小姐就上来搂住了你的脖子，盘腿坐在了你怀里。这么想着，李强进入了一种状态，头歪在石板上不说话了。

兰州李忧伤地望着山上飞过去的鸟，回过头再看远处的村庄，发现有一个穿红衣服的出了村庄往什么地方走。兰州李站了起来看，看见那团红一闪一闪就不见了，往前走了走左右摇摆着想看清楚那一团红绕过了哪个山弯子。李强反倒弄得睡不着了，睁开眼看兰州李，笑了。兰州李扭回头来正赶上李强笑，他发现李强的牙特别白，想了想不是李强的牙白，是李强的脸黑反衬得牙白。二十多天在煤洞里钻着没有洗澡，整个人等于是挂了一层黑煤粉。李强突然想糊弄一下兰州李，抬直了身子说："那个穿红衣服的不是别人，是我小姨子，我就是从对面王岩村娶的媳妇，我那小姨子还没有婆家。"

兰州李稀罕得两步迈了过来坐在了李强身边，他知道李强在这山里下坑下了三四年了，肯定和这里的人混得烂熟。兰州李说："本家，要真是你小姨子，我就想见见。"兰州李又说，"没有别的意思，就是想见见，我看了好多天了，她这个时候都挎了篮子往一个地方走。这山里堆着的那个灰就像齐齐垒着的砖头一样，堵得人心慌，想不着什么看着什么也高兴。"

李强从口袋里掏出来两根纸烟，送到了兰州李嘴上，兰州李看着对面顾不得张嘴，把烟夹在了耳朵上。李强点了火抽了两口也开始看着对面的村庄。这山里的村庄不是连成片的，村庄都藏在山的夹缝里，走近了还看不见，也许一个山弯里突然的就出现了一个村子。坐在这里看对面的村子，给坐着的人一种生活念想。李强也开始想那个穿红衣服的女人，她天天往山那边走是干什么去？

李强看着兰州李嘴唇上的小豁子说："真要是做了美容，你看上去还真英俊。不过，你这么大的人了，啥事情也没有经历过，要说也就俩字：遗憾！"说这话时李强站起来伸个懒腰，说，"什么也看不见，我是要回去睡了。你年轻你坐下来看，等月头上发了工资，我领你下山给你找个女人要要，山下的女人多了，知道为什么吗？就因为这地方有煤矿，来钱快。女人好啊，我下辈子就做女人，一本万利。"李强摇摇晃晃走进了洞口，回头看了一下兰州李，兰州李的眼睛直勾勾地望着对面的村庄说："我再看一会你的小姨子。"

或许是男人们看着男人一副菜色的面孔，看得太久了，由一个人看对面到两个人看对面，到三个人看对面，看对面的那一团红，看得他们仨在睡梦中常常发出一种满足的笑容。一个对面的女人拉近了三个人的关系，知道了王四川家里养着两个病人，一个是老婆，一个是他老母亲。他原先不计划来山西的，听人说下煤矿来钱快，就一个人卷了铺盖来了。更多的时候是他们俩看对面。有时候兰州李会猜测那女子长了一副什么样的脸型，问李强："你小姨子是圆脸，有两个酒窝，脸像火烧云是不是？"

李强说："是。"

兰州李说："你小姨子是长头发是不是？"

李强说："是。"

兰州李又问："她每天这时候都挽了篮子去做什么？"

李强怎么会知道她去做什么？李强也想这个问题来着，但是，没有想明白。李强胡乱说："山下有个学校，她赶去上第三节课。"

兰州李惊讶地说："她是小学老师，她有文化？她有没有婆家？"

李强说："管她有没有婆家，有，我这个姐夫也能挑散她。"

这时候兰州李脸上露出一团红，不好意思地低下头，咬着嘴说："我没有文化，嘴上还有个豁子，我还是不见你小姨子吧，只怕人家要笑话我，等我做了美容再领我去。现在远远看着我就很满足了。"

李强说："等你到猴年马月上，萝卜成了干咸菜，闺女变成孩他妈，见了又关你屁事！"

兰州李拉下了脸半天不吭声，从耳朵上取下烟来点着抽了两口说："那初一就见见你小姨子去。"

两个人常出去看对面，从不断的拉呱中李强知道了兰州李是一个孤儿。

兰州还要往西，快到酒泉了，兰州李的故乡是宽广的戈壁伸展着戈壁，广大的黄沙连接着黄沙。他低矮的屋前有两棵树，一棵是胡杨树，另一棵也是胡杨树。他和两棵胡杨树一起长。十岁那年胡杨树比他冒了个梢，是秋天，胡杨叶跟着秋风在地上转圈子，转来转去都堆到了他面前，他爷爷坐在门前的木墩子上拄了胡杨拐棍想心事。他说："爷爷，抬起头来看，胡杨叶子围了我转。"爷爷说:"吐两口唾沫,是小鬼找吃食来了,鬼怕口水。"他说:"爷爷,你老糊涂了,外头风凉,要吹出毛病来了,回家吧!"他爷爷不动,头往下低了低。他走过去想叫醒爷爷,他动了动爷爷的肩,爷爷倒下了,永远倒下了。

兰州李是爷爷从兰州城里捡回来的,因为他生下来嘴上有个豁子,他爷爷捡垃圾捡了他,爷爷是光棍。他不知道自己的父母是谁,知道了也不怎么样。他没有上过学,爷爷教过他算术,爷爷说:"不知道算术不成,长大了遭人欺。"每一次新版人民币出来,爷爷都要到信用社把自己攒下的钱全部换成新的。他告诉兰州李这新钱是真的,旧的都假了。有一次吃救济,收到政府一张旧版拾元,爷爷说:"政府弄虚作假,旧钱已经换新了,还拿旧钱来捉唬人。"爷爷说:"民国时候的钱换得快,大户人家吃大亏了。"爷爷还教他做人要学得一门手艺,正准备要他进城和一个自己认识的银匠学手艺,爷爷就死了。爷爷留下了贫穷,让他继承;留下了苦难,让他承担。没有留下快乐,他得自己学会寻找,在最简单的生活中找到快乐,把自己漫长的一生度过。

鸡叫头遍兰州李就醒了,为什么?因为觉少。睁着眼听黑暗里刮过戈壁滩的风,风像一面面旗帜从窗户外快速地飘过。之前他做过好多爷爷的梦,爷爷的模样还是活着时候的模样,爷爷像吹落的蒲公英的小伞,飘着飘着就不见了,然后他就醒了。翻来覆去想,就是想不明白为什么别人有的自己没有。他害怕夜晚,白天,风吹得沟沟坎坎里积满了碎草和牛粪,他收回来燃火烧饭,他是穿百家衣、吃百家饭长大的。爷爷在时一老一少,遥遥相对,仿佛相映着两个岁月,共守着一方水土,爷爷走了,那种天然的默契和亲情也就走了。他没有故乡,四边无着,走到哪里,哪里就是故乡。随着生命的一天天发育、长大,他明白了一个完整的家庭不是他和爷爷,而是和一个女人,这也是最简单的生活中最快乐的事情。他生活的地方没有一个女人能看中他,没有人叫他的名字,他好像也没有名字,随爷爷姓李。小时候都叫他小豁嘴,大了不带小了,就叫他李豁嘴。一个人身体残缺的部位常常代替这个人的名字。为了寻找快乐,他开始不安分了,像幽魂一样,夜晚到来的时候游走在别人家的窗户下。女人指着他的鼻子骂,男人干脆就抡圆了膀子喊打,都说他不成气候了,村里人一起把他赶出了村。他是坐火车到郑州再转车到山西的,他发誓,这一辈子不娶个女人回去他就一辈子不回兰州了。

兰州李拉了车走到洞口上看见五牛，咧开嘴说："姐夫，咱姐在家做啥？"

五牛歪了一下嘴说："见了才几面就认姐了？"

兰州李不好意思抹了一下鼻头说："姐夫，我将来也找一个咱姐那样的人。"

五牛坏笑着说："好好干，赚了钱给你找一个比咱姐更好的人。"

兰州李说："我不走了，赚了钱就在这里修房成家，跟咱姐做邻居。"

五牛说："赚了钱先把那个豁子整了，有的是闺女嫁你。"

兰州李高兴得敲了一下驴脊进了洞，一屁股坐在驴车上，头上的矿灯照着驴耳朵，心事一下子就牵到了李强的小姨子身上，像小虫子无端被蛛网粘住了，满嘴是口水咕咚一声砸在了肠子上，酥软软地看到驴耳朵像对面女人来回摆动的手臂。

兰州李盼着初一到，常在对面的石板上画杠杠，数着数。眼看初一没有几天就真的要到了。兰州李说："我要见你小姨子，我得换一身新行头，等发了工资我们下山理个发、洗个澡就去见，第一次怎么说也得给人家一个好印象。"

李强说："你只要下一趟山进一下理发屋，你就不想见我小姨子了。"

兰州李说："为什么？"

李强笑着说："山下的女人很阴。"

兰州李说："到底为什么很阴？"

李强笑而不答。

日子又往前行走了两天，他们已经来了有一个多月了，三个人等发工资。五牛说："着急什么，再过几天就是月头上，初一按规矩不下井，给你们发工资。"老板说过两天发，他们也没有办法。王四川不干了，他说："家里躺着两个病人，我必须一个月往家寄一次钱，到了月头上，按我出来的天气算，都超了半个月了。"王四川逼着五牛拿钱，五牛说："我要不让你跟了我干活，你去哪里拿这么多钱？就几天了等不得了？"

王四川拿起地上的镐头说："你要不给我钱，我就到你家门口一镐头敲了我。"

"天下未乱，蜀先乱。"四川人从来就敢闹的性格一下子就张扬了出来。五牛胆大但也害怕不要命的，先预付了他两千块。

王四川不睡，白天下山往家里寄钱去了。兰州李看到王四川的钱里有两张旧版一百，执意要王四川去找五牛换。王四川不换，说："都是钱，换什么？"兰州李一个劲地说："你上当了，上当了。"整个一个白天兰州李不睡，坐在朝阳的地方看对面，他相信对面的那红衣服女人是李强的小姨子。穿红衣服的人今天换了，穿了蓝衣服，脖子上系了红纱巾。兰州李跑回洞叫醒了李强说："本家，你小姨子还是穿红衣服好看。"

李强说："你烦不烦，先是说人家王四川上当了，现在又为了一个这叫醒我，惊我觉了。"

兰州李悻悻地走出了洞口。李强也睡不着了，想这几天和兰州李在洞口上说的话，想这个人是个可怜人，李强叹了一口气对着黑暗说："天底下可怜人太他妈多了。"

天幕四壁挂下了帘子，黑暗中有一盏灯晃了过来，是五牛。叫醒他们俩，说开始上工了。看了看发现王四川还没有回来，不知道这个闷头驴转哪儿去了。两个人顶了头灯往矿井深处走，身后跟着备了鞍的驴车。走进采矿区，兰州李取了驴车上带钻头发电机往煤层里打眼，填置好炸药雷管，两个人躲到坑洞里，听得炸响了一声，煤就塌了下来一批。李强走过去往驴车上装，装满了车，兰州李喊了声"嘚！"毛驴撒了蹄往出走。王四川到夜静的时候还没有回来，三个人的活两个人干就有些费时间。五牛在坑口前嚼着青草，皱着眉头有些不大高兴，后悔不该给王四川预付了钱。凌晨 2 点钟的时候，李强在井字形的保顶煤柱挂着的小本子上，画上了第五个正字的最后一横，也就是说，再拉半个正字就可以收工了。

半天不见车出来，五牛在外等得不耐烦了，跑进来看怎么回事。发现采煤遇到了断层。差四车煤就够十四吨了，五牛有些着急，眼看着天就亮了，天亮前走不了车，半路上出了事情会误事的。五牛说："这个王四川一去不返，等他回来我非扣他钱不可。"李强说："你扣了他的钱，等于是我们多干了一个人的活，你这么说，我们两个人干三个人的活是白干了吧？"

五牛觉得不该当着李强的面说这种话，紧着圆了一句："一吨的钱，谁干了谁得，他没有干，得个屁！干你的吧。"

李强有些泄气地说："差四车就差四车嘛，明天补起来不就行了。"

五牛说："那哪能？不是个小数目，过古县煤管站超载半吨都不让走，少这四车现在不拉就永远拉不上了。"五牛抬头看了看头顶和周围，五牛说，"把进口的这个保顶煤柱子炸了，这个煤柱子留着我看意思不大，炸了赶快装了车。"

李强说："这是人家老矿回采煤作业区留下来的，按采矿区的分布，炸了不合理。"

五牛说："我在矿下搞安全也干了多年了，还不懂个这？我是矿主，按我的意思来，炸！"

说完五牛往洞口走，走了一截子扭回头喊了话过来："你最后出来把那个电钻给我提出来，电瓶该充电了。"

李强提了电钻打了眼，下了炸药，两个人躲到坑洞里，响了一声，煤柱子塌了。装了车，兰州李说："本家，你白天跟了我不睡觉，撑到天亮不容易，最后几车你来拉，出去吸口新鲜空气。"李强没有说话，鼻子嘴呛得都是煤粉尘，累得他也不想说话。李强拍了一下兰州李的肩走过去，顾自赶了车往出走，兰州李大着嗓门说："有一截子坡驴拉不上去，你得替它用一把力，它走到那里总要停下来，你用一下劲，它就坡上台阶，就上去了。牲口它和人一样喜欢人帮哩。"走到那一截新洞和旧洞交接处，驴果然停下了。李强笑了一下用了一把劲，嘴里喊了一声："嘚儿！"驴蹄把了地，屙出一串驴粪蛋撅了尾巴上去了。李强笑兰州李念不清"驴"，总是把它念成"鱼"。

快到坑口时，洞外吹进来一股冷风，李强打了个激灵，迎着风吐了一口黑痰。毛驴不知道因为什么突然往前跑了起来，李强往前赶了几步，低矮的洞口让他不能直起身体来撵，李强撵不上驴，任由了驴自己拉了车往出跑。

听得身后轰了一声，脚下麻了一下，很小地动了动，李强的心吊了起来，扔了赶驴棍，扭转头往坑下跑。他弓着腰，一边跑一边喊着："兰州李——兰州李——"洞里的回声瓮声瓮气的，跑近了借着自己头上的灯光看到地上塌了一块大石头，那是古空区顶板上塌下来的大石头，有十几平方米大。周围有碎小的煤块，李强想着这兰州李一定是藏在了哪个煤柱后边了，他小心地跨踩着地上的煤块喊着："兰州李，兰州李——"他没有找到。看着地上的石头，李强捡起震落在一边的铁钎拼命往出刨，石头太大了，他所有的劲使出来，地上的石头却纹丝不动。

洞里有脚步声走来，是五牛。五牛喊着："天要亮了，怎么不见人出来卸煤？出来啊，李强，你当的什么领班？"

李强站起来迎着洞喊："死人了！"

五牛走进来看到塌下来的石头，什么都明白了。五牛没有停留，赶快往洞外跑，跑到洞口上，五牛镇定了一下自己，想到，先要把车打发走。打发走车算了账，赶了驴车回家取了一根铁撬杠走进洞里来。看到李强已经挖得露出了被压在巨石下的一只手，五牛上去想用铁撬杠把那巨石挪开，根本就不成。五牛看着地上的煤堆，蹲下了，又站了起来。看了看李强，五牛把手里的铁撬杠一下子扔了，看着地上的石头说："李强，不干了，商量个事。"

李强停下了手中的活，蹲在了地上，心里想着刚发生的事，毛发倒竖了起来，有些后怕：自己要是不出去送煤，现在石头下压着的人怕不是兰州李，是我李强。

五牛看着瘫软的李强说："我琢磨着这个人是不好往出弄了，人弄不出来，就等于断了生钱的路，一早四川人回来看了，怕是要闹事，事情一闹哪还有我的活路？给你些钱，咱把这口子炸了！"

李强抬起了头，没有听清楚似的用手指头抠了抠耳眼，头上的灯晃了一下五牛的脸，那张脸看上去突然有些变形，眼白泛红，眉骨皱起一个大疙瘩。李强摇着头，不知道该说啥。如果不是兰州李可怜自己，现在这石头下面躺着的就是他李强。五牛说："事就这么个事，搁谁头上谁也怕，我必须炸了它！"

李强喔喔喔从牙缝里发出的声音像数九寒天牙关打错。

五牛举了一根指头说："给你双份工资外加一个数。"

李强看着五牛站起来往墙根上退，头顶上的灯光和眼睛的视线聚焦在五牛的脸上，那张脸灯光下白得没有一点血色。李强没有踩稳当，一屁股跌落在了地上，手在地上摸索着什么，摸索了半天抓了一个炭块。

五牛看着地上的李强说："我们是多年的兄弟，你得帮我一把，不炸口子我就没命了！"

李强后脊梁上的冷风飕飕地刮，突然站起身受了什么惊吓似的抬腿就跑，往洞外跑。五牛在后面喊："你他娘的跑什么？"

跑什么？李强怕五牛把他弄死在坑下。

李强跑到洞口上被五牛按住了，五牛喘着气说："你是不是想让我弄死你，弄死在这黑口里？"李强抬起手想把那块炭拍在五牛头上，五牛发现了抬手给了他一个巴掌，李强老实了，任由五牛押着他往大凹底村走。

外面的冷风刺伤了李强的眼睛，五牛朝后扭着他的两只胳膊，五牛的喘气声阴森森的。李强尽量让自己的脚板紧挨路面，每挨一下他的神经就警觉地抽搐一下。五牛说："你那脚板拍着路面弄得那样响，小声点！"

李强想，娘啊，天地间，多少事，再没有比现在难过了，有泪哭不出来，脚板拍地壮个胆也不成。

四

汪国花睡得很实，她已经习惯了五牛昼伏夜出的生活。五牛押着李强走进屋子里，汪国花正好睡了一个翻身觉，抬起头来看着朦胧的灯影下两个男人，汪国花缩了脖子准备睡第二个翻身觉，五牛说："赶快起床！"

汪国花揉了揉眼睛看了看从煤堆里钻出来的两个男人，心里懒得不想动。五牛捏了嗓子加重了语气喊："出了事了，快穿！"

汪国花一激灵一下坐了起来。两个没有锁紧的奶穗子吊在胸前闪了两闪，问："出啥事了？"

五牛说："压死人了。"

汪国花叫了一声："妈呀！"一出溜钻进了被窝，不敢伸脑袋。

五牛咬着牙关说："叫你赶快起床，你是怎么了？天一亮我就没有命了！"

汪国花哆哆嗦嗦地又坐了起来。五牛一只手捏着李强的胳膊，一只手扔过来汪国花的衣服。穿好衣服下了地，汪国花坐在床上不知道该干啥，拿眼睛盯着五牛压着细细的哭腔说："压死几个？"

五牛说："拿一条麻绳来，压死一个，不多。"

汪国花翻了半天楼梯后的篮子，抽出来一条绳子扔给了五牛。五牛反绕正绕几圈把李强的手绑了个结实，拴在了楼梯扶手上。

五牛坐在火台上看着李强说："同意炸口子也炸，不同意炸口子也炸，就这么个事情，正反方向都是人命关天。摊开来说，你得听我的，你说，同意炸！"

李强耷拉下的脑袋直了起来，一个劲看着五牛摇头。五牛不说话了，站起身扶了楼梯两步蹿上了顶楼抱下两个炸药捆子，解了绳子要李强和自己一起去炸口子。五牛说："我就不信你不同意炸，我要你看着我炸，你看着我炸，你就是同谋。"李强不干，扭着屁股不走，五牛拽了他走，敌不过去，索性李强就躺了下来，躺在地上的李强把身体弯成一个半圆形的蛋。李强说："那坑里压死的本来就是我，他替我死了，我不是人，不是人，五牛你要炸口子你也不是人！"

五牛无奈了，他害怕李强深更半夜喊，喊得邻里四下都知道了出大乱子。他把绳子依旧拴在了楼梯上。五牛对汪国花说："你把他给我看好了，我炸了口子就回来。就让他在地上躺着，他要想从地上起来，你就拿擀面杖敲他！"五牛递给汪国花擀面杖，出了门，没入了夜色中。

李强听得没有大的动静了，把埋在胸前的头抬起来，看到汪国花手里拿了擀面杖靠在火台旁，距离他躺的位置不到两米远。李强说："嫂子，好嫂子，你给我舀一碗水喝，我嘴干得要命，就是死也让我死个痛快。"

汪国花越发吓得厉害了，长这么大，她哪经历过这种事情，这五牛是做什么了，死的人死了，活的人他也要把人家弄死？看看地上的人，汪国花心软了，说："你站起来坐到板凳上，我给你弄水喝。"李强坐起来，没有坐到板凳上坐到了地上。李强看到汪国花端过来的水碗冒着热气，说："嫂子，添点生水，放到火台。"

汪国花说："添了生水喝，人容易生病，我给你取了冷碗来回倒一倒。"

取了冷碗放到火台上来回倒了几下，汪国花说："你没有了手，我喂你吧兄弟。"

李强觉得自己的眼热了一下，人的命都不保了，还说喝生水容易生病，我现在就不想死就想生病，能由得了我吗？李强想挪到火台前，楼梯上的绳子限制了他。李强说："我不喝了嫂子，命都不保了，喝那水有什么用。"

汪国花举过来碗挨到李强的嘴前，李强用牙咬了碗沿咕咚咕咚灌了下去。李强突然控制不住哭了。

汪国花说："哭啥嘛，坑下到底压了谁？"

李强低着头在膝盖上抹了一下眼睛里的泪说："兰州李。"

汪国花不说话，眼里的泪涌上来，蒙眬的泪水里映出了一张豁嘴。

李强说："因为坑下压死了人，五牛要炸口子；炸了口子，山它看上去还是一座山，没有人知道山下压死了人。你说说，他就敢炸？"

汪国花被问住了，她没有经历过这种事情，五牛说要炸自然有五牛的道理。汪国花说："怎么也该把小兄弟弄出来。他那么年轻，身上怎么能压得动那样大的一座山！"

李强想，自己和兰州李兄弟一场，他已经在奈河桥上回头张望了，自己要命绝今夜了。他突然觉得尿憋得有些紧。

李强说："嫂子，我刚喝了水，想解小手，茅房在哪儿？"

汪国花想这个男人想解手，好人不能被尿憋死。二话没有说解了楼梯上的绳子，拉了李强走。李强在后面走着，茅房在院子里的西南角上，远处有一两声鸡打鸣。李强想五牛快回来了，他得赶快行动。走进茅房，李强说："嫂子，得麻烦你一下子，你要不觉得埋汰你，帮我解了裤带。"汪国花笑了，汪国花当闺女的时候野得出了名，她要不野，能嫁给五牛？解个裤带怕啥？她把绳子系在茅房外的一棵小树上，走进茅房帮李强松了裤带。李强没有了平常那种惯常的动作，而是一下子羞得蹲下了。他知道这个女人聪明，帮他松裤带还把绳子系在树上，她也防范着自己哩。

一线黄色冒着热气，清脆地响着射进了茅坑里，黎明缠身的雾里便散发出来一股臊味。李强说："嫂子，还得麻烦你帮一下忙，把我的裤子提起来，系上裤带。"汪国花进来，把脸扭到别处，提起裤子系上了裤带。五牛喝醉了她常常要这样帮他提系裤带，汪国花丝毫没有异样的感觉，只是觉得这个男人面对这么个事情，还懂得讲个礼貌，五牛不这样，就是吼。汪国花不知道"祸发于所忽，灾萌于不疑"，她突然可怜这个男人了。她解下了拴在树上的绳子要李强前面走，李强停下来假装有话要说，等汪国花走近来，重重地把后脑壳摔在了汪国花头上，汪国花嘴里喊了一声"我——"人就软得像没有骨头似的瘫了下去。李强不敢有半点消停，用捆着的手简单挑起地上的绳子掉头就跑。

李强迈开了脚板跑。黎明前的黑暗里，风不仅扑得草动，还骚扰得李强的上衣鼓鼓的。李强不敢顺大路走，顺着山上的小路跑，内心里想傻笑，又激动。跑了一段路，看四下无人，才敢咧着嘴坐在一块石头上，举了手用牙一下一下往开咬捆着的绳子。山坳里看山下伏卧着几个村庄，村庄不大，天边露出了鱼肚白，隐约照亮了房顶上的红石板。李强像一棵去冬的黄草一样枯萎摇摆着站起来，里面红色的毛衣已经看不清楚本色了，袖口和领口锈了黑煤灰，外面的蓝涤卡褂子成了黑蓝。细瘦的脑袋下裸露出一截风吹干的脖子。有一辆班车过来，打了两声号，绕了个弯不见了。李强皱巴巴地缩回了自己的脖子，他想不起来自己要去哪儿，身子骨酸困得厉害，想倒头躺在石板上睡一觉，闭上眼睛，眼幕上出现了兰州李。李强索性坐了起来。太阳出来了，像蛋黄一样。李强想，也不知道那个黑口子是炸了还是没有炸，兰州李是因为自己死了，自己还想着睡，真不是个人啊！李强想着走着，在大山里又转了回去。

五牛炸了口子，清理了洞外，提了电钻往回走，总觉得身后有动静，停下来点了一根烟，猛地转回头看了一眼，发现什么也没有，是心里在作怪。五牛不是一个自己吓自己的人，总觉得这个事情不是自己吓自己，是事情摆着呢，摆大了。郭北村的算卦老汉说自己要发，发个屁！五牛一口吐出了烟屁股。五牛弯腰拽了一根干草塞进了嘴里，天边发亮了，四周围的山默得寂寥，五牛想到那个李强不知道该怎么处置他。想想往日与他的交情，凭自己的三寸不烂之舌，他一个穷人，不就是要俩钱的事情吗？五牛嚼着干草大步流星往回走。

走进院子里的五牛，听到自己的屋子里静悄悄的。把电钻放到小西房的铡草棚子里，走进了屋子。屋子里电灯亮着，椅子上坐着一个人，旁边还站着两个，烟雾缭绕看不清面目。听得有一个人闷气地很有力度地喊了一声："出了这么大的事情，不见你早说！"

五牛听出来了，是自己老丈人的三弟——村主任汪来保，五牛叫他三爸。站着的两个是五牛的大兄哥和小舅子。汪国花盘腿坐在床上，头上捂了手巾歪着脑袋靠着墙。一看没有了李强，五牛说："出了这么大的事情，也不是我愿意的。李强呢？"

听得有人说："跑了。"

五牛像一头疯了的狮子一样穿过烟雾找到了汪国花，上去就是一个巴掌。五牛的腿上重重地挨了一擀面杖，他很不舒服地跪下了。敲他的人不是别人，是五牛的大兄哥。看这个架势，这是一个小公堂，五牛不敢吭声了。这时候汪国花的三爸汪来保坐在当中的椅子上，猛吸了一口烟，用眼光瞟着地上的五牛说话了。

"你是啥都顾得上做的人，国花跟着你差一点就要了命！三天不打，手痒了不是？我要不派人守着出山的路口，怕那个人早报案了！"

汪来保伸了一下手，小舅子递过来一杯水，汪来保喝了一口继续说："出了人命关天的大事，是要连累上边的。连累你不说，你一介草民，连累我，我也不说，大不了不要这个村主任了。想过没有，刚拉网式排查炸毁了黑坑口，这事情要是捅出去，上面一定会大做文章，不仅村领导担待不了，镇政府也担待不了，县领导也吃不了兜着走！现在的社会做官容易吗？不容易。越往上，做的那官就越大了，官大了的人自然要保官保命，出了事情要找一个替罪羊来，丢车保帅，是会要咱俩的命的！不要看这事情你一个人顶了就完事，弄大了，关乎大家的事情就大了。这事情要是不报呢，总归有瞒不住的时候，那个跑掉的人问题就大了。我们考虑现在的事情是不能弄大，要合伙做个假象出来，我们负责派出所和镇上，五牛，你跟了去。那个叫李强的人，他只要去报案，我们就会得信。把你所有赚得的那钱拿出来铺路，路不铺不平，路不修不通。留得青山在，不怕没柴烧。"

五牛抬头看了一眼床上坐着的汪国花。汪国花歪了一下脸，看了别处。五牛说："赚的钱都是她存着，我是光屁股裸身子花一分要一分，她把我拿捏得死死的。"

汪国花说："你就没有告诉咱三爸和咱哥，我为什么拿捏得你死死的？你还有脸说，有脸打我！"

汪来保说："现在不是斗嘴的时候。你今天放走了那个叫李强的人，就是你不对。女人到底是个女人，不讲原则就会心软。古话说，满地是黄金，就等有福人。有福没福这一锤子买卖砸了啥都不好说。不是他一个人的问题，是连带了整个家族。五个自然村里，咱汪家是大家族，出了这么大的事情，政府有权拿掉我这个村主任。真有那么一天，人多势众靠选举，怕我也因为这么个事情有了污点，早已经和五牛进去了。靠山吃山，拿了我这个村主任，你们跟着吃什么，喝什么？"

五牛跪在地上说："我没有说过，派出所的韩所长是我当年在县城遇到的一桩事情的冤家，他还不借了这事情弄我？原来没把柄，现在有这事了，他肯定要拿捏我。"

汪来保拍了一下桌子说："当年在县城里你做啥了？还有多少事情你瞒着？"

五牛说："也没有做啥，有一次我进城冲着公安局门前的电线杆小便，他逮着我了，说要罚款。我说等我撒完，又挪了一下位置，完事了。他要罚我，我想，就因为这么个小事情罚我！我就耍了巧，说，我撒尿就一下子，怎么能有两下子，明明地上有两个湿印印嘛，明明我看着你在这里撒，我才跟着撒，怎么说要罚我？围着的人多起来，他辩不清。这年头公安上的人形象坏，街上的行人都说他是没事找事，他丢人了，才放了我。我是到镇里偶尔看到他来咱这里当所长了，他当然不认得我，但是，我要去找他，他一看是我，我不是羊入虎口?!"

汪来保白了地上的五牛一眼说："走哪儿你寒碜到哪儿。到什么时候都不懂'绿灯亮了慢慢走，黄灯亮了快快走，红灯亮了绕道走'这个道理。出了事了找出事的办法来想，不打不成交，你的事情还得你出面，我看这不是坏事。有的人想和领导接头，还找不到入口，你这等于是进门了，给他送一份大礼，我活五十了还没有见过见钱不眼开的人！"

大兄哥插了一句话说："国花，要分清楚当前的利害关系，听三爸的没有错！"

汪国花跳下炕，攀了楼梯上去从放玉荌的粮仓里掏出塑料布包，搂着走下了楼梯。

这时候，有人拉着上山的一个外地人走进了五牛的院子，是王四川。五牛一看是他，气就不打一处来，把所有发生的一切推到了他的头上。要不是他的离去，也不会发生这么大的事情。五牛一下子从地上站了起来，汪来保马上指着五牛说："你想干啥？觉得这乱不够大是不是？"

五牛一下子软了下来。

王四川看着五牛说："老板，他们为什么要扭我胳膊？"

汪来保马上接了话："误会，误会。坐下，我来给你说个事。"示意屋子里的人都出去。

汪来保说："你是跟着五牛挖坑口的吧？我告诉你五牛出了事了，你还跟着他干不干？"

王四川疑惑地说："老板好好的，哪里出事喽？"

汪来保说："坑口出事了。昨晚上被政府炸了，你上山时没有碰上你的同伴？"

王四川说："没的碰见。怎么会一晚上就出事情了呢？我不信，你们是想赖我的工资。"

汪来保说："一晚上？你可不要小瞧了这一晚上。哪一件国际国内的大事，不是一晚上的事情？一晚上的时间都长了，一会会，你想不到的事就出现了。你要不信，就让他们领了你去看看，看看你不就信了！"

王四川说："如果真是这样，我也不想在这里干了，没有伴。我在山下的矿上找到伴了，工资虽然比这里低，但是，有伴。"

汪来宝说："那好啊。五牛，你进来一下。"

五牛掀了帘子进来看着汪来保，汪来保要五牛领四川人到坑口上去看看。

李强不敢走大路，翻过一个山脊看到了他们居住的窑洞，窑洞旁那个口子不见了。有一块山石掉下来落在洞口往公路的那一段土路上，看上去很自然。李强小心地走下了山，这块地种了苹果树，苹果花已经落了，有苹果伸出头来，地上堆着去年的玉茭秆。他和兰州李白天不睡觉，常常坐在这玉茭秆上望对面。对面那女人喜欢穿红衣服，脱了红外套是红毛衣，即便不穿红衣服了，脖子上还系条红纱巾。李强告诉兰州李那是自己的小姨子。自己的老婆还在丈母娘家养着呢，去哪儿找小姨子？兰州李说："我最大的人生愿望是娶老婆，过好日子。"李强想，兰州李说的那好日子，对他来说是永远绝了。

这地方的煤矿坑下死人不是个稀罕事，哪个坑下不死人？死了人，矿主除赔偿钱之外，还得安葬死人。安葬死人不是个小数目，有家口的买棺材、刨坟地，大包干一次性全了。没有家口，独一个光杆的，矿主要帮死人娶阴亲，这地方人叫弥婚。活着没有找到快乐的，死了不能孤独一人，如果幸福不在今生，那它一定在来世。李强想：我一定要给这个本家找个阴亲，他从兰州跑到山西来了，山西的李姓我就是他的亲人。他来山西寻幸福来了，他本来能寻到的，因为我，他死了。

李强听到山弯那边有说话声音传过来，吓得跳起来攀到了山的半腰子上藏起来。李强看到来的一群人中间有王四川。听得王四川提高了嗓子说话，风向不对，什么也听不清楚。一个很像村干部的人和他理论，还有五牛。说到激动处，相跟的一干人中传出了笑声。王四川有点着急了，手舞足蹈地叫喊着，还来来回回走着比画说明着一个什么问题。听不清楚，又不敢往起站。

王四川抓耳挠腮地吭哧了半天，跟着一帮人走了。

半山上张望的李强很想喊一声，试了几下子就是喊不出来，他怕自己喊出来，村里人不相信自己不说，更主要的是怕五牛知道了，要了自己的命。李强抬了头望对面，想起了和兰州李半上午卧在玉茭秆上看对面，李强绕了山脊往对面山坳里走，他想知道对面的那个女人天天半晌午挽了篮子要去哪儿？想知道她长了个啥样，她是那样吸引兰州李。李强拐下山，山根下有一座土坏房，李强瞅着山根下不见什么人，便拐了进去。院里坐了老者，乡下人看上去面老，一打问，才知道不到五十岁。李强说："你怎么住在这紧里头的山沟，不出去？"那人说："我老婆早走了，这山里头死人多，大多是外地人，看不好就丢了。"李强一下子没明白过来，疑惑地看着对方。那人说："看死人，看我死鬼老伴，看不好就被偷走了。"李强要了一点吃食，要放钱，那人不要。李强决定到村后的山脊上去等那个女人，看看她到底是要去哪儿。这山里出日怪事也出日怪人。

农历三月太行山，草色遥看青绿无间。打山上看山下，山坳里卧着的村庄像鸬鹚斑驳的头颅，太阳把缭绕在村庄中间的雾气收了起来，偶尔有几棵桃杏树，开着料峭红粉的花朵。李强想：要是不出这事情，到这山沟里成个家活一辈子才叫个幸福。李强是陕南紫阳县人，家里弟兄多，一个穷字，一切离幸福都远了。他来山西下矿有两年多了，坑下风险大，但赚钱多。他没有想到这么快就出事了。出事的该是自己，却让别人替自己抵了命。李强看着出村的路口，就看到一个女人脖子上围了红纱巾，挽了篮子沿了村路往山那边走，李强顺着山脊跟了她走。走过一道梁又是一道梁，他看到她走着爬了个坡，在一个土窑洞口停下了。那女人喊了两声什么，从窑洞里出来两个后生，女人从篮子里取出了一个铝锅，两个后生各自取了碗，那个女人拿了勺子磕了两下锅沿，两个后生从篮子里用筷子穿起三个馒头走了过来，等那个女人往自己的碗里舀菜。李强明白了，又是一个挖黑口子的。

李强很失望地坐了下来，坐下来的李强脑海里又想起了兰州李，这个没娘没爹的人，他带着理想被埋在这大山里了。李强想，要不是出事，现在这个时候，他就在对面山的果树地里望着这边。这边不是因为有了村庄他才望，不是因为有了杏花白桃花红他才望，是这个女人跳跃了他的思想，这个女人和埋葬他的五牛一样做着同一件事情。兰州李知道了还望不望？李强泪眼婆娑望着对面埋葬兰州李的山，想得情涌心颤。

五

李强往山下的镇上走时被路口上的人逮着了。李强叫喊着："五牛，五牛，你不得好死，你要弄死我，我做鬼也不放过你！"弄他的那几个人说："你这样喊得满天下人都知道，不弄死你也要弄死你！"

李强不喊了，两个人架着他回到了大凹底。

五牛让押他的人出去，自己留下来和李强谈。

五牛要老婆给李强下一碗挂面，要下龙须挂面，加两个荷包鸡蛋。汪国花看着李强说："大兄弟，你差一点就欠了我一条命。"

李强低下了头。五牛说："就冲着你给我老婆来那么一下子，你就犯法了知道不知道？不过，看在以往的情分上，我不追究你。我理解，你和我一样也是没奈何。我知道兰州李是替你顶了命的，不然的话，现在坐在这里的是他不是你。但你想过没有，现在坐在这里的毕竟还是你不是他。他人是死了，要是说你把我老婆搞死了，咱俩一起进了局子，我无期，你死刑，你信不信？我为什么这么说呢？因为，小豁嘴的死是大自然的行为，我老婆的死就是你李强人为的了。现在，咱都不说了，法有法规，人有人情，就说，你现在是怎么想的？我不弄死你，我为什么要弄死你？咱俩是多年的坑下兄弟，现在又都犯了事，你把你的心里话掏出来，我听听。"

李强想自己跑来跑去，倒顶上命案了？不承认，这叫无理争三分。自己不被五牛弄死，也要被五牛冤死。

李强气冲冲地抬起头说："我和你不一样，就是不一样，不要把这么大的罪名压到我身上。你偷着挖黑坑口，压死人了，你不仅不想办法挖他，还想着把他埋到山肚子里。活人有活人的规矩，死人有死人的规矩，干一行懂一行，你又不是不清楚。你不挖出他来，这大凹底村不要想有安宁日子，因为，山下埋着的他会出来闹鬼！我不同意你炸口子，你炸了，你不光炸了口子，你还想炸了我！"

五牛咧开嘴笑了，掏出一根烟来点上给李强，李强不要，五牛放到自己嘴里吸了一口。五牛看着李强想了想说："你硬个啥？告诉你我的想法。说我挖黑口子，你难道就没有错？明明知道我干的是违法的事情，你还来帮我，就说你是为了钱，谁不是为了钱？人为财死，鸟为食亡，这古话说的就是好，我不是为了钱我冒着杀头的风险挖它？我是想赚钱的不是？你难道不也是想赚钱吗？我们共同的目标就是赚钱，根本就不是想要出事。我疯了傻了，冒了风险挖了个洞，一月不到就炸了它！你想我愿意要他死？他死了是他命不好，该你死，你躲过了，是你命大！他从兰州来山西啥活不能找，找下坑的活，他也是重财不重命嘛，他是替你送死来了，他上辈子就欠你！你说这事情要是闹大了，你知道是黑口子，还要来，你这不叫知法犯法吗？对我不好，对你有什么好？你仔细想想有什么好？我也不过就是赔俩钱不是？这钱如果不是给了公家，给了你个人，你不就富裕了！死的人已经死了，大山处处埋忠骨，大干部死多少，中国照样发展，他死了，总得关照咱活人吧？你说咱就不发展了？"

汪国花端过来挂面汤，看着李强说："大兄弟，好歹吃吧，我不怪你，怪谁事情都出了，是不是？热汤热蛋吃了，什么都想开了。那小豁子弟弟，心疼他没用，死的人哪有活着的人难？挖不出来了，就用大红公鸡到洞口上引出魂来，他憋着出不上气来，魂出来了，游荡着再投生一次，说不定还是一个富贵人家呢。"

五牛很欣赏自己老婆说的这几句话，关键时候，还是自己人。

五牛说："明人不做暗事，你说，你要我赔你多少？"

李强半天没有吭声，两手捧着细瓷青花碗中盛着的热汤面有些颤。他想起自己和兰州李躺在玉茭秆上望天，天空有悠悠飘动的白云。兰州李说："我这一辈子就像这天上的云彩一样。"李强想，他不像云彩，像一粒离开土地的草籽，到处寻找着落脚的地方，找到了也就永远扎根了。而自己呢，自己又是什么？家里等着花钱的弟弟，等着看病的娘，地里等着化肥，等着种子，父亲站在村头等着自己赚回去的钱。想到钱，李强的心动了一下。李强是个凡俗之人，凡俗之人为生计奔波。李强没有死是大幸、万幸，如果死了呢，那么现在坐在这里，喝热汤面吃荷包蛋的人肯定是兰州李。兰州李会怎么来面对自己的死呢？李强想，兰州李肯定会因为五牛的诱惑让他永远埋在这大山肚子里。李强又想，毕竟是他死了而我活着呀，我起码应该让他死了也有一个女人伴着，毕竟，这是他活着时最大的愿望，毕竟，他是替我死的。李强苦苦地琢磨着，发现自己走入了一个无法走出的思想迷宫。人性的奇葩会开放在苦难的泥沼里，利益反而会使它枯萎。

而这时，五牛又说话了。

"还有什么解不开的疙瘩？他一个兰州来的孤儿，死了也没人会牵挂他，爹娘都不疼他，咱疼他做啥？死了是他好。这世界上有两种人，一种是活着就是来享受快乐的人；一种是死了比活着更快乐的人，兰州李就是我说的这后一种人。我赔偿了你，你拿了钱跟我挖下一个口子，咱钱赚多了，还发愁没快乐？你现在就想着他是为你死的是不是？假如，他活着，同一块石头掉下来了，有一个安全的地方可以站一个人，他恨不得你死了他活着，人不为了自己，那不是傻子是什么？如果，现在是他活着而你死了，那肯定好办，不用我说服他，我老婆说服他就够了，只要说给他美容了那个豁子，看吧，他屁颠屁颠就把你忘了。他兰州李不是傻子，比鳖都精哩，你才傻哩，看着钱不要。你说你是不是傻子？"

李强把碗放到嘴前大口地喝了一口，把荷包蛋用筷子夹起来塞进了嘴里，李强感觉不到龙须挂面的味道，荷包蛋像泥鳅一样滑进了喉咙里。五牛竖起耳朵听李强咽饭的响声，那吃相看上去能吓人一跳，五牛明白形势转眼间就因为这么下咽的一口饭变了样子。几小时前这个李强看自己的眼神还蛮憎恶的，现在吃自己老婆做的饭了，这就说明他的气顺了，气顺了才有别的东西能容进去。五牛想，人他妈在钱面前有几个是不眨眼的，都他妈是卑贱轻贱的龟孙王八蛋！

李强眼前闪过了两个字：生，死。这两个字在李强最初心神不宁的时刻就出现了，现在中间又加了一个字：钱。钱担挑着生和死。钱像马鞍子一样架空了李强的心，却也让李强看到了骑在马鞍子上的好景致。李强想：我一个庄稼人，豁出去了，一滴汗掉在地上摔八瓣苦做苦受，能赚多少钱？马鞍

子上望山，那是要高人一截的，水随山转，钱不能说不是个好东西吧？李强
又夹起一个荷包蛋咽了下去，有些急，呛了一口，好像是要把想吐出来的一
句话压回去，又有点压不住，压得额头上细瘦的青筋也暴了出来。李强不想
死，现在也没有人要李强死，李强想活，想活得更好。李强抬起袖管来抹了
一下嘴角上的汤水，看着五牛说："他是个可怜人，他是替我死了，什么时候
也是。我一想到地下的他，我就不踏实。"

五牛从对面的椅子上抬起屁股来，从火台上端起下龙须挂面的小铝锅，
走到李强坐着的床前给李强添了饭。五牛说："有什么不踏实？事在人为，你
天生就是贱命，压人是我五牛压了，我压了人都不怕，你白拿钱怕什么？又
不是咱俩合谋害死了他，是山里的石头压了他了，自然的力量能说是人
为的？"

李强说："我只有一个要求，给兰州李弥个婚，能满足他活着的一个愿
望，我多少想起来也少一些难受，也算对得起他了。"

五牛松了一口气，很复杂的事情就这么很简单地结束了。五牛兴奋得敲
了一下锅底子，转头对汪国花说："去找咱三爸去，就说事情弄妥了。"

时间在一两个时辰内改变了人的性情，整个过程中李强脸上没有表情，
他的表情在心里汪着，像一潭雨后的积水。天空中有什么东西跌落了下来，
在他的心里溅起了几个细小的水泡，漾开了一圈圈微妙的波纹。李强盯着自
己的脚尖，看着看着花眼了，看到地上是很大很深的坑，他父亲在那里挑水
拌土打土坯。门前打土坯留下了一个大坑，雨水多的时候，它积了一坑水，
青蛙在里面鸣叫，蓖麻在边上旺长。那个土坑是准备修房积下的，那个坑多
少年了，因为接下来要买木料、买砖瓦、购水泥，可缺少钱，停下了。父亲
说："你是老大，你去山西下煤窑吧。下煤窑是个险活计，要下就下大煤窑。"
李强想，我是有念系的人啊，兰州李，谁念你？你走了也许真是好，对你好，
对我好，对五牛好，人情古来就如此，你不要怨我了，要怨就怨你的爹娘吧。

李强想，你活着时的美好愿望没有实现，我让五牛给你弥婚，给你实现，
算我李强对得起你了。我年年清明给你上坟，我娶了媳妇生了儿，我让我儿
叫你干大，我死了，我的牌位旁竖了你，你和我同时接受李家的香火。李强
把最后一口龙须挂面汤送进了嘴里，热汤热面濡帖得李强的脸上现出了一层
黄淡的油光。

六

五牛和李强下山去找一个叫丙东的人。

丙东住在山下一个叫豆虎屯的村庄，专给死人弥婚。去年五寨矿两个后生因井下瓦斯爆炸，一个死了，一个伤了腿。家里来了人，死了的家属闹着要求弥婚。矿上领导指定五牛和李强去找丙东。丙东果然是丙东，半天时间一手交钱，一手交人。

李强走进丙东的院子时，院子里的狗冲着他叫，李强停了下来张望着门。门动了一下，连带着一句"谁呀"出来一个人，正是丙东。丙东裤腰带上别着好几个皮包包，有手机、有传呼、有小灵通等，看上去和五牛一样，人有点板五板六的得意样子。

丙东看到从大门口又进来了一个人，是五牛。丙东觉得前面的这个人面熟，但是，想不起来是谁。从来人的穿着打扮上，像是刚从坑下上来的。丙东拦了一下喊叫的狗，那狗呜呜了两声，掉转屁股朝着丙东摇起了尾巴。丙东看着五牛说："老弟稀罕啊，什么大风把你给吹来了？"

五牛说："海啸把我吹来了。"

丙东说："你光顾得赚钱，还顾得上关心世界大事？"

五牛说："我是家事国事天下事，事事关心。"

丙东说："你说这话也不怕闪了小腰。"

五牛指着李强说："丙东，认不得了？五寨矿的。"

丙东从耳根上取下一根烟来递给了李强。烟是刚送走的村里人递给他的，他看了看不是什么好烟，就夹在了耳根上。丙东从口袋里摸出一根烟来递给了五牛，五牛是本地人，本地人和外地人不一样，不能一视同仁。丙东说："还真是想不起来了。"

李强说："去年五寨煤矿弥婚的事情，我和矿上的人来找过你。"

丙东拍了一下头说："看我，人多了就对不上号了。想起来了，你就是跟着来的那个不多说话的人嘛，对不？"

丙东还是没有想起来。

李强说："李强，五寨矿的，想起来了吧？我找你来还是说那事。"

丙东说："啊呀呀，李强嘛，我说我怎么能不认识呢。没听说最近矿上出事啊？倒是刘庄矿出了事，死了俩，都是有家口的，矿上按着不报，私下里处理了，我没有听说五寨矿出事。屋里坐，屋里坐，怎么不见矿上的领导来？"

李强说："我私自想买一个，给我的兄弟用。要年轻的，和以前的不一样，不能大小不类、长幼不分。"

丙东要屋里坐在床上的老婆赶快下地给五牛和李强倒水。看着满上的一杯水，丙东说："那样的话，要贵！"丙东收了一下自己的下巴颏肯定了他说话的分量。

五牛说："没有听说过要贵这一说，以前不见有区分嘛？"

丙东咳嗽了一下说："老弟，这你就外行了不是，年轻的姑娘怎么就叫姑娘，就因为她年轻！看对方是什么人、什么出身了。下坑的人，都是一辈子吃黄玉茭疙瘩饭，一辈子屙黄玉茭疙瘩屎的人，他当然不讲究了，是个女人就行了。有家庭好的，小伙精干的，人家当然要姑娘啦。死人？不要小看了这死人，死人也分贵贱，一个人一生辉煌几次，不算！到最后这一站是决不能浮皮潦草的，谁和他连接下面的这个社会，全靠和他做伴的这个人了。真是有讲究的，还要求什么学问啦、文凭啦、长相啦和活人差不多，是他不知道，要是知道，都想要一个鲜亮些的。人家姑娘家的大人还挑剔哩，还想看看你对方什么条件，能不能结亲，活着的人年节是要走亲戚的，可是不敢小瞧了这姑娘！"

五牛听丙东说完，看到他跷着兰花指弯腰弹了弹掉在裤腿上的烟灰，抬起头来划了一下前额的头发继续说："你这个兄弟是个什么样的人物？"

李强说："下坑的。"

丙东用四拇指往后撩了一下前额的头发说："十岁之前的怎么样？"

李强说："太小了。"

丙东说："那你出什么价码？"

李强说："人家出什么价码，我也出什么价码。"

丙东伸了一下拇指，又伸了一下巴掌说："头一回听说一个下坑的想弥一个姑娘。那好，一万五！"

五牛吓了一跳，去年来的时候好像才五千，怎么事隔一年就长成这样了？五牛说："太贵了，一个死人，哪要得这么多钱？"

— 229 —

丙东笑着问李强："你这个人多大了？"

李强说："不大，二十岁不到。"

五牛走过去捂着嘴扣到丙东耳朵上小声嘀咕了一阵子，丙东很认真地看着李强点着头。五牛离开丙东，从背着的提包里掏出两条烟扔到了桌子上。

丙东抽了一口烟看着李强说："正经八百的姑娘肯定贵，但是，人家还不一定愿意嫁你这个主。要我的意思，就弄个十岁之前的，我手头倒有一个，有十年了，长到现在也有二十了，和你的这个正好相配，价钱也好说。"

五牛说："对呀，弄个年龄相当的，走到现在，也不比他小，阳岁和阴岁这么一交叉，那不是正好吗？"

李强翻了一下眼皮子问："要多少？"

丙东说："看在本乡本土人的面子上，不多要，就五千。"

李强抬了头肯定地说："不，我要同岁的。"

五牛给丙东递了个眼色过去，就听得丙东说："好办，就这么定了，但是，得等。眼下没有，至少目前还没有年轻的姑娘来我这里报到。你要耐心等，这事情和活人不一样，活人里打光杆的想找都找不着，这死人，要碰，碰巧了就合适，碰不巧，我这个红媒也不好说。"

两个人留下了话，出了豆虎屯，在公路上溜达着往回走。五牛说："我琢磨着一个事情，不好说出口。"

李强说："有什么不好说出口？都到这份儿上了。"

五牛看着远山，在山呦里看远山，看到的仅仅是大山的山垴子；绕过山的豁口看远处，看到地势纵横，岭多沟深。这山是太大了，这山里它要埋一个人，你要不知道他埋在哪里还真是找不到。

五牛说："那我就说了。这山是太大了，我不是说山太大了有些事情办起来不好办，是这个事情发生得不好。你说这个兰州李，他死了就死了嘛，死得人整个压在了大石头下找不到人影子，你说咱给他弥婚，找个姑娘给她往哪里埋？口子已经炸了，人家女方要知道埋了人，想活着的人结个亲家都找不到；人和人还埋不到一起不说，要是有人知道了，给他弥的这个婚还不让人偷挖了去卖？这事情多了。我琢磨着，这事情就不要白费力气了，我把给他弥婚的那个钱也给了你，丙东说要五千，我就按五千给你。我知道你是个有情义的人，这情义肯定是无价，有这份儿心的人这世上少了，你算一个。

别人不理解你，我是理解你了。从开始到现在，由我心里的这个痛连带着你心里的那个痛，人霎时就掉了好几斤肉。不是说我不给他弥这个婚，是没有办法弥。事情真要弄大了，谈这事还有什么意义，有什么好？"

五牛斜眼瞟了一下走路的李强，看到李强歪着头看对面地里，对面是一块谷地，地里有几个妇女挪着大屁股在间苗。

李强怕五牛看见自己脸上的表情，往前走了两步说："还是要弥婚，不要那五千，要年岁相当的。"

五牛不回答李强的话，看着对面说："间苗这活，看上去简单，做起来却很吃力，需要蹲在地上一步一步挪着朝前走。庄稼人这一辈子干的活就这么个程序，下了种等出苗，出了苗等间苗，间了苗等锄、耧、收。就这么个简单过程，到最后也不见得能落下几个钱。那两个妇女间六垄苗，话都不说，齐头并进，还瞎高兴得笑哩，天生是个乡下人的命。人要是赚了钱还是应该进城里活，城里的女人和乡下的不一样。你有钱了就讨一个城市女人，把媳妇养到家还跟着我干，有钱了真是想啥得啥啊。"

李强听了五牛的话，往前跑了两步，山根下有一条河，从沟垴上流下来，积了一个小潭，李强弯腰探过身子去瞅了瞅河面上的人。那个人怎么看怎么不像一个人样，头发乱得像鸡窝，原来的盆盆脸现在扁圆得像一个碗碟。李强撩了水抹了两把脸站起来继续赶路。自己到现在都没有说上媳妇，因为啥？穷。谁能说钱不是个好东西。村里的那个王蛋蛋为什么到城里去偷东西了，因为，没有钱啊，还有狗财媳妇，领着自己的儿子坐在城市的大街上扮穷，也是看见钱好嘛。看见钱不好的人还叫个人吗？

李强不是一个内心脆弱的人，但五牛的话说得李强心烦意乱。从出事到现在两天了，李强像一个还魂的尸体，身体凉了，但仍然活动。尽管意识到自己肯定是活着，但仍然有一股不可抗拒的力量，不断地显现和扩大。李强从扩大的幻觉中看到大山的肚子里埋葬的不是兰州李，是他自己。如果是自己，现在在公路上和五牛走路的不是李强了，是兰州李。兰州李会想到也给李强弥婚吗？肯定不会，因为李强告诉他对面的那个女人是自己的小姨子，都有小姨子了，那小姨子的姐不就是李强的老婆嘛。李强力图把千丝万缕的想象用陀螺捻成一根线，捻成符合他心愿的一条麻绳，像五牛拴他的那条麻绳一样，很简单的就是拴人，作用是不让拴着的人跑掉。如果，兰州李的死是天意，那么也就算不得李强的罪过了。兰州李的死又不是李强亲手制造的后果，坑下的事情哪有万无一失的，要是我李强死了，肯定也是从这个世界上销声匿迹，一切都像没有发生过一样，那还不是苦了我爹妈？兰州李连爹妈都没有，对他，真是活着不如死了。李强不是存心想要这个钱，想来实在是没有办法处理这个事情，弥了这婚往哪里埋？打了洞找人把你弄出来，那不等于让五牛曝光了？李强也知道不是个事情，但，李强就想着借着这么个事情多弄俩钱，弄一回就要弄得狠。不是李强看中了这钱，谁能知道如果兰州李不死，李强死了会是什么结果呢？

时间从两个往山上走的人身边流过，一些看不见的气氛明显地有了变化。李强从地上捡起一块石头薄片，看着山下的水塘漂过去啪啪啪溅起一串水花，那块在水面上走过的石头很妥帖地沉入了水中。

李强扭回头看着五牛说："我是真想着他可怜，可是他又没有那个命。但是，一定得给他弥这个婚，还必须是年貌相当。"

五牛站下了，看着李强的后身板说："你这是和我拗劲是不是？我给你一万？"

李强说："我要那一万有什么用？他替我死了，假如死人有知，你出多少钱他也不死。我一定得给他找一个年貌相当的，活人不容易，总得对得起死去的人吧？"

五牛咬了一下牙，弯腰抓了一把青草放进了嘴里，嚼了几下吐出嘴里的绿沫子说："按丙东说的，我给你一万五，你拿了钱，你去给他弥婚，不要在我眼皮底下。真要那么弄，等于是告诉人家这山里压了人了，我出这钱有什么意思？"

李强松了一口气扭回头看着五牛，想起了一句话：槽头添匹马驹子，不怕它不蹦跶！

钱这么一涌动，人的性儿都变了。

七

李强从五牛手上接过了五千块钱，崭新的五十元，厚厚一沓子。五牛用大拇指刮拉了两下子，唰唰唰，听上去比流行歌曲还好听。

五牛说："先给你和兰州李的工资，我手头钱紧，明天下山走时到银行给你取上，一共三万，兰州李的命一万，弥亲一万五。我是个讲道理的人，你看咱这事情是不是就算妥了？"李强不说话。五牛又给李强找了一个腰包，要李强挎到腰间。李强挎在了腰间，总觉得腰间顶顶的，不时地用手去摸。汪国花看着两个人的做派心里老大不高兴，想：两个男人这样就把一个人的命葬送了。她白了李强一眼说："你不能老摸那地方，你这么一摸别人就起疑，别人一起疑，这钱能不能装回去还是两说。"

五牛说："没有一下子拿过这么多钱，新鲜是不是？不要摸了，走时下山去办个卡，方便又安全。"

五牛看着李强手里的那一沓子钱，心里觉得空，空得五牛想做一件什么事，想起一天没有给驴喂草了，叫了李强到草棚里给驴铡草。草棚里散落着谷草，五牛要李强添草，李强心里突然有些发怵，怕自己往里添草的时候五牛做出一个什么动作来。李强说："我来铡草，你来添。"

五牛三捋抹两捋抹集成了一个谷草把子，抓紧了续进了铡口，不用尺度，一寸长的草节滑落了下来。五牛想：这样的碎草正好喂驴，驴吃了这样的谷草肥壮，驴肥壮了做什么呢？现在的农村谁还养驴？五牛脸上挂上了一丝不易觉察的笑容。两个人不说话，干得腰也酸了，腿也疼了，五牛说："松动松动，给你猜个谜。女人身上一条缝，一个摁住，一个弄。是啥？"

李强看着五牛停下了上下起伏的动作，觉得这个谜，黄，摇着头不好意思说出来。

五牛说："歪了，想歪了。谜底就是咱用的这个铡。"

李强看了看手中的铡刀不好意思地笑了笑。

李强那眼神，倏然透出了躲躲闪闪的惧意，五牛心里就明白，李强活得是既现实又超脱了。五牛说："歇一会吧，磨刀不误砍柴工，不在乎用这几下子劲。"

李强接过五牛递来的烟凑近打着的火机猛抽了一口，这一口烟从他的肚里这么来回绕了一圈吐了出来，他的心里就有了一丝爽快。李强突然觉得应该感激五牛，提防五牛是不对的，在这么一个艰难的环境里，五牛等于是帮了自己一把。事情要真是弄大了，想想对自己有什么好？真是没有什么好。一个农村人想有多大出息，能有多大出息，去哪儿弄这么多钱？是自己遇了这么个事，有的人想遇都不一定能遇着呢。李强觉得自己腰间的钱有些顶，不时地用手摸一下想松动松动。这么一个反复动作让五牛看得很清楚，五牛心里就产生了一个念头，这个念头一经产生五牛就收不住了。

五牛说："一万块能娶个媳妇？"

李强不好意思低下头笑了笑说："哪能行？"

五牛说："两万差不多吧？"

李强说："还要多。"

五牛说："三万块一个老婆，还缺屋子是不是？"

李强点了点头。

五牛说："你还得干。"

李强不知道五牛的话是什么意思，就反问："口子都炸了，你还想干？不怕政府查下来？"

五牛斜着眼看了看门外，看到汪国花往出送炉灰，脚上的长脸皮鞋踩在院子里的石板上嘎巴嘎巴响。五牛说："撑胖胆大的，吓死胆小的。你说咱看见兔子跑还不敢种黄豆了？"

李强抬起头看着五牛，不明白是什么意思。

五牛说："满地兔子跑，不一定就吃咱的黄豆是不是？我琢磨着还得干！那个口子咱不说了，已经埋了兰州李。埋人的地方，人抬不出来不能动，这是规矩。要想重新动，就得抬出人来，那我五牛就得进局子！话说回来，你拿了我这么多钱，一个月的辛苦等于是给你劳动了，这哪是给我五牛干活，是你李强当老板了，你说我这一个月就白给你劳动了？"

李强避开五牛的话头说了句："你真胆大。"

五牛说："你不胆大？"

李强的心里烧了一下，脸上就热了，提起铡刀来说："铡草。"

五牛有些试探地说："你拿了腰间的钱回去不够娶个媳妇，还不如投了煤矿，见了效益，一天就差不多有你那腰上拴的了，你觉得呢？"

李强说："那样干，是要顶风险的。"

五牛说："你现在就已经顶了风险了，还不如多顶一些风险。你放着那钱有什么用？要学会用钱来生钱，干一年，你那腰就粗了，腰一粗气就粗了。"

李强摸了一下腰间，他的腰太瘦了，装钱的腰包转着圈，刚刚还在前面，起伏了几下身子就转到了屁股上。李强往前挪了挪，觉得还是不舒服，解下来放到了身后的干草捆上。五牛对着门口吐出了烟屁股，反过身往手上吐了一口唾沫，搂了一把干草填进了铡刀。握定刀把的李强嚓、嚓、嚓一起一伏铡起来，地上的干草飞花四溅，李强的心随了地上的草动了一下。

五牛说："不要小看了这铡刀，一旦抽出为轴的铁纽，卸下来就是武器，这东西削人的脑袋就像削西瓜。"

李强停留了有半秒钟，盯着五牛的脑袋凝了一下神，有什么攫住了心，铡草的动作就虚了点。

五牛说："人有多大胆，地有多大产。我就不信再挖个窟窿挖不出煤！你想想，拿了那钱，大好的日子你心安理得回家去做闲人，就不怕闲出毛病来？"

李强不说话了，一种恐怖的冲动让他看着地上的干草目眩。感觉自己像春天旷野里的一垄野草，往出不断生长相互噬咬的茎叶，那茎叶噬咬得他的心很疼很疼。他不敢再往下想了，回头取了草捆上放着的腰包拴在腰间，两步跨出了门。他看到任何有阴影的地方都恐惧，只有看见阳光才觉得自己还活着是个人。

李强晚上翻来覆去不睡，想五牛的话，觉得五牛的话是个道理：自己不是一个有胆略的人，光知道攒钱，不知道生钱。这种念头还未完结，又想到了五牛白天说过的关于铡刀的话，心里觉得不是个滋味，浑身的汗毛倒竖了起来，这钱得来不容易！夜静的时候听得有人来了，五牛叫那人三爸，他们商量挖口子的事情，听那个五牛叫三爸的人说："把那个外地人打发走了？那黑口子是往出喷金喷银的，要他掺和着算个啥？"

五牛说："哪能让他掺和？我是觉得他一个外地人拿了那钱是白拿了，我是想套他让他把钱留下。这一个月的钱都赚给他了，我担惊受怕的卖命钱落入了他的口袋，我压着火呢！明天找个借口打发了他。我就奇怪，当初他也在洞里怎么就不连他也一块压了。"

"你吃了豹子胆了！"

李强吓得出了一身冷汗。不敢消停，穿了衣服，就着星光出了大凹底村，惊得村里的狗在身后叫成了一片。

夜幕下看山，山像一件件褴褛的衣衫，皱巴巴地横亘在天地之间，李强想：那大山里的黑口子就像衣衫里的跳蚤一样，噬咬得大山到处都是麻点子。

李强突然觉得自己像倒光了粮食的布口袋：

呼的一下——瘪了。

发表于《中国作家》2005 年第 5 期

转载于《小说选刊》2005 年第 7 期

《小说月报》2005 年第 7 期增刊

《山西晚报》连载

入选《文艺报》作品推荐榜

黑 脉

一

许中子看到马路对过的柳腊梅，手里拿着一条用火煨过的紫藤，歪着嘴压着腰在箍牛鼻镇。紫藤是一种硬藤，箍牛鼻镇的时候，双头往下锁，要用子母铆锁死，紫藤韧而硬，干后，收得紧。箍牛鼻镇，等牛老死了，牛鼻镇还是牛鼻镇，许中子心里清楚。而柳腊梅干这事绝不求人，求人要落人情，欠情如欠债，她也清楚。

柳腊梅弄不妥帖那牛鼻镇，挂在胸前的两条长辫子，左甩一下，右撩一下，两腿夹着紫藤，上下舞弄得情趣盎然。

许中子觉得有意思了，是那两条辫子生动得有意思了，就喊了一声："腊梅哎！"

柳腊梅抬起了头，不知道是谁喊她，四下里望。村落里少有人踪，到了夏秋两忙时节，外出的外出，下煤窑的下煤窑。闲天忙月，日头像湿了水的布，照人的时候放不开心情，白天短得想要做什么，什么都还没有做，就到了吃饭的时候了。树丛中有斑鸠生出，叫了两声，无意抬手的刹那看到了小洋楼前的许中子。看了一眼，低下了头，想这个人不可能叫她。黄灿灿的阳光，挺立在土地上，远处，万绿丛中地平土实。许中子想起了小时候的柳腊梅。村庄孩子玩乐的事极多，掏鸟窝、绷琉璃蛋、偷桃摘李，最有意思的事是撵兔。从来没有想过柳腊梅是一个闺女，田埂上蹦上跳下，轻巧自如得就

— 237 —

跟吃饭走路一样，把整个田野都闹动了。

"我在叫你呢，腊梅！"

许中子手里端着一个紫砂保健水杯，喝了一口水，仰起脖子来回喔喔了几下，吐出去，把剩下的水倒进手里来回搓捏搓捏，向前弹了弹湿手，想起什么，在头上抹了两下，感觉头上有了一股清爽气。朝着柳腊梅招了招手，叫她过来。

柳腊梅指着自己不相信地说："叫我？许矿长，你是在叫我？"

许中子说："叫你，对对，就是叫你！"

快晌午了，喇叭花被日头晒得瘪下去，一上午连个牛鼻牮都没有箍好，手软得下不出力气来。就说庄稼人日月贱，有的是时间，但一上午没箍好一个牛鼻牮，心里懊恼得很。再说许中子怎么会叫她呢？打从他开了矿，发了财，当了市人大代表，村庄里的人就把人家高看了，人家倒是见了人嘴角还挂了笑容，那笑容浮在嘴角上咋觉得都隔了一道梁！柳腊梅走过去，离许中子有两米远的距离停下了。额头上因为箍牛鼻牮出了汗，抬手抹了一下，脸上就挂了一道黑，人看上去就又多了一份野气。许中子的心骚动了一下：这个腊梅呀，就是和那些个女人不一样！

许中子说："腊梅呀，怎么是你来箍牛鼻牮？一个女人家，手劲能有多大？"

腊梅不好意思地说："他回来啥也不干，人累得骨头都快要散架了，倒头就睡，哪还有力气箍它？箍这是小事，小事情我能做得。"

许中子说："看不出你还有体贴男人的一面，小时候你不是这样的性子。"

柳腊梅越发不好意思，急切地说："小时候是小时候，人长大了就知羞了。"

许中子笑了，笑得内容丰富："我问你羞是啥？"看着柳腊梅憋红的脸收住了笑，把指尖上一粒水珠弹过去，弹到了她的鼻尖上，她以为大好的晴天要下雨了？抬头看天，太阳当头照着眼睛都要眯成缝看。许中子很活泼地笑了两下说："腊梅啊，腊梅啊，我问你，想不想让志强下窑当队长？"

腊梅的脸上显出了笑，自己的男人要是能当了队长是件好事情，但不知许中子怎么就看中了他？试探着问了一句："许矿长，看中志强啥了，要他下窑当队长？他统领骡子还行，统领人，哪个要听他的？"

腊梅又抹了一下自己的脸。这一次是手背抹，兰花指跷跷的，小女人模样，斜吊着个身体，自上而下像一穗成长的玉米，黏软温润，有一种不可言说的奇妙。许中子就想让腊梅进屋里坐，屋里的女人因为陪孩子上学到城市里去住，整屋子闲着，闲着一份清凉，尽管是秋老虎天气。

往屋里走，有狗不防备冲着柳腊梅蹿过来，柳腊梅跺了一下脚，展开自己手里的牛鼻裰抡了一下，同时嘴里还喊了一声："狗！"

狗是用一条铁链子拴在大门后的磨眼上，狗看着柳腊梅叫了一下，吓得缩了一下脖子。柳腊梅这突然一声叫喊，把许中子的脑袋瓜弄瘪症了，这个柳腊梅都这么大岁数了还这么野。

许中子说："腊梅你吓坏了我的狗。"

柳腊梅不好意思地把牛鼻裰夹在了肘窝下，红了脸说："我就怕它咬我。"

许中子搓了搓手说："我要你来我的屋里，我能叫它咬你？你不光吓了它一跳，还吓了我一跳，我的心悬着像吊葫芦，半空中蹦跶呢！"差一点想要腊梅过来摸一把了。

柳腊梅的脸更红了，绞着辫梢，低下头不好意思笑，也不好意思不笑，嘴张着说不出话来。许中子看了半天，看得有点心躁，好像一下子想说什么，因为狗的事情断了话头。

柳腊梅把手里的牛鼻裰伸到狗脸前说："吃吧，柴骨头，吃！"

狗呜呜咽咽了两声有些畏惧地看着，曲着一条腿探过身体来闻了闻，是干柴味道，喉管里吼着退了两步。

许中子看着，没来由地笑，手还不自觉地往上支了支滑到颧骨上的眼镜。这下子柳腊梅认真看了看许中子，他胖了，胖得裤带不是系在腰上，是搭在胯骨头上，小肚子鼓得像怀了七个月的娃，整个裤腰坠得人像一个水桶，突然觉得这么一个体形配着一个枣脑袋，戴着眼镜不好看。说："许矿长，你戴眼镜不好看，你又没有坏了眼睛，戴眼镜也看不出你斯文来。"许中子摘下眼镜说："我不是戴眼镜，是戴文化。"

柳腊梅听了惶惑地抬起头，笑了："有了钱了就往自己的脸上装文化，我没有钱，觉得戴那东西贵巴巴的，想那东西不好看。你说要我男人当队长，你刚刚说的，不是我求你的。"

许中子"噢"了一声，想要回答什么，腰上的手机响了，不是铃声，是一段鬼子进村的音乐，响了半天，响得人有点毛骨悚然。许中子看了看，不接，要它响，它就连贯不停地响。这时候另一边腰上又响了，响的声音是《两只蝴蝶》，这个曲子腊梅知道，社会上正流行。许矿长有两个手机。

"亲爱的，你张张嘴，风中花香会让你陶醉。"

许中子张着嘴对着手机说："李老板，那股我给你滚了，抽个时间我去看你，我已经给你入了卡。你要来？那好我等你来。这不，我已经安排人招工了，不是说幸福像花儿一样嘛。什么？你听见鬼子进村了？嘻嘻，是我那个手机铃声。今年不是抗战六十周年吗？从网上下载的，我要所有听的人知道小日本鬼子不是他妈好玩意！笑我了，老板，你的事就是我的事，我的矿就是咱的矿，你只要给咱举好红旗，红旗不倒，怎么挖的问题，就别管了。"

柳腊梅看着这个电话打不完，想走，许中子摆了摆手要她等等。刚挂断手机又响了，"我与你缠缠绵绵翩翩飞，飞越那红尘永相随。"

许中子眼睛斜着柳腊梅，嘴噘起来把那句"永相随"挑细到一个高度，眼里的光眯成一根丝线，幸福得像蚕一样想把柳腊梅吊起来。"是赵老板啊，我刚刚接一个领导的电话，不好意思！你是说想把矿上的煤拉到电厂，对吧？可以，老板说的话我敢不听？再说了，我的矿就是咱的矿，你那点工资，想发点浮财也是正常的嘛！马不吃夜草不肥，我敢不给老板开这个绿灯？不就是增值发票的事情吗？我安排会计就是了，咱俩是穿了一条连裆裤的主！"

许中子看着柳腊梅说："腊梅，有钱了也累人。看看我这叫什么日子，左胯也响，右胯也响，你以为是他们想我？才不是呢，想钱呢！不过，这世上再没有比钱更好的东西了！没有钱拿钱活命，有了钱拿钱玩命！以前是我看见他们点头哈腰，现在，我一个电话，五分钟让他们过来，不敢六分钟到。信不腊梅？钱是一个好东西啊。对了，我想起来了，你让志强回一趟贵州老家，招一批人过来下井，这批人就让他来管理。"

志强在矿上养着骡子，矿上养骡子是为了拉地下的煤。腊梅听志强讲过，井下分一号、二号、三号、四号、五号、六号采煤区，每个采煤区离煤仓有一段距离，采下的煤要骡子拉到煤仓统一由传送带运到地面，因为，每个采煤区不可能把传送带放过去，曲里拐弯，不能够集中。骡子原来是放养在井下的，不见天日，直到骡子累死了才从井筒吊上来。后来骡子在井下老出事情，常常莫名其妙被毒气毒死，影响工人的情绪，就和人一样倒班，不同的是人倒两班，骡子要两班才倒一次。

柳腊梅说："许矿长，这事我得回去商量，不管是管骡子，还是管人，我都得感谢你。你让他到矿上上班，我爹说了，听着上班两个字就比下地两个字好听。"

许中子说："当然了，从文化上讲，上班是给我履行劳动合约，你赚的是我的钱。下地呢，是简单的打粮食，顾命。腊梅，我怎么觉得见了更多的万种风情后，看到你更那个风情万种呢？像长在河滩上的地丁花，活灵灵一个人，好啊，好！"一副没有度数的眼镜，眼睛本来不坏的，报社的小刘说戴着眼镜遮丑，像文化人，他就戴了。眼睛放出来眼镜片一样的光，镜片上还反射着对面窗玻璃上的窗框。

柳腊梅没有明白过来，想起春口上贵州那边的大伯子打过电话来说，想来这里下窑，要志强和矿长说说。地不好种，毕竟下窑赚的钱比种粮食要宽余。那时候矿上不需要人。大伯子后来又打电话说，等种了菜籽和矿上的领导再说说。这嘴总也没有张开，不好意思给矿上添乱，现在许中子说了，心里倒抹搭起来，有了几分喜悦。

许中子的电话又响了。

"噢，是王经理呀，想要煤？你就是管煤的还缺这？什么，是你表妹？是真表妹还是假表妹？好啊，要她来找我吧，咱矿的煤就是往电厂和钢厂送的动力煤，钢厂的细白煤应该没有问题。什么？我好像记得灰粉含量百分之十二点九。好好，咱的矿咱说了算，我的就是咱的，咱表妹来了，敢不给咱表妹办？"

许中子看着腊梅，想要把她手里的牛鼻缰拿过来，还没有等着伸手，电话又响了，柳腊梅赶紧说："许矿长，我得回去给闺女做饭，她要放学了。吃了晌午饭我叫志强来找你。"许中子点点头捂了电话很有意味地说："你要记着多来，咱俩是光了屁股一起下过河的呀。"柳腊梅要走，狗还想上来嗅嗅她，手里的牛鼻缰挥了挥，狗歪着脑袋看了一下，扭着腰身闪开了。

拐出大门，风把许中子的话送出来："咱的矿咱说了算，这么大的国家，还在乎咱挖这两下？"

二

许中子习惯叫县里的大小领导老板。叫老板，一视同仁，不用正副角色转换，当然，到了县委县政府还是要按职务来叫。许中子的矿上虽然这几年发财了，但是，想来矿上发财的人也多，就目前的这个矿，年产五十万吨的矿，光县里入股的领导就有八个。矿上的年产值到最后能有多少？建行贷款一千万，这个他倒不怕，煤挖没了，还有矿在，有矿顶着呢，就怕没有尸首。2003 年的时候他在矿区旁边建过一个焦炭厂，贷款一千万，干得热火朝天的时候，就因为当时上面出台了一个政策，对他们这些企业在银行的贷款中形成的不良资产有一个核销和剥离政策，他听说了，拿出一百万疏通关系，那一次一下子核销掉了一千万，一百万赚了一千万。用了一年时间做这件事情，中间的环节多少花费了一些心计。但是，值得。他从心里明白，焦炭一年才赚多少？这个世界上没有钱玩转不开的。没有钱，人家就把你当擦屁股纸来使，就算是，也还嫌纸质差；有了钱，拿钱去玩转权来擦，擦到高兴处心跳脸红。

许中子午休了一小会，没有睡实，脑海里在想柳腊梅。这个女人，多少年没有注意她了，还真长成女人了！那时候，是个什么样子呢？还是上小学的时候。想到这里许中子笑了一下，一下子就想到了柳腊梅下河抓蛇。燠热的夏天，河里那时候还有水，小河流到这里聚了一个水瓮，阳光热辣辣有点烤背，上学的男孩子们就要女孩子扭转脸，一个个光了屁股跳进了水瓮里。是谁喊了一声呢，好像是现在下二号坑的田书，被水里的蛇缠住了，吓得所有人都往岸上跑。田书大哭，蛇缠住他一条胳臂，缠得手指头乌青。上了岸的男娃娃身体上挂着小零碎，顾不得遮挡，手指着水瓮里的田书，不知道该怎么办。就看见柳腊梅脱了衣裳，跳下了水瓮，两只胖手扯了蛇头和蛇尾，三扭两扭把一条小青蛇拉展了，还没有等得岸上的看清楚，一条青色的抛物线落入了岸上看着人的光身子上，吓得岸上的像炸了群的鸡扭头就跑。等回转头看柳腊梅的时候，她已经穿好了衣裳往学校路上走。许中子想，是柳腊梅开启了自己的性意识，但是，从她身体上一直没有找到那个落脚点。

看了一下手上的表，两点整。表是十二万从澳洲买来的，劳力士防水防震。有一次他去游泳池，下水的时候故意把表扔了下去，没有下水的人都看，他说，就是想试验一下这个劳力士，到底防不防水！有一个看上去肤色很白的女人，很不屑地撇了一下嘴，他本来扔表就是扔给她看的，现在看她那一撒，就知道女人还是女人，就怕不注意自己，注意了就好说。让人查了一下，是报社的记者。他找人和她说做广告，哪有见钱不睁眼的人？他后来就把她很服帖地弄到了身体下。透过二楼的阳台往矿上望，矿在捉马村的西山脚下，不算太大的矿，但是，煤质好，不是普通的贫煤，是动力煤。地下划给自己的开采面积不大，明年开采一年基本上就没有东西了。他想着，明年要采也只能是偷采国营矿，自己的矿回采率不高，因为开采不合理，地下到处是洞。几天前有温州人过来想买他的矿，他有点动心，现在想想如果加大力度搞它三个月，把采区面积的煤采得差不多了，年底就转手卖给他。

看见柳腊梅往矿上方向去。这个女人走路也不消停，全然没有那种小地方女人的低声柔气，也没有城市女人那种软言细语的做作样，明明想从你手里搞俩钱，还一个劲地说，把我想成什么人了，想成什么人了！从阳台上望过去，柳腊梅轻摆着腰肢，频频交换着的双腿错动得看上去像个陀螺。对面溜达过来一头牛，她走近拍了一下它的脊梁，牛叫了一声，看上去她高兴了，又抬手拍了牛几下，牛抬起尾巴摇着脖铃颠颠跑了。她扭回头笑了起来，两条辫子在她的背上跳荡和摆动，柔软得和蛇一般酥心。这个柳腊梅，怎么一晃就长成女人了呢？

柳腊梅走进牲口院子里，志强给牲口筛草，浑身上下沾满了草叶子。牲口的草料最怕有鸡毛，从村里收来的谷草，秋天割倒捆起来是鸡们打斗戏弄的好场所，鸡们挑拣着谷草秆上遗留的谷穗，公鸡母鸡就开始亲密无间联袂演开了人间的男女之事，激情燃烧起来，满地鸡毛乱飞。细小的鸡毛牲口吃了还不太要紧，大的，特别是公鸡驾起翅膀准备行事了，也伏到了母鸡背上，有什么事情妨碍了下一步的动作，或者鸡们动作幅度大了，翅膀上的鸡毛落下，不小心被牲口吞食了，那是要牲口命的，很容易造成肠梗阻。牲口的草料里也不能有沙石，打牙。所以说，光筛一天五十头骡子的料就够一个人辛苦了。看到筛草的志强，柳腊梅的心疼了，鼻子有点发酸，想着要下窑当队长了，就止住了鼻头的酸，咧开嘴想开个玩笑。志强说："大下午的来矿上做什么？"

柳腊梅说："想给你送暖肚。"

志强白了她一眼说："啥时候了？快要倒班了，是大倒，骡子都要上井了。"

柳腊梅笑着轻轻踢了志强屁股一下说："许矿长叫你呢，叫你下井当队长，还说要叫你回贵州招工去，井下要人，说是不想用本地人，说本地人麻缠。"

志强放下筛子，用脖子上系着的手巾抹了一下脸问："是真的？现在就叫我？"

"真的。腾出空来你快去一趟，看你累成啥了，荡了满身草灰。"

志强有些兴奋，就算是不让当队长，能让哥哥和弟弟来矿上讨一份工资，将来总还是面对生活有活头的。哥哥和弟弟用赚的钱成了家，就算是像自己一样招了女婿，也能有个了终的好结果，比穷得打光杆强。

柳腊梅拽过手巾来，前后打了志强身上的草灰，要他喝口水赶快走人。

柳腊梅是八年前跟他结婚的，家里就她一个闺女，爹一直有病，家里把她当男孩使唤，总想着招女婿过来。好一点的哪个愿意来揽这一摊子，不好的柳腊梅还看不上呢，人一耽搁就过了找婆家的好年龄。八年前许中子买了捉马村的煤矿，叫了一班贵州的工人过来打井。打好井筒了，有人就不想跟着打井筒的人走南闯北地跑，想留下来，留下来的人里就有志强。有人说合，见了几次面后，看见人还行，话不多，干活实在，又问了家里有几口人，他说有四口，上面一个哥，下面一个弟，没有父亲了。柳腊梅心里想着男娃多对自己来说是好事，留下他就不用操心那边了。就和他说："以后，我一个人挑的担子咱两个人来挑，共同来支撑这个家。明确告诉你，我是招女婿。"志强说："你没有去过我老家，那地方没有地，水多地少，我都不想回去了。说家有旱地五块，数来数去少了一块，结果你猜。"腊梅猜不出来。志强告诉她是草帽压了一块。腊梅笑得都快岔了气。志强认真地说："就想合适的时候，把我哥和弟接过来。"志强说的合适时候，是等家中的老母亲送了终。母亲去世两年了，哥和弟还闲在贵州。

柳腊梅常常笑话那里的地少，却也想不起来会少到草帽大的一块地也不舍得扔掉。结婚都八年了，孩子也有了，志强没有回过老家。回家一趟不容易，花销大。原来的时候煤不值钱，往出赊都没有人要，煤也就是这几年值钱了，可是自己的父亲又病着，孩子也小，就想着什么时候领了孩子回老家看看，一拖，贵州的娘死了都没有回去。活着时电话里的娘念叨想见一见儿媳妇，那是容易的事情吗？隔山隔水，隔着电话听听声音也就满足了。去年腊梅常年有病的父亲也病故了，就想着今年孩子放寒假回一趟，家里的连累少了，钱也存了俩，这一辈子回这一趟怕也就交代了。

柳腊梅拧开水管给槽前的水桶加满了水。头班的人就要出地面了，一出来，干了一天一夜活的骡子急着往槽头跑，要饮水。腊梅想，井下的人上来之前，志强就会回来，在他回来前，要帮他多做点事情。她的男人是粗人干的细人活，人太累了，夜晚，累得做那事情都疲得起不来兴致。后来干脆就不回家了住到了矿上，回家做不成事情还浪费觉。她有时候会偷着来矿上，就在堆草的棚子里，像鸡们一样就着谷草做一回，心里有那么点刺激，有那么点紧张，看着对面的骡子，做起来反倒有了演戏的感觉，尽情满足得很呢。腊梅就想把最好的乐留给自己的男人享用，让自己的男人在自己的肚上欢快地喊叫，捏她的屁股蛋子。腊梅这么想着就反身走进草棚子里，机器粉碎的草节子堆得像小山包一样，看着四下安静得听不到一点声音，她跑了两步跳了一下跳到了草堆上，人就被草埋住，呛得鼻子和喉咙麻辣辣地发痒，人酥软得就直不起腰来。

人迷迷糊糊地便睡过去，好像听得有动静，睁开眼睛，看到是井下挖煤的上来了，地上准备倒班的牵了骡子换了衣服等下井。听得上来的人说，二号采区的田书和他的骡子没有上来，出事情了！柳腊梅打了个激灵站起来，听得有人问，田书出啥事情了？有人说，中了毒气，现在不会说话，往地面出，骡子已经死了。柳腊梅想，井下会中了什么毒气？她是从来没有下过井的，连井口都没有去过。女人身上天生带着不干净东西，有的地方矿上是不让女人靠前的。

志强回来的时候，田书和骡子已经被抬上来，准备送田书去医院，骡子撂在院子里。这么大的事情没有见许中子过来。腊梅说："矿长不来看看，出了这么大的事情？"

志强说："这算什么大事，有安全矿长在，许矿长也不是什么事情都管。"柳腊梅看着担架上躺着的田书，整个人看不清楚是人，像一块黑炭。上来的工人对田书好像没有什么感觉似的，把骡子拴到槽头，回头看着柳腊梅，也就是看一眼，各自穿着埋过小腿的水鞋进了澡堂子。骡子在槽头吃草，俯首敛眉，嘴贴着槽帮，嚼着草，偶尔打一声响鼻，响声温软谦卑，还不忘抬头张望一下这边，整个管饱了肚不生事很满足的样子。柳腊梅望着开走的车，问："地下还会有毒气？"

志强说："井下开采得面积大了，通风口下来的风铺不满，很容易生毒气。不过不大紧，风会把毒气排走的。"

柳腊梅疑惑地皱着眉头说："风要是把毒气排不走呢？"

志强说："管那么多，我又没中毒，就当什么也没看见。"

井下自上而下分六个煤层，每个煤层高低不等，煤层里有若干巷道和煤仓相连，矿工平时由副井口出入。田书出事的时候快要下班了，有人闻见二号巷道里有一股怪味，见到田书跑出来说，骡子突然倒下了。有人还开玩笑说，那畜生连个性都不会起，就知道往死里受，抽它，抽急了它就起来了。有人看见田书头盔上的矿灯照着的二号巷道呈现出乳白色，什么也看不见，就看见田书像鱼一样钻进去了。钻进去的田书好久没有出来，井下煤仓记工的人说，田书有两车没有拉了。就有人进去看，发现田书躺在骡子的身上，车掀翻在地上，田书张着嘴大口出气，龇着满嘴白牙，白得吓人。

这是志强目睹的第三次事故。第一次早了，是透水，死了三个人。第二次是去年冬天，那时候养骡子是在井下，一年里骡子不上井，养骡子的是同来的贵州的王小军。为了多赚钱，王小军养骡子还带下井当车工赶骡。那天，外面下了雪，下井前志强还和王小军在自己的家里喝了一瓶当地产的黄酒。柳腊梅还炒了两个菜，一个是红椒土豆丝，一个是老酸菜炒豆芽。喝到兴头上柳腊梅也喝了三盅，喝得两个腮帮像抹了胭脂。王小军和她碰杯的时候，借着酒胆还拍了拍她的脸蛋。柳腊梅正经地说："大兄弟喝多了。"志强装作看不见："你又不缺啥，叫喊啥？"柳腊梅疑惑地问："我是不是你老婆？"志强说："你要是下过黑窟窿，你都敢把自己给了他！"为这事，好长时间柳腊梅不和志强说话。

那次饭罢两个人往坑口走，雪下在身上，井下上来换班的工人和地上的雪形成了两种相反的色彩，上来的工人走过去留下了一路黑煤灰，无声无息，覆盖了走过去的脚印。借着酒劲王小军还说："嫂子生我的气了，不过，仔细看嫂子耐得很。"志强回过头，看到王小军两个耳朵被冻得胡萝卜似的，笑着说："好看你就多看看她。"井下分了手，不多时就听人说，六号煤层冒顶，王小军和他的骡子一起被砸死了。当时的细节记忆犹新，志强和王小军的哥哥一起处理事故，商讨好了赔偿事宜，王小军被悄悄拉到火葬场火化了，他哥哥在火化单据上签了字，领了钱。矿上的人把志强扯到了一边，指着他的鼻子说："要是还想在矿上干活，就当这事没有发生过！"

聪明人不会听不出点意思来。再发生事情，只要不是自己，管多了只会给自己带来烦恼。从此，志强只要看见胡萝卜，心里就难受。现在看见院子里的死骡子就又想起了王小军。

死人归死人，煤矿照样开，有手续的，没有手续的，一张手续开十几个口子的，遍地都是。立起招兵旗，就有卖命人，有票子赚，不愁找不到挖煤的。

柳腊梅说："你回去说什么也得把咱哥咱弟招来，现在的社会伸手动脚就是钱，手头没有钱啥事也别想。"

志强小声在腊梅的耳朵跟前说："知道。矿长要招十个工人，明天就让回，来回的路费矿上出，一个工人还奖励我五十块。"

柳腊梅摘着自己辫子上的谷草叶子，看着别处伸了一下舌头，看到有人把骡子抬走了，还有人说："晚上加班送到井下的说不定是骡肉包子。"有人说："骡肉个屎！"

柳腊梅想，爹说过，马肉酸得不能吃，骡子肉就能吃了？骡子可是马的儿呀。拽了一下志强的胳臂说："矿上食堂里的骡肉是不是都是井下的毒气毒死的？上一次你说是吃王小军的骡子肉，那小军是不是也和田书一样？"柳腊梅不敢往下想了。志强扛了她的胳臂一下说："不该问的就别问，王小军人好好的回贵州老家了。许矿长今天给我说了要你瞅着他在的天气，去给他打扫打扫屋里的灰尘。"柳腊梅想着许中子的小洋楼，想自己是应该给人家做点啥事，不能叫人家说咱不懂礼数。想着田书，还想着明天志强回贵州的事，又想着许中子的好，柳腊梅说："锅是锅碗是碗，人家对咱这样是高看了。"

志强看着对面一排被煤染得黑光乌亮的骡子，脸上露出了掩饰不住的喜色。人在真实的世界待久了，也得想想明天的一些情景：要是当了井下的队长，自己以后见人就不能是这样的一副脸面，看人家安全矿长那派头，自己得学会板得严肃点，唬得人心里害怕，下井的才不能偷懒捣乱！志强心绪一下就不平静了，要柳腊梅快回去收拾明天回家的行头。

三

一大早送走了志强，柳腊梅开始坐到立柜门的大玻璃镜前编辫子。分了三股，架起两条胳臂三摆两摆，扎了黑毛线皮筋，上下捏了捏，要辫子松软一些，扔到了背后。看了看镜子中的自己，又把梳好的一条辫子移到胸前来，照着镜子压了压，辫子于是在胸脯上有了一个好看的角度，摆了一个姿态，女人得很，笑了笑，开始编第二条辫子。好了，提起两条辫子在头上盘了一圈，先是往前眉头交错绕过去用发卡卡住，看了看不好，显得脸大了，露出了两只大耳朵，自己的嘴本来就大，这样就更大了，尤其是两个大腮帮，显得重下巴更突出。放开，一只手按着脑后，把两条辫子反卷起来用卡子卡牢，脑后就弯了两个圆环，松开手，辫子分开了，跑到了耳朵下面，看上去还是不好看。放下，把两条辫子的辫梢绾在一起，脸看上去还是秃，用梳子撕下耳朵旁边的两绺头发，往手里吐了一口唾沫抹光滑了，用发卡卷成两个团插在了鬓角，开始往脸上涂粉，抹了半天怎么看怎么像下了一层霜，觉得还是应该去掉，简单搽了润肤露。拿了结婚时买的口红噘起嘴涂了起来，来来回回学着电视上的那样上下错动了几下，嘴看上去像喝了人血一样，心里就想着怎么就不如那些城市里的人会打扮自己呢？天生是做农活的，天生是要让太阳来晒的，天生长了一张难看的脸。从床上揪了一团卫生纸抹掉了，淡淡的红，比刚才要好看些。抽出发卡，两绺头发弯弯绕绕垂下来虚虚地遮了圆下巴，人就精致了。拉开柜门换了一身新衣服，又在镜子前摆了两摆，决定出门了。

许中子的屋她还没有进去过，那天的院子她看见了，乱得到处是酒瓶子，还看见了墙角上狗拉的屎尿，狗的吃食盆里是从外面端回来人吃剩下的饭菜，狗拣着好的吃下了，不好的在盆里干成了坨子，油星子落得院子里到处都是。院子都这样不干净，屋里能干净成啥？想好了，就是说让志强下井当队长这一事，自己就得好好打扫一次，当矿长不容易，屋里的女人不在，就等于是缺了打扫的笤帚。

许中子的楼前停了一辆小车。小车不是许中子的，他的车牌村上的人都知道是8688，说什么是发又发发。他的车是红颜色的，这辆车是黑颜色的，说明是有县里的领导在。有人在，自己怎么好敲人家的门？就算是敲开了门进去了，当着生人的面，人家说事情，自己听不听的，领导也会笑话，会嫌弃。柳腊梅坐到了离许中子的院子老远的树下，面对着楼前的大门，等里面的人出来，自己好进去。

村里太安静了，太阳明晃晃的，抬眼看的时候要皱起眉头。四周没有狗叫驴鸣，没一丝人声，阳光压着柳腊梅，有点喘不过气来。自己是费了一番心思的，也不是说费这一番心思就是为了要进这小洋楼，说不清楚是什么原因，怕人家笑话，就算是没有钱，人还是清爽利落的。这时候，一群孩子的喊叫声远远响起，她看到跑过来的一群孩子里有自己的闺女柳小水。闺女跑到她面前要了两毛钱走了，她看见自己的闺女野得和男孩子一样，跑起来没有小巧劲，屁股扭动着要甩出去，自己小时候不知道是不是也是这样子，女人家这样子可是不好。听到了喇叭声和车声，看对面的院子没有一丝动静，好像是有车开过来了，看见了一辆小面包，车停在了许中子的大门前，车上跳下了田书的弟弟田刚。下了车抬起双手猛劲拍大门，嘴里还喊着："许中子，你出来，小姨子养的你出来，还我的哥来！"

听得院子里的狗叫得怒气冲天。

柳腊梅的心一下悬了起来，看到四周突然就走过来好多看稀罕的人。大门拍得山响不见开门。田刚喊着："装死人，不开门。我从太平房把我哥拉回来拉到你的大门口，我看你开不开门，你害死了我哥，再不开，我拿镢头刨了你的屋！"

柳腊梅的心跳开了，想，田书死了，活生生的一个人就没命了。

看见从矿上走过来安全矿长韩平安，走到田刚面前指着田刚的脸说："吵什么吵？闹什么闹？谁让你哥死了？你说是谁让你哥死了？你问问村上下井的人，干一样样的活都上来了，你哥没有上来，怨我不让他上来，还是怨许矿长不让他上来？活着不就是为了要俩钱？死了，你闹事，也还不是为了要俩钱？你要再闹，我让你按政策多要不了能让你少要了，信不？"

田刚傻了眼，看着指他的那根指头说不出话来，半天嘴里含着哭音叫着："我哥，我哥，我哥……"

韩平安放下指头说："你哥怎么啦？矿上愿意出事吗？出事是要赔钱的，哪个不知道除了砍头疼就是出钱疼！你说你哥出事了，是谁让你哥出事了？当初来矿是你哥自愿的，对吧？不是哪个人把他拖来的。下井难道不知道有风险？既然知道有风险下井做什么？还不是为了赚钱多！是井下的毒气毒死你哥了，又不是我韩平安放屁臭死你哥了，对不对？出了事，咱就按出了事来弄，你想闹事，想拿了镢头刨了矿长的大门，我现在就给你找一个家伙，你来刨，你说，你还想不想闹事？矿长是人大代表，是普通人的代言人，就是代言你这种人说话的，你知道不知道？你刨了人大代表的大门是触犯刑法的！你是个什么东西，贼胆大了，不懂法犯法！"

田刚脸上掉着泪，有人就要他往矿上走，他较着劲不动，那个人说："也是的，还是得听矿上的，哪有鸡蛋碰石头的道理？有啥说啥，理不公可以上告嘛！"

田刚扭转身狠狠抹了一下眼，往矿上走了。

人群议论着，说死人的事情对煤矿来说肯定是不愿意，但是，韩平安仗着钱说话的那种口气太冲，让人不服。田书死了，到底也不能怨谁，普通农民就算是想死也死不起，你说死到自己的家里，哪个管你？亏了是死到矿上了，好歹有个赔偿。下井的人怎么就他偏偏死了，还是田书命不强啊！

柳腊梅有点糊涂了，怎么在矿上死了人了，反倒矿上有理了？想不明白道理，想着往回走，走得慢，等人都散尽了，自己还慢慢地挪着步站在原地。听得狗叫了两声，大铁门开了，回头看到许中子满脸春风往出送一个人，这个人看上去很面熟，想不起来是谁。被送的人没有带司机，是自己开着车，许中子给他拉开车门要他上了车，许中子说："走吧老板，今天的事情吓着你了。咱的矿，咱也不想出事。一半个人不怕，够不上往上报，不算事，天要下雨娘要嫁人，是咱挡不住的。"

车上的人说："别大意了，安全还是得抓。"

许中子闭了车门说："安全是第一！"

许中子的电话响了："尽量往下压，明天去医院处理了，不要影响生产，事就是这么个事，现在是狼多羊少！"

许中子往回走的时候电话又响了，看了看不接它，往远处看，看到了柳腊梅，朝着这边喊了一声："腊梅，过来！"

这下子柳腊梅的心慌了，因为田书的死自己不想见许中子了。假装听不见他叫，想着刚才的那个人，一下想起来了，电视上看见过，是县委李书记！

柳腊梅扭回头说："刚才送走的那人是县委书记，光是电视里见，还真是没有见过本人，和电视上不一样，个码比电视上小。你说我看见的是不是李书记？"

许中子笑了："你到我的屋里来，帮我打扫一下烟头，我告诉你我见过的大领导有多少。见一个李书记看把你稀罕的！"

柳腊梅不自觉地就跟了许中子走，进大门的时候，狗冲着她又咬上了，手里没有牛鼻锁，当空挥了挥胳臂，狗被吓住了。许中子笑了，说这狗有记性呢。进了屋里的柳腊梅被什么东西又压住了，着着实实开始害怕。屋子里有一个电影幕布大的电视正放着穿了内衣裤衩的女人走台步，和猫一样走路，走得上身的妈妈穗闪闪的晃，柳腊梅就不由得捉住了自己胸前的那两团肉。脸蛋开始发烧，不敢看，什么也不敢看，看自己的身体，发现自己的动作，撒了手局促得不知道要说什么，该说什么。

许中子把一切都收到眼里了，这个柳腊梅还是个女人嘛！

柳腊梅把茶几上的东西收拾利落了，弯腰的时候，许中子说："你还是梳两条辫子好看，有味道。"

柳腊梅说："许矿长，你把那电视关掉，那怎么能上了电视呢？"

许中子说："还有好看的，你看不看？"

柳腊梅说："你要不关电视，我就走了。"

许中子站起来边关电视边说："你这人一点也不懂风情，小时候你都敢脱了下河抓蛇！"柳腊梅不说话，满脑子想着被蛇缠了胳臂的田书，田书没有活一个大岁数，早早就走了。看到眼前需要整理的果皮、烟头和饮料罐子，她开始把所有的东西带了气往院子里扔，狗看着往出扔的东西，汪汪汪地叫。许中子的电话不断地响，他一个劲地老板、老板喊着："咱的矿咱想做啥不行？来吧！"

柳腊梅全身上下麻点子乱蹦，不自在起来，先是因为田书的事情不自在，后是因为这些个电话不自在。院子里的东西已经分了堆，有能卖钱的，有不能卖钱的，能卖钱的多，心里盘算了一下，能卖到一百五六十块，觉得打扫这一次灰尘真是值得。又想了一下，帮人家是人家有恩咱，怎么能见小得连打扫灰尘卖的钱也要呢？人家不在乎也是人家的！想起爹活着时领自己出去赶集，出村时穿着鞋，出了村就脱了，把鞋别在腰上，到了集贸市场再穿上，爹说："你娘身体不好，不穿鞋是为了给她省力，穿鞋是为了不给我闺女丢脸，自己省着点，不在外人面前被小看了，丢面子丢到自己家。"好日子没有几天，爹就躺在床上再也没有穿过鞋。

许中子看着屋里屋外跳动的两条辫子，跳动得韵致和妖娆。现在的女人哪个还梳两条辫子？把脑袋弄得千奇百怪，乍一眼看上去扎眼，细细看没有味道。看窗外，那个身体似乎是皮影在白布上晃动，阔大的窗户满眼是她的勤快。屋子里滤着花粉的气息，有两只小蜜蜂瞅着两条辫子飞进来。日子可以一年一年在岁月里往复穿插，可是没有多少新鲜劲能让人记住，这女人将过日子的气息一下子就拽了出来。许中子抽了一口烟说："停下来歇一会，我领你上我的楼上去看看我都和什么样的大干部合照了，要你也开开眼界。"

看看一楼打扫得也差不多了，柳腊梅洗了洗手跟着上了楼。楼上有一张大桌子，这个柳腊梅知道，叫老板台。墙上挂着许中子和好多人的合影，许中子告诉她，这是某书记，接见过我；这是某主席，是来市里开会的时候，我招待的；这个呢，是煤管系统的老领导，我领他出去的时候在香港照的；还有这个……

柳腊梅一个也没有记住，在她的心里大官是国家主席，小官就是村委会主任了，其他记住没有用，大的官管国家不出乱子，小的官管村里不出乱子。她不把许中子当官看，当作是会赚钱的人，能认识这么多大干部，从心里佩服人家，刚才的气就散了，越发觉得人家高看自己了。

许中子给柳腊梅从饮水机上接了一杯水，要她坐到自己的对面，他坐到了老板台后。柳腊梅不敢坐，觉得自己这样的屁股坐这么高级的东西，心慌也心虚。许中子说："坐吧，咱是老同学，现在当官的提拔干部就讲这个。这么多年了，我现在想起你来，觉得你的心不是一个女人心。你是没有文化，有了文化你就不是你了，你是一个能做大事情的人。我昨天和今天看见你，不知道怎么的，就想你是一个很不错的人，欲望不大，受了人的恩惠知道感恩，现在变得还很女人！"

柳腊梅把上身挺得直直的，为了平静心里的慌乱，一条腿在老板台下抖动着，想把慌乱抖散了。

许中子说："小时候我还有我自己，现在活着就没有我自己了。人怕出名猪怕肥！最怕的是有了钱，打交道的人哪个是看中你这个人？都是他妈的看中我的钱。钱这东西乱人的性呢，我自己也觉得钱把我乱了，乱得六亲不认，就想着都是看中我的钱了。你看你，我听说你家里的条件不好，父亲和母亲都有病，下地收种楼的，从没有和人张过嘴。人家给你一点点恩惠你就拼命来报答，不错，是一个不错的人啊，这么多年我怎么就没有看到你呢？我想，现在，你能不能陪我喝两口酒？"

柳腊梅想，自己是来打扫灰尘的，怎么好陪人家大矿长喝酒？又觉得许中子的样子现在看过去真的是很可怜，陪他喝几口酒要是他心里高兴就陪他两口。

许中子拉开一个柜门取出一瓶酒来，酒瓶子上写着茅台。他说："这酒贵着呢，买它要这么一个数。"他伸出一巴掌要柳腊梅看。柳腊梅觉得就是贵了，这么贵的东西不是自己这种人该喝的，就说："我出去打一斤散酒，许矿长你喝瓶装，我喝散酒。"

许中子把嘴一噘说："在乎这？喝，尝尝国家领导人喝过的酒，你也就是国家领导人的候补了。"

说完自己笑了。

一下子倒了两水杯，许中子说："不多，咱就喝这一瓶。今天矿上出事了，我心里难受，可看见你高兴。矿上出事了，出事的人是田书，也是咱们的同学。他命不好。我这人十几年没有说过真话了，喝两口说说真话。人和骡子一样是受才，不同的是骡子填饱肚不生事，人不行！骡子是交配出来的上等劳力，人想得大，人就喜欢奴役所有世上被奴役的对象，对不对？来，我和我小时候的同学说说真话，来，干了！"

柳腊梅吓了一跳："这么大的杯子？"

"这么大的杯子！"

"我不敢。"

"我敢！"

许中子仰了脖子一口下了肚。柳腊梅觉得答应了陪人家喝酒，答应了就得做，要么就不答应，这么贵的东西，不能糟蹋了不往肚里下。记得十几年前快过年的一个腊月天，家里割了肉，还不到年跟前，先炒了一点点，给爹擀了一碗面要爹吃。端了碗的爹挑了几次不往嘴里放，最后往嘴里放的时候说："这么好的东西就舍得这么把它吃了？"去年爹死的时候，想吃什么，是

— 253 —

什么也吃不下去了。爹又说："闺女，以后有好东西就吃了，吃到肚子里的才算赚！"

柳腊梅仰了一下脖子喝下了。酒有点辣，整个下了肚，就像落进肚子里的一团火苗。紧着喝了一口水，看见许中子端过来一盘水果，有的是自己见都没有见过的。指着问："这是啥东西？吃皮，还是吃瓤？"

许中子说："台湾水果，吃瓤。有钱人就是吃钱啦，这东西叫火龙果，中看不中用，和他妈的城里女人一样。撕破了皮吃它！味道还不如咱村里的国光苹果。但是，不吃又想吃，花钱买了不吃叫不会享受生活！"

柳腊梅想，这话不知道是吃水果还是吃人？仗了酒胆说："许矿长，你的手机怎么半天不响了？"

"关了。"

"不怕有什么事情？"

"有啥事还比和我的腊梅在一起喝酒重要？"

一只手跨过桌面抓住了柳腊梅的手，柳腊梅想往回缩，头有点晕了，突然就想着掰手腕，说："来，掰一下手腕，看你的钱把你养得长了力气没有？"

两个人就站起来掰，还没有准备用劲，许中子的胳臂就歪下来了，另一只手抓住了柳腊梅，眼睛红红的，很迷蒙地看着她说："你不算好看的人，但是，有味道。"

柳腊梅觉得外面的阳光纠缠在耳畔有点烫，这酒笼罩着空气有点醉，自己还清楚地知道是志强的老婆，清楚地知道村庄是捉马村，眼前的人是小学时候的同学，现在人家是煤矿的矿长！陪人家喝酒喝成啥也不能喝得自己不知道自己是啥角色！一根神经就将眼前的事情串联在了一起，就想要么就干脆喝醉了，要么就现在还醒着抽手走人。想着志强回贵州去招工，人家还要他当队长的事情，就想输不着宅子输不着地的，陪人家湿湿嘴皮子有什么不好，干脆醉！抽出手来倒了酒说："我又干了！"

"好！大妹子，你干了我能不干吗？干屎了算！"

许中子醉了，脑袋歪在老板台上说："我是真高兴啊，那个报社的小刘，装什么清高，给她钱要她做啥就做啥！县里那领导，什么东西，一个个拿着权压我，往矿上参股，把矿上的股一多半参走了。不让人家参吧权大，权和钱一结合就来了，什么来了，高潮来了！下一步，我告诉你吧，腊梅啊，我把地下给它弄翻天，扩展开挖它三个月，加大人员，狠赚一把，屄！留给他们一个烂摊子！我是醉了啊，大妹子，叫，叫大妹子就好听，叫什么宝贝，去去去！大妹子，我现在想摸你一把，你说让我摸你哪儿吧？要不，要不，你摸我，摸我哪儿都行，来，来，来摸我吧。"边说边举了手架空乱抓。

柳腊梅笑着说："你把哈喇水流在老板台上了，你是醉了！"

许中子含着满嘴酒气说："没有，哪醉了？我还清楚知道县里的李老板上午从我这里拿了三十万，说是要送礼，就想冲着那个市里的副市长职务公关，还他妈要我把挖矿挖出来的一个唐代墓里的罐子给他，说现在的人收礼不收钱了，收文物。我考虑是不是该给他，他、他妈的在矿上弄得狠了。"

柳腊梅看见许中子站了起来摇晃着往她这边走，走了没有几步腿软得倒下了，靠着老板台子，嘴里还叫着："妹子哎，你把那腰身晃晃，那两条长辫子酥我心了，女人见多了，我看见你我难受哇！"

柳腊梅反倒有些清醒了，自己的身体也有些热，热是觉得自己到底是一个女人，女人怎么背了自己的男人做这样的事情？和人家大老板喝酒，还话来话去，妹长兄短的，干什么来了？拖起地上的许中子，扶了他往卧室去。许中子的脑袋不安分地在她的怀窝一拱一拱，密密麻麻的碎花窗帘把阳光笼住了，床上铺了一层淡淡的光晕，空气里弥漫着青涩的酒味，那酒味似乎更为温馨。柳腊梅突然很清醒了，抖开毯子给许中子盖好，看到枕头旁边还放着十几个气球，想起自己的闺女来，顺手抓了几个放到口袋里，站起身出了卧室。把楼上拾掇干净，要下楼了看见了果盘里的火龙果，抓了一个，想想又放下了，拿过自己吃了的那半个放进了口袋。下了楼，看着院子里的酒瓶子，从院角上找出三个麻袋，将酒瓶子放进去，开了大门拖出去，关好大门，想着给放学的闺女回家做饭，就晕着头往家走。

中午，娘问她："喝酒了？"她说："没有。给矿长大扫除，酒洒到身上了。"娘很疑惑地望着她说："我闻着是你嘴里哈出来的酒气。"回到自己的屋子给闺女掏出火龙果，想不起来是什么味道，看着闺女吃了，问闺女好不好吃。闺女说："萝卜片上撒了芝麻，吃起来呵流没淡水。"

柳腊梅觉得，闺女说的这个味道就是这个水果的味道。

四

志强是十天后回来的。这十天里，柳腊梅没敢出门。十天里想着肚子里喝下的那些金贵的茅台，想着这么贵的东西怎么就喝下肚子里呢？回家后的第二天把气球给了闺女，闺女拿着到学校玩，被老师呵斥了一顿，说是你家大人怎么能给女孩子这东西玩？这东西怎么了？找人问，说是避孕套，她羞得不知道那东西都变成彩色的了。有人说，这东西很贵，要二十块钱一个，哪里是她这样的人家买得起的？和闺女要回来扔进了火炉里，一天里家中的空气就含着这东西的味道，酸臭，难闻的塑料味，晚上熏得都不见蚊子叫。

恶心得半夜起来呕了几次。

志强回来的时候带了十个人，其中有大伯子和小叔子。当晚十个人住到了矿上，哥哥和弟弟在家里吃饭，腊梅剁了肉馅，包了饺子。一个人吃了两大碗，夸腊梅的饭香，还夸两条辫子好，这社会上不多见梳辫子的人了，弟妹的辫子水光油亮，一看就是有福气的人，志强也跟着有福了。饭后叙了家常，腊梅知道，弟弟没有娶媳妇，哥哥娶了嫂子，因为家穷，嫂子跟了人跑了。恓惶得腊梅一直抹眼泪，觉得来山西还是好，吃穿不愁，说不定还能成家，天下哪里黄土不埋人？哪里黄土不故乡？哥哥不看腊梅看着别处说："以后怕是我们兄弟仨要烦扰弟妹了，短时间住还不生分，长时间住下去就怕弟妹心里不高兴，如果不嫌弃我们，就当我和我的小弟弟是你们家的两口人，我们两兄弟就做了婶的干儿吧。"

腊梅娘在窗外听了，早已唏嘘不止，一把一把鼻涕抹在窗台上对着屋里说："都是一家人，我前世修了什么福分，今世平白得了三个儿子？我不是你们的娘，我也当不起啊，你们就把这里当自己的家，把我当成一个暖你们心窝的长辈，我就满足了。"

当晚大伯子转到对面的河沟就着月光给牛割了两担草，小叔子和柳小水坐在院子里废弃的磨盘上数天上的星星，数得眼睛花得看不清楚了也没有数清。小水说："大伯和小叔是不是要永远住在咱家了？"

小叔子说："问你娘，你娘是不是掌着家里的大权？"

小水回头问娘："娘，问你，咱以后是不是就是一大家子人了？"

柳腊梅说："是，等你小叔赚了钱，就在咱捉马村找一个媳妇，你的弟弟妹妹就多了。"

小水说："娘帮小叔生一个弟弟出来！再帮大伯生一个妹妹出来！"

志强听了，说："小水不懂事！等你娘给爹生一个，生一个弟弟出来，不姓柳，姓韩。"

柳腊梅说："以后，孩子多得都不待见小水了，小水要好好读书，等将来考了学进了大城市，把你大伯、小叔的孩子都带出去，咱也去城市里活两天。"

柳腊梅娘说："奶奶怕是等不到那时候了，那时候，你大伯和小叔都能享你的福，那时候，我孙女出落得肯定和电视上的人一样好看。"

大伯挑了草回来站在牛面前说："等哪天我闲下来，给牛箍个牛鼻棬。往树上拴牛，牛脖子容易被勒伤，牛也不舒服。"

一家人说到兴处，听得矿上有人过来叫他们，来人说："矿长要连夜下井，要志强领着他们熟悉一下井下的工作面。"听了来人的话，志强挂了满脸兴致，要哥哥和弟弟跟了一起走。十多天了，走多远的路，有多辛苦！柳腊梅疼爱自己的丈夫。志强虽长得不算好看，个子也就一米六几，与田地为伴的生息环境里，她不在乎志强的高低肥瘦和五官长相，只是把他当作了自己身体的一部分。自己身体的一部分出了远门，现在回来了，却不能在自己的身边歇息。柳腊梅懊恼地想着，越想越不痛快，就想起了许中子。他一个男人家，枕头边放那东西做啥？想了半天想是糟害人家未婚小闺女用的，心里的气就撒在了许中子身上。又觉得没来由，人家到底是帮了咱，矿上才有多少工人，自己家就去了仨。想起许中子握了自己的手，那手柔软热乎，自己的心还很乱地跳过，想着男人酒后那点动作和粗话，觉得就像鸡叫驴鸣、苍蝇拍翅、蚂蚱蹬腿，再自然不过了，哪能对他仔细认真？听他酒后说的那话，活人不易，也是他的心里话，有了钱了可怜得拿钱糟践自己，半斤酒就操纵了自己的心情。

听见娘在西屋煮黄豆、捂豆子。捂好的豆子让它长出灰白的毛，用秋天的西瓜一起下到坛子里，天天放到太阳下晒，娘说往年做一坛子豆瓣酱就够春天吃了，今年呀得做三坛子，咱柳家增加了人口。满院子滤着豆香，闻着，柳腊梅就想出去走走。看到院落里的苹果树被月亮照得墨绿，那绿吐露出了苹果树的香气，厚积着，可以拧出柳腊梅的惆怅来。

出了院子，有细小的虫子嗡嗡嗡地飞着，漫无目的地走，走到了自己家地塄前，塄上吊下来的南瓜有几天没有摘了，点了点数，有五六个挂在瓜秧上，瓜秧已经干黄，南瓜熟透了，该往回摘了。走过去拽了干黄的瓜秧往下拖，瓜秧被拽下来的时候地垄上的石头像抽倒的砖墙，哗啦一声顺着一边倒了下来，吓了柳腊梅一跳。这垒好的地垯是怎么了？走过去看，发现有一条壕沟，倒下来的石头糟蹋了长成的南瓜，一团一团黄，糟烂在壕沟里。凉风从身边刮过，有鸟吓得飞远了，刚才还有一尺厚的虫声叫，现在被倒塌下的哗啦声淹没了。柳腊梅的心悬起来，想听到什么，一切都哑巴了。手捏着心跳声捂在胸口上，她想知道到底是怎么了，地上平白无故裂了缝？沿着壕沟走，她看到有的庄稼地裂开了细缝。绕了一个很大的圈绕进了村庄，村外有闲弃的一排窑洞，中间的一眼裂开了缝，月光下，像雷劈开一样。看样子是早就裂开的，却怎么没有听村上的人说起过呢？地动了，地好好就动了？坐到树下，对面不远处许中子的屋里亮着灯，大门外的灯也亮着，灯光把小洋楼的人气点亮了，里面有笑声传出来。看到大门外的酒瓶子还好好堆放着，想着，有钱了，真是就不把钱当回事，能卖钱的也不卖，真是糟蹋那收拾好的一堆东西啊。

夜静时，走过田书的屋门口，看到老槐树上挂着的一长串白布，明白瘦小的田书是再也见不到了。头上麻星子往出跳，放快了脚步走，觉得身后有影子晃，似乎渐渐逼近了，在她的后脊梁上盘桓飞绕，猛然回转头，发现什么也没有，是自己的影子拖在身后。她突然觉得影子就是人的命根子，一个人活着没有影子了，这个人也就走远了，衰微了，荒凉了。

牛站在没有院墙的阴影里，额头鼻尖上的月光偶尔一晃，照出一片湿影来，它的蹄脚看着自己的主人刨着地面，黑暗中脖颈上的铃铛叮当当、叮当当摇着。柳腊梅看着牛想到牛鼻镇还没有箍好，走近了摸摸牛鼻子，有一股湿气哈在手掌心，想着明天怎么也得把牛鼻镇箍好，不能劳烦大伯子。等明年春天下种的时候，就不是一个人了，是一大家子人，不能因为箍一个牛鼻镇，耽搁兄仁下井挖煤，自家的日子是要朝前走了。自己也要好好养养身体，好好养养志强，真是还想生一个娃娃，来和小水做伴。然后，啥也不想了，很幸福地进了屋。

志强领着他带来的人下井了，两天都没有回家。柳腊梅扳着指头掐算了一下，下午该倒班了。她往矿上跑了一趟，没有见着人，上了井的人捎话说哥仁下午休息。回来想着要给三弟兄改善伙食，吃什么好呢？娘说："割了肉吃饺子！"她拿了剥好的葱往村口上的菜市场走，割了肉就着机器绞好了，想着来的那天是芹菜馅，今天呢，就吃韭菜馅。路上遇到了村委会主任，她说："叔，逛呢？"

主任说："逛逛，割肉呢闺女？"

柳腊梅突然想起自己家的地裂开了缝，走过了又返回来说："叔，我看见村外的地里裂开了一条缝，有一步宽，你是过来人，有没有什么说法？地它为啥就动了？"

主任说："去年腊月地就动了，先是拇指宽，那么说现在是大了？"

柳腊梅不解地说："大了，一直裂到村庄的垴后，把闲弃的土窑裂成了两半，差不多能装下人了。"

主任重重地说："下面采空了。我看矿上赔偿的那点钱补不住这个窟窿，还得领了人找县政府！"

柳腊梅说："你就管着许中子的矿，还用找县里？"

主任说："他现在还把村上的官放在眼里？人家耍大啦！我是屁也不是，屁还有股气！"

柳腊梅说："外村人都眼红咱村的许中子呢。许中子每年都给咱发大米和面，还给咱一户一吨炭。"

主任说："你就不知道果树上都不长果了？地下采得没有墒了啊！"

柳腊梅想起有一次矿上给村上的每户发钱，说是要保证矿和村的利益对等。当时，爹活着，还算了一笔账，说："捉马村煤矿平均日产原煤一千吨，矿上的煤是动力煤，售出的价格是三百六十元，一天毛利就三十六万元，许中子是发痛了啊，给村上补贴一年才两万，怕的是过不了多少年地不能种，人不能住。"柳腊梅说："我说呢，院子里的果树两年不见长果。叔，那你一定要逛着过去看看！"

割了肉，往回返，她不朝小路往自己家走，绕着道从许中子的小洋楼前走，她想告诉许中子，地裂开了缝。又不是你许中子弄裂了，弄坏几棵粮食不算啥，要不是你开了矿，咱村里的人哪里去上班，还不是整天弄那地，哪有打了粮食发大财的？

许中子的院门大开着，门口停着好几辆小车，有一辆车上还写着"新闻"两个字。看见有人拥着许中子从院子里出来，有机器对着他，他的胳臂往对面的西山上挥，对面的西山上是矿区。他说："不出三年，你们看吧，捉马村的矿将为国家上交五千万税收，我这个人大代表不是务虚的，是实干。捉马村当年是王莽赶刘秀赶到此捉着了，刘秀舍了马，在对面的老君庙里藏下了身，王莽想着刘秀死了，捉了刘秀的马走了，哪里想到刘秀因此躲过这一劫，做了后来的皇帝。捉马村是一个好地方啊，前有川，后有山，地下有煤好发展！未来的捉马矿就是现代化捉马村的希望！"

柳腊梅看见许中子的风光样，看着他往矿上走的时候，有人往他头上戴了安全帽，想着不知道能不能正好摄了从井下上来的志强，要是真摄了，晚上，电视台播新闻的时候，小水还能看见她爹。

一干人走远了，柳腊梅才提了肉往家走。娘在院子里择韭菜，看见她割肉回来了，说："我心里不知道怎么了，搅得难受。"

柳腊梅说："有电视台来了，采访矿长，许中子风光呢。"

娘说："你给我倒一缸水来，娘想压压心慌。"

柳腊梅倒了水接着说："娘，咱院子里的果树两年不结果子了，你猜是因为什么？"

娘说："因为什么？"

柳腊梅说："地下空了。"

娘择韭菜的手停在了半空，半天说了一句："挖煤挖得下辈子人没法在捉马村住了。"

就听见身后有脚步声传来，柳腊梅扭了头看，看到矿上和志强轮流养骡子的宋丙义朝着自己走过来，她说："丙义，稀客呀。"

丙义说："你快收拾一下志强的换洗衣裳跟我走，矿上出了点事故。"

柳腊梅说："我刚才还看到许中子笑着往矿上走。"

丙义说："收拾吧，人在医院里。"

柳腊梅手里的肉掉在了地上："井下出事了？志强出事了是不是？"

丙义说："也不是，你去了就知道了，也没有什么大事情，破了点皮。"

这句话让柳腊梅的心高高跳了一下，和娘说："你看好小水，我跟了他走。"

柳腊梅跟了宋丙义出了村，有车接了她往市里走，车上她看到了许中子。

许中子要柳腊梅坐下来。许中子说："我是把你当自己人看的，是真想帮你一把，不然我不会让志强回贵州去招工。现在，要我怎么说呢，想帮你，等于是没有帮了你，你反倒把我害了。"

柳腊梅看见许中子和前两天不一样，想不起来是哪里不一样，半天不说话，看许中子的脸，发现他脸上没有挂眼镜。想着自己感谢人家还感谢不过来，反倒害了人家，心里很是不安起来，说："许矿长，不要拐着弯子说，出什么事了？是不是我家志强怎么你了？"

许中子看着腊梅，眼睛里流下了两行泪。

柳腊梅越发着急了，说："心快跳出来了，流什么泪？你干脆点说！"

"矿上出事了，是早上 8 点钟，一号工作面毒气爆炸，连带了二号，志强在井下救人，救的是他的哥哥和弟弟，中了毒，就算救的是他的亲人，也是救人，我琢磨着该给他弄个啥名分。"

柳腊梅一下站了起来："你先说他是毒没了人呢，还是有口气？从贵州带来的其他人呢？"

许中子说："别管贵州带来的人，那些人都是志强带来的，我会妥善安排他们，也已经打电话通知他们的家属来。就是你这个比较大，三个人，你是三个人的命主，你知道，我是真想帮你的，可地窟窿不认人。你知道我说的意思了吧？"

柳腊梅像一个熟烂的苹果稀软地跌坐下来，脑海里突然空得装不下任何东西，连志强长了啥样也想不起来，哥哥和弟弟就像梦一样在眼前旋转着、重叠着，近了，却也是模糊的，接着，满脑子上午看到的许中子的笑。他还笑？他还有脸笑！

柳腊梅板着脸问："你说，我上午看见你还笑，就因为地窟窿吃了人，你才张牙舞爪笑是不是？"

许中子惊讶地抬起头来看着柳腊梅："上午是省电视台来采访，我是人大代表，要做个专题，人来之前就出了事，但是，他们已经在路上了。你说，我能说矿上出了事不接受采访？是谁给我这么大的脸面，就是这新闻单位给的！我告诉他们出了事，我这矿长是不想当了！不当矿长，哪还有捉马村人的饭吃？"

柳腊梅的心开始扭结起来，疼得喉咙里挤出两声哭音，却没有敞亮地哭出来，抬了手打自己的脑袋，疯了似的打，打够了才哭出来，哭声被车窗外的阳光撕裂了，撕得窗外干枯的秋叶一团团落下来，听得她喊了一声："领着十个人来了，没回家就进了鬼门关。他救的是他的哥哥和弟弟，他有什么脸当那救人的英雄？不当那英雄，你把他的命还我来！"

许中子一下跪在了车内，抱着柳腊梅的头说："亲亲的妹妹，你这一次要是不帮我，我就活不成人了，我的矿就是咱的矿，你就不想想咱妈咱闺女？"

还想说，左胯上的"两只蝴蝶"响了，县里领导要来。

许中子要车上的人把柳腊梅带到市里先找宾馆住下，等县里领导走了再去看她，他还有话要说。人死了就是打死我也换不来死人的命，对不对？说什么也要等他，出了事情，按出了事情的规矩办。他说："等我，腊梅，你一定要等我，我的心乱得和麻一样，你是沉得住气的人，等我把矿上的事情安顿好了，就去市里看你，我不会亏了你。"

柳腊梅一任眼泪往下流，无声无息，清鼻涕也往下流，手和脚麻木冰凉，头上的火星子乱跳，整个胸腔拔不上气来，喉咙干裂裂的，嘴里叫了一声："怎么这天就不长眼睛啊，一下子要了家里三条汉们的命！"

五

县委书记李保国、县长王平各自开着车停在了小洋楼的大门口。

韩平安和许中子在大门口等着，看到车停稳当了，走过去很熟练地打开了车门。两个人往里走，狗围过来很欢喜地用鼻子贴着李书记的手想亲热一下，韩平安上去踢了它一脚，狗跳到了一边。李书记眼里满含着焦虑和无奈，边进边说："让你们把安全当头等大事来抓，怎么搞得这么稀松扯淡？"

进了屋坐下来要韩平安汇报矿上的情况。一脸严肃的韩平安点了点头站直了开始汇报："李书记、王县长，矿上是上午8点出事的。出事后，自动升井五人，井下救护队救出六人，死亡人数总共十一人。事故发生原因是一号采区毒气爆炸，导致二号采区塌方，这两个采区的工人是刚从贵州招工过来的，我把人员名单和井下死亡位置给领导草画出来，一看你们就明白了。"

韩平安从茶几上撕下一张稿纸来，问哪个带了钢笔。李书记和王县长互相看了一眼，王县长说："事紧，出来没有带通讯员，口袋里老不记装笔。"许中子站起来找了一支铅笔递给韩平安，他心里想，现在的领导当得下边的人求他办事什么都要准备好，有一样准备不好都是推卸的借口。纸上绘制好了井下采区示意图，在标注遇难者遗体位置上，韩平安——写下了死难者的名字。看着蚂蚁样爬在纸上的人名，县委李书记脑海里闪了一个念头，这个念头他也说不清楚是什么，反正他的心里是动了一下。王县长的眉头也不易察觉地皱了一下，许中子感觉他们内心有活动，却也马上分析不出来。

李书记回头问许中子上边对矿难死亡人数的处理规定。

许中子不假思索地说："三十人以上国家查，二十人以上省里查，十人以上市里查。"

李书记有点不耐烦地说："这个我知道，我不是问这个，我是问国家对领导干部的处罚情况。"

许中子抹了一下自己的脸，抹出了一段记忆，国家干部的处罚情况他还真是不知道，抹出的一段记忆是去年发生的，看着李书记和王县长说："两位老板，知不知道去年太平县王壁矿的矿难处罚情况？"

王县长急切地说："矿难知道，最后对领导的处罚结果我还真不知道，你快讲！"

许中子说："情况是这样的，王壁矿发生冒顶后，当时死了十六个人，考虑到死亡人数多，县里的相关领导商量了一下决定瞒报十个，只往外公布了六个，瞒报人数后给死者家属加倍的抚恤金，家属后来也都还满意，也比较配合调查，否定了自己的男人是死在矿上。人心一坨肉，沟通问题不难。后来有一个小报记者捅了一下，涉及政策，纸包不住火，上面查下来，最后处罚相关领导时，县里的主要领导却是无罪的，仅给了一个党内警告处分。他们死亡人数比咱多，这样看嘛，咱国家的政策和法律还是有漏洞的，有钻的地方。我想，可以把他们的事故处理作为我们事故处理的参考。"

李书记看着王县长，许中子盯着他看。有一会，李书记对王县长说："咱这就等于开一个小型常委会，我想，能不能找个省里和市里的临界点？要么实报，要么也像王壁矿一样，我的话不一定对。可以作为不同意见来讨论，最后举手表决！"

王县长摸不透李书记的心思，平常的责任分工是明确的，各管一段，但这件事情自己承担的责任要大。他接到许中子的电话后马上汇报给李，现在，李主动提，是给自己找一个台阶；李马上要被提拔，他一走顺水人情自己肯定是书记；李动了这个心思不是没有原因的，李不想影响自己的提拔，心里也许恨自己不该告诉他。王平觉得现在还不到自己表态的时候。

有一段时间静默，没有一点声音。面对眼前事每个人都在掂量得失。

李保国想，首先自己从事的是党务工作，是管方向的，对行政事务并不具体来抓，就算是不抓，但是，接到电话后王平告诉了自己，这王八想拖自己下水分担责任；既然知道了，十一条人命对自己也是一个大威胁，就算是给一个党内处分，自己的前途也将被断送了。他心里有点害怕，走到有阳光的门口望着院子里的狗，狗蹲在门过道边，脸前有一只蜜蜂环绕着它飞，狗耳朵不自禁地转动方向，蜜蜂挑逗得狗耳朵一伸一缩。狗看到他站到门口了，站起来看着他有想过来的意思。他想这条狗都认得自己了，有识人的技巧呢！不看狗了看远处，看到不尽的山体，山风徐徐，山鸟翱翔，一切美丽的平静下有不平静的事情要发生了，想到这里，他有一种很冷很孤寂的感觉。缩回了脚，开始想自己的职务，想到自己投入政界，想到自己人生成功的标志，男子安身立命，壮士赴汤蹈火，机会对每个人都是平等的，机遇却因人而异，佛不信命讲因果，就想着自己不能因为死这么几个人误丢了前途。前后想想，滥用职权的主体应该是政府不是县委，当然，我这么提出来肯定有人同意，我提的也是实报或少报，由他们来领会吧。决定不说话，或者多余的话不说了。

县长王平看着书记，他是太知道他了，老奸巨猾的一个人，不告诉他是他讨便宜了，事实面前自己是主打，如果把书记拖出来由他来决定事故走向，自己肩上的挑子会轻些。假如说事情弄大，自己也只能算是渎职行为，印象中渎职行为只应受到政纪处分。上边对煤矿事故处罚条例越来越严格，责任不能由自己一个人来挑，心里就盘算着是否要自己开口来说少报。想想自己还是不能说，要让矿上说。

许中子看着两位领导，觉得他们的意思自己是懂了，打破静默先开了口说："出了事，也不是谁就想出事，重要的是，只要能保证矿下正常作业，给活着的人相应的赔偿。农民一年能赚多少钱？有的一辈子赚不来死亡赔偿的钱，看见钱，家里的人也就不吱声了。更主要的是，要把死亡人数压到市里处罚这一环节上，弄到省里，按省里的规定矿上必须停产，停产对煤矿来说就意味着企业死亡！"

王县长觉得自己该开口了，歪了一下脑袋强调说："捉马矿是李书记树起来的典型，李书记树起来的典型倒在我手里，没有一个自然过渡？"在座的不约而同互相看了一眼，人人心中都有一种无形的压力和无形的欲望开始膨胀。也许，面对矿难有过那么一种透骨的寒冷，但面对自己的利益那种寒冷也就微弱渺小了。

许中子心里很明白，这种情况下，自己保证如实说了，少报是领导提出来的，当然，自己也希望把责任搞小！

许中子觉得自己要不打头，不会有人打头说话了，就指着韩平安说："拿了橡皮擦，根据井下情况和人员分布擦减人数。咱也像王壁矿那样减成六个。"李书记和王县长的眼睛不看许中子，也不看韩平安，他们要做的事情，他俩看见了也不想知道，眼睛同时盯着窗外的狗，狗在阳光下晒暖，毛色灿灿有光，那只蜜蜂还在撩逗它，它的脑袋随着蜜蜂的转圈也转圈，有些转晕了，冲着对方汪汪两声，蜜蜂嘤嘤嘤旋着越过了墙头，狗望了一会很失落地卧在了地上。看的人脸上不同角度地露出了笑，一下又觉得在对方面前很失态，同时又都看了对方一眼。吱吱上升的烟气缭绕着满屋子，阳光下看到门上涌出的烟雾，死亡人数，风一样在烟尘中散了。

许中子看到纸上画去的名字突然顿悟了，指着被擦掉的志强说："这六个人中还可以合并一下，把这个人和这两个人合为一个人。"他指着纸上志强哥哥的名字和弟弟的名字说："把他们合到一起，合为一个人，把志强树成一个救人英雄，英雄和事故伤亡是两个概念。他当英雄的原因是，他弟兄仨一起死了。"

好长时间后李保国说："树立一个典型也许是好事，大家商量一下，尽量想仔细了，弟兄仨都死了，说起来是很可惜的事，但也是很无奈的事。"

纸上，三个人的名字由许中子拿了笔来画，画了圈，圈外写了两个字：英雄。

这样，六个人就变成了四个人，如果说，志强不算事故，那么死亡人数又变成了三个人，三个人的底线是县里处罚，最后的结果就不用往市里通报了。许中子决定不让书记和县长到矿上露面了，目标大不说，容易引起工人的注意。书记和县长安顿说："矿上必须把贵州叫来的家属安抚好，不能让他们住到矿上，县里也不行，分散开住，住到市里，处理事故时也分散开，必要的时候也要把尸体分开送往火葬场，不排除运送到外省！"

送走了书记和县长，许中子不敢消停，要韩平安把抬出来的尸体两个绑一起，用骡子的草料卷了，和骡子一起运到矿区外，再由工具车分头拆卸开拉走。用人要绝对嘴严实，不行就拿钱封口。

韩平安说："这个我知道，连吓带哄，没几个是胆大的。"

许中子问："你肯定柳腊梅贵州没有亲人了？"

韩平安说："肯定。人员登记时是死鬼志强亲口说的，我还多嘴又问了他们一遍，他肯定地说，咱们这里好，以后哥哥和弟弟就在这里安家了。"

许中子说："好啥？没命了！"

许中子觉得这些都不是问题，主要问题在柳腊梅那里，这个女人一下失去了三个亲人，如果狠起来，她啥事都敢做。还必须换个意思说，让她感恩自己，他觉得要拿下柳腊梅不是容易事，这事还必须他亲自去！

六

柳腊梅被安排住进了市里的一家宾馆。

住进宾馆的柳腊梅一心想要见兄弟仨，不吃也不喝。看守她的人告诉她，没有见到许矿长之前，她哪里也不能去，只能在宾馆待着。许中子是第二天过来看柳腊梅的，他怀里揣了三份火化单和一张储蓄卡。尸体冻在一家医院里，尸体一天不火化，他的心一天不能落到实处。县里等着上报，报上去的人是四个，有一个不算煤矿事故，但是，确立这一个人就必须和柳腊梅商量，因为必要的时候说不定柳腊梅还得出面。

也就是两天的时间，柳腊梅已经不是原来的柳腊梅了。许中子敲门不开，要服务员开了门，他看到的是柳腊梅的后身。辫子松散开，人呆呆地望着窗外。此时，柳腊梅把脑袋想得憋破了都想不起来贵州的大伯子和小叔子是啥模样，只记得他们不停地笑，看着小水，看着锅台上冒着热气的饺子。还想起来他们说志强有福气，什么叫有福气？活得正旺的时候没命了！她知道身后进来一个人，这个人是谁她不管，她心里就想着两个人，连志强她都不想，就想大伯子哥哥和小叔子弟弟。这世界上最对不起的就是这两个人啊，把幸福看得重的人，来找活命的幸福来了，却找到了阴间地府！要知道是这，来这里做啥呀？未见过面的地下的婆婆，自己没有一天供养过你，你没有享过我一天的福分，和你无冤无仇的却把你三个儿叫来，害得活不成人了！

身后的许中子坐下来，看着柳腊梅的脊背说："这个世上，花上几十年时间在人世间活一活，怎么说也是件难得的好事情，可惜的是死人不知道活人的难啊，腊梅，我不想出这事，出了事了，我也担不起这个责任。你说，你要我怎么办？我是想你好来，可是想坏了，都是我，你心里闷就扭转身过来打我，只要打了你心里好受！"

柳腊梅不动，像是说给自己听："出了这么大的事情，还笑，还张牙舞爪笑！"

许中子说："你说我不笑，行不？我哭就能解决问题了？矿上有多少人要我养，就算是死人不需要了，总还有活人要养对不对？你要做事情的人也像下井的人一样的想法，不往大处着想，干事情的人谁还能领了头干？当兵打仗总得有兵、总得有将对吧？人和人不一样处就是将才和兵才，要是你们志强是矿长，开着矿，我是他的工人，我在井下出了事情，我提前就告诉你，我谁都不怨，我自己愿意来下井的，下井就是比种地赚钱，我死了，我活该！"

柳腊梅一下扭转了头看着许中子，定定地说："死的人里没有一个人怨你许中子，是你活着的许中子怨死的人死在了你的矿上，给你添了大麻烦！"

许中子不看柳腊梅了，看窗外，有汽车喇叭声传进来，有两片落叶从开着的窗户飘进来，悠悠地挂在了柳腊梅的头发上，许中子站起来走近摘下了它，轻声地说："腊梅，你该梳梳头发了，你还得活，捉马村还有咱妈、咱闺女。我来找你是想和你商量，矿上的人谁也不知道弟兄仁一起死了，要是传出去，活人的嘴是骂你啊！想想看，死的人总归是死了，你要他说，他永远也说不出话来，活的人就不一样了，舌头没脊梁可以来回说你，你是三个人的命主，当眼下说，你将得到三个人的赔偿，那不是小数目，三十万！我外加你五万，是奖励给志强的，他救人有功！你拿着这钱，就算心里踏实。但是，张扬出去，要让一些坏人知道了，他们心里就不踏实了，要找你麻烦，就说你性子野不怕，咱妈咱闺女呢？我想了，不说他们死了，反正那边也没有人，就你了，咱就给志强定了，定个井下救人的英雄，三个人一个骨灰盒子，我要矿上在对面的山头上给他们修个大坟立块大碑。"

柳腊梅看着许中子，抬起手指着门说："你给我爬！你叫人来，我就算是死也要见见他们，我倒要看看他们的眼睛看着你的时候是睁着呢，还是

— 267 —

闭着?"

许中子哀求地说:"腊梅,我是为你好!你还要活人,我是疼你。人死了就是死了,矿上还有活人要吃要喝,你又不是不知道矿上,出事故是经常的,知道出事故还下井做什么? 想把生活过好一点不是嘛。咱就不说咱自己,人家县里的领导,一步一步走上去容易吗? 不容易,都不容易,咱不能把人家都弄得家破人毁。还有咱的矿,还有工人要挖煤,关了矿就等于是关了好多人的财路。你是懂道理的人,我说的你都能理解,我加倍赔偿你。你说,有了钱了还用在捉马村住? 到这市里来,让咱闺女接受好教育,福气都在后头呢,腊梅!"

柳腊梅黑着脸把许中子推出了门外,一屁股坐在门下,她龇着牙,心里痛得哭不出来。她想不起来她要怨谁,她谁也怨不得,是自己找上门想来矿上下井的。有一种尖锐的惨痛撕扯着她,无所依靠的悲伤,让她的野性一寸寸丧失。很久之后,听得外面的人说:"许矿长在隔壁等你去医院。"

她站起来平整了一下衣角,看到胸前挂着的两条凌乱的辫子,以往因为两条辫子眷顾旁人的爱好,现在要这辫子有什么用? 像索命的绳套!

她开了门叫服务员过来,她说她想要一把剪子。

服务员问隔壁的要不要给,看守她的人怕她寻短见,说不给。

许中子说:"给她,她不会走那条路,她放不下她闺女和她娘。"

服务员拿过剪子来,看着她。

她说:"你帮我把辫子齐着脖根剪下来。"

服务员还小,也就十七八岁的样子,说:"你应该去理发店,我不会剪,剪了也不好看。"

柳腊梅说:"我让你剪下来,你就剪,我不嫌你剪得不好,我自己也能剪,就是看不见身后。"

服务员说:"长了好多年了吧,剪了可惜了。"

她说:"不可惜,命都不可惜,辫子可惜啥?"

服务员要她掉转身坐到椅子上,她听见说:"你再想想,多想想啊,要长几年才能长这么长,剪就一下子。"

她说:"剪! 要命也是一下子!"

服务员说:"你的头发好黑,我小姨的年龄和你差不多,都有白头发了,你的头发又粗又黑。"

她苦笑了一下说："贵人不顶重发，你剪吧！"

服务员迟疑了一下说："再想想！"

她反转身夺过剪刀来，擦着耳朵根一剪子下去，半边脸被头发挡住了。

服务员吓了一跳说："姨，我来帮你剪。"

剪下的辫子，她蘸了水结成三条，又蘸了水把自己的头发梳干净了，跟外面看着她的人说："领我去见我的亲人们，告诉许中子，我想通了！"

眼里没有泪，清水鼻涕流了下来，她像个孩子一样抹到了袖管上。关了门望着窗外，窗外有一棵香椿树，香椿树干裂了一层老皮，她想起爹说："春天里人把香椿树的芽掰下来当菜吃，来年它就疼得要脱一层皮，死一次。"

树死了一次，来年还是树，人死了，来年会成为什么呢？

七

柳腊梅最后一次看了兄弟仨。

兄弟仨在太平房的抽屉里放着，拉出来时，她看到三人的眼睫毛都长得浓密，和闺女小水的一样，都长了一对毛眼眼。他们的手骨节都粗壮，是农村人干体力活的手。他们全都善良本分地闭着眼睛，没有恨天怨地，戏文里说的死不瞑目一点也看不到，眼睛连个缝隙都没有，脸上挂着平静。因为冷冻着，头上结出了霜花，放到了来来回回出气的暖世里，头上的霜花就化了，穿衣服的时候有滴滴水珠落下来，不知道了还以为是泪，是不舍人世的泪。其实不是泪，他们哪里顾得上流泪呢？想着靠体力活赚的那份未来的幸福，想笑，笑给腊梅看。笑在心里藏着呢，藏着的那份笑就算是到了另一个地方，依然在心里藏着。心里有笑藏着，脸上能不挂出来吗？活着不生事，死了也不生事，看上去，他们一点也不吓人。

太平房的老人说："闺女，你是我二十年里在这里看到的头一个女人，三个赤条条的男人摆放着你不害怕？"

柳腊梅说："叔，不怕，哪见过死人生事？都是活人生事，进出的一口气断了，害谁？"

老人说："那是。过来闺女，你到这里给他们化点纸钱，顶用不顶用上路了总该装个零花，鬼门关也不好过啊，告诉他们说，要回家了。"

— 269 —

柳腊梅烧了纸钱，说："志强，收了钱领了咱哥和弟回家了。"

老人说："你出去叫人进来抬吧。"

柳腊梅从口袋里掏出结好的三条辫子，往每个人的口袋里装了一条，把扣子系好，看了看走出了太平房。

柳腊梅看到外屋等着的许中子，手里拿着火化单，许中子往过递笔的时候怕天凉不出水，用嘴哈了哈。她拿了笔看了看上面的名字，把纸铺在桌子上很规矩地写下了柳腊梅三个字。许中子递给了她一张储蓄卡，说上面有三十五万，如不够他再往卡上打十万。她说："不要，把那五万也取走，志强他什么也不是，说他救人了，没见他救出一个活人来，自己都送了命，有脸当英雄！多一分也不要！"她掐了手指算了小水到上大学的年龄，还有八年，她要许中子给她存一个八年期。对她来说这钱是个大数目，是用三条人命换来的，她这一生不会花这上面一分钱。

许中子说："腊梅，你可惜了那两条辫子。"

柳腊梅说："头发长了见识短，要它没用。"

矿难处理得风平浪静，所有死去的人像是做买卖一样，从远处赶来，一边在火化单上签字，一边给他们数钱，得了钱的人同时得了一句话："得了钱了就回家好好过日子，要说出去，你全家就没了！"

柳腊梅回到捉马村的时候，看到村里静悄悄的，山坡上有人在烧湿柴沤粪，她想起大伯子说："瞅个天日给自家的地沤点湿肥，日子长了，捎带来吃几顿也要吃很多粮食，不比从前了。"她看到娘在院子里晒捂好的豆瓣。娘跪在地上，一只手拄着地，一只手来回翻晒地上的豆瓣，煮过的黄豆和没有煮过的不一样，有些白，阳光下白得刺眼，而有的被晒得干皮的豆瓣，又锈上了一层铁锈黄。晒黄豆是阴历三月的事，娘说矿上的饭不好，要早，再放些枸杞子晾晒，下了药进去，人就壮实了。柳腊梅心里说，娘，粮食养身体，不养命啊！

娘看到柳腊梅的一刹那要站起来，看到腊梅的头发，娘的腿突然软得立不住，索性就坐下了问："志强他好？"

柳腊梅说："不好。"

娘说："没命了？"

柳腊梅说："成了一盒灰灰了。"

娘憋着一口气不说话也不出声，从地上捧起豆瓣来照着远处扬，娘扬得满院子都是豆瓣，豆瓣落下来打在柳腊梅的头上，像天上下了雹子。娘扬累了，站起来很坚定地走进自己的西屋，关上门开始哭，那哭声时大时小传到柳腊梅的耳眼里来，柳腊梅拿了笤帚冲着窗户说："娘，我把豆瓣扫了给牲口拌了料，糟蹋了一地。"娘冲着窗户说："闺女，他没那命，活不成人，不想了，给牲口拌了料，咱活着的还要活！"

听见西屋里的娘开始拿了刀剁菜，柳腊梅知道，娘要给猪煮食了。人不吃，猪得吃，猪一顿不吃就饿得会翻过圈头，窜进人家的粮食地里。

坟墓修在屋后的山脊上，矿上还开了一个追悼会，许中子致了悼词，柳腊梅没有去。许中子叫了好几次，柳腊梅都不去。娘看不过眼了说："你一趟趟麻烦人家大矿长来叫你，人家给足咱面子了，闺女，去吧！"

柳腊梅板着脸说："不去！"

因为矿上的事情多，还没有给坟墓写下对联，埋葬的时候说等弄好了对联再补上。志强是英雄，灵堂就设在矿上，家里简单布置了一个灵位，来的人少，家里就显得冷清。许中子开追悼会要柳腊梅去，哪怕是充个样样，也好知道英雄的妻子长了个啥样，好为以后的生活做个打算。柳腊梅说："不去！受用不起！"开了追悼会就要准备下葬了，许中子见了柳腊梅说："我让志强风光够，你去看看，连县委书记都送了花圈，他比县里的领导死了还风光，志强毕竟是咱矿的典型人物啊！"

柳腊梅不看许中子，也不说话，从外面的窗台上取过紫藤来，探进了火里来来回回烤软，拽出来三下两下箍好了牛鼻筶，走过去给牛穿上，牛被弄痒痒了，打了两个喷嚏，朝天仰起脖子哞——叫了一声。

娘看着许中子说："我这闺女不懂事，烦劳你大矿长一趟趟跑。"

娘掉转头又问柳腊梅："他哥他弟呢？出了事了，倒不见人踪了？"

柳腊梅面无表情地说："回贵州了，不服咱这里的水土。"

娘说："没人了回贵州了？还说要认我做干娘，断了骨头连着筋，自己的亲生都不认？"

许中子吓得脸白白地看着柳腊梅，听了柳腊梅的话，放下心来，嘴上还挂着难看的笑。

柳腊梅不和娘说了，牵了小水的手跟了许中子往山上送，一路上牵着，把小水都弄疼了。小水看着面无表情的娘说："娘，你说我爹他死了?"

柳腊梅说："死了。"

柳腊梅又说："你要好好学文化，不要和男娃一样野，娘怕你有个闪失。你要是有个闪失，娘就不活了!"

小水又看了娘一眼，叫了一声："娘!"

柳腊梅说："你以后不叫柳小水，叫韩小水，你爹他叫韩志强，你大伯叫韩志发，你小叔叫韩志富。你以后出嫁了，养儿不能随夫家姓。姓韩。娘活着你就得听娘的，你跪下磕头吧!"

小水觉得娘有病了，头上的辫子也没有了，头发被风吹得像鸡窝，还动不动就怕自己出这事，出那事，以前可不是这样的。看着下葬了骨灰盒，封了土，柳腊梅跪下来伏在地上长哭了一回，起身拉了小水往山下走，过一道土坎时，她抱起小水来。小水说："娘，我都能双脚跳过去!"

柳腊梅说："不行，那要崴了脚脖子，你是韩家的命根子，你大伯小叔看着呢!"

小水说："怎么不见我大伯和小叔来，来了一次晃了一面就不见了，跟做了一个梦一样，做的梦和真的一样，娘，你说我到底有没有大伯和小叔?"

柳腊梅说："有，大伯叫韩志发，小叔叫韩志富，你叫韩小水。记住名字就是了，其他记住了没用!"

一个月后，因为村上有的屋子开始裂了缝，村上的人自发组织了去县里闹事，有人叫柳腊梅去。她说："不去，人心黑得和炭一样!"

有人往屋后的山头上抬了一块石碑，安在了坟头上。日子悄无声息地往前走，秋风把树上的落叶都撕下来了。看着院子里的落叶，柳腊梅想，眼下的生活对自己来说就是把小水看好，要她学文化，她是韩家留在这世界上唯一的命根子。她想着总有一天兄弟仨能回来，总想着他们不会走远，哪有活生生的人没病没痛的说走就走了? 娘看着她说："好好的柳小水，你要叫了韩小水，你要我怎么去见你地下的爹?" 柳腊梅说："娘，我养的闺女我做主了。"娘受了气，见了人就哭说："我养的闺女不算，死了男人忘了娘，老柳家从此绝了，绝了啊!"

许中子大门外的三麻袋酒瓶子还在，过来过去地总能看在眼里，没有人把它当了钱卖。柳腊梅尽量不往小洋楼前走，偶尔，不上心地走近了，突然觉得自己的胸口堵得难受，在大树下蹲下来忍不住吐了两口。

韩小水和一窝孩子往过跑，看到了娘，上气不接下气跑近了问："娘，你好好的怎么了？"

柳腊梅说："看见那座楼娘就反胃！"

韩小水说："娘，我急着去矿上呢，换矿长了，老师要我们站队欢迎县里来的领导，晌午不回家吃饭了，矿上发面包和火腿肠。娘，你吐吐就回家吧。"后一句话刚落，已经看不见韩小水的人影了。

春天，柳腊梅牵了牛在山坡上犁地，歇下来喘息的时候，她走到志强的坟头，看到那块碑上写了两行字，一行写着"舍己救人入九泉"，一行写着"丰功伟绩传千古"。

发表于《人民文学》2006 年第 1 期

转载于《作品与争鸣》2006 年第 4 期

黑
脉

一丈红

一、山神凹

　　早年间，山神凹有一种凄艳之美，四围山腰子上各色植物火一般地燃烧，凹里熟透了的果实挂在老树的枝头。下学的娃娃们在树下使出吃奶的劲摇啊摇，望着树梢上的果实，每一张撒娇的脸都显出一副苦相，我望你，你望我，很是无奈，其实树上的果实还没有成熟时就被他们糟害得差不多了。山神凹村边有一盘石碾，围着石碾一溜晒太阳的老者，每人耳朵根子上夹着一支劣质香烟，那支香烟舍不得抽，扭转做了脸上的装饰。嘴里叼着旱烟锅子嘶一口，明灭之间，瞅着一群学生娃骂，间歇东家长西家短，听来的闲话让皱起的鼻腔发出空洞的笑声。

　　日头晒着，一群娃娃在他们的骂声中从身前走过，仿佛走过的是他们的童年。

　　20 世纪 90 年代末山神凹有二百多户人，凹南凹北有一条长流河，河叫山神凹河。河水一年四季拱卫、搂抱着凹里人，凹里人便如婴儿一般做着香甜的梦。山神凹之所以叫山神凹，因为村庄的山头上有一座山神庙，后遭匪患毁弃。清朝时，四乡八里人年节都来山神庙烧香，能看见山神凹河，如婴儿尿曲里拐弯出了山。

　　烧香人站在山头上笑话山神凹河，哪知没有多少年，山外的大河连呜咽的劲都没有时，山神凹河还瘦瘦地在河道里流。

石碾子旁拐弯上坡是一所学校，叫山神凹小学。20 世纪 40 年代，共产党的一个地下组织在此油印传单，其中一个叫王成功的人就住在此处。国民党特务经多方侦察，最终发现了这个据点，月黑风高之夜，特务摸到山神凹王成功寝室窗外，往躺在炕上的王成功打冷枪，结果，是有惊无险，王成功跑了。枪声在半山腰上分外响亮，山神凹人以为日本人又来了，其中有山神凹人柳平喜惊慌失措逃命跌落进干茅厕里，谁知他的弟弟柳平安也跑来藏身，双脚踩在柳平喜肩上。下边人知道上边有人站着，上边人不知道下边站着的是人，有几次试着挪动身子，脚在四下探，没找见落脚地。外面的人群四下飞奔，茅厕里的人大气不敢出一口，就这样站到天亮。发现是自己兄弟，两个十几岁的娃娃大打出手，柳平安一只眼睛被干茅厕里的树枝戳瞎了。

准确地说，山神凹小学是 20 世纪 70 年代拆了旧房新盖下的，原先山神凹的干部们想叫"成功小学"，老百姓不依，徒留一段王成功的传说。

二、柳三胖和小翠

春天过去了，山神凹街道上不时出现一些黄白相间的斑点狗，风吹得它们的毛晃动不止，行人很少的街道上，它们深深呼吸，感受着时光，拖长的身子投在寂寞的土墙上。阒无人声占据着天空，笼罩了整个村庄。树枝泛青，在令人不适的冷清的天空中，云朵遮日。不知道是阴霾的空气中出现了幻影，还是就走着一个人。无端的，狗叫了起来，有孩子指着那个幻影说："柳三胖回来了。"

柳三胖作为山神凹的一个成年人，似乎是柳氏家族的一个问题。柳三胖长得瘦高，瓦刀脸，细眼睛，厚嘴唇，白亮的光影下五官显得极不协调，但是，柳三胖一说话牵动着错位的五官，看的人会觉得三胖也有生动时。

柳三胖年近三十岁了，他常常满怀惊异地想：一个人的变化，会不会过段时间就变回去啊？如果一个人能够不去想，或者说绕道而行多好。从二十岁起，柳三胖就开始莫名其妙地妒忌生活，包括一些不适应，但变化确实很大，一个个同龄的山神凹人都出山落户并成家了，他还停留在原地。最恐惧的是，要清楚地认识自己目前所处的状态并有能力改变它，这可不是人为能做到的。不过有一点倒是越来越明白：人生并不是一件很严重的事情，至少没有别人说的那样严重，用不着摆出一副比人低下的样子来。某些时候，柳三胖自觉不自觉望一下闪过的女子，原本亚黑的脸膛突兀多出一层惊喜，对着人家迎面走过来的脸吹几声口哨，人家骂一声"挨刀鬼"，眼睛望着别处，深情得叫柳三胖突然有一种早孕反应般无助。一个人变成两个人就那么重要？界限原来不甚分明，走着走着就分明了。

山神凹的人多认为柳三胖结婚已经很困难了。十五岁丧母，父亲又是一只眼睛，到老又患了腰疾，就一个叔，两个人还跟仇人似的。

山神凹人越来越纠正着往前走的生活，女人选择自己的婚姻好像早有结论，往山外嫁，嫁个有房有工作的人，决不留在山神凹熬。山外人不傻，更没有人愿意嫁入山沟里。

山神凹人见了柳三胖，表面上显得很热情，一说话就扯到介绍对象上，常常拿柳三胖调侃，原本就不把他当作正经人看待，调侃过后没有下文，柳三胖知道山神凹人拿他说笑话。笑话就一定要拿柳三胖来说，柳三胖真是痛恨自己不能即刻改变命运。无法重来的选择，只能眼睁睁看着柳条泛青，小草吐芽。时间久了，柳三胖被生活弄得学会了调解自己，并且明白生活只能选择其中的一种。好还是坏，柳三胖都无所谓，两手插在裤口袋，跟碰面的人照样打招呼，但是真正停下脚步、满腔热忱地要和对方交流时并不多。看到人家停下手中活计搭讪着将要说啥时，柳三胖就恍然想起要做的事，他找人家的话茬，又把人家的话茬掐断，年月久了，山神凹人都知道柳三胖是一个虚头巴脑的人。

太阳温暖，这日子过得让柳三胖常常想流泪，太阳底下的事呀，为啥偏偏柳三胖就不被人所瞩目？长期被忽略的柳三胖，唯一被人瞩目的一次，是被凹里的留守女人小翠所关注。

黄昏，夕照在凹里停留的时间很短，模模糊糊的远山，像剪出的人形，袒胸露臂。似乎是月亮也潜伏在某个袒胸露臂的人影间，就这样仰头看着天空。以往总觉得黄昏都是一样的，夕照把瓦屋的形状扯出多边形，慢慢地又把瓦屋拉直了，黄昏突然越陷越深，甚至听到了陷进大地时的吭哧声。瓦屋顶、围墙，有驴叫了两嗓子。天空的月亮、云朵一样，怎么是云朵呢？那大片的云反倒镶嵌了金边，一条白道道画出一根线，是飞机飞过时留下的影子。柳三胖看痴了，不知不觉就停在了小翠门前。小翠正好弯下腰系鞋带，两腿中间倒着的那张脸看到柳三胖时，发现那张脸有意思。

小翠说："你的嘴像你叔，你们柳家人都长了一张枣肠嘴。"

在正常的情形下，这是一句玩笑话，很容易被忽略。可此时柳三胖看见小翠，下滑的衣裳处露出半截子白腰，白腰下是一只大大的藏青蓝屁股，再往下是一张白脸，月亮一样朦胧，和当下他看到的黄昏极其相似。嘴里吐出一句话时，那张脸疏忽一下就闪没了。直起腰的小翠，以一副挑衅的姿态站着，黄昏衬托出她脸上瓷样的光晕，她的眼睛、鼻子、嘴唇、下巴，似乎都在微笑，有一点点鼓励，真是叫人舒服呀。更有意思的是小翠的右手拽着一角衣裳的襟子，同时左手频繁伸进肚子抓着什么，硬生生给了柳三胖一个诱惑。柳三胖狠闭了一下眼，睁开，断然地说："小翠，我此刻想睡你。"

小翠身后，红色碎花门帘晃了一下，一张老脸露出来。那张脸和柳三胖极其相似，只是一圈浓密的络腮胡遮挡了那张枣肠嘴。那张毛发丛生的枣肠嘴里吐出一句话："挨刀鬼，你是闲得找事，你还想做啥？"

柳三胖一下笑了，突然无比激动。紧接着又夹杂着一丝难过，一定有一种冥冥的东西存在，为什么此刻黄昏的黑就收在了那张脸上？柳三胖又有了无端的羞怯，眼前的那个人实在叫他绝望得很。

迅速转过身，天气不算太冷，天空暗淡，没有了夕照。身后小翠的笑比他更剧烈。

"咯咯咯咯，哎哟娘，叔侄俩，一个模样，都是床上没女人闹饥荒的人！"

柳三胖尚未彻底清醒，走到无人处，心里有不快，无处发泄，一脚踢在树下的狗肚子上，被凌辱的狗跳起来呜咽着，讨好地看着柳三胖。紧接着一脚又飞上去，这下狗有防备，一脚踢空的踉跄惹恼了柳三胖。他没有去撵狗，而是抬手给了自己一个巴掌。一片空虚的落寞紧紧缠绕着柳三胖，乏味透顶了。那个叫柳平安的瞎眼货在小翠的屋子里，他叫那个人叔，叔和小翠，小翠的汉子在外打工。他父亲柳平喜和柳平安有半辈子的恩怨。柳三胖仿佛听到了小翠的床上传来放荡的笑声，细听又不是。他不知所措，仓皇地看着四下，只瞬间，比痉挛还要悲凉的黑就降临了。

不着边际的幻想让柳三胖的脑袋开始膨胀，不时膨胀出一种尖锐的力量：柳平安，你算个什么东西！

当然，柳三胖很快就调整了自己的心态，这个没有任何收获徒劳的黄昏，他找不到可以安慰自己的理由，天继续黑着，柳三胖回到屋子里坐在黑中开始拉二胡，月明在天色青幕中穿行，一切锅碗，一切箱柜，它们如同哑子，挤挤挨挨站着，不作声。拉着拉着心里一阵难过，就落下了泪，这恼人的夜为什么总是要黑下来呢？

也许天一亮柳三胖又没事了，悠闲地里出外进，脖子下挂着自制的二胡，见了鸡了狗了猪了驴了惊扰一下。也许走过小翠的门前有人没人，柳三胖都要拉两曲，只要屋里没有人，小翠就撩开帘子给柳三胖一个笑脸，但是，从天亮开始，柳三胖知道小翠那笑脸可不是一块糖。

三、柳平安和爱红

柳平安和柳三胖属于一个祖先，但柳平安不像农村人，虽然只有一只眼。他的目光、举止和说话的口气是城里人特有的，也能说是叫气质。

早年里，柳平安因为误伤成了一只眼，屋子里的长辈就不想让他留在山神凹种田。最早跟着凹里的人出山打铁，也算是学了一门手艺。那年月农民种地，农具吃香，摊铺开在公路边河西村街道旁一间破屋子里。柳平安是学徒又因为一只眼，只能提小锤，日复一日在师傅的大锤间隙富于节律地敲打着，锄头、镰刀便这样慢慢地来了。有一年河西公社过会，卡车拉来了县剧团，舞台搭在河西公社的院子里，剧团装台需要几个铁环，有人就找到了铁匠铺。

铁匠铺里柳平安拉着风箱，炉火通红，铁在火炉里烧成红色，再被投入水中，刺啦一下，青烟散尽。剧团来人说要打几个七寸铁环，柳平安光着膀子站在风箱前开始交易。那年月公社看戏凭票，柳平安双手交叉搭在臂膀上说："打一个铁环看一场戏。"剧团里的人说贵。柳平安不说话了，夹起一块由红变青的粗铁扔进火炉里。结果是柳平安用七个铁环做交易看了七场戏。七场戏看下来改变了柳平安的命运。剧团团长看上柳平安强健的体格，约他跟着剧团打临工。犹豫不决时他被师傅叫回铁匠铺骂了一顿。赶会期间买农具的人多，柳平安放下生活去看戏，这对铁匠铺的收入是最大的损失。柳平安把自己被师傅骂了的事情告诉了剧团团长，这事起了决定作用。团长要柳平安下决心走。柳平安心里隐隐地有些舍不得背井离乡，可与生俱来的虚荣在柳平安的心里作怪，抽丝剥茧般的难过后，虚荣占了上风，他决定跟着剧团走。

剧团等级森严，一开始柳平安在剧团装台，偶尔缺人了他顶替一下跑个龙套。一段时间下来，晚上熄灯前，在脑海里回放离开山神凹的日子，想找出有什么好。突然发现一日一日的装台卸台，是一件无趣的事情。演员看不起他，乐队看不起他，电工看不起他，多数日子，都芜杂散漫，缺东少西，说是剧团里的人，总脱不开寒碜粗鄙，演员上台前的水杯叫他拿着，人家踩着锣鼓家伙走台步，他小快步跑往下场口等着递水杯。差距越来越分明，女演员对他开始指手画脚。就这样活着，钟点不过是分秒的延伸，接下来哪有出头之日？每每想到这些令自己感到挫败的事情，柳平安就想离开剧团。

这时候剧团跑龙套的女演员爱红的父亲韩有堂出面了，爱红是韩有堂的独生女，在剧团跑龙套，因为爱红五音不全。韩有堂在剧团拉二胡，偶尔剧团拉头把的生病或有别的事情，他也顶替一下拉头把。韩有堂给了柳平安一个条件，如果他愿意做韩家的上门女婿就教他学拉二胡。柳平安想到用七个铁环换了七场戏的结果，居然有这么多的好事降临自己身上，一时觉得自己真是走了狗屎运。活成一个人，想把日子过好真是一件不容易的事，可好运来了，想把日子过坏也是一件不容易的事。总归是不努力不能出人头地，一辈子在剧团装台，老了咋办？静下来认真想了此事，假如在山神凹种地，到老都和山神凹老死在田里的人没什么两样；假如打铁，一辈子起起伏伏敲打一疙瘩铁，这种笨重而又枯燥的劳作能为他换来什么样的日子？在县城的街道上，不管站在何处都是和山神凹不一样的，何况自己还是残疾人。找到这么些安慰自己的理由后，人就变得勤快了，尤其对待韩家父女。那时代的乡下，男子做人家的上门女婿是一件失尊严的事情，可反过来想，柳平安还有啥尊严可失？这样反倒给柳家省了一份家产，指不定柳平喜的嘴都要笑歪呢。

爱红对柳平安是充满诱惑的。可以说，站在一个成长中男人的角度，很多事情都是充满诱惑的。独生女爱红面对自己的婚姻她没有多余的选择，显然她喜欢的并不是柳平安，她喜欢的是剧团里唱小生的那个叫王刚的演员。她和王刚有过孟浪之事，只是王刚的岁数比她父亲还大。那个满脸皱纹、身体虚胖而且泛着油彩味道的小生，站在她身边时，她觉得她应该用年轻水灵的面庞来熨帖这个身上写满故事的男人的心。爱红惊天动地的举措其实是把自己带进了一个无休无止的感情的债务和生活的惩罚中。一个年老的男人抵挡不住年轻身体的诱惑，又被这种诱惑拖扯得憔悴而疲惫。

老话说没有不透风的墙。墙一直透风跑气，危机四伏，墙没有害人的本意，但是，闲言要穿墙，碎语要淹人。爱红的父亲降格选婿的理由也就是因为爱红的选择。

韩有堂要出手阻止此事，但一直无法下手。人家是剧团里的主演，是团长的赚钱工具，主要演员拿技术吃饭，犯下任何错误都不能叫错误，只能叫个人私情。机会来了，有一天拉头把的演员有事请假了，韩有堂替代。和往常一样，锣鼓家伙一响戏开了，结果是王刚上台演出时，韩有堂的头把就高了一个调，唱者累，高音无法唱上去，台下的观众往台上扔砖头，戏被砸了场子。

王刚下场时夺过爱红父亲的二胡折成两截扔在了台下。一台戏，头顶还是全蓝的天，唱到中途，天空已经满目积云。风穿墙而来，台上台下的都看见了，两个老男人从下场口打上舞台，幕布急急拉上，锣鼓家伙响起，都是为了掩饰观众的听觉。爱红在后台无措地站着，突然她从什么地方找到一把小刀，那把小刀来不及犹豫就划开了自己的手腕，到了眼下，她才明白，生命由自己珍惜才尊贵。

柳平安第一个上前去抱住她，爱红一身丫鬟装束，水红衣裤，绿腰带散乱在地上，腕上的血口子顺着指尖往下滴血，上了装的脸上看不到羞耻。她突然哭出了声，前台安静下来，爱红父亲跑过来抱住爱红，那个男人快速从人群中穿过去，他甚至连头都没回。

爱红并没有割断血脉，只是伤了一点皮肉，瞬间，她闻到了王刚闪过身时腋下散发出来的汗酸味。她想起和他撒娇时的样子，一张老脸，激动时显得非常苦相，她拥抱他，吻他，然后要他化装，皱纹被油彩填满，在彩妆后面，那张苦相的脸不见了。她开始入戏，和王刚做爱，一个从来没有唱过主角的女演员，她要和角演同台了，她不是丫鬟、龙套，也不是衙役，她和主角彼此入戏彼此对唱彼此爱抚，她扮演的是舞台上的旦角。

爱红感觉那汗酸味远了，仿佛一切不存在，没有丝缕留下。为什么人生要入戏这么深呢？最要命的是，抱着她的柳平安身上也有一股汗酸味，穿过鼻腔直抵肺腑，可惜柳平安不是那个反复和她一起出现在舞台上对唱的人。爱红不能掩饰自己的激动，她轻轻盘了腿，双手揽住柳平安的脖子，将鼻子凑近了，闻他的味道，犹不解馋，将整个身体都贴近柳平安的怀抱，突然激动无比，爱红开始惆怅难遣，腔子里一句婉转袅娜的戏文吊出来："郎君啊，来来来，有缘人再相逢，我与你一生一世一双人。"

爱红花痴了。

承诺下的婚姻不能不履行，凤凰飞舞，喜鹊登门，柳家人哪里知道发生的这些事，虽然儿子当了闺女养叫外人笑话了，能学得一门手艺养家糊口，也是赚了，对此也就睁眼闭眼了了此事。

学艺期间用柳平安后来的话说，他拉二胡指头功夫是有来头的，那是冬练三九、夏练三伏啊，徒弟要跟着师傅练茶水功。五根指头蜻蜓点水似的在茶水上飞快地拍打，不能停一拍，不能溢出半滴，这样刻苦练出的手指在二胡的蚕丝弦上才能练成风的脊背，才能轻柔鲜活而又张力饱满。

生活中的苦他从来不说。其实人家爱红的肚子里已经有了王刚的骨血，柳平安只是赢了一个虚名。柳平安入赘韩家后改姓韩。对柳平安来说，叫韩平安是一件极度被人嘲笑的事，不敢见家乡人，凡下乡演出见了乡人，血都会腾地一下呼呼往脑门上涌。日子过下来就成了一块心病，抽烟、喝酒、闹事，莫名其妙地难过，有些时候借着几分酒意还动手打爱红，打过铁的人动手打人，下手不知轻重，反反复复，韩有堂就提出了离婚，并要赶他离开剧团。

乡村生活贫瘠、困顿、匮乏。结婚离婚不是儿戏，都是一个异想天开的重大事情，搁在每一个有血缘关系人的脸上，不是简单的结束和开始，都和民间道德勾连得很紧。韩有堂要赶韩平安走，两口子闹离婚的事在小县城搞得沸沸扬扬，大都认为是韩平安不对，韩家养虎为患，给你家，给你人，给你手艺，给你儿子，最后成了白眼狼，敢动手打人了。

韩平安百口莫辩，屋子里一个花痴，每到夜晚杀戏后回家，爱红都要韩平安化装，爱红亲自动手，画一张小生脸，才叫他上床睡。上床还要对戏，韩平安哪里唱得来戏？日子仿佛戴着面具，有无尽的忧伤说不出口。人嘴里生毒，韩平安没有办法在剧团里待了，一场婚姻的开始改变了柳平安的命运，让他叫了韩平安。叫了韩平安的柳平安并没有拾起尊严，一场婚姻的结束好似一场淋漓的大雨浇醒了柳姓儿男的尊严。离就离，带着手艺回山神凹姓我的柳姓去。

幸福，祥云一样在山神凹柳姓族人的脸上洇开，他们尽情期待着生活中

一丈红

的主角归来。韩平安在一个黄昏趾高气扬地以柳平安的身份回到了山神凹。回乡见到的第一个人便是柳三胖。柳三胖诚惶诚恐地迎上去喊了一声"叔"。

"都长这么大了？以后叔教你拉二胡。"

这是柳三胖生命转折发出的最鲜明的信号，心中不禁一阵紧缩，觉得二叔倍感亲切。这一年柳三胖十五岁，因为母亲常年有病，读书耽搁了，一再留级。他在山神凹小学念四年级。

归乡的柳平安不想出山了，好名声和坏名声一样传播得很快，归乡就是带着面子回来了，后半生的帷幕拉开前，他要成立一个说唱队，也就是农村的"八音会"，走乡串村，赚个零花钱。当时，社会对私营还没有放开，集体生活限制了他的理想，政治挂帅的年代，人人都绷着一根弦，柳平安想组织"八音会"吹打热闹的事被村干部阻止并耽搁了。他和生产队的人一起下地赚工分，闲暇时给山神凹人拉二胡逗乐，心里始终藏着一个美好的愿望。

生活的压力也是一种无形的重量，重打锣鼓重开戏，柳平安要一个亮堂的开篇，也是值得自己无怨无悔地对柳姓后辈炫耀的开篇。

四、生产队的马尾巴惹下的事

山神凹地头村街上常见柳平安拉二胡，身后跟着趿拉着破鞋的柳三胖，一大一小叔侄俩走出山神凹，走往对面的山头上。柳平安指着远处叫柳三胖看："看见没有，那地方，看，那地方是大地方。"

柳三胖一脸疑惑。远处啥都没有，绵延着山头。

柳平安说："你可太差劲了，难道读书把眼睛都读瞎了？"

远方绵绵延延的山脉起伏，在阳光照耀下一直向远方铺过去。柳三胖还没有出过山，不明白叔说的话，但是，站立在山头上，一种激动人心的崇高感就从这样的眺望中诞生了，他觉得世界真大，大得能把胸口的闷气呼出去。

一条蛇在远处蠕动，柳平安大步迈上前一脚踩住蛇头，蛇迅疾缠绕住他的腿，柳平安一下一下从小腿上绕下蛇身子，提起蛇尾巴抖了两下，蛇就瘫痪了。

柳平安提着蛇说："用肛门上的皮做二胡好，这条蛇不够粗，等找下够粗的蛇给你做一把。你跟我学二胡，将来做个手艺人。"迟疑了一下又觉得手艺人没用，学了手艺就不想下地种田了。又说："二胡的声音叫你不好受，也许还会改变了你的性子。"

对柳三胖来讲，这些话真是一个未曾想过的崭新的世界。看着柳平安手里的蛇，心房在疾速地搏着，伸手去轻轻地摸一下蛇皮，迅速弹回来，害怕蛇活回来，以复杂的感情、诡异的双眼看着柳平安，又窥视蛇，充满了冒险、麻痒的快感。

柳平安说："蛇提着尾巴处抖，骨节就断开了，不怕，拿着。"

柳三胖说："叔是要吓死我呢。"

柳平安说："它和女人一样叫你痒。你见哪个女人吓死男人了？"

飞过来的蛇挂在柳三胖的脖子上，柳三胖大叫一声跌坐在了地上。柳平安笑话柳三胖的出息，同时又埋怨一个夏天都打不到一条能够做二胡的蛇，而且上好的琴筒也难找到，找来的竹节都细。还有马尾巴，现在他用的是尼龙丝，音色不正。

蛇血在山神凹的周围散发着恶臭，蛇皮花花绿绿如扯着的绳子挂满了柳家的柴垛。女人和小孩走过捂着鼻子，手脚发麻，毛发根根直竖。女人发狠背地里喊柳平安"活阎王"。但凡活在人世间，凡生活就有矛盾，凡交往就有磕绊，山神凹的大人们开始讨厌柳平安，尤其是看到那些柴草上晒下的蛇皮，真是令凹里人烦不胜烦。柳三胖却无所谓，常常看见叔照旧打蛇的样子，见人照旧粗号着嗓子说话的样子，拉完二胡照旧讲瞎子阿炳卖艺时悠然自得的情景，觉得叔有一种说不出的神秘感，尤其是一只眼睛闭着，一只眼亮汪汪，就想用心跟着柳平安学拉二胡。

自从开始学拉二胡，柳三胖就不想读书了。柳平安的从前就成了他的一个神话，也是柳三胖想经历的神话。可时代不一样了，不读书走不出山外，只能一辈子当农民。当农民住在山沟里，外面的女子不可能嫁进来，柳三胖就有可能学他叔入赘山外的女娃多的人家当上门女婿，可柳三胖妈妈就生了柳三胖一个儿，临死安顿说："穷死不能叫柳三胖入赘女家。一辈人里有一个叫人笑话的男儿，不能辈辈叫人笑话。"

柳平喜从心里不希望自己唯一的儿子学二胡，认为是服务戏子的生活，学会拉二胡的人容易变得惆怅。

某一个日子的午后，父子俩有一次对话。

"我就是想学一门手艺。"

"那也配叫手艺？"

柳三胖突然抬头看柳平喜。那张脸上带着不满，有些邋遢，没有刮干净的胡须，塌陷下去的腮帮，张开枣肠嘴吹着气：呼！

"你和我叔长得很像。"

"我们是一个奶穗子叼大的一奶同胞。"

"那为啥？他叫我学二胡，你就不叫？还以为你们不是一个奶穗叼大的一奶同胞呢。"

巴掌呱唧就上来了。

"让你读书喝墨水，你读书喝了粪水了，敢拿一奶同胞反击我？"

柳三胖愣怔了一下抬脚就往阁楼上爬。往阁楼上爬的原因是因为柳平喜患病，不是肚子里的病，是坐骨神经痛，连带着走路都不利索。柳三胖如果当下跑出屋门，躲了初一，躲不过十五，迟早得挨一顿打。久病的人心态不健康，见不得柳三胖顶嘴，顶嘴就挨打，等着挨打也许下手还轻点，跑，气愤重了打起来了不得。烂事不外扬，只有不离开家捂住事才算是给柳平喜面子了。

那时山神凹或许可以被称作快乐的村庄，但并不是所有人都感到了快乐。其实快乐近在咫尺，在人生每个转弯时刻都会不经意地碰到它，就像柳三胖在家里的阁楼上找到了半截竹筒。那不是一般的竹筒，是早些年的一个笔筒，上面还雕着人物花鸟，可惜柳三胖不知道。社会把人们对传统的认识彻底破坏了，又因为那些年喇叭里常广播，凡是过去的都是旧东西，凡是旧东西都是社会的敌人，应该彻底消灭掉。等柳平喜不在家时柳三胖怀揣着笔筒离开家，跑到山神凹后沟圈羊的土窑内，把笔筒藏了起来。他要给二叔一个惊喜。甚至要给二叔一个更大的惊喜。激动有点冲昏了柳三胖的头，他把生产队唯一的老马的尾巴剪光了。谁不知道马的尾巴是奔跑时用来掌握平衡的。一个令人吃惊的事实是，山神凹人认为这件事是柳平安干的。

季节进入秋天，柳三胖不敢轻易拿着东西给二叔，常找机会待在二叔屋子里学手艺。时机没有找下，就见生产队队长常忠宝牵着马来到了柳平安的院子里。

人和马还在路上，话就进屋子来了。

"柳平安，你干下的好事！"

"啥好事轮得到我？"

"你手痒痒了？不说你是反革命破坏分子，山高皇帝远，这高帽就不给你戴了，马尾巴没了，马掌握不了平衡，你赔一匹马给生产队，这马归你。"

"我拿啥赔你？"

"拿胆量赔。敢作敢为。"

"啊，谁证明马尾巴是我剪了？"

"你做二胡，你整天念叨马尾巴琴弓，山神凹就你是个人才。"

"常忠宝队长是抬杠哩。我是人才不假，可我不是养马的人才。赔小队一匹马，拿啥东西赔？我还真愿意养着这马，问题是马尾巴不是我剪的。"

柳平安扭头问三胖："你知道是谁剪的？"

柳三胖摇着脑袋不敢说话，但是意思让他们明白了，这事，他不知道。

大哥柳平喜弯着腰走进来，大声吼着："马不能养！"他见不得有人欺负柳姓，当知道是马尾巴的事情时，他很认真地问弟弟和儿子是谁剪的，都说没有。柳平喜认为既然都说没有那就是真没有，谁剪叫谁断子绝孙，坚决不养马。

那些年的乡下有一些有趣的事情，每户人家都有生猪养售任务，每户人家都给公家养一头肥猪。养猪任务是国家规定下来的任务，庄户人家养猪，无权处置，必须养成了猪再送往公社的生猪收购站，由那里的人称了斤两，验了等级，然后放进公家的圈里。柳平安户口才回到山神凹，还没有来得及下任务就发生了这等事情。生产队的马一直是一个叫常耀英的光棍养着，最近人家找下媳妇了。养生产队的马还有一项任务，出山配种，这在乡下是一件丢人的事情。马尾巴被剪，常耀英娶妻，新娘子认为是有人笑话常耀英，常耀英一气之下把马送给了生产队长常忠宝，让常忠宝找剪马尾巴做琴弓的人养。

柳平安百口莫辩，看着拴在树上的马，毕竟见过世面，他觉得也是好事，要钱没有，养马你就放下，等于养了一个劳力，有什么不好？柳平喜极力反对，柳平安开始唱反调，想着童年时哥哥打自己戳瞎了一只眼睛，心里不痛快，就说："养马是我的事情。"

山神凹的马公社都登记了，公社要求责任人填表，柳平喜的心肠软了一下，觉得对不起弟弟，就让生产队写成了自己。哪知道这么一写每次出山配种，一人一马都得对号，这件事情就算是柳平喜的事情了。每年到了马发情的季节，柳平喜牵着马出山配种。行进在绿荫蔽天的山神凹山路上，都觉得自己当哥哥，就算从前有什么过节，也都过去了。

柳三胖把剪马尾巴的事压在心里，怕事情败露了，那样柳平喜会打他半死给山神凹人看，甚至会打死他，拿人命和马事来抵销名声。

年复一年，柳平安想不出是谁要栽赃陷害他。每家每户想，想遍了没有找出对手，因为没有人会把主意打到马尾巴上，那东西除非做琴弓。总觉得是常耀英找下个借口害自己，就把常耀英当作了自己的敌人。

五、柳平安经历了一次露水夫妻

山神凹人口多，还有学校，周边自然村的孩子们上学来山神凹小学。学校 20 世纪 70 年代修建，三间房扩建成了五间，五间大的屋子隔出一间做教师宿舍，剩下四间做教室。四间屋里长条凳上坐着满满的学生，甚是热闹。秋冬季节的傍晚，放学的学生们在村外山脚下小路上常常会听见二胡的弦乐声。抬头望去，极目处，会看见一个黑瘦高寡的人腰际拴着一条缰绳牵着马，胸口上挂着二胡，夕阳的余晖照着他的影子和胸前闪亮的二胡。学生们看见了会很兴奋地叫喊："柳三胖，你叔放马回来啦！"

黄昏是山神凹最热闹的时候，翠色的山崖和远岭，村庄上空氤氲的炊烟。柳平安出山和懂音乐的人切磋技艺去了，学了手艺的人看不上种地人，每天就这样挂着二胡吊儿郎当出山找人探讨音乐。柳平安在学校门前的条石上盘腿坐下来，很专心地揉弦，他很想给学校开一门二胡课，将来成立"八音会"好有徒弟。柳平安黑干细长的手指来回滑动，二胡声就在山神凹上空仙雾般缭绕开来。学生们知道柳平安拉的是《二泉映月》，并且知道这是道家音乐人阿炳的杰作，而阿炳又是一个瞎子。拉完二胡的柳平安开始给学生们讲阿炳，都已经烂熟于心的故事了，可每一次讲似乎都有新意。讲到阿炳身世坎坷处，柳平安讲道家始祖老子的《道德经》，"万物负阴而抱阳，冲气以为和"，说《易经》中的"一阴一阳之谓道"都在二胡的弦乐中。在琴弦的内外、音乐的高低、力度的强调、揉吟的疾涩、速度的快慢中，体现阴阳之"道"，乐人之"心"，炎凉之"世"。学生们听得是云里雾里，眼看得天黑下来，山外的学生不敢耽搁要回家，教书的王老师吼着柳平安，说他不正干拿尖声浪气的东西误人子弟。

柳平安就用二胡声拉出："学生娃快回家，各人回家找各妈。"

一群围着的学生轰就散了。

当年在学校教书的老师两年一换。乡下有秋假，秋天收完庄稼后，生产队要柳平安用马车去山外驮新来的老师。柳平安备了草料赶着马车背着二胡出山去拉人，到了山外才知道是一位女老师。收拾好要拉的家什开始上路，走了一村又一村，一路上女老师几乎没有和柳平安说话。收获后的秋天大地一片安静，有风携带着烟云缥缈而过，马儿一旦蹽开蹄脚奔走，就不能够掌握平衡了，车上的家什和女老师颠颠地晃荡。泥土路，路面坑洼不平，进山了，陡，弯多，急。马车行驶中特别像喝醉酒一样，摇来晃去，颠簸得厉害。女老师的体质弱，胃娇气，尤其发现马尾巴没挂毛时更敏感，因为马没有尾巴毛，挡不住屁股发出来的腥膻味，太厉害的颠簸和太冲的腥膻味搞得女老师很不舒服。她在马车上不停调换方向，满目青山一时无法分散她的注意力，胃部的痉挛和疼痛依旧不能缓解，终于憋不住了，高喊一声："停车。"

来不及"吁"，女老师胃中的秽物便一口喷了出去。

柳平安勒紧缰绳停下马车想叫女老师下车走两步，车上的女老师用手绢捂着嘴摆手要柳平安快走。柳平安心里不免有些惴惴不安，拉着缰绳不敢叫马走快了。不敢说话，又觉得自己是贱骨头，想做些什么事情分解一下女老师的难受，发现女老师一路上从没有正眼看自己一下。他自己看了一下自己的装束，上身一件发暗的腈纶蓝秋衣，袖口磨烂了，他用打火机烧了一圈，半挽在胳膊上。一条黑布裤，裤扣掉了一颗，还有一颗剩下半边了，全凭它扣在扣眼里护着前门。脚上一双解放球鞋，鞋带子不是原配，赤脚，脚脖子处发暗。什么时候他变成这样一个人了？

马车走上山顶，柳平安的胃突然不舒服了，不敢想自己的光景。风刮着女老师的头发往后飞，她用手拢了一下头发，似乎山上的风让她舒服了一些，她突然就说要下车走走。柳平安勒住缰绳招呼她下车，下了车的女老师照直走到了马车前边。这下柳平安看见了女老师的背影，她挺起了胸脯，高抬起屁股往前走。脚上穿一双方口布鞋，一条浅蓝料子裤，因用力往前走，屁股分明地凸显了出来。小屁股绷成了两瓣瓣蒜，柳平安的脸像谁抽了一鞭子似的难过地笑了。他不能控制自己，从背上取过二胡，扯下布套子，坐在车帮上开始拉。女老师突然回过了头看他，那一张气喘吁吁的脸真是春波如潮啊。柳平安血压开始升高，明显感觉一颗心扑通扑通直往嗓子眼里撞。

柳平安拉的是《望星空》，女老师放慢了脚步，跟着哼唱，一首曲子拉完，女老师显得很兴奋，等着马车近到身边抓住车辕一下就跳上了车。女老师激动地问："你叫什么名字？"

"柳平安。"

"我叫张玉棉，你叫我张老师。"

"张老师好。"

"你还会拉什么曲子？"

"多啦，《江河水》《二泉映月》，还会拉戏，你会唱啥我就会拉啥。"

"想不到山神凹还有你这样的人才。你以后给学生拉二胡教他们唱歌，算是替我上音乐课。"

柳平安听了这句话，没有激动反倒一点欲望的期盼也不敢，对自己产生了根本性的质疑，甚至怀疑自己是在做梦。他这一辈子学了手艺，不仅没有抬高身价，反倒被山神凹人小瞧，家没有成下，日子过得一贫如洗。许多问题在他心里搅缠着，闹腾着，找不到头绪。他为自己的破陋而羞愧而烦躁，先前思来想去不得要领的事情似乎一下子全解决了：这社会就是男人和女人碰撞的社会。他很想说说自己内心的苦，想说说这么多年来就想成立一个"八音会"，就想要锣鼓家伙，因为公家不支持，屋子里又没有人，光棍做久了，经常外出和人切磋手艺，居然忘了自己还是一个人。

张老师是老师，念书多了等于是见过大世面，见过世面的人内心都藏着诱惑，刚才，在他骨子里肺腑里其实已经被张老师这句话诱惑了。

新学期开始了，小学生在学校院子里排队，一个跟着一个地报名。张老师站在教室门口翻阅着什么，头也不抬，一边问一些基本情况，一边在本子上飞快地记着。轮到柳三胖了，张老师问："你和柳平安是什么关系？"

"不知道。"

"你叫柳平安啥？"

"叔。"

"你和柳平安是叔侄关系。"

"不知道。"

"叔侄关系你不知道啊?"

"不知道。书本上没有，老师没教。"

"家长也愚笨。下一个。"

柳三胖开始不安，有一种被嘲笑的感觉。情绪开始弥漫：我和柳平安什么关系? 什么关系关你屁事啊。学校院墙边上，有阳光照不到的地方有些潮湿，看着潮湿就想尿。手里拿着新学期发下的新书，崭新的书页在他的手指底下翻过，发出如同马尾巴试弦却并不明亮的声音。柳三胖脑海里反复想那匹马的尾巴，它被剪秃后如蛇一样挂在它的水门上，有飞虻嗅着腥膻飞过来，马尾巴来回晃荡着，马觉察了，没有披挂的尾巴起不到刷扫功能，马不停抬着屁股左掉右扭，柳三胖哈哈大笑着。

想着笑着柳三胖跑到学校院墙边角处掏出鸡鸡就尿，他的脑海里反反复复出现马屁股扭捏的印象。

张老师看见后说："柳三胖，你神经不正常吗? 你已经是五年级学生了，十几岁的人，怎么不知羞耻到处大小便? 你傻笑的样子，真给你叔丢人!"

柳三胖认为这句话伤害了他的自尊心，这事和叔柳平安有啥关系?

山神凹因为来了一位女老师一下就热闹了，尤其是柳平安，人也精神了，张老师给他一礼拜安排了两节音乐课，都安排在下午。只要是音乐课张老师就领着他和学生们到对面的山头上学唱当下的流行歌。每一次唱得最起劲的是张老师。羊肠小路铺展在眼前，无遮拦也仿佛无尽头，歌声千回百转，柳平安不时纠正她的音准，张老师唱到深情处顾不上学生了，学生们被放了羊，山上成了他们两个人的世界。秋天日头短，来不及照就落山了，张老师唱得不尽兴，学生们玩得也不尽兴。其他村庄的学生要回家，张老师不得不宣布下山。

下山的路一拐接着一拐，柳平安伸手拉着张老师的手，张老师一边意犹未尽唱着，一边虚弱地东倒西歪，又不时对下山路充满表情上的抱怨。柳三胖觉得二叔兴奋得有些过头了，不时借着羊肠小路的艰难拉张老师的手，有几次拉着的手不想丢，两人的眼睛还对视了一下。

突然一阵子蟋蟀声，只见柳平安支棱着耳朵听了一下，他弹簧般跳到前方弯腰捡起什么，抡圆了臂膀嗖地一甩手，一条青蛇在空中画了一个黑弧飞到了远处。张老师吓得脸煞白站着不动，哼唱也被吓断了。张老师眼巴巴看着前方不动，心里慌着迈不开步，谁知柳平安二话没说上前一蹲一弓腰把张老师背在了脊背上，然后叫柳三胖招呼学生跟在自己的身后往山下走。

这个动作本身就惹下了闲话，更有意思的事情还在后头呢。

秋天很快就过去了，山风涌动，树叶乱飞，天说冷就冷了。学校生了火炉，木格子窗户上，桑皮纸被吹得呜呜响，张老师坐在教学课桌前拿着红笔判作业。青砖火炉缭绕着淡淡的暖气，半明半暗的光线下，张老师轻轻摇晃着身子。一会手伸到火炉上正反两面烤一下，氤氲的热气温暖着她时，她似乎是想起什么，笑了一下，想一会，然后低下头判作业。张老师的背柔和地弯着，脑后的头发寂寞地垂着。这时候学校的门被轻轻推开了，进来的是柳平安，他手里拿着一个包裹，张老师站起来，柳平安不说话把包裹打开，搪瓷茶缸里装着什么，打开盖子，一股肉香四下窜开，是山鸡肉。两个人好像早有默契，张老师兴奋地站起来拿筷子，柳平安从口袋里拿出一小壶酒，学生的作业收起来搁置在一边，两个人开始坐下一边抿一口，一边小声唱着什么，指关节还敲着课桌。

这一幕被柳三胖看见了，他贴在张老师卧室的窗玻璃前，正好有个斜角可看见卧室里的两个人。卧室里的两个人却看不到有人偷窥。柳三胖自从被张老师批评是神经病后，就开始琢磨张老师的日常生活、一举一动，每一次琢磨都莫名其妙地高兴，就按捺不住要走到学校门前最隐蔽的地方偷看。他是第一次看见柳平安进了教室还拿着酒。接下来发生的事情是那么平常、那么迅速，以至于柳三胖事后什么也不敢去想，而每一次想太阳穴的血管都会剧烈地跳动。

天黑下来的时候张老师站起来拉灯，却发现停电了，她从什么地方摸出一支蜡烛点亮，然后插在一个空着的酒瓶口子上。灰暗的烛光下，张老师的脸显得天真无邪，更加娇弱，两腮发红，不停咬着嘴唇，突然地张老师抓住了柳平安的手，把脸埋到他的胸脯上，久久不动。柳平安半张着那张枣肠嘴，轻声唤着张老师的名字。

在这个舒适的教室里有某种既让人高兴又让人不安的东西。柳三胖听到板凳响了一下，有书本掉在地上的声音，那些声音都让柳三胖感觉到不安，他的脸颊开始发烧，他不明白为什么发烧，他整个人看着屋子里发愣，顾不得左顾右盼，他一下觉得他的脸皮被什么人剥下来了，疼痛，滚烫。

柳平安突然抱起张老师，抱进里屋，居然连窗户上偷窥的人脸都没有看见。张老师半裸着身子坐在床上，柳平安跪在地上，一口一口吸吮她的乳房。张老师精巧的鼻子翻着鼻孔朝上仰着，柳平安变换了一个动作，吸吮一下乳房又吸吮一下她的嘴唇。柳平安还有一些更下流的动作，这些动作农村人不用，都是柳平安跟爱红学来的，现在全用在了张老师身上。两个人突然着了魔似的互相把对方的衣裳扒光，赤精着的身体发出白瓷缸一样的光。

外屋的蜡烛突然燃灭了，木头床吱吱呀呀的声音传出来。

一切都是黑，柳三胖紧挨着窗户上冰凉的窗台石，他恍惚觉得屋子里两个纠缠在一起的身体是如此耀眼而生动，但是，黑把他与周围的世界隔开了，他再都想不出什么了。屋子里的声音让他很不舒服，他讨厌柳平安，甚至也讨厌张老师。突然地听到他父亲呼唤他的喊声："三胖，你野哪里了？快回家来！"

"三胖，回家来挡鸡窝。"

柳三胖不想挡鸡窝，也不想应声。

"三胖，狼吃了你吗？"

柳三胖被什么鼓舞了，大声答应：

"爸，我在听张老师的窗户，这就回家！"

屋子里的两个人一动不动了。张老师的鼻尖上出了一片细密的小汗珠，头皮一紧，好像那汗珠妨碍了她什么，她皱了一下眉头，推了一下柳平安说："外头站着狼呢，你快走。"

柳平安三下五除二穿上衣裳推门走出卧室，人在黑暗中环视，他知道柳三胖也在什么地方站着环视，就这样对峙着，柳平安想，柳三胖这个畜生，一辈子别想让我教他学艺！

张老师站在窗户下望着屋外黑实了的寂静，难以抑制自己的情感，她开始流泪了。她做下的事情是不道德的，可她身体里揣着一只兔子，她需要抚慰。虽然她不喜欢柳平安，可在这条件下柳平安是她最好的选择，因为柳平安会拉二胡，就这么简单也就这么矛盾。

命运安排她来到山神凹并遇到了柳平安，一场奇怪而又矛盾的邂逅，是什么让她心动了呢？她借着酒劲回忆，一定是二胡的弦乐声感染了她。此时，她仿佛又听见了二胡的弦乐声，果然是，是柳平安在黑夜的屋子里拉的。是告诉她，他回到了自己的屋子。有时寂寞会让人的心灵承受折磨，她哭了，深夜怎么会这么黑呢？嘈杂的树叶、杂草，不知名的鸟飞过，风起了，不停地旋转，旋转着写满了她过往的日子。二胡的弦乐再一次盈满了她的耳鼓，她往火里添了煤，蓝色的火苗舔着黑色的夜，她看着火苗轻声地唱，唱着唱着就睡着了。

第二天，日头好高了，有人从学校抬出了张老师，她昨夜中了煤气死了。事情发生得蹊跷，柳三胖站在人群中想着昨夜的事情，有一种惨烈的痛，秤砣一样搁在他心里。

人群里有人说："张老师光着身子，真是应了一句老话，生不带来，死不带走啊！"

柳三胖知道张老师的衣服是柳平安扯下了，他就为了趴在张老师身体上满足他自己的流氓行为。对了，一定是柳平安害死了张老师。

柳三胖挤出看热闹的人群，他寻找着柳平安。一个熟悉的影子蹲在路边一棵桃树下哭泣，他柳平安大把抓着自己脸上的泪甩在地上。柳三胖停下了脚步，有些惶悚不安。柳平安站起来想一把抓住柳三胖，柳三胖躲了一下，感觉柳平安也在找他。仇恨一来就没法控制了，柳平安到底抓住了柳三胖，宽大而充满烟草味道的手掌举起时却照着他自己的脸打了上去。柳三胖被弄得目瞪口呆，流着泪就这样看着柳平安一下一下打自己的脸，脸红得和枣肠似的，分不清嘴脸的颜色。柳三胖内心的疼一下爆发了，他大叫了一声趁机挣脱柳平安的手跑了。

柳三胖跑进藏马尾巴的羊窑，暗黑的窑掌深处，似乎此时只有黑暗可以掩饰他内心的疼痛。脚下的羊粪蛋发出刺鼻难闻的味道，他看到门口的亮挤进来，某种东西让他发抖，又使他的脸开始炽热，他小声叫着张老师。他蹲下开始哭，觉得自己特别委屈，他的破坏欲来自于无端的羞怯，他恨柳平安，也恨他自己。

张老师老实巴交的丈夫从山外赶过来，没有多余的话，只求山神凹生产队用车把她送回山外的家。

柳平安赶着马车拉着张老师和她的丈夫往山外走。土路崎岖不平，一路上走得闷，风吹着马脖子上的鬃毛，淡栗色的鬃毛一耸一耸的，他不由得想起了秋天拉张老师进山。又想起那天夜里的热情，做梦一样，什么都没有了。但此刻的头脑却很清醒，他突然怀疑马尾巴是柳三胖剪掉了，他的家族中这个侄子将来一定是他的对手，所有的事情发生时，他都在。一切又似乎都是为了二胡的弦乐声。他茫然地看着捂得很严实的车上人，阴阳相隔，他的胸前还残留着她的体温，可眼前的这个人已经不能叫人了。如果能吹打一场"八音会"就好了，也好最后送她一场热闹。是啊，八音会，这个死去的人说："一定要让你学下的手艺走个正途。"

柳平安取过背上准备好的二胡，趺坐在车帮上，由着马走，他开始拉《望星空》。绝望的弦乐铺开了，走过一村，分散在村外的人和牲畜都脚步匆匆朝四面八方走去，有停下脚步来看的人，当知道拉的是一个死人时，有人就一定要马车停下来，他们要让音乐冲淡走过村庄的鬼气。

柳平安扯着二胡的弓，头仰了老高，这样才能宽慰自己。凄凉的弦乐高出云端，风声卷着灌入人们的耳鼓，看的人居然流下了眼泪。他是一个活着的人，没有人知道他拉着的二胡弦乐是给死人听的，那个不能坐起来或站起来的人，他在她身体上是下过死力气啊！

她的汉子不知，一路上只顾得流泪，死者不回，从此在土挖的坟墓下，只有她一个人了，来年的清明坟顶上会长出青草，只是她已经望不见星空了。

六、古董贩子唤醒了柳平安的理想

山神凹的学校因为死过人，外村的孩子不来上学了，山神凹有亲戚在山外的就说合着把孩子送到了山外的村庄去读书。山神凹的学校空着，没有人进去，生产队没用的东西就放进去做了仓库。凡是走过的人都要看一眼，毕竟死过人，还是赤身裸体地死了。夜黑的时候大人小孩没人敢去，就连路过也都紧张得三步并两步走快了。

柳三胖不读书了。他爸柳平喜这时候娶了沟里一户死了汉子的寡妇，寡妇一来就进入了当柳三胖妈的角色。寡妇认为，柳家坟头上没有长那根草，读书读到后来也改变不了种地的命运，不如让柳三胖学一门手艺。学啥手艺呢？应该去山外跟人学木匠。柳三胖想学二胡，柳平喜认为二胡性格里有一些暗疾，只适合于山野，独处，很不适合人群中的喧哗。学会了拉二胡，人就凄凉了，不光是曲子拉得凄凉，人的命也凄凉，瞅你二叔，心强命不强，人生下场不好，都五十岁的人了，光杆一个，下种下得早最后没见有收成。学木匠好，人间生老病死，一路走来都离不开木工活计。

柳三胖不想学木匠，哪怕学吹唢呐也行，只要和音乐沾边。人间凡事天性里大都喜欢热闹，吹吹打打，过年过节，跑旱船，耍高跷，锣鼓家伙中唢呐仰脖子一吹，那是天崩地裂。

柳平喜不容许柳三胖所学和音乐沾边，音乐不是啥好东西还惑乱人的性子。手艺要和日子连在一起，木匠、石匠、泥瓦匠，说什么都要绕开过节，穿衣吃饭手艺走的是家常路。

柳三胖不想学木匠，就想拉二胡。对抗的时间中，人就闲在家里，无事了就自己瞎拉，也不去找柳平安。

柳平喜骂不动了，腰弯得很低，更不要说打人，举手都困难。穷家无贵子，山外的女娃没人考虑凹里人，柳平喜也无能力落户山外，这样的日子里柳三胖连媳妇都难找下，不学一门技术活，人真要长荒了。凹里的人因为孩子念书一些人开始考虑出山，不打算出山的人皆因为舍不下几亩地荒掉。

有一天山神凹来了一位骑嘉陵摩托收古玩的人，凹里的人都走出家门听收古玩的人说话。收古玩的人举着小喇叭吼：山神凹的人放下手头活，竖起耳朵听听我说啥。谁家里有旧东西，拿出来看看，谁家里长期放那些旧东西，对家里人可不好啦，因为旧东西都沾染了死去人身体上的毛病，红运低的人家里闹鬼，红运高的人家里虽然平安，但是，命运不顺畅。

柳平喜想起了楼上的一节竹子，那是当年打土豪分田地爷爷拿回家的。扭头喊柳三胖回楼上去找。柳三胖听说竹筒能卖钱拔腿就往藏着的窑洞里跑，不一会拿来给了柳平喜，柳平喜随手递给古玩贩子，要他看看值多少钱。古玩贩子从笔筒里揪出一揪马尾巴，问："这是啥东西？"柳平喜拿过来看，看着是牲口尾巴上的毛，要扔。哪知生产队常队长看着说："这明明白白就是马尾巴，当年生产队的马尾巴果然是你们家的人剪了。那时你们还噘嘴发狠誓说，谁剪了马尾巴谁断子绝孙。我叫柳平安养生产队的马配种，你们柳家认为是欺负你们姓柳的从姓韩家回来的人。大伙看看，马尾巴能做啥？不就是能做琴弓，这邪乎事情也只有会拉二胡的人干得出来。当年的白纸黑字还在，那上面写着：如果是柳家剪了马尾巴，柳家欠生产队一匹马。落款人可是你柳平喜。"

柳三胖觉得自己是糊涂了，怎么就忘记掏出团在竹筒里的马尾巴了呢？这事情除了和当初一样装不知，什么话都不能说。

柳平喜真是愤怒了，他让人去喊柳平安。

张老师走后，柳平安就像丢了魂似的，整个人不讲究吃穿，不用说成立八音会了，人完全就活在一种糊涂状态中。有些时候胸口上挂着二胡一边拉，一边骚扰跑着的鸡一下，掉转身子又骚扰跑着的狗一下，惹得山神凹人大笑，觉得柳平安人都废了。有一年冬天，邻居家的母猪下了一窝崽，母猪老得没奶水，小猪拱着母猪肚子要吃，母猪嫌疼咬着小猪崽不让近前，柳平安就坐在人家猪圈上拉二胡，母猪受了什么感染似的嚎叫着忍着疼叫猪崽吃奶。柳平安看着这一幕眼泪哗哗往下掉，看见的人说，柳平安有了畜生性子，都是二胡引得他通畜生性子了。

这件事过后大伙都不把柳平安当正常人看了。

柳平安吊着胯走过来，那张肉嘴嘟嘟着能挂一个油瓶。

柳平喜看见走过来的柳平安，气不打一处来，多远就艰难地伸出手臂举着马尾巴问："认得不认得？"

柳平安斜睨着看了看，露出了笑。他做二胡很想用马尾巴做弓，可是他买不起，用的料都是尼龙丝。只他自己的二胡是马尾琴弓，还是当年从剧团拿回来的。

"哥呀，哪来的马尾巴？好做二胡的弓毛。"

"弓毛个屎！你欠下债了。我看你拿啥东西赔？你日子过得刷锅水一样，你赔啥？你剪了马尾巴，你还藏到我家楼上。要是早些年，你犯罪我还得跟着你犯包庇罪知道不知道？你把脸丢大了知道不知道？"

古玩贩子急忙说："不丢人，你们说你这破竹筒多少钱卖？"

柳平喜咬着后牙根叫嚣着："换一匹马！"

古玩贩子说："按你说，你这破竹筒能值一匹马的价？你们不要吵了，指不定也许真值一匹马。"

半下午，正是清闲的时光，年长的、蹲地晒暖阳的人，听说值一匹马立起身互相招呼着走了过来。这时节，女人喂猪打狗，屋里屋外，手脚不闲的，手里拿着生活舍不得放也急急走了过来。天气干爽得很，下地的汉子们多远看见凹里聚了人，也都扛着农具从四面八方奔回了村庄。三五成群的鸡被飞跑过来的孩子们扰乱了秩序，咯咯咯咯叫着，架起翅膀却舍不得跑出人群。女人们笑着，汉子们咧着嘴，老人们背着手，所有人脸上充满了惊奇。孩子们被大人制止得大气不出，盯着古玩贩子说："快听快听，拿不准是欺哄山神凹人呢。"

古玩贩子说："马有老马，也有马驹，更有壮年马，就像你们山神凹人一样，老中少三代。要说值一匹马的钱，那也要看是一匹什么样的马，马驹？老马？青壮马？看你们柳家人，一定是说到你们过去的伤心处了，这样吧，山神凹的老少爷们，你们谁家还有旧东西，都拿出来，说不定也有值一匹马的价呢。"

山神凹的人们你望我一下，我望你一下，还想等着事情有进展呢。结果心思都往自己家祖上留下了什么东西上去想了。

柳平喜急着说："你先说这东西是个啥？"

柳三胖插话说："是做二胡的琴筒。"

柳平安搭话："屁，人小鬼大难招架！"

古玩贩子觉得山神凹有高人在，不敢乱打牙口，纠正说："是一个读书人用的笔筒。现在的读书人谁还用这东西，倒是可以做放筷子的笼子。"

然后自己笑起来。

柳平喜长嘘了一口气："哦，上面还有人物花草。你敢给一匹马我就敢卖你。"

古玩贩子说："我给你一匹小马驹的钱，不为了赚钱多少，图的就是山神凹人认得我。其实你这个破东西哪能值这么多钱哟，给你这么多的钱，是因为你做了我接下来要做的事情的药引子。"

生产队常队长说："你柳家卖多少钱我不管，那是你该得，方才咱可是在说赔偿马的事情呢。"

柳平安说："我还是当初那句话，谁剪掉了马尾巴就叫谁赔。"

柳平喜白了兄弟一眼，这竹筒子真要卖下几个钱，那也是自己的，不能叫赔偿了生产队的马。他与柳平安虽然是一奶同胞，但是钱财的事情不能含糊，便弓腰挺脊往前走了一步说："你说谁剪了生产队的马尾巴？还不嫌丢人？欠下你的也该还够了吧？你一辈子就这点出息，不做实诚人，人家是走不出山，你走出去还要返回来，能伸能屈的事情都叫你做下？"

此时的柳平安已经明白了生产队的马尾巴就是柳三胖剪下的。想想总归是脱不开柳姓人。哥哥的话里有话，可话和事到此都该系一个疙瘩了。当初自己对此事之所以含糊认领是因为养着马好为柳家干私活，没有过多较真，现在哥哥都怀疑自己了，甚至借此事一言明了别想叫拿卖笔筒子的钱赔马。自己是见过世面的人，礼让当哥哥的说，但也不能叫山神凹人笑话，何况从道理上讲也无法通顺了，哪有剪掉马尾巴就一定要赔一匹马的道理？

柳平安说："剪一条尾巴赔一匹马，你是共产党员姓共，你还是周扒皮姓周？"

生产队长常忠宝答不上话来，旁边的人起哄说："就姓周呗。"

常忠宝糊涂中清醒了，说："怎么能姓周呢，干部应该有党性原则，怎么说也是中央最小一级政府。"

柳平安说："最小一级政府就应该姓周？"

常忠宝说："你敢戗村干部？翻天了你！我现在不跟你较真姓啥，你只用还生产队一匹有尾巴的马。"

柳平喜说："常队长，你让他还，与我没事。"

寡妇老婆走上前来拉着柳平喜要走，不忘示意古玩贩子跟了自己走。

柳平安说："常忠宝生产队小队长，你红嘴白牙把话说下了，可算数？"

生产队长常忠宝说："我以共产党员的名义保证，算数。"

柳平安扭头去自己的院子里牵马过来，那匹马优雅地迈着蹄脚，屁股上的尾巴披肩发一样扫着四下里的虻蝇子。谁愿意自己的衣服上补一块补丁呢？谁愿意自己光鲜的皮肤上长一块牛皮癣呢？都愿意是别人。隔着马头，山神凹人居然想着，那匹马要是不长尾巴毛了多好，好戏就要开场了，可是马长出了尾巴毛。

缰绳很郑重地放在了生产队长常忠宝手里。常忠宝接住缰绳的瞬间，柳平安觉得人世有了沧海桑田的味道了。

眼前的事情把柳平安从乱梦中吵醒。这是一个好兆头，柳平安一旦拥有了自信，再贫穷也会不缺精神，这都是二胡的弦乐给他带来的好处。而不缺精神的人，会感到社会为他打开了一扇大门。是的，山外的人都开始贩卖古董了，还有啥事情不能做，指不定自己闷在山里久不出去，好多放开的事情都有点不赶趟了。

古玩贩子来山神凹收购旧货这件事情，仿佛让长期生活在灰暗隧道里的山神凹人遭遇了炫目光芒的照射，山神凹每家每户的生活被摊晒在公众的目光下。山神凹人一开始还有些不适，经不住古玩贩子的忽悠，有人取来了家里攒下的旧东西，有人要古董贩子回家看。一天时间里，山神凹就不太平了。儿子要卖老子不让，两口子干仗中，儿子拆卸了门头上的木雕刻花。一凹人居住的老屋，一百来年的光景叫古玩贩子只几天时间，就把石雕和木雕、门楼和照壁等装饰性的东西都拆卸光了，拆光了的山神凹开始跑风漏气。

山神凹无宁日反映到柳平安脑海里时，柳平安的认识有了质的飞跃。乡下人有钱能够撑起戏台唱戏的人不多，没有大热闹，凡俗之事也想有个小热闹。柳平安觉得这日子怕是该要拾起旧梦了。

七、柳平安吹打乐器上没跟过师傅

夏天好热，什么事也干不成。柳平安把自己放在凉席上，自清晨躺到晚夕，院边上一棵老榆树，有三五只蝉趴在上面，泼妇似的鸣叫。他陷入了巨大的空洞中，无能为力，把所有从前的事电影一样过了一遍，觉得自己是个失败者，一时绝望得很，竟然忧伤得流下了泪。

黄昏时分他拿着二胡往山神凹对面山头上走，自山腰往凹里看，田埂上的麦子熟黄了，谷子青绿，一群羊往山下走，倏倏落了半坡，脚不小心碰了一块石头滚落山崖，滑过草皮时惊吓了一只兔子，兔子没入了灌木中。柳平安觉得这一幕怎么和人生一样样呢？只是张老师已经化作了孤魂。他坐在曾经和张老师一起坐过的石头上拉曲子，不知为什么一抬手想拉的就是《望星空》。不能动二胡了，一拿起二胡，那些曾经的岁月便咕咕冒出来，让他胀满一腔的不快乐，索性不拉了，空留惆怅。没办法，带着一双脚来到世上，人不走脚要走，脚和心连在一起，不能一辈子在山神凹等着老死。

柳平安择日出了趟山，从山外干部嘴里知道天解风情了，无知使人失去敬畏的日子远去了。春风能拂人，春雨能润人，风雨浇灌，该行正经事情了。柳平安取出自己的蛇皮二胡，八音中没有二胡，二胡对他已经没有多少用途了，日子过下去真是很容易伤怀，他决定大方地送给柳三胖。

柳三胖这一年二十七岁，个子比柳平安还高。看见柳三胖远远地走过来，恍惚看见了自己的青年时代。先是一张刀条脸再是一张枣肠嘴，接着就看见穿着牛仔裤的两条长腿晃过来。触目惊心的是柳三胖紧绷的裤裆藏着一疙瘩秤砣。最能显示雄性的家伙，和这世界宣战似的，这小子真长成个人了。柳平安怀疑自己的目光，把柳三胖从头打量到脚，又从脚打量到头，有一股说不出来的难过。

柳平安举着二胡说："叔送你。你突然就长大了。过去你做下的事情都走没了，不追究你了。叔想成立一个八音会。人活着总得做点啥事吧，日子真他妈快，什么都还没有做，什么都做不成了。你还年轻，赶快成个家，学多了手艺挑剔人，看人心眼多，不好找对象。想想你是山神凹的人，你就得把架势放下。"

柳三胖面无表情，脑海里突然出现了柳平安打自己的脸的情形。

柳三胖说："嗯，你看看身后是什么地方。"

意识到是荒弃的山神凹学校时，一只乌鸦正从头顶飞过。有某种东西弹拨了一下柳平安的心弦，他站着发了一下愣，向四周望了一下。

柳三胖取着二胡扭头走了。

风旋着小旋风走来，风把柳平安的头发旋起，他努力瞪大眼睛去琢磨柳三胖的背影，张了一下嘴，并使劲用手搓了一下脸，他的头脑里飞快掠过许多忧伤的回忆。铁匠铺、剧团、马尾巴、配种站、韩爱红、张玉棉，许多无益的、已经无用的记忆，还有他曾经拉着二胡调戏家禽和家畜的日子。岁月是由季节和天气积累起来的，而永恒的过去和无法纠正的命运不自觉地出现了一个对手。

"呸！"一口唾沫飞出口，他大声地吼了一句："我早就知道是你剪掉了马的尾巴，只不过我喜欢养那匹马，对我这懒人来说，它就是我的劳力。我背着断子绝孙的恶名，不是我救下你，你的名声早就坏了，要明白，兔崽子，生姜他妈的还是老的辣。"

走着的柳三胖听见了这句话，话总是从后面传过来会显得很清晰，但是他假装没有听见。

柳平安开始收集八音会的吹奏曲目，每天在屋门口大声唱抄来的曲谱，有紧长皮、慢长皮、四起头、急急风、节节高、戏牡丹、四十八梆、老花腔等。八音是：鼓、锣、钹、笙、箫、笛、管、镲，这就逼迫柳平安除了二胡之外还得会摸其他乐器。

八音乐会，太早了不清楚，童年时老一些的人会说八音会的来历。大约在明隆庆年间，沈潘宣王朱恬煖在潞州为官，他喜爱音乐，把昆曲、皮黄等戏由南京带到潞州，与当地原有的音乐进行了杂交。当时，不仅每年农历正月十五在潞州城内大街小巷大闹灯会吹打，还为集市生意、婚丧嫁娶、满月祝寿、庆功贺典凑热闹。八音乐器中吹打乐占多数，技艺所学除了天长日久，还讲究跟过师傅——鼓佬。

柳平安吹打乐器上没有跟过师傅，这样盲目成立并演出很容易就叫别的团体挤对没了。

柳平安决定再一次出山，奔往曾经学二胡的地方，去找县里"乐意班"八音乐会的师傅学艺。不跟师傅，艺人不买账，真要成立一个正经八百的八音乐会，在乡间演出，就一定得跟过乐意班掌鼓板的鼓佬，柳平安要活着挽回他丢掉的名声，何况他也需要成家了。

晨鸡叫过不久，暗淡的天光下，灰暗的瓦屋鱼鳞似的排列着，飘浮着淡淡的雾气。通往县城的班车上，有许多认识的不认识的人。听说柳平安要进县里学艺，大家都笑话他，哪有黄土埋脖子的人了要出外去学艺的？

柳平安心里明白，学艺不分老少，心中生事了，就得把这事弄成。

一路上，柳平安嘟着厚嘴唇不说话，也不和人搭腔。车过一个叫河西镇的地方，有许多人影晃动着，尘土荡起来，车窗玻璃外遮天蔽日的样子。透过玻璃飘进来一阵吹打声，唢呐的音色高高地挑起，弯弯绕绕挤进来，接着就看见一支八音乐队吹打着走过来，紧跟着八音乐队的是高头大马，马上骑着新郎，新郎一身蓝色中山装，新娘的装束是彩面妆，一身红，再后面是娶客、送客等家眷。这时候街道上的人群急剧的稠密起来，有人挡了前行的路，不外乎是要看一场吹打乐器的高潮演奏。

贴在窗户玻璃上的柳平安先是看到了文场表演。文场突出唢呐吹奏技巧，吹奏者不仅大、中、小唢呐和老咪（口哨）都能运用自如，而且还要吹奏出喜、怒、哀、怨等不同的感情色彩，一会吹奏出各类歌曲，一会又吹奏出地方戏文。独奏，联袂吹奏，唢呐、丝竹、梆、鼓、锣、镲。这阵势让柳平安热血沸腾，坐车的人里有人开始用激将法："拜师还用去县城，柳平安，赶快下车找见鼓佬磕头去。"

柳平安瞪了对方一眼。

对方说："瞪啥呢？就等着你学成了，看你的瞪眼家伙呢。"

八音乐器演奏因为伸胳膊蹬腿激情四溢，也叫瞪眼家伙。

文场演奏罢，武场开始了，瞪眼家伙明显。武场突出鼓、锣、镲，鼓佬不仅负有指挥职责，掌握演奏的节奏情绪，而且击鼓花样迭出、令人心动才算高手。鼓佬手中的锣镲节奏有致，嘹亮利落，一起一落上下翻动金光闪耀。人越聚越多，大车小辆全都挡着走不动，索性司机就打开车门叫旅客都下去看热闹，只是不要忘了自己的车在哪儿停着。只见高潮处、忘情时，鼓佬将手中锣镲抛向数米高空，随手接来，继续按节奏敲打，引得观众鼓掌喝彩。

演出结束后，有人看见下了车的柳平安朝着掌鼓板的鼓佬扑通跪下了，五十多岁的人下跪，那一跪惊吓得新娘的马趔趄了一下，大惊失色的新娘正要张开嘴喊叫，听得柳平安从腹腔里粗声低气地叫声嘚儿，马鬃左晃右荡了一下，马就安妥快慰了。

八、柳三胖跟着王怀让学会了走江湖

柳平安的出山给柳三胖一种沉重而无法排遣的迷茫。剩下的日子怎么过，正迷茫中，山外一个叫王怀让的唢呐艺人进山来找柳平安，他们想成立一个八音会演出团体，想叫柳平安牵头。这件事情启示了柳三胖，他特意把来人请到自己家，和父亲柳平喜说明了王怀让的来意。

柳平喜弓着腰从窗台上摸过一包烟扔给王怀让，叫他自己抽。

日头被屋檐挡住了，使它不能遍落在窗户上，屋子的四处都是暗，偶有一丝明照在门口的脚地，有几只蚂蚁沿着柳三胖的白运动鞋在爬行。王怀让抬头看柳三胖，这样的小伙子如果在山外，等不得这年龄就叫女人收拾了，山神凹，谁家姑娘愿意进山里来——连日头都照不进来的阴暗地方。

王怀让说："还没有说下媳妇？"

柳平喜说："你操心打问一下，看有没有条件差的给三胖说一个。"

柳三胖心里不悦，说："怀让叔是来商量成立八音会的事情，我叔不在，我愿意和他们合伙成立，我还有新想法呢。"

王怀让抬头等三胖说想法。

柳三胖说："咱把说唱融进来，婚丧嫁娶来客有个看头，不仅是锣鼓钹镲闹得欢，有女人在中间唱，是亮点，也热闹。"

王怀让很赞许三胖这一点，就等柳平喜发表意见。

柳平喜说："我老了，老不中用了，让他学个家常手艺，他偏偏跟他叔一样喜欢拉二胡。只要能有事做，是好事，我支持。"

柳平喜又说："说成立就要抓紧不能松懈，平安一回来就没有你们的戏了。"

柳三胖和王怀让商量："咱们先召集民间艺人回山神凹集训，在柳平安没有回来前笼络人心先入为主干起来，等他回来粥已煮熟，叫他接手也不晚。"

柳平喜不能说和自家兄弟有过节，只能赶快叫三胖收拾东西和王怀让往山外走。

年龄的增长给了柳三胖一种空间移位的幻觉，好像置身人群中，他的位置越来越是柳平安的影子。

两日后，柳三胖和他的团队抓住暮色将暝之前那最后一秒光明站在了山神凹的山头上，人手一种乐器：鼓、锣、钹、笙、箫、笛、管、镲、二胡。站在山头上的他们开始看山下。此时的山神凹正是打场晒粮收工时分，男人的木锨一下一下地向上挥舞，高粱、玉米、豆子被木锨抛向半空。草屑、尘埃连同所有轻飘飘的沙土被风刮往远方。扬起落下的尘土不知不觉笼住场上弯腰叠肚的山神凹人，那是热火朝天的生活啊，哪一家都有婚丧嫁娶，天性喜欢生活的人遇事都想有个热闹，有热闹就不愁赚不来钱，就不愁赚不来烟酒。

路过山神庙时，一干人进去拜山神。庙门前石头上刻着一副对联。上联写：红喜事，白喜事，红白喜事。下联写：哭不得，笑不得，哭笑不得。横批写：管地顶天。柳三胖走过去在山神爷像前点了三支纸烟插进香炉，然后让所有人跪下重重地磕了仨头，站起来时说："山神保佑，我们给山神老爷来一场！"

冷不丁山头上锣鼓家伙的脆响穿透了空寂，他们身上涨满了力气，锣鼓敲得狠，左挥右舞，土尘飞扬。一声轰然巨响从山头上跌落到山神凹，山神凹人也开始兴奋了。被古玩贩子卸掉的缺胳膊少腿的屋子上空，因为凹里没有风，一股一股的炊烟依旧升得很稳很慢，老高老高也不散开，像是坚守着山神凹最后的宁静。可是锣鼓家伙砸下来时，升高的炊烟还是乱了，甚至四处乱撞，互相纠缠着，丝丝缕缕挂扯在树梢或半空的灰尘草屑上。锣鼓响惊扰得在家做晚饭、上了年纪的女人突然摔盆打碗了。盆盆碗碗终归是边沿的器物，砸了毁了伤不了生活的根本和元气，可碗破得没有声响，被山头上演奏的八音会淹没了。这日子似乎有什么东西蜷伏着，人心开始慌慌的。

柳三胖的摊场放在山神凹小学。柳平喜当了山神凹小学的保管，小学的钥匙他拿着，此时常忠宝已经当了村支书。打开学校门的刹那，柳三胖回头看王怀让，从前他没有观察过王怀让长什么样子，此时，他看到了。四十多岁，干头狭脸，薄嘴无须，一顶前进帽压得很低，细眼隐藏在帽檐下，柳三胖没有办法端详他的表情。

柳三胖叫了一声："叔。"

王怀让说："叔啥哩，赶快拾掇出教室来。"

柳三胖说："我咋觉得这事情没有谱呢？"

王怀让说："要啥谱？山神凹的支书在场，支书说两句，咱身后就有了依靠。"

常忠宝背转着手说："你们又不是山神凹的宣传队。"

王怀让说："肯定是嘛。我正准备和你商量一下写个条幅，啥事身后不能没有组织。支书，你说咱写个啥？"

常忠宝说："要不就写山神凹八音会？"

王怀让一拍手说："就按常支书说的写，这学校以后就是我们的据点了。以后凡是回山神凹排练，吃住都叫常支书管，常支书是我们的后台老板。"

常忠宝搓着手笑："吃住算啥，你们弄大了能进县里演出，我还要给你们换行头哩。"

王怀让的激将法挑起了常忠宝的热闹兴趣，随即安排队里人给柳平喜发放粮食，乐队吃饭就在他家。

柳平喜太激动了，一辈子没有出过几次山，山外人和山里人的聪明劲真是不一样。

仓库里居然还放着一些响器家伙，只是那些家伙已经被蛛网缠绕得很旧了。蒙了灰的鼓皮发暗，铜锣长出几点绿毛，时间很无趣很寂寞地处置了这些具体实物。这屋子里还有张老师的记忆。

一群驴从门前走过，放驴人没有响鞭，看到热闹停下来打问了一下说："你还回山神凹做啥？有本事的人都出山耍本事去了。"然后眼睛眯着看站在外面的柳三胖，吆喝了一声驴，走过去还扭头看。柳三胖探出头和外面的人打招呼，想起张老师的样子，村口前，秋阳下，张老师的笑脸是唯一的花朵，学生娃的笑声比鸟更动听，现在在村口上什么都没有了，就几年光景。柳三胖抽回身从角落里捡起一支唢呐，吹落灰尘，鼓起腮帮，唢呐口咪的音软如弹簧却是一声也不出。王怀让取过来，用舌头舔了几下口咪，冲着空寂的屋子鼓足了劲吹，那唢呐声直冲屋顶，柳三胖突然就哭了。

学校收拾完毕，王怀让叫人用长条桌子在讲台上做了主席台，这是叫山神凹常支书讲话，支书一讲话山神凹八音会就正规了。

常忠宝支书也开始认真了，叫人通知晚饭毕都来学校开会。

晚饭毕，常忠宝突然不知道要说啥话，就想结合形势讲讲。见了王怀让问讲啥。

王怀让说："只要叫了山神凹八音会，山神凹人就要占多数比例，你就叫女人来唱，唱啥都行，最好是有姿色有嗓子的人。"

王怀让琢磨的这事情也对。站在讲台上的他清了清嗓子说："咱山神凹成立了八音会，是天大的好事。咱山神凹的八音会就应该和山外的不一样，山神凹的女人都参与进来，没有女人的八音会不叫八音会。"

听说八音会要女人说唱，山神凹原先跟着柳平安二胡唱过歌的人一时有说不出的好奇，同时也扭捏着，这事情不是说能张嘴就敢唱，最主要的是要有胆子站在人前。女人们把自己的羞涩捂在胸口前，不敢张嘴唱。柳三胖说："这社会撑死胆大的，饿死胆小的，人家山外人都进城当小姐了，你们还不敢卖个唱？"几天下来音乐声就把山神凹人的胆子弄大了，第一个敢站着比画唱的是王耀祥的女人小翠。王耀祥干头狭脸，细眼薄嘴，经常跟着人出外打工，赚下的钱不够养家，穷日子过得寒酸，小翠想着这日子往前走，越走越没有盼头，与其如此不如跟着学唱赚几个钱养家糊口，也是正途。小翠带头一唱，女人们的心就痒痒了，都来练习，一下子柳三胖组织的八音会便有了老枝上爆出新梅的新奇劲。

八音乐队中人员素质很讲究，需要有几个好"吹家"，不是二胡。好"吹家"是衡量一个八音乐队团体质量高低的主要标准。尤其是吹打武场，就算是文场也是吹打轮番、文武和唱、互为激励。柳三胖和王怀让商量了一下，知道团队的吹打力量不足，就多叫女人唱，最好唱民间小调，那里面有难以言传的挑逗，听的人喜欢听，八音会才有出路。

排练得差不多时王怀让出山去写台口，几日后回来说山外高平村一家出殡老人，三天吹打家伙送葬，三天中夜里要音乐陪守灵人送三更纸火，最后出殡一场，统共六百元。一凹人兴奋了，看着是瞎糊弄的一群人，说能赚钱就能赚钱了。

演出是夜场，出发时定在午后。旧社会曾经的风景，很快又浮出了许多老人的记忆湖面，当年那些走出山外的女人一脸兴奋，犹在眼前。女人一走出山，啊呀，山外最不缺少的暧昧风景一波一波地就要涌入她们的心间了，金钱的杠杆正在撬动数十家螺丝松脱的婚姻，她们在八音会中添加的露骨挑逗的民间小调，谁又能管得住那些心要走野的人呢？

一干人走到山头上，雨来了，突如其来的雨，把他们的视线扰乱了。小翠说："看不见山神凹了。"另一叫红丽的女人说："看不见了好，没了山神凹，咱就都到山外落户。"

过云雨，雨走后风来了。无数的云聚集在山神凹上空，像被什么神圣的号令驱使，正顾头不顾尾地向山头上站立的他们涌来。风带来了移动、漂泊和变迁，风裹挟着响打乱了山神凹简单活着的理想。

九、不是冤家不聚头的叔侄

雨把风带走了，晚夕很长。雨水把天空洗得很蓝，因为没有风，叽叽喳喳的麻雀们，三五成群，东飞西窜，不时响一下的锣鼓钹镲惊扰得它们扑棱棱乱飞一气。一路奔走，使得一干人的脑门微微冒着热气，人人都比往常生动和鲜活。

傍晚时分，高平村恢复了一天之中消歇下来的情形，女人端着簸箕拿着笤帚领着娃娃走在村街上去扎碾。分散在村外的人和畜生都脚步匆匆地从四面八方奔向村庄。柳三胖一干人就要进村了，出口上有人等着他们，要他们绕小路进村。远远看见村上有一家娶媳妇，进村口搭了红事彩棚，看样子是有钱人家。因为是办丧事，山神凹八音会就绕着小路进了村，白事不能和办红事的人碰头。

办事人家的门外也搭了彩棚，搭的是白事的彩棚。进出院子里的人有穿孝衫有穿孝裤，腰间都系着麻绳子。院子里支着大锅，就等音乐来，柳三胖一干人到后立马下面。灶膛里的柴火噼噼啪啪燃爆了，地上放着一摞一摞的碗，锅里的面滚了几滚，灶膛里的一疙瘩柴被拖出扔在了院边，烟气弥漫了整个院子的上空。掌灶的人先给山神凹八音会的人盛饭，有专门端饭的人。

柳三胖爬到院墙上扯起山神凹八音会的横幅，和院子里的孝子孝女比，横幅是红布白字，月明下山神凹八音会几个字显目得很。

天黑时出了月亮，多亏一场雨，雨把云里的水下完了，云在天上就显得稀薄。主家请了和尚做法事。和尚先是放焰口，焰口有不同，简单一点坐下来唱的叫平台焰口，摆上一个布满麻油灯的托盘在桌子上，和尚道士唱叫花台焰口，这种热闹还不叫热闹，只能说是超度亡灵。放完焰口后八音会登场，女人们一扬手绢跟着音乐唱，热闹一下就扬起来了。乡下人把这个当成大事，早早饭毕提板凳坐在了办事家门前就等那热乎乎的唱。乡村人家对八音会的唱从来都不较真，任由她们满嘴胡说，也没有人计较，只要乐器聒噪又唱得像模像样，也没有人当真红脸争执。

晚饭后冷不丁一两声炮响，响声穿透了空寂，是娶媳妇家点燃的响。这家院边上有一棵桐树，去年墙外干朽的树杈承不住这两声巨响，突然折断了。断了的树枝连同干叶子落在地上，噗噗作响，声音干枯而空阔。

八音会要开始了。

一阵子锣鼓家伙后小翠第一个上场。

小翠唱的是地方秧歌《闹五更》。

> 一更天盼丈夫，丈夫不来
>
> 小砂锅熬米粥，溢出来
>
> 二更天盼丈夫，丈夫不来
>
> 铁铛的烤锅盔，醋熘白菜
>
> 三更天盼丈夫，丈夫不来
>
> 大花被子小花褥子满炕铺开
>
> 四更天盼丈夫，丈夫不来
>
> 扒窗台扶窗棂，奴流下泪来
>
> 五更天盼丈夫，丈夫不来

小翠的嗓子如砂轮上打磨出来，尖刺扎耳，尽管看的人嘈杂声一片，小翠的唱照样能飞上高处，树上夜宿的鸟儿被吓得箭一般飞往村外。小翠边唱边扭，一双小眼溜亮，遇到满腹怨恨时，眼睛就像玻璃弹子要弹出去。

观众是流动的，看的人越来越稀稀拉拉，问旁边的人才知道村里的人都去看办红事人家的八音会了，他们请了县里最好的八音会乐意班。山神凹八音会的唱进行到一半时，一个人挤过人群走进来，暗夜中谁也没有看清楚是哪一个，只见来人径直走到柳三胖身边要过二胡，一口气拉了七个把位的琶音。来人运弓充满气韵，如初生赤子的啼哭，力道来自母体而非五谷杂粮。

来人摁着弦说："你看死了，唢呐的眼位全定在这儿，气息的轻重尚且能使声音变化万千，二胡靠了两根弦，手指的把位不定，越发要你气息的整理。弓就是气息，气顺、气旺、气沉，才不叫你心浮。玩那两下，就敢成立山神凹八音会在人前要饭吃！"

来人说完扔下二胡昂昂而去。

柳三胖呼啦就站了起来，这个人不是别人，是柳平安。他现在是乐意班里的主要吹手。他听说高平村又来了一队八音会，叫山神凹八音会，他有些奇怪，当看到山神凹八音会把正经民间音乐弄成杂耍时，他心里难过得想骂，忍着不来看，可脚不由心。

柳三胖面对高平村的观众，恨不得把脸也扔到柳平安的身上。红白事在一起吹打，白事不能冲撞红事，如果撞上了，白事要给红事一丈红布，也叫"一丈红"，一般谁都不愿意撞见。八音会也讲究风水，又是办红事的人来闹事，这就等于砸了摊场。柳三胖冲着柳平安的后脊背喊："柳平安，不怨我不叫你叔，你从此降格了，你就是山神凹一个穿开裆的屁娃！"

这话骂得也叫狠。

王怀让安抚柳三胖不要生气，生气等于给他们自己的伤口上撒盐。找了歇息空当，王怀让假装出去小便偷着去看乐意班的八音会。

乐意班的八音会，所有吹打人一律穿八套红褂子。正规的八音乐队。为红事吹打时，要穿一件红布"小褂"。穿红布褂子八音会也叫"红衣行"。其实按规矩说，穿红衣的只办红事，不办白事，总因为都是给贫苦人家吹打，哪里能有太多的讲究。办白事吹打乐队就一律黑衣。敢穿红衣的那一定是官方民间都肯定了的正规乐队。王怀让看到柳平安一人三样乐器，脚上是板子，嘴上有唢呐，胳膊腕上还吊着铜锣。他用齿音、喉音、舌音、吐音、气颤音吹出本地戏曲中的姑嫂对话，又用指滑音、气滑音、腮震音、腹震音、指颤音、臂颤音、气颤音模拟出旦角的唱腔。观众是里三层外三层，一脸兴奋。王怀让想，这才是他想要的八音乐队，他没有难过也没有激昂，显得很平静，平静中萌生了自己的想法。"良禽相木而栖，良臣择主而仕"，他已经明白了，讨便宜的人，总有一天要吃大亏，他有了自己的想法。

三天后出殡死人，王怀让自己去商店买了一丈红布，要柳三胖给柳平安送去并磕头谢罪。柳三胖说："除非山神凹河断流。"王怀让说："既然这样了，只能我去。"所有即将发生的事情在两个人的对话中看不出任何迹象。

整个出殡显得无趣而空落，四方乡邻开始骂，说这是日哄人，这也敢拿钱！

王怀让最后结束时找不见人了。柳三胖不知道发生了什么事情，忍不住把不祥的事情从头到尾想了个遍，有人告诉他王怀让正在一丈红上磕头拜师呢。柳三胖多么希望王怀让能回来，可王怀让不会回来了。

一伙人走在羊肠小路上，又是傍晚时分，走到山神庙前，柳三胖突然心血来潮冲着黑黢黢的大山开骂了：

"你个心怀鬼胎，虚头巴脑，吃里爬外的王怀让啊！

你个口若枯井，声若豺狼，腿若蟑螂的王怀让啊！

你这个连唾沫星子都溅着晦气、邪气、阴气、毒气的王怀让啊！"

骂着骂着就觉得没意思了，造成这样后果的不是王怀让，是柳平安。相随着的同伙一致认为就是柳平安，柳平安才是背后的推手。柳平安原本是山神凹人，学了手艺就人模狗样拆山神凹人的台。骂他，就骂他。

柳三胖指着小翠说："你骂他，他欺负你还不够，你枉和他好一场。"

小翠就扯开嗓子骂了："月明黑天这是谁寻死呀，寻死不要死在我跟前呀，长江没封顶，黄河没盖盖，你个柳平安，去呗，去呗！"

柳三胖和几个一起跟着喊："柳平安，去呗！"

骂着骂着天就黑了。一伙人被山风吹得灵醒得很，有人提议唱黑戏，唱就唱，把心里的怨气唱出来。一伙人在黑里，刚才的骂已经把夜搅得很乱了，有些小动物，很慌忙很疲乱地在草丛中逃窜。第一声响是唢呐，紧接着二胡、鼓、锣、钹、笙、箫、笛一起跟上。

夜憋不住了，风飕飕地贴着草尖刮过，穿过山巅走掉的那条路似乎也被月明揪得立了起来，孤魂野鬼始终在游荡，也是他们唯一的观众。他们被柳平安伤害了，柳平安是他们精神深处的痛苦。夜，幽黑无底，在土尘中，树丛中乱掀，月明悠悠垂地，最后的一声唱放出去拽不回来，每个人胸腔里的火苗都点燃了，这一辈子和柳平安势不两立！

十、柳三胖和叶巧巧

柳三胖某年秋天，姻缘开运了，经山外人说合娶了柳岭一个小寡妇，寡妇叫叶巧巧。丈夫死在秋天，山里人收秋后进山采药材，不小心踏空把命丢了。人死如灯灭，死人死了，活人要活。给叶巧巧说媒的人说起山神凹的柳三胖，说条件还可以，就是光棍久了不做正事，曾经弄过山神凹八音会，没弄成，后来就成了一个笑话。都说他啥都弄不成，有力也不想往地里下。叶巧巧不知怎么地就偏偏相中了柳三胖，一来二往走动了几回，这件事情真成了。

叶巧巧个子不高，胖，说话快，行事利落，走路后脚跟吃劲，扭来扭去，跟着柳三胖回山神凹来过日子。见了山神凹人，叶巧巧嘴甜，叫得腻腻的，还长时间盯着人家的脸，很知冷知热的样子，停下来说话陶醉得深。柳三胖站在一边笑，夸张、空洞、跟放风似的，太阳也温暖，柳三胖看着自己的女人，深情得欢。人走过后，山神凹的人才知道叶巧巧不和柳三胖办理结婚手续，要先过一段日子，也就是试婚。这些新名词对山神凹的人来说很稀奇，就想着有啥事情发生才好。

当天晚上有人听窗。夜静人稀了，只见床上坐着的叶巧巧一身红，电灯下人显得羞涩。柳三胖走近搂着叶巧巧，似乎看上去不是柳三胖急，是叶巧巧急。叶巧巧撩起红秋衣露出两个大奶穗子，示意柳三胖俯下来。柳三胖俯下身，叼住奶穗子的那一刻，像婴儿一样发出唔唥唔唥的声音，突然的被柳三胖弄到了痒处，一时没有矜持住，叶巧巧叉手扬胳膊翻身站在床上笑了起来，好像天底下只有她和柳三胖。

突然的，柳三胖跪在地上，仰着脸一本正经说："巧巧，咱开始吧，开始生娃，生一个八音会，吹拉弹唱都有。吃饭吹哨。"

窗户外的人被惊得目瞪口呆，所有人都闭住了气，不希望打扰了柳三胖人生幸福的开始。

发表于《长江文艺》2017 年第 4 期

转载于《小说选刊》2017 年第 5 期

凉哇哇的雪

一

六月红松松垮垮地坐在小河西村山路边一圈低矮的石围子上，雪怡然自得地下着，她穿着一件红色的滑雪衫，远望过去有一团红很张扬地突出来，还以为是啥，却听得她张着嘴吊嗓子，由高音落低音，音量漫绕了整个村庄。

她吊了两串嗓子后开始唱上了，唱的是"我家的表叔数不清，没有大事不登门"。很久没有看过样板戏了，村里早回来外出打工的正领着孩子拿了碗到大锅边等，就等接回最后一拨人来开饭。听了山上的唱，有人把碗扣在脑门上应着唱敲。村中央支了两口大锅，一口大锅支在一棵老槐树下，一口支在一棵核桃树下。从选举开始，决定要把外出的人接回来起，树下就埋了锅。回村的人可以领了孩子来这口锅里盛饭，有点 1958 年走食堂的味道。六月红在半山腰吊嗓子也是因为选举结束后有三天戏，有一场现代戏，这场戏里她演主角，是《红灯记》里的李铁梅。

雪片挂满了松柏枝叶、杨柳桃李的枯杆。满世界一片白，独山头上的那一朵红看上去鲜活！

小河西村离县城的火车站有三十公里，地势低洼。由这里望太行山，看上去它像龙脊一样奔腾往西而去；由这里望太岳山呢，也像龙脊一样蜿蜒奔腾往东而去。现在雪把太行、太岳弄得千枝万蕊，一色白茫茫。雪下到最后，下成大朵的白花了，下得熙熙攘攘，也下得风姿绰约，莹洁清丽。

不同时间由不同城市赶回来的小河西村外出的村民，下了火车还害怕没有回小河西的班车，结果村里来接他们的小客车早就停在了车站外面，车站的喇叭里不断重复播放接小河西村回家的人。喇叭里播出来要接的人分两股，也就是说接站的车是两辆，要接的人不能上乱了，各车有各车的主人。这几乎是没有出现过的先例。下了火车在雪中跺跺脚，来不及笼袖，就龇开牙框笑起来，互相从人缝里找小河西村的人。寻着了又相互问：你是谁叫回来的？咱是一行，走了，上咱的车啦！

也有不是一行的，见了面也不握手，拍拍肩，或冲着对方当胸一拳，这一拳不是实打，含了热爱。坐上小客车的人一路上很是兴致，比较起城市嘈杂声音下的寂寞来，一路上的雪景，让他们的情绪上下八方活跃得很。车上备了烟，司机顺手朝后扔过来，同时扔过来一句话："抽吧，有人供应！"

不一会烟气就布满了车厢。车上的四围漫了烟，看窗外的扭回头看车上的人，一个人长一个样，颧骨、鼻子或眼睛什么的总有一些特别，但一看就知道是小河西村人，一看就知道是土里刨食的土疙瘩。人都是长这么个样样，但是，有的人就有本事，有的人就没有本事，咱就得出门跑外搞副业，人家就能耀武扬威当村主任！

车上的人说："听说今年选举，允许支书、村委主任一肩担。"

有人答话："怪不得要咱回来，往年缺咱不少，有咱不多，今年怪在乎了，还送了粮食，送了钱。要是年年这么选，不愁走小康。"

"说长道短，是上边的眼睛往下看了。"

有人答话："说明咱也是小河西村一条汉啊！"

听的人不说话了，心里抹搭了一下："以往谁在乎咱是小河西村一条汉？"车往山头上爬，雪地像一片无边的白布，车上的人看着雪地，看得眼睛就发酸、发困了，有人被烟熏得开始咳嗽，拉开窗户一口痰吐到了外面，窗户上挤过来一股凉气，同时也挤进来几朵小雪花，还没有贴到人脸上，就被窗口上往外挤的烟气热化了。看到身后跟着的小客车也扬着四蹄不敢有消歇，龇着牙框笑的人想说什么来着，凉雪呛了一下，打了两个喷嚏，话头就缩了。

二

外出打工的村民有近八十个，大都是青壮劳力，听上去不是小数目，光接站就接了三天，今天是最后一拨人。明天候选的人就要演讲了，三天之后正经八百开始选举。叫他们回来就是要他们参加选举的。接他们的人一个是黄国富，一个是李保库，两个都是村上响当当的人物，也是这一次选举的对手。

夜晚降临的时候车到了小河西村，车上还有一包烟，有人看见了顺手拿过来给回家的人每人都发了一根。

急着见家人、来不及点的接过来压在了耳根上。

回家的人里有明花的男人黄丑根。他提了包，抖落身上的雪花，正了正身子往家走。他家住得高，在小河西村的半坡上，小河西村是贴着山势慢坡上去的。早有明花站在门口迎上前来，火炉上焖着一壶热茶，锈着茶垢的大茶缸冒着热气端到了丑根面前。丑根先是坐到了中堂的椅子上，灯光下看上去面色有些绛酡，粗短的手指接茶缸的时候，手背上暴着的青筋像蚯蚓一样，一看就知道在外是出苦力的人。接过茶缸，丑根站起来打量屋子，摩挲着茶缸外皮，走过去看墙角堆着的一大堆粮食和农具。

明花说："回来了好。"

黄丑根扭头问："地上的东西是谁发给咱的？"

明花说："村主任发的。一百斤面、一百斤米、两桶油，外带镇上商店一个卡，能买两把镢、两个耙、两张钎、二斤铁钉、十斤糖。也可以不买折成别的货。咱带咱爸是三个选民。"

黄丑根眯眼算计了一下说："一票还不到五百块。"

明花撇了一下嘴说："不能用钱来衡量，他也算是一个仔细人，懂得劳动过日子，缺啥、少啥，中间有个情分在里边。"

黄丑根说："什么情分？一千块的情分不比他少？就说收了礼，多少都得画对号，也得认清楚咱姓啥。"

明花白了丑根一眼，心里想，长短还有三五天，我要你姓啥姓不成啥？

看到天黑下来，外面的雪下得更大了，雪下得四周没有狗吠驴叫，没一丝人声。丑根说："我想你，在外想你想得慌心！"

明花说："别不正经。老槐下支了大锅，有人管饭呢。"

丑根走近想拉明花，明花很不屑地闪开了，光影下背过去一脸黑。

离开火炉的明花，从碗架上取下一个大粗瓷碗递给丑根说："先去灶上吃饭，去迟了，汤锅面不好吃，要是再早还能听上你那小奶奶六月红的唱呢，太行山盛不下，都盖了太岳山了。"

六月红是黄国富的婆娘，按黄姓的辈分排，丑根唤黄国富小爷爷，进了门的六月红，按规矩该叫她小奶奶。六月红不叫六月红叫刘岳红，她唱戏的艺名叫六月红，这名字好听、好记，也传播得快。但是，这种离婚后又娶小的事情，又碍着这么个艺名，农村人大多是看稀罕说风凉话。

丑根不听明花说话，把明花的手拿过来要往自己的裤裆里塞，想要她知道有多想她。明花甩开了他的手说："没有黑没有白的，晚上闲着，闲着就看你耍本事了。"

丑根弄得没有趣拿碗出了屋。他在外打工，长时间不回家，一回家那东西就不行，很匆忙几下就泄了，原来不是这样的。现在却不行了，还没有开始手心就出汗，来不得几下子就缩成赖子了。

身后传来明花的喊声："别走错了啊，你吃的是你小爷爷的，锅埋在核桃树下。"

看到走远了的丑根，明花突然感到门口的风飕飕地刮在身上，走过去把门上挂着的帘子压死了，把门紧紧关上，心里想着，晚上再热闹也没有人来这个家了，因为丑根回来了，就有了几分失落。

被选举的人是小河西煤矿的黄国富和前村委主任李保库，两个人都是小河西村人。黄国富是小河西煤矿的矿长，他的子女和亲戚大都因为在矿上赚了钱，把户口转成了城市户口，独他一个的户口还留在小河西村。这一次的选举他被推举成了候选人，与他平常的做人有关系，凡是求到他面前的小河西村人，他看着这一方土地都要给一个面子。也许是财大气粗，他一贯做事总有一股子任性在里面，他想做什么事心血来潮就一定要做成。他原来也没想过当什么劳什子村委会主任，这一次突然就沙里澄金把他显摆出来成了候选人。如果没有希望他也就不想了。人就怕有希望，有梯子，没有梯子往哪里爬高？他明白，这次选举对他最大的一个不利是，他不是小河西村的大户。去年矿上往焦作运煤，因李姓人的拉煤车和焦作来的运煤车发生了争吵，全村李姓人把矿上出山的路堵了，一堵就堵了两天，矿上损失大小不说，他是彻底领教了小河西李姓人的厉害。他最后求到村主任李保库的名下才说通了，李保库在村里的地位一下就让他明白了，什么是一方诸侯的威力。自己这一次选举，竞争对手就是李保库，凭李保库在村人面前的威望他是争不过的，村民能选上自己也说明自己还是有那么点实力。既然，有这么一个谎话，他就又下了决心要争一下，他的争，是面子上的争，他和李保库说："老哥，和你抢这么个头衔不好意思，但是，群众相信我了，群众利益无小事，我总得对得起这些衣食父母啊！不怕你笑话，我给村民发钱啦，人情上我是争不过你，你是地头蛇，我也就是能出几个臭钱买通一下，总不能让人家白选咱，我也和你赌一把。"

李保库听了笑了笑，笑得没声，脑袋随着笑点了点，表示接受兄弟的挑战了。李保库有他李保库的优点。他本来就是小河西村的村主任，他也被代表选为候选人，这也在意料中的。他的大部分亲戚是小河西村民，大大小小细细统计一下差不多占三分之二。另一个优势是李保库上任期间许诺的学校建设开工了，还没有收尾，村村通水泥路也是开工了还没有收尾，还有对面山上的度假村，挖了地基，还没有开工。如果按李保库的设想，不远的明年就是小河西村的一个旅游景点，它可以使外出打工的小河西村人有一个就地就业的环境。没有结尾的工程还需要收尾，如果不让李保库当，那就等于是人走茶凉。李保库最不怕的就是选举，他的家族是很有势力的，因此，他的笑也是挂在脸上的。但是，他的劣势也是很明显的，人就怕太熟悉，太熟悉了容易生分，人心不易把握，说不好什么时候得罪了，也很容易在利益面前出岔子。见小，见好。黄国富敢挑明拿钱押这个宝，他也就不敢消停，也给大家送实惠。国家的法律好像还没有明确肯定，给老百姓送钱叫"行贿"这一说。

黄国富给小河西的村民上货了，这个信号对他来说不仅是个引念，更让他知道了对方的实力。村上所有建设的钱都是矿上出的，他最懂得农村人了，往常朝一些农民要钱比要命还难，但是，见了好，也简单到把命能拿出来。如果黄国富真要拿钱出来干，有些事情还真想不到会出现什么变动，他是不能拿钱的，他要拿了钱就是犯错误，这个错误留给黄国富去犯，要他耍他的性情，农村的事情从生活到人情，有时候瞎熊容易犯政策上的错误，下边压不了他，上边找缺口压他！

听说选举结束后黄国富的小老婆要唱戏，李姓家族里就有人往槐树上挂了一长串鞭炮，没有想到下了大雪，雪，最终肯定要把鞭炮濡湿。但是，挂上去就不能解下来，是个面子问题，挂上去也不能不点，点了不响是要叫人笑话的。这串濡湿的鞭炮让李姓人重新放出话来："主要是想听黄国富老婆唱大戏。"因为他老婆许诺五天后唱一台戏，这一台戏是没有选举前就定下的。这么着一放话呢，就觉得这雪下得到位，下得也地道。就钱这方面，李保库不怕黄国富，要说这几年没有弄俩钱那是假的，况且他还在外省的一个大厦入了股，那个大厦有县里的办事处，那个大厦的总经理还等着他当了村委主任后也往小河西煤矿参股呢，这暗下的事情谁也不知道。

把外出的小河西村民叫回来的人是他俩，埋锅造饭的人也是他俩。既然把外出打工的人请回来了，不管饭不对，于是双方都埋了锅，同时在城里请了厨师。这时候不仅仅是解决吃饭问题，是比高低上下、比厨艺、往脸上贴金的时候。两个师傅一来就从小河西村的政治气候中比上了。

先是比耐冻。两个人都穿了白褂子，是那种厨师穿的短袖白褂子。胳臂上的汗毛有一寸长，毕竟是雪天，汗毛竖着，让人看见就觉得有一种力量在里面。一个光头，一个戴白帽。两个人各自舞弄做饭的家什，做啥不做啥，响声先亮出来，听上去立马就感觉提升了吃饭人的地位。望过去，他俩胳臂上的汗毛也挂了雪，但是，雪却在他俩的身体上腾出了热气。后是比手艺。两天了，各有各的绝活使出来，虽算不得高超绝伦的精湛制作，但也赢得了小河西人的眼球。

当晚，两口锅的饭不一样。一口锅里煮的是一根拉面。大师傅在一张三合板的面板上来回揉面，然后开始晃条。两手各执一端，运用臂力使面条上下悠动，一手向里、一手向外转动，同时上下抖动，一送一落，迅速交叉合拢，拧成麻花状，直到面坯晃匀。面把三合板上的干面粉荡起来，粉尘一样，人们看到甩面的大师傅脸上满是白色的面粉。因为用的是臂力，他头上冒着汗，把一根胳臂粗的面往开捘，四根手指来回套住不停抖动往开拉，有人就说了："这个师傅，一根面能拉二十五里长。"等面拉到筷子一般细，一把扔进了锅里，灶膛里的火呼一声蹿起来，三滚两滚，捞面的长棍子伸进去，大师傅喊了一声："开饭啦!"李姓这边的人就蜂拥过来，大锅边一圈碗，碗沿磕得叮当作响。

另一口锅煮的是刀削面。面被放在大盆里，一疙瘩一疙瘩码好了。大师傅是光头，核桃树上挂下来的电灯泡把他的光头照得反光。他也不管大槐树下的怎么样了，自己夹了一根烟看烧火的人，看火烧到旺得把锅盖吹出响了，他把剩下的烟屁股照着火膛一扔，扭头吐了一口唾沫，从大盆里取出一坨面揉了两下往头上一扔，面恰巧就扣在脑瓜盖上，像帽子一样。他取了两把刀，在盆沿上来回磨了两下，两手就架了起来，只见双刀来回飞舞，削下的面片如柳叶唰唰唰落到了锅里。真个是：刀不离面，面不离刀，胳膊高抬头端正，刀手一条线，一棱赶一棱，平刀是偏刀，斜刀是三棱。头上的面削得薄如一层手帕贴在脑门上，用手一揪，盆里的一疙瘩面又轻巧地落在了头上。

关于这刀削面，还有一首顺口溜：一叶落锅一叶飘，一叶离面又出刀，银鱼落水翻白浪，柳叶趁风下树梢。

看做饭的人比看吃饭的人还兴奋，一边厢是"一根面"，一边厢是"刀削面"，反正山西的面食吃一个月能不重样。一群人端着各自锅里的面蹲在一处往嘴里吸溜，也有嘴馋的夹一筷对面锅里的菜尝两口，觉得味道都香。选举选得两口大锅都摽上劲了。回家的人觉得比过大年还热闹。

有人凑到丑根身边夹了一筷丑根碗里的菜说："你选谁不选谁得听你老婆的，你老婆心里怕是早有谱谱了吧？"

丑根没有听明白对方说的是啥意思，应了一句："吃谁向谁，吃谁嘴软谁！"

那个说话的人站起来说："不见得。"

丑根半天没有明白说话人的意思，但是，他知道吃饭的李姓人里也有不保其主的。丑根不希望李保库当下一届村委会主任，他从心里讨厌李保库。李保库不尊重他，怎么不尊重他，丑根不想说。

三

演讲定在第二天下午，地点是大队院子里的一个旧戏台子。

这个戏台子每年唱两次戏，不是市里的专一团，就是专二团。其实剧团改革后都被名演员承包了，改了名字，或"小桃红剧团"或"梅开二度剧团"，唱的依然都是上党梆子。但是，农村人还是习惯叫专一团和专二团。每年唱的几出大戏有杨家戏、岳家戏，这是两个剧团的看家戏。偶尔也唱一出薛仁贵和樊梨花的戏，现代戏就少了，几乎没有。不是因为没有好本子，是没有时间。长年下乡没有多余的工夫排练，服装、道具、布景什么的，投资也大，有那工夫一般都是恢复老戏。前年秋上，就因为唱了一出《平南唐》，黄国富换媳妇了，专一团唱樊梨花的演员六月红，不平南唐了，来小河西村当了农民，准确地说是当了矿长夫人。

黄国富长得不是太排场，个子矮，因为是矿长又有钱，人看上去就有一股子底气，那股子底气没钱的人做不出来。钱的底气让他的小个子也往上提了几分。人有钱，吃啦喝啦的就和一般人不一样，怎么来形容呢，人不高，但横向发展了，也可以用"富态"这个词，这个词也有点符合黄国富这个人。有钱了长底气，人就躁，容易心里生事，看上哪个演员了整个人就藏不住，魂不守舍，做事还相当大方，当时弄得小河西上空都在说他的闲话。老婆和他闹，儿女和他闹，闹归闹，就算是闹得小河西满地都动，黄国富好像没一丝风刮一样，见人就笑，八字步迈得很稳。

人活一辈子不能不懂喜欢，喜欢一个人就要占有她，占有她不能仅仅是地下鬼混，得给人家一个名分，到后来他果然把方方面面都摆平了，是拿钱摆平的。他是真体会到了钱的好处。他也知道这个女人喜欢自己也是因为喜欢钱，是钱给他长了面子，这很正常。喜欢一个人是喜欢一个人的社会价值，不是喜欢这个人，男人看外表都一样，有什么好喜欢的，为什么老丑的男人反倒能找上小蜜？因为，他活到现在活出了自身的社会价值。

不出当年，唱樊梨花的六月红就住进了黄国富家。当时，李保库还受他前老婆的哀求做过他的思想工作，黄国富语气很肯定地送给李保库一句话："老哥，时间长了，看着家具都想换换位置，你说咱一个大活人……"

李保库横叉着手指，半天举着在耳朵眼处，好像有话要随着手势喷出，却到底没有说上话来。黄国富仰仗着自己有钱，并不觉得是他的晚辈，甚至还有一分高他一个平台的意思。这让李保库从心里很不舒服。

这种内心憋着的不舒服走到现在，两个人成了对家！

李保库也有情人，是黄国富的远门孙媳妇明花。

两个人好，是早年就好上了，因为一头牛。

那时候小河西对面的东山坡上有一块青麦地，明花的牛由他公公放，她男人不在家出门搞副业了。她公公上了年岁，人老了像一根落地的绳子，显得无力多气，把牛赶到山上就在背阴处睡下了。牛很稳当地卷着草一步一步吃到了青麦地，麦地是李保库的，太阳落山的时候一亩地的麦子少了三分。李保库老婆发现牛吃了麦子，拿了镰刀跑到地里想要赶走牛，哪知牛撂开蹄子向前跑了。牛跑的时候尾巴旗杆一样竖起来，牛跑了一圈，又回到了她的青麦地。牛知道她不是自己的主人，牛不怕她。牛蹄子把一亩青麦给搅乱了，牛伸着嚼沫子的嘴，依旧弓起脊吃麦。就在牛尾巴旗杆一样竖起来的一刹那，山上的一头公牛看见了。公牛从山上举着旗杆一样的尾巴跑下来，先是走到麦地，在明花家母牛的水门上一走一拱，拱得极有路数，极骚情，明花的牛就不吃青麦了，开始接受公牛的调情，开始做比吃青麦更难耐的事情。两头牛动作幅度大的时候青麦地像是起了火，扬起来的细土把一亩地糟害得看不出是长了啥东西。李保库的老婆站在青麦地挥舞着镰刀骂上了："我日死你屋里的爷爷，谁家的牛吃了我的麦？我日死你屋里的奶奶，谁放的牛有嘴没屁眼来青麦地骚情来了？"

"我把你个见水渴、见饭饥、见了枕头就眼涩的牛啊，是谁家绝了后了，来我的地里要你来产子来了？"

"是谁家枕着茅梁石睡觉，离屎（死）不远啦，把牛放到我的青麦地里啦？"

小河西村的人骂娘在那个年月有一种别具特色的路数，她用镰把敲着行事的牛屁股，随着她骂人的节拍在阳光还没有落尽的东山上变得生动有趣。

牛任由她打，嘴里还嚼着反刍出来的青麦。牛把事情做完了，屁股上开始噼里啪啦往出泄牛屎，还没等骂出主家来，李保库跑到了对面山上喊着要自己老婆住口，说："牛不懂事理，人也不懂事理？不说是吃了三分麦子，就是全吃了，一亩地的麦子不及一个村的面子？人活这一辈子，麦子年年能种，伤一个人，一辈子挽不回面子。"

李保库的几句话为后来当村干部树立了威信，明花私下里去说情的时候，也让明花动了心。在一个月光走动的夜晚，明花仰面朝天躺在了青麦地，鼻子嘴朝上，李保库喘着气，轻轻地落在了她的身上，稍稍安静了一会，一阵子丰富的内容就起伏着开始了。

农村女人没有见过大世面，能和村里的头头好，心里多会想起来多会都觉得自己荣光。时不时地要拿出"村主任"来示人，这也许就是黄丑根伤自尊的地方。

这一次选举，明花不管姓不姓黄了，她和她的男人都要画李保库对号，至于爷爷辈的黄国富，拿他多少钱，她都不选他。他有钱，要是看着自己也是黄家的后人，早帮着吃上供应粮了，黄家的后人也不是一碗水都能端得平的。

演讲是第二天下午两点开始的。两个竞选人站在戏台上演讲，许诺他们当了村主任后要做的几件事情。

开始前先是县里下来的人交代了一下政策，接下来是他们俩的承诺。

围绕对面东山上要做的两件事两个人的演讲有一些差异。

李保库要把对面修成度假村，开发太行山、太岳山旅游。

黄国富自己的意思是要把河沟里的小河西村搬到对面的山坡上，户户住别墅。因为，小河西煤矿把小河西村挖空了，小河西的地下水没有了，吃水要从别的村庄引过来。工程大，每年一上冻吃水就更困难，有一截水管被冻就得一处一处找，找到了拿火烤，常常因为吃水问题一个冬天不能安宁。如果把小河西搬到对面的东山上，和山后的小河西矿接上，就不用吃外村的水，可以吃矿上的水。小河西村的煤矿是穿越小河西村的，小河西吃水是问题，就怕以后居住都是问题，小河西煤矿有责任保证村里居民的安全。

黄国富的讲话好像更贴近小河西村目前存在的问题，不像李保库还是围绕上一届的承诺展开，老调常谈。

站在讲台上讲话的人破天荒打上了领带，红色的领带衬托得两个人的脸都有些泛红，看上去神采飞扬。台下的人顾不上议论内容，觉得想当领导也是不容易的事情，没有好口才也是不行，台下的还挑不出几个像样的人能站到台子上去讲。

演讲结束后小河西的村民嬉笑逗骂着，说将来要住别墅了，说的人仅仅是把话头挂在了嘴边上，还没有反应到脑海里。这么多年了，他们也知道承诺和落实是有距离的，不过对两个人的演讲还是有议论的，两个人的说法相同处是：不管当不当村委会主任，不能亏了村民。选举结束，村委会和矿上继续会履行往年的承诺。小河西的村民议论的话题多是吃水问题，认为黄国富说的话比较实际，解决不了吃水问题就解决不了生存问题。觉得他平常是说话算数的人，但是，这样的演讲能不能信他，还是两说。当了领导的人往往说话有水分，就像李保库一样，三年里做的事情能看在眼里的村里人都知道，就是小河西村的建设，那钱也是矿上出的。人嘴杂，见了好还想好也是村民思考问题的共性。散会后，想娱乐的人招呼着到自己的屋里打麻将，老一点的招招手叫过来，想趁天光杀两盘象棋。

明花回到屋子里和丑根说："你出去打听打听，小河西村的人偏向谁？"

丑根没好气地说："谁当了咱不是一个普通农民？"

明花立马就瞪眼了，指着丑根说："你是一个死人？我说不一样就是不一样！我要你去打听你就得去打听！"

丑根在明花眼睛的监督下出了门，他借了这个话出门，好去屋后的窑洞里看一看一个人过日子的爹。他回来还没有见过爹，下午听演讲，他也没有看到爹在哪个旮旯里藏着。爹上了岁数了，本该和自己住在一起的，但是，明花不让，说爹和他们不是一代人，生活不到一起，他要软了、汤了、水了的，他们还得顺着他吃。他们是有牙人，你说锅里熬饭呢，能不煮几粒黄豆？让他一个人过就是了。丑根怕明花，明花说啥他就听啥，就算是明花不对，他也不敢说个不字。明花总有自己的一套理由，总能让丑根从心里认同。

明花看着黄丑根走远了，反身回到屋子里拨了一个号码，不大一会一个人就闪进了明花的屋子。

闪进明花屋子里的人是李保库，李保库早换了行头。进屋后他顺手就插上了门，身子还没有走近，脖子先伸过去，用嘴堵住了明花贴过来的嘴。等身子一掉转，手很顺当地就插进了明花的裤子里，他摸着明花冰凉的屁股。明花的小屁股他摸过多少回了，每一次都能摸出明花的激动来。摸着摸着狠命地捏了一下，明花说："你要捏死我啊？"

李保库说："快，我等不得了，我想进去烤暖暖。"

明花说："我看你在台上张扬，下了台怎么就把上台的行头换了？"

李保库说："上台是演戏，下台是做人，做人过了头就有人要笑话了。你看黄国富，弄那么一个嫩货，不知道羞耻，现在还在对面山坡上唱呢。"

明花说："你也想，只不过没有那胆罢了。"

李保库伸出手来捏了明花的脸蛋一下："我看见丑根的时候我就想，我的女人要他睡了！"一边说一边撩了明花的上衣，很顺溜地挪下嘴来一口叼住了奶穗子，明花叫了一声："要死啊，把我的头发都揉乱了。"

李保库口齿不清地说："我就喜欢你这个黄发蓬乱的小丫头，就愿意吃你的奶穗子，你的奶穗子有南瓜汤，能吃饱我。"

明花人就软到了沙发上，再一句："要死啊！"人一下子就来了情绪。

小河西有煤矿，一年一户发一吨煤，明花屋子里的大铁炉烧得旺旺的，明花脸蛋也被烧成了小铁炉，脸像燃红的木炭，无法抑制地开怀。她眯起双眼，眼珠子上的光都散开了，眼睛不是看上边的人，是感觉一个地方，整个身体都热起来，有一股奈何不了的力量让她愕然、无力地飘坠，眼睛也越发地蒙眬起来。

情绪冷下来，李保库叼着烟开始一根接一根地抽。

明花问："有事让你作难了？"

李保库说："你没听黄国富下午的演讲，有些话还是能打动小河西村人的。你别看土疙瘩里刨食的人，好歪话还是听得出来。我还是真遇到了作难的事了。对上边我能用政策攻心，对下，有钱能使鬼推磨，但是，我不能那样做，我是党员。"

明花不解地说："我一个妇道人家，除了要你好，还能帮你什么？"

李保库站起来看了看窗外，搂住明花的脖子亲了一口，伏在明花的耳朵眼上说："我得求你了，你说你到底拿我当不当你的心上人？"

明花咽了一口唾沫说："我和你是一片叶，对对生，你说你是不是我的心上人？我自从和你好了，就不想和丑根做那事情了，看他哪里都想到你。"

李保库低头失笑了一下，从口袋里掏出一沓沓钱放到她的手里说："有一件事情要你做，你做比较合适，你是姓黄的人，你做没有人说闲话，也想不到我的头上，但要做得巧妙。"

明花说："要我做啥事情，你说，我能做得的做，不能做得的我让丑根做。"

明花说话的当间把钱塞到了沙发垫子下，抬上胳膊搂住了李保库的脖子。红红的炭火映照下，她突然发现他的脖子上有很多蜘蛛痣，红色的，小米粒大小。她想她和李保库做那事情的时候从来都没有脱过上衣，突然地想要看看他的身子，她觉得她和他不能算是一个人，也不能算是一片叶对对生，两个人要真好了应该是那种没有任何遮挡的好，眼下仔细想，才清楚每次都是很匆忙的。她听村上的一个女人说过李保库，说他想和人家好，人家男人在矿上，李保库想人家，就趁着她男人不在时脱了精光要和人家做那事。女人说："满身的蜘蛛红痣，让人看了好恶心。"当时明花听了不相信，也从来没有当回事情，现在突然地看见了，就想李保库不是和她一个人好，还有人。正想要看来着，李保库容不得她多做事情，用嘴咬了她的耳朵，来了一阵子悄悄话。

明花就把想要做的事情忘了，琢磨着明天的事情该怎么做。李保库说："不会亏了你，除了不能娶你，我就是你的贴身小棉袄。"

明花说："贫嘴。你说，我要那样做了，他敢打我？"

李保库笑了，捧起明花的脸说："他敢！"

明花说："他不敢，那我做了不是白做了？"

李保库说："他年轻气盛，风头正足，看不惯的事情多着呢，他肯定要管，拉扯几下，你啥事不能做？"

明花送李保库走后，赖在沙发上，有些意犹未尽。伸手从沙发下掏出钱数了数，顺手又插到了沙发下面。半天后有些不放心地取出来，上楼藏到了囤麦子的仓中。下了楼，明花躺到天色晚了也没有见丑根回来，明花找出了要准备的东西，她要等后半夜为李保库做一件事情，她知道李保库不只喜欢她一个人，但是，她由不得地要为这个男人无所顾忌地去做他想得到的一切的事。

四

小河西村一早醒来的人先是透过窗玻璃望天，阴霾的天空有一只乌鸦飞，呱呱的叫唤声震散了村庄上空的白气，穿了衣裤出门踩在冻僵的雪地上，雪地发出断裂声。

先走出院子的人，看到了满街道结着的清冰。

第一个看到的人觉得奇怪了，太阳没有见很红，雪倒化成水结成冰了！难道起地火了？小河西村的吃水是从山后老龙背上接过来的，昨天演讲黄国富还点到了吃水的难，现在看，地上明显不是雪化了的水，是水管里流出来的水。

谁家的水管裂了口子呢？

互相招呼着喊醒睡懒觉的人，要大家都起来检查。这样流下去，小河西整村人都要缺水吃了。

查来查去查到了小河西村高处住着的黄丑根家。

不是水管破裂了，是接了皮水管故意放水。

早有李姓家族的人告诉了李保库。李保库听了披了大衣要往门外走，走到门口停下了，反身从桌子上取过一支烟来，屏息抽了一口，把大衣扔在了椅子上，和来人说："这不是一般的事情，是黄姓人想弄点事情出来。"

来人有些不解，李保库说："黄丑根放水是有意的，你再去打听一下，看他是怎么解释的。"

不一会来人打听清楚了，说："不是黄丑根的问题，是明花的问题，明花说自家用水是花了钱的，安了水表，吃一吨出一吨钱，流一吨也等于吃一吨。村村通水泥路，为什么就通不到她明花的门口？她还说，这一次李保库还想选村主任呢，我让他选不成！下雪天人家门口都是水泥地，自家门口是泥土，没有水泥铺地用清水自己花钱铺地，也图个排场。"

李保库失笑了一下说："这个女人是想和我闹事呢，就凭她的胆还不是一个吃硬的，身后有人呢。你再去看看她的本家黄国富去了没有，要是没有，找人告诉他，看他什么反应回来再告诉我。我看这是想闹我的笑话，黄家的男人不立竿子，抬出俩女人来，一个说要唱大戏，一个就来个这营生！"

还没等话说完，早有人来告诉了，来人说："黄国富和黄丑根打起来了，先是打了明花一个巴掌，明花就躺在地上半天没有起来，黄丑根看到老婆被打了就上去打，两个人就打上了。"

李保库眼睛瞪圆了说："自己编排的戏，自己还敢下手？他不知道他自己也是党员！"

来人说："党员就不打人了？人家是小爷爷打孙媳妇呢！不过那黄国富和明花说了，你想铺地，把自家院冻成冰就是水泥地了？没见过世面的愚蠢女人，就不知道水往低处流，就算你出得起水费，你嫉恨没有给你铺地的人，你不该糟蹋了小河西村的吃水！黄国富要去关水管，明花不让，拖拽中间黄国富打了明花一巴掌，结果就打成团了。"

李保库把手里的烟头拧在烟灰缸里，不说话站起来往镇上拨了个电话，在电话里他告诉镇上的人说："选举还没有开始就想闹事，闹我，我不怕他们闹，演双簧给我看，给小河西村民看，我不怕，我过的桥也比他们走的路多。不过，我还是得管，我这个村官到底还没被免了吧，镇上的领导你们看吧，我先去现场了。"

放下电话，李保库拾起大衣就往外走，边走边说："哪有还没选举就打人的道理，领导不像领导，群众不像群众；爷爷不像大，孙媳妇不像小，就算是对我李保库有意见也不能这么糟蹋群众的吃水！教唆自己人干了，还要演一出戏出来，娶了老婆真是不白娶啊，娶了个榜样回来了！"

黄丑根的院子里围了很多人。黄丑根坐在房檐下，明花不见人，听见屋里有人杀猪一样叫，听上去好像快要绝了气了。

李保库心里失笑了一下，叫了一声："乖乖！"

李保库走近时，有人喊了一句："村主任来了。"

有人自动让出一条道来。

李保库一下就明白了自己的威信，姜还是老的辣嘛！

他把大衣穿上，先是不说话，看到黄国富嘴上叼着烟抽，也从口袋里取出一盒来递给对方，对方挡了一下，他把手里的烟弹出来给在场的男人们都发了一支，然后才指着屋檐下的黄丑根："你说说你！就算是我没有给你铺水泥地，那也是怕上冻影响质量才没有给你铺！这事情村上的人哪个不知道？就算你不想让我当下一届村委会主任了，我自己花钱也要把剩余的给所有没铺到院子里的铺上，这是县委县政府的决定，我铺不了，下一届还有黄国富嘛！你闹什么事？你是糟蹋水？你是糟蹋小河西村民的嘴！你有钱你出了水费，看着清亮亮的一地水，群众心疼不？我心疼啊！"

说完李保库拍了自己的胸脯一下，有些拍重了，手腕上的表甩了出去，甩在地上的时候，表带和表盘摔开了，这个没有想到的事情让他从人们的眼睛里看出了想不到的效果。

有人帮他捡起来要递给他，他挡了回去，像是说到激动处还想要往下说什么，听到屋子里的喊声，李保库叫了人说："屋子里的人是不是伤着什么地方了？她的叫声不对劲，屋里的人到底有事没有？快找车往医院送。"

有李姓人挤出人群打电话联系车，这边有人进屋去看明花，进去的人叫：

"明花你说句话，哪里疼？"

听不到明花的说话声，光听得一声比一声哀怨的叫。

黄国富说："她没有咋，我也没咋她，她自己在冰上滑倒了。"

屋里的明花喊出声来："我是为了你黄家，你倒说没有咋，你枉为人的小爷爷了！"

黄国富摊开双臂失笑了一下，指着站着的人群说："人眼里吊盏灯笼，我是不是当这长辈的料，我亮着我自己呢。"

看到坡下有车打喇叭的声音，李保库要黄丑根进屋把明花背了出来。

黄国富觉得这事情看着不是个事情，怎么突然让李保库一来就闹得这么大了？看到人们的乱劲，觉得比矿上出了矿难还严重，就说："也不是多大个事情，何必兴师动众？"却看到李保库叉着的手指放到了耳朵前，手没有伸出来，话出来了。

"就算是长辈，打人就不对！现在咱俩是平起平坐，你说，这事情不是叫村民看笑话了？就因为没有铺水泥，以后承诺的事情如果完不成，再有人站出来闹事，你说选这个村委会主任有什么意思？我是真不想和你争啊！"

黄国富这下不说话了，觉得这事情蹊跷。自己也是听说了自家黄姓人放水，自己又仗着辈分大才推了她一下，她自己很轻巧地滑倒了，现在轮不上解释就犯错误了。正了正衣领想说什么，看到镇上的领导一长串走了过来。从走来的人满脸严肃的样子上，看到了这个事是一个事件！

黄国富没有解释的机会，作为一个被选举的村干部，在选举前做下这么个事情，就算是选举前给村民发了一点钱也不足以构成多大的处罚，有钱救济穷人，不当这村委会主任，自己也想着要发一部分钱给大家，可这打人就成了事件。

黄国富和李保库跟着镇上的人到了村委会。镇领导先是了解了一下情况，觉得事情不大，李保库说："人都送医院了。不大？"

镇领导碍着李保库的面子给县领导拨了电话汇报了现在的情况。事情眼看着越来越大了，黄国富百口莫辩，听着镇领导把县领导的意见反馈回来说："县领导说了，这件事情明显是被打人的错误，但是，打人首先就不对，尤其是一个被选举干部，等于是给群众的信任度一个有力打击！考虑到是群众选举出来的，再给你一次机会，等选举结束了给予处分，相信群众的眼睛是雪亮的。"

李保库觉着事情都这样了还能参加选举？却也不敢挂在脸上，猛吸了一口烟冲着门口进来的风吐过去，沉吟了一会说："上边这种高素质的选举，弄到下边让一群低素质的人给弄得复杂了，农民到底是农民，还是愚昧啊！"

黄国富看到门外的雪还在下，有一阵子凌厉的北风刮过来，吹得街道上的枯树枝僵僵地抖动了几下，雪反倒下大了。仔细看，不是雪下大了，是树上的雪落了下来。抬头望了望天空，发现天空乍现了一点晴意，看到西边有一条清澈的浮云亮了，太阳要出来了，山头上的雪亮得开始刺眼睛。他走到门口望了一下，抬手抹了一下腮帮子，觉得腮帮子干拉拉像冻僵了的肉。他吸了一口外面的冷气，这口气让他心里好受了一点，天晴了，往山外拉煤的车就好走了，不然路不好走容易出事故。又突然觉得这次选举与他无缘了，没有钱的时候盼有钱，有了钱盼口碑，他真想闭上眼睛在雪地上盹一会，他就是不明白：就算打她了，难道不是心疼小河西村的水?!

思想混乱得成了一锅粥。

黄国富从口袋里掏出一盒烟，捏了一下，发现空了，又捏了一下扔到了远处。李保库要给他烟，他又挡了回去。黄国富反身坐下来看一干来人，这时候有矿上的人从门外进来递过两盒大中华，他挑开一盒给在座的一人发了一支，剩下的扔到了镇里来人面前。在座的人不说眼下的事情，谈开了两口锅前的厨师，说两个厨师赤膊上阵，抢足了风头，也让村民开了眼界。

黄国富突然听到他老婆在一个山腰上练嗓子，这时候这女人还练嗓子！早上有人叫他说黄丑根放水，他老婆还赖在被窝里，她也不管她男人出啥事情了，她还练她的嗓子。他笑了笑，眼前发生的事情好像与他也不相干了。

听到他们在一起议论厨师，他倒想起了当年自己读书。乡下的教学质量真是不敢恭维，去考高中时，肚里的墨水没有喝足，爹说："你喝的那点墨水都叫配饭吃了。"他也不在乎，就凭了一股不在乎样也跟了人进了城里。就好比三脚猫功夫的师傅要弟子去打擂台，想的就不是如何取胜而是不要误了热闹。他到了城里自知是考不上的，干脆就不去考试了，找了一个清净的地方躺下去望天。白云悠悠，风儿窃语，他在心里恨恨地说：我他妈的不能就这样活，人活一辈子容易吗！他凭了一股恨劲不回小河西，在外给人打工，也做小贩生意，不几年倒真发了，他带着钱回小河西开了这个矿。开矿不易，风餐露宿他走过来了，当年开采出来的煤卖不出去，送上门都不给钱，有的还死赖着顶货，有拉了煤不给钱顶醋的、顶塑料桶的，也有顶卫生纸的，五花八门想起来都好笑。当年的村里穷，村干部不关心矿上的事情，还隔着窗户看笑话，那样的时光他走过来了。

到后来，政策好，日子好，环境也好，一听说煤矿谁都眼红，村干部也开始插手管了。人坐在金盆盆上，金盆盆还是金盆盆，人就不是人了。

他突然又想到了自己的媳妇六月红。他第一次看她的戏是矿上唱给老君爷的，老君爷保佑着一矿人的平安，他每年都请两场戏慰劳老君爷，其实只是形式，是唱给矿上井下工人的。看她唱也看不出好来，人涂了脂粉，白脸红腮帮，那是台上的人。他是偶尔路过台后，看到刚刚洗了脸的她。她真的长得好美，眉毛长而弯曲，如墨如黛的一双眉毛显现着自然的柳叶形状；眼睛虽然不大，却清纯明亮，不知道咋搞的，其实她脸上还是有不值得他夸耀的东西，比如鼻两边的那几粒雀斑，可他却固执地认为她的嘴唇最好看，而且就是那一瞬间生出了一种强烈的欲望，想在她的嘴上吻两口。当时，六月红不看他，拿着自己的洗脸用具，唱着一句甩腔，咿咿呀呀地扭着腰身走了。他一下觉得这个女人有意思，后来几乎没有绕什么弯子就认识了，认识后他发现这个女人除了爱钱还爱唱戏，是个简单、头脑不发昏的人。细想想，多少年来，生活的不尽如人意他都面对了，生活的美好他也面对了，现在出了这样的事情他怕啥、怕谁？生活就是无尽的享受，包括痛苦在内，这事也算不得事情，大不了还当他的矿长。他真是舍不得小河西村这一方土地啊，他想建一个好一点的学校，想让村民都住上别墅。如果他当选不了，矿上出的钱怕是要走了形式。

屋里的人突然安静了，山上的唱被风送进来：

听奶奶讲革命英勇悲壮

却原来我是

风里生来雨里长

奶奶呀

十七年教养的恩深如海洋

今日起志高眼发亮

讨血债要血偿

前人的事业后人要承当

我这里举红灯光芒四放

有镇上的领导说："黄矿长，你真是娶回个好老婆，不用磁带就听上真唱了。这样板戏咱有多少年不见了，真要唱，还真稀罕了，得来看看。"

李保库把语音放重了说："人家黄国富是活样板，是娶回宝贝了！"

黄国富听出意思了，今天发生的事情，他突然明白是谁在作怪，很不在乎地笑着说："我看中午饭咱都到矿上吃吧。听我老婆唱戏是图乐，人活着都是图乐，真个是老头钻被窝，找着宝贝了啊！"

大伙都笑起来，李保库也跟着干嘿嘿了两声。

五

别看选举是三天后进行的，但这三天里小河西村一点也不太平。

李保库想不到黄国富还能参加选举。本想着这么一闹，就可能取消他的选举资格，结果还是没有闹到点子上。三天后选举，他被选上的把握有多少，自己心里不是没有谱，是怕出意外，黄国富这小子和自己较上了劲，他上午说的那句"老头钻被窝找着宝贝了"是明着反击自己。也许旁边的人没有听出来，但这句话的狠劲他是清楚的。

他觉得这一次下的赌注还不够大，他面对的这个人不是一般的竞争对手，敢拿钱行贿群众的怕也没有几个。一个人把钱不当钱了他还怕什么！如果这次赌输了，他对小河西矿的控股就没戏了，而有些暗中不能说的事情也不好操作，一年里煤矿的年产值有多少他心里最清楚不过，有这么一个台阶，他要不上那等于放着糖炒栗子不张嘴。想到这里，他拿起电话拨了几个号，把自己的心腹都叫了过来。

来的人坐下后，李保库给他们说了今天的事情。今天的事情是黄国富给自己难堪，三天后自己要是落选了不仅仅是面子上的问题，以后想在矿上揽工程、想贩煤的都别指望，黄国富不是吃软饭的，他要不打击报复才怪，所以，为了保证三天后不出意外，他们还得想一个周全稳妥的办法。

既然都是李保库的亲信，又考虑到个人以后，这时候有人说话了："我看现在的人都变聪明了，自上而下没有不认钱的，一个穷百姓见好他才说你好。我听有人私下做了比较，发多少东西也不够一千块，咱就是种地的还缺几斤粮食，粮食多了还得买防虫药，钱到银行怎么也生几个利息。这意思再明白不过了，就连村里的傻海棠都知道谁给的钱多她就画谁的票。"

李保库沉默了有一二十分钟，有人说："不知道该不该说，这事情还是得送钱，扳倒一个人的好办法就是把他往钱里装。"

有人跟着说："但也不能像黄国富那样天女散花，拿了钱不选你，你说你能咋？"

李保库走进卧室提出一个袋子来和其中一个人说："计算一下，靠近咱这边的有多少户村民，拿着去送。有一条，记着说话方式。我琢磨着不这么做也不行，不能说是我让你们去的，怎么说一路想想，送出去的钱要保证他们到时候能填上，别光长了猪脑。"

看到有人计算户数，李保库笑了一下，旁边想事的人有些莫名其妙。李保库说："知道猪吃食有个习惯吧，先捞稠的，后吃稀的。待猪槽里只剩下清汤寡水时，它就开始罢食。不是扭头走开，而是把头从槽里抬起来，老半天瞅着你，看着你没有表示，它就用嘴捞几下稀水，再抬起来，你瞅着它，它也瞅着你，你不给它添食它不吃。经过一番对峙，你总得妥协，数落着往槽里添一把，你添一把它就吃一口，猪每次都是胜利者，其制胜诀窍也没有别的，就是摸清楚了人的心理。猪很像人，看它那一副甘愿讨打的样子，那真是做到人的心眼里去了。猪有人的习性，你们啊，要学会添一把麦麸和谷糠的功夫。"

听的人更是莫名其妙了，李保库说："领导和平头百姓的区别不在乎有多大的差距，就差一个脑筋急转弯。"

这时候听的人想出了一个办法，把几种选票样式说出来，并伏在李保库的耳朵上说了他想出的点子。这个点子的绝妙处是拿了钱的人不能不填要选举的人，否则明眼人一下就看出来了。既然要送钱就大方点，啥事情都是赌，就怕关键时候矛盾出在内部，对李姓人也得防着点。这个点子呢就不存在防不防的问题，送他钱把意思告诉他就是。不送钱的告诉他怎么做，他也得看在以往必须填，谁叫他姓李，不填他脸上就不好看。

李保库说："你从哪里得来的这个经验？"

出点子的人说："别的村选举得来的。还有王家峁选举，人家选举之前也是发粮食票，票上是一百斤大米，必须是等选举结束后才能去领。选举结束后要选的这人没有选上，但是，村民不知道还傻着拿了票去领粮食，哪知米店里的老板说，这票在没有选上要选举的人之后就作废了。村民被他耍了一下，都有气，却找不出毛病来，发票就是为了选上人家，选不上，咋好意思领粮食！发票的这人做事虽说是小肚鸡肠，但想出来的办法却是绝，不然送出去的东西就白送了，还无底可查。"

李保库仔细琢磨了半天说了一声："是绝！"

打发走来人，李保库怎么想都觉得他用的这帮人有价值，不是猪脑，简单到要吃要喝，还是有头脑的。如果说一张票上有三个被选举人，村委会主任、副主任、委员，那么填选票的人要在一个同意人名字后画圈，比如：李保库后面画圈，那么委员的空格里他就必须填上他自己，只有填上他自己，才能证明这张选票是他拿了钱不白拿，选了自己的人。毕竟画李保库和黄国富的人多，填自己只能一个人，委员选不选目标不在那一栏里。

真是绝妙的想法！

李保库想呼吸两口新鲜空气，他突然觉得小河西雪后的空气清爽袭人。雪是有灵性的，和人一样是土地上的活物，雪发出晶莹的光，酥软的光，雪把整个大地丰腴了，滋润了，雪遮盖了许多很不美妙的境地，多好！白它自己，亮它自己，卖弄它自己，和人一样总是适时地抓住季节。

走在雪地上，周遭越发地静了。夜晚的月亮在天空挂出来，那光芒在晶莹剔透中闪出浅黄和微红来，铺洒在大地上就银辉四射了。山若巨牛，树木葱葱，斑斑灵幻。旷野之间，整个笼罩了一袭白纱似的，幽静得满世界都听不到一丝声息。李保库全神贯注看着这景致，忘乎了这严寒，突然地就想起了黄国富的老婆六月红。这个女人，他没打正眼看过，也就是瞟过几眼，像个小妖精，女人要长得像个小妖精，这女人就长出彩了。想到要是十五年前他黄国富敢娶她回家，一个作风问题就搞定了，还用得着下这么大功夫？他从小队会计、队长、支部书记，一步步走到现在，那过去的日子是台阶一级级铺到的，什么样的果子都会成熟落地，走到现在容易吗？他黄国富赶上了好时候，发家致富换老婆，啥都敢做的人凭什么他能当选？自己的女人枯燥无味犹如雪消后的冬天，骂人能骂出花来。女人家张嘴一骂人，好人才也失尽风情。一下又想到了明花，明花这女人要不是生活在茅屋猪圈山乡野村，也是一个小妖精。生在山间了，人就少了几分雅兴，如果周全一点去想呢，也就是多了几分野趣。想到女人，突然空落失措之意弥漫了周身，想起什么来回到屋子里拿起电话往明花的病房打过去。听得病房有人说话，也不敢多说，拐着弯安慰了几句，想着就算是做个样样，明天也得去医院看看她，毕竟戏还没有结束呢。

第二天小河西发生了一件事，这件事直接影响了人们选举的情绪。

都说小河西村的女人海棠傻，要看她平常的举止她是真傻，傻到大夏天有雨时要脱了衣裳出去洗澡。人很讲究，整天有事无事要打扮，打扮得自己一人清爽，一不打扮时就痴了似的偷着骑自行车，一时看不牢靠就推了车从小河西村半坡上骑了不刹车往下溜，常常要撞坏什么，包括她自己。屋子里总是三天两头烧香请人找她的魂。

几天前好好的又要骑自行车，丈夫用链锁把车子锁在了屋外树上，她人就疯了似的拼命往开搜车子。眼看一辆自行车要被她拽得散了架，他男人急着找来了村上的神婆。村上的神婆子端了盛麻籽的碗举着香，她丈夫拄了桃木棍由神婆领着到她平日里常去的地方找魂，夜静时，听得神婆喊："海棠媳妇啊，跟了你男人回家吧。"

她丈夫就捏了细嗓子应声："来啦。"

"海棠媳妇啊，跟了你男人回屋睡觉来吧。"

"来啦。"

反复叫几遍后，回屋看看碗里的麻籽是凹下去了还是不动，若是凹下去了，便是把魂找回来了。人穷，不把人往医院送，也不吃药打针，天天后半夜叫魂，叫得成了小河西村一道风景了。

刚找回魂来的海棠突然大白天拿了一沓子钱跑到大街上乱撒，她家里穷得洗水叮当要啥没有啥，哪来的这么多钱呢？

小河西村人顾不上看两棵树下厨师表演，跑到大街上看海棠。钱撒开了，也没有人敢捡，有人就叫了她男人来，要她男人把钱收拾起来，说："一个傻子，怎么就胆大得把钱给了她？你屋里的钱真是多了！"

她男人来了顾不上捡钱，兜头先给了海棠两个巴掌，海棠把手里的钱全扬了，一屁股坐在了雪地上，人迎了凉风开始哭。

她男人到处捡钱，海棠看着说："你拿了人家的，怎么就敢要人家的，人家给你的你怎么就敢要？你才有几个脑袋，一个脑袋画一个圈，拿了两份钱，你说你给哪个脑袋画？一个脑袋总不能说画半个圈吧！要这纸票票有什么用处？你还瞒着我藏起来，藏也藏不到一个好地方，藏到了谷仓底下，以为我找不到是不是？我就操着这个心呢，你活人就不怕有人要了你的命？你不怕我怕啊，我还要活人呢。你收一个人的钱就是了，还收了两家的钱，就是一个闺女许了两个婆家啊，我看你跟谁走？你七鬼八鬼地哄骗我，怕我知道，说我是傻子，说我是一个活死人，你看看，小河西村的人都来看看，我要是死人，我坐在雪地上，雪地凉哇哇地就化了，就化出了一个小屁股雪窝窝，我要是死人雪地它能化了？你不要拾那纸票票了，要它回它自己的家吧，我长这么大都没有见过这么多，我害怕啊！"

她丈夫走过来又照着她的脸打了两下。百元票子映在雪地上像花一样红，一样新鲜。她男人捡钱的样子有点像弓着的虫子，站起身子蘸着口水数手上的钱，反复点，知道还不够他藏的数，就又走过来照着海棠的脸打两下，海棠被打得如盛开的桃花，海棠就不说话了。她从心里知道，她男人不是人，是一条虫子，她男人的魂丢了。她怎么觉得所有的人都是虫子呢？她记得小时候庄稼地里要是长了虫子人就买了敌敌畏往庄稼地里上，人的肚子里要是长了虫子呢就吃一种酸酸甜甜的宝塔糖。现在，人都成了虫子了，人似乎都不知道他们未卜的前程。她闭住气听，她怕吸气声影响了自己的听觉，怕自己也变成虫子。她想听到哪个虫子是自己男人变的。她听到周围的虫子有一丈厚，她钻不出去，她跳着蹦着往高处探，她听到她周围的虫子像雪一样越下越厚，越下越深，她找不到自己的男人了。她不能把自己的男人丢了呀，她要从这堆虫子中找回自己的男人来，要领着自己的男人离开小河西村回娘家去。

主意拿定，海棠停下了蹦跳，从地上捡起一根干透的树枝，很熟练地走到围观的人群里，先是用足气很小声地喊："魂，回来啊！"

"魂，回来啊！"

"快快跟我回家啊，魂啊！"

喊声越来越大，她看到她把天上的太阳都喊出来了，她能听到不同的说话声，也听到了回头时转动脖子的声音。她终于认出了那是谁的头，谁的身子，终于喊得人还是人，不是虫子了。

她把嗓子亮大了喊："回来啊，魂啊，跟我回娘家啦。"

当钱在现实中变成一种威胁时，一个傻子也害怕了。小河西村的人看到海棠男人把海棠拖走时，所有的人都不说话，各自屋里的人压着各自长辈的脚步往屋里走。这样不知道相持了多久，小河西村有些憋不住了，各家人因为立场不同互相争吵起来，争吵声把小河西村闹得像一锅旺火的粥！

明花在医院住了两天，这期间黄国富叫人去看过她。

明花撂给来人的话很硬："男不和女斗，狗不和猫斗，我一个妇道人家，拿了我给你选举做垫背，我不能就这么白白拉倒，我心里的伤害比身体的伤害要重得多。你黄国富当大，怎么当大了，都是为了你好，你倒让我出丑了。"

来人说："你不计划出院了是不是？不计划参加选举了是不是？"

明花把脸横到了一边说："我不能不要命了，没人疼我，我自己疼我，我想住多久就住多久，住到我心宽体胖为止！"

一个"为止"让来看她的人不说话扭头走了。

黄丑根从小河西来，脸黑青着告诉明花一个不好的消息。

黄丑根说："李保库又发钱了，两天后唱票不知道要唱出啥结果。我不在家，咱爹把钱拿了，不知道往哪里藏，一时心急就藏在了灶火门上的青灰中，一晚上不敢睡觉，趴在窑炕上看窗外的动静，生怕有人动邪念。看看天光亮了才倒在炕上迷糊了一阵子，哪知道一早烧火做饭，就忘了灶火门上藏的钱，等一锅稀粥熬稠，想起来，紧着往出刨，手被烧伤了不说，钱烧得用手一拿就碎。你知道咱拿了多少？"

明花听得眼都直了，脸蛋由红转白，上牙把下嘴唇都咬出青肉来了，急着问："多少？"

黄丑根说："你别怨爹，他老糊涂了。"

明花拿起手边的枕头照着丑根扔过去说："死人，你快说啊！"

黄丑根接了枕头放回到原处说："三个指头。"

明花听了，撩了被子要下床。

黄丑根问："你要做啥去？"

明花说："我回小河西，我看看还有多少能到银行兑换。你那老糊涂爹咋就一辈子光长个子不长心眼呢！"

黄丑根说："那你是没有病了？伤好了？"

明花说："我好好的有什么病？我就是有病也不是白有病，我赚着两厢的钱，这下，倒好，赔干赔净了！"

黄丑根不敢反嘴，想找个话题把原有的话岔开，就说："疯海棠上午又疯了。"

明花不说话。

黄丑根说："疯得不识钱，拿了家里的钱到处撒。"

明花停顿了一下手边的事，想要接话茬，却又停住了。

黄丑根说："一个疯子没有见过这么多钱，害怕了，不知道一个身子咋好许两家亲事，疯得要回娘家避难。"

明花接话了："她傻！"

黄丑根说："她不傻。"

明花瞪了他一眼。

黄丑根说："她害怕不是没有来头的。都收了钱，落到人头上不好分配，到后来吃亏的是咱，落得一辈子心里长疙瘩，到后来怕是疙瘩要变癌了。"

明花说："你比她还傻！"

黄丑根说："咱不跟着凑热闹。咱是祖祖辈辈种地的农民，和土疙瘩打交道，受不起人家的恩惠，吃了人的不好消化呢。"

明花把整理好的东西放到丑根的脚下。

黄丑根说："咱天生是小米黄玉茭疙瘩喂大的，吃惯了萝卜、地瓜，一下油水大了拉不下来，人要憋死的！"

明花穿好草绿色长呢子大衣，这件大衣是李保库给钱买的，她穿了两年了，也没有憋得难受，倒是在人前长脸了。真是人穷了见不得世面，经不起啥风吹草动。人家是吃亏吃损不吃冤，你倒大白天说梦话不相信自己的眼睛了。

黄丑根说："我的话里有意思，你是听不出来呢，还是装？"

明花喊："你没有听六月红唱了，什么种子开什么花。你爹是木头，你长

— 335 —

不成树!"

黄丑根不说话了,站着不动。

明花冲着黄丑根的脸喊了一嗓子:"我要你走啊!"

明花说要出院,黄丑根就不能说不出院;明花说要走,黄丑根不敢不动,提了地上收拾好的东西,天黑乘车回到了小河西村。

六

小河西村三天后如期进行选举。

对于选举,黄国富已经觉得没有意思了,不是针对村民选举,是针对李保库选举。心里想着顺着这个事态往下走,看他李保库要弄个啥,他要闹个啥,他就跟着闹个啥,人活一辈子就怕遇不上对手。

早晨起床时六月红已经起来了,帮他选西装,破天荒用微波炉给他烤了面包,热了奶,趁着他在卫生间,六月红把他要穿的都放到了沙发上,等他从卫生间出来六月红还摆了个架势唱了两句梆子:"狱警传,似狼嚎,我迈步出监,休看我戴铁镣裹铁链,锁住我双脚和双手,锁不住我雄心壮志冲云天。"

黄国富拿着毛巾喊了一嗓子:"你能不能不烦!"

六月红说:"我就是要唱一唱让你凉爽心事。人活一辈子要有个喜好,弄出些荒唐事,也属正常,拿出娶我的勇气来,还怕当不了一个小村官!选上选不上,我都要叫团里来唱台戏,我出钱唱,我爱钱也不怕花钱,我给你唱红,我冒着雪花在半山腰上唱戏,你以为我愿意叫人笑话?我是唱热闹呢,唱得小河西的村民高兴了,唱得土疙瘩们都松筋动骨了,就想着投你的票。这就是我的本事,我不在乎这个村官,我看你在乎啊,谁让你是我的男人呢!男人和女人的想法不一样,我就想叫他李保库瞧瞧,你娶回来的女人也不是猪头白脸,不像他弄个暗下里的女人放放小河西的吃水以为就能赢了你,我倒要看他闹到啥程度才收手。你怕他啥,嫁了你,就算将来下井当了矿工,老婆也给你唱,我爱钱也爱面子,我要给足我男人这个面子。"

> 看你横行霸道能有几天
> 单等那风雨过百花吐艳

新中国为朝阳光照人间

那时候全中国红旗插遍

想到此信心增斗志更坚

六月红一边唱还一边推着老戏里的"三把"，人俊俏得跳起来，一个卧鱼儿落过去落到了床上。

黄国富摇着头听得唱完了，突然就有了一种精神上的肯定。他感到眼里涌满了两泡泪水，他觉得一个人要是被许多人理解容易，被一个人理解却很难。他平静地望着六月红，叫了一声："老婆。"

六月红抬起手叫他走近来，喜欢地摸摸他的头说："你一定能成大器！"

这句话让黄国富想起了自己的祖母。那时候小河西村人少，荒村野岭的，他上学要翻山过岭到山后的范庄去，一个人走时要越过山头和一片乱坟岗，祖母总是颠着小脚送他过乱坟岗，看到他渐渐没有人影了才往回返，每一次祖母都会说："什么时候一个人走过乱坟岗不害怕，你就能成大器了。"多少年之后他心里都想着一个头顶飘着黑头巾的老人和她平静隐忍的一句话，就是这句话化解了他以后岁月中的许多不快，"走过去，就能成大器！"他觉得一个男人的一生必定与一个人的生命紧密相关，他童年的这个人是祖母，他现在的这个人肯定就是眼前人了。

选举在戏台院里开始。要求领了选票的每个选民从上场口上，投了票，从下场口下。上场口和下场口的叫法是戏台上的叫法，这叫法小河西的村民都知道。戏台上一长溜坐着县乡村三级干部，戏台上的人宣布完选举条件后，发出了花花绿绿的选票，整个会场憋满了严肃。戏台下的人一开始也是严肃的，最后被什么东西挠到了痒处，人群有些乱，有的甚至紧张得把自己的名字都写错了，一下想不起来问自己家里的人，那个字怎么写？

拿了人家的钱就得为人家服务，选人家是肯定的，自己还要搭上一个"委员"。下笔时有了一阵子犹豫。

雪晴了，天上有了太阳，戏台屋顶上往下滴水，水滴得欢，好似下了一排暴雨一样，台上的和台下的隔了一层雨帘。人们开始弓着腰，用胳臂挡着头脸填选票，每个人脸上都挂着神秘。

明花手里拿着三张选票，丑根想问她要一张过来，明花不给。丑根说："你还把我当一个男人吗？"

明花不理睬黄丑根。

那天从县城回来后，明花看到窑洞炕上放着的钱，希望的火苗就灭了。那钱烤得和馒头片一样，手都不敢动，一动就碎。就算是不碎，明花觉得拿着去银行兑换都不好意思说出口，都觉得丢人，说一个人没有见过这么多的钱守着灶火门看了一夜，到天明糊涂得做饭把钱糟蹋了。就因为选举，就因为小河西有煤矿，人的心都扭曲到了见钱害怕的程度，那是要让人笑话的。明花把这事情和李保库说的时候，李保库第一句话是："丢人！"

第二句话是："现眼！"

第三句话是："压了。"

明花本来想听李保库说，钱算个啥，烧掉了补上就是。李保库却硬邦邦撂了六个字过来。李保库后来还埋怨明花不该回小河西，起码是不该这么着急就回来。赶不上选举就赶不上，不缺这一票，缺的是你这个人当角儿，这事不能就这么了了，还存在选举后的问题，还得你出面往上告。明花当时听了就想哭，心里有委屈说不出口，冲着电话喊了一句："我是猴顺着竿往上爬，你在下筛罗呢，是不是？"

李保库说："怪不得你小爷爷叫你愚蠢的女人！"

明花很认真地填选票，她要把那个需要画的圆画得很圆。黄丑根觉得自己坐火车回来要履行的义务是什么自己都不清楚了，心里有一些怨恨，那怨恨让他看周围的人看得有些辛酸，他也觉得周围的人看他也可怜。一个男人要是被人可怜了，这个男人活人就没有面子了，他要争得他的面子啊！黄丑根上前去夺他自己的选票，明花的笔正好在那圆上徘徊，黄丑根夺时，明花的笔滑了一下，明花看到那个圆长出了一个蝌蚪尾巴。这时候戏台上的人宣布投票开始了。

从上场口走上台投票的人，把票投到票箱里的时候，抬头瞅了瞅阳光，阳光直端端地照着半个戏台，屋檐上的水往下无节制地掉着，水声像音乐一样叮咚作响。这样的情景让他们感觉与平常的环境不同，有些不适应，一点也不像在田垄上做农活，就算是下雪下雨的时候，土壤给他们带来的那种松软的舒适感，会让他们感觉到一阵阵清凉和爽心。现在，那种感觉被什么剥夺了，是有钱人拿着钱来剥夺了，是有势力的人拿着势力来剥夺了。他们想给有钱有势的人面子，想让他们能在这个舞台上大显身手给小河西争得面子，这面子说到底真要去争，咋就这么样的难呢？

天晴了还会下雪，泥土总要裸露出来，他们从下场口走下去的时候，憨厚的样子，低着头有几分羞涩，脸上的表情像做了错事的小学生一样腼腆。

票箱很快就抬到了戏台的耳房，耳房是上台的演员穿戏服的地方。墙上有一块黑板，下午或晚上演什么戏了，分管大衣箱的人往上写。如今在监票员的监督下黑板上写着两个人的名字，名字下是选一票就一横一竖地往出画"正"字。

拥护李保库的人提议，既然是唱票，就得要群众参加，就应该对着群众唱票。

台下场子里的雪，因为下午选举，上午就派人清扫干净了。戏台院子是水泥地，存不住雪，有的地方已经露出了干燥。阳光照射下人的眉头皱起来，有的人问外出的人走不走了，快过年了。外出的村民说："走啊，离年还长着呢。"

有人说："听说黄国富的老婆要唱戏了，唱的是现代戏《红灯记》，人家唱铁梅呢。没有长头发，她叫人在村上到处找养蚕的人，问哪一家有黑丝，她要买，说是用黑丝当头发，吊脑后演铁梅呢。"

有人说："剧团还缺那头发，要她找？她知道能选了黄国富，就想要唱戏？"

又有人说："可不是嘛，演铁梅全耍了那根辫子，辫子一甩一甩耍的就是演员的功夫。人家不是上台用，是下面练习。"

有人说："她也是爱热闹的，选不选上都要唱，她自个花钱，她说一年不唱了想得慌！不过人家的扮相好，上了台一看就是专业的，科班出身。要是以前的社会她就是犯了作风错误，没准要上台戴高帽受批斗，现在倒演那个年代的戏了，演样板戏真是稀罕了。"

这时戏台上开始唱票了。

唱票的人喊了一句："被选举人，小河西村民委员会主任正职黄国富一票，黄丑根委员一票。"

唱票的人又喊了一句："被选举人，小河西村民委员会主任正职黄国富一票，明花委员一票。"

唱票的人喊道："被选举人，小河西村民委员会主任正职李保库一票，李松林委员一票。"

……

唱票的人唱到十票的时候，被什么事情吓住了，小河西村的人挨个投了自己的票，委员一栏里没有一个是正式要选举的委员。投李保库的那一票，圆画得不圆还带有一个小尾巴；画黄国富的那一票，八叉打得也不像八叉，像是画了圆，却又带着两个小尾巴。整个选票看上去都有点不太正常，也就是不太正规。

唱票的人不唱了，匆匆看了一眼台下，看到小河西的村民用手遮着太阳光的照射，皱着眉头龇开牙框听得正起劲呢，却听得唱票的人突然唱了一句："这叫什么事情！"

这一场雪是下厚了，滋润得麦子潮湿阴暗，黑幽幽的。

凉哇哇的雪消后，小河西的土地露出了极丰富的黄土颜色。

发表于《芙蓉》2006 年第 3 期

入选《文艺报》作品推荐榜

浮生

一

西白兔是种植玉茭和洋芋的村庄，十年九旱，常常是一年里不见一星星雨。冬天偶有雪下，西白兔人总是争抢着把雪收拢到地里，盖了土，驾牛，拖了碾磙把地压瓷实了。别人都是等下种的时候要把土地弄松软，西白兔人却要用石磙子把土地压紧，想保住地下那点浮墒，怕被天空的风抽干了。

春天到下种的时候，扛了犁，半尺深的土里不见墒，西白兔人知道那落土的种子，肯定是不会发芽，但是，春天总得下种吧。就想着或许会有雨来，或许干爽的天空会有云来，哪怕天空孕育着一丝潮湿，西白兔人望天的脸上都会挂上喜悦。

种子埋在地下长不出，只有耐旱的洋芋年年在这里开着白色的花，结着拳头大的块茎。高寒，干旱，山大沟深，交通不便，让西白兔人一直生活在困顿中。就是这样一个恶劣的小气候，也没有一户想到要搬迁出去，就觉得这地方好。这地方什么好？人好——长得出溜。这是一句西白兔人的方言，意思是指这里的人都长得一副好身子，男的挺拔伟岸，女的苗条修长，不像一些平川村庄里的人，长得缩头缩脚。

西白兔人家家炒制炸药，炒制炸药的原因是要开山炸石，遍地私采滥挖的黑口子大批量地需要。什么东西都是这样，一紧俏了就值钱。

西白兔人炒制炸药，从学大寨时期就有了。那时候，下了大力气和土地交锋，也相信层层梯田会出现米粮川，结果是天照样干旱，人照样喂不饱肚子。那时候造炸药是用硝铵和锯末做原料，用于开山修渠和平整土地，炸药粗糙，西白兔人叫豆面粉。

西白兔人由劳模唐大熊带领，到外村的茅厕里用羊铲铲茅厕内墙上的尿碱，据说尿碱可以当硝铵使用。长身子长手长脚的西白兔人，也就是那时候造下声势的。外村的女人看他们一队人马，掮了羊铲，背上搭了毛褴口袋，一个个丰姿潇洒、气宇轩昂的样子，就看中了他们举手投足间的几分人才。学大寨给西白兔人带来的好处，不是战天斗地获得粮食丰收，是给西白兔的穷汉们带来了山下的女人，是后来不断丰富的西白兔人口。

现在，山下没有娶上媳妇的男人稍微扳了扳指头，就数出了许多西白兔人来：李满喜、王秃子、唐大熊、唐要发、李广茂、倪树员等等，他们一个个把山下的俊闺女娶上了山。结果呢，有的人因为造炸药早就不在这世上了，有的人在岁月中突然就因为一声爆炸缺了零件。这很是让外村人议起情绪来，由此，山下的光棍汉们谈笑间不由得多了一层幸灾乐祸。

新的时期到来也好，旧的年代消逝也罢，一切已是羚羊挂角，均化作了一蓬云烟，但是，对西白兔过日子的人来说则有俗人之见：

活人不生事，那叫活人吗?!

二

唐大熊在西白兔是出了名的人物，倒不是说他当过造炸药劳模，而是从皓齿明眸到青丝堆雪，从岩羊般矫健的步履到踽踽独行，到把命交给了实地劳作的炸药，他的一生终与西白兔有着灵与肉两方面的联系。他三十五岁上成家，差一点就成了一条光棍。在西白兔捉襟见肘的日子里，他当了制造炸药的劳模，也把他推到了风口浪尖上，算是生活给了他一个机遇吧，一下成了远近闻名的人物，也成了女人崇拜的对象。那年月要是提起唐大熊来有不知道的，怕是说出去要叫人笑话，不知道唐大熊就像不知道当前形势一样，不知道当前形势，你活人活得叫个闷葫芦。

这说的都是 20 世纪 70 年代的事情了。

走到现在，苍茫的西白兔依旧是干旱的气候和贫穷的山村，西白兔人所关心的事情也依旧是天边突然能滚过一溜闷雷来，爽爽快快来一场透墒的雨，可偏偏天上的阳光把云层切割出了一个正圆，牢牢地照定在四周围的山头上。即使干旱，人也不能不考虑活命。西白兔紧扣着的麦尖山，进入新时期的2005年突然就打开了四季热火朝天的画卷，靠山吃山，靠水吃水，那些分布在村庄肩头上的小山垴，满壁扭曲折叠的石头，以往阻挡和困扰他们望远的障碍，现在，成了他们发财的小亲圪蛋。

唐大熊沿着一条山路独行，他不知道自己是否忘记了过去。山路沿着山垴爬高，林嶂断开处，高峻的崖壁刀削了一样耸起来，崖下有一盆洼地，没有水了，长了一盆旱蒿。干燥的石头干烘烘地扑过来一股旱蒿味，那旱蒿味有一股火药味，轻尘抖动在迷蒙的光柱中咋就闻到了那旱蒿是火药味了呢？他实在是知道炸药的好处，可以把坚硬的东西，炸得像捏碎的饼干一样无形无状。但是，人造了它，人却在它面前树不起威信来。当年开山修路的时候，他亲眼看到过炸死人，他的弟弟唐大明就因为点了哑炮，半天不响跑过去看，随了一声爆炸再也不见人了。

那哑炮里装着的炸药就是唐大熊造的。

他记得那天中午回家的时候，娘拄了棍站在院外的老树下，看到一干人往公路上跑，只有他一个人往回走，娘说："你弟呢？"他不敢面对娘，脸上却也没有泪，他的泪蓄着，在胸口上。

娘说："老大，你弟呢？"

他不知道怎样来回答，自己制造的炸药炸了自己的弟弟，弟弟呢？说死了吗？他说不出口，走到母亲面前双腿跪下了，茫然地看着娘的脸，看到娘的脸由黄转白，头发被山上的风吹得立了起来。娘不看他，决绝地往公路的方向走。他跪着过去拦住，抱住了娘的腿，公路上就有人抬着他弟弟往西白兔这边来。娘只是朝着来人的方向望，走过来的人走到老槐树下停下了，娘看到了担架上的人，血肉模糊的脑袋像拨浪鼓样晃，娘张着嘴不看担架上的人了，扭回身大声质问他："老大，你弟呢？"

他在仰头的时候，娘的巴掌打在了他的脸上。

挺着双身子的媳妇在众人面前给他双腿跪下了说："咱不稀罕当这个劳模，旱地里种庄稼，活一棵算一棵！你给娘、给我发誓，说，这辈子不和炸药打交道了，好歹让这个家安安生生，也让我给你留下一个后！"

　　唐大熊瞪了媳妇一眼："当劳模容易吗？我是实干干出来的，县里的领导哪一个见了我不是抬举着我先和我握手，咱这手上沾了官气呢！"

　　那年月，唐大熊领着人马挨村挨户铲茅厕内的尿碱，铲出来的尿碱像干锅巴放在地上，人看着地上的收获，黑闪的眼睛凝结着与天斗与地斗的满足，人也就不自觉地魁梧了起来。山下的闺女秋凤主动端碗水过去，递上羊肚肚三道蓝的手巾，也不管他两手有没有大粪臭——恋爱中的女人，闻见那臭也是香的。唐大熊的老婆，正是看中了劳模的长身玉立才来到这山上的。

　　秋凤上了山，山上的好景致劈面而立，绿茸茸的麦田里，蓬松松地泛着翠绿的青苗。

　　唐大熊说："看着好吧，虚长着，根旱死了，苗倒伏着看上去长得刺棱。"

　　秋凤走过去抓了一下，那麦苗顺风扬了起来。

　　唐大熊说："旱得狗都耷拉舌头了。"

　　秋凤不好意思地笑了笑说："就瞅上你的好人才了。"

　　唐大熊膀阔腰圆，力大气粗，身短腿长，走路呼扇呼扇，看上去倒也有几分英姿。一路上指着山腰上的地告诉秋凤，山上的地没墙没堰，不能做垄，不能下楼，种地的时候，用手把种子慢坡一扬，锄地的时候能下锄的地方下锄，不能下锄的地方拔拔草，挪挪石头。要说肥，多年的树叶杂草烂在石缝里，土极肥，挂油，拿火点它，它燃。不顶屁用！

　　一个字：旱。

　　秋凤缠着麻花辫梢梢说："只要你的心不旱。"

　　也就才过了半年的安生日子，一切就像电影切换画面一样，出现了蒙太奇效果。那时修房，西白兔的人还没有几个能买得起砖，上山起了石头扎了根基，用干打垒的方式起墙。也就是卸了自家的两扇门板横放在根基上，往进填土捣实，一层一层起高。起到一定的高度，上梁挂椽抹顶子，也不像现在顶子上铺瓦，是就地取材铺石板。他们家的新房和当时的会计陈顺起的房挨着，两家因为是邻居，走得就近了。唐大熊因为是要宣传的劳模天天走乡串村，修房的担子就落到了自己的女人身上。盖新屋了，女人欢笑地穿梭在老窑和新屋之间，频频交换的双腿和摇摆的腰肢像戏剧舞台上的云步，走得自信，如痴如醉。陈顺起时不时要过来照看一下，女人也把陈顺起当了叔叫，大事小事透个气，结果是自己的女人因为两桶水就跟人家进了洋芋地，做了最见不得人的事，还极有能耐地怀了人家的种。人家的种在唐家仰着小脖子硬挺挺往上蹿，啥时候想起来啥时候心里是一阵一阵堵，啥时候看见啥时候是呛了胡椒面一般难受。

唐大熊说："从前，我给你不止一次说山上旱了，你满口看中了我的好人才，结果两桶水跟人家进了洋芋地，两桶水就让你解馋了，好人才不及两桶水，说出来是烂鞋底打我的脸撕我的心呢！"

秋凤想着从前，想着前尘旧故，到死也没有回到从前。她在第二胎给唐大熊生出真正的儿子时，随着儿子的出生结束了生命。唐大熊想起这个女人来，常常会莫名其妙地想要哭，哭这个女人过早地就不在自己的身边了，让他活着背负了一块很重的石头，让他活在两难境界中，有爱有恨，或爱恨交加，不能自已，生活在西白兔人的闲话中，一辈子要人来嚼舌根。

想想自己女人的好，在村里是数一数二的好。脸庞线条清晰，干干净净，两只眼睛像两颗豌豆一样。为了炒制炸药，茅厕里的尿碱铲没了，她还帮着自己到地里采过灰灰菜，回来坐了锅熬，熬硝。多好的女人！后来经历了那件事，女人脸上的笑就瘦了。尽管有些东西想起来不是那么美好，但是，发生了的终究是发生了，不能不面对。后来唐大熊对自己的女人有了一种占便宜的心态，仿佛不如此，自己就吃了什么亏似的，两年庄稼一年种，庄稼不成年年种。山与壑之间流动着一种难以说清的东西。

四野沉下来的时候，唐大熊就兴奋，就想在女人身体上泄愤。女人哆哆嗦嗦地团坐在炕头，他啊啊喊两声，喊给隔壁的那个人听，村里的狗便应和着叫起来，西白兔的人就兴奋了，也不结伴窜房檐听窗户，只顾着自己骚情地上炕解馋。月儿从一座山的背后爬上来，淡红的，有几朵无雨的云托着，把唐大熊起伏的影子拉得很长，看上去头也变形了，身子也变形了，极有路数的撞击让他发灰的脸上皱起了缺少水分的光泽。白天他还是一个人模人样的劳模，晚上他就忘了白天当的是啥样的角色了，这个劳模，背地里西白兔的人不喊他劳模，喊他性蛋儿。

只有这样压着女人的身体，大口大口地喘气，他才觉得像踩着干旱的西白兔土地一样踏实。女人说："你糟蹋我也不要糟蹋那孩子。"女人就是在这种忧郁和痛苦中过早离开这个世界的，她的离去给他留下了漫漫茫茫的未来。

三

唐大熊一直以来不相信唐要发是自己的儿。自己是高个子，唐要发是五花个，眉眼顺自己的地方不多，但碍于出生在唐家，也就真假好赖姓了唐姓。如今，他是看儿不是儿，看儿媳不是儿媳，看孙女不是孙女。明明知道外人都知道是咋回事情，还哄自己别人是傻子。这个儿，这个唐要发！

唐要发眼看着书念不出名堂来，没等初中毕业娘就要他出去打工，要他离开西白兔，离开日日里看着他的唐大熊。那时候山里人还没有想到要动山上的石头，山上的石头在阳光下很安静地卧着晒暖。地干荒着，青苗卷曲，从山下往上运水的人是会计陈顺起的小儿子李续。正常情况下一吨水卖三块，西白兔的人吃水要卖到九块。贵不贵？贵！人不喝水不行。

娘走时安顿唐要发说："赚多赚少都要给你爸，一分钱都不能少了，一分钱都不能落下。"

唐要发茫然地望着唐大熊的背影看娘，娘的肚子像地锅一样鼓着，肚子里的弟弟快要生了，娘的脸上挂着不易觉察的哀怨，那种哀怨伴随着他的睡梦多少年了，对娘的记忆就剩下了最后这张哀怨的脸。他不知道自己到底做错啥了，每一次自己闯了祸，唐大熊都是指着他对娘说："看你的好儿子！"在别人家他看到的是女人对着自己的男人如此说的，独独他们家是爹冲着娘这样说的。

娘生了弟弟唐国发后死了，死时唐要发没有见，从县城里的工地被召回来后，发现唐大熊变了，看他的眼色多了一份怜爱。但有些事情他是不知道的，也没有人敢和他说。

唐要发第一次被山下五里庄的水仙看中，是跟了李续开拖拉机下山拉水。山上的旱窖储水量少，春口上下种，人畜吃水量都加大了，旱窖水底子沉淀着一层厚泥，桶放下去不仅吊不上水还吸桶底。这时候的西白兔人就只能等李续的水，唐大熊不让唐要发跟李续拉水，看死了盯，他说："你要是跟了李续拉水是辱没我唐家先祖。"唐要发从心里有一种抵抗情绪，偏要跟了去，你能咋！就偷着跟李续拉水。拖拉机不绝于耳的嗒嗒声，一个春天，环绕在通往西白兔的山路上。

李续没有拉水之前，西白兔人吃的是旱窖里的天水，旱窖里的水吃完了，自己下山拉，有牛车拉、驴车拉，也有人力车，家家户户一天里主要思考的问题就是一个字：水。但牛拉和驴拉费时费力。李续听了他爹的话买了拖拉机从山下拉水。一开始也有不买他水的人，认为贵了，比吃玉茭和山芋还贵，但是，经不住大多数人都买，你不买，就显得小家子气。穷身子长了富脸面。

自从拉开水，小个子李续个码也长高了，握着方向盘的李续好像骑在马上的将军，举手投足之间透出了一股子奔小康的优越感。李续的个子不高是因为他娘是招女婿，是从山下招来了他爹陈顺起，陈顺起个子就不高。招来的陈顺起改了女方家的姓，叫了李顺起。既然做了上门女婿，又沾了媳妇爹是老支书的光，由会计当了后来的西白兔村委会主任。当了村委会主任的李顺起来了个个体户大盘点，自己说了算，恢复了原来的陈姓。西白兔人叫名字一般不带姓，就叫名，当了干部的人你要是叫人家名，人家就不高兴，都是带了姓叫，比如李主任、王支书等等，你要叫人家李顺起主任，听起来别扭不说，还以为是带了情绪叫人家。选举的时候是以李姓选举的，成功了，就一定要大家叫他陈主任，档案里备了案的还是李顺起。老支书有点气急攻心，看在给自己添了三个孙子的分上也不好再说什么，就由了他糊弄，李家反正是有孙子了，要不要这个当爹的吧，计划生育的超额完成对姓李姓陈已经不太重要。唐大熊常和西白兔的人骂他"白眼狼"，骂他"黄瓜敲锣，越敲心眼越短"。西白兔人叫惯了李顺起，一下改不过口，又顾着陈主任的面子，干脆什么也不叫了，就叫他："哎，大主任。"不几年因为大主任的爹，王八脑袋上竖起头——李续就走龟运了。

李续常年下山拉水就和水仙的哥哥做了朋友，力主水仙嫁到西白兔去，就把唐要发介绍给了水仙，还说他爹是劳模。不这么说好像不能打动水仙的心，这么说了，说明唐家有一个很是能抬上桌面的人物，也不是普通人家。水仙当时在漳河边上洗葱，人站在水边，绿葱叶白根子粉指头，上身穿着这个社会不怎么流行的碎花罩衣，过了清明，脱了棉挂了单，人站在水边的样子要说好看是真好看。看到公路上走来提水的唐要发，像一棵树站过来一样，两个人不自觉就拉上了话。

水仙说："要是来提亲，我就一个条件，想学裁缝，你出钱让我学裁缝，我就嫁你。"

唐要发说："容易。"

水仙说："不结婚就学，学会了结婚。有人出钱让我学裁缝，我不要，我是看中了你的人才。"

唐要发说："山下的人都是看中了山上的好人才。"

水仙说："结了婚不生孩子先开裁缝店，等赚了钱我养你。"

唐要发呵呵呵笑得两鼻夹皱起了八字样细碎纹道道。

水仙说："都说西白兔的人是高个子，我看你也不算高，也就是比李续高了一指头。"

唐要发说："我爸个子高，我结了婚还要长，这是我娘死前说过的话。"

水仙真的用订婚的钱去学了裁缝，学会裁缝的水仙结婚那天骑着马嫁到了西白兔。

西白兔的午后是宁静的，多姿多彩的秋天里，吃毕晌午饭，人们等着山下的响器家伙，左等不来右等不来，看山下，山路如同伸展四蹄长卧的牛一样慵懒，等待中的热闹就堆满了西白兔人的脸，看热闹的人要看唐家给这个儿咋办这个喜事，看隔壁的陈顺起出多少礼钱。迟迟不见该上礼钱的人来，也迟迟不见下山娶亲的人来。几只鸡披了一身热闹用爪子在等待的期盼中刨，啥也刨不到，天旱得土里都藏不住虫子。

一只公鸡和一只母鸡开始调情了，干瘦干瘦的公鸡，一只脚收拢了，踮起另一只脚，架起半只翅膀，像舞台上夜行的薛仁贵来回踮着脚走。母鸡咕咕了两声，躲了躲，表了一个姿态，公鸡依旧踮着脚尖，举着一扇翅膀围着母鸡转，母鸡这下子抬起了屁股，好了，公鸡收拢了大概是酝酿了一个中午的情绪，很直接地提起翅膀扑向了母鸡。有看热闹的就说了："咱要是也像这鸡一样野一回，给母鸡野俩蛋，算是不白活了。"

说者无意，听者有心，就见唐大熊从院子里举着个筛子出来照着鸡扣了过去，鸡架着翅膀分开了，唐大熊还不解气捡了筛子还要撵着扣，这一扣，扣到了进门来送礼钱的陈顺起头上。

陈顺起说："这是又发啥子疯，大喜的日子和一只鸡斗气？我也给你凑个份子，不多有少，贺你娶了儿媳妇了。"

那竹筛子里落下了十块纸币。

唐大熊看着那十块钱，心里突然觉得松散了。你说这王八蛋，他要是多上了礼钱自己的心里反倒不高兴，这不是明着承认这个儿吗？钱少得和其他人一样也不正常，比其他人稍多出了一点，才算是村干部的脸面，才能让大家伙儿知道这个儿到底是我唐大熊的，尽管是浪得了一个虚名。村里的礼钱都是一块两块，最多也就是五块，他上了十块，还算是妥当。手里端了筛子，走到记礼账的跟前簸了一下，那钱展展地落到了桌子上。

"记上，隔壁的李顺起。"

他的嗓门很大，大得要陈顺起和西白兔的人听，他不是不想姓李嘛，我偏要叫他李顺起。

嫁过来的水仙要求实现自己买一台缝纫机的愿望。唐大熊说："刚结婚，欠了一屁股两肋巴债，去哪儿弄那缝纫机？"

言外之意是，不弄。这么一等就是半年，水仙有了孩子。怀了孩子的女人是双身子，干啥不干啥都有讲究，怀了孩子的女人就不能用剪刀，怕生下的孩子是豁嘴。既然水仙已经怀了孩子，唐大熊的意思是应该在家里静养，不宜干重活，就要唐要发外出去打工。水仙心里想着怀了孩子有意思，又想着开裁缝店更有意思，但裁缝店的投资大，明显是开不成了，就盼望孩子快出生。

水仙等唐要发外出打工走了，一个人住着无聊，没事就往李续的小店跑。在西白兔，除了唐家，她不认识第二个人，小叔子又小，在山下念初中，家中里外就剩下了她和公公唐大熊。农村人，公公和儿媳妇不敢话多，话多了就有闲话，还以为有了说不清楚的瓜葛，像那电视里的唐明皇一样，败了老唐家祖宗的兴。后来知道那皇帝是姓李，私下里唐大熊还高兴过一阵子。

水仙要去李续的院子里，唐大熊不敢说啥，也不好说啥。李续的小店开在村中央，店里主要卖的东西是水，钢板焊接的水箱像锅炉一样竖在院中央，有人要买水了挑了桶来，一桶五角钱。水仙来李续的院子串门还有一个心理，凑热闹。因为，李续家的院子里支着张麻将桌子。一张麻将桌子只能有四个人玩，四周却围着十几个人看。

膏药不贴疮，一百零八张。百病不能治，专治闷得慌。闷得慌的人都往李续的院子里走，口渴了还能讨一碗不花钱的活水。西白兔人叫河水是活水，叫旱窖里的水是死水。不看麻将看人脸，人脸上的表情丰富着呢。掏了钱的人脸黑着；赢了钱的人，脸上挂着眉飞色舞的喜悦。西白兔的人外出打工的多，闲余的人，看地里的庄稼长得细毛鬼筋的样子，就凑到了李续的院中。西白兔的人不叫麻将牌，叫骨牌。李续也参加打骨牌，输了，他并不出钱，要对方打水。水是商品，拿钱来买。

水仙心闷，一般是看。唐大熊看不过眼说过她几次，不让她到李续的院子里去，水仙腻烦得偏要过来看，一切内里的缘由水仙不知道，但是，她对公公的话很反感。看得多了就也想上去玩一把，开始的时候水仙往座位上坐时还有些害羞，出牌也比较谨慎，问身后站着的人，身后的人说看两家牌，不便开口。水仙就不问了，自己把牌码成两排，前排是码好的，够搭子的，后排是要打的，幺鸡、风、白板、红中等，明眼人一看就看出了她有没有牌。这时候李续总会找借口下场要别人来玩，自己回去倒一杯水出来，望着天空说几句没咸没淡的话，来回走了两步，就斜挤进去站在了水仙身后。李续说："把好牌出了，暖着那个风。"说话好像还嫌不解决问题，就伸出了手，把两行牌码到了一起。

水仙说："这样我分不清好坏。"

水仙要出牌了，李续说："这张。"自己就上去拿了牌直接扔了出去。下家和上家因为李续的介入，各自取出两张牌来扣在了桌子上。李续说："扣什么，我又不是贼，人家的牌好着呢，不自摸不成牌，是吧，水仙？"

水仙捂了嘴笑，笑声不脆不响，很是招人听，但也招人恼。

李续的老婆在山下的一所小学教书，不回家，一个礼拜回来一次，回来时坐着李续拉水的拖拉机。回到村上，不等得往下卸水，村上的人就围上来接水了，这其中有唐大熊。因为李姓辈分大，李续说话就随便："劳模，我明天给你拉一车水，你把水窖里的淤泥清理干净，我打骨牌欠了你家水仙的。"

唐大熊把脸一黑，望着地上的空桶，不看李续的脸。李续也不看他，忙着放皮囊里的水。唐大熊等得人挑完水，自己挑了空桶回家。进门的时候遇上了水仙，就说："李续欠你水了？"

水仙怔了一下，马上就对什么有了反应："噢，欠了。"

唐大熊很不乐意要李续的水，他和李家的仇是用炸药也不可以摆平的仇。掏出烟袋锅子想着怎样来和水仙说拒绝李续的水，马上反转又想了，老子讨你一拖拉机水算个屁，还帮你养着个人呢！

第二天李续就下山去拉水。

临出门他老婆问："听说，你帮水仙打骨牌赢了？"

李续说："赢了。"

说此话时，李续拿了摇棍发动拖拉机。憋足了劲猛摇几下，突突突冒一串青烟，灭火了。李续老婆说："赢了咋还说欠人家的水？"

李续抬起憋红的脸说："是想让我灭火是不是？一车水算个屁，论辈分她得叫我叔，你瞎想个啥？"

李续老婆不说什么了，回头嘟囔了一句："老子都不讲辈分，儿子能想得到讲！"

李续上前照老婆的脸打了过去："你说的是人话？"

事情一扯上公公，她就不能再往下说了，捂了脸哭了一场去娘家。娘家人说："人家是干部家庭，想和谁好还不是一句话的事。村上出义务工、接受救济咱都有，你说的话要娘家和人家去闹事也闹不到桌面上去，叫你婆婆听了，她也敢打你。回吧！"李续仗了当干部的爹，老婆都惹不起他了。

唐大熊在清理水窖，一桶一桶挑了稀泥往自家的玉茭地里送。稀泥挑到地里，不舍得随便倒掉，掺了化肥，在玉茭的根部挖开口用马瓢舀进去。水贵如油呢，水仙看到公公脸上吊挂的汗水，用脸盆端出水放到院子里要他洗把脸，落落汗。唐大熊看着脸盆里的水说："我不热，端回去吧，明早你正好洗脸，你洗了我洗。"西白兔人的发音和山下的人不一样，把"洗"字的发音叫"死"，话说出来就听成了"你死了我死"。

在河边长大的女人，哪见过这么样节约用水的？就弯腰自己洗了一把脸，抬头湿着脸学着西白兔人的发音说："死吧，我死了。"

唐大熊被弄得很不好意思，蹲下去把脸盆端起来湿了一下脸。他不舍得把手伸进去，手上糊满了泥。水仙望着公公远走的背影觉得自己的玩笑开大了，不自觉喊了一声："爸，慢走啊！"

唐大熊站下来停顿了有一秒钟，抬起脚来没有回头紧快走，出了院门停下了，等水仙再叫，水仙不叫了。

水仙从进了婆家门到现在，还没有叫过唐大熊爸，不是水仙不想叫，是农村大多数儿媳不叫公公，一般要叫了，就和自己的丈夫说："叫你爸去。"

有了孩子，就和孩子说："叫你爷爷去。"什么也没有或不在身边时，就说："和你说个事。"

水仙要叫，别人就会觉得水仙和农村人不一样，是模仿城市人假文明。水仙现在叫了，是因为水仙觉得她不叫唐大熊爸，冲着他那高挑的背影有一股说不出的热。她要不叫以后也许就没有机会了，或者说这么心动的时刻不叫，就叫不出来了。唐大熊心里不这么想，就想，早该叫了。可惜四下里没有人听见或看见，想赶快走远些，让水仙再来这么一下子，好让隔壁住着的陈顺起听见。

身后空得像一条不见发大水的干河沟，看不见有新绿的叶子长出来，阳光晒得腾起了热浪，热得脊沟上有汗往下流，像爬满了蚯蚓。唐大熊心里的雀跃就此缓缓打住了，落得一肚子失望。

水仙看着公公的背影远去了，端了一缸子水坐在了自家屋门前，不自觉地就做起了裁缝梦。打做姑娘起就想长大了要去学裁缝，给别人做衣服，也给自己做衣服，她相信自己心灵手巧，也相信自己能凭了手艺来养家糊口。想得好不见得好，日子走到现在了还是没有实现她的梦。和唐要发说，唐要发说："这想法通不过我爸。"

水仙说："为什么？"

唐要发说："不要问。"

水仙说："不要问？我要不是看上了你的人才，我嫁谁他敢不让我开裁缝店？西白兔这么穷的地方，我开店少说也能补贴家里吃水。"

唐要发看着水仙，不知道该怎么和她说，他一直以来把赚的钱都给了爸，他和爸要钱的时候，爸就说了："女人家，不能给她安排事做，安排了事情，她就不知道她是谁了，背着你啥事情都敢做。"想了半天，他还是把爸说过的话说给了水仙听。

水仙不知道公公为什么要这么说。扭头白了一眼唐要发说："糟蹋了唐大熊的好人才和好品牌！"

唐要发一走，水仙闲在家里和唐大熊碰面话都少了，心里系上了疙瘩，一看到唐大熊，就想起了那些话，隐约从西白兔人们的嘴里套出了唐家那些个不光彩的事情，但是，她还是肯定唐要发是唐大熊的儿。把做裁缝的梦也就此打消了，打消得倒也不彻底，时而还会想起来，还会找一些旧报纸剪一些衣服样子出来，用大针脚缝了，挂在墙上看。唐大熊看不惯，和外人说："家里又没有死人，天天撕了报纸糊衣服，是糟蹋我唐家来了！"

唐大熊心里憋着气，憋到现在看什么都是越发不顺他的眼睛了。

水仙现在能叫他一声爸，是下意识叫出口的，现在想起唐大熊说过的话，又有点后悔自己叫了他。缸子里的水没有喝完泼到了地上，碰上唐大熊回来，唐大熊没有说话，看着地上的水放下水桶，把担子撂到了当院，弄得响声大了，在水仙心里又系了个疙瘩。

李续说要给自己家里拉一车水，水仙想，他为了啥平白无故要拉一车水？真就是人们说的那样李续和唐要发是一个爹？水仙不相信。又从生活的需要上想了，觉得人家是和自己的哥哥关系好，想体贴自己，心里就有那么点虚荣作怪，想着吃他一车水算啥，他吃了西白兔人多少年水了，他靠着当干部的爹发群众的财，他要是天天给我水不要钱，我都巴不得呢！

李续把水拉来顺着沟渠流进了水仙家的旱窖，李续他娘站在自家的大门口望着这边，看到李续和水仙一问一答地说着话，心里酸着就起了一股醋意，喊过话来："李续，算了水钱过来，娘想用钱买铁炉呢，马上立秋夜凉了，屋子里寒气上升，人老了骨寒。"

李续说："我明天拉水，给你捎个铁炉回来就是了。"

李续娘怕李续得不上唐家的钱，怕唐家的小骚狐狸精使了坏勾了李续的魂。年轻时候自家男人仗着是村上的会计，适当地能给各户调剂几斤细粮，做下了很多说不出口的事情；现在自家的男人不比当年了，会计当成了村委会主任，翅膀硬了，动不动拿前程吓唬自己，自己也冲着那张干部脸敢怒不敢言，也就是背着他说说自己的儿子，胳臂肘不要朝外拐罢了。唐大熊看了一眼大门洞探出来的头，一时有些高兴得想笑，到底没有笑出来，鼻夹周围八字形的细碎纹道道因想要笑堆在了鼻子两厢。唐大熊故意大声说："李续，我是白吃你这车水了，我是真不想白吃你啊，可不吃白不吃！"

西白兔的人就想看热闹，年轻的时候唐大熊女人吃了人家两桶水跟进了洋芋地，现在，倒要看看吃人家一车水有什么故事发生。傍晚的热闹让西白兔人苦寒的心兴奋了，也成了茶余饭后议论的话题。

四

原来西白兔缺水也没有这么厉害。山下抗旱修渠时，山上隔十天半月还有个马虎天，遇上云积得厚时也下一场暴雨，后来把山下的渠修成了，山上原先的水流就慢慢变细断流了。"劈开太行山，漳河穿山来，林县人民多壮志，敢教日月换新天"。当时响应政府的号召开山引水，但有水的日子仿佛只是被打下凡间的神仙的一个梦境，人如故，水不见了。山上不能住人了，山上的人说，山下的人也说。政府鼓励山上的人往山下迁，也列入了计划，但是，政府补贴的那点落户费，落到山下哪一个村子都不够村干部们打牙祭，还不说地啦、屋啦、吃啦的。山上的人原来还动了心思要走，眼看着有人下了山，可又回了山上，山下的地吃紧，批地基又困难，山下修房盖屋都是在自己的地上做文章，山上的人下了山才知道理想这东西对侍弄土地的农民来说还太远。也有出去搞副业的，发誓就是在外当乞丐也不回山上，有的还真不回来了，是在外看着城里人好过，偷人家东西被抓进了看守所。

人活着没有目标，看着脚下的一方方土地，政府里的官员骂山上的人鼠目寸光，山上的人骂政府光顾了腐败，哪管老百姓要死要活！

唐大熊看到山上缺了两样东西，一个是树，一个是鸟。树被山下开煤矿的砍了做了坑木，鸟没有树了只好飞走。西白兔的山上只剩下了人和石头。如果山上只剩下了人，人会很孤独的，石头也不见得就能救了人。唐大熊明白山上的人都在私下里较劲，赚了钱往山下迁，人想着明天，想着山下，就还得活下去，要说不容易那是真不容易，风吹尘刮的，白昼黑夜的。

唐大熊想起当年自己在外村修红旗渠，一年半载不回家，偶尔回家，看娘的脸黑着，瞅了媳妇不在的空隙把他叫到窑后的自留地里说："你媳妇偷人家的汉子了，就因为两桶水，就跟了人家的汉子进了洋芋地。"唐大熊不相信地看着娘。

娘被看得心里发毛，觉得自己不该说："我是不该说。"

半天，娘打了自己的嘴一下。娘身上罩着件蓝褂，脸上挂满了皱纹，一双小脚坚定地站在油菜花田里，一双暴起青筋的老手扶着油菜花梢，有点晃悠，被他看得不敢正视他的脸，扭头拖着小脚快速走了。

唐大熊瘫坐在了地上，地里的油菜开了花，他抬起手来看自己的一双手，油菜都开花了，已经是春暖天气，自己手上被大锤震裂的冻疮口子依然往出渗脓。他穿着一件褪色的，领口、袖口和下摆都掉着线头的藏蓝布立领褂子。

家做的布鞋，鞋是千层底，是媳妇从娘家带过来的旧布，一层层用豆面糊了晒干剪了鞋样用麻绳纳就的爬山鞋。穿的裤子是媳妇下山和娘家哥哥要来的，媳妇疼他，常说他长了好人才，说人靠衣裳马靠鞍，日子穷，但是，也想着法打扮他。他被媳妇宠得没有了大人样，就是不回家，他也知道媳妇像他的小娘娘一样安分守己在家等他，可就是没想到媳妇偷人家的汉子了。这西白兔虽然穷，缺水，但是，穷人家安于现状，没有野心，善良本分，缺水的旱窖储水也够她和娘吃了，他想不通两桶水怎么就跟人家去了洋芋地？

他哭丧着脸拐过窑脊走进了自家院子，看到媳妇秋凤倚在窑门上，不知道从哪里弄来了一摞子精细瓷碗碎片，弯下腰来铺在院子里的红石头上，用锤子砸，碎瓷片砸成了米粒大的块状。她把它收起来，抬头的时候就看到了站在篱笆院墙边的他，惊得把手里的碎瓷块落在了院子里，说："娘说你走了！"

他说："我不走了。以后我每天供应你吃两桶水！"

秋凤不说话了，蹲在地上收拢散落的碎瓷，双手被碎瓷的尖角扎破了流着血。他看着不管，他觉得地上的东西本来是很完整的一个好东西，很完整的一束油菜花，被驴嘴过来卷了一口。他以前还笑话别人看不好自己的老婆叫人家一个外姓人睡了，现在轮着自己了。他清楚要找的目标，就在自家的隔壁，但他不能去找人家闹事，他是劳模，是有头脸的人物。从媳妇身边走过去的时候他的双脚很僵硬，媳妇一下搂了他的腿，他拿手抓了她的头发说："不是说看中了我的好人才？"

媳妇被他拖着进了窑，手里的碎瓷块塞到了嘴里，就着火台上的一碗凉水张嘴喝了下去，碎瓷把嘴和喉咙划破了，她开始大口地吐血。唐大熊害怕了，叫娘。

娘吓得缩在隔壁窑里不敢出来，知道是自己捅了娄子。

媳妇说："不要叫了，你把窗台上我晒干了的桃花取过来，我一并喝了，我要打胎，我怕是怀了他的孽种。"

唐大熊不说话了，走过去真就把窗台上的干桃花拿了过来，他毫无表情地看着媳妇大把大把干咽了下去。媳妇看着他缩回去的手，强忍着痛站起来从房梁上取下一罐头瓶獾油，帮他涂了手说："我也是为了这个家，要是觉得我在这个家没有用了，我自个下山走人，你不要闹事，留我一张活人的脸皮。"

唐大熊说："到底为了啥，就跟人家进了洋芋地？"

媳妇说："干打垒修屋，身子汗臭，到旱窖里去打水，水不多了，知道你在外搞社会主义，怕影响了，娘说，不心疼水也该心疼在外开山的两兄弟，怕我把水糟蹋完了。我心里气，出窑想找人去说，路上碰见了陈顺起，他问我咋了，我就照实说了，他挑了两桶水倒进了大锅里，我没舍得用，给盖屋的人下了面。他要我跟他去拿獾油，獾油治冻疮，他把獾埋在洋芋地。他说，去冬打了的獾埋在地里，隔一季就都变成油了，他要我去拿一些来给你抹手。我和他说要他半罐头瓶，往回走的时候，天有些黑，他拦腰抱了我。论辈分该叫人家叔，我说叔，你是我叔，他答应着就把我扳倒在了洋芋地。"

半天唐大熊说："大没有大样，小没有小样，我这个劳模就是他爹给弄的，你要我怎么有脸出去见人？"

媳妇不出声了，双手捂着肚，肚子里翻江倒海的，疼得她面色煞白，听得从嘴里吐出一句话："劳模就那样重要？"

唐大熊傻了，劳模还真不算个屁！当这劳模，当得老婆暖了人家的心窝子了。眼泪无声地就落了下来，是一种小孩受了大委屈又不能往出说的哭泣。他坐在了地上，觉得魂不知飘向了何处。他的哭从他的出生开始，一生的不幸，他不知道这不幸是广大的。他哭得眼睛红肿，媳妇拉了他的手，心疼得顾不上自己，只看他。唐大熊不哭了，他知道自己的媳妇是一个好媳妇，就是因为穷，因为西白兔缺水。

他站起来甩开媳妇的手走了出去，走到村中央的时候看到了陈顺起，他上去一把抓了他的领口说："你敢睡劳模的女人，你算个什么干部！"

陈顺起拽开他的手，指着他的鼻子说："你是不想当劳模了！我就是睡你的女人了，怎么样？是你的女人看见我屁股上的肉就不停地摇晃，这么好的女人，怎么就嫁了你这样一个只知道往死里受的驴？"

陈顺起从他面前背了手噔噔噔走了过去。看着走远了，他却不知道要做啥。他突然觉得自己真是一头驴。西白兔看热闹的人把他围得透不上气来，他像一截发干的朽木，收拢嘴唇，面目十分古怪地看着周围的人，他们的女人有的被陈顺起睡了，怎么就悄没声息不言语呢？他不知道陈顺起除了挑过来两桶水，还给了秋凤一斗谷子，新屋上梁的时候正好用上了。他不明白因为穷，女人是想讨个小便宜装他的门面呢。

喝了桃花水和精细瓷也没有打下胎来，苦够了，伤够了，十月怀胎，瓜熟蒂落了。

秋凤忍痛说："给了人吧，怎么也是在你面前长着的一个人，不是一个物件，不要日日里弄得你心歪、难受。"

唐大熊说："你还知道我心歪！"

大儿子长到了十岁，不及八岁的闺女高；长到了十九岁，不及十五岁的二儿子高。唐大熊想，这哪里是我的种嘛！

唐大熊心里憋着一股气：我就是要让你陈顺起知道，你的种，本该叫我哥的，他叫了我爸！顺着你这个儿子叫，掉头你得叫我哥，我讨大便宜了。

穷日子繁衍了丰饶的苦难，最突出的特征是他的心越收越小，只要是夜色降临，他的想象就无比丰富生动。他反复不断地纠缠诘问女人和那个男人的细节，问得烦闷了，就压在女人身体上，他才觉得这明明就是我的——我的东西，我就要纵容自己好好受用她。他要隔壁的陈顺起听，我的女人让我快活得喊叫呢，风被他的喊叫凝固了，天空被他的喊叫凝固了，西白兔被他的喊叫凝固了，他的身体蜷曲着又伸展着，跳跃着、起伏着，我解馋死了啊，隔壁的驴驹子陈顺起！

阳光照拂着西白兔，异常灿烂，也格外刺眼，偶尔有云彩过来，好像有什么东西牵引着遥遥远远又走了。风起的时候除了尘土，再不见有什么东西过来。但是，一声爆炸让山上的人知道了这山上还有第二种财富。

五

爆炸声把前任村支书李满喜家三间房屋掀了顶子，把李满喜的一只耳朵炸聋了，把他小儿子的一只手炸飞了几根指头。

看打骨牌的人，当时正议论着村里这几天发生了一件新鲜事，说李满喜家不知道因为什么，在城里当干部的大儿子往回拉了好多硝铵，秋天拉这么多硝铵谁买它？又不是春口上地等着下种。

在外打工的唐要发接到水仙预产期到了的电话赶了回来，也站在桌子后看打骨牌。回到家的唐要发闲得无聊，从小到大他在唐大熊的脸上没有看到过笑，他活在一种无望的惶恐中，也不是说有人欺负他了，是空气中存在着无形的气味让他紧张。往年秋口上村里人都忙着收秋，哪顾得上聚堆？现在倒好，天越来越旱，眼看着玉茭和洋芋的长势一天不如一天了，人干得都失了水性，粮食更不见长个，地皮皱得像老人的手皮子。看着起皮的地，人说话都怕浪费了唾沫星子。

唐大熊知道这个不争气的儿在李续的院子里，真是不想去李续的院子喊他。刚走到院门口，听得爆炸声正好把李续院子里的骨牌桌子掀翻了，唐大熊叫了一声"好"，同时，也被这响儿吓得心都吊到了喉咙眼。一听这响儿，他就明白是有人在做炸药，还不是普通的豆面粉。

李满喜的大儿子很快开了吉普车回来，拉了爹和弟弟到县里去治疗。同来的一位像是医生的人，弯腰在地上找炸断的手指，哪里还找得到？李续表面上很关心，实际上是幸灾乐祸，想旁敲侧击看出点门道来。因为当年竞选村委会主任，李满喜认为李续他爸是外姓人提过不同意见。偏偏李满喜不承认自己是在做炸药，只说是自己家里的电视机爆炸了。但是，上一点年纪的人从地上的锯末、木炭等散碎的材料上已经知道了八八九九。

唐大熊对唐要发说："快去叫上接生婆回家，你媳妇要生了。"

唐要发有些不舍地双手插在裤口袋，往回扭着头看李满喜抬了小儿子上了吉普车。李满喜叫唤着不走，从车上跳了下来，说："我得收拾烂摊子，我要告电视厂家。"李满喜老婆在县城里给大儿子看孩子，不在家，李满喜留下来也是正常的。李满喜不愧是当了几天村支书，遇事还是镇静的，灾难面前不忘说一句谎，来掩盖事情的真相。

陈顺起走过唐大熊身边悄声说了句："哪个鸟不知道他在做炸药？"抬头看了一眼唐大熊，唐大熊倒像自己做了什么事一样，咧开嘴说："我儿媳妇要生了。"

陈顺起说："生了好，生了送娘家去，以后不要让她去李续院子打骨牌了。日久生闲情，吃两拖拉机水事小，弄出笑话来不好收场，谁脸上都不好看。"

唐大熊被弄得像是烂鞋帮打了脸一样，往回走了几步，联想了两分钟心里有了曲谱，明白自己家的事情，也快要点了捻了，真要点了捻比炸药还厉害。唐大熊似乎还有点盼望着生么点事出来，尤其是和陈顺起有联系的，他真是巴不得生出事来，把事情生大！他憋得难受，难受，心都快要歪死了。

水仙生了个闺女，接生婆说："看唐家的小千金，长手长脚。"唐大熊路过门口听见了，心里吊着个问号，问号下面那一个黑点坠得他想哭。

当天夜里李满喜敲开了唐大熊的院子，走进了唐大熊居住的南屋。

火台上坐着砂锅，锅里滚了小米稀饭，有红枣的甜香味透着高粱秆缀成的锅篦子冒了出来。

看到进来的李满喜，唐大熊指了指自己身边的一个方凳子要他坐下来。李满喜四下里看了看，发现有什么地方不对劲，一般庄户人家在这时候是不熬米汤的，除非是家里添丁了。李满喜没有马上坐，稀罕地站起来歪头看着唐大熊走到院子里，就着清凉的月光看到大门上挂着的一串红纸剪出的钱串，明白唐大熊就是添喜了。借着喜事说这个事，肯定有门。反身进屋坐下，看着唐大熊拱手作了个揖说："劳模添喜了！带锤儿的？"

唐大熊说："缺。"

李满喜说："好，闺女好。看那陈顺起，要不是他招了咱老李家的闺女，他这一辈子能当了村委会主任？到现在他也是个放羊孩！这倒好，脚尖踩着热狗屎了。"

唐大熊想错开这个话题，递过去一根烟说："上午是做啥了弄那么大的响儿？说句不好听的话，我听说山上的石头值钱了？"

李满喜看着唐大熊说："我就知道瞒了谁也瞒不过你的眼睛。我就是向你请教来了。"

李满喜抽了一口烟，伸出手把烟灰磕到了火炉边上，火苗把烟灰吹了出来，落到了李满喜的手背上。唐大熊看到李满喜的手黑得和非洲人的一样，惊讶地说："弄豆面把手弄成这样？不是也挂彩了吧？"

这时候唐要发进屋子里来看小米稀饭，看到李满喜说："叔，和厂家打官司准赢，现在的电视质量是真有问题。我干活的那个建筑队有河南来的工人，一起出去喝啤酒，你听说没有，啤酒瓶都爆炸，把河南一个工人的手炸飞了，你猜打官司到最后赔了多少？五千！我操，五千，是因为上边没有人，你有人，打官司不吃亏。"

唐大熊想这个儿天生就不是自己的，连这么个事情都看不清楚，说你是人家的儿吧，倒没有继承了人家的风流本性，有能耐去把他陈顺起的儿媳妇

— 359 —

们风流一遍。他很是不高兴地说："端着米汤锅，过你媳妇那边去，我和你叔有话要说。"

看着唐要发出门的背影，李满喜自言自语地说："好孩儿，就是得看好媳妇。难啊，说什么呢？如今的人和过去的人一样样坏。我不瞒劳模说，我是自己炒炸药，不想啥，就是想炸石头。"

唐大熊看着李满喜说："是不是听说什么了？是不是我那媳妇在外风骚了？"

李满喜说："哪有什么？没有什么，是要防着那李续，他天生和他老子一样吃嫩呢。"

唐大熊不说话了，望着窗外，风扑打着窗户纸，心里像刀剁了一下。

李满喜知道唐大熊和陈顺起有仇，也不在乎唐大熊的表情，把找他的话摞明了说："我来得还算是个时候，要不明天村里的人都给你家送红蛋，我都不好意思来找你。咱说正事吧，西白兔麦尖山上的石头要生钱了。过了年，县里决定村村通水泥路，咱后山的石头正好用来做铺路的石子。还有，前大凹山上的千层岩，正确的名字叫页岩，就是书页的页，就是说石头也和纸一样，是一张一张地叠在一起的，可以用来做贴墙的料。那石头好，是硬红石英砂岩，是什么意思，我不知道，就知道城市里的人模仿农村要把屋子贴一层石头，装扮成石头屋子。靠山吃山，靠水吃水，我准备开山剥皮，把石头拉下山就是钱。我给你说吧，山下的石料厂是城建局局长开的，明里说是亲戚的，暗里委托我那当干部的大儿回来，要我发动西白兔的人往山下送石头，我给你说了，话到此就烂了。我现在需要的就是炸药，我按原来的比例做了，不知道为什么，出了事故。"

唐大熊说："就那像搓衣板一样的石头能赚了钱？"

李满喜说："对，对对！能赚了钱。"

唐大熊说："稀罕了，还真是稀罕了。"

李满喜说："不稀罕，不稀罕，石头打个小磨，就是咱用得不用了的磨豆腐小磨，拿到城里卖两百块，还抢。"

唐大熊说："也和城里人穿着咱农村的有襟袄褂子一样，叫唐装，实际上就是穿我唐大熊的衣裳嘛。城市人是钱烧得没地儿花了，变着方式开始买石头？怕是大米白面吃得脑袋长毛了。"

李满喜说："长毛不长毛咱不管他，你帮我炒炸药，咱就发长毛人的财。你说，我按比例兑了，怎么它就炸了？"

唐大熊说："还是弄对了，要没有弄对它就炸不了。我和你一样，还是以前的土法，要说年节造个鞭炮什么的还能对凑，我看你上午的情形是发大了。"

李满喜递给唐大熊一根烟说："看我出笑话是不是？"

唐大熊说："同一个山头上住的人，我看你笑话，就不怕人家笑话我？你慢慢炒，不要一家伙就想吃个胖子，你给我说说你的比例。"

李满喜比一比二地说了半天，唐大熊听了说："没错，只能说是出意外了，或者火候没有把握好。我帮你弄，我也是这么弄，我弄一辈子了，也不想发那石头财，还是你弄吧，你知道我因为弟弟的事情给我娘发了狠誓，这东西危险，我不想生那事了。"

李满喜把抽剩的烟屁股弹进了火中，火冒出一股青烟来，带出的烟灰让他把眼睛眯成了一条缝。他欠了欠身子瞅着唐大熊说："成品石头，砖那样大一块卖三块，半成品石头按能下料的面积算，就那满地跑的嘣嘣嘣四轮车，拉下山，卖给石料场，一车赚六十块，一天两趟，能净赚多少，你应该比我算得快。"

唐大熊手指头在火台上写着什么，不一会，看着李满喜说："再好的东西，对我还是动不起心来。你说大批量地造炸药就不怕上边查下来？"

李满喜笑了笑："谁来查？原来的最高人民法院的规定是，非法制造或存炸药三公斤以上就要追究刑事责任，后来又改成了如果没有用来犯罪或造成严重后果，就不算犯罪，也就是罚款两百元，拘留十五天。对咱西白兔的人来说，有人管十五天饭，还省钱、省心、省粮食呢。你只要不出事，只要没有人告，你是炸石头，又不是炸人。政府要管的是山下的煤矿，石头蛋子谁待管它！"

唐大熊说："利真大。"

李满喜说："利很大。"

李满喜抬手腕看了看自己的夜光表，时针指着 11 点，不早了，该走了。从劳模嘴里知道了自己配制的原料没有错，吃了秤砣铁了心还是要大干，站起来伸了个懒腰说："想想，不着急。我是信得过你，才把底细透露给你，有些事情是赶早不赶晚。"

唐大熊送出李满喜，回头的时候不自觉地看了看庄后的山，山是荒凉的风景，连梯田也没有。满山是层层垒起的风化的石头，月光下暗黑的山圈着一层黑色的光晕漫开来，山看上去像卧着的一头狮子。群山寂寞，大野寂寥，风刮过来，唐大熊觉得刚刚在火炉边捂出的一身汗落下了，有些秋的凉意。想象到山上的石头能卖钱，不自觉地笑了一下，看那黑色的岩石参差如堞，傲然挺立，觉得西白兔的人们又要像他年轻时候一样，来一次声势浩大的开山炸石运动了。脚脖子崴了一下，思绪断裂了片刻，想往回走时，又想到了半山上闲置的窑洞。

六

外人眼里，唐大熊早已拒绝再造炸药，但是，谁也不知道他到底还是挡不住诱惑，心里痒痒得难受。他把所有的工序准备停当了，在等，等什么，他也不知道。

窑是早年间住过的老窑。唐大熊趁着天黑把炒制炸药的锅扛进了老窑，把原先扬谷子的木锨，捣中药的木棒，还有储存下的锯末趁着黑天放进了老窑。老窑里有唐大熊盘好的锅灶，铁锅是走食堂时期大队的，后来造炸药流落到了唐大熊手里，再后来锅就成了唐大熊的私有。做这些事情是预谋了好久的，谁也不知道，连儿媳水仙都不知道。唐大熊一直生活在两个唐大熊的世界里，一个说："为了更好地活下去，你等啥？拿捏啥？别人干啥你干啥，跟定形势不落后，总会捞得好处的。"一个说："别忘了自己受的伤，发过的誓，对得起对不起谁，首先就对不起已经入土的娘。"

他先是从李满喜手里买了两袋硝铵。硝铵作为农用化肥，比一般的化肥劲大，把土，容易毁地。自从头年5月份国家明令硝铵为农爆产品禁销以来，一下由原来的四十八块六涨成了一百五十块，依旧是买不到，得走黑路。前支书李满喜因为山下有关系，山东、河南的大车路过总要高价留下几袋来，山下的小煤窑多，紧张的时候李满喜一袋卖过三百块。现在，稍稍有了一些回落，唐大熊花三百块买了两袋。

李满喜将硝铵放到唐大熊肩上说："准备干了？"

唐大熊窝着脖子说："不一定。"

李满喜笑着拍了拍唐大熊的脊背，他的脸长，颧骨高，用劲的时候两嘴角往起吊，鼻子上的八字纹紧凑到一起，听得李满喜在身后说："水仙想买台缝纫机，你都不舍得，花大价钱买这！"

扛着硝铵送到了窑洞里，想着心事往回走，唐大熊一头撞到了自家的猪圈墙上，正好被要出门的儿子看见。

"爸，你不是病了吧？怎么眼不看路，撞到了猪圈墙上，还打自己耳光？"

唐大熊扭回身看到是自己的儿，说："骂人不揭短，打人不打脸，我打自己是我狗改不了吃屎。"

唐要发说："咋能这样作践自己？我不走了，咱炒炸药吧，也往山下拉石头。"

唐大熊说："不炒！"

唐要发说："还真是那么回事情，有的人已经动作开了。山上的地干黄，种什么不长什么，光吃洋芋，人身体的营养都跟不上，出去赚那俩钱不够吃水。"

唐大熊说："什么叫营养跟不上？营养跟不上是因为你的骨血，我咋就长了高个！"

唐要发没有明白他爸说了什么，说："你是劳模，又是行家里手，闲着的技术不用，是浪费。"

唐大熊看着儿子说："我沾不到你身上，我靠我的手吃饭，你只管把你的老婆养好，闺女养好，就怕我吃水想掏钱都没有人想要！"

唐要发弄了个没趣，又没有明白他爸最后一句话是什么意思，心里有些恼火，不说什么了，往村中央走，想要去看打骨牌。

唐大熊说："你不要去看那垒城墙的营生，你媳妇也生了，出去搞副业也该走人了。出了满月，她也该移移窝，回她娘家住。等孩子大了，我看孩子，要她也跟了你出去。我给你怎么安排就按我安排的来做，你爹从什么社会走到什么社会了，什么没有经历过。"

唐要发站下听他爸把话讲完，还是往前走了。

唐大熊心里的火窝大了。炒炸药是个险活儿，他真心疼唐要发，怕他出事，事情不长眼睛，他看着他长大了，叫着爸爸、爸爸长大了，能说好好一个人就让事情给糟蹋了？要是那样，打小他就把他给人了。

唐大熊别看记着那仇，记着那仇养大了这个儿子，但他心里还是想着这个儿，要他活得好。

唐要发走进李续的院子时，麻将桌子上的人正议论着山上的石头，说石头值钱呢，都在想办法搞硝铵，趁着现在买，一百五十块还不贵，真要涨了价，不一定花钱能买得到。有人就不相信，说石头能赚了钱？看看，看有人做了咱再做。年轻一点的人根本就不知道造炸药需要什么，不需要什么，光顾了打骨牌，嫌他们议论影响了出牌。

李续不在，唐要发问其中的人李续怎么没有上场，有人说："李续下山拉水了。"就听得有人插了话说："水仙的手气好着呢，你家吃的水都是水仙赢我们的，不知道那水浑不浑。"

打骨牌的就有捂了嘴笑得出了声的。唐要发发现有什么不对的地方，就看着笑的人说："笑什么呢？不和牌傻笑。"

那人说："笑我打了一个小王八，又来了一个小王八，真是打不死的洪常青。"

周围的人听着都笑了起来。他们叫一饼是王八。

唐要发觉得自己有了孩子，西白兔人的眼神怎么都变了，说话阴阳怪气的。看着觉得不自在了，就准备要走。听得李续的拖拉机回来了。

唐要发说："你知道不，石头能卖钱，真是稀罕事情！我在外面搞副业还看到过那种石头切割的墙砖，就没有想到咱这地方有，不过我看到的是绿石头，不像咱们这里，是红石头，真是值钱呢。"

有人就问唐要发是什么形状的石头。

唐要发说："是那种背面平整，正面鼓起来，并且敲出不规则豁口的石头。往墙上贴的时候，还必须用加了标号的水泥。贴好了也好看，怎么到了咱这山上就不好看了呢？"

"只要值钱就行。"

就有人又提起了几天前发生的爆炸，知道是造炸药出了事，还说是电视机爆炸了，他家的电视机好好的，连屏幕都没有被震碎。

李续和唐要发说："走，去看看你闺女，我还没有给你送红蛋呢。我老婆不在，我过去送。"

他俩走到了门口，有一个李续叫嫂子的人喊："你那红蛋在哪里放着？小心裤裆里缺了货。"

身后的人大笑着，笑声中夹着一种唐要发听来莫名其妙的东西。唐要发好像觉得自己从小到大就是在这一种莫名其妙的东西环绕下长大的。

李续走进唐家院子里的时候，迎头撞上了唐大熊，唐大熊一开始没有发现是李续，当知道来人不是别人，是李续时，快速上前挡住了要进家门的李续，说："门上是系了红的，是喜事，大兄弟，你是孩子的长辈，不出满月是不能见面的，要是弟媳妇来，什么都好说，咱做人做事都不要坏了规矩。"

唐大熊是故意挑明李续是和自己一辈的人，论资排辈李家在西白兔确是大户，看上去年龄小的人却因为辈分大，要年龄大的人来称呼。但是，现在是什么社会了，哪还有那么多规矩，又不是不出五服的近亲，表面上谁还认这个真？唐大熊现在这么一说，而且不惜把辈分都抬出来了，就有了意思。李续停顿了一下，唐要发说："进进进，有啥呢？讲那么多规矩，被那些陈旧的规矩套死了，人还活不？"

唐大熊一下子横在了中间，肚子里窝着的火立马有了苗头："你懂什么？狼想装狗讨人一口食，到底尾巴是直的，摇不起来。"

唐要发觉得爸是过了，小题大做，或者说根本就是无理取闹。李续就台阶下坡说："算了算了，等满月我来看，现在不就是毛头吗，能看出像谁？"

这句话说出来看是无意，实际上是点了捻子，唐大熊的火一下子蹿了起来，兜头就想上去给李续两坎子（耳光），听得屋内的人说话了："缺水的地方缺人性，回吧。"

说话声是水仙。水仙知道唐大熊是什么意思，不就是说自己和李续好吗？要说李续有没有那意思，她看出来了是有，但自己没有，就是觉得家穷，想见机多讨两口水喝。都是人，人心都是肉长的，想讨便宜还不迎个笑脸出去？听着脚步走远了的声音，水仙就想自己当闺女时候的梦想，想学裁缝，也学了裁缝，却没有缝纫机，开不了店。想自己来了山上无缘无故受的气，鼻头一酸就有泪掉了下来。

娘看着闺女哭了，想是闺女以往受了大委屈，就站在地上来回走着说："不让你往山上嫁，你偏要嫁，有什么好？光为吃水的事情就把人一辈子累死了，摊了这么样的人家，说是人才好，呸！人才好顶吃顶喝顶钱花？"

水仙在炕上抱着孩子说："娘，你不要再说了，我心烦呢。"

她娘说："不说哪行？长木匠短铁匠，石匠九尺顶一丈，我不说他还以为我闺女是泥捏的性子，任了他揉抓哩。窗外的，听了啊！我闺女是风箱板做锅盖，受了凉气受热气，我可不受，她这是在月子里，生的是你唐家的骨肉，要是气得她断了奶，我看你唐家是能省了水啊，还是能省了钱？怕的是省水省钱不省心！"

水仙娘继续说："唐要发，你进来啊，进来，我要你一句话，横竖看我闺女不顺眼是不是？我真是当初和你唐家要少了啊，要是多要些，不心疼人还心疼钱呢，倒好，疑神疑鬼的，我闺女要不是善良本分的人能来西白兔？图了你好人才，好人才有什么用？驴粪蛋外面光。"

外面走开了的李续听见吵起架来了，知道事情是因为自己，就要唐要发进去。唐大熊在院当央站住了说："供你念书呢，还人模人样念了初中，你是喝了八年墨水，还是喝了八年粪水？！"

唐要发站下了左右不是，觉得事情本来不可能发生，怎么突然就把事情搞了这么大？爸也不知道是发的哪门子火。

他看着窗户和屋里的水仙说："好好的怎么就生事了？都是我不好，我还出去搞副业就是了，要是我回来惹你们生气了，我明天就走。"

水仙隔了窗户说："活人不生事叫活人吗？"

唐大熊被儿媳妇说的这句话压得半天没有喘上气来，是啊，活人不生事叫活人吗！

院子里没有话再传进屋子里，屋子里的人等着，竖着耳朵等着，听得外面天空有一对鸟儿鸣叫着滑过去。也许，人和田野一样，已有的庄稼收割后，新的生命正在土里萌动，这浮躁荒凉的秋收，是西白兔人活下去必须忍受的荒芜时段吧。屋里人等得没有动静了，从里面狠狠甩出了一个秃笤帚把来。

七

西白兔人都上山炸山剥皮了，大户人家，家里劳力多的，用大锅炒，家里劳力少的用小锅炒。原先出去搞副业的也都回来了，觉得搞副业不赚钱，就是赚了钱有的也因为要不上钱，等于是一年白干了。能回来就不错了，有的连路费都拿不上，人恓惶得扒了拉货车回来。长手长脚的人走了一年回来，怎么看怎么像干旱的黄土圪梁梁，寒酸得不长绿不长红，见了西白兔人就差点要下跪了。但是，石头真是值钱了，西白兔人因为山上的石头，下山碰见了外村人，说话的底气就冲，就有点板五板六的样子，就喊着说："当初说迁到你们村吧，不行，小瞧人拿不出迁移票子来，现在，真还不想往你们村迁呢！"

山下的人说："西白兔人这下子尿高了。"

整个一个满山满地热火朝天。

春天的时候，一尺深的土里不见墒，西白兔的人也不着急。草地上长出了半寸长的草尖，因为天旱，阳光和风一露脸，草尖尖就断了。要是往年这样的天气，西白兔的人早就要出去打工了，现在却没有，因为有了石头。山上的小四轮车是经过改装的，比正常的车轮子架高了有半尺，有利于进山，走料姜石暴峭的土路。县上因为西白兔的自然条件，也往下拨了一部分扶贫款，但是，从县里走到西白兔，扶贫款就像水一样断流了，被一路上提取回扣的干部截走了一多半。落到西白兔，能拿到手里的，没有几个。有的高保变成了低保。当年唐大熊的弟弟因公死亡，他也在被保之内。

天高皇帝远，西白兔人开展生产自救也在情理之中。

唐大熊拿了钱却要开大于拿到的数字，比如拿了一百四十元，必须开五百六十元的收据。唐大熊说："我本来拿了这么点钱，为什么要开这么多钱？想不明白。"

会计说："你要是不拿，连这点也没有了。有人愿意拿钱开条子。给你钱是因为你是劳模，老劳模。要你这样开收据，是因为不这样开不好往上挂账，什么事情都是环环相扣的。"

唐大熊无奈把钱收下了。

西白兔的人由石头尝到了甜头，但是，唐大熊没有尝到，到现在，小孙女都长到一岁了，两袋硝铵还在老窑里放着，他还在等待观望，两个唐大熊的仗还在一直打着。但是，他的心思在不断递进，在出事人家的炸药上寻找原因，他不时会想起水仙说过的话：活人不生事叫活人吗？

那一年秋尾上，水仙跟了娘回了娘家住，一住就是一年。先是孩子断了奶，水仙用唐要发搞副业赚来的钱买了缝纫机，水仙想要开裁缝店，山上开不成，山下开。

水仙后来到底在娘家没有开成，为什么？在娘家是和哥哥嫂子在一起，娘家也不富裕，添了母女俩，张嘴吃了喝了，哥哥和嫂子就想着，嫁出去的闺女泼出去的水，长年来娘家住，住，好说，吃，就是吃我们的了。一个锅里盛饭，锅碗哪能没有碰磕，搞得娘和嫂子关系也紧张了。还不说春种夏收唐要发回来，也要住在娘家，嫂子的话就难听了。唐要发几次要她回西白兔，她就是不回，说是有希望的人上了那山上，看着那荒山秃岭希望也破灭了。实际上是对唐大熊有一股说不出来的恨，觉得他对她一家三口子没有那种贴心贴肺的疼。

唐要发说："回吧，山上比不得一年前了，热闹了，将缝纫机拉上山开个裁缝店，也省了常住娘家看哥嫂脸色。"

水仙想，也叫个事情，毕竟这里不是自己的家，收拾了东西要走。嫂子把缝纫机拦下了。

嫂子说："住了两年了，两年住下来就一个缝纫机也要拿走？"

一开始水仙还以为嫂子开玩笑，就说："我才准备用它赚钱，等赚了钱，我送你比缝纫机更好的东西。"

嫂子脸本来就长，这一拉越发长了，看着那台缝纫机眼睛就吊了起来，说："灯不明只怕一拨，人不知只怕一说，才知道小姑子要用它赚钱呢！我怕等得牙茬骨露出来入了土也得不上你的好处。"

水仙娘是一个很厉害说话也转得快的人，但是，因为有了这样的一个媳妇，她的话就短了。

刚买下的缝纫机，自己都没有舍得抬屁股提脚转两圈，嫂子说要留下，哪舍得放下缝纫机走人？就和嫂子说软话："嫂子，你让我带了走，不看我的面子，看哥哥的面子；不看哥哥的面子，看咱娘的面子。相信我将来能凭了它赚了钱，我给你打欠条，迟早还你一台缝纫机。"

嫂子啪地把手放在了缝纫机上。

水仙的心让嫂子拍疼了，嫂子看了她一眼，不说话。水仙以为嫂子看着自己心软了，到底是自己的嫂子，锄地锄自家人——心疼呢。却看到嫂子抬屁股坐了上去。缝纫机才有多重，中间那个放马头的地方本来就是空心，人一坐上去就失重了，脚下的轮子滑了一下，把嫂子从机面上闪了下来，嫂子被闪火了。

"一把圪针捋不到头，我说你不能带走，就不能带走，哭穷给我看，一样的米面，各人的手段。我不扳指头数你吃了喝了用了占了，就给你面子了，这么一个破机器，你都不留，说什么看哥面，看娘面，他们那老脸哪有这缝纫机值钱？怎么就没有想过把哥把娘带走？单单想了要带走它！"

水仙被说得不会说了，抬手抱了闺女含泪望着外面插不上话的娘说了声："娘，走了。"

唐要发像竖在水仙屁股后的一根旗杆一样，摇摇晃晃跟了水仙拉着脸往山上去。

往山上走，置身在灼烫的阳光下，水仙的思绪袅袅浮游，开始的时候还有泪串连在一起往下掉，只觉得有什么东西攥住了心，牵扯着想回头看一眼，就看到了娘，娘站在漳河边最高一个土台上望着，一条像镜子一样泛光的河在娘的脚下，迂回着，潺潺流淌。河水往远走，渗进黄草枯了又野花开了的远山，却就是渗不进西白兔。娘是家里的顶门杠，说一不二的人；爹是家里辛勤劳作挥镰收获的人。娘不仅主内也主外，但是，娘却在嫂子面前缺话了，还不是因为自己穷吗？还不是因为唐要发没本事吗？自己给娘的脸上长不上光。看到娘望她的身影，水仙不哭了，把女儿递给唐要发，坐下来歇息片刻，回头看着唐要发，心里的那股气就转着冲向了他。

"光说山上热闹了，是别人家热闹了，还是你唐要发热闹了？就想着出去搞副业，不见你赚钱回来，赚回来的钱，不够买米买面买水吃。你怎么就不想着发西白兔的财？你也回山上去炸石头啊！我怎么就嫁了个你，穷得要娘家人也看不起！"

唐要发说："炸石头那还不容易？"

水仙刚认识他的时候他说"容易"让她觉得生活好有希望，现在听这句"容易"小腿肚子都想往出生鸡皮疙瘩。哪怕有唐大熊一点点性子也好，水仙喜欢那种天地间挟着一股旋风一样的男人，不应该像唐要发一样是个绣花枕头，也不应该像李续一样没有男人的骨架，矮不拉叽的。

水仙坐车回到山上的时候，看到西白兔上空有一团灰色的云团，说是云团却没有湿气，倒像一层浮尘缭绕的干雾，刺激得水仙不住地打喷嚏。西白兔因为开山炸石天空干燥得像要冒火，忽悠在空中的云团从山脚下往上聚，停留在半裸的山尖上，就看到干雾中有人往下滚石板。山下有人用牛车往下拉石板，也有人用四轮车往下拉石板。远看那人、那牲口、那车都是土灰色的，走近了就看到人脸上明显有了生气。

记得刚结婚的时候，水仙还看到过西白兔人把水泉沟的龙王爷抬出来晒。因为天旱，西白兔人就怨龙王爷不长眼睛。两个后生用学校的门扇抬了巴掌大的龙王爷，抬到阳光照得时间最长的山坡上晒，人晒得出水了也不见龙王爷眨巴眼睛。到底不见雨来，也不见云来，为了保住地里那点浮墒，牛驾了碾磙轧地。后来山坡上晒的龙王爷不见了，不知道是谁摔碎了它。不下雨的日子有人就提议把山神爷抬出来晒，晒得山神爷瘦小的身子越发瘦小了，依旧不见雨来。西白兔的人刨开地看，种子还是种子，落种时那点大粪早干得像葱皮一样卷了起来。

有雨下的日子，屋里能用得上的家什：锅锅盆盆缸缸罐罐都放到了外面。雨下得大了，敲击着家什叮叮咚咚，西白兔的上空就衍生出了像仙乐一样的回声。西白兔的地形是一个漫流坡地，村庄依山而建，为了不让天空的雨水顺了山坡流走，家家户户院前院后都挖了沟渠，有粗壮的，有细瘦的，像躺着的树，那些细瘦的枝蔓收着天空的雨水流进了旱窖。只有下雨天西白兔人的脸上才稍稍有一点生机。现在，西白兔人的脸上又出现了那种雨后的生机。

水仙路过李续的院门口听到有打骨牌的声音传出来，水仙觉得西白兔的人真是消停啊。不是说李续也炸石头吗，怎么还支着牌局？等回头问唐要发时，就听得村口上有爆炸声响了。怀中的孩子吓得一下子哭了，听得院子里有人走了出来。

走出来的人看见了水仙两口子，稀罕得上前看水仙的闺女。那人冲着院子说："快来看啊，看唐要发的闺女，长得和唐要发一个模子脱出来的。"院里就有婆娘们走了出来看。

水仙说："是不是谁家出事情了？"

站着看水仙闺女的人说："谁家炒炸药炸了锅了，没事！"

水仙说："会不会炸了人呢？"

站着的人说："想发财，就不怕自己缺了零件，管他。"

院子里在桌子上打骨牌的人喊了："进来，进来看看你那闺女吃得胖不胖。"

水仙和唐要发对视了一下，把包袱递给了唐要发，自己抱着孩子进了李续的院里。

李续不在，下山拉水了。李续没有参与炸石头，是他当干部的爹不让参与。这种事情，不出事便罢，一出了事情，给你戴个"国土资源私采滥挖"的罪名，吃不了兜着走，弄不好就把你送进去了。造炸药也不可，更是违法的事情，干部不能走违法的道路，要走也是打擦边球，弄不出毛病来，还能赚了钱有人顶。山下的石料场就是城建局局长亲戚开的，你能说是人家局长开的？因为山下收购石料山上才知道石头赚钱，山下收购是要你合法开采，是要你违法炸山了？当干部也得会当，不会当弄不好就吃亏，吃大亏！

牌桌上的人一边逗着水仙的闺女，一边出着手中要打的牌。外面有人走进来说："王秃子出事了。"

牌桌上的人抬了头问："缺了啥？"

来人说："这一回是把命也搭了。"

牌桌上的人说："下力下得狠了。人家都是一天一车往山下送，他倒好，仗凭着家里劳力多，眼红得到底让阎王爷把命收走了。"

起牌的人等了半天不见出牌的人出牌，手搁在了要起的牌上，用大拇指摸了半天说："快出啊，我要自摸了。"

另一个人说："不能烤火，你自摸有什么意思，再摸也是个白板。"

桌子周围的人笑了，好像对一切发生的事情没有感觉似的。该发生的事情它总要发生，不该发生的它也要发生，只要不是发生在自己身上，爱发生什么就发生去吧！

水仙觉得西白兔的人怎么突然就变了呢？也就是两年不到的时间怎么就变得对一切都这么不关心？但是，穷并不能让所有的心屈服。水仙现在就不想屈服，尤其是山下嫂子对自己的态度。水仙想，我怎么也应该开个裁缝店，西白兔只要一户来我这里做一件衣服，就有五十多件，从保底的角度说，我也能赚了。水仙大多数时候是幻想，是想到未来，就是没有想到现实。唐要发出去赚的那点钱，不是买米了就是买面，要不就是买水了，好容易够买一台缝纫机了，却被山下的嫂子扣下了，自家人也欺贫。水仙想和唐大熊借钱，不知道该怎么说，以前过日子，吃饭时候吃饭，吃了饭各干其事，公公和儿媳妇有多少话说？现在要借钱，水仙就得动一番心思了。

八

唐大熊白天没有事情，天天下地去侍弄那一片洋芋，其实他哪是去侍弄那干黄的洋芋，根本就是在看山上的人炸石头嘛。

水仙在大门口站了一小会，酝酿了一下情绪，女儿一只手摸着她的奶穗哼哼着要吃，水仙说："才吃了又吃。"走过去把孩子递给了从洋芋地回来的公公。唐大熊坐在屋檐下歇凉，看到递过来的小孙女，露着豁了牙的嘴说："跟爷爷的腮帮亲个嘴。"

水仙一边递孩子一边说："我想买一台缝纫机，能不能匀我俩钱？"

唐大熊不吭声，就是叫猫叫狗也应该有个称呼吧！

水仙放过去孩子，拽了一下衣襟等唐大熊回话。半天不见声音，水仙想，我没有叫他爸，他一定是嫌我没有叫他爸。

水仙掉了一下身假装要进屋门，很随意地就叫了一声："爸，我和你说话呢，没有听见？"

水仙叫他爸是有次数的，唐大熊打了个激灵，明明自己就是在等这一声叫，叫出来了，反倒觉得自己脸面上挂不住了，一下子站了起来抱着孩子往大门外走。可惜这一次陈顺起又没有听见，要他听见自己的儿媳叫自己爸了，不是说，你的儿媳妇你的儿你的孙吗？听听叫我了，到底是我老唐家的，她叫我爸了，叫我爸就等于我和你是一辈人了，我不叫你叔，你得叫我哥，说什么自己辈分大，是叔字辈，辈分大你鸡巴就不干那事了。

院子外的石磨上落了一对翠鸟，互相招呼着捡食磨眼里落下的碎粮食，怀窝里的孩子指着它们欠着身子要过去，唐大熊想起水仙的话来，把一句话音拐着送过了身后："有话出来外面说，你闺女要看外面的景致呢。"

水仙不知道唐大熊的意思，在门上站了半天不见回话，知道公公是不想出钱，知道自己的希望是肯定要落空，不甘心，跟着走出了大门外。

唐大熊不说话，等水仙喊爸，水仙不喊，唐大熊说："刚才你说什么了？"

水仙就看到来隔壁院子里看陈顺起的李续，李续走过来逗了逗孩子，转头和唐大熊说："你真的看不上炸石头？要我说，干脆我给你料，你帮我炒，我给你的是原料，你炒了卖我成品，赚我的差价。现在，拉水也不赚钱了，一拖拉机水还不够油钱。"

水仙没有听清他们在说什么，自顾自地说："想买缝纫机，要你匀我一些钱。"

唐大熊一看到李续就不想说话了，抱着孩子扭了头看远处的山。

李续接了水仙的话说："一台缝纫机算个啥，我给你买。让你公公炒炸药炸石头，十天一台缝纫机。"

水仙看到李续，不说缝纫机的事情了。水仙不想讨李续的便宜，讨水便宜那叫无价买卖，讨缝纫机的便宜就有价了，认真的事情不能玩，玩的事情也不能走火。真要是要了他一台缝纫机，就得把自己倒贴给他了。水仙最看不起的就是农村人到城市去当小姐，好好的人，有手有腿有脑袋，自己不劳动，进城当什么小姐？水仙想，我看不起城里的小姐，我也不让他们笑话我是农村小姐！

水仙说："我爸的事情由我爸来做主。有钱，我买缝纫机，没有钱，我也能不买。"

唐大熊觉得儿媳给自己长脸了，水仙的话像经了喇叭，大咧咧地欢闹着落入了隔壁的院子里，他听得隔壁的竹帘子响了一下，要不就是陈顺起出来了，要不就是探出了乌龟头，听清楚了又缩了回去。好啊，这个儿媳，到底是吃了唐家锅里的饭，还认得自己是她爸！唐大熊笑了起来，看着李续，笑音冲着隔壁的院子。怀中的孙女也笑了起来，缠绕着唐大熊的笑，唐大熊心里慢慢涌起了一点豪气。陈顺起的两个儿媳妇没有一个叫他爸的，唯一的一个外人养的叫了，不是叫他陈顺起，是叫了我唐大熊！

唐大熊突然放松，把眼光放远了一些，看到西白兔这块神奇而又有朝气的土地，因为有了开山采石，它居然显现出了一派盛世繁华。这山真是大啊，除了石头，没有见长过什么有用的植被，高峻的崖壁映照着荒秃秃阒静的天空，云朵不留一丝荫翳，他的脑海里顿然清晰，思维也是完整有条理的，沉睡的欲念像冬眠后的蛇，被春天的阳光叫醒了舔着舌头向他匍匐而来——痒痒得难受。山戴帽，雨飘飘；村起罩，太阳照。山尖上云雾缭绕，不见山头。有雨要来了，雨天里做什么好呢？做一样东西，潮潮的，炒炸药。唐大熊闪过李续，闪出村委会主任的高顶门楼，闪进自己家的院子里。他看到坐在石头小凳子上的唐要发说："儿，咱也炒炸药。不为别的，就为了你媳妇的那台缝纫机，就为了咱也有能力往山下迁。"

水仙兴奋地看着唐大熊叫了声："爸，你终于开悟了！"

唐大熊说："爸欠着你一台缝纫机，终究是要圆了你的裁缝梦。"

水仙抱着孩子看着自家的公公，公公不说话了，从另一间屋子里提出一桶机油，还有半麻袋糠皮。

唐要发说："爸，炒炸药不是要锯末和木炭吗，怎么弄了机油？"

唐大熊说："油包水，性子烈。"

水仙说："爸，咱还没有买到硝铵。"

唐大熊说："该准备的都准备了。"

做这样危险的活儿，穿什么质地的衣服都很有讲究，混纺化纤的，一件都不可上身，唐大熊要儿子换上布衣布裤，拿了棉线手套跟他扛了东西走。他们穿过西白兔的村街，暮色中有几个抱了孩子的女人把奶穗吊挂在外面，孩子拿着奶穗来来回回揉捏，揉捏得女人们满脸灿烂的笑。

"劳模，炒炸药？"

"炒！"

唐大熊带着自己的儿走进了原来的老窑。老窑不知道什么时候已经垒了锅灶，灶上坐着走食堂时的大铁锅，铁锅旁放着木铲和木棒槌。唐大熊往火塘里填了锯末，拿了一团麻绳燃了锯末，要它慢火引。

他开始往锅里倒硝铵，等火烧旺了往里倒糠皮。他要求唐要发不要把火烧得太旺，他一边翻炒着锅里的硝铵和糠皮，一边和唐要发说："要翻炒均匀，要受热均衡，要看到它们的结晶体，比如像这个结晶体，它大了要用棒槌敲碎，不能用铁锤子敲，那样容易发出火花；要么是木棒槌敲，要么是铜棒槌敲，千千万万不能用铁器敲。"

炒好的炸药连锅端了倒在了老窑的炕上。唐大熊说："掺了糠皮子是预防它结块，要等明天用，下来炒油包水，傍黑里咱就去开山。"

唐要发看着火塘里冒出的烟，听着唐大熊说话，不时地往起抬一下眉头，表示自己在听。这么着一抬，鼻子两侧就堆聚了很多皱纹道道，皱纹拽得鼻孔朝天翘了起来。唐大熊觉得唐要发的鼻子这么抬很像一个人，这人是谁呢？这么熟悉！

火塘铁锅内，倒进了剩下的硝铵，想着九比一的比例放机油，就翻出了脑子里一个根深蒂固的影子。这个人常常骂骂呱呱的，唬得人见了要绕道走。更多的时候是看着他，就这么看着生出几分惧意来，一时有些愣怔，心就开始往上提了，跳得欢快。

这个人是爹啊，是自己的爹啊，他的孙子和他长了一样的鼻子，自己这么多年来怎么就不清楚，不琢磨他的长相，不看他哪里有自己的影子呢？就看他长了个五花个子，就看他不是长手长脚。唐大熊的心一跳一跳，想着自己言尖语谗，原本心无城府，却伤了孩子妈的心，让她跟自己吃了不少苦头，早早糟害死了，没有活过一天幸福时光。唐大熊在激动中看到锅底出水了，是火大了，他没有翻炒均匀，他要唐要发点起火来看，他说："我的儿哎，你点了火让爸瞅瞅，让爸瞅瞅，你原本就是爸的儿哎！"

唐要发点了火离远了要唐大熊看锅里炒制的东西，唐大熊借着火光看到唐要发的脸和自己根本就是一个模子脱出来的嘛，唐大熊说："我的儿，近前来。"

唐要发犹豫了一下往前走了两步，窑口上因为有雨来夹带着一阵风，风把火塘里的火燃旺了，一块燃烧的木炭吹落进了铁锅里，唐大熊大叫了一声，像有什么东西惊醒了他，一把拽了唐要发往门口推，但是，一切都晚了。铁锅内被他们称为"油包水"的黑色粉末再次显示出了它的无比威力。

爆炸声响起的时候，炸药把唐大熊推向了窑掌，他还扭头看了一眼，看到他的儿扑向了窑外明黄的星光，看到窑外青山环绕，绿水潺潺，花香四野，西白兔理想的风采展露无遗，他的儿披着满身金黄高大起来，他兴奋地喊着："儿啊，天下原本是一片太平啊！"

冲击力面向门口把唐要发推了出去，把他炸得像天女散花一样。

爆炸过去有一天了，唐大熊的儿子唐要发的尸体像炒爆的碎豆子一样，稀稀拉拉撒遍了西白兔的大街小巷。唐要发的老婆水仙穿了孝，跟了小叔子唐国发捡拾地上散落的碎尸块。乡间俗规，暴死的人带邪，何况这一回是父子两人。西白兔家家门上拴了红，拴了红可以驱鬼避邪，走过去的时候那红看上去很扎眼。唐要发老婆水仙拿了筷子夹地上已经有些发黑干硬的肉团团。阳光从头顶直射下来，抬头望上去有死者的衣服碎片在大树上随风摇摆。水仙看着地上像羊屎蛋一样的黑肉，腿软得一下坐在了地上，想着天空的万丈阳光和眼前的物是人非，捂了张开的嘴，头歪在肩膀上悄声呜咽起来。有几个妇女从自家院子里捡拾了几块出来，用鸡食盆盛着倒给了唐国发，看着地上坐着的水仙，走过去搀了搀她，要她起来。水仙像抓救命稻草一样，抓了对方的手哭着说："你说说，一米七几的大个了，碎得就连两碗肉都捡不够，人活了个啥？到底活了个啥？"

这一回震动大了，炸死的不是一般人，市里都惊动了，才知道还有这么一个落后的瞎胡闹的地方存在。

水仙抱着孩子，穿了孝坐在院子里，门口有两口红漆棺材，大门上斜倚着两个花圈，一个是陈顺起代表村委会送给唐大熊的，因为他是劳模。一个是李续代表自己送给唐要发的。刚下过雨，院子里的缸缸罐罐锅锅碗碗满上了雨水，其中迎大门的地方放了一个铝盆，盛着半盆水，水中放着一把菜刀，铝盆旁边，一捆树枝被拦腰烧断了。这是当地人的习俗，意指死者既去，生者哀恸，但从此阴阳相隔，生死两重天了。

有省城的记者听说西白兔因为炒制炸药出了命案，来这里采访，被人领着走到了唐大熊的院子，看到水仙的时候，他觉得这个女人长得很美。多看了几眼，就想起了"要想俏，一身孝"这句民间俗语来。

记者姓吴，看着水仙说："你公公和丈夫以前炒过炸药吗？"

水仙说："炒过，劈开太行山的时候。"

记者笑了笑问："除了劈开太行山，村里以前出过这样大的事情吗？出这么大的事不害怕？"

水仙说："出过。怕啥？活人不生事，还叫活人吗？"

记者说："活什么人？把自己的命都要了。"

水仙白了他一眼，说："山上没水吃的时候咋不来问？山上下种干得不发芽的时候咋不来问？山下挖矿发了，光说人家富了要树个典型，就不说把山上的风水都挖走了，挖走了风水，咋不来问？人都死了，来问啥？"

记者半天不说话，看到水仙白净的脸蛋上因抢着说话起了红晕，停了话，哄着怀中的孩子，孩子哼哼着要撩她的孝衫。她解开了腰上的麻绳掏出了奶穗子要孩子吃，用手摸了一下孩子黄乱的头发，孩子不吃，捏着怀窝的奶穗玩。

水仙说："还不快吃？不吃，爷爷和爸爸就来吃了。"

这空当，水仙望了一下对面停放的两口棺材，鼻子酸了一下。

记者说："知道炒炸药是违法的吗？"

水仙说："知道。"

记者说："知道还炒？"

水仙又白了他一眼，说："石头蛋子不值钱，谁待管它。要活人过日子，就算违法也没办法啊。"

记者走的时候问水仙，这一辈子最想做什么？

水仙笑了笑说："想做什么不见得能做了什么。说眼前的事，就想买台缝纫机，开裁缝店，还欠债，然后供小叔子念书，要他学了文化离开西白兔。"

记者看水仙贫寒，走时硬给她留下了五百块钱。

记者说："我姓吴，口天吴。"

水仙想，口是靠天吃饭的，乡下人靠天吃不上饭，五百块买不来我男人的命，就算是缺钱，也不稀罕五百块，不要他的。

水仙又想，城市人就是有钱，也不在乎这五百块，留就留了。留下的钱我啥也不买，就买台缝纫机。

水仙站在挖山挖得豁豁溜溜的山口上目送吴记者走远了，手里握着五百块钱，心便有希望升起来，朝着远处招手的胳膊半天不舍得放下来。

发表于《黄河》2005 年第 5 期

转载于《中华文学选刊》2005 年第 9 期

《北京文学·中篇小说月报》2005 年第 11 期

入选《文艺报》作品推荐榜

当叙事遭遇诗

——葛水平小说长短论

程德培

　　一年多前，我在《上海文学》上有一段话如此评价葛水平："这是一位非常有才气的作家，她以前写过诗歌、散文，编过剧本。多年磨炼，一经写小说便不同凡响，她的作品清白而亮丽，刚劲的线条多少有些冷峻，同时也不乏皮影戏之美学趣味。写到妙处，她的笔墨之吝啬，斟字还需要酌句，短短的几百字便勾勒出人物一生的沧桑。尤其是其叙述一涉及人和自然的关系时，其优美、苍凉的音调便开始远行，一位行文多姿多彩的诗人就露面了。她很少进入人的意识深处，只要遇到复杂的内心矛盾，笔触总在周围游荡，结结巴巴，力不从心，甚至王顾左右而言他。葛水平一写就是中篇小说，不写短篇。篇幅基本上和剧本差不多，分段也是七八不离九。她和女权写作不一定有关系，但其笔下女性的一生命运非常感人。葛水平一出名，其小说所登刊物便开始'进京'了，作品要发表在重要刊物，重要刊物自然有重要刊物的要求，比如说反映生活啦。她去体验生活，据说是山西的煤矿。现在煤矿是人人关心的话题，又是山西特色。关于煤矿她写了几篇作品。一开始还不错，这不错不一定和煤矿有关。到了今年读到她发表的《黑脉》，感觉越来越差，叙述才能在衰退。为了急于写出矿主如何黑心地盘剥矿工，如何不顾矿工死活，报告文学的语言开始进入小说语言了。"

　　这是我对葛水平小说的总体看法和评价，就是今日也没有什么变化。此篇评论的所作所为，无非是将这些评价具体化。有些问题需进一步阐明，有些则需做些解释、补充，有些说法则可以做些修订。我承认，在品评葛水平小说时，在某种程度上发挥的是我自己的空间。尽管我想努力地揭示葛水平小说的文本自我的全貌，但始终也无法摆脱我的趣味和印象这一干扰体系。

一

我喜欢小说中有诗，这也是为什么三十年前我的第一篇评论习作选择的是贾平凹的小说。顺便说一下，此文也发表在《上海文学》。读书有母校，对我的习作来说，《上海文学》可称为"母刊"。三十年过去了，审美上的陋习难改。记得20世纪80年代，我曾十分喜欢我的朋友何立伟的小说，特别是他那以中国传统留有"空白的艺术"来为小说谋篇，而今年读他的小说，在空白之处布满言语，觉得不忍卒读，当然这也是我的陋习在作祟。

诗是什么，一种情绪、顿悟、愤怒、冥思、灵性、意境。海德格尔说诗是"世界和大地的言语，是世界和大地相冲突的舞台的言语，因而也是诸神的亲近与疏远场所的言语……是本原的无蔽性的言语"。当然，严格的诗还必须是分行的韵文。

葛水平小说里有诗，除了分行的韵文外，其他我们多少都能找到点例证。贺绍俊早在他的第一品评中就聪明地说道："写当下农村生活是葛水平的强项，在她的精神世界里，充满着乡村田园的诗意。"说诗意固然好，但不能无限扩大到"诗学"的范畴。

"雾从脚跟升腾起来，在眼前绕来绕去，把铺向山坳的秋叶弄得潮湿而亲切。"

"苍白的云懒散地走过空虚而没声息的田野。"

"月雾相融一色，满世界一片白茫。阳光从疏密不一的高粱叶子空隙漏下来，空气里浮游着细碎的金点子，地上山菊花发出湿软的沙沙声，她看到大鸟俯冲下来，几朵彩云如棉花一样开放，她闻到了青草香味，野菊花香味，泥土香味。"（《甩鞭》）这些如诗的描写充满着灵性，自然景色和笔下人物此情此欲此景有着紧张而贴切的交流。我们再读《喊山》的尾声："秋雨开始下了，绵绵密密地下个不停，泥脚、墙根、屋子里淤满霉味和潮湿。天晴的时候，屋外有阳光照进来，哑巴不叫哑巴了叫红霞。红霞看到屋子外的阳光是金色的。"一个备受压抑、折磨的故事。一个由装哑巴到"喊山"的过程就这样落下了帷幕。

从小，母亲把葛水平许给一个石碾碌做干女儿。庄稼人把自己的孩子许给一个没有语言的东西，然而"语言"却给了她更多的灿烂，"语言"却成了她从温情与哀绝、惆怅与眷念中默默地纺织出来的东西。"雪以一种姿态降生消解在乡村，瞎子抬起头看了看天空，他在灰黑中眨了眨眼，脸上就落满了白色的雪。"（《瞎子》）瞎子不能看见什么，但他无限的感觉却是不一样的。"每一次，蓦然间都会有如梦如幻的伤感和恍惚；每一次，群峰出现在我的视野，河水流动，百鸟和鸣，无端地我会为大自然这种从不含糊的专制而心生出异常的况味。"（小说集《守望》后记）对自然，作者作如是感觉。还是在比较葛水平和杨少衡的小说创作时，我对葛水平的自然观有着进一步的说法："她喜欢把人物放逐于天地山水间，人之性与天地交融，人之情与山水呼应，向自然倾诉同时也应自然之倾听。她的小说天生就和自然有着种种默契，默契中散发着诗意，预言了人的七情六欲，暗示着种种可遇不可求的启示。"

细心的读者一定会发现，葛水平的小说十有八九都会写到死，就连眼下这篇《比风来得早》，虽没有直接写人之死，但还是有着吴玉宇给已故母亲上坟和妻子生病而死的交代。作者写死最为精彩的笔墨还是和天地自然有关。比如《连翘》中写到寻红的娘被雷劈死："这一声雷干裂裂的，像天空放下的一个大雷管，它的头是照地下来的，跟着一道闪电，寻红看到娘身子骨软了，软得像一只鸟，身上的衣裤都炸了起来，娘像是要飞走，只一刹那，地上的草就湮没了娘。"又比如《黑雪球》说到屋里九旬老人伍叔之死："2003年霜降时，天地清凉澄明，屋脊上挂下来的冰柱子，因了阳光的浸泡，往下滴滴答答落水，水声哽咽，收尽了老屋里一个九旬老人微弱的热气与呼吸。"一个抗日英雄的自然之死，却因天地为之动容而格外庄严肃穆。

美丽的山水，神奇的天地有着自身的魅力。而一旦和人的感情与心灵有着呼应和交流时，言语便产生了诗的魅力，如今它进入了葛水平的小说天地，对我们这个嘈杂的叙述世界不啻是一种提醒，一种刺激，一种不需要投票的反对。很多方面，葛水平都是成功地、有创造性地让诗的本领进入了叙述的领地，并承受多种功能。

　　问题在于，我们现在面对的是小说，我们可以赞赏小说中的诗，但诗并不能代表小说，有时弄不好对诗的酷爱会破坏叙述应有的轨迹。明眼人看得出《守望》和《比风来得早》在谋篇上应称得上姐妹篇，至少在结尾处分别用上了画意诗情是如此。《守望》写一位叫米秋水的农村妇女，带着小孩跟着丈夫进城，屡遭挫折，为生计所逼而卖身；嫖客也不是坏人，而是因长期在城里打工缺乏性生活，为欲所迫。彼此因为在做爱的方式上有分歧，因紧张误会导致米秋水最终被掐死。本来很简单的事件，因作者用尽了道德上的预设而使叙述走过了漫长的道路，残酷的现实生活走到了尽头，而结尾处又多了一段。米秋水死在一片麻田里，这麻田又是城里一个叫武明远的画家买下准备修花园的。小说写到，画家清晨来到麻田，看到地边上靠着一个睡熟的女人，便自然画完了他心目中的"春到深处的景致"。"他画得很完整、很幸福，也很觉得种这块麻田有价值，他看的是钱，卖几幅画就赚回来他付出的成本。画好了，他想着她做了自己的模特，总得付她一些钱吧，他一边掏钱一边想：这女人在温暖的阳光下睡得好踏实"。结尾是隐语，用意我们也能感觉。可惜的是，叙述因此而断裂。对女性葛水平付出了一个作家必不可少的仁慈与爱，小说中反复诉说的所有铺垫再现了或可称之为扭曲的悖论：卖身成了一种爱的拯救方式，而多余的结尾则是为着"深刻"隐语而下降于人世。

　　记得几年前读过一篇评论，作者为琬琦，其文开门见山写道："初读《甩鞭》，我几乎以为是个男作家写的。因为其语言没有惯常女作家有意无意流露出来的琐碎，反而干净利落，极有个性，人物语言亦极合身份，透着一种适量加工过了的生活化。而且在描写一些诸如甩鞭的充满力与美的场面，亦驾驭得很有分寸，几乎透着一股丈夫气。整个小说充满了画面感，光、影、声，一幕一幕，人物的活动就像是在一个宏大的黑幕前展开，像皮影戏，一个个动作虽然推动着自己的故事，但幕后却是另有无法摆脱的手在控制。"几句话品评地道，显露出简约的智慧。《甩鞭》是葛水平小说的开山之作、成名之作，是诗的才气和叙述才能结合得最好的一部作品。就是今天看来，也是葛水平其他小说所未能取代的。《甩鞭》之后有过一篇《天殇》，讲的也是历史阴影之下女人的一生，但终因沉湎于善恶因果的纠缠，缺乏第三、第四叙述力的牵制和推动，未登上新的高度。

我的兴趣还在于琬琦作者的一点看法："《甩鞭》里唯一让我感到遗憾的，还是作者所擅长的散文化的场景的描写。这种描写我以为不能太多，有两三个就可以了，如果多了，就显得有点繁复拖沓，秀枝斜逸。而且，作者还喜欢在这种描写里糅杂人物的心理活动，有一些糅杂也刻意了。"直接明白的看法，坚定地站在叙述的立场上，体现了很高的小说美学的素养。

三

在小说史上，叙述、讲故事的地位已几经起落，自福楼拜提出小说家的"不介入"原则，亨利·詹姆斯表明他"喜欢故事就是故事"，这种故事有别于它可能包含的任何公开的观念性意图，作者要保持客观、冷静态度的信条，实际上已支配了现代小说很长一段时间了。而伴随着这种支配的怀疑则走过了更长的时间。本雅明在其著名的那篇关于讲故事人的文章中已谈到，"讲故事的艺术已经奄奄一息"，此文写于1936年，距今已七十年。当然，中国自有其特色。故事依然繁荣昌盛，和其他庞大制造业一样，我们也是小说叙述业的大国，遗憾的是艺术含量太低。我们暂且可以弃文学史于不顾，也不必像有些批评家喜好做的那样，把作家赶上水泊梁山，就座次问题忙个不停。我们也可以把现当代的叙述时尚搁在一边，以更务实的态度对待葛水平的小说，回到叙述，回到"讲故事"。

还是在那篇关于讲故事人的文章，本雅明说，"许多天生的故事讲述者的特性"就是"关注实际的利益"。他说，故事能明确或隐秘地包含"某种有用的东西"，它们有"忠告要给"。对比，葛水平自己的阐释，她说"千百年来，农民在泱泱大国的土地上本分厚道地生活，就像浮生的尘土""他们已经融入了这种记忆所抵达的无法不面对的现实"。我虽然不太喜欢作家那些深入煤矿生活的小说，但也必须承认这些为我们严峻的现实生活提供了并非无用的"证词"，有时候，它们在我们特殊的国情中也会起到特殊的作用。同样题材非凡，我更偏爱葛水平那几篇抗战的故事，作者冷峻的笔墨不只是幸存者的记忆书写，也为我们这些记忆空白的后来者亮起了不可或缺的警世灯。像《道格拉斯/China》中的王广茂，虽有点患得患失，斤斤计较，但在日本鬼子的屠刀下面依然挺身而出。同样写抗战，《黑雪球》则要复杂得多，在雕塑伍海涛这位抗日英雄一生时，还多了些沉重的考量。山上着火时，蚂蚁抱成一个团逃，整个从山上往下滚，火一层一层烧得蚂蚁只剩下一点点一个小球的时候，它们也会在逃出火海后集体排队去找一个适合生存的地方。小说的题目源于此，也是一种隐喻、转义和反讽，反思中对民族的自省也包含强烈的愿望。与《黑雪球》不同，《狗狗狗》更是一首热烈讴歌的诗，小说讲述在日本人的屠杀中活下来的女人，因为丈夫不会生育，抚养了一个孩子，其目的是将他抚养大和他生儿育女，她觉得不能让日本人把几个村子都绝了，她要让人口繁衍起来，以示中国人是杀不绝的。一种特殊的抗战精神和行为，让我们陷入沉思之中难以自拔，所有的诠释都停止了。就其本质而言，葛水平小说中的他们都是无名的和集体的。对葛水平来说，他们的生活和生活中的他们都是自己书写记忆必须面对的现象。对我们来说，恐惧的是从虚构世界到"真实世界"，从一个公园到另一个公园是那么容易。理查德·吉尔曼在讨论叙述时，他说："正是小说的这个要素迫使小说降格为只是生活的一个替代物，像生活，当然稍好一点，一个梦（或一个还算顶用的噩梦），一条出路，一种补偿，一张蓝图，一个教训。"（引自［美］莱昂纳尔·特里林著《诚与真》，江苏教育出版社 2006 年版）偏偏小说社会理论又喜欢停留在证明各种各样的相似性的水平，这很容易使我们误入远离叙述艺术的他途。

葛水平认为："农民以土地作为抵押，作家以作品作为抵押，我写他们，不幸福中有我的大幸福。"我确信此话说的没错，这不仅是一份真诚、一种权力，也包含着某种文学信仰的卷土重来。把小说创作理解成我写什么，"我"是操盘手、旁观者、记录员？这样的理解有点过于草率，过于简单。迫使复杂的问题降格为简单，结果往往是更为复杂。说到简单，沈从文也有个简单的说法："一个伟大作家的经验和梦想，既不超越世俗甚远，经验和梦想所组成的世界，自然就恰与普通人所谓'天堂'和'地狱'鼎足而立，代表了'人间'，却正是平常人所不能到的地方。"（引自《沈从文研究资料》下册，天津人民出版社 2006 年版）这说法，简单得有点绕。但就其强调代表了"人间"，却正是平常人所不能到的地方，也是值得我们今日重温的。

四

语调是重要的，有些人喜欢坚守语调的始终如一，犹如信徒；有些人则爱好尝试不同的口味，四面出击，加上实验挑衅。单纯和复杂的语调各自为政，这里似乎没有什么优劣之分。葛水平有时候单纯，尤其是她那对自然、山水的描摹，而有时候她又忍不住想尝试不同题材、不同写法，这在叙事上尤为突出。我们有时能从葛水平的语调听出那些无法模仿的声音，但有时分明能辨认出其努力追随当下叙述时尚的脚印。这自然是一种崇高的追随，我们不能也无法给予此举以莫须有的判断。当代文学也有太多的例子，印证了歌德称之为"反复出现的青春期"，这是一个美丽的反讽。有一篇报道中曾这样写："葛水平创作的作品大都是具有太行山风格的，她觉得太行山从远古到现在，走过的历史是非常厚重的。太行山水不是江南那种很娟秀的形态，它给人一种很壮观、很沧桑的感觉；而她生活的村子那些民间故事、传说，是别的地方不会有的。这些事情不用把它们提升到一定的艺术高度，单是把这些事情纪实地罗列出来，就很有意思。出生于太行山的葛水平认为，这块大地很值得记录，而现在关于它的记录又很少，所以她作品中出现的山肯定是太行山，水肯定是沁河水，今后的作品也不会改变这种风格。她觉得自己的作品不一定能流传下来，但如果一旦有人看到她的作品会记住太行山、沁河水，她就很满足了。"这是一些大白话，我们不必对其遣词用字做什么推敲，记者的报道有时会失之片面，强调为我所用的时候。这不是问题，根据我这几年读葛水平小说的经验，这里传递出的信息应该不假。

葛水平小说有时候很像是一次邀请，到这里来去走走看看，变成了一句口头禅。证明那块土地上的贫困，认识一些善良的人们，那淳朴而挣扎的心，尤其是女性，无疑是邀请书上的话语。沉默是当代小说的一个重要特征，葛水平说不，她为故乡所不平，为此她要搭台唱戏，主调依然是"温情与哀绝，惆怅和眷念"。问题是不要把哀绝仅限于生活的贫困，温情又仅用于对贫困生活的抚摸，惆怅也不应只是对"做城里人"心存疑虑的种种不幸，眷念只是守住乡土而无法走出。一如《连翘》中的寻红，天灾人祸夺走了十八岁姑娘母亲的命和弟弟的腿，父亲悲痛欲绝，心目中的恋人也险些变成了植物人，唯有寻红以非同寻常的努力，不辞劳苦，坚忍不拔，温情与善良改变了所有人的命运。天使般的形象，幸福的大结局固然也是人之渴望。但如果这仅仅是为给不幸生活抹上些色彩的话，那么其剥落下来的日子也不会太远。而《甩鞭》并没有直接诉说物质生活的贫困，它从另外的角度丈量人的生存状态，也没有什么温情的结局，这倒让我禁不住想起华莱士·史蒂文斯那充满激情的诗篇：

> 最大的贫困不是生活
> 在一个物理的世界，而是感觉到人的欲望
> 难以在绝望中倾诉

留意身边的生活，为养育自己的这片天地付出凝视，关注其生存和发展，无论如何都是真理，至少是我们认识真理的途径。对认识真理来说也是种镜像式反映，但对小说创作而言，这只是部分真理。很简单，小说创作至少还包括想象力的创造，即弗洛伊德早在九十九年前写的那篇《诗人与白日梦》中推测的，所有的审美快乐都是一种前快乐，一种"额外刺激"或"自恋式的幻想"，文学最难满足来自心理紧张的放松。用现代学者的说法，想象力真理"既提供一幅心灵地图，也想提供一个有效利用那心灵地图的深刻信念"。和生活一样，家乡并不完全是一种蹲守，正如普鲁斯特所说的真正的天堂是失去的天堂。萨义德曾引述了 12 世纪一位僧侣的话，后者认为对家乡的爱应该让位对"所有土地"的爱，而这位已经变得"完美"的人看来应该让位一种"整个世界都是异国他乡"的感觉。萨义德对这段话如此评说："有家乡在，有对它的爱以及真正的归属感，才会有流亡。关于流亡的普遍真理是，不是你失去了爱或家，而是这两者天生具有意料之外和不受欢迎的失落感，因此对经验要像对待马上就将消失的东西。"

不幸应是对天堂无懈可击的反驳，倘如我们在尝试用天堂，用天堂恩赐的浪漫、温柔、仁慈来遮蔽不幸的话，其结果很可能是一种蹩脚的转义。

五

从近两年葛水平的小说来看，作者大有从人与自然的紧密关系中进行转移和挪位的迹象，那种确信小说应是自然诗篇的叙述信仰渐渐地退让人与人、人与事件的叙述欲望。选择的对象似乎也有了种种变化。什么时候，山村这个主角也开始不安分了，生活中那种古老的、昨日的秩序业已被打破，平衡

业已转为晃动，于是日趋困惑的生活也有了诸多重新选择。"想做一个彻头彻尾的城里人"不是一句空话、一个口号，而是一种实在的想法、念头、欲望和心存疑虑的行动。《比风来得早》可谓其中最为典型的一例。在这里，我们几乎读不到叙述中的诗，诗和叙述表示了一种决裂。尽管主人公吴玉亭早年希望和经历了一系列官场失意后的回归依然是做一个诗人。小说从吴玉亭在县政府任劳任怨、战战兢兢几十年，现在好不容易熬到副科转正（这个转正还是个可靠的传说），终于可以回乡给已经故去的母亲上坟，吴玉亭熬到头了，要了车，联系了演出队。小说的叙述分两股道走，一是风光还乡，给家乡燃起了种种希望，大到未来瓦窑沟修路水泥拨款、支持学校办学，投资队部活动室、敬老院、戏台，小到跑运输的车在县城被交警扣了，平良德老汉家二亩地苗圃被村里修路占用了，等等。另一股道则是从请演出队受挫到请电影落空几起几落的等待之中。叙述者借用吴玉亭的心理活动和父亲的交谈回顾中，从侧面演绎了一幅官场之图。两股道交相辉映，"现实主义"再次睁大其双眼。当然，一次又一次落空，最后连转正科都落空之后，吴玉亭却迎来了陈小苗的演出队。陈小苗是他心目中的女人，当他抱怨其因"势"而不会来时，演出队却因"诗"而来。写诗成了避"恶"的生存状态？成了另一种理想生活的符号、象征？成了抗争现世的反讽？成了我们讲故事必不可少的"忠告"？我们能想象种种出路和解读，但无论如何，他很难进入我们审美的消化系统。

不管怎样，《比风来得早》都是葛水平小说写现实中最为复杂的作品，她不仅努力揭示对象的复杂，也尝试着如何复杂地揭示对象。如何进入人的意识深处，如何在叙述中不忘自我审视。这些葛水平叙述意识最为薄弱而致命的环节上，我们都看到了作者可贵的努力和探索。关于人的内在意识，我曾指出这是葛水平的短处，有人并不同意我的看法，甚至举出葛水平第一部小说《甩鞭》中的第一句话"麻五早上被农会的人带走，到现在没有回来。坐在炕头的王引兰心里有点抓挠得慌"就涉及人的心理活动。此话不假，我们甚至可以找出几乎通篇都涉及人的心理活动的篇章，比如，《道格拉斯/China》。问题是这些心理活动仅仅只是叙述对象的境遇矛盾、抉择困难、内心疑惑之类。而所谓人的内心深处、意识深处指的是黑格尔说"分裂的意识"，弗洛伊德所言自我与超我的彼此依赖、纠缠，相互攻击转化，文学中所言"不合时宜"的幻想。撕下面具的写作等等，而绝非一般意义上心理活动的描写，更不是简单的写作技巧问题。莱昂内尔·特里林在捍卫心理学在小说中地位时说："我们知道我们有心灵，因为它们给我们制造麻烦，我们之所以大多时候能不断地、可靠地意识到自我，就是因为我们体验到了这种麻烦。我们相信，小说的特征就在于它描绘的是这样一些人，他们有着与我们相似的自我。"

在这里，我们不妨将须一瓜和葛水平比较一下。这两位在2003年前后相继出现的女性作家，许多人在读她们的作品之初，都惊叹无法从作品中判断其性别，而在品评她们的小说时，也都不约而同地用了一个"冷"字。据说，这两位早些年都不同程度地写过一点短小说，以后葛水平在诗歌、散文、戏剧谋求发展，而须一瓜则陷入真正纪实的领域、记者的行业不能自拔。现今各自又以其中篇处女作一炮走红。葛水平的小说有着强烈的地域特色，有根有源，记忆、土地山水、乡土乡亲都成了她创作的据点和出发点。她在时间上可以走得更远，地理上至多因生计所迫走到县镇为止。须一瓜无根无源，一座移民城市成了记忆，一家报社、一个记者专跑公检法线，随欲望走动，跟罪恶行走，观命运变异，感人性之诡异。地理上能走多远则走多远。在这"故事"卷土重来的岁月里，她的小说被看重的理由自然又离不开"故事"，这并不奇怪。奇怪的是，同样是"故事"，葛水平和须一瓜又是那样的不同。葛水平笔下的地域性如同古老的大家族。本身就是一种叙述机制，它代表着过去，也代表着过去至现在难以改变的特色，诸多开始包括生活在这里的人都有一个故事，而这些故事如本雅明所言的，包含着"某种有用的东西"，它们"有忠告要给"。这种"忠告"假定生活是可以理解的因则是能够控制的。在葛水平的大部分写苦难、贫困、生死甚至战争的小说中，我们依然分明都能听到这种善意的忠告。须一瓜则不然，同样的"故事"取胜（就是这一说法也值得怀疑），她的叙述更像不动声色的手术刀，实施一种主宰读者的叙述口吻并迫使后者就范。她喜好"颠覆"，处处展现现实关系的彼此颠覆以达到彼此的"拯救"，她捕捉不易察觉的人生破绽却依然保留着"温情"，书写人性微妙的玄色颗粒，但丝毫不放弃那容易被忽略的明亮。总之，须一瓜的"故事"告诉我们的是，生活是不容易理解的，人性是难测的，她叙述的"忠告"恰恰是生活无法控制的。须一瓜的叙述虽没有很多心理描写的成分，但其"故事"却经常直抵人的内心深处。阅读须一瓜的小说，我们经常感悟到那些似曾相识的自我，那些给我们每个人制造麻烦的自我。

六

虚构是一种越界行为，我们唯有小心翼翼且敏锐地感觉一个作家在其叙述行为的种种越界之举，才能进入小说的地界。全身心地投入于生活的活生生，沉湎于此而不能自拔，犹如旅行、投宿，犹如摄像、复印、拷贝，缺乏越雷池的勇气，失去越界的能力，才是叙事艺术所忌讳的。所有的小说都有生活的烙印，但小说是不需也不应该被生活化。当有人自以为其言语来自生活的真相时，生活往往并不把真相回赠。也许，蒙田那句兴之所至的话："当我与猫玩耍时，有谁知道是猫在逗我还是我在逗猫？"在此时方更显现出其意味深长。视角无疑是小说艺术的关键，但谁又能否认，超越"视角主义"也是一种视角。同样，批评亦如此，我们总以为自己的判断来自文本的真相，结果也可能适得其反。在"总体把握""绝对命令"逐渐淡出市场的今日，我们已很难在"达成共识"的互换之中完成什么交易。生活曾是小说批评中最广为兜售的一个词，一个许诺要涵盖所有东西的词。如今，它早已陷入一团纠缠不清的叙事乱麻。给葛水平的小说作如此评论，是否也应验了我原先早已有过的担心，批评最终的自欺在于，为创作中种种丰富的偶然性穿上了术语的紧身衣。

如同一开始所言，我对葛水平的小说创作始终有些担忧，当其小说的诗开始淡化时，其叙述能力是否开始衰退？尽管最近几部小说中，我们看得出作者所做的努力，担忧却依然存在。直到今年偶尔的机会读到那篇短小说《瞎子》才恍然有所悟。瞎子说书人桀骜而不失尊严的一生，短短一千六百字披露无遗。小说充满了戏仿和幻影，一半是散文，一半是诗，但它给予我们的实实在在是一部小说。它的生动来自瞎子说书人饱经沧桑的英雄气概。一辈子说英雄武松，胸中自有武松，英雄之魂彼此辉映，你我难忘，武松中有我，我中有武松。哪怕被女人稍纵即逝地抚摸，一生中唯一的一次体面，也使生命的一切从此光辉灿烂，平添出许多色彩。色彩依然是武松的，武松依然是瞎子说书人的生命，哪怕直至尽头，依然是色彩的。

读《瞎子》我为之动容，才知强力作家的强力叙述竟是如此强力，原先的一切担忧为之烟消云散。这一点上，我愿意修正我的批评。葛水平的叙述能力难以估量。

2007 年 7 月

葛水平创作年表

（1992—2016）

中篇小说

《甩鞭》《地气》	《黄河》2004 年第 1 期
《天殇》	《黄河》2004 年第 2 期
《狗狗狗》	《小说月报·原创版》2004 年第 11 期
《喊山》	《人民文学》2004 年第 11 期
《陷入大漠的月亮》	《小说月报·原创版》2005 年第 3 期
《黑口》	《中国作家》2005 年第 5 期
《黑雪球》	《人民文学》2005 年第 8 期
《浮生》	《黄河》2005 年第 5 期
《空地》	《黄河》2005 年第 6 期
《夏天的故事》	《北京文学》2005 年第 10 期
《黑脉》	《人民文学》2006 年第 1 期
《守望》	《中国作家》2006 年第 3 期
《连翘》	《芳草》2006 年创刊号
《凉哇哇的雪》	《芙蓉》2006 年第 3 期
《道格拉斯/China》	《上海文学》2007 年第 3 期
《喜神》	《飞天》2007 年第 5 期
《比风来得早》	《上海文学》2007 年第 9 期
《纸鸽子》	《小说界》2008 年第 2 期
《一时之间如梦》	《小说月报·原创版》2009 年第 3 期

《远情》　　　　　　　　　《飞天》2009 年第 3 期

《荣荣》　　　　　　　　　《北京文学》2009 年第 12 期

《月色是谁枕边的灯盏》　　《小说界》2010 年第 6 期

《春风杨柳》　　　　　　　《青年文学》2011 年第 11 期

《过光景》　　　　　　　　《大家》2013 年第 4 期

《天下》　　　　　　　　　《时代文学》2013 年第 11 期

《花开富贵》　　　　　　　《芒种》2013 年第 9 期

《望穿秋水》　　　　　　　《芙蓉》2014 年第 3 期

《小包袱》　　　　　　　　《长江文艺》2016 年第 4 期

《空山·草马》　　　　　　《花城》2017 年第 2 期

《一丈红》　　　　　　　　《长江文艺》2017 年第 4 期

短篇小说

《经典》　　　　　　　　　《黄河》2004 年第 3 期

《瞎子》　　　　　　　　　《特区文学》2007 年第 3 期

《所有的念想都因了夜晚》　《文学界》2008 年第 3 期

《第三朵浪花》　　　　　　《文学界》2008 年第 2 期

《我望灯》《玻璃花儿》《所有的念想都因了夜晚》

　　　　　　　　　　　　《青年文学》2008 年第 6 期

《窑洞里的心境》　　　　　《芒种》2008 年第 9 期

《积粪》　　　　　　　　　《芒种》2011 年第 4 期

长篇小说

《裸地》　　　　　　　　　《中国作家》2011 年第 3、4 期

出版各类作品集

《美人鱼与海》（诗集）　　香港亚洲出版社 1992 年

《女儿如水》（诗集）　　　山西高校联合出版社 1998 年 10 月

《心灵的行走》（散文）　　中国文联出版社 2002 年

《喊山》（中篇小说集）　　春风文艺出版社 2006 年

《守望》（中篇小说集）　　百花文艺出版社 2006 年 10 月

《陷入大漠的月亮》（中篇小说集）

河北教育出版社 2006 年 12 月

《官煤》（中篇小说集）　　　湖南文艺出版社 2007 年

《地气》（中短篇小说集）　　北岳文艺出版社 2008 年 8 月

《所有的念想都因了夜晚》（短篇小说集）

春风文艺出版社 2010 年 4 月

《今世今生》（散文集）　　　文化艺术出版社 2010 年 1 月

《喊山》（蒙文版小说集）　　中央民族大学出版社 2010 年 4 月

《喊山》（小说集）　　　　　浙江文艺出版社 2011 年 5 月

《绽放的华栱（晋东南古建筑解读）》

文物出版社 2011 年 9 月

《喊山》（小说集）　　　　　台湾宝瓶文化公司 2011 年 10 月

《裸地》（长篇小说）　　　　作家出版社 2011 年 10 月

《走过时间》（散文小说集）　昆仑出版社 2013 年 1 月

《一时之间如梦》（中短篇小说集）

21 世纪出版社 2013 年 5 月

《河流带走两岸》（散文集）　北岳文艺出版社 2013 年 5 月

《来一场风花雪月》（与人合著对话集）

北岳文艺出版社 2013 年 10 月

《我走我在》（散文随笔集）　浙江文艺出版社 2014 年 4 月

《裸地》（长篇小说再版）　　北岳文艺出版社 2014 年 11 月

《过光景》（中短篇小说集）　河南文艺出版社 2014 年 12 月

《观色》（散文随笔集）　　　敦煌文艺出版社 2015 年 9 月

《幕后的私语》（自说自画集）海峡出版社 2016 年 3 月

《甩鞭》　　　　　　　　　　花城"中篇小说金库"2016 年 5 月

《喊山》（电影版珍藏版小说集）

北岳文艺出版社 2016 年 8 月

《绣履追尘》（散文随笔集）　高校联合出版社 2016 年 8 月

《涅槃"上党琉璃"》　　　　北岳文艺出版社 2016 年 12 月

《尘埃"上党寺观壁画"》　　北岳文艺出版社 2017 年 3 月

小说改编为影视作品

《地气》（同名小说）　　　　2006 年山西作家协会影视制作中心

《喊山》（同名小说）　　　　　2012 年中国电影频道出品公司

《喊·山》（同名小说）　　　　2016 年海润影业和威秀电影亚洲公司联合出品

创作戏剧、电影剧本

《陌上桑》（戏剧剧本）　　　　1996 年

《考课》（戏剧剧本）　　　　　1997 年

《长平之战》（电视剧本 6 集）　1998 年

《盘龙卧虎高山顶》（电视剧本 34 集）

　　　　　　　　　　　　　　中央电视台中国电视剧制作中心

《地气》（电影剧本）　　　　　山西影视剧制作中心 2007 年 10 月开拍

《本色》（电影剧本）　　　　　《中国作家·影视版》2011 年第 10 期发表

《平凡的世界》（电视剧 56 集）　2015 年播出

获奖

长篇小说

《裸地》获首届《中国作家》剑门关文学奖大奖

　　　　获《中国作家》2011 年度鄂尔多斯文学奖大奖

　　　　获 2011 年中国女性文学奖

　　　　获 2010—2012 年度赵树理文学奖

　　　　获 2016 年山西省五个一工程奖

中篇小说

《喊山》获 2005 年度《人民文学》奖

　　　　获 2005 年度《小说选刊》奖

　　　　获第四届鲁迅文学奖

《甩鞭》获 2006 年度《中篇小说选刊》奖

《地气》《甩鞭》获《黄河》2004 年度文学奖

《比风来得早》获《上海文学》首届中环杯中篇小说特等奖

《荣荣》获第五届《北京文学》奖

短篇小说

《瞎子》获德威杯首届蒲松龄文学奖

散文

《河水带走两岸》获第六届冰心散文奖